ओरिजिनल्स

एडम ग्रांट को लगातार पाँच वर्ष तक वार्टन के शीर्ष क्रम के अध्यापक, दुनिया के शीर्ष 25 प्रभावशाली प्रबंधन विचारकों और *फ़ास्ट कंपनी* के कारोबार में मौज़ूद 100 सबसे ज़्यादा रचनात्मक लोगों में से एक के तौर पर पहचाना जाता है। उनकी पहली किताब, *गिव ऐंड टेक* न्यू यॉर्क टाइम्स की बेस्टसेलर किताब रही, जिसका 27 भाषाओं में अनुवाद किया गया और एमेज़ॉन, एपल, द *फ़ाइनेंशियल टाइम्स* और द *वॉल स्ट्रीट जर्नल* ने इसे 2013 की सर्वश्रेष्ठ किताब करार दिया। यह ओपरा की दिलचस्प और पठनीय किताबों की सूची में शामिल रही है। *फ़ॉर्च्यून* ने इसे हर हाल में पढ़ने लायक़ कारोबारी किताब बताया है तो *हार्वर्ड बिज़नेस रिव्यू* के मुताबिक़ यह उन विचारों से सजी है, जिन्होंने दुनिया बदल डाली और द *वॉशिंगटन पोस्ट* के अनुसार यह एक ऐसी किताब है, जिसे हर नेतृत्वकर्ता को पढ़ना चाहिए। निराले और मौलिक विचारकों की हैरान कर देने वाली आदतों पर उनके 2016 के *टेड टॉक* में उपस्थितजनों ने खड़े होकर करतलध्वनि से उनको सम्मानित किया था। इस वीडियो के दर्शकों की संख्या पाँच ही दिन में लाखों के आंकड़े को पार कर गई थी। गूगल, फ़ेसबुक, द एनबीए, जॉनसन ऐंड जॉनसन, गोल्डमैन सॅक्स, डिज़्नी पिक्सार, अमेरिकी सेना और नौसेना के साथ-साथ वर्ल्ड इकोनॉमिक फ़ोरम (डब्ल्यूईएफ़) के लिए वह नियमित तौर पर संबोधन और परामर्श देते रहते हैं। डब्ल्यूईएफ़ ने तो उन्हें युवा वैश्विक नैता के तौर पर मान्यता दे रखी है। वह द *न्यू यॉर्क टाइम्स* के संपादकीय के सामने वाले पृष्ठ (ओप-एड) के लिए कार्य और मनोविज्ञान पर नियमित लेखन करते हैं। हार्वर्ड से बीए करने वाले ग्रांट ने यूनिवर्सिटी ऑफ़ मिशिगन से पीएचडी की है। उम्र के 20वें ही वर्ष में वे वार्टन के लिए काम करने लगे थे। उन्हें ख़ुद के द्वारा पढ़ाई गई हर कक्षा के लिए उत्कृष्ट शिक्षक पुरस्कार मिलता रहा है। वह पूर्व में जादूगर और जूनियर ओलिंपिक स्प्रिंगबोर्ड डाइवर रह चुके हैं।

ओरिजिनल्स की प्रशंसा

#1 *न्यू यॉर्क टाइम्स* बेस्टसेलर • सर रिचर्ड ब्रेन्सन द्वारा ज़िंदगी में पढ़ने लायक़ 65 किताबों की सूची में शामिल • टुडे और एनपीआर के *मार्केटप्लेस* और *वीकएंड एडिशन* में उल्लेख।

''*ओरिजिनल्स* पढ़ने के दौरान मुझे ऐसा महसूस हुआ मानो मैं किसी डिनर पार्टी में एडम ग्रांट के ठीक सामने ही बैठा हूँ। मेरे पसंदीदा विचारकों में से एक होने के नाते दुनिया को लेकर बेहद पैनी दृष्टि वाले उनके शानदार निराले नज़रिए से मुझे अभिभूत कर दिया।''

–मैल्कम ग्लैडवेल, *#1 न्यू यॉर्क टाइम्स* की सबसे ज़्यादा बिकने वाली किताबों की सूची में शामिल *आउटलायर्स* और *द टिपिंग पॉइंट* के लेखक

''*ओरिजिनल्स* मेरे द्वारा आज तक पढ़ी गई सबसे महत्त्वपूर्ण और मंत्रमुग्ध कर देने वाली किताबों में से एक है। यह हैरतअंगेज़ और दमदार विचारों से भरपूर है। यह ना केवल दुनिया को देखने का आपका नज़रिया ही बदल देगी, बल्कि संभव है कि यह आपके जीने के ही तरीक़े को बदल डाले। यह निश्चित तौर पर आपको दुनिया को बदलने के लिए प्रेरित करेगी।''

–शेरिल सैंडबर्ग, मुख्य कार्यकारी अधिकारी फ़ेसबुक;
#1 न्यू यॉर्क टाइम्स की सबसे ज़्यादा बिकने वाली किताबों की सूची में शामिल *लीन इन* की लेखिका

''यह अद्भुत, बेहद मनोरंजक किताब बदलाव के इस युग पर नई रोशनी डालती है। एक अर्थपूर्ण बदलाव के लिए क्या करना होता है और आप कैसे इस उपयोगी जानकारी को अपनी ज़िंदगी में इस्तेमाल कर सकते हैं? सफलताओं की कहानियों के मिथक का पर्दाफ़ाश करके, प्रक्रिया की पुरानी धारणाओं को चुनौती देकर और भारी बदलाव के कारकों में समानताओं को खोजकर, एडम ग्रांट हमें ना केवल दुनिया में हमारी जगह का नया नज़रिया देते हैं, बल्कि उसे पूरी तरह से हिला डालने की हमारी क्षमता की भी जानकारी हमें देते हैं।''

—जे.जे अब्राम्स, निर्देशक *स्टार वॉर्स : द फ़ोर्स अवेकन्स;* के निर्देशक, *लॉस्ट* के सह–रचनाकार और कार्यकारी निर्माता, बेड रोबोट के सह–संस्थापक

''सैकड़ों कारोबारों को लांच करने के बाद–एयरलाइंस से लेकर ट्रेन्स, संगीत से लेकर मोबाइल और अब स्पेसलाइन–मेरी सबसे बड़ी चुनौतियाँ और सफलताएँ, लोगों को दुनिया को निराले नज़रिए से देखने की बात समझाने से ही आई हैं। *ओरिजिनल्स* में बताया गया है कि यह कैसे किया जा सकता है और यह आपको रचनात्मकता और परिवर्तन के लिए प्रेरित करेगी।''

—सर रिचर्ड ब्रेन्सन,
संस्थापक, द वर्ज़िन ग्रुप

''*ओरिजिनल्स* मंत्रमुग्ध करके आंखें खोल देने वाली किताब है। यह आपको ना केवल आपके ख़ुद के अनमोल गुणों से रूबरू कराएगी, बल्कि आपको परंपरागत ज्ञान को चुनौती देने का दमख़म देकर उन गुणों को नया जीवन भी देगी। चौंकाने वाले अध्ययनों और प्रेरक कहानियों के ज़रिए एडम ग्रांट ने बहुत ही बेहतरीन तरीक़े से बताया है कि नए विचारों में कैसे महारत हासिल की जाए, हमारी प्रगति में बाधा बनने वाले मिथकों को कैसे ध्वस्त किया जाए। जानिए इसके ज़रिए ना केवल ख़ुद की ज़िंदगी को बल्कि हमारी दुनिया को ही कैसे बदला जा सकता है।''

—एरियाना हफ़िंगटन, सहसंस्थापक द *हफ़िंगटन,* लेखिका *थ्राइव*

''कई मर्तबा ऐसा लगता है कि किसी नई बात पर हाथ आज़माने की जगह हर पुरानी बात को सीख लिया जाए। एडम ग्रांट ने बड़ी ही सफ़ाई से यह बात बता दी है कि यह ग़लत धारणा है। हम ख़ुशक़िस्मत हैं कि हमें इतना अच्छा मार्गदर्शक मिला है।''

—पीटर थिल, सहसंस्थापक *पेपाल* और *पेलेनतिर;* लेखक *ज़ीरो टु वन*

''एडम ग्रांट एक गंभीर समाज विज्ञानी, मँजे हुए कहानीकार और अपना बना लेने वाले आशावादी हैं... *ओरिजिनल्स* के मूल में मौज़ूद सहजज्ञान विरोधी अंतर्दृष्टि केवल इतनी भर नहीं है कि उपलब्धि के परंपरागत तरीक़े सामाजिक तौर पर कम उपयोगी हैं। यह तो बताती है कि इसके यानी निरालेपन और मौलिकता को पढ़ाया और विकसित किया जाना चाहिए। किताब की प्राथमिक चिंता है हम सबके भीतर छिपी रचनात्मकता को बाहर लाने के लिए व्यावहारिक साधन उपलब्ध कराना। यह ना केवल ख़ुद में सुधार से संबंधित है, बल्कि इस बात से भी संबंधित है कि हम कैसे घर और कामकाज की जगह पर 'रचनात्मकता की संस्कृति का निर्माण' करते हैं... *ओरिजिनल्स* कई विषयों पर ताज़ा अंतर्दृष्टि से भरपूर है, जो कि हमारी निजी और पेशेवर ज़िंदगी में महत्त्वपूर्ण है। श्रीमान ग्रांट में एक जाने-पहचाने विषय को

गहरे अर्थ देने की गज़ब की क़ाबिलियत है और यह पाठकों को उम्मीद से भरपूर और कुछ हद तक आनंदित भी कर देता है।''

—जोनाथन ए. नी, द *न्यू यॉर्क टाइम्स*

''ग्रांट की किताब की दिलचस्प बात यह है कि वह उन व्यवहारों से मुक्ति दिला देते हैं, जिनका हम नैतिक तौर पर तिरस्कार करते हैं। यह कार्पोरेट रूढ़िवादिता से कितना अलग है।''

—क्लाइव थॉम्पसन, द *न्यू यॉर्क टाइम्स बुक रिव्यू*

''ग्रांट इस बात को परख़ते हैं कि अभूतपूर्व विचारों वाले लोग उन विचारों को कैसे अमलीजामा पहनाते हैं। इस प्रक्रिया में वह इस धारणा को उलटकर रख देते हैं कि किसी भी क्षेत्र में अग्रणी लोग ही भारी-भरकम जोख़िम (वह अक्सर अपनी दिन की नौकरियों को सुरक्षित रखकर यह काम अतिरिक्त वक़्त में करते हैं) मोल लेते हैं। वह इस धारणा की भी धज्जियाँ उड़ा देते हैं कि विचारों का सबसे अच्छा स्रोत हमारे ग्राहक हैं (वास्तविकता में ये हमारे साथीगण होते हैं)। साथ ही वह मज़बूत, समर्पण भाव वाली कार्पोरेट संस्कृतियों (वक़्त गुज़रने के साथ वह धीमी प्रगति की वज़ह बन सकते हैं) को लेकर भी ख़तरे की घंटी बजाते हैं। आगे बढ़ते हुए वह किताब में अपनी पहचान बन चुके सबूत आधारित तरीक़े को मज़बूती से स्थापित करते जाते हैं-प्रकट रूप से हर पेज पर एक समाज विज्ञानी के किसी अन्य अध्ययन का उल्लेख मिल जाता है-बिना उसे तोड़े-मरोड़े।''

—जेना मैकग्रेगर, द *वॉशिंगटन पोस्ट*

''*ओरिजिनल्स* इस मान्यता पर सीधा हमला बोलती है कि लीक से हटकर चलने वाले नई सोच वाले सभी लोग बहादुर, युवा ज़ोखिम मोल लेने वाले हैं, जो एक के बाद बस विचारों को उगलते जाते हैं। इंसान की ख़ुद को और अपने संगठनों को बेहतर बनाने की क्षमता को लेकर ग्रांट का आशावाद स्फूर्तिदायक है। चुनौती देने की उनकी तैयारी और यथास्थिति का परीक्षण शिक्षाप्रद है... ग्रांट को एक निराले विचारक के तौर पर योग्य प्रतिष्ठा हासिल है। यह पुस्तक उसमें और इज़ाफ़ा करेगी। लेकिन सबूत-आधारित प्रबंधन पर महारत के साथ नेतृत्वकर्ताओं को, उन्हें परेशान करने वाले कार्यसंस्कृति संबंधित सवालों के जवाब देने के वैज्ञानिक तौर-तरीक़ों की ओर ले जाकर, ग्रांट और अधिक मूल्यवान विरासत तैयार कर रहे हैं।''

—एंड्रयू हिल, द *फ़ाइनेंशियल टाइम्स*

''ग्रांट एक ऐसी दुनिया में छलांग लगाते हैं, जो बहुत ज़्यादा महत्त्वाकांक्षी है, स्टीव ज़ॉब्स जैसी सफलता। उनके अनेक निष्कर्ष सहज ज्ञान के विपरीत हैं और गहरे रिसर्च पर आधारित हैं... मेरे लिए सबसे बड़ा आश्चर्य यह जानना था कि सबसे सफल उद्यमियों ने भी अपने विचारों को विकसित करने के दौरान अपनी दिन की नौकरियाँ नहीं छोड़ीं और वे तब तक नौकरियों में बने रहे जब तक कि उन्होंने अपनी योजना की सारी ख़ामियों को दूर नहीं कर लिया और उसकी शुरुआत नहीं कर दी। इस किताब में सोचने पर मज़बूर कर देने वाली दूसरी बात? काम में टालमटोल अच्छी बात है।(यह एक भीषण ख़ुलासा था।)''

—एंड्र्यू रॉस सोर्किन, द *न्यू यॉर्क टाइम्स डीलबुक*

''*ओरिजिनल्स* कारोबार के बारे में पढ़ने वाले पाठकों को वही बात देती है, जो वे चाहते हैं : उन्हें और अधिक सफल बनाने के लिए सबूत आधारित सर्वश्रेष्ठ तरीक़े। लेकिन साथ ही ग्रांट पाठकों को हौसले, कल्पनाशीलता और उदारता की राह पर भी ले जाते हैं। वादा बेहतर परिणामों का है। आपका बेहतर बन जाना एक अतिरिक्त लाभ की तरह है। वार्टन के प्रोफ़ेसर ग्रांट का प्रभाव ऐसा है, क्योंकि उनकी किताबें ना केवल मनो-सामाजिक-प्रबंधन के क्षेत्र में सबसे अच्छी तरह से किए गए रिसर्च पर आधारित हैं, बल्कि इनमें सबसे ज़्यादा मानवीय स्पर्श है... ग्रांट की रचनात्मक साधनों की प्रभावशीलता में सबसे कम रुचि है (ब्रेनस्टॉर्मिंग-दोस्त या दुश्मन?) उनकी रुचि है मुख़्तलिफ़ विचारकों को प्रोत्साहित करके दुनिया को उनके द्वारा उत्पन्न मुख़्तलिफ़ विचारों के लिहाज़ से सुरक्षित बनाने में है। निराला या मौलिक बनने के लिए ना केवल नए विचारों को उत्पन्न करने की ज़रूरत है, बल्कि उन विचारों को दुनियाभर में पहुँचाना भी उतना ही ज़रूरी है। राह में संदेह, नासमझी और मुखर विरोध का सामना करते हुए किताब में निरालेपन की ओर अग्रसर लोगों और उन लोगों जो इसमें महारत हासिल करने की स्थिति में है या ऐसे लोगों के दमन के लिए तैयार हैं... सब पर बराबर ध्यान दिया गया है... रिसर्च के उस्ताद ग्रांट उस वक़्त सबसे ज़्यादा दमकने लगते हैं और दिलचस्प हो जाते हैं, जब वह परंपरागत ज्ञान को अनुभव और आंकड़ों के आधार पर चुनौती देते हैं। उनकी सबसे बड़ी जीत में शामिल है, 'हम सांस्कृतिक तौर पर मेल खाने वालों को चुनते हैं' जिसका अर्थ होता है 'हम अपने जैसे ही लोगों को नौकरियाँ देते हैं।' ग्रांट लिखते हैं, 'जब कंपनियाँ समान लोगों को आकर्षित, चयनित करके उन्हें अपनी संस्कृति में ढालते हुए ऐसे लोगों को बनाए रखती हैं तो वह विचारों और मूल्यों में विविधता को धीरे-धीरे समाप्त कर देती हैं।'

—ले बुचानन, *इंक.*

''अकादमिक लेखकों की ओर आम पाठकों के बाज़ार का बढ़ता आकर्षण एक स्वागत योग्य चिह्न है। निश्चित ही केवल कक्षा के सामने वक़्त गुज़ारने वाले अब सर्वश्रेष्ठ किताब बिक्री की सूचियों में दिखने लगे हैं। वार्टन के सबसे पसंदीदा प्रोफ़ेसरों में से एक एडम ग्रांट, डेनियल केनेमैन की परंपरा से ही आते हैं... उनकी *ओरिजिनल्स* बताती है कि निराले लोगों का दुनिया को लेकर नज़रिया किस तरह से अलग है और वे कैसे दूसरों को अपनी सफलता में शामिल कर लेते हैं। विभिन्न कंपनियों (डिज़्नी, संयुक्त राष्ट्र, एनएफ़एल, गोल्डमैन सॅक्स) के लिए सलाहकार की भूमिका ने ग्रांट को अनूठी अंतर्दृष्टि दे दी है, जो कि *ओरिजिनल्स* का जीवंत हिस्सा है।''

— ब्रैड ऑरबाक, *फ़ोर्ब्स*

''ग्रांट की ताज़ातरीन प्रस्तुति को अमेरिका की विभिन्न कंपनियों की किताबों की सूची में स्थान मिलना तय है। *ओरिजिनल्स* में युवा प्रोफ़ेसर (उम्र के 20वें पड़ाव में ही उन्हें वार्टन की पूर्णकालिक सेवा का अवसर मिल गया था) दलील देते हैं कि किसी भी क्षेत्र में प्रगत विचारों का स्वागत प्रगति के लिए महत्त्वपूर्ण है-फिर बात कारोबार की हो, कला, खेल या राजनीति की। अपने संगठन में धारा के विपरीत चलने वाले लोगों की कहानियों का निश्चित तौर पर अर्थ 'एक बेहतर कंपनी बनें' होता है, लेकिन यह आज के कार्पोरेट जगत में अपनी आवाज़ बुलंद करने के बढ़ते हुए महत्त्व की ओर भी ध्यान दिलाता है। भेड़चाल के विपरीत सोचने वालों से ग्रांट को जो बात अलग करती है वह है उनका ख़ुद के उदाहरण से नेतृत्व करना : परिवर्तन के तरीक़े को लेकर विचार दूसरे लोगों को भी ऐसा करने के लिए प्रोत्साहित कर सकता है।''

— नाथन स्मिथ, *वायर्ड*

''ग्रांट, विभिन्न प्रौद्योगिकी कंपनियों, बैंकों और सरकारों में काम के दौरान किए गए अपने ही रिसर्च के आधार पर यह बताते हैं कि सफलता किस बात से मिलती है। वह बताते हैं कि निराला होने के लिए महज़ एक निराले या मौलिक विचार का होना ही काफ़ी नहीं है, ज़रूरत उसके क्रियान्वयन की है। हममें से अधिकांश को अतिरिक्त प्रयास पहुँच से बाहर लगते हैं। हम सोचते हैं स्टीव जॉब्स, जेरी सिनफ़ील्ड, जैकी रॉबिनसन और उनकी ही तरह के लोग किसी अलग ही मिट्टी के बने होते हैं। लेकिन ग्रांट दलील देते हैं, 'निराले लोग हमारी कल्पना से अधिक सामान्य होते हैं'...ग्रांट हमें उनके विचारों से रूबरू कराते हैं। बताते हैं कि वे रचनात्मकता को कैसे सहेजकर विकसित करते हैं, अक्सर बाधा बनने वाले डर पर

कैसे जीत हासिल करते हैं और अच्छे विचारों व बुरे विचारों में अंतर कैसे करते हैं। ग्रांट की रोचक लेखन शैली और तीखी नज़र इसे पठनीय बना देती है।''

—लिंडसे कोंकेल, *साइंटिफ़िक अमेरिकन*

''*ओरिजिनल्स* गहन रिसर्च और किस्से-कहानियों के अनूठे मेल से ऐसी पठनीय शैली में तब्दील हो गई है, जो कि ग्रांट की अकादमिक जड़ों को झुठला देती हैं।''

—इयान मॉरिस, द *गार्डियन (लंदन)*

''किस्से-कहानियाँ और पाठ हर उस व्यक्ति के लिए मूल्यवान हैं, जिसने कार्यस्थल पर यथास्थिति का सामना किया हो। *ओरिजिनल्स* ऐसी सलाह देती है, जो शुरुआत में सहज ज्ञान के विपरीत दिखाई देती है, लेकिन एक व्यक्ति के करियर में बहुत ज़्यादा लाभदायक हो सकती है।''

—कैरी क्लोज़, *टाइम*

ओरिजिनल्स

दुनिया को कैसे प्रभावित करते हैं लीक से हटकर चलने वाले लोग

एडम ग्रांट

अनुवाद : किरण नारायण मोघे

MANJUL

मंजुल पब्लिशिंग हाउस

MANJUL

मंजुल पब्लिशिंग हाउस

कॉरपोरेट एवं संपादकीय कार्यालय

• द्वितीय तल, उषा प्रीत कॉम्प्लेक्स, 42 मालवीय नगर, भोपाल-462 003

विक्रय एवं विपणन कार्यालय

• सी-16, सेक्टर 3, नोएडा, उत्तर प्रदेश, 201301

वेबसाइट : www.manjulindia.com

वितरण केन्द्र

अहमदाबाद, बेंगलुरू, भोपाल, कोलकाता, चेन्नई,
हैदराबाद, मुम्बई, नई दिल्ली, पुणे

एडम ग्रांट द्वारा लिखित मूल अंग्रेजी पुस्तक
ओरिजिनल्स का हिन्दी अनुवाद

Originals: How Non-Conformists Move the World by Adam Grant – Hindi edition

ISBN 978-93-5543-291-9

अनुवाद : किरण नारायण मोघे
Cover image: shutterstock.com

मुद्रण व जिल्दसाज़ी : मणिपाल टेक्नोलॉजीज़ लिमिटेड, मणिपाल

एलिसन के लिए

अनुक्रम

प्रस्तावना

शेरिल सैंडबर्ग

(मुख्य संचालन अधिकारी फ़ेसबुक और संस्थापक LeanIn.Org)

एडम ग्रांट *ओरिजिनल्स* लिखने के लिए बिलकुल सही व्यक्ति हैं, क्योंकि वह ख़ुद भी ऐसे ही हैं।

वह एक मेधावी रिसर्चर हैं, जो लोगों को प्रोत्साहित करने वाले, मिथकों को ध्वस्त करने वाले और सत्य को उजागर करने वाले विज्ञान के प्रति समर्पित हैं। वह एक जानकार आशावादी हैं, जो यह सलाह और समझ देते हैं कि कोई भी -घर पर, काम पर और समुदाय में-दुनिया को एक बेहतर जगह बना सकता है। वह एक समर्पित मित्र हैं, जो मुझे अपने-आप पर विश्वास बनाए रखने के लिए प्रेरित करते हैं। जिन्होंने मुझे यह समझने में मदद की कि मैं अपने विचारों की प्रभावशाली तरीक़े से कैसे हिमायत करूँ।

एडम मेरी ज़िंदगी पर असर डालने वाले सबसे अहम लोगों में से एक हैं। इस शानदार किताब के पन्नों के ज़रिए वह आपको समझाते हुए प्रेरित भी करेंगे और आपकी मदद भी करेंगे।

मिथक को ध्वस्त करने वाले

परंपरागत ज्ञान बताता है कि कुछ लोग स्वाभाविक रूप से रचनात्मक होते हैं, जबकि अधिकांश लोगों के पास चंद निराले विचार होते हैं। कुछ लोग नेतृत्व करने के लिए ही पैदा होते हैं और बाक़ी के उनके नक़्शेक़दम पर चलने के लिए। कुछ लोगों का वास्तविक प्रभाव होता है, लेकिन अधिकांश का नहीं।

ओरिजिनल्स में एडम्स इन तमाम मान्यताओं और मिथकों को ध्वस्त कर देते हैं।

वह सप्रमाण बताते हैं कि हममें से कोई भी अपनी रचनात्मकता को बढ़ा सकता है। वह ख़ुलासा करते हैं कि किस तरह से हम वास्तविकता में निराले मौलिक विचारों को पहचान सकते हैं और यह भी जान सकते हैं कि कौन-सा विचार कारगर होगा। वह बताते हैं कि कब हमें सहज ज्ञान पर विश्वास करना है और कब दूसरों पर। वह बताते हैं कि किस तरह से बच्चों के भीतर मौज़ूद निरालेपन को प्रोत्साहित करके हम बेहतर अभिभावक बन सकते हैं और कैसे विचारों में समानता की बजाय विविधता को बढ़ावा देकर बेहतर प्रबंधक बन सकते हैं।

इन पन्नों में मैंने सीखा कि महान रचनाकारों के पास अनिवार्य तौर पर गहन विशेषज्ञता की ज़रूरत नहीं होती, बल्कि व्यापक दृष्टिकोण को समझना ज़्यादा ज़रूरी है। और इस बात ने तो मुझे अचंभे में ही डाल दिया कि किसी काम को टालना या उसमें विलंब भी अच्छा हो सकता है। मेरे साथ काम कर चुके लोग जानते हैं कि मुझे अंतिम समय तक के लिए काम को टालने से कितनी नफ़रत है। कैसे मैं हमेशा सोचती हूँ कि जो भी काम करना है तत्काल करना है। दूसरों के साथ मार्क ज़ुकरबर्ग भी यह जानकर ख़ुश होंगे कि मैं हर काम को जल्द ख़त्म करने के दबाव को मुक्ति दे सकती हूँ। और जैसा कि एडम बताते हैं, यह शायद मुझे और मेरी टीम को बेहतर परिणाम हासिल करने में मदद ही करेगा।

जानकार आशावादी

हर दिन हमारा सामना ऐसी बातों से होगा, जिन्हें हम पसंद करते हैं और ऐसी बातों से भी जिन्हें हम बदलना चाहते हैं। पहली बात हमें आनंद देती है, जबकि दूसरी दुनिया को बदलने की ख़्वाहिश को हवा देती है-हमें जैसी मिली थी उससे तुलनात्मक तौर पर बेहतर दुनिया। लेकिन गहरी जड़ें जमाए बैठी धारणाओं और व्यवहारों को बदलना बहुत कठिन काम है। हम यथास्थिति को स्वीकार लेते हैं, क्योंकि वास्तविक बदलाव ला पाना असंभव लगता है। फिर भी, हम यह पूछने की हिम्मत करते हैं : क्या एक व्यक्ति बदलाव ला सकता है? और हमारे सबसे बहादुरी भरे पलों की बात की जाए तो : क्या वह व्यक्ति मैं हो सकता हूँ?

एडम का उत्तर एक ज़ोरदार गुंजायमान हाँ है। यह किताब साबित करती है कि हममें से हर एक ऐसे विचारों पर महारत हासिल कर सकता है, जो हमारे इर्द-गिर्द की दुनिया को बेहतर बना सकते हैं।

दोस्त

मैं एडम से जब पहली बार मिली थी तो उनकी पहली किताब *गिव ऐंड टेक* सिलिकॉन वैली में धूम मचा रही थी। मैंने इसे पढ़ा और तत्काल ही उस व्यक्ति के सामने इसके उद्धरण देना शुरू कर दिए, जो सुनना चाहता हो। एडम ना केवल एक प्रतिभावान रिसर्चर थे, बल्कि एक प्रतिभाशाली शिक्षक और कहानीकार भी थे, जो जटिल विचारों को भी आसानी और स्पष्टता से समझा सकता था।

उसके बाद मेरे पति ने एडम को उसकी टीम को उनके कार्यस्थल पर संबोधित करने के लिए बुलाया, जिसके बाद वह हमारे घर रात्रिभोज के लिए आए। एडम वास्तविकता में भी उतने ही असाधारण व्यक्ति थे, जितने कि वह काग़ज़ों में लगते थे। उनकी जानकारी विश्वकोष की तरह थी और उनकी ऊर्जा संक्रामक थी। मेरी और उनकी चर्चा इस बात से शुरू हुई कि उनका रिसर्च किस तरह से लिंग पर जारी चर्चा में काम आ सकता है और कैसे हम साथ मिलकर काम कर सकते हैं। उसके बाद हमने बहुत काम किया है। एक रिसर्च कर चुके हैं और महिला व काम के बारे में संपादकीय पेज के सामने के पेज पर लेखों की एक शृंखला भी लिख चुके हैं। LeanIn.Org को उनके कड़े विश्लेषण और समानता के प्रति प्रतिबद्धता का बहुत लाभ हुआ है।

वर्ष में एक बार, फ़ेसबुक अपनी वैश्विक टीम को एकत्रित करता है और वर्ष 2015 में मैंने एडम को मुख्य भाषण देने का न्यौता दिया। उनकी बुद्धिमत्ता और मज़ाक़िया स्वभाव ने सभी को बेहद प्रभावित किया। कुछ महीने बीतने के बाद भी टीम के सदस्य उनकी अंतर्दृष्टि, समझ की चर्चा करते हैं और उनकी सलाह को अमल में ला रहे हैं।

यूँ ही साथ चलते-चलते मैं और एडम दोस्त बन गए। जब एक त्रासदी में अचानक मेरे पति का निधन हो गया तो एडम ने मेरा साथ दिया, ठीक वैसे ही जैसे एक सच्चा दोस्त देता है। उन्होंने मेरी ज़िंदगी के सबसे बुरे वक़्त का भी वैसे ही सामना किया जैसा कि वह हर बात का करते हैं। मनोविज्ञान की उनकी गहरी समझ और अतुलनीय उदारता के साथ। जब मुझे लग रहा था कि अब मैं ज़िंदगी में कभी सामान्य नहीं हो सकूँगी, उन्होंने देश के दूसरे कोने से आकर मुझे समझाया कि विपरीत परिस्थितियों से जूझने के लिए मैं ख़ुद को कैसे अच्छी तरह से तैयार कर सकती हूँ। जब मैं समझ नहीं पा रही थी कि दिलोदिमाग़ को झकझोर डालने वाली परिस्थिति का कैसे सामना करूँ, उन्होंने तब मुझे जवाब तलाशने में मदद की, जब मुझे लगा कि सबकुछ समाप्त हो गया है। जब मुझे अपना ग़म हल्का करने के लिए दोस्त के कंधे की ज़रूरत पड़ी, वह उपलब्ध रहा करते थे।

शब्द की वास्तविक गहराइयों में जाएँ तो दोस्त शब्द का अर्थ एक ऐसा व्यक्ति होता है, जो आपके भीतर ख़ुद आप से भी ज़्यादा संभावनाएँ देखता है और एक ऐसा व्यक्ति जो आपको आपका सर्वश्रेष्ठ रूप बनने में मदद करता है। इस किताब का यही जादू है कि एडम इसे पढ़ने वाले हर व्यक्ति के कुछ इसी तरह के दोस्त बन जाते हैं। वह शंका और भय से उबरने, आवाज़ बुलंद करने और विचार रखने और बेहद असंभव माहौल और जगह में दोस्त तलाशने के तरीक़ों को लेकर सलाह का भंडार-सा खोल देते हैं। वह बैचेनी के प्रबंधन, गुस्से को सही दिशा देने और अपनी कमज़ोरियों में ताक़त तलाशने, बाधाओं पर जीत हासिल करने और दूसरों में उम्मीद जगाने के लिए व्यावहारिक मार्गदर्शन देते हैं।

ओरिजिनल्स मेरे द्वारा आज तक पढ़ी गई सबसे महत्त्वपूर्ण और दिलचस्प किताबों में से एक है। यह हैरतअंगेज़ और दमदार विचारों से भरपूर है। यह ना केवल दुनिया को देखने का आपका नज़रिया ही बदल देगी, बल्कि संभव है कि यह आपके जीने के ही तरीक़े को बदल डाले। यह निश्चित तौर पर आपको दुनिया को बदलने के लिए प्रेरित करेगी।

1

रचनात्मक विनाश

धारा के विपरीत तैरने का जोख़िम भरा काम

''तर्कसंगत व्यक्ति ख़ुद को दुनिया के लिहाज़ से ढाल लेता है; तर्कहीन व्यक्ति इन प्रयासों में अनवरत जुटा रहता है कि दुनिया उसके मुताबिक़ ढल जाए, इसलिए समूची तरक़्क़ी उस तर्कहीन व्यक्ति पर ही निर्भर होती है।''

—जॉर्ज बर्नार्ड शॉ

2008 में शरद ऋतु की एक सर्द शाम की बात है, चार छात्र एक उद्योग में क्रांतिकारी परिवर्तन करने निकले। क़र्ज़ में डूबे इन छात्रों का हाल यह था कि कुछ के चश्मे खो चुके थे और कुछ के बुरी तरह से टूट चुके थे। वे सभी इस बात से नाराज़ थे कि चश्मों की मरम्मत कितनी महँगी होती है। उनमें से एक तो उसी क्षतिग्रस्त चश्मे को पाँच साल से पहन रहा था : वह फ्रेम्स को साथ में बनाए रखने के लिए पेपर क्लिप्स का इस्तेमाल कर रहा था। उसकी आँखों का नंबर दो बार बदल जाने के बाद भी वह महँगा नया लेंस लेने से साफ़ इनकार कर रहा था।

800 पाउंड वजन वाला भीमकाय गोरिल्लानुमा लक्सोटिका, चश्मे के कारोबार के 80 प्रतिशत हिस्से पर क़ब्ज़ा जमाए बैठा था। चश्मों को और अधिक किफ़ायती बनाने के लिए इन छात्रों को इस दैत्य को हराना होगा। हाल ही के दिनों में ज़ापोस से जूतों को ऑनलाइन बेचकर जूतों के उद्योग में परिवर्तन किया था, लेकिन वे हैरत में पड़कर सोच रहे थे कि क्या वे चश्मों के कारोबार में भी ऐसा कर सकते हैं।

जब उन्होंने अपने दोस्तों के साथ यह कल्पना बहुत ही सामान्य से अंदाज़ में साझा की तो बार-बार उन्हें तीखी आलोचना के साथ लताड़ का सामना करना

पड़ा। दोस्तों का दावा था कि कोई भी इंटरनेट पर चश्मे नहीं ख़रीदेगा। लोगों को पहले उन्हें पहनकर देखना होता है। निश्चित तौर पर ज़ापोस ने जूतों की दुनिया में इस कल्पना को बख़ूबी इस्तेमाल किया था, लेकिन कई वज़ह तो थी, जिसके कारण यह चश्मे के कारोबार में नहीं आज़माया गया था। उनका कहना था कि ''अगर यह एक अच्छी कल्पना होती, तो किसी न किसी ने तो इसे आज़मा ही लिया होता।''

इनमें से किसी भी छात्र की ई-कॉमर्स या प्रौद्योगिकी की कोई पृष्ठभूमि नहीं थी, फिर फ़ैशन या परिधान की बात तो छोड़ ही दीजिए। यह बताए जाने के बाद भी कि उनका विचार निरे पागलपन की तरह है, उन्होंने अपनी अच्छी-ख़ासी नौकरियों को छोड़कर एक कंपनी शुरू करने का फ़ैसला किया। वे आमतौर पर 500 डॉलर में मिलने वाले चश्मे, 95 डॉलर में ऑनलाइन बेचेंगे। उन्होंने संकल्प लिया कि उनके चश्मे की हर ख़रीद पर विकासशील देश के किसी ज़रूरतमंद को एक चश्मा दान कर देंगे।

इस कारोबार का दारोमदार एक कार्यरत वेबसाइट पर था। इसके बग़ैर तो ग्राहकों के लिए उनके उत्पाद देख या ख़रीद पाना नामुमकिन था। एक वेबसाइट तैयार करने के लिए काफ़ी जोड़-तोड़ के बाद आख़िरकार उन्होंने फ़रवरी, 2010 में लांच से एक दिन पहले सुबह 4 बजे वेबसाइट ऑनलाइन करने में कामयाबी हासिल कर ही ली। उन्होंने कंपनी का नाम रखा वार्बी पार्कर। यह नाम उपन्यासकार जैक केरॉक द्वारा तैयार दो किरदारों के नामों के मेल से तैयार किया गया था, जिन्होंने इन छात्रों को सामाजिक दबाव की जंजीरों को तोड़कर रोमांच के सफ़र के लिए प्रेरित किया था। वह उनके बाग़ी मिज़ाज के प्रशंसक थे और इसी मिज़ाज को छात्रों ने अपने भीतर ढाल लिया। और यह कारगर रहा।

छात्रों को प्रतिदिन चश्मे की एक या दो जोड़ियाँ बिकने की उम्मीद थी, लेकिन जब पत्रिका *जीक्यू* ने उन्हें ''चश्मों की दुनिया का नेटफ़्लिक्स'' करार दिया तो उन्होंने अपना सालभर का लक्ष्य, एक महीने से भी कम में हासिल कर लिया। उनकी बिक्री इतनी तूफ़ानी थी कि उन्हें 20,000 ग्राहकों को प्रतीक्षा सूची में डालना पड़ा। उन्हें माँग के मुताबिक़ माल के भंडारण को हासिल करने में नौ माह का वक़्त लग गया।

अब सीधे 2015 की बात करें, जब *फ़ास्ट कंपनी* ने दुनिया की सबसे अनूठी (नवप्रवर्तनशील) 100 कंपनियों की सूची जारी की। वार्बी पार्कर ने ना केवल इस सूची में जगह बनाई, बल्कि वह पहले क्रमांक पर रही। इससे पहले के तीन रचनात्मक विजेता थे-गूगल, नाइकी और एपल, सभी की कर्मचारी क्षमता 50,000 से ज़्यादा। मैदान में नए खिलाड़ी के तौर पर उतरे बेतरतीब स्टार्टअप वार्बी पार्कर के केवल 500 कर्मचारी थे। केवल पाँच साल के भीतर चार दोस्तों

ने दुनिया का सबसे फ़ैशनेबल ब्रांड तैयार कर डाला और ज़रूरतमंद लोगों को 10 लाख से ज़्यादा चश्मे दान भी कर दिए। कंपनी ने सालाना कमाई में 100 मिलियन डॉलर के आंकड़े को पार कर दिया और इसका मूल्य 1 अरब डॉलर से ज़्यादा है।

2009 की बात है, संस्थापकों में से एक ने कंपनी का विचार मेरे साथ साझा किया था और मुझे वार्बी पार्कर में निवेश का न्यौता दिया था। मैंने इनकार कर दिया था।

यह मेरे द्वारा किया गया, ज़िंदगी का सबसे घटिया वित्तीय फ़ैसला था और मुझे यह समझने की ज़रूरत है कि मैंने कहाँ ग़लती की।

मौलिक (विशेषण) किसी बात का मूल या स्रोत; जिससे कुछ बात निकलती है, आगे बढ़ती है या निकाली जाती है।

निराला (संज्ञा) निरालेपन या अनूठी ख़ासियत वाली वस्तु; एक व्यक्ति जो दूसरों से आकर्षक या रोचक तरीक़े से अलग हो, ताज़ा सोच या नई खोज की क्षमता वाला व्यक्ति।

कुछ साल पहले मनोवैज्ञानिकों ने पाया था कि सफलता हासिल करने के दो रास्ते हैं : अनुरूपता या सहमति और मौलिकता। अनुरूपता या सहमति का मतलब होता है, परंपरागत रास्तों पर भीड़ के पीछे-पीछे चलना और यथास्थिति को बनाए रखना। निरालेपन का मतलब होता है कम आज़माए रास्तों को अपनाना, कुछ निराले विचारों में महारत हासिल करके फिर धारा के विपरीत तैरकर अंततः वस्तुओं को बेहतर बनाना। यानी लकीर का फ़कीर नहीं बनना।

निश्चित तौर पर किसी भी वस्तु को पूरी तरह से निराला नहीं कहा जा सकता, क्योंकि हमारे सारे विचार अपने इर्द-गिर्द की दुनिया से ही प्रभावित होते हैं। हम लगातार विचारों को उधार लेते रहते हैं, फिर भले ही ऐसा जानबूझकर किया जा रहा हो या फिर अनजाने में। हम पर हरदम ''क्लेप्टोम्नेसिया'' का ख़तरा मँडराता रहता है, जिसमें हम अनजाने में दूसरों के विचारों को अपना ही समझकर याद रख लेते हैं। मेरे विचार से, निरालेपन का मतलब होता है कि किसी विशिष्ट क्षेत्र में एक निराले विचार को रखना और आगे बढ़ाना, जिसमें सुधार की संभावना बनी रहती है।

निरालेपन की शुरुआत ही रचनात्मकता से होती है : एक सोच को विकसित करना जो अनूठी हो और उपयोगी भी। लेकिन बात यहीं पर ख़त्म नहीं हो जाती। निराले लोग वे होते हैं, जो अपने दृष्टिकोण को साकार करने के लिए पहल करते हैं। वार्बी पार्कर के संस्थापकों में चश्मों को ऑनलाइन बेचने की एक लीक से हटकर

सोच थी, लेकिन उन्होंने इसे सबके लिए उपलब्ध और किफ़ायती बनाने की पहल करके अपने निरालेपन को साबित कर दिया।

यह पुस्तक इसी बात को लेकर है कि हम सब कैसे निराले बन सकते हैं। आज इंटरनेट पर सर्फ़ करने के लिए जिस वेब ब्राउज़र का इस्तेमाल करते हैं ना, उसी में एक संकेत छिपा है।

मूल में ख़ामियाँ निकालना

कुछ अरसे पहले की बात है, अर्थशास्त्री माइकल होसमैन एक परियोजना का नेतृत्व कर रहे थे कि क्यों कुछ ग्राहक सेवा एजेंट्स अन्य लोगों की तुलना में नौकरियों में ज़्यादा वक़्त तक टिके रहते हैं। बैंक्स, एयरलाइंस और सेलफ़ोन कंपनियों के लिए कॉल्स संभालने वाले 30 हज़ार से ज़्यादा कर्मचारियों की जानकारी के साथ उन्हें आशंका थी कि उनका रोज़गार का कच्चा-चिट्ठा, उनके काम के प्रति समर्पण के भेद खोलने वाले संकेतों से सजा होगा। उनका अनुमान था कि बार-बार नौकरियाँ बदलने वाले लोग जल्द नौकरियाँ छोड़ेंगे, लेकिन उन्होंने ऐसा नहीं किया : पिछले पाँच साल में पाँच नौकरियाँ कर चुके कर्मचारियों के नौकरी छोड़ने की संभावना उन लोगों की तुलना में बिलकुल भी नहीं थी, जो पिछले पाँच साल से एक ही नौकरी से चिपके हुए थे।

अन्य संकेतों की तलाश के दौरान उन्होंने पाया कि उनकी टीम ने यह जानकारी भी जुटा ली थी कि नौकरियों के लिए आवेदन करते वक़्त कर्मचारियों ने किस इंटरनेट ब्राउज़र का इस्तेमाल किया था। दिमाग़ में एक सनक-सी आई और उन्होंने यह भी जाँच लिया कि कहीं इंटरनेट ब्राउज़र की पसंद का नौकरियों को छोड़ने से कोई संबंध तो नहीं था। यह मानते हुए कि वेब ब्राउज़र का चयन तो निजी पसंद की बात है, उन्हें इस बाबत किसी आपसी संबंध की उम्मीद नहीं थी। लेकिन जब उन्होंने परिणामों को देखा तो वह भौंचक्के रह गए : वेब को ब्राउज़ करने के लिए फ़ायरफ़ॉक्स या क्रोम का इस्तेमाल करने वाले कर्मचारी, इंटरनेट एक्सप्लोरर या सफ़ारी इस्तेमाल करने वाले कर्मचारियों की तुलना में अपनी नौकरियों में 15% ज़्यादा वक़्त तक टिके रहे।

यह सोचते हुए कि यह एक संयोग हो सकता है, होसमैन ने काम से ग़ैर हाज़िर रहने वाले लोगों के लिए भी ऐसा ही विश्लेषण किया। इसमें पैटर्न एक समान दिखा : फ़ायरफ़ॉक्स और क्रोम इस्तेमाल करने वाले कर्मचारियों की इंटरनेट एक्सप्लोरर या सफ़ारी इस्तेमाल करने वाले कर्मचारियों की तुलना में काम छोड़कर जाने की संभावना 19% कम दिखी।

फिर उन्होंने प्रदर्शन पर नज़र डाली। उनकी टीम ने सेल्स, ग्राहक संतुष्टि, और औसत कॉल लंबाई पर क़रीब तीस लाख डेटा पॉइंट की जोड़-तोड़ की। फ़ायरफ़ॉक्स और क्रोम इस्तेमाल करने वाले उल्लेखनीय रूप से अच्छी बिक्री कर लेते थे और उनके कॉल टाइम भी कम थे। उनके ग्राहक भी ख़ुश रहते थे। नब्बे दिनों तक काम करने के बाद फ़ायरफ़ॉक्स और क्रोम को इस्तेमाल करने वालों का ग्राहक संतुष्टि का जितना स्तर हुआ उतना इंटरनेट एक्सप्लोरर और सफ़ारी इस्तेमाल करने वाले केवल 120 दिनों तक काम करने के बाद ही हासिल कर सके।

उनका नौकरियों में टिके रहना, भरोसेमंद दिखना और सफल होना केवल ब्राउज़र पर ही निर्भर नहीं था। बल्कि ब्राउज़र की उनकी पसंद उनकी आदतों की ओर इशारा करता है। हर मायने से फ़ायरफ़ॉक्स और क्रोम को इस्तेमाल करने वाले, क्यों ज़्यादा प्रतिबद्ध और बेहतर प्रदर्शन करने वाले निकले?

स्वाभाविक जवाब था कि वे प्रौद्योगिकी को लेकर ज़्यादा कुशल थे, इसलिए मैंने होसमैन से जानना चाहा कि क्या वह इसका और विस्तृत विश्लेषण कर सकते हैं। सभी कर्मचारियों ने कम्प्यूटर में प्रवीणता की परीक्षा में भाग लिया था। इस परीक्षा के दौरान उनकी कीबोर्ड शॉर्टकट्स, सॉफ़्टवेयर प्रोग्राम्स, हार्डवेयर की जानकारी और निर्धारित वक़्त में टाइपिंग की गति को भी परखा गया था। लेकिन फ़ायरफ़ॉक्स और क्रोम का इस्तेमाल करने वाला समूह कम्प्यूटर में ज़्यादा कुशल नहीं पाया गया और ना ही वे तेज़ या सटीक टाइपिंग करने वाले थे। उनके बेहतर स्थिति में होने की वज़ह तकनीकी ज्ञान और कौशल नहीं थे।

फ़र्क़ इस बात से पड़ा कि उन्होंने ब्राउज़र कैसे हासिल किया था। अगर आपके पास पर्सनल कम्प्यूटर (पीसी) है तो विंडोज़ में इंटरनेट एक्सप्लोरर मूल रूप से ही मौज़ूद होता है। अगर आप एक मैक (एपल मैकिंटोश) इस्तेमाल करते हैं, तो उसमें पहले से सफ़ारी होता है। ग्राहक सेवा के एजेंट्स में से तकरीबन दो तिहाई, कम्प्यूटर के मूल (डिफ़ॉल्ट) ब्राउज़र का ही इस्तेमाल करते थे। उन्होंने इस बाबत कभी सवाल तक नहीं उठाया कि बेहतर ब्राउज़र उपलब्ध है या नहीं।

फ़ायरफ़ॉक्स या क्रोम को इस्तेमाल करने के लिए आपको अतिरिक्त जुगाड़ के साथ एक अलग ब्राउज़र को डाउनलोड करना पड़ता है। डिफ़ॉल्ट ब्राउज़र की जगह आप एक विकल्प के लिए पहल करते हैं। पहल का यह क़दम, चाहे जितना भी छोटा हो, यह बताने के लिए पर्याप्त है कि आप काम पर क्या करते हैं।

इंटरनेट एक्सप्लोरर और सफ़ारी के डिफॉल्ट ब्राउज़र को स्वीकारने वाले ग्राहक सेवा एजेंट्स का नौकरी को लेकर भी वही रवैया था। वे सेल्स कॉल्स पर तय अंदाज़ में मौज़ूद रहे और ग्राहकों की शिकायतों के निपटारे के लिए उन्होंने एक तय मानक प्रक्रिया को ही अपनाया। उन्होंने अपनी नौकरियों के दायरे को स्वीकार

लिया, यही वज़ह रही कि जब वे अपने काम से नाख़ुश हुए, वे ग़ायब रहने लगे और अंत में उन्होंने नौकरी छोड़ दी।

ब्राउज़र बदलकर फ़ायरफ़ॉक्स या क्रोम को अपनाने वाले कर्मचारियों का नौकरी को लेकर नज़रिया भी अलग था। वे ग्राहकों को किसी वस्तु को बेचने या उनकी समस्या को सुलझाने के नए-नए अनूठे तरीक़े खोजने लगे। जब वे किसी ऐसी परिस्थिति में पहुँचे, जो उनको रास नहीं आई तो उन्होंने उसे दुरुस्त भी किया। अपनी परिस्थितियों को सुधारने की पहल के कारण उनके पास नौकरी छोड़ने का कोई कारण नहीं था। उन्होंने नौकरी को मन के मुताबिक़ बना लिया था। लेकिन वे अपवाद थे, नियम नहीं।

हम इंटरनेट एक्सप्लोरर जैसी ही दुनिया में रहते हैं। जैसे दो तिहाई कर्मचारियों ने कम्प्यूटर में मौजूद डिफ़ॉल्ट ब्राउज़र को स्वीकार लिया था, हमने भी अपनी ज़िंदगी में मौजूद मूलभूत (डिफ़ॉल्ट्स) बातों को स्वीकार लिया है। उत्तेजनात्मक अध्ययनों की एक शृंखला में राजनीतिक मनोवैज्ञानिक जॉन जोस्ट ने इस बात की पड़ताल की कि लोग अनचाही मूलभूत परिस्थितियों में कैसे प्रतिक्रिया देते हैं। यूरोपियन अमेरिकन की तुलना में अफ़्रीकी अमेरिकी अपनी आर्थिक परिस्थितियों से कम संतुष्ट थे, लेकिन आर्थिक असमानता को ज़्यादा तर्कसंगत और न्यायसंगत मानते थे। सबसे ज़्यादा आय वर्ग के लोगों की तुलना में सबसे कम आय वर्ग के लोगों की आर्थिक असमानता को अनिवार्य मानने की संभावना 17% ज़्यादा है। जब उनसे पूछा गया कि क्या वे उस क़ानून को समर्थन देंगे, जिसमें सरकार की आलोचना के लिहाज़ से नागरिकों और प्रेस के अधिकारों को सीमित कर दिया जाए, अगर यह क़ानून हमारे देश की समस्या को हल करने के लिहाज़ से ज़रूरी है, तो सबसे ज़्यादा आय वाले लोगों की तुलना में सबसे कम आय वाले दोगुने लोग अभिव्यक्ति की स्वतंत्रता का अधिकार छोड़ने के लिए तैयार हो जाएँगे। सुविधायुक्त समूहों की तुलना में सुविधाहीन समूहों के यथास्थिति को स्थायी समर्थन को देखते हुए जोस्ट और उसके साथी इस निष्कर्ष पर पहुँचे, ''परिस्थिति विशेष से सबसे ज़्यादा प्रभावित लोगों के ही विरोधाभासी तौर पर इस पर सवाल उठाने, चुनौती देने, ख़ारिज करने या इसे बदलने की सबसे कम संभावना है।''

इस विशिष्ट व्यवहार का ब्यौरा देने के लिए जोस्ट की टीम ने व्यवस्था के औचित्य का एक सिद्धांत विकसित किया। इसकी मूल सोच यह है कि लोग यथास्थिति को ही न्यायसंगत करार देने के प्रयास करने के लिए प्रोत्साहित होते हैं-फिर भले ही वह स्पष्ट तौर पर उनके हितों के ख़िलाफ़ हो। एक अध्ययन के दौरान उन्होंने 2000 के अमेरिकी राष्ट्रपति चुनाव से पहले डेमोक्रेटिक और रिपब्लिक मतदाताओं पर नज़र रखी। जब जॉर्ज डब्ल्यू. बुश ने चुनाव में बढ़त हासिल की तो रिपब्लिकन मतदाताओं ने उन्हें सबसे चहेता करार दिया, लेकिन डेमोक्रेट्स ने भी

ऐसा ही किया, जो पहले ही संभावित यथास्थिति को भाँपकर उसका औचित्य खोज रहे थे। अल गोर की सफलता की संभावना बढ़ने पर भी यही हुआ : रिपब्लिकन और डेमोक्रेटिक दोनों ही मतदाताओं ने उन्हें ज़्यादा पसंदीदा करार दिया। जब किसी उम्मीदवार की जीत की संभावना ज़्यादा होती है तो लोगों की राजनीतिक विचारधाराओं को त्यागकर उसके पक्ष में मतदान की संभावना बढ़ जाती है। जैसे ही संभावना कम होती है उसे लेकर पसंद कम होती जाती है।

मूल प्रणाली या यथास्थिति को स्वीकार लेना सुकून देने वाला क़दम होता है। यह भावनात्मक दर्दनिवारक होता है : अगर दुनिया का ऐसा ही होना तय है तो हमें इससे असंतुष्ट होने की कोई ज़रूरत नहीं है। लेकिन रज़ामंदी हमसे अन्याय के ख़िलाफ़ खड़ा होने का नैतिक साहस और दुनिया के फ़ायदे के लिहाज़ से वैकल्पिक तरीक़े खोजने की रचनात्मकता भी छीन लेती है।

निरालेपन की ख़ासियत ढर्रे पर चलने को नकारना है और इस खोज में जुट जाना है कि क्या कोई बेहतर विकल्प उपलब्ध है। मैंने एक दशक से ज़्यादा वक़्त इसके अध्ययन में बिताया है और यह मेरी उम्मीद की तुलना में बहुत कम मुश्किल निकला।

शुरुआती बिंदु है उत्सुकता : यह सोचना कि आख़िरकार यह ढर्रा (डिफ़ॉल्ट) मूलतः क्यों मौजूद है। हम तभी ढर्रे को चुनौती देते हैं, जब हमें देजा वू (पूर्वानुभूति) का ठीक उल्टा *वूजा* दे महसूस होता है। देजा वू यानी कि जब हम किसी नई वस्तु का सामना करते हैं तो अंदर से एक अनुभूति-सी आती है कि हम यह पहले देख चुके हैं या इस परिस्थिति से गुज़र चुके हैं, जबकि वूजा दे का मतलब होता है कि हमें वस्तु तो पहचानी हुई ही दिखती है, लेकिन हमारा उसे देखने का नज़रिया बदल चुका होता है और यही हमें उस पुरानी समस्या का हल खोजने में मदद करता है।

अगर वूजा दे की स्थिति नहीं होती तो वार्बी पार्कर का अस्तित्व ही नहीं होता। जब संस्थापक रात के वक़्त कम्प्यूटर लैब में बैठे थे, तो चश्मा पहनने की उन सबकी मिलाकर कुल उम्र 60 वर्ष थी। यह उत्पाद हमेशा से ही ग़ैरवाज़िब तरीक़े से महँगा था। लेकिन उस पल तक उन्होंने यथास्थिति को सामान्य मान लिया था, कभी भी मूल क़ीमत पर सवाल नहीं उठाया था। सहसंस्थापक डेव गिलबोआ कहते हैं, ''यह सवाल कभी मेरे दिमाग़ में ही नहीं आया। मैं हमेशा से उसे चिकित्सा ज़रूरत की ख़रीद मानता था। मैंने यह मान लिया था कि अगर कोई डॉक्टर इसे मुझे बेच रहा है तो क़ीमत तर्कसंगत है।''

हाल ही में आईफ़ोन ख़रीदने के लिए एपल स्टोर के बाहर कतार में इंतज़ार करते हुए उसने ख़ुद को दोनों उत्पादों की तुलना करते हुए पाया। चश्मे लगभग एक

हज़ार साल से इंसान की ज़िंदगी का अहम हिस्सा रहे हैं और उनमें उसके दादाजी के वक़्त से बमुश्किल कोई बदलाव आया था। पहली बार डेव को हैरत हुई कि आख़िर चश्मे इतने महँगे क्यों हैं। आख़िर क्यों एक आधारभूत आसान-सा उत्पाद एक जटिल स्मार्टफ़ोन से ज़्यादा क़ीमत रखता है?

ये सवाल किसी के भी द्वारा पूछे जा सकते थे और वह भी उसी जवाब तक पहुँचता जो वार्बी पार्कर की टीम का था। एक बार उनके भीतर क़ीमतों के इतना ज़्यादा होने को लेकर उत्सुकता जागी तो फिर उन्होंने चश्मों के उद्योग पर अनुसंधान शुरू किया। तभी उनको यह बात पता चली कि इस क्षेत्र में यूरोपियन कंपनी लक्सोटिका का दबदबा है। पिछले साल इस कंपनी ने 7 अरब डॉलर की कमाई की थी। डेव ने कहा कि ''यह समझने के बाद कि इसी कंपनी के पास लेंसक्राफ़्टर्स और पर्ल विज़न के अलावा रे-बेन और ओकली के साथ-साथ चेनल और प्रादा के डॉक्टरों द्वारा सिफ़ारिश किए जाने वाले चश्मों के भी लाइसेंस हैं, यह बात समझ में आ गई कि ये इतने महँगे क्यों हैं? वस्तुओं की लागत के आधार पर क़ीमतें क़तई तर्कसंगत नहीं थीं।'' अपने एकछत्र राज्य का फ़ायदा उठाते हुए लक्सोटिका लागत से 20 गुना तक की क़ीमत वसूल रही थी। उसका आधार स्वाभाविक रूप से न्यायसंगत नहीं था; यह तो एक कंपनी विशेष में लोगों के समूह द्वारा स्वीकारा गया विकल्प था। इसका ज़ाहिर-सा मतलब था कि लोगों का अन्य समूह वैकल्पिक पसंद का चयन कर सकता था। डेव को अचानक समझ में आ गया, ''हम इसे अलग तरह से कर सकते हैं। यह इस बात का अहसास था कि हम अपने भाग्य को नियंत्रित कर सकते हैं और यह भी कि हम अपनी क़ीमतों को भी नियंत्रित कर सकते हैं।''

जब हम अपनी दुनिया की असंतोषजनक ख़ामियों को लेकर उत्सुक होते हैं तो हम यह समझना शुरू कर देते हैं कि उनमें से अधिकांश का सामाजिक मूल ही है : नियम और प्रणालियाँ लोगों द्वारा बनाई गई थीं। जागरूकता हमें यह हौसला देती है कि कैसे हम उसमें बदलाव कर सकते हैं। अमेरिका में महिलाओं को मताधिकार मिलने से पहले, इतिहासकार जीन बेकर के मुताबिक़, ''हर किसी ने उससे पहले अपने निचले दर्ज़े को कुछ और नहीं नैसर्गिक ही माना था।'' मताधिकार आंदोलन के गति पकड़ने के बाद ''महिलाओं की बढ़ती संख्या को यह अहसास हुआ कि रीति-रिवाज, धार्मिक ज्ञान और क़ानून सभी पुरुषों द्वारा तैयार किए गए हैं और इसलिए इन्हें बदला जा सकता है।''

महत्त्वाकांक्षा के दो चेहरे

मूल यथास्थिति को स्वीकारने के दबाव हमें समझ आने से काफ़ी पहले शुरू हो जाते हैं। अगर आपको लगता है कि कोई व्यक्ति उम्र बढ़ने के बाद ब्रह्मांड में

बदलाव लाएगा तो ऐसा पहला समूह दिमाग़ में आता है विलक्षण बुद्धि वाले बच्चों का। ये विलक्षण प्रतिभा के धनी दो वर्ष की उम्र में पढ़ना सीख जाते हैं, चार की उम्र में बाख़ का संगीत बजाने लगते हैं और छह वर्ष की उम्र तक तो केल्कुलेटर इनके हाथों का खिलौना बन चुका होता है। आठ वर्ष की उम्र आते-आते ये सात भाषाएँ धाराप्रवाह तरीक़े से बोलने लग जाते हैं। उनके कक्षा के साथी ईर्ष्या से जल-भुन जाते हैं, उनके अभिभावक ऐसे ख़ुश होते हैं मानो कोई लॉटरी जीत ली हो। लेकिन टी.एस. इलियट के शब्दों में उनका करियर धमाके से नहीं रिरियाने के साथ समाप्त हो जाता है।

देखने में आया है कि विलक्षण बुद्धि वाले बहुत कम बच्चे ही आगे चलकर दुनिया में बदलाव ला पाते हैं। जब मनोवैज्ञानिकों ने दुनिया के सबसे प्रतिष्ठित और प्रभावशाली लोगों का अध्ययन किया तो पाया कि उनमें से अधिकांश बचपन में असामान्य रूप से प्रतिभाशाली नहीं थे। अगर आप बचपन में विलक्षण बुद्धि वाले बच्चों के समूह का पूरी ज़िंदगी अध्ययन करें तो पाएँगे कि वे अपने ही तरह के संसाधनों वाले परिवार के कम परिपक्व परिजनों की तुलना में बेहतर प्रदर्शन नहीं कर पाते।

यह बात सहज रूप से समझ में आती है। हम मान लेते हैं कि जो बच्चे किताबी लिहाज़ से तेज़र्रार होते हैं वे आम ज़िंदगी के लिहाज़ से तेज़ नहीं होते। वे भले ही बुद्धिमानी की पराकाष्ठा हों, लेकिन समाज में रहने के लिहाज़ से उनमें सामाजिक, भावनात्मक और व्यावहारिक कौशल की कमी देखने को मिलती है। हालाँकि जब आप सबूतों की ओर देखते हैं तो यह स्पष्टीकरण नाकाम हो जाता है : कुदरती तौर पर होशियार एक चौथाई बच्चों में से एक चौथाई से भी कम सामाजिक या भावनात्मक समस्या से जूझते हैं। अधिकांश तो अच्छी तरह से मेल बैठा चुके हैं। बात किसी कॉकटेल पार्टी की हो या फिर स्पेलिंग बी स्पर्धा की हर जगह ख़ुश।

हालाँकि बचपन से ही प्रतिभाशाली बच्चे आमतौर पर प्रतिभा और आकांक्षा दोनों ही लिहाज़ से संपन्न होते हैं। जो बात उन्हें दुनिया में आगे बढ़ने से रोकती है, वह उनका निराला होना नहीं सीख पाना। जब वे कार्नेगी हॉल में प्रदर्शन करते हैं, साइंस ओलिंपिक जीतते हैं और शतरंज चैंपियन बनते हैं, कुछ बुरा घटित होता है : अभ्यास आपको भले ही परिपूर्ण बनाता हो, लेकिन यह आपको नवीनता नहीं देता। प्रतिभाशाली ये बच्चे मोज़ार्ट की सुरीली संगीत रचनाएँ और बीथोवन की सिम्फ़नियाँ प्रस्तुत करते हैं, लेकिन कभी ख़ुद का अपना संगीत तैयार नहीं कर पाते। वह अपनी पूरी ऊर्जा वर्तमान वैज्ञानिक ज्ञान पर ही केंद्रित किए रहते हैं, नया दृष्टिकोण तैयार करने के लिए कुछ नहीं करते। अपने नए नियम और नए खेल बनाने की जगह वे स्थापित खेलों के नियमों के तय साँचे में ढल जाते हैं। पूरे रास्ते में वे

बस अपने अभिभावकों की सहमति और शिक्षकों की सराहना हासिल करने का प्रयास करते रहते हैं।

अनुसंधान बताता है कि सबसे रचनात्मक बच्चों के शिक्षक के सबसे पसंदीदा छात्र बनने की संभावना सबसे कम है। एक अध्ययन के दौरान प्राथमिक स्कूल के शिक्षकों ने अपने पसंदीदा और सबसे कम पसंद के छात्रों की सूची तैयार की थी और उसके बाद विशेषताओं की सूची के आधार पर बच्चों के दोनों समूहों को रैंकिंग दी थी। सबसे कम पसंद किए गए छात्र वे थे, जो ढर्रे पर नहीं चल रहे थे और जिन्होंने अपने नियम बना लिए थे। शिक्षकों में सबसे रचनात्मक छात्रों के प्रति भेदभाव देखने को मिला। वे उन पर उपद्रवी का तमग़ा चस्पां करना पसंद करते हैं। जवाबी प्रतिक्रिया में कई बच्चे तयशुदा ढर्रे से क़दमताल करना सीख जाते हैं और अपने मूल विचारों को अपने तक ही सीमित रखते हैं। लेखक विलियम डेरेसिविज़ के शब्दों में कहें तो वे दुनिया की सबसे बेहतरीन भेड़ बन जाते हैं।

बाल प्रतिभाएँ किशोरवय में अपने क्षेत्र में विशेषज्ञ बन जाती हैं या उनके संस्थान में नेतृत्व सँभाल लेती हैं। फिर भी ''प्रतिभावान बच्चों का एक छोटा–सा हिस्सा ही अंततः क्रांतिकारी किशोर निर्माता बन पाता है।'' हालात पर यह अफ़सोस ज़ाहिर करते हुए मनोवैज्ञानिक एलन विनर कहते हैं, ''जो ऐसा करते हैं, उन्हें दर्दनाक रूपांतरण से गुज़रना पड़ता है।'' एक बच्चे से ''जो एक स्थापित कार्यक्षेत्र में आसानी के साथ तेज़ी से सीखता है,'' एक किशोर में रूपांतरण ''जो अंततः ख़ुद अपना एक कार्यक्षेत्र तैयार करता है।''

अधिकांश बाल प्रतिभाएँ यह छलांग नहीं लगा पातीं। वे अपनी अतिविशिष्ट योग्यताओं का सामान्य तरीक़ों से इस्तेमाल करने लगती हैं। तय ढर्रे को चुनौती दिए बग़ैर या कोई भी हलचल पैदा किए बिना ख़ुद को नौकरियों के लिए ढाल लेती हैं। जिस किसी भी कार्यक्षेत्र में वे जाते हैं, उनका लक्ष्य सुरक्षित तरीक़े से लकीर का फक़ीर बनकर सफलता हासिल करना होता है। वे ऐसे चिकित्सक बन जाते हैं, जो अपना पूरा ध्यान मरीजों की सेवाओं में ही लगाते हैं और कई मरीजों से स्वास्थ्य सेवाओं को दूर रखने वाली समूची प्रणाली को ही सुधारने से उनका कोई लेना–देना नहीं होता। वे पुराने क़ानूनों के उल्लंघन में फँसे अपने मुवक्किलों को बचाने में वक्त बिता देते हैं, मगर क़ानूनों में बदलाव के प्रयास नहीं करते। वे ऐसे शिक्षक बन जाते हैं, जो बच्चों के लिए अल्ज़ेब्रा के पाठ तैयार करते हैं, यह सवाल उठाए बग़ैर कि क्या उनके छात्रों को अल्ज़ेब्रा सीखने की ज़रूरत है। हम जहाँ उनसे दुनिया को सुगमता और सरलता के साथ चलाने की उम्मीद करते हैं, वे हमें बस ट्रेडमिल पर दौड़ाते रहते हैं।

बाल प्रतिभाएँ उपलब्धि की प्रेरणा से वंचित होती हैं। दुनिया की महानतम उपलब्धियों के लिए सफलता का जज़्बा ज़िम्मेदार होता है। जब हम बेहतरीन

प्रदर्शन को लेकर प्रतिबद्ध होते हैं तो हमारे पास कड़ी, ज़्यादा और बेहतर मेहनत के लिए ज़रूरी ऊर्जा होती है। लेकिन जैसे-जैसे संस्कृतियों के पास उपलब्धियों का अंबार लगता जाता है, निरालापन केवल कुछ विशिष्ट लोगों तक सीमित होकर रह जाती है।

जब उपलब्धि की प्रेरणा आसमान को चूमती है तो इसमें निरालेपन के गुम हो जाने का ख़तरा बढ़ जाता है : आप उपलब्धि को जितना अधिक मूल्यवान समझेंगे, असफलता से उतना ही डरने लग जाएँगे। ऐसे में मौलिक उपलब्धियाँ हासिल करने की जगह सफल होने की तीव्र इच्छा, हमें तयशुदा जीत के लिए ही प्रयास करने के लिए प्रेरित करती है। मनोवैज्ञानिकों टॉड लुबार्ट और रॉबर्ट स्टर्नबर्ग़ के शब्दों में, ''एक बार जब लोग उपलब्धि की ज़रूरत के मध्यम स्तर को पार कर लेते हैं तो इस बात के सबूत हैं कि उसके बाद वह वास्तविकता में कम रचनात्मक हो जाते हैं।''

सफलता पाने का जज़्बा और उसके साथ पराजय के डर ने इतिहास में कुछ महानतम निर्माताओं और परिवर्तन लाने वालों को रोक दिया है। स्थायित्व को क़ायम रखने और परंपरागत उपलब्धियों को हासिल करने की चिंता में वह निरालेपन की तलाश से हिचकिचाते हैं। पूरे विश्वास के साथ आगे की ओर तूफ़ानी गति से बढ़ने की बजाय उन्हें कोई अन्य रुख़ नहीं अपनाने के लिए फुसलाया गया है, समझाइश दी गई है या धमकाया गया है। उनमें भले ही सतही तौर पर नेतृत्व क्षमताएँ दिखती हों, लेकिन कई मर्तबा उन्हें प्रशंसकों या साथियों द्वारा ही प्रेरित किया गया है। अगर कुछ लोगों को निराला क़दम उठाने के लिए तैयार नहीं किया गया होता तो नागरिक अधिकारों के लिए आंदोलन आज भी सपना ही होता। सिस्टिन चैपल ख़ाली होती। हम आज भी यही मानते होते कि सूरज धरती की प्रदक्षिणा करता है और पर्सनल कम्प्यूटर कभी भी इतने लोकप्रिय नहीं होते।

हमारे आज के नज़रिए से स्वतंत्रता की घोषणा अवश्यंभावी थी, लेकिन यह मुख्य क्रांतिकारियों की आनाकानी के कारण लगभग होने से रह गई थी। पुलिट्ज़र पुरस्कार विजेता इतिहासकार जैक रेकोव बताते हैं, ''अमेरिकी क्रांति की मशाल थामने वाले लोगों का समूह क्रांतिकारियों का एक ऐसा समूह था, जो कल्पना से परे था। अधिकांश अनिच्छा से क्रांतिकारी बने थे।'' युद्ध के पहले के वर्षों में जॉन एडम्स को ब्रिटिश फौजों की ज़बर्दस्त वापसी का भय था और वह अपने क़ानून के तेज़ी से तरक्की करते करियर को नहीं छोड़ना चाहते थे। वह पहली कांटिनेंटल कांग्रेस में प्रतिनिधि के तौर पर चुने जाने के बाद ही इसमें शामिल हुए। जॉर्ज वॉशिंगटन का पूरा ध्यान अपने गेहूँ, आटा, मछली पकड़ने और अश्व प्रजनन के कारोबार पर केंद्रित था। एडम्स द्वारा सेना का प्रमुख नियुक्त किए जाने के बाद ही वह स्वतंत्रता युद्ध का हिस्सा बने। वॉशिंगटन ने लिखा था, ''इससे बचने के लिए मैंने अपने अधिकार क्षेत्र के तहत सारे प्रयास कर लिए थे।''

दो सदी बाद, मार्टिन लुथर किंग जूनियर नागरिक अधिकार आंदोलन के नेतृत्व को लेकर आशंकित थे; केवल पादरी और एक कॉलेज का अध्यक्ष बनना उनका सपना था। 1955 में बस की आगे की सीट नहीं देने के कारण जब रोज़ा पार्क्स पर मुकदमा चला तो नागरिक अधिकार कार्यकर्ताओं का एक समूह चर्चा के लिए एकत्रित हुआ। मोंटगोमरी इम्प्रूवमेंट एसोसिएशन के गठन और बसों के बहिष्कार पर सहमति बनी और उपस्थितजनों में से एक ने किंग को अध्यक्ष पद के लिए मनोनीत किया। किंग के मुताबिक़, ''यह सबकुछ इतनी जल्दी हुआ कि मुझे सोचने तक का वक़्त नहीं मिला। संभावना है कि अगर मुझे वक़्त मिला होता तो मैंने मनोनयन से इनकार कर दिया होता।'' केवल तीन सप्ताह पहले ही किंग और उनकी पत्नी में सहमति बनी थी, ''सहमति कि मैं किसी भी बड़ी सामुदायिक ज़िम्मेदारी को नहीं स्वीकारूँगा, क्योंकि हाल ही में मैंने अपनी थीसिस पूरी की है और मुझे चर्च के काम पर और अधिक ध्यान देने की ज़रूरत है।'' उन्हें बहिष्कार के नेतृत्व के लिए सर्वसम्मति से चुन लिया गया। शाम को समुदाय को भाषण देने के नाम से ही उन्हें पसीना आने लग गया था। ''मुझे डर ने बुरी तरह से जकड़ लिया था।'' किंग ने उस घबराहट पर जल्द ही क़ाबू पा लिया और 1963 में उनकी दमदार आवाज़ ने पूरे देश को आज़ादी के चौंधिया देने वाले दृष्टिकोण के इर्द-गिर्द एकजुट कर दिया। लेकिन यह तभी संभव हुआ, जब एक साथी ने प्रस्ताव किया कि वॉशिंगटन की ओर कूच में किंग अंतिम वक्ता होंगे और उन्होंने उनके समर्थन के लिए नेताओं के गठबंधन को वहाँ एकत्रित कर लिया था।

जब पोप ने सिस्टिन चैपल की छत पर एक भित्ति चित्र बनाने का काम माइकलेंजलो (1475-1564) को दिया तो उनकी इसमें तनिक भी रुचि नहीं थी। वह ख़ुद को एक शिल्पकार मानते थे, चित्रकार नहीं। उन्हें यह काम इतना मुश्किल लगा कि वह फ़्लोरेंस भाग गए। परियोजना पर काम शुरू करने से पहले दो साल का वक़्त गुज़र गया। खगोलशास्त्र भी दशकों तक अवरुद्ध-सा रहा, क्योंकि निकोल कोपरनिकस (1473-1543) ने अपनी इस मूल खोज को प्रकाशित करने से इनकार कर दिया कि पृथ्वी सूरज के इर्द-गिर्द घूमती है। अस्वीकृति और उपहास के डर से वह 22 साल तक चुप्पी साधे रहे। अपनी खोज को केवल दोस्तों के साथ साझा करते रहे। अंततः एक बड़े कार्डिनल को इसकी जानकारी मिली और उन्होंने कोपरनिकस को इसे प्रकाशित करने के लिए प्रोत्साहित किया। उसके बाद भी कोपरनिकस ने चार साल तक इंतज़ार किया। उनकी महान कृति तभी सार्वजनिक हुई जब गणित के एक युवा प्रोफ़ेसर ने मामले को अपने हाथों में लेते हुए इसे प्रकाशन के लिए भेजा।

लगभग 500 साल के बाद जब एक निवेशक ने 1977 में स्टीव जॉब्स और स्टीव वोज़नियाक को एपल के लिए 2,50,000 डॉलर की पेशकश की तो यह

एक चेतावनी भरी शर्त के साथ थी : वोज़नियाक को हेवलेट-पेकार्ड को छोड़ना होगा। उन्होंने यह कहते हुए इनकार कर दिया कि, ''मेरा उस कंपनी से हमेशा के लिए जुड़े रहने का इरादा है।'' वोज़नियाक ने स्वीकारा, ''मेरे दिमाग़ में एक ऐसा अवरोध था कि मैं वाक़ई नई कंपनी की शुरुआत नहीं करना चाहता था, क्योंकि मैं डरा हुआ था।'' वोज़नियाक ने जॉब्स, अन्य दोस्तों और अपने अभिभावकों द्वारा प्रोत्साहित करने के बाद ही अपना विचार बदला।

हम केवल कल्पना ही कर सकते हैं कि कितने वोज़नियाक, माइकलेंजलो और किंग ने अपने निराले विचारों को दुनिया के सामने नहीं रखा, क्योंकि किसी ने उन्हें इस तरफ़ खींचा और ना ही दुनिया के सामने पेश किया। हालाँकि हो सकता है कि अपनी नई कंपनी की शुरुआत, किसी बेहतरीन रचना के निर्माण, पश्चिमी सोच में बदलाव या किसी नागरिक अधिकारों के आंदोलन की अगुआई नहीं करें, लेकिन हमारे पास अपने कार्यस्थल, स्कूल और समुदाय को बेहतर बनाने के विचार तो होते ही हैं। दुखद तौर पर हममें से अधिकांश उन विचारों को आगे बढ़ाने के लिए किसी भी तरह की पहल से कन्नी काट लेते हैं। जैसा कि अर्थशास्त्री जोसेफ़ शूम्पटर ने कहा है कि निरालापन कुछ और नहीं रचनात्मक विनाश है। किसी भी नई प्रणाली के समर्थन के लिए हमें उसके पुराने तौर-तरीक़ों को ख़त्म करना होता है और हम नाव के बीच धारा में डगमगा जाने से डरते हैं। अमेरिका के खाद्य व औषधि प्रशासन (एफ़डीए) के हज़ारों वैज्ञानिकों में से 40 प्रतिशत से भी ज़्यादा इस बात को लेकर डरते थे कि अगर उन्होंने सुरक्षा को लेकर अपनी चिंताओं को जगजाहिर किया तो उन्हें तीखी प्रतिक्रिया का सामना करना पड़ेगा। 40,000 से ज़्यादा कर्मचारियों वाली एक प्रौद्योगिकी कंपनी में आधे कर्मचारी यह मानते थे कि कामकाज के स्थान पर असंतोष की आवाज़ उठाना सुरक्षित नहीं है। जब सलाह, वित्तीय सेवाओं, मीडिया, दवा उद्योग और विज्ञापन कंपनियों के कर्मचारियों से बात की गई तो 85% ने स्वीकारा कि उन्होंने एक महत्त्वपूर्ण समस्या पर अपने बॉस से कुछ कहने की बजाय चुप्पी साधे रहना ही बेहतर समझा।

पिछली बार जब आपके दिमाग़ में कोई निराला विचार आया था तो आपने क्या किया था? हालाँकि अमेरिका वैयक्तिकता और अनूठे आत्म अभिव्यक्ति के लिए जाना जाता रहा है, श्रेष्ठता की खोज में हममें से अधिकांश असफलता के डर से प्रक्रिया में शामिल होने की बजाय बाहर ही रहना पसंद करते हैं। थॉमस जैफ़रसन ने कथित तौर पर सलाह दी थी, ''बात अंदाज़ की हो तो धारा के साथ तैरिए,'' लेकिन ''जब बात सिद्धांतों की हो तो, एक चट्टान की तरह अडिग खड़े रहिए।'' कुछ हासिल करने का दबाव हमसे इसका ठीक विपरीत करवाता है। हम निराला दिखने की फ़िराक़ में सतही तरीक़े अपना लेते हैं-बो टाई पहन लेंगे, लाल भड़कीले जूते पहन लेंगे-निराला होने के जोख़िम को वास्तविक तौर पर स्वीकारे बग़ैर। जब

बात हमारे दिमाग़ में आने वाले शक्तिशाली विचारों और हमारे दिल के बुनियादी उसूलों की हो तो हम ख़ुद पर ही नियंत्रण लाद देते हैं। मशहूर अधिकारी मेलोडी हॉबसन कहते हैं कि ''ज़िंदगी में बहुत कम मौलिक और निराले लोग हैं,'' क्योंकि लोग ''खड़े होकर अपनी बात कहने या सबसे अलग होने'' से डरते हैं। उन लोगों की आदतें क्या होती हैं, जो जिनकी मौलिकता उनके रूप-रंग से ऊपर उठकर प्रभावी क्रियान्वयन तक होती है?

सही गुण

निराला होने के लिए आपको कुछ अतिरेक भरे जोख़िम मोल लेने पड़ते हैं। यह धारणा हमारे सांस्कृतिक मानस में इतनी गहरे तक पैठ चुकी है कि हमने इसके बारे में सोचना तक बंद कर दिया है। हम नील आर्मस्ट्रांग और सैली राइड जैसे अंतरिक्ष यात्रियों को ''सही गुण'' होने के कारण सराहते हैं। यानी इंसानी रिहाइश वाले इकलौते ग्रह को छोड़कर बिंदास तरीक़े से अंतरिक्ष में जाने का हौसला। हम महात्मा गाँधी और मार्टिन लूथर किंग जूनियर जैसे लोगों को अपना हीरो स्वीकारते हैं, जिनमें अपने प्रिय नैतिक सिद्धांतों की ख़ातिर अपनी जान जोख़िम में डालने तक की तैयारी का दृढ़ विश्वास था। हम स्टीव जॉब्स और बिल गेट्स जैसी हस्तियों को आदर्श करार देते हैं, जिनमें अपने प्रौद्योगिकी दृष्टिकोण को अस्तित्व में लाने की दृढ़ इच्छाशक्ति के कारण, स्कूल छोड़ने, कंगाल होने, गैराज़ों में बंद रहने की तैयारी का दमदार कलेजा था।

जब हम रचनात्मकता के साथ दुनिया में बदलाव लाने वाले निराले व्यक्तित्वों को लेकर अभिभूत होते हैं तो हम मान लेते हैं कि वे किसी और ही मिट्टी के बने हुए हैं। जैसे कुछ बेहद भाग्यशाली लोग आनुवांशिक उत्परिवर्तन (जेनेटिक म्यूटेशन) के कारण कैन्सर, मोटापे और एचआईवी जैसी बीमारियों से तक से बचने की प्रतिरोधक शक्ति रखते हैं, हम मान लेते हैं कि कुछ महान निर्माता भी जोख़िम के ख़िलाफ़ जैविक प्रतिरोधक शक्ति के साथ पैदा होते हैं। उनकी बुनियाद ही अनिश्चितता को अपनाने और सामाजिक सहमति की अनदेखी के लिहाज़ से तैयार होती है। वे हम सब बाक़ी लोगों की तरह नाफ़र्मानी के परिणामों से नहीं डरते। वे भय, अस्वीकृति और उपहास से अप्रभावित परंपरागत विचारों के भय से परे विरोधी, बाग़ी, क्रांतिकारी, उपद्रवी, खुले विचारों वाले और प्रतिकूल होते हैं।

अर्थशास्त्री रिचर्ड केंटिलॉन द्वारा गढ़े गए शब्द *आंत्रप्रेन्योर (उद्यमी)* का शब्दशः अर्थ ''जोख़िम उठाने वाला'' होता है। जब हम वार्बी पार्कर की ज़बर्दस्त प्रगति को देखते हैं तो यह बात ज़ोरदार तरीक़े से स्पष्ट हो जाती है। सभी महान निर्माताओं, अन्वेषकों और परिवर्तन के एजेंट्स की तरह इस चौकड़ी ने दुनिया बदल

डाली, क्योंकि वे अपने भरोसे के दम पर अनजान राह पर जाने के लिए तैयार थे। बेसबॉल में अगर आप सीमा रेखा को ध्यान में रखकर बल्ले को स्विंग नहीं करते तो होम रन लगा ही नहीं सकते।

सही कहा ना?

वार्बी पार्कर की लांचिंग से छह महीने पहले संस्थापकों में से एक वार्टन में मेरी कक्षा में बैठा था। ऊँचा-पूरा और मिलनसार, काले घुँघराले बालों वाला और अपने भीतर ऊर्जा को शांति से समेटकर रखने वाला नील ब्लूमेंथल। एक ग़ैर-लाभकारी पृष्ठभूमि से आया नील सचमुच दुनिया को एक बेहतर जगह बनाना चाहता था। जब उसने मुझे कंपनी में निवेश के लिए पहली बार जानकारी दी तो अनेक शंकालु लोगों की तरह मैंने भी कहा कि विचार तो रोचक था, लेकिन यह सोच पाना ही मुश्किल लग रहा है कि लोग चश्मे भी ऑनलाइन मँगाएँगे।

ग्राहकों के मन में मौज़ूद संदेह के चलते मैं जानता था कि कंपनी की शुरुआत के लिए बहुत ही ज़्यादा कड़े प्रयासों की दरकार होगी। और जब मैंने सुना कि कैसे नील और उनके साथी कंपनी को शुरू करने की तैयारी को अपना वक़्त दे रहे थे, मुझे यह हताश करने वाला अहसास हो रहा था कि उनकी कंपनी का भविष्य अंधकारमय है।

उनके ख़िलाफ़ पहले प्रहार के तहत मैंने नील से कहा कि वह सभी अभी भी स्कूल में हैं। अगर वह वाक़ई वार्बी पार्कर में विश्वास रखते हैं तो उन्हें स्कूल छोड़कर हर एक घंटे का इस्तेमाल इसे साकार करने के लिए करना चाहिए।

उसने जवाब दिया, ''हम काफ़ी सँभलकर दाँव लगाना चाहते हैं। हम इस बात को लेकर निश्चिंत नहीं हैं कि यह अच्छा विचार है और हमें यह भी नहीं पता कि यह सफल होगा भी कि नहीं। यही वज़ह है कि हम इस परियोजना पर स्कूल से बचे हुए वक़्त में ही काम कर रहे हैं। शुरुआत से पहले हम चार दोस्त थे और हमने पहले ही यह प्रतिज्ञा ली थी कि एक-दूसरे के साथ न्यायपूर्ण व्यवहार हमारे लिए सफलता से ज़्यादा महत्त्वपूर्ण है। लेकिन गर्मियों के दिनों में जेफ़ को कारोबार पर पूरे वक़्त ध्यान देने के लिए अनुदान मिल गया।''

और तुममें से बाक़ी तीन का क्या? ''हम सभी को इंटर्नशिप मिली है,'' नील ने यह स्वीकारते हुए कहा, ''मैं परामर्श के क्षेत्र में था, एंडी उद्यम पूँजी में और डेव स्वास्थ्य सेवा में।''

वक़्त की कमी और एकाग्रता के बँटवारे के कारण उन्होंने अब तक वेबसाइट नहीं बनाई थी। उन्हें कंपनी के एक नाम पर सहमति बनाने में ही छह माह का वक़्त लग गया था। दूसरा प्रहार।

उनसे पूरी तरह से नाता तोड़ लेने से पहले मुझे याद है कि वे सभी साल के अंत में स्नातक होने वाले थे। मतलब यह कि अब अंततः उनके पास अपने कारोबार को देने के लिए पूरा वक़्त रहेगा। ''यह ज़रूरी नहीं,'' नील ने पुराना जवाब याद दिलाया, ''हम काफ़ी सँभलकर दाँव लगाना चाहते हैं। अगर किसी कारणवश बात नहीं बनी तो मैंने स्नातक उपाधि हासिल करने के बाद एक पूर्णकालिक नौकरी स्वीकार ली है। जेफ़ ने भी। यह सुनिश्चित करने के लिए कि उसके पास विकल्प रहे, डेव ने गर्मियों के दिनों में दो अलग-अलग इंटर्नशिप्स में काम किया है और अब वह अपने पूर्व नियोक्ता से दोबारा नौकरी पाने के लिए बातचीत कर रहा है।''

तीसरा प्रहार। वे बाहर निकल चुके थे-और मैं भी।

मैंने नील और उसके दोस्तों के साथ ख़ुद में बहुत ज़्यादा समानता पाने के कारण वार्बी पार्कर में निवेश से इनकार कर दिया। मैं प्रोफ़ेसर बना, क्योंकि मुझमें नया दृष्टिकोण खोजने, ज्ञान साझा करने और छात्रों की अगली पीढ़ी को पढ़ाने का बहुत ज़्यादा जुनून था। लेकिन अपने सबसे ईमानदार पलों में मैंने पाया कि मैं भी एक सुरक्षित कार्यकाल के मायाजाल में फँस चुका हूँ। 20 वर्ष की उम्र में मुझमें अपना कारोबार शुरू करने का हौसला कभी भी नहीं आ सकता था। अगर ऐसा होता तो मैं निश्चित तौर पर स्कूल में बना रहता और बेसबॉल के खेल की तरह अपने सभी स्थानों को सुरक्षित करने के लिए एक नौकरी कर लेता।

जब मैंने वार्बी पार्कर टीम के विकल्पों की तुलना अपने सफल उद्यमियों के विकल्पों के दिमाग़ में मौज़ूद आदर्श से की तो उनमें कोई मेल नहीं था। नील और उनके साथियों में पूरी ताक़त के साथ ख़ुद को झोंक देने के जज़्बे का नितांत अभाव था। इसी बात ने उनकी आस्था और प्रतिबद्धता को लेकर मेरे मन में सवाल खड़े कर दिए। वे सफल उद्यमी बनने को लेकर गंभीर नहीं थे : उनकी इस खेल में ज़्यादा भागीदारी नहीं थी। मेरे विचार से उनका असफल होना अवश्यंभावी था, क्योंकि वे सबकुछ दाँव पर लगाने की बजाय सुरक्षित तरीक़ा अपना रहे थे। लेकिन वास्तविकता में यही उनकी कामयाबी की वज़ह रही।

मैं इस मिथक को कूड़ेदान में डाल देना चाहता हूँ कि निरालेपन के लिए बहुत ज़्यादा जोख़िम लेने की ज़रूरत होती है। आपको यह यक़ीन दिलाना चाहूँगा कि निराले लोग हमारी समझ से भी बहुत ज़्यादा साधारण होते हैं। हर क्षेत्र में, कारोबार से राजनीति से लेकर विज्ञान और कला तक, निराले विचारों के साथ दुनिया को आगे ले जाने वाले लोग, बमुश्किल पुख़्ता विश्वास और प्रतिबद्धता के प्रतिमान होते हैं। परंपराओं और यथास्थिति पर सवाल उठाने के कारण वे सतही तौर पर साहसी और आत्मविश्वासी प्रतीत होते हैं। सच्चाई यह है कि वे भी भय, दुविधा और आत्मसंदेह में बुरी तरह से जकड़े होते हैं। हम उन्हें अपने बूते शुरुआत करने वालों के तौर पर देखते हैं, लेकिन उनको इन प्रयासों के लिए अक्सर दूसरों द्वारा

प्रोत्साहित किया जाता है या उन पर लादा जाता है। और उनके भीतर जोख़िम उठाने की जितनी ज़्यादा चाहत दिखाई देती है, वे वास्तविकता में इसे टालना चाहते हैं।

एक दिलचस्प अध्ययन के दौरान प्रबंधन अनुसंधानकर्ता जोसेफ़ रैफ़ी और जी फ़ेंग ने एक साधारण-सा सवाल पूछा : जब लोग कारोबार शुरू करते हैं तो उनका अपनी दिन की नियमित नौकरी छोड़ना बेहतर होता है या उसमें बने रहना? 1994 से 2008 तक उन्होंने 20, 30, 40 और 50 के उम्र वर्ग वाले पाँच हज़ार अमेरिकियों के ऐसे राष्ट्रीय प्रतिनिधि समूह पर नज़र रखी, जो उद्यमी बने। इन संस्थापकों का नौकरी छोड़ने या क़ायम रखने का फ़ैसला उनकी वित्तीय ज़रूरतों से जुड़ा नहीं था : ज़्यादा पारिवारिक आय या ज़्यादा वेतन वाले लोगों की नौकरी छोड़ने या क़ायम रखने के फ़ैसले की संभावना उद्यमियों जितनी ही थी। सर्वेक्षण से इस बात का ख़ुलासा हुआ कि जिन लोगों ने सबकुछ छोड़कर पूरी छलांग लगा दी वे विश्वास से लबरेज़ जोख़िम मोल लेने वाले लोग थे। जिन उद्यमियों ने सुरक्षित राह पकड़ते हुए नौकरियों के दौरान ही कंपनियाँ शुरू कीं, वे जोख़िम टालने वाले और ऐसे लोग थे, जिनका ख़ुद को लेकर अनिश्चित थे।

अगर आप अन्य लोगों की तरह ही सोचते हैं तो आप भी जोख़िम मोल लेने वालों के स्पष्ट फ़ायदे में होने की संभावना जताएँगे। फिर भी अध्ययन का निष्कर्ष इससे ठीक उलट निकला : अपनी दिन की नियमित नौकरी भी बनाए रखने वाले उद्यमियों की असफलता की आशंका, नौकरी छोड़कर उद्योग करने वालों की तुलना में 33% कम थी।

अगर आप जोख़िम टालने वालों में से हैं और अपने विचार की व्यवहार्यता को लेकर शंकित हैं तो संभावना है कि आपका कारोबार लंबी अवधि के लिहाज़ से तैयार होगा। अगर आप उन्मुक्त सटोरिए की तरह हैं तो आपका स्टार्टअप ज़्यादा नाज़ुक या भंगुर होगा।

वार्बी पार्कर की टीम की तरह *फ़ास्ट कंपनी* की सबसे निराली कंपनियों की सूची में स्थान बनाने वाले उद्यमी, अपना कारोबार लांच करने के बाद भी अपनी दिन की नौकरियों में बने रहे थे। पूर्व ट्रेक स्टार फ़िल नाइट ने 1964 में अपनी कार की डिक्की से रनिंग शूज़ बेचने शुरू किए थे और इस दौरान 1969 तक वह एक अकाउंटेंट के तौर पर नौकरी पर भी बने रहे थे। मूल एपल I कम्प्यूटर का आविष्कार करने के बाद स्टीव वोज़नियाक ने स्टीव जॉब्स के साथ मिलकर 1976 में कंपनी शुरू की, लेकिन 1977 तक हेवलेट-पेकार्ड में इंजीनियर की पूर्णकालिक नौकरी भी जारी रखी। और हालाँकि गूगल के संस्थापकों लैरी पेज और सर्गेई ब्रिन ने 1996 में ही यह पता लगा लिया था कि इंटरनेट पर सर्च को कैसे चमत्कारिक

तरीक़े से बेहतर किया जा सकता है, वे स्टेनफ़ोर्ड में अपनी स्नातक की शिक्षा से 1998 तक छुट्टियों पर नहीं गए। ''हमने गूगल लगभग शुरू ही नहीं किया था,'' पेज बताते हैं, ''क्योंकि हम दोनों ही अपने पीएचडी प्रोग्राम से बाहर होने को लेकर बहुत ज़्यादा चिंतित थे।'' 1997 में इस बात से चिंतित होकर कि उनका अपना अनुभवहीन सर्च इंजिन गूगल उनके रिसर्च की राह का रोड़ा बन रहा है, उन्होंने उसे 2 मिलियन डॉलर से भी कम में नक़दी और स्टॉक के विकल्प के साथ बेचने की कोशिश की। क़िस्मत देखिए संभावित ख़रीददार ने उनका प्रस्ताव ठुकरा दिया।

अपनी दिन की नौकरी को सलामत रखने की आदत केवल सफल उद्यमियों तक ही सीमित नहीं है। कई प्रभावशाली रचनात्मक दिमाग़ वालों ने बड़ी परियोजनाओं से कमाई के बाद भी अपनी पूर्णकालिक नौकरी या शिक्षा को जारी रखा है। *सेल्मा* के डायरेक्टर एवा दूवर्ने ने अपनी पहली तीन फ़िल्में दिन में प्रचारक का काम जारी रखते हुए की थीं। चार साल तक यही सिलसिला जारी रखने और कई पुरस्कार जीतने के बाद जाकर उन्होंने फ़िल्मों को पूर्णकालिक काम बनाया था। ब्रायन मे ने जब एक नए बैंड में गिटार बजाना शुरू किया तो वह खगोल भौतिकी में डॉक्टरेट के अध्ययन में जुटे थे, लेकिन कुछ साल यह काम नहीं छोड़ा और अंत में इसे छोड़कर पूरी तरह से ग्रुप क्वीन से जुड़ गए। उसके ठीक बाद उन्होंने ''वी विल रॉक यू'' गाना लिखा। ग्रैमी विजेता जॉन लिजेंड ने अपना पहला एलबम वर्ष 2000 में जारी किया था, लेकिन 2002 तक प्रबंधन सलाहकार के तौर पर काम जारी रखा। दिन में वह पॉवरपॉइंट प्रेजेंटेशन बनाते थे और रात को अपनी कला का प्रदर्शन करते थे। रोमांच के उस्ताद स्टीफ़न किंग ने अपनी पहली कहानी लिखने के बाद सात साल तक शिक्षक, दरबान और गैस स्टेशन पर सहायक का काम किया। अपने पहले उपन्यास *कैरी* के प्रकाशन के एक साल बाद जाकर उन्होंने अपनी नौकरी छोड़ी थी। *डिलबर्ट* के लेखक स्कॉट एडम्स ने अख़बारों में अपनी पहली कॉमिक स्ट्रिप छपने के बाद सात साल तक पैसिफ़िक बेल में नौकरी की।

आख़िर इन तमाम निराली हस्तियों ने पूरा जोख़िम मोल लेने की बनिस्बत सुरक्षित रास्ते को ही क्यों चुना?

जोख़िम शेयरों के समूह की तरह क्यों है

आधी सदी पहले मिशिगन विश्वविद्यालय के मनोवैज्ञानिक क्लायड कूम्ब्स ने जोख़िम का एक अनूठा सिद्धांत खोज निकाला था। शेयर बाज़ार में अगर आप कोई जोख़िम भरा निवेश करने जा रहे हैं तो आप ख़ुद को बचाने के लिए आप अन्य निवेशों में काफ़ी सँभलकर निवेश करते हैं। कूम्ब्स के मुताबिक़ अपनी दैनंदिन ज़िंदगी में सफल लोग भी जोख़िम के मामले में यही तरीक़ा अपनाते हैं। वे उन्हें

एक समूह के ज़रिए संतुलित कर देते हैं। जब हम एक क्षेत्र में जोख़िम मोल लेते हैं तो अन्य क्षेत्रों में विशेष सावधानी बरतकर जोख़िम के स्तर को कम कर देते हैं। अगर आप ताश के खेल ब्लैकजेक में आक्रामक तरीक़े से दाँव लगाना चाहते हैं तो संभव है कि कैसिनो जाते वक़्त आप कार को गति सीमा से कुछ नीचे चलाएँ।

जोख़िम भरे निवेश के लिहाज़ से तैयार शेयरों का समूह (रिस्क पोर्टफ़ोलियो) बताता है कि क्यों अधिकांश लोग ज़िंदगी के एक हिस्से में तो निराले होते हैं, जबकि शेष हिस्से में काफ़ी हद तक परंपरागत। बेसबॉल टीम के मालिक ब्रांच रिकी ने रंगभेद की बाधा को तोड़ते हुए जैकी रॉबिनसन को टीम में तो शामिल कर लिया, लेकिन रविवार को बॉलपार्क जाने से इनकार कर दिया। अपवित्र आचरण करो या फिर अल्कोहल की एक बूँद को छू लो। टी.एस. इलियट की महान कृति *द वेस्ट लैंड* को बीसवीं सदी की सबसे महत्त्वपूर्ण कविताओं में से एक माना गया है। लेकिन 1922 में इसे प्रकाशित करने के बाद भी इलियट ने 1925 तक लंदन की अपनी बैंक की नौकरी नहीं छोड़ी। उन्होंने ऐसा किसी भी पेशेवर जोख़िम को ख़ारिज करने के लिए किया। उनसे दफ़्तर में एक मुलाक़ात का ज़िक्र करते हुए उपन्यासकार एल्डस हक्सले ने पाया कि इलियट ''सब बैंक क्लर्कों से भी बड़े बैंक क्लर्क थे,'' जब अंत में उन्होंने यह पद छोड़ा तो उसके बाद भी अपने बूते प्रयास (स्ट्राइक/प्रहार) नहीं किया। उन्होंने जीवन को स्थायित्व देने के लिए अपने अगले 40 साल एक प्रकाशक की नौकरी करते हुए बिताए। साथ ही उन्होंने कविता लेखन भी जारी रखा। पोलेरॉयड के संस्थापक एडविन लैंड के शब्दों में, ''कोई भी व्यक्ति संभवतया एक क्षेत्र में तब तक निराला नहीं हो सकता, जब तक कि वह निरालेपन के अलावा उसकी मौज़ूदगी वाले तमाम अन्य सभी क्षेत्रों में भावनात्मक और सामाजिक स्थिरता हासिल नहीं कर लेता।''

लेकिन क्या दिन की नौकरियाँ हमें अपना सर्वश्रेष्ठ काम करने से नहीं रोकतीं? सामान्य ज्ञान कहता है कि रचनात्मक उपलब्धियाँ, बग़ैर वक़्त और ऊर्जा की बड़ी खिड़कियों के पनप नहीं सकतीं। कंपनियाँ अनथक प्रयासों के बिना नहीं फल-फूल सकतीं। ये धारणाएँ जोख़िम के संतुलित समूह के लाभ की अनदेखी कर देती हैं : एक क्षेत्र में सुरक्षा का भाव हमें दूसरे क्षेत्र में मौलिक होने की आज़ादी दे देता है। अपने आधार को वित्तीय तौर पर मज़बूत रखने से हम अधपकी किताबों के प्रकाशन, घटिया कलाकृतियों की बिक्री या अपरीक्षित कारोबारों की लांचिंग के दबाव से बच सकते हैं। जब पियरे ओमिड्यार ने ईबे का निर्माण किया तो वह केवल एक शौक मात्र था। उन्होंने अगले नौ महीने तक प्रोग्रामर के तौर पर नौकरी को जारी रखा। उन्होंने नौकरी तभी छोड़ी जब उनकी ऑनलाइन बाज़ार से कमाई उनके वेतन से ज़्यादा हो गई। ''अच्छे उद्यमी वे नहीं होते जो ज़्यादा जोख़िम मोल ले लेते हैं,'' यह कहना है एनडेवर की सहसंस्थापिका और मुख्य कार्यकारी

अधिकारी लिंडा रोटनबर्ग़ का। लिंडा के ये विचार दुनिया के कई महानतम उद्यमियों को प्रशिक्षण देने के अनुभव पर आधारित हैं। ''वे जोख़िम मोल लेने की प्रक्रिया में से जोख़िम को निकाल देते हैं।''

जोख़िम के एक संतुलित समूह का मतलब यह नहीं होता कि हमेशा कुछ मध्यम जोख़िम लेकर आप मैदान में डटे रहें। इसके बज़ाय सफल निराले व्यक्तित्व एक क्षेत्र में बहुत ज़्यादा जोख़िम लेने के बाद बाक़ी क्षेत्रों में बहुत ज़्यादा सावधानी बरतकर संतुलन साध लेते हैं। 27 वर्ष की उम्र में सारा ब्लेकली ने बिना पायचों वाली पेंटीहोज़ तैयार करने का निराला विचार किया और उसमें 5,000 डॉलर की पूरी बचत को निवेश करने का जोख़िम मोल लिया। अपने जोख़िम को कम करने के लिए उन्होंने दो साल तक फ़ैक्स मशीन बेचने की पूर्णकालिक नौकरी की। उन्होंने रातों और सप्ताहांतों का इस्तेमाल प्रोटोटाइप बनाने के लिए किया–और वकीलों की मदद के बग़ैर ख़ुद अपने पेटेंट के आवेदन लिखकर पैसों की भी बचत की। अंततः जब उन्होंने स्पेंक्स कंपनी लांच की तो वह अपने बूते दुनिया की सबसे कम उम्र की करोड़पति बन चुकी थीं। एक शताब्दी बाद हैनरी फ़ोर्ड ने थॉमस एडिसन के यहाँ चीफ़ इंजीनियर की नौकरी करते हुए वाहन साम्राज्य की स्थापना की। इस नौकरी ने उन्हें एक कार को लेकर नई सोच को विकसित करने के लिए ज़रूरी सुरक्षित आधार प्रदान किया। एक कार्बोरेटर बनाने के दो साल बाद तक और इसके लिए पेटेंट पाने के एक साल बाद तक भी उन्होंने एडिसन के यहाँ नौकरी करना जारी रखा।

और बिल गेट्स की बात करें तो, जो माइक्रोसॉफ़्ट शुरू करने की ख़ातिर हार्वर्ड छोड़ने के लिए विख्यात हैं? गेट्स ने जब कॉलेज के दूसरे ही वर्ष में नया सॉफ़्टवेयर प्रोग्राम बेचा तो उन्होंने स्कूल छोड़ने से पहले पूरे एक साल तक का इंतज़ार किया था। उस वक़्त भी उन्होंने स्कूल को पूरी तरह से नहीं छोड़ा था, बल्कि जोख़िम को कम करने के लिए ग़ैरहाज़िर रहने की अनुमति माँगी थी, जिसे विश्वविद्यालय ने स्वीकार लिया था–और अभिभावकों को वित्तीय मदद के लिए तैयार कर लिया था। ''दुनिया का महानतम जोख़िम लेने वाला बनने की बजाय,'' उद्यमी रिक स्मिथ के मुताबिक़, ''बिल गेट्स को जोख़िम को *कम करने वाला* दुनिया का महानतम व्यक्ति कहना ज़्यादा सटीक वर्णन होगा।''

जोख़िम को कम करने की ऐसी ही क़ाबिलियत वार्बी पार्कर जैसी महत्त्वपूर्ण उपलब्धि के लिए ज़िम्मेदार है। दो सह-संस्थापक नील ब्लूमेंथल और डेव गिलबोआ, कंपनी के सह-मुख्य कार्यकारी अधिकारी बन गए। उन्होंने केवल एक को ही नेतृत्व देने की परंपरा को ख़ारिज कर दिया, इस सोच के साथ कि दो लोगों का शीर्ष पर रहना ज़्यादा सुरक्षित विकल्प होगा। निश्चित तौर पर सबूत इस बात को साबित करते हैं कि सह-मुख्य कार्यकारी अधिकारी होने की बाज़ार में सकारात्मक प्रतिक्रिया होती है। साथ ही यह कंपनी का मूल्यांकन भी बढ़ा देता है। शुरुआत से

ही उनकी शीर्ष प्राथमिकता थी जोख़िम को कम करना। डेव का कहना था, ''वार्बी पार्कर वह बास्केट नहीं थी, जिसमें मैं अपने सारे अंडे (पूँजी) रख देना चाहता था।'' कंपनी शुरू करने के बाद भी वह यूनिवर्सिटी कैम्पस में जाकर वैज्ञानिक खोजों पर नज़र रखकर कारोबारी अवसर तलाशते रहे। यह देखने के लिए कि क्या उनमें से किसी में व्यावसायिक संभावना है। असफलता की स्थिति के लिए पूर्व तैयारी के कारण ही संस्थापकों को अपना कारोबार इस अप्रमाणित सोच पर आधारित करने का हौसला मिला कि लोग चश्मों की ऑनलाइन ख़रीद में रुचि दिखाएँगे। नील बताते हैं, ''हम कारोबार से जोख़िमों को कम करने पर निरंतर चर्चा करते रहते थे। हमारा पूरा सफ़र चलें या नहीं चलें की एक श्रृंखला था। रास्ते में हर क़दम पर हमने परीक्षण और संतुलन को साधने का काम किया।''

जोख़िम के ख़िलाफ़ बचाव के तहत चारों दोस्तों ने एक साथ एक उद्यमिता क्लास में हिस्सा लिया और अपनी कारोबारी योजना को निखारने के लिए कई महीनों का वक़्त लिया। ग्राहकों को इंटरनेट पर चश्मों के ऑर्डर देने की असहजता से उबारने के लिए उन्होंने ख़रीद पर मुफ़्त तोहफ़े के प्रस्ताव देने का भी फ़ैसला किया। लेकिन सर्वे और संभावित ख़रीद वाले समूहों, लोगों में अब भी ऑनलाइन चश्मे ख़रीदने को लेकर हिचकिचाहट थी। उन दिनों का ज़िक्र करते हुए नील कहते हैं, ''ऐसे अनेक लोग थे, जो किसी भी स्थिति में यह नहीं करते थे। इस बात ने हमें कारोबार के समूचे आधार को लेकर ही सशंकित कर दिया। यह ख़ुद की क्षमता पर संदेह करने का बहुत ही भीषण दौर था। इसकी वज़ह से हम दोबारा मूलभूत तैयारी की ओर लौट आए।''

समस्या पर विस्तार से चर्चा के बाद टीम ने एक हल खोज निकाला–घर पर ही मुफ़्त चश्मे आजमाने का कार्यक्रम। ग्राहक बिना किसी वित्तीय प्रतिबद्धता के केवल फ्रेम्स के लिए ऑर्डर कर सकते थे और चश्मे को पहनकर अच्छा अहसास नहीं होने या फ्रेम पसंद नहीं आने पर उसे लौटा सकते थे। यह वास्तविकता में मुफ़्त के तोहफ़े देने से सस्ता सौदा था। अगर किसी ग्राहक ने लेंस के साथ फ्रेम ख़रीदा और उसे लौटाया तो वार्बी पार्कर को काफ़ी नुक़सान उठाना पड़ सकता था, क्योंकि लेंस तो हर ग्राहक के हिसाब से अलग ही होते थे। लेकिन अगर ग्राहक केवल फ्रेम को आजमाकर लौटाता है तो कंपनी फ्रेम को दोबारा इस्तेमाल कर सकती थी। अब तक विश्वास और प्रतिबद्धता के साथ डेव तैयार था, ''लांच के वक़्त तक मुझे यह फ़ैसला करना पड़ा कि हम यह काम पूर्णकालिक तौर पर कर सकते हैं, यह जोख़िम भरा नहीं दिख रहा था। ऐसा क़तई नहीं लग रहा था कि विश्वास के लिहाज़ से कोई बहुत बड़ी छलांग लगा रहा हूँ।'' घर पर ही मुफ़्त में फ्रेम आज़माने का कार्यक्रम इतना ज़्यादा लोकप्रिय हुआ कि वार्बी पार्कर को लांचिंग के 48 घंटे के भीतर ही इसे कुछ वक़्त के लिए रोक देना पड़ा।

बढ़ते प्रमाण इस बात की ओर इशारा कर रहे हैं कि उद्यमी हम बाक़ी के लोगों की ही तरह ज़्यादा जोख़िम मोल नहीं लेना चाहते-और यह एक ऐसा दुर्लभ निष्कर्ष है जिस पर कई अर्थशास्त्री, समाजशास्त्री और मनोवैज्ञानिक वास्तविकता में सहमत हैं। 800 से ज़्यादा अमेरिकियों, उद्यमियों और नौकरीशुदा वयस्कों का प्रतिनिधित्व करने वाले एक अध्ययन के दौरान उन्हें कहा गया कि निम्नलिखित तीन में से कौन-सा उद्यम वे शुरू करना चाहेंगे-

(क) वह जिसमें 5 मिलियन डॉलर का लाभ हो और सफलता की संभावना 20% हो।

(ख) वह जिसमें लाभ 2 मिलियन डॉलर हो और सफलता की संभावना 50% हो।

(ग) वह उद्यम जिसमें 1.25 मिलियन डॉलर का लाभ हो और सफलता की संभावना 80% हो।

उद्यमियों के उल्लेखनीय तौर पर सबसे अंतिम, यानी सबसे सुरक्षित विकल्प को चुनने की संभावना है। और यह आय, दौलत, उम्र, लिंग, उद्यमिता के अनुभव, वैवाहिक स्थिति, शिक्षा, परिवार का आकार और दूसरे कारोबारों के बेहतर प्रदर्शन की संभावना पर ध्यान दिए बग़ैर था। अध्ययन के लेखकों ने निष्कर्ष निकाला, ''हमने पाया कि उद्यमी उल्लेखनीय तौर पर आम आबादी की तुलना में जोख़िम उठाने के ज़्यादा खिलाफ़ हैं।''

यह केवल प्राथमिकताओं पर आधारित सर्वे था, लेकिन जब आप उद्यमियों के वास्तविक दुनिया के व्यवहार को देखते हैं तो स्पष्ट हो जाता है कि वह ख़तरनाक जोख़िमों को टालते हैं। अर्थशास्त्रियों की राय में बतौर किशोर, सफल उद्यमियों में, अपने साथियों की ही तरह नियम तोड़ने और ग़ैरक़ानूनी कारोबार से जुड़ने की तीन गुना संभावना होती है। अगर आप विशिष्ट व्यवहार पर बारीकी से नज़र डालें तो पाएँगे कि उत्पादक कंपनियाँ शुरू करने वाले युवक काफ़ी सोच-समझकर ही जोख़िम मोल ले रहे थे। जब मनोवैज्ञानिकों ने अमेरिकी जुड़वाँ और स्वीडन के नागरिकों का अध्ययन किया तो उन्हें बिलकुल यही परिणाम मिले।

तीनों ही अध्ययन से एक बात उजागर हुई कि सफल उद्यमी बनने वाले लोगों का किशोरावस्था में अभिभावकों की बातों का विरोध, देर रात तक घूमने की आदत, स्कूल से तड़ी, दुकानों से सामान की चोरी, जुआ, अल्कोहल सेवन और मैरिजुआना पीने की आदत जैसा इतिहास होने की पर्याप्त संभावना थी। हालाँकि उनके शराब पीकर वाहन चलाने, अवैध ड्रग्स की ख़रीद या क़ीमती वस्तुएँ चुराने

जैसे ज़्यादा जोख़िमपूर्ण कामों में लिप्त होने की संभावना बहुत कम थी। यह बात उनके अभिभावकों के सामाजिक-आर्थिक या परिवार की आय की पृष्ठभूमि में अंतर के बावजूद समान पाई गई।

निराले लोगों में जोख़िम को लेकर रवैये में निश्चित ही अंतर होता है। कुछ लोग आसमान से छलांग लगाने से भी नहीं हिचकिचाने वाले सटोरियों की तरह होते हैं, तो कुछ एक-एक कौड़ी के लिए कंजूसी दिखाने वाले किसी भी क़िस्म की गंदगी से डरने वाले होते हैं। निराला बनने के लिए आपको कुछ नया आजमाना होता है, जिसका मतलब है कि कुछ जोख़िम उठाने के लिए तैयार होना पड़ता है। लेकिन सबसे सफल निराले लोग उन दुस्साहसी लोगों में से नहीं होते, जो देखने से पहले ही छलांग लगा देते हैं। ये वे लोग होते हैं जो किसी खाई की कगार के निकट तक भी काफ़ी हिचकिचाहट के बाद ही जाते हैं और ढलान का अंदाज़ लगाते हैं, अपने पैराशूट को तीन-तीन बार जाँचते हैं और किसी भी बुरी स्थिति से निपटने के लिए खाई के नीचे एक जाली लगवा लेते हैं। मैल्कम ग्लैडवेल ने *न्यू यॉर्कर* में लिखा था, ''कई उद्यमी ढेर सारे जोख़िम मोल लेते हैं-लेकिन वह आमतौर पर असफल उद्यमी होते हैं, ना कि सफलता की मिसाल बनने वाले।''

निराला रास्ता अपनाने वाले लोगों को भी सामाजिक स्वीकृति की अवहेलना के लिहाज़ से भी अलग नहीं किया जा सकता। 15,000 से ज़्यादा उद्यमियों पर किए गए 60 अध्ययनों के व्यापक विश्लेषण में पाया गया कि दूसरों को ख़ुश करने की ज़रा-सी भी प्रवृत्ति रखने वाले लोगों की उद्यमी बनने की संभावना बहुत ज़्यादा नहीं थी। ना ही उनकी कंपनी का प्रदर्शन कुछ ख़ास रहा। राजनीति में भी हम यही बानगी देखते हैं : जब इतिहासकारों, मनोवैज्ञानिकों और राजनीतिक विश्लेषकों ने अमेरिकी राष्ट्रपतियों का मूल्याँकन किया तो पाया कि सबसे कम प्रभावी नेता वह थे, जो जनता की इच्छा के मुताबिक़ चले और जिन्होंने अपने पूर्ववर्ती नेताओं द्वारा स्थापित मार्ग को ही अपना लिया। महानतम राष्ट्रपति वे रहे जिन्होंने यथास्थिति को चुनौती दी और देश में अच्छा-ख़ासा सुधार लाने वाले बड़े बदलाव किए। लेकिन उनका यह व्यवहार इस बात से पूरी तरह से असंबद्ध रहा कि क्या वे जनता की स्वीकृति और सामाजिक सौहार्द की चिंता करते थे।

अब्राहम लिंकन को आमतौर पर अमेरिका का महानतम राष्ट्रपति माना जाता है। जब विशेषज्ञों ने दूसरों को ख़ुश रखने और विवाद टालने की कसौटी को आधार बनाया तो लिंकन ने सभी राष्ट्रपतियों में सबसे ज़्यादा अंक हासिल कर लिए। वह गृहयुद्ध के दौरान दिन में चार घंटे का वक़्त अपने कार्यालय में जनता और माफ़ी हासिल कर चुके भगोड़ों को दिया करते थे। मुक्ति की घोषणा से पहले लिंकन ने छह महीने तक इस बात पर गहन मंथन किया कि उन्हें गुलामों को आज़ाद कर देना चाहिए या नहीं। उन्होंने सवाल उठाया कि क्या उन्हें इसका संवैधानिक अधिकार

है। उन्हें चिंता थी कि यह फ़ैसला उन्हें सीमांत प्रांतों के समर्थन से वंचित कर देगा, युद्ध में पराजय देगा और देश को तबाह कर देगा।

निरालापन कोई तय ख़ासियत नहीं है। यह एक मुक्त विकल्प है। लिंकन का जन्म एक निराले व्यक्तित्व के साथ नहीं हुआ था। विवादों में उलझना उनकी रगों में ही नहीं था, यह तो एक जागरूक इच्छा के आधार पर उठाया गया क़दम था। महान चिंतक डब्ल्यू.ई.बी.ड्यूबोइस के मुताबिक़, ''वह आपमें से ही एक थे और फिर भी वह अब्राहम लिंकन बन गए।''

हमारे काम और हमारी ज़िंदगी में नियंत्रण की संभावना का अभाव अक्सर देखने को मिलता है। कुछ वर्ष पहले गूगल ने येल के एक मेधावी प्रोफ़ेसर एमी रज़ेस्निवस्की से बिक्री और प्रशासन विभाग में कार्यरत लोगों के काम में बेहतरी के लिए मदद माँगी, जिन्हें कंपनी के इंजीनियरों के मुताबिक़ आज़ादी, दर्ज़ा या महत्त्वाकांक्षी परियोजनाओं में शिरकत का मौक़ा उपलब्ध नहीं था। उनके और एक अन्य सहयोगी के साथ कैलिफ़ोर्निया, न्यू यॉर्क, डबलिन और लंदन में हल की तलाश की यात्रा में मैं भी शामिल था।

कई कर्मचारी तो गूगल के प्रति इतने ज़्यादा प्रतिबद्ध थे कि वे अपने काम को ही सबकुछ मान चुके थे। चूँकि वे अपने काम को किसी प्लास्टर से भी पक्के जोड़ की तरह स्वीकार चुके थे, इसलिए वे कभी यह सवाल ही नहीं उठाते थे कि वे काम से मेल बिठा पाएँगे या नहीं।

उनके दिमाग़ को इस धारणा से मुक्त कराने के लिए हमने गूगल के जन विश्लेषण (पीपल एनालिटिक्स) से जुड़े दो नवप्रवर्तकों जेनिफ़र कुरकोस्की और ब्रायन वेल्ले को साथ ले लिया। हमने एक कार्यशाला का आयोजन कर सैकड़ों कर्मचारियों को इस विचार से अवगत कराया कि नौकरियाँ स्थिर मूर्तियों की तरह नहीं हैं, बल्कि यह तो निर्माण में इस्तेमाल लचीली आधारभूत इकाई हैं। हमने उन्हें ऐसे लोगों के उदाहरण दिए जो ख़ुद अपने काम के निर्माता बने। जिन्होंने काम और संबंधों को अपनी रुचि, कौशल और मूल्यों के लिहाज़ से ढाल लिया। जैसे एक कलाकार सेल्सपर्सन ने नया लोगो डिज़ाइन करने में सहयोग की तैयारी दिखाई। एक वित्तीय सलाहकार जो अपने ग्राहकों के साथ ईमेल की बजाय सीधे वीडियो कॉल पर ही बात करता था। फिर उन्होंने अपने जाने-पहचाने कामकाज को अलग अंदाज़ में देखा-वूजा दे। वे अपनी भूमिका को लेकर एक नया दृष्टिकोण रचने के लिए निकले जो ज़्यादा आदर्श होने के साथ-साथ अब भी वास्तविक था।

प्रबंधकों और सहकर्मियों ने कार्यशाला के पहले और कार्यशाला हो जाने के कुछ सप्ताह और महीने गुज़र जाने के बाद हर कर्मचारी की ख़ुशी और प्रदर्शन के आधार पर रैंकिंग की। इस पूरे काम में केवल 90 मिनट लगे सो हम इस बात

को लेकर निश्चिंत नहीं थे कि यह पर्याप्त बदलाव की वज़ह बनेगा। लेकिन छह सप्ताह बाद, वे कर्मचारी जिन्हें काम के लचीला होने की सोच पर चलने को कहा गया, उनकी ख़ुशी और प्रदर्शन में अचानक उछाल आया। अपने काम में सुधार पर विचार करने के बाद उन्होंने सुधार के लिए क़दम भी उठाए थे। एक नियंत्रित समूह में वे कर्मचारी जिन्होंने उस कार्यशाला में हिस्सा नहीं लिया था, उनकी ख़ुशी और प्रदर्शन में कोई भी अंतर नहीं पाया गया। जब हमने कर्मचारियों को प्रोत्साहित करने के लिए उन्हें अपने काम में कौशल और नौकरी का भी लचीलापन देखने के लिए कहा तो लाभ छह महीने तक देखने को मिला। केवल अपनी मौज़ूदा प्रतिभा का ही इस्तेमाल करने की बजाय उन्होंने नई क्षमताएँ विकसित करने की भी पहल की, जिसकी वज़ह से उन्होंने अपनी नौकरी को और अधिक निरालेपन और निजता का पुट दे डाला। परिणाम यह हुआ कि उनकी अपने साथियों की तुलना में पदोन्नति या किसी प्रतिष्ठित पद पर पहुँचने की संभावनाएँ 70% बढ़ गईं। अपनी तयशुदा-सी नौकरियों और तयशुदा से कौशल के साथ ही चिपके रहने से इनकार करके उन्होंने ख़ुद को बेहतर भूमिकाओं के लिए ज़रूरी क़ाबिलियत हासिल की। उन्हें इस बात का अहसास हुआ कि उनकी बहुतेरी सीमाएँ तो ख़ुद उनके अपने दिमाग़ की उपज थीं।

इस बात के ख़ुलासे के बाद कि निरालेपन से लबरेज़ सफल लोग शुरुआत यथास्थिति पर सवाल उठाकर और जोख़िमों को लेकर संतुलन साधकर करते हैं, अब इस किताब के शेष भाग में बताया जाएगा कि सोच और कार्रवाई या पहल के बीच के अंतर को कैसे मिटाया जाए। एक बार आपके दिमाग़ में जब कोई नया विचार आए तो आप कैसे उसे सफलता में बदल सकते हैं? वार्टन में संगठनात्मक मनोवैज्ञानिक के तौर पर मैंने विभिन्न परिदृश्यों में मौलिकता के अध्ययन में एक दशक से ज़्यादा वक़्त बिताया है। प्रौद्योगिकी कंपनियों से लेकर बैंक्स, स्कूल, अस्पताल और सरकार तक। मैंने अपने समय के कुछ बेहद प्रतिष्ठित निराले लोगों को खोज निकाला है और मैं आपके साथ साझा करने जा रहा हूँ कि रिश्तों, प्रतिष्ठा और करियर को ठेस पहुँचाए बग़ैर कैसे हम सभी और अधिक निराले हो सकते हैं। मुझे उम्मीद है कि मेरी खोज लोगों को निरालेपन के लिए ज़रूरी हौसला और रणनीति बनाने में मदद करेगी। साथ ही यह नेतृत्वकर्ताओं को अपनी टीम और संस्थान में निरालेपन की संस्कृति को प्रोत्साहित करने के लिए ज़रूरी ज्ञान भी देगी।

कारोबार, राजनीति, खेल और मनोरंजन के क्षेत्र में किए गए अध्ययनों, बिखरी हुई कहानियों का इस्तेमाल करके मैं रचनात्मक, नैतिक और संगठनात्मक परिवर्तन के बीजों पर ध्यान केंद्रित करूँगा। उन बाधाओं पर भी जो राह का रोड़ा

बनती हैं। इस किताब का पहला हिस्सा निराले विचारों को जन्म देने, पहचानने और सबको बताने में मौज़ूद जोख़िम के प्रबंधन पर केंद्रित है। पारिभाषिक तौर पर नए विचारों में अनिश्चितता होती है और यह दमदार सबूत भी होता है कि कैसे हम छिलके से गेहूँ को अलग करने का कौशल तराश सकते हैं, ताकि नाकारा विचारों पर दाँव लगाने से बच जाएँ और केवल अच्छे विचारों को ही छाँट लें। एक उम्मीद भरा विचार आने के बाद अगला क़दम होता है उसे प्रभावी तरीक़े से व्यक्त करना। मैं अपनी बात रखने के लिए आपको कुछ बेहतर तरीक़े बताऊँगा। इस बात पर भी प्रकाश डाला जाएगा कि संदेश और दर्शक समूह का चयन कैसे किया जाए ताकि आपको सुना ज़्यादा जाए और सज़ा कम भुगतनी पड़े। इस दौरान आपको पता भी चलेगा कि क्यों सर्वकालिक तौर पर सबसे ज़्यादा लोकप्रिय टीवी शो कैसे संपादन कक्ष से बचने में सफल हुए, क्यों कोई उद्यमी अपने स्टार्टअप के दावे को मज़बूत करने के लिए उसमें निवेश नहीं करने के कारण गिनाता है, कैसे सीआईए के एक विश्लेषक ने जासूसी समुदाय को बहुत ज़्यादा गोपनीयता नहीं बरतने के लिए मना लिया, कैसे एपल कंपनी में मौज़ूद एक महिला ने तीन स्तर नीचे रहते हुए भी स्टीव जॉब्स को चुनौती दे डाली और जीत भी गई।

किताब के दूसरे हिस्से में उन विकल्पों का ज़िक्र है, जिनका इस्तेमाल हम निरालेपन को मापने के लिए करते हैं। मैं शुरुआत वक़्त के चयन की दुविधा से करूँगा : यह पाया गया कि आपको सबसे पहले पहल करने वाला होने के लिए ज़रूरी सावधानी की जानकारी होनी चाहिए, क्योंकि अक्सर देरी की तुलना में जल्दी क़दम उठाना ज़्यादा जोख़िम भरा होता है। अनपेक्षित तौर पर इतिहास की सबसे बड़ी रचनात्मक उपलब्धियों और परिवर्तन की पहलों के मूल में टालमटोल का रवैया होता है। साथ ही देरी करने और काम को लंबित करने की प्रवृत्ति उद्यमियों को एक लंबे समय तक चलने वाली कंपनी को तैयार करने में मदद कर सकती है। नेतृत्वकर्ता रूपांतरण के प्रयासों का मार्गदर्शन करते हैं और प्रवर्तक अपने निरालेपन को क़ायम रखते हैं। उसके बाद मैं रुख़ करूँगा, सभी को एकत्रित करने की चुनौती, एक मौलिक सोच के लिए समर्थन हासिल करने के तरीक़े और नकारे जाने के जोख़िम को करने के तरीक़े की ओर। महिला मुक्ति आंदोलन की गुमनाम नायिकाएँ बताएँगी कि क्योंकर दोस्त के वेश में दुश्मन से तो दुश्मन ही बेहतर साथी साबित होते हैं। साथ ही यह भी कि साझा मूल्य एकजुट करने की बजाय विभाजित करते हैं। एक संस्थापक जिसने अपने कर्मचारियों से फ़र्म के ध्येय को छिपाए रखा और एक हॉलीवुड निर्देशक जिसने डिज़्नी की दिशा को एनिमेशन से दूसरी ओर मोड़ा। ये उदाहरण आपको बताएँगे कि कैसे आदर्शवाद और व्यावहारिकता का संतुलन साधकर सहयोग जुटाया जाता है और कैसे जाने-पहचाने लोगों का नए लोगों के साथ मेल बिठाया जाता है।

किताब का तीसरा भाग निरालेपन को उन्मुक्त करने और बरकरार रखने के बारे में है। घर और काम दोनों ही जगहों पर। मैं इस बात की पड़ताल करूँगा कि बच्चों को निरालेपन की तालीम कैसे दी जाए, यह बताते हुए कैसे अभिभावक, भाई-बहन और आदर्श व्यक्ति हमारी बग़ावत की प्रवृत्ति की वज़ह बनते हैं। आप देखेंगे कि क्यों बेसबॉल में पेशेवर खिलाड़ी जब ग़लत बेस नंबर पर पहुँच जाते हैं तो उसका उनके जन्म के क्रम से कैसे संबंध होता है। अमेरिका के सबसे ज़्यादा निराले कॉमेडियंस कैसे समान पारिवारिक पृष्ठभूमि से आते हैं। होलोकास्ट (यहूदियों के बड़े पैमाने पर नरसंहार का अभियान) के दौरान जिन लोगों ने जान जोख़िम में डालकर हीरो की तरह प्रदर्शन किया, उन्हें अभिभावकों से एक विशेष तरह के अनुशासन की शिक्षा मिली। पूरी सदी की नई और निराली खोजों व आर्थिक तरक्की की दर का संबंध उन किताबों से जोड़ा जा सकता है, जो हम अपने बच्चों को पढ़ाते हैं। उसके बाद मैं इस बात की ओर रुख़ करूँगा कि क्यों कुछ संस्कृतियाँ, पंथ या संप्रदाय में तब्दील हो जाती हैं। कैसे नेतागण असंतोष को मुखर होने का मौक़ा देकर निरालेपन को फलने-फूलने देने का मौक़ा दे सकते हैं। आर्थिक जगत के एक क़रिश्माई अरबपति से सीखेंगे, जो अपनी आलोचना नहीं करने वाले कर्मचारी को निकाल बाहर करता है। एक आविष्कारक जिसे अपनी चतुरता को साबित करने के लिए संघर्ष करना पड़ा। एक विशेषज्ञ जिसने स्पेस शटल *कोलंबिया* में विस्फोट के बाद नासा में चुप्पी साध लेने के चलन को बदलने में मदद की।

समापन मैं उन भावनाओं के खुलासे के साथ करूँगा, जो हमें निरालेपन का पीछा करने से रोकती हैं। आपको 20 साल की क़रीबी उम्र के लोगों के एक समूह से भय और उदासीनता पर जीत का मंत्र मिलेगा, जिन्होंने एक आततायी का तख़्तापलट दिया और एक वक़ील जिसने जलवायु परिवर्तन के ख़िलाफ़ ज़ंग में उत्तरी ध्रुव तक तैराकी कर डाली। उनके उदाहरण इन बातों की ओर विशेष ध्यान दिलाते हैं कि चिंता से निपटने का सबसे अच्छा तरीक़ा शांत हो जाना है, और यह कि जब हम गुस्से में हों तो गुस्से का इज़हार उल्टे हमारी परेशानी का सबब बनता है और यह कि निराशावाद कई बार आशावाद से ज़्यादा ऊर्जा देने वाला होता है।

आख़िरकार तो निरालेपन पर जीत का विकल्प चुनने वाले लोग ही हमें आगे ले जाते हैं। कई बरस उनका अध्ययन करने के बाद और उनसे संवाद साधने के बाद, मैं इस निष्कर्ष पर पहुँचा हूँ कि उनके अंदरूनी अनुभव हमसे भिन्न नहीं हैं। उन्हें भी वैसा ही भय लगता है, वैसा ही संदेह होता है, जैसा हम सबके दिलोदिमाग़ पर छाया रहता है। जो बात उनको हमसे अलग करती है वो यह कि वे इसके बावज़ूद अपने निराले विचार को साकार करने की दिशा में पहल करते हैं। उन्हें दिल के भीतर ही भीतर यह अहसास होता है कि असफलता का अफ़सोस उतना बड़ा नहीं होता, जितना कि कोशिश ही नहीं करने का।

2

दृष्टिहीन आविष्कारक और सीमित दृष्टि वाले निवेशक

निराले विचारों को पहचानने की कला और विज्ञान

''रचनात्मकता का मतलब ख़ुद को ग़लतियाँ करने की अनुमति देना है, कला यह जानना है कि किसको सहेजना है।''

– स्कॉट एडम्स

सदी के मोड़ पर एक आविष्कार का जादू पूरी सिलिकॉन वैली के सिर चढ़कर बोलने लगा। स्टीव जॉब्स ने इसे पर्सनल कम्प्यूटर के बाद प्रौद्योगिकी की विस्मयकारी कृति करार दे डाला। प्रोटोटाइप पर फ़िदा हो चुके जॉब्स ने आविष्कारक को कंपनी में 10% की हिस्सेदारी के लिए 63 मिलियन डॉलर का प्रस्ताव दे डाला। जब आविष्कारक ने उनका यह प्रस्ताव ठुकरा दिया तो जॉब्स ने अपने व्यक्तित्व से हटकर कुछ किया, उन्होंने आविष्कारक को अगले छह माह मुफ़्त सेवा देने की पेशकश की। एमेज़ॉन के संस्थापक जैफ़ बेजोस ने इस उत्पाद पर एक नज़र डाली और तत्काल उससे जुड़ गए। उन्होंने आविष्कारक से कहा, ''आपका यह उत्पाद इतना अधिक क्रांतिकारी है कि आपको इसे बेचने में कोई भी मुश्किल नहीं आएगी।'' गूगल सहित अनेक ब्ल्यू चिप कंपनियों पर सफलता के साथ दाँव लगाने वाले प्रसिद्ध निवेशक जॉन डोर ने कारोबार में इस भविष्यवाणी के साथ 80 मिलियन डॉलर लगा दिए कि यह 1 बिलियन डॉलर की कमाई तक पहुँचने वाली सबसे तेज़ कंपनी साबित होगी। उनकी राय में यह ''इंटरनेट से भी ज़्यादा महत्त्वपूर्ण हो जाएगी।''

आविष्कारक को आधुनिक युग के थॉमस एडिसन का तमग़ा तक दे डाला गया। इससे पहले भी उनके नाम कई उल्लेखनीय आविष्कार दर्ज़ थे। उनकी पोर्टेबल

डायलिसिस मशीन को वर्ष का सर्वश्रेष्ठ मेडिकल उत्पाद घोषित किया जा चुका था, उनके पोर्टेबल ड्रग इन्फ्यूज़न पम्प ने अस्पतालों में मरीजों के भर्ती रहने के वक़्त में कमी ला दी थी और उनका वेस्कुलर स्टेंट तो उपराष्ट्रपति डिक चेनी के दिल तक पहुँच चुका था। उन्होंने सैकड़ों मरीजों को मदद की थी और उन्हें ख़ुद राष्ट्रपति बिल क्लिंटन के हाथों अमेरिका का आविष्कार के लिए सर्वोच्च सम्मान, द नैशनल मेडल फ़ॉर टेक्नोलॉजी ऐंड इनोवेशन, मिला था।

आविष्कारक के मूल्याँकन के मुताबिक़ उनके नए उत्पाद की बिक्री एक साल के भीतर प्रति सप्ताह 10,000 इकाई तक पहुँच जाएगी। लेकिन छह वर्ष के बाद वह कुल जमा 30,000 इकाइयाँ बेच पाए थे। एक दशक गुज़र चुका है, लेकिन कंपनी अभी तक मुनाफ़े में नहीं आ सकी है। माना जा रहा था कि यह उत्पाद शहरों और लोगों की ज़िंदगी में आमूलचूल परिवर्तन ला देगा, लेकिन आज यह केवल कुछ विशिष्ट बाज़ारों में ही इस्तेमाल किया जाता है।

वह उत्पाद था – सेगवे। ख़ुद ही संतुलन साध लेने वाला निजी परिवहन उपकरण। *टाइम* पत्रिका ने इसे दशक की 10 सबसे बड़ी नाकामियों में से एक करार दिया था। डोर ने 2013 में माना, ''इस बात में शकोशुबहा की कोई गुंजाइश ही नहीं है कि सेगवे में निवेश असफल था। मैंने सेगवे को लेकर कुछ साहसिक भविष्यवाणियाँ की थीं, जो ग़लत साबित हुईं।'' क्या वज़ह थी कि इतने मँजे हुए कारोबारी दिमाग़ भी असफल हो गए?

कुछ वर्ष पहले दो मनोरंजनकर्ताओं ने साथ मिलकर 90 मिनट का एक टीवी स्पेशल तैयार किया। उन्हें इस माध्यम के लिए लिखने का कोई भी पूर्व अनुभव नहीं था और जल्द ही उनके पास सामग्री समाप्त हो गई, तो उन्होंने इस सोच को आधे घंटे के साप्ताहिक शो में तब्दील कर दिया। जब उन्होंने अपनी स्क्रिप्ट प्रस्तुत की तो अधिकांश नेटवर्क के अधिकारियों को यह पसंद नहीं आई या वे उसे समझ नहीं पाए। इस कार्यक्रम से जुड़े एक अभिनेता ने तो इसे ''शानदार झमेला'' करार दे डाला।

शो का पायलट एपिसोड तैयार होने के बाद अब बारी थी दर्शक परीक्षण की। लॉस एंजिलिस में इस शो की ख़ूबियों और कमज़ोरियों पर चर्चा के लिए जो 100 दर्शक जमा हुए थे, उन्होंने इसे निराशाजनक और विफल बताते हुए सिरे से ख़ारिज कर दिया। एक ने तो दो टूक कह ही दिया, ''यह तो एक पराजित व्यक्ति है, इस व्यक्ति को कौन झेलना चाहेगा?'' 600 और लोगों को अलग-अलग शहरों में पायलट एपिसोड दिखाने के बाद सारांश रिपोर्ट का निष्कर्ष था, ''दर्शकों का कोई भी हिस्सा इस शो को दोबारा देखने का इच्छुक नहीं था।'' प्रस्तुति को कमज़ोर करार दिया गया।

पायलट एपिसोड किसी तरह से प्रसारित हो गया और जैसी कि आशंका थी, यह बिलकुल भी हिट नहीं रहा। उसके और नकारात्मक दर्शक परीक्षण के बीच, शो को समाप्त हो जाना चाहिए था। लेकिन एक अधिकारी ने चार और एपिसोड बनाने का समर्थन किया। यह शो पायलट एपिसोड के तकरीबन एक साल तक टीवी तक नहीं पहुँचा और दोबारा वह उस पर फ़िदा होने वाले दर्शक जुटाने में असफल रहा। वक़्त गुज़रने के बाद नेटवर्क ने एक रद्द शो के एवज़ में इसे आधे सीजन को और मंज़ूरी दे डाली। तब तक लेखकों में से एक विदा लेने की तैयारी में था : उसके विचारों का भंडार अब ख़ाली हो चुका था।

यह अच्छी बात रही कि उसने बाद में विचार बदल डाला। अगले एक दशक तक यह शो नीलसन रेटिंग्स में छाया रहा और उसने 1 बिलियन डॉलर से ज़्यादा की कमाई कर डाली। यह अमेरिका की सबसे लोकप्रिय टीवी सीरीज़ बन गया और *टीवी गाइड* ने तो इसे सर्वकालीन सर्वश्रेष्ठ कार्यक्रम तक करार दे दिया।

अगर आपने कभी भी आपसे चिपककर बात करने वाले किसी व्यक्ति की शिकायत की हो, पार्टी में जाने वाले किसी व्यक्ति की दो-दो जगहों से कमाई के लिए निंदा की हो, यह कहते हुए ''ऐसा नहीं है कि उसमें कुछ ग़लत है'' या फिर किसी को यह कहते हुए ख़ारिज कर दिया हो, ''तुम्हारे लिए कोई सूप नहीं है,'' तो आप इस शो की पहचान बन चुके वाक्याँशों का प्रयोग कर रहे हैं। आख़िर क्या वज़ह थी कि अधिकारियों का *सिनफ़ील्ड* में इतना कम विश्वास था?

जब हम दुनिया में निरालेपन के अभाव का रोना रोते हैं तो हम इसका ठीकरा रचनात्मकता के अभाव के सिर फोड़ते हैं। अगर लोग और अधिक निराले विचार प्रस्तुत करेंगे तो हमारी स्थिति और बेहतर होगी। वास्तविकता में निरालेपन की राह की सबसे बड़ी बाधा विचारों का जन्म लेना नहीं है-विचारों का *चयन* है। एक विश्लेषण में पाया गया कि जब 200 से ज़्यादा लोगों ने नई इकाइयों और उत्पाद के लिए एक हज़ार से ज़्यादा विचारों को जन्म दिया तो उसमें से 87% पूरी तरह से निराले थे। हमारी कंपनियों, समुदाय या देशों ज़रूरी नहीं कि विचारों की कमी से प्रभावित हों। दरअसल, उनकी दिक़्क़त ऐसे लोगों की कमी है, जो इन विचारों में से सही निराले विचार का चयन कर सकें। सेगवे के मामले में ग़लत को सही मान (ग़लत सकारात्मक) लिया गया था : इसके लिए भविष्यवाणी की गई थी कि यह सफल होगा, लेकिन यह ग़लत साबित हुआ। *सिनफ़ील्ड* के मामले में एक सही को ग़लत (ग़लत नकारात्मक) मान लिया गया था : इसके असफल होने की आशंका थी, लेकिन अंततः यह ज़बर्दस्त तरीक़े से सफल हुआ।

यह अध्याय विचार के चयन की राह की बाधाओं और इनसे निपटने के सर्वश्रेष्ठ तरीक़ों पर आधारित है। यह जानने के लिए कि असफल दाँवों की संख्या

को कैसे कम किया जा सकता है, मैंने कुशल भविष्यवक्ताओं से संपर्क साधा जो ग़लत सकारात्मक और ग़लत नकारात्मकों के जोख़िमों को टालना सीख चुके थे। आप कभी भी उन दो अधिकारियों से नहीं मिल सकेंगे, जिन्होंने सेगवे की नाकामी का पूर्वानुमान लगा लिया था। साथ ही एनबीसी के उस अधिकारी से जो कॉमेडी के क्षेत्र में काम नहीं करता था, लेकिन फिर भी वह *सिनफ़ील्ड* को लेकर इतना उत्साहित था कि उसने उसमें पूँजी निवेश तक कर डाला। यह तरीक़े किसी विचार के मूल्याँकन में अंतर्दृष्टि और विश्लेषण को लेकर परंपरागत ज्ञान पर ही सवालिया निशान लगा देते हैं। साथ ही इस बात पर भी कि विचारों के पीछे के व्यक्तियों के मूल्याँकन के दौरान उनके जुनून की भूमिका को भी महत्त्व देना चाहिए। आप देखेंगे कि प्रबंधकों और परीक्षण दर्शकों के लिए नए विचारों का मूल्याँकन इतना मुश्किल क्यों होता है और कैसे हम यह फ़ैसला करने में और बेहतर हो सकते हैं कि पाँसे कब फेंके जाएँ।

रचनात्मकता की रस्सी पर बिना सोचे-समझे चहलक़दमी

सेगवे के आविष्कारक प्रौद्योगिकी के बेहद प्रतिभाशाली व्यक्ति हैं, जिनका नाम है डीन केमैन, जिनकी कपड़ों की अलमारी केवल एक ही क़िस्म के परिधानों से पटी पड़ी है : डेनिम शर्ट, जीन्स और कामकाज के वक़्त इस्तेमाल होने वाले जूते। जब मैंने उद्यम पूँजीपतियों से केमैन का वर्णन करने को कहा, तो सबसे आम जवाब था, ''बेटमैन।'' 16 वर्ष की उम्र में उन्होंने एक म्यूज़ियम की लाइटिंग सिस्टम को नए सिरे से डिज़ाइन करने का बीड़ा उठाया और उसके बाद ही उसे क्रियान्वित करने की चेयरमैन से अनुमति माँगी। 1970 के दशक में उन्होंने दवा को शरीर में पहुँचाने वाले इन्फ़्यूजन पम्प का आविष्कार किया। इस आविष्कार से उन्हें इतना लाभ हुआ कि उन्होंने एक जेट और एक हेलिकॉप्टर ख़रीदने के साथ-साथ न्यू हैम्पशायर में एक आलीशान बंगला बना डाला, जो मशीन शॉप, एक इलेक्ट्रॉनिक्स लैब और एक बेसबॉल मैदान से लैस था। 1980 के दशक में उनकी पोर्टेबल डायलिसिस मशीन भी ज़बर्दस्त तरीक़े से सफल रही थी।

1990 के दशक में केमैन ने एक व्हीलचेयर, आईबॉट, डिज़ाइन की, जो सीढ़ियाँ चढ़ सकती थी। इस प्रौद्योगिकी के विस्तृत इस्तेमाल की संभावना को देखते हुए उन्होंने सेगवे के निर्माण के लिए एक टीम जुटाई। उद्देश्य था ईंधन की बचत करने वाला एक ऐसा वाहन बनाने का जो प्रदूषण कम करेगा और भीड़भाड़ से भरे शहरों में लोगों को आसानी से निजी परिवहन की सुविधा दे देगा। चूँकि यह छोटा, हल्का और अपने बूते ही संतुलन साध लेता था, इसे डाकियों, पुलिस अधिकारियों और गोल्फ़र्स के लिए माक़ूल माना गया। साथ ही इसमें दैनंदिन के

परिवहन में आमूलचूल परिवर्तन की भी संभावना मौज़ूद थी। सेगवे उनके द्वारा तैयार सबसे असाधारण प्रौद्योगिक रचना थी। केमैन के अनुमान के मुताबिक़ यह "कार के लिए वही साबित होगी, जो घोड़े और बग्घी के लिए कार साबित" हुई थी।

लेकिन क्या निर्माता अपने ही विचारों के मूल्याँकन में वस्तुनिष्ठ हो सकते हैं? मेरे एक पूर्व छात्र जस्टिन बर्ग़ ने, जो कि स्टेनफ़ोर्ड में बहुत ही कम उम्र में प्रोफ़ेसर बन चुका है, इस सवाल की पड़ताल में कई वर्ष का वक़्त लगाया है। बर्ग़ को रचनात्मक भविष्यवाणी में महारत हासिल है। यह निराले विचारों की सफलता की भविष्यवाणी की कला है। एक अध्ययन के तहत उन्होंने लोगों के विभिन्न समूहों को सर्कस प्रदर्शन के वीडियोज़ बताए और उनसे पूछा कि उनकी राय में उनमें से किस वीडियो का प्रदर्शन कैसा रहेगा। सर्क ड्यू सोलेल और अन्य संस्थानों के सर्कस के कलाकारों ने इस बात को लेकर संभावना जताई कि उनके वीडियोज़ कितने लोकप्रिय होंगे। सर्कस प्रबंधकों ने वीडियोज़ देखे और अपने मूल्याँकन भी दर्ज़ कराए।

इन भविष्यवाणियों की सटीकता को परख़ने के लिए बर्ग़ ने फिर हर एक प्रदर्शन की वास्तविक सफलता को इस बात के ज़रिए जाँचा कि आम दर्शकों ने वीडियोज़ को कितना पसंद व शेयर किया और पूँजी भी दी। उन्होंने वीडियोज़ की रेटिंग के लिए 13 हज़ार से ज़्यादा लोगों को आमंत्रित किया। उन्हें इन वीडियोज़ को फ़ेसबुक, ट्विटर, गूगल+ और ईमेल के ज़रिए साझा करने की भी आज़ादी थी। साथ ही 10-सेंट बोनस भी दिया गया, जो वे वीडियोज़ में मौज़ूद कलाकारों को दान कर सकते थे।

कलाकार यह मूल्याँकन करने में बुरी तरह से विफल साबित हुए कि उनके प्रदर्शन दर्शकों की नज़रों में कैसे रहेंगे। औसतन हर कलाकार ने नौ अन्य सर्कस कलाकारों के प्रदर्शन की रैंकिंग के दौरान अपने प्रदर्शन को दो स्तर ऊपर रखा। इस लिहाज़ से मैनेजर वास्तविकता के ज़्यादा क़रीब थे, उन्होंने प्रदर्शन से कुछ दूरी बनाई रखी, जिसने उन्हें ज़्यादा तटस्थता की स्थिति में रखा।

समाज विज्ञानियों को काफ़ी पहले से ही पता है कि जब हम ख़ुद का मूल्याँकन करते हैं तो अतिविश्वास का शिकार हो जाते हैं। उनकी खोज के कुछ परिणाम यहाँ प्रस्तुत हैं :

- हाईस्कूल सीनियर्स : 70% से अधिक की राय में उनके भीतर "औसत से ज़्यादा" नेतृत्व कौशल है, 2% "औसत से कम" की तुलना में। दूसरों के साथ तालमेल या बेहतर संबंधों को लेकर 25% ख़ुद को शीर्ष 1% में मानते हैं, जबकि 60% ख़ुद को शीर्ष 10% में मानते हैं।

- कॉलेज प्रोफ़ेसर्स : 94% की राय में वे औसत से बेहतर प्रदर्शन कर रहे हैं।
- इंजीनियर्स : दो अलग-अलग कंपनियों में 32% और 42% लोगों ने ख़ुद को प्रदर्शन के लिहाज़ से शीर्ष 5% में रखा।
- उद्यमी : जब 3000 छोटे कारोबारी उद्यमियों ने विभिन्न कंपनियों की सफलता को लेकर संभावना जताई तो औसतन उन्होंने अपने कारोबार की कामयाबी की संभावना को 10 में से 8.1 दिए, जबकि ऐसे ही अन्य उद्यमों को 10 में से केवल 5.9 दिए।

रचनात्मकता के क्षेत्र में अतिविश्वास के मुश्किल पूर्वाग्रह पर जीत हासिल करना विशेष तौर पर ज़्यादा मुश्किल काम है। जब आप एक नया विचार तैयार कर रहे हैं तो परिभाषा के लिहाज़ से वह निराला है, इसलिए आप आपके पूर्व के आविष्कारों को लेकर मिले पुरानी प्रतिक्रियाओं को भुला सकते हैं। भले ही फिर आपके पिछले विचार बुरी तरह से असफल हुए हों, यह अलग है।

जब हम एक विचार को विकसित कर लेते हैं तो हम आमतौर पर अपनी ही पसंद के काफ़ी क़रीब होते हैं-और दर्शकों की पसंद से बहुत दूर-उसके सही तरीक़े से मूल्याँकन के लिहाज़ से। नए विचार के यूरेका जैसे पल या एक बाधा से पार करने की ख़ुशी हमें असावधान बना देती है। लंबे अरसे से एनबीसी के एंटरटेनमेंट अध्यक्ष ब्रेंडन टार्टिकॉफ़ हमेशा जैसे अपने निर्माताओं को आग़ाह करते रहते थे, ''यहाँ कोई भी उस विचार के साथ नहीं आएगा जो उसकी राय में ख़राब विचार है।'' उद्यमियों और आविष्कारकों को अपने विचार की सफलता को लेकर कुछ हद तक तो अतिविश्वास से भरा होना चाहिए, वरना तो उनके भीतर उसका पीछा करने के लिए ज़रूरी प्रेरणा का ईंधन ही नहीं होगा। लेकिन दर्शकों की प्राथमिकताओं के बारे में पता लगने के बाद भी उनके उस जाल में फँसने की आशंका तो बनी ही रहती है, जिसे मनोवैज्ञानिकों द्वारा पुष्टि पूर्वाग्रह (बात को अपने फ़ायदे के लिहाज़ से तोड़-मरोड़ लेने की प्रवृत्ति) कहा जाता है-वह अपने विचारों की ताक़त पर ध्यान केंद्रित कर लेते हैं और उनकी सीमाओं की अनदेखी कर देते हैं या उन्हें ख़ारिज ही कर देते हैं।

रचनात्मक उत्पादकता के अध्ययन में पूरा करियर बिता देने के बाद मनोवैज्ञानिक डीन साइमंटन ने पता लगाया है कि प्रतिभावान लोगों को भी अपने पास मौज़ूद सफल विचार को पहचानने में मुश्किलों का सामना करना पड़ता है। संगीत में बीथोवन को ज्ञानवान आत्म-आलोचक के तौर पर जाना जाता रहा है, लेकिन साइमंटन की राय में, ''बीथोवन की ख़ुद की पसंदीदा सिम्फ़नीज़, सोनाटाज़

और क्वार्टेट्स का उनकी उन रचनाओं में शुमार नहीं हैं, जिनकी बारंबार प्रस्तुति की जाती है और भविष्य की पीढ़ियों के लिए जिन्हें सहेजा जाता है।'' एक विश्लेषण में मनोवैज्ञानिक आरोन कोज़बेल्ट ने उन पत्रों को परख़ा जिनमें बीथोवन ने अपनी 70 संगीत रचनाओं का मूल्याँकन किया है। फिर उसके बाद उन्होंने इस मूल्याँकन की तुलना विशेषज्ञों द्वारा बीथोवन के काम को लेकर की गई समीक्षाओं से की। 70 रचनाओं के उस संग्रह में बीथोवन ने 15 बार ग़लत सकारात्मक चयन किया, जिन टुकड़ों को उन्होंने बड़ा माना वह छोटे साबित हुए, जबकि केवल 8 ग़लत नकारात्मक चयन, उन टुकड़ों की आलोचना जो आगे चलकर बेहद मूल्यवान बन गए। ग़लती की यह 33% की दर इस तथ्य के बावज़ूद देखने को मिली कि बीथोवन ने कई मूल्याँकन तो श्रोताओं की प्रतिक्रिया मिलने के *बाद* किए।

जब निर्माता जानते हैं कि वे अपनी महानतम कलाकृति की ओर बढ़ रहे हैं तो उनका काम आगे की ओर ही तरक्की करेगा-जिस वक़्त उनको लगेगा कि वे उस सुनहरे मुक़ाम तक पहुँच चुके हैं, उनकी वैचारिक प्रक्रिया थम जाएगी। लेकिन साइमंटन ने पाया कि वह वक़्त-वक़्त पर पुनरावृत्ति के उस मुक़ाम तक पीछे लौट आते हैं, जिसे पहले उन्होंने असंभव बताकर ख़ारिज कर दिया था। बीथोवन की सबसे लोकप्रिय कृति फिफ़्थ सिम्फ़नी में उन्होंने पहली लय का अंत हटा दिया था, क्योंकि उन्हें लगा कि यह बहुत ही छोटा है, लेकिन बाद में वहीं लौटे। अगर बीथोवन में असाधारण और साधारण में भेद की क़ाबिलियत होती तो वह तत्काल अपनी रचना को सफल मान लेते। पिकासो जब फ़ासिस्टवाद के विरोध के लिए मशहूर रचना *गुएर्निका* बना रहे थे तो उन्होंने 79 अलग-अलग रेखाचित्र बनाए। पेंटिंग में मौज़ूद कई छवियाँ उनके पुराने स्केचेस पर आधारित थीं, बाद के रूपांतरणों में नहीं। साइमंटन बताते हैं, ''हर अगला स्केच 'अंधी गली' की तरह साबित हो रहा था, जहाँ कलाकार को पहले से पता नहीं था कि वह ग़लत रास्ते पर जा रहा है।'' अगर पिकासो अपनी कलाकृतियों को लेकर फ़ैसला उनके निर्माण के ही दौरान कर पाता तो वह निरंतर ''ऊर्जावान'' होते हुए बाद के रेखाचित्रों को इस्तेमाल करते, लेकिन हक़ीक़त में जैसा कि होता है वह ठंडे होते चले गए।

हीरे जैसे विचार का चयन

अगर मौलिक लोग अपने विचारों की गुणवत्ता के पारख़ी नहीं होते तो फिर भला वे कैसे एक शानदार कृति तैयार करने की संभावनाओं को बेहतर बना लेते हैं? उनके पास ढेर सारे विचार होते हैं। साइमंटन ने पाया कि रचनात्मक प्रतिभाशाली लोग अपने क्षेत्र के साथियों से औसतन तौर पर बेहतर नहीं होते। वे बस ज़्यादा काम करते हैं, जिससे उन्हें विविधता मिलती है और निरालेपन की अधिक संभावना

भी। साइमंटन लिखते हैं, ''एक प्रभावी या सफल विचार उत्पन्न करने की संभावना दरअसल कुल उत्पन्न विचारों का सकारात्मक परिणाम है।''

शेक्सपियर की ही बात कर लीजिए : हम उनके कालजयी साहित्य के कुछ हिस्से से ही वाक़िफ़ हैं। हम यह भूल जाते हैं कि दो दशक की अवधि में उन्होंने 37 नाटक और 154 सोनेट्स लिखे। साइमंटन ने शेक्सपियर के नाटकों की इस आधार पर पड़ताल की कि उनका कितनी बार मंचन किया जाता था और उन्हें विशेषज्ञों और समीक्षकों की कितनी प्रशंसा मिली। पाँच साल की अवधि में जब शेक्सपियर ने अपनी पाँच सबसे लोकप्रिय रचनाओं में से तीन – *मैकबेथ, किंग लियर, ऑथेलो–को साकार किया,* उन्होंने तुलनात्मक रूप से औसत रचनाओं *टिमन ऑफ़ एथेंस* और *आल इज़ वेल देट एंड्स वेल* को भी रचा। यह दोनों ही उनके निकृष्टतम नाटकों में गिने जाते हैं। इन्हें नियमित तौर पर हरदम फूहड़ गद्य, आधे–अधूरे कथानक और किरदारों के कमज़ोर विकास के लिए आलोचना झेलनी पड़ती है।

हर क्षेत्र में, यहाँ तक कि सबसे प्रतिष्ठित निर्माता भी बड़ी मात्रा में एक तो ऐसा काम करते ही हैं, जो तकनीकी तौर पर भले ही पुख़्ता हो, लेकिन विशेषज्ञों और दर्शकों की राय में अवास्तविक होता है। जब लंदन फ़िलोहार्मोनिक ऑर्केस्ट्रा ने शास्त्रीय संगीत की 50 सर्वश्रेष्ठ रचनाओं का चयन किया तो इसमें मोज़ार्ट की छह रचनाएँ, बीथोवन की पाँच और बाख़ की तीन रचनाएँ शामिल थीं। कुछ चुनिंदा अजर–अमर कलाकृतियों को साकार करने के लिए मोज़ार्ट ने मौत से पहले 600 रचनाएँ तैयार कीं। बीथोवन ने ज़िंदगी में 650 संगीत रचनाएँ तैयार कीं। बाख़ ने एक हज़ार से भी ज़्यादा। 15,000 से ज़्यादा शास्त्रीय संगीतकारों के एक अध्ययन में पाया गया कि पाँच साल की एक तय अवधि में एक संगीतकार जितनी ज़्यादा रचनाएँ तैयार करता है, सफलता की संभावना उतनी ही बढ़ती जाती है।

पिकासो की कृतियों के भंडार में 1800 से ज़्यादा पेंटिंग्स, 1200 मूर्तियाँ, 2800 सिरेमिक्स और 12,000 रेखांकन थे। प्रिंट्स, कालीन और छपाई से सजे वस्त्र तो छोड़ ही दीजिए। इनमें से कुछ ही प्रसिद्धि हासिल कर सके। काव्य जगत की बात करें तो जब हम माया एंजेलू की कालजयी कविता, ''स्टिल आई राइज़'' का वाचन करते हैं तो हम भूल जाते हैं कि उन्होंने 165 और कविताएँ भी लिखी हैं। हमें उनकी जीवनी *आई नो वाय द केज़्ड बर्ड सिंग्स* तो याद रहता है, लेकिन हम उनकी लिखी छह आत्मकथाओं पर कम ध्यान देते हैं। आइंस्टीन ने सामान्य व विशेष सापेक्षता पर पेपर लिखे, जिन्होंने भौतिकशास्त्र को ही बदल डाला, लेकिन उनके 248 से अधिक बाक़ी के प्रकाशनों का न्यूनतम असर रहा। अगर आप निराले बनना चाहते हैं, ''सबसे महत्त्वपूर्ण संभावित बात जो आप कर सकते हैं,'' पॉडकास्ट *सीरियल* और *दिस अमेरिकन लाइफ़* की निर्माता इरा ग्लास बताती हैं, ''ढेर सारा काम करो। काम का अंबार लगा डालो।''

साइमंटन के मुताबिक़ विभिन्न क्षेत्रों में देखा जाए तो सबसे सफल लोगों में ना केवल सबसे ज़्यादा निरालापन होता है, बल्कि उनका सबसे निराला काम भी उसी दौर में किया हुआ होता है, जब उन्होंने ढेर सारा काम किया हो।* 30 से 35 वर्ष की दरमियानी उम्र में एडिसन ने बल्ब, फ़ोनोग्राफ़ और कार्बन टेलीफ़ोन का आविष्कार कर डाला था। लेकिन उसी दौर में उन्होंने अन्य आविष्कारों के 100 से ज़्यादा पेंटेंट के आवेदन किए, जिनमें स्टेन्सिल पेन्स से लेकर फलों के संरक्षण की तकनीक, लौह अयस्क के खनन के लिए चुंबक के इस्तेमाल जैसी विविधता थी। इसी दौरान उन्होंने एक गुस्सैल क़िस्म की गुड़िया को भी डिज़ाइन किया था। साइमंटन कहते हैं, "वह कालखंड जिसमें सबसे ज़्यादा छोटे-मोटे उत्पाद देखने को मिले, वही कालखंड था जिसमें बड़े-बड़े काम किए गए।" एडिसन के "1093 पेटेंट्स के बावजूद उनके वाक़ई सर्वश्रेष्ठ रचनात्मक उपलब्धियों को तो शायद अँगुलियों पर ही गिना जा सकता है।"

यह एक आम धारणा है कि मात्रा और गुणवत्ता के बीच दुविधा होती है- अगर आप बेहतर काम करना चाहते हैं तो आपको कम काम करना चाहिए-लेकिन यह तो ग़लत साबित हो रहा है। वास्तविकता में तो जब बात विचारों की उत्पत्ति की आती है तो गुणवत्ता की ओर ले जाने वाला सबसे अनुमानित रास्ता है मात्रा। स्टेनफ़ोर्ड के प्रोफ़ेसर रॉबर्ट सटन कहते हैं, "निराले विचारकों के दिमाग़ में कई विचार आएँगे जो कि विचार से उत्पन्न दूसरा परिवर्तित विचार, आगे जाने लायक़ नहीं और स्पष्ट तौर पर असफल होंगे। लागत वहन करने योग्य है, क्योंकि वे विचारों का एक बड़े समूह के उत्पादन की वज़ह बनते हैं-ख़ासतौर पर निराले विचारों के।"

कई लोग निरालेपन को हासिल करने से वंचित रह जाते हैं, क्योंकि वह कम विचार उत्पादन करते हैं और फिर उन्हीं विचारों को निखारकर आदर्श स्थापित करने में ही बुरी तरह से लिप्त होकर रह जाते हैं। अच्छी सामग्री को लोकप्रिय (वायरल) करने वाली कंपनी अपवर्दी में, दो अलग-अलग कर्मचारियों ने इनाम के तौर पर ककड़ी या अंगूर पाने पर बंदरों की प्रतिक्रिया के एक वीडियो को अलग-अलग

*यही एक कारण है कि पुरुषों की प्रभावशाली रचनात्मक उपलब्धियाँ महिलाओं की तुलना में ज़्यादा होती हैं। इतिहास गवाह है कि कई रचनात्मक करियरों के दरवाज़े महिलाओं के लिए बंद थे। जो दरवाज़े के बंद होने से पहले उसमें पैर फँसाने में कामयाब रहीं, अक्सर ऐसी महिलाएँ रहीं जो पूरे वक़्त बच्चों की देखभाल करती थीं। परिणाम यह हुआ कि पुरुषों की उपलब्धियाँ महिलाओं की तुलना में ज़्यादा रहीं। इससे पुरुषों को निरालेपन का ज़्यादा मौक़ा मिला। आज बराबर के अवसर उपलब्ध होने के कारण यह रचनात्मक उपलब्धि का यह लैंगिक भेद ख़त्म होता जा रहा है और हो सकता है कि मामला उलटा ही नहीं हो जाए। बर्ग़ ने पाया कि पुरुषों की तुलना में औसतन महिलाएँ बेहतर रचनात्मक भविष्यवाणी करती हैं। निराले विचारों को लेकर उनकी सोच खुली है, जिसके कारण उनके ग़लत नकारात्मकों में उलझने की आशंका कम हो जाती है।

शीर्षक दिए। जब शीर्षक था, "*प्लेनेट ऑफ़ द एप्स* याद आ गया ना? यह हक़ीक़त आपकी सोच से भी ज़्यादा क़रीब है।" तो आठ हज़ार लोगों ने इस वीडियो को देखा। एक अलग शीर्षक ने दर्शक संख्या को 8 गुना कर दिया। तक़रीबन पाँच लाख लोग इस नए शीर्षक के कारण इसी वीडियो को देखने पर मज़बूर से हो गए। अबकी बार शीर्षक था, "दो बंदरों को बराबर का भुगतान नहीं हुआ, देखिए फिर क्या हुआ।" अपवर्दी के नियम के मुताबिक़ एक सफल विचार के लिए आपको कम से कम 25 विचार आने चाहिए। तमाम विकल्पों पर विचार करके किए गए अध्ययन में यह बात देखने को मिली कि बेहद प्रतिभावान लोगों को रचनात्मक प्रक्रिया की शुरुआत में ही कुछ निराले विचार आ जाते हैं। लेकिन हम बाक़ी लोगों के लिए हमारे शुरुआती विचार बहुत ही परंपरागत होते हैं–उस वस्तुस्थिति के क़रीब जो पहले से ही मौज़ूद है। हमारे द्वारा सबसे ज़ाहिर विचार को ख़ारिज किए जाने के बाद ही हमारे पास सुदूर संभावनाओं को तलाशने की आज़ादी होती है। अपवर्दी की टीम लिखती है, "एक बार जब आपके भीतर की तड़प चरम हासिल करती है तो फिर आप लीक से हटकर सोचने लगते हैं। शीर्षक क्रमांक 24 बेकार है तो शीर्षक क्रमांक 25 शीर्षकों के भगवान की ओर से तोहफ़ा होगा और आपको महान बना देगा।"

सेगवे पर काम करने के दौरान डीन केमैन को पता था कि रचनात्मक प्रक्रिया में कितने अंधे मोड़ होते हैं। 440 पेटेंट अपने नाम होने के बावज़ूद सफलता के साथ कई असफलताएँ भी उनकी झोली में आई थीं। वह अक्सर "राजकुमारी और मेंढक" की बचपन की कहानी का हवाला देते हुए अपनी टीम से कहा करते थे, "असली राजकुमार को पाने से पहले आपको ढेर सारे मेंढकों को चूमना होगा।" वास्तविकता में मेंढकों को चूमने जैसा प्रयास ही उनका मूलमंत्र था : वह अपने इंजीनियरों को सही विचार तक पहुँचने की संभावनाओं को बढ़ाने के लिए ढेर सारे विविधताओं को आजमाने के लिए प्रोत्साहित करते थे। लेकिन सेगवे के मामले में उन्होंने परिवहन समस्या को सुलझाने के लिए अन्य विचारों को नजरअंदाज़ कर दिया। उन्होंने इस सच्चाई की अनदेखी कर दी कि आविष्कारकों को अनिवार्य तौर पर मूल्याँकन के इस भीषण संघर्ष से गुज़रना ही पड़ता है कि उनकी रचना मेंढक है या राजकुमारी।

अपने विचारों पर सही फ़ैसला लेने का सर्वश्रेष्ठ तरीक़ा है, प्रतिक्रियाएँ लेना। ढेर सारे विचार रखो और देखें कि किसकी प्रशंसा हो रही है और किसे हमारे लक्षित श्रोता द्वारा स्वीकारा जा रहा है। कॉमेडी तैयार करने में दशकों गुज़ारने के बाद, *द डेली शो* की सहनिर्माता लिज़ विनस्टीड आज भी नहीं जानतीं कि कौन-सी बात लोगों को हँसने पर मज़बूर कर देगी। वह याद करते हुए कहती हैं, "वह चुटकुलों की तलाश, उन्हें लिखने और स्टेज पर आज़माने के लिए तड़प रही थीं।" उनमें

से कुछ बहुत पसंद किए गए, कुछ असफल रहे। सोशल मीडिया के आ जाने के कारण अब उन्हें ज़्यादा तेज़ी के साथ प्रतिक्रिया मिल जाती है। जब भी वह किसी चुटकुले के बारे में सोचती हैं तो पहले उसे ट्वीट कर देती हैं। जब चुटकुला कुछ ज़्यादा लंबा हो तो फ़ेसबुक पर पोस्ट कर देती हैं। जब उन्हें एक मिनट के भीतर 25 से ज़्यादा रिट्वीट मिल जाते हैं या फिर ज़्यादा संख्या में फ़ेसबुक शेयर, तो वह उस विचार को सहेज लेती हैं। दिन की समाप्ति पर वह ऐसी सामग्री विकसित करती हैं, जो दर्शकों के लिए सबसे ज़्यादा पसंदीदा हो। विनस्टीड स्वीकारती हैं, ''ट्विटर और फ़ेसबुक ने लोगों की पसंद को जानने के काम में मेरी बहुत ज़्यादा मदद की है।''

सेगवे को विकसित करने के दौरान डीन केमैन ने प्रतिक्रियाओं के लिए इस तरह से दरवाज़ा नहीं खोला था। उन्हें इस बात की ज़्यादा चिंता थी कि कोई उनका विचार चुरा नहीं ले या उनकी आधारभूत सोच सार्वजनिक हो जाएगी। उन्होंने गोपनीयता के सख़्त नियमों का पालन किया। उनके अपने ही अनेकानेक कर्मचारियों को उस हिस्से में आने-जाने की अनुमति नहीं थी, जहाँ पर सेगवे विकसित किया जा रहा था। केवल कुछ संभावित निवेशकों को ही इसे आज़माने का मौक़ा दिया गया था। सेगवे के निर्माण के दौरान उनकी टीम ने ढेर सारे विचारों की उत्पत्ति की, लेकिन अंतिम उत्पाद के लिए सही विचार के चयन के लिए उनके पास ग्राहकों की ओर से पर्याप्त महत्त्वपूर्ण प्रतिक्रिया उपलब्ध नहीं थी। किसी ग्राहक के इसे देखने से पहले ही इसकी तीन से चार बार पुनरावृत्तियाँ हो चुकी थीं।* अपने ही विचार के प्रति आस्था केवल इसीलिए ख़तरनाक नहीं है कि यह ना केवल ग़लत सकारात्मकता को लेकर असुरक्षित बना देता है, बल्कि यह हमें संभावित रचनात्मकता तक पहुँचने के लिए ज़रूरी विविधता तैयार करने से भी रोक देती है।

लेकिन केमैन और उनकी टीम ही सेगवे को लेकर अति उत्साहित नहीं थी। स्टीव जॉब्स, जेफ़ बेजोस और जॉन डोर जैसे विशेषज्ञों का इस उपकरण को लेकर अनुमान कैसे क्या ग़लत हो गया? यह जानने के लिए पहले यह देखते हैं कि *सिनफ़ील्ड* की संभावनाओं को पहचानने में कई अधिकारी और परीक्षण दर्शक क्यों असफल रहे।

---

* यह सबक़ ग्राहकों से यह पूछने के लिए नहीं है कि वे क्या चाहते हैं। हैनरी फ़ोर्ड के नाम पर दिए जाने वाले प्रसिद्ध हवाले के मुताबिक़, ''अगर मैंने अपने ग्राहकों से पूछा होता कि वे क्या चाहते हैं, तो शायद वे कहते एक तेज़ घोड़ा।'' इसकी बजाय निर्माता को कार तैयार करनी चाहिए और फिर यह प्रयास करना चाहिए कि ग्राहक उसे चलाएँ। इसका मतलब है एक संभावित ज़रूरत को तलाशें और फिर वह डिज़ाइन करें जिसे *द लीन स्टार्टअप* के लेखक एरिक राइस एक न्यूनतम व्यावहारिक उत्पाद कहते हैं। विभिन्न प्रारूपों का परीक्षण करें और प्रतिक्रियाएँ लें।

प्रारूपों और संकीर्ण प्राथमिकताओं के गुलाम

जब *सिनफ़ील्ड* की पहली स्क्रिप्ट प्रस्तुत की गई थी तो अधिकारियों को समझ नहीं आ रहा था कि इसका क्या करें। यह तो ''बिलकुल ही अपरंपरागत है,'' एनबीसी के अधिकारी वारेन लिटलफ़ील्ड ने कहा, ''यह टीवी पर मौज़ूद किसी भी बात से मेल नहीं खाता था। इस तरह का कुछ इससे पहले होने का कोई इतिहास भी नहीं था।''

जस्टिन बर्ग़ के सर्कस के प्रदर्शनों के अध्ययन में, हालाँकि कलाकारों की तुलना में प्रबंधकों का मूल्याँकन ज़्यादा सटीक था, फिर भी वह कुछ ख़ास अच्छे नहीं थे, ख़ासतौर पर नए नवेले करतबों को लेकर। प्रबंधक भी जोख़िम मोल लेने से बचते थे : वह अच्छे विचारों को समर्थन के लाभ की बज़ाय ग़लत विचार के चयन के नुक़सान से बचने पर ध्यान देते हैं, इसी कारण वह कई ग़लत नकारात्मकों की वज़ह बनते हैं। *सिनफ़ील्ड* के कथानक पर पहली रिपोर्ट लिखने वाले ने महसूस किया कि यह ''कमज़ोर'' और ''मध्यम'' के बीच की सीमा रेखा पर खड़ा है। उसका झुकाव मध्यम की ओर था, लेकिन उसके बॉस ने उसके विचार को ख़ारिज कर दिया और इसे कमज़ोर करार दिया।

मनोरंजन उद्योग में इस तरह के ग़लत नकारात्मक आम हैं। स्टूडियो के अधिकारियों ने *स्टार वॉर्स* से लेकर *ई.टी.* से लेकर *पल्प फ़िक्शन* तक को नकार दिया था। प्रकाशन की दुनिया की बात की जाए तो प्रबंधक वर्ष 2015 तक *द क्रॉनिकल्स ऑफ़ नार्निया, द डायरी ऑफ़ ऐन फ़्रैंक, गॉन विद द विंड, लॉर्ड ऑफ़ द फ़ाइल्स* और *हैरी पॉटर* को ख़ारिज कर चुके थे। जहाँ तक केवल जे.के. रोलिंग्स की अकेली की किताबों की बात है तो इनकी बिक्री से 25 मिलियन डॉलर से ज़्यादा की कमाई की जा चुकी है। यह किसी भी किताब की शृंखला में सबसे ज़्यादा प्रतियाँ बिकने का सर्वकालिक रिकॉर्ड भी अपने नाम रखती है। कार्पोरेट नव-परिवर्तन का इतिहास ऐसे प्रबंधकों की कहानियों से पटा पड़ा है, जिन्होंने कर्मचारियों से उन परियोजनाओं पर काम रोक देने को कहा, जो बहुत ज़्यादा सफल साबित हुईं। निशिया के एलईडी लाइटिंग के आविष्कार से लेकर पोंटियाक की फ़ियरो कार और एचपी के इलेक्ट्रोस्टेटिक डिस्प्ले तक। माइक्रोसॉफ़्ट ने एक्सबॉक्स पर लगभग ताला ठोक ही दिया था, ज़ेरॉक्स ने बहुत ज़्यादा महँगा और अव्यावहारिक होने के कारण, लेज़र प्रिंटर का काम रद्द करने का फ़ैसला लगभग कर ही लिया था।

अनिश्चितता का सामना होने पर हमारी पहली स्वाभाविक प्रवृत्ति अक्सर निरालेपन को ख़ारिज कर देने की होती है। हम ऐसे कारणों की तलाश में जुट जाते हैं, जिनसे यह निष्कर्ष निकाला जा सके कि आख़िर क्यों यह अनजान-सी लगने

वाली सोच असफल हो जाएगी। जब प्रबंधक निराले विचारों की छानबीन करते हैं तो वे मूल्याँकन की मानसिकता में होते हैं। ख़ुद को ग़लत फ़ैसले से बचाने के लिए वे नए विचार को पुराने सफल विचारों के नमूनों की कसौटी पर परख़कर देखते हैं। जब प्रकाशन कंपनी के अधिकारियों ने *हैरी पॉटर* को नकारा तो उनका कहना था कि बच्चों के लिहाज़ से यह बहुत ज़्यादा लंबी किताब है। जब ब्रेंडन टार्टिकॉफ़ ने *सिनफ़ील्ड* का पायलट एपिसोड देखा था तो उनकी राय में दर्शकों के विविध वर्गों को आकर्षित करने के लिहाज़ से इसमें ''यहूदीपन का कुछ ज़्यादा ही पुट'' था और ''न्यू यॉर्क का भी''।

राइस प्रोफ़ेसर एरिक डेन के मुताबिक़ लोग जितने ज़्यादा विशेषज्ञ और अनुभवी होते जाते हैं, वे दुनिया को देखने के एक ख़ास नज़रिए को लेकर उतने ही रूढ़ हो जाते हैं। उन्होंने उन अध्ययनों की ओर ध्यान दिलाया जिनके मुताबिक़ जब ब्रिज के नियम बदले गए तो ब्रिज के विशेषज्ञ खिलाड़ियों को नौसिखियों की तुलना में ज़्यादा मुश्किलातों का सामना करना पड़ा। नए कर क़ानून को लागू करने में विशेषज्ञ अकाउंटेंट्स तो नौसिखियों से भी कमज़ोर साबित हुए। जब हम किसी क्षेत्र के बारे में ज्ञान हासिल करते जाते हैं तो हम अपने ही प्रारूप के गुलाम से बन जाते हैं।

सैद्धांतिक तौर पर परीक्षण के लिए बैठे दर्शकों को प्रबंधकों की तुलना में नवीनता के लिए ज़्यादा तैयार होना चाहिए। उनकी आँखों पर विशेषज्ञता का पर्दा नहीं पड़ा है और नए प्रारूप पर विचार करने या उसके प्रति उत्साह दिखाने से उनका कोई नुक़सान नहीं होने वाला। हालाँकि वास्तविकता में जस्टिन बर्ग़ ने पाया कि नए विचारों की सफलता की भविष्यवाणी में परीक्षण दर्शकों की स्थिति प्रबंधकों से बेहतर नहीं थी : तैयार किए गए फ़ोकस ग्रुप्स वही ग़लतियाँ करते हैं जो प्रबंधक करते हैं।

जब आप अपने घर के कमरे में एक शो देखते हैं तो आप कथानक में डूब जाते हैं। अगर आप पूरे शो के दौरान हँसते ही रहते हैं तो आप इसे मज़ाक़िया करार देंगे। यही शो जब आप एक फ़ोकस ग्रुप के साथ देखते हैं तो आप कार्यक्रम के साथ उस क़िस्म का लगाव महसूस नहीं करते। आपको यह बात सतर्क कर देती है कि आप वहाँ उसके मूल्याँकन के लिए आए हैं, उसका अनुभव करने के लिए नहीं, अत: आप शुरुआत से ही उसका मूल्याँकन करने लग जाते हैं। चूँकि आप यह पता लगाने की कोशिश कर रहे हैं कि लोगों को यह पसंद आएगा या नहीं, आप इस शो की सफलता को लेकर स्थापित विचारों के ही मापदंडों के आधार पर मूल्याँकन करते हैं। जब परीक्षण दर्शकों ने *सिनफ़ील्ड* का मूल्याँकन किया तो उन्होंने सोचा कि इसमें *चीयर्स* जैसा जमावड़ा, द *बिल कॉस्बी शो* जैसा पारिवारिक पुट नहीं है और

एल्फ़ जैसा जुड़ाव नहीं है। उस शो में कमज़ोरियाँ तलाशना बहुत आसान था, जो किसी बात पर आधारित नहीं था।

वॉरेन लिटिलफ़ील्ड के शब्दों में, ''सच्चाई यही है कि अधिकांश पायलट एपिसोड का परीक्षण अच्छा नहीं होता। दर्शक ऐसी बातों को लेकर प्रतिक्रिया नहीं देते जो उनके लिए नई या अलग हैं।'' दर्शकों के पास पर्याप्त अनुभव नहीं होता : उन्होंने दरअसल, संपादन कक्ष तक पहुँचे ढेर सारे निराले विचार देखे ही नहीं होते। कॉमेडियन पॉल राइज़र कहते हैं, ''*सिनफ़ील्ड* के परीक्षण को लेकर हर तरह के संवाद को अब हमेशा के लिए समाप्त कर देना चाहिए। कृपया मुझे मत बताइए कि मेरा शो, शर्मन ओक्स में केवल 20 दर्शकों तक सिमटकर रह जाएगा। मैं कभी ऐसे परीक्षण में नहीं गया, जिसमें कुछ अच्छा हो।''

तो ना तो परीक्षण से जुड़े दर्शक और ना ही प्रबंधक रचनात्मक विचारों को आदर्श पारखी हैं। उनके ग़लत नकारात्मक होने की संभावना बहुत ज़्यादा है। वे किसी विचार को ख़ारिज करने के कारणों पर बहुत ज़्यादा ध्यान केंद्रित करते हैं और मौज़ूदा प्रारूपों से बहुत क़रीब से चिपके रहते हैं। हमने देखा है कि निर्माता भी संघर्ष करते हैं, क्योंकि वे भी अपने विचारों को लेकर बहुत ज़्यादा सकारात्मक होते हैं। लेकिन मूल्याँकनकर्ताओं का एक समूह ऐसा है जो प्रवीणता हासिल करने के काफ़ी क़रीब होता है : साथी निर्माता जो एक-दूसरे के विचारों का मूल्याँकन करते हैं। बर्ग़ के सर्कस के करतबों को लेकर अध्ययन में किसी वीडियो को मिलने वाले लाइक्स, शेयर और पूँजी को लेकर सबसे सटीक मूल्याँकन साथियों द्वारा किए गए एक-दूसरे के मूल्याँकन ही थे।

जब कलाकारों ने एक-दूसरे के प्रदर्शनों का मूल्याँकन किया तो वे इस मूल्याँकन में प्रबंधकों और परीक्षण दर्शकों की तुलना में दोगुने सटीक रहे कि वीडियोज़ कितनी बार शेयर किए जाएँगे। प्रबंधकों और परीक्षण दर्शकों की तुलना में निर्माताओं के क्रमशः 56% और 55% ज़्यादा ग़लत नकारात्मक रहने के आसार थे। उनके द्वारा देखे गए 10 वीडियोज़ में से उन्होंने मज़बूत और मौलिक प्रदर्शनों को पाँच या उससे कम स्थान देकर आँका।

हम अक्सर दर्शकों की समझदारी की बात किया करते हैं, लेकिन हमें इस बात को लेकर सावधान रहना चाहिए कि वे कौन-से दर्शक हैं, जिनकी हम बात कर रहे हैं। औसतन सभी 120 सर्कस प्रबंधकों का सफलता को लेकर कुल मूल्याँकन, एक विशिष्ट अकेले निर्माता के मूल्याँकन से बेहतर नहीं था। प्रबंधक और परीक्षण दर्शकों में एक विशेष तौर पर के पसंदीदा करतब को हरी झंडी दिखाने और बाक़ी को ख़ारिज करने का चलन देखा गया। विभिन्न करतबों को लेकर निर्माताओं के विचार काफ़ी खुले थे-उन्होंने हवाई और मैदानी कलाबाजियाँ दिखाने वाले

साथियों में संभावनाएँ देखीं और साथ ही मँजे हुए नटों और नक़लचियों के कौशल में भी।*

अपने निरालेपन के मूल्याँकन में ख़ुद पर या प्रबंधकों की प्रतिक्रिया पर निर्भर रहने की बजाय हमें अधिकांशतया अपने सहकर्मियों की मदद लेनी चाहिए। उनमें प्रबंधकों और परीक्षण दर्शकों में मौज़ूद जोख़िम से बचने की आदत का अभाव होता है; जो उन्हें ग़लत नकारात्मकता से बचाता है। साथ ही उनका उस विशिष्ट विचार में कोई निवेश भी नहीं होता, जो उन्हें एक ईमानदार मूल्याँकन के लिहाज़ से पर्याप्त अंतर देकर ग़लत सकारात्मक होने से बचा लेता है।

यह सबूत इस बात का ख़ुलासा कर देता है कि क्यों प्रस्तुति देने वाले अनेक लोग दर्शकों की दाद को पसंद करते हैं, लेकिन साथियों की तारीफ़ की अभिलाषा रखते हैं। कॉमेडियन तो हमेशा से ही कहते रहे हैं कि साथी कॉमेडियन को हँसा पाना ही सबसे बड़ा इनाम है। जादूगर अपने दर्शकों को तो भ्रमजाल में उलझाना पसंद करते हैं, लेकिन उनकी ज़िंदगी का लक्ष्य अपने साथी जादूगरों को अचंभित करना होता है। इस प्राथमिकता को आमतौर पर प्रतिष्ठा की ललक से जोड़कर देखा जाता है, हम अपने क्षेत्र के हमारे जैसे ही लोगों के समूह की स्वीकार्यता के लिए तरसते रहते हैं। लेकिन बर्ग़ की रिसर्च के मुताबिक़ हम अपने क्षेत्र के ही लोगों के मूल्याँकन की ओर इसलिए आकर्षित होते हैं, क्योंकि वे सबसे विश्वसनीय मूल्याँकन करते हैं।

जब हम नए विचारों का मूल्याँकन करते हैं तो हम निर्माताओं की तरह सोचकर ग़लत नकारात्मक को टाल सकते हैं। प्रयोगों की शृंखला में बर्ग़ ने एक हज़ार से ज़्यादा वयस्कों से बाज़ार में निराले उत्पादों की सफलता की संभावना पर राय माँगी। कुछ ऐसे विचार थे, जो उपयोगी हो सकते थे-थ्री डी इमेज प्रोजेक्टर, फ़र्श की एक ऐसी प्रणाली जो बिलकुल कुदरती मैदान जैसी लगती थी, स्वचलित बिस्तर तैयार करने वाली मशीन। अन्य कुछ कम व्यावहारिक थे, जैसे पिकनिक पर चींटियों को दूर रखने के लिए एक इलेक्ट्रिफ़ाइड टेबल क्लॉथ। बाक़ी के परंपरागत विचार थे, जो उपयोगिता के लिहाज़ से अलग थे, जैसे माइक्रोवेव में भोजन को गरम करने के लिए पोर्टेबल कंटेनर से लेकर टॉवेल ले जाने के लिए हाथों की ज़रूरत से मुक्त एक प्रणाली।

बर्ग़ दरअसल, लोगों द्वारा सही रैंकिंग की संभावना को बढ़ाना चाहते थे, यानी कि निराले और उपयोगी विचार को परंपरागत विचारों की तुलना में पहले

---

* सर्कस में एक ख़ास क़िस्म के करतब को लेकर प्रबंधकों, परीक्षण श्रोताओं और निर्माताओं के बीच एकजुट नापसंदगी देखी गई : मसख़रे। संयोग नहीं है कि *सिनफ़ील्ड* के एक एपिसोड मसख़रों पर ही आधारित था, जिसने वयस्कों के साथ-साथ बच्चों के दिलों में भी ख़ौफ पैदा कर दिया था।

स्थान। उन्होंने आधे प्रतिभागियों को किसी नए उत्पाद की सफलता के तीन आधार पर मूल्याँकन के लिए प्रबंधकों की तरह सोचने के लिए छह मिनट का वक़्त दिया। इस समूह ने 51% बार नई और उपयोगी विचार पर सही मुहर लगाई। लेकिन दूसरा समूह ज़्यादा सटीक रहा। उसने सबसे आशाजनक नए उत्पाद के चयन में 77% तक की सटीकता दिखाई। केवल इतना किया कि उन्हें छह मिनट अलग तरीक़े से बिताने दिए गए : विचारों के मूल्याँकन के लिए प्रबंधक की मानसिकता अपनाने की बजाय उनको एक रचनात्मक मानसिकता दी गई जिसमें उन्हें ख़ुद विचारों की उत्पत्ति करनी थी। लेकिन छह मिनट तक विचारों को विकसित करने की ढील ने नवीनता और किसी असामान्य बात में संभावना तलाशने की उनकी क्षमता को भी सुधार दिया।

इस जानकारी से आपको ऐसा लग सकता है कि प्रबंधकों को निर्माताओं के तौर पर कुछ अनुभव दिलाकर हम विचारों के चयन को आसान बना सकते हैं। लेकिन बर्ग़ के सर्कस से हासिल तथ्य और आंकड़े बताते हैं कि प्रबंधक बन चुके पूर्व कलाकार, नियमित प्रबंधकों की तुलना में कोई ख़ास बेहतर मूल्याँकनकर्ता नहीं थे। विशुद्ध कलाकार ही आज भी सबसे अच्छे मूल्याँकनकर्ता हैं। एक बार जब आप प्रबंधक की भूमिका को स्वीकार लेते हैं तो आप अपनी मूल्याँकन आधारित मानसिकता को ख़ुद पर हावी होने से रोक पाना मुश्किल हो जाता है। बर्ग़ ने एक प्रयोग में यह दिखा भी दिया। उन्होंने पहले लोगों से उत्पादों को लेकर विचार माँगे और फिर उसके बाद मूल्याँकन की कसौटी लेकर आए। उसके बाद वास्तविक दर्शकों की मौज़ूदगी में उस कसौटी के आधार पर ही विचारों का मूल्याँकन किया। निर्माताओं की तरह सोचने के बाद प्रबंधक की भूमिका स्वीकार लेने के कारण उनके मूल्याँकन की सटीकता में 41% की गिरावट दर्ज़ की गई।

जब बर्ग़ ने इस क्रम को ठीक उलट कर दिया, यानी उन्होंने पहले मूल्याँकन की कसौटियों की सूची पहले तैयार की और फिर विचारों की उत्पत्ति की, तो सटीकता का प्रतिशत उछलकर 65% तक पहुँच गया। अगर हम सर्वश्रेष्ठ निराले विचारों के मूल्याँकन की संभावना को बढ़ाना चाहते हैं तो हमें दूसरों के सुझाव आने से पहले ही तत्काल अपने विचार उत्पन्न कर लेना चाहिए। यही इस बात पर रोशनी डालता है कि क्यों *सिनफ़ील्ड* आख़िरकार दर्शकों के लिए उपलब्ध हो सका।

अनुभव की दुधारी तलवार

जब परीक्षण दर्शकों ने *सिनफ़ील्ड* का पायलट एपिसोड देखा, वॉरेन लिटिलफ़ील्ड की राय में ''यह दिल में किसी छुरी की तरह उतर गया।'' उन्होंने कहा, ''हम एक ऐसी बात को आगे ले जाने से डर रहे थे, जिसे रिसर्च ने बुरी तरह से ख़ारिज कर दिया था।'' हालाँकि इस शो को मौक़ा देने के लिए आदर्श मूल्याँकनकर्ता तो साथी

कॉमेडी लेखकों को ही होना चाहिए था, लेकिन इस तरह का कोई भी लेखक फ़ैसला लेने के लिहाज़ से शक्तिशाली स्थिति में नहीं था। लेकिन इस शो को अंततः साकार करने वाले रिक लुडविन इससे अगली अच्छी बात थे।

लुडविन ने बाद में जे लेनो के लिए भी ऐसा ही उल्लेखनीय समर्थन देकर अपना लोहा मनवाया था। वह मामला एक ऐसे शो को नए सिरे से प्रसारित करने का था, जिसे पर्याप्त लोगों ने पसंद नहीं किया था और वह शो था *ऑफ़िस।* लेकिन उनका टेलीविज़न के लिए सबसे बड़ा योगदान *सिनफ़ील्ड* को मंज़ूरी देना ही माना जाएगा।

करियर के उस मुक़ाम पर तो रिक लुडविन कॉमेडी विभाग में भी कार्यरत नहीं थे, लेकिन उन्हें विविधता भरे कार्यक्रमों और विशेष कार्यक्रमों का ज़िम्मा सौंपा हुआ था। जब *सिनफ़ील्ड* का कथानक किसी को पसंद नहीं आया तो उन्होंने इसे एक और मौक़ा देने का फ़ैसला किया। उन्होंने अपने कार्यक्रमों की सूची में से कुछ ऐसा वक़्त निकाला जिसके लिए कोई कार्यक्रम तय नहीं किया गया था। उसके बाद उन्हें आधे घंटे के कालखंडों में बाँटा और अपने विशेष बजट से कुछ राशि लेकर कुछ और एपिसोड को पूँजी की आपूर्ति की। लुडविन ने कहा, ''जहाँ तक हम जानते हैं, वह किसी टेलीविज़न शो के लिए सबसे छोटा ऑर्डर था।'' जेरी सिनफ़ील्ड ने आगे चलकर यह टिप्पणी की कि छह एपिसोड का ऑर्डर तो ''चेहरे पर करारे तमाचे की तरह है।'' एनबीसी ने तो केवल चार ही एपिसोड की अनुमति दी।

स्टीव जॉब्स ने 1982 में कहा था, ''अगर आप कुछ संबंध बनाना चाहते हैं जो नए-नवेले हैं तो आपके पास अनुभव की उस झोली की ज़रूरत नहीं है, जो हर किसी के पास है।'' सिटकॉम विभाग से बाहर काम करना रिक लुडविन के लिए शायद सबसे फ़ायदे की बात थी। लुडविन याद करते हुए कहते हैं, ''लैरी (डेविड) और जैरी ने कभी भी कोई मज़ाक़िया टीवी कार्यक्रम (सिटकॉम) नहीं लिखा था और मेरे विभाग ने कभी ऐसा कार्यक्रम विकसित नहीं किया था।'' लुडविन बताते हैं, ''हमारा मेल कारगर साबित हुआ, क्योंकि हम नहीं जानते कि किन नियमों को हमें नहीं तोड़ना है।'' उनके बाहरी व्यक्ति होने के कारण सिटकॉम से पर्याप्त तटस्थता ने उन्हें किसी अलग बात पर विचार करने का मौक़ा दे डाला। अधिकांश सिटकॉम्स में 22 मिनट के सुव्यवस्थित एपिसोड में कुछ लगातार सीन्स देने की परंपरा थी। *सिनफ़ील्ड* में अनेक आपसी झगड़े बीच में ही छोड़ दिए जाते थे और एक ही एपिसोड में 20 अलग-अलग सीन तक होते थे। अगर आप सिटकॉम की ही दुनिया में पले-बढ़े हों तो यह आपके लिए चिंता का विषय हो सकता है, लेकिन उस व्यक्ति के लिए बिलकुल आरामदेह हो सकता है, जिसने हर विशेष कार्यक्रम में विभिन्न व्यवस्थाओं का इस्तेमाल किया हो।

साथ ही, लुडविन को कॉमेडी बनाने का अपेक्षित अनुभव भी था। 1970 के दशक में निर्माता के तौर पर काम करते हुए उन्होंने कुछ चुटकुले लिखकर बॉब होप को बेचे थे। उसके बाद दिन के वक़्त आने वाले मज़ाक़िया विविधताओं से भरे एक वेरायटी शो के कुछ हिस्सों का उन्होंने निर्माण भी किया था। उनकी राय में, ''कॉमेडी लेखकों के इर्द-गिर्द रहने की तुलना बेसबॉल फ़ैंटेसी कैम्प से की जा सकती है। जब तक आपकी बैटिंग की बारी नहीं आती, आप यही सोचते हैं कि आप बहुत अच्छा खेलते हैं।'' वह कहते हैं, ''ना केवल आप गेंद को हिट करने से रह जाते हैं, बल्कि आप तो गेंद को देख तक नहीं पाते। मैं जानता था कि मैं उनके स्तर का नहीं हूँ, लेकिन कम से कम मैं उनकी ही भाषा में बात तो करता था।''

लोगों के पास जब किसी क्षेत्र में मध्यम दर्ज़े की विशेषज्ञता आ जाती है तो वे निराले रचनात्मक विचारों को लेकर सबसे ज़्यादा खुले विचारों वाले हो जाते हैं। लुडविन के कॉमेडी के गहन अनुभव ने उन्हें व्यंग्य विधा में ज़रूरी विशेषज्ञता दिला दी थी। सिटकॉम्स के बाहर के उनके गहन अनुभव ने उन्हें प्रस्तुति के विकल्पों के गहरे कुएँ में डूबने से बचा लिया। किसी सिटकॉम की सफलता की सूक्ष्म पड़ताल करते हुए बैठे रहने की बजाय उन्होंने अपनी सोच का दायरा बढ़ाते हुए इस बात का अध्ययन किया कि आख़िरकार आमतौर पर कॉमेडी किस वज़ह से सफल होती है :

> *आप नहीं जानते कि अगली बड़ी सफलता कहाँ से आएगी। यह छोड़ दिए गए क्षेत्र से भी आ सकती है। अगर आप सोचते हैं, ''यह संभवतया हो नहीं सकता, क्योंकि उस निर्माता के पास पर्याप्त अनुभव नहीं है या इस तरह का विचार इससे पहले कभी सफल नहीं हुआ।''– अगर आपके दिमाग़ में इस तरह की बाधाएँ हैं, तो आप किसी बात को जानने से वंचित रह जाएँगे। मेरे पक्ष में सबसे अच्छी बात यही रही कि इससे पहले मैंने कभी भी प्राइम टाइम के कॉमेडी शो के लिए काम नहीं किया था, लेकिन मैं अपारंपरिक, लीक से हटकर चलने वाले विचारों से वाक़िफ था। मैं देख सकता था कि क्या कारगर रहा और क्या नहीं।* सेटरडे नाइट लाइव *की स्क्रिप्ट्स को पढ़ते हुए मैंने जो वक़्त बिताया था, उसने लीक से हटकर चलने वाले कथानकों को लेकर मेरे विचारों को और अधिक खुला बना दिया था, जो अब* सिनफ़ील्ड *पर सुविख्यात हो चुकी हैं।*

विस्तृत और गहन अनुभव का यह मेल रचनात्मकता के लिए महत्त्वपूर्ण है। नोबेल पुरस्कार विजेताओं पर हाल ही में एक अध्ययन किया गया, जिसमें 1901 से 2005 के दौरान के नोबेल विजेता और उसी दौर के प्रातिनिधिक वैज्ञानिकों की

तुलना की गई थी। दोनों ही समूहों को उनके अध्ययन के क्षेत्र में गहन विशेषज्ञता हासिल थी। लेकिन कम स्थापित वैज्ञानिकों की तुलना में नोबेल पुरस्कार विजेता वैज्ञानिकों के नाटकीय तौर पर कला से जुड़े होने की ज़्यादा संभावना पाई गई। मिशिगन स्टेट यूनिवर्सिटी के 15 वैज्ञानिकों को सामान्य वैज्ञानिकों की तुलना में नोबेल पुरस्कार विजेताओं के कला से जुड़ाव के बारे में यह जानकारी मिली।

कलात्मक शौक	**नोबेल पुरस्कार विजेता के सामान्य वैज्ञानिक की तुलना में इससे जुड़े होने की संभावना**
संगीत : किसी वाद्य को बजाना, संगीत रचना, संगीत प्रस्तुति का संचालन	2 गुना ज़्यादा
कला : रेखाचित्र, चित्रकारी, प्रिंट तैयार करना, शिल्प तैयार करना	7 गुना ज़्यादा
कारीगरी : बढ़ईगिरी, मैकेनिक, इलेक्ट्रॉनिक्स, काँच का काम करने वाला	7.5 गुना ज़्यादा
लेखन : कविता, नाटक, उपन्यास, लघुकथाएँ, निबंध, लोकप्रिय किताबें	12 गुना ज़्यादा
प्रदर्शन कला : शौकिया अभिनेता, नर्तक, जादूगर	22 गुना ज़्यादा

हज़ारों अमेरिकियों पर किए गए एक प्रतिनिधि अध्ययन से ऐसे ही परिणाम उद्यमियों और आविष्कारकों के लिए भी देखने को मिले। कारोबार शुरू करने और पेटेंट के आवेदन करने वाले लोगों के अन्य साथियों की तुलना में रेखांकन, चित्रकला, वास्तुकला, मूर्तिकला और साहित्य जैसे ख़ाली वक़्त के शौक होने की संभावना ज़्यादा पाई गई।

उद्यमियों, आविष्कारकों और प्रतिष्ठित वैज्ञानिकों में कला के प्रति रुचि उनके भीतर मौज़ूद जिज्ञासा और कौशल का प्रतीक है। विज्ञान और कारोबार में नए दृष्टिकोण के प्रति खुला रवैया रखने वाले लोगों में छवियों, ध्वनि और शब्दों के ज़रिए विचारों और भावनाओं की अभिव्यक्ति को लेकर विशेष आकर्षण होता है।*

---

* कला में रुचि को लेकर व्यक्तित्व का जो रुझान सबसे ज़्यादा देखने को मिला वह था, खुलापन। बौद्धिक, कलात्मक और भावनात्मक तलाश में नयापन और विविधता खोजने की प्रवृत्ति। जब मनोवैज्ञानिक रॉबर्ट मैकक्रे ने 51 विविध संस्कृतियों में चार दर्जन सवालों

लेकिन इसका यह मतलब नहीं कि एक विशेष तरह का निराला व्यक्ति कला से जुड़ाव चाहता है। दरअसल, कला रचनात्मक अंतर्दृष्टि के शक्तिशाली स्रोत के तौर पर भी काम करती है।

जब गैलिलियो ने चाँद पर पहाड़ों की चौंकाने वाली खोज की थी, उनके टेलीस्कोप में अपनी खोज को समर्थन देने के लिहाज से पर्याप्त आवर्धन शक्ति नहीं थी। इसकी बज़ाय उन्होंने चाँद पर मौज़ूद रोशनी और अंधेरे वाले क्षेत्रों की पेंचदार आकृतियों को पहचाना था। अन्य खगोल शास्त्री भी उसी तरह के टेलीस्कोप से देख रहे थे, लेकिन साइमंटन की राय में गैलिलियो ''रोशनी और अँधेरे क्षेत्रों के निहितार्थ को समझ पाए।'' उनके पास भौतिक शास्त्र और खगोल विद्या में ज़रूरी गहरा अनुभव था, लेकिन साथ ही साथ चित्रकला और रेखांकन में विस्तृत अनुभव था। चियरोस्क्यूरो नाम की तकनीक में कलात्मक प्रशिक्षण, जो रोशनी और छाया पर ही केंद्रित होता है, की वज़ह से गैलिलियो वहाँ पहाड़ों को खोज सके जो अन्य कोई नहीं कर सका।

वैज्ञानिकों, उद्यमियों और नवप्रवर्तक जिस तरह अपने ज्ञान के क्षेत्र का विस्तार कर उसमें कला को शामिल करके अक्सर नए विचारों को जन्म देते हैं, हम भी अपने सांस्कृतिक संपदा का विस्तार करके लाभ उठा सकते हैं। बेहद रचनात्मक वयस्कों पर किए गए एक रिसर्च के मुताबिक़ उन्होंने बचपन में अन्य साथियों की तुलना में ज़्यादा शहर बदले, जिससे उन्हें ज़्यादा संस्कृतियों और मूल्यों की जानकारी हासिल हुई। साथ ही इससे उनका स्वभाव ज़्यादा लचीला और परिस्थिति से जल्द तालमेल बिठा लेने वाला बन गया। रिसर्चरों की एक टीम का नेतृत्व करते हुए रणनीति के प्रोफ़ेसर फ्रेडरिक गोडार्ट ने एक ताज़ा अध्ययन में इस बात की पड़ताल की कि क्या विदेश में ज़्यादा वक़्त बिताने से रचनात्मकता में इज़ाफ़ा होता है। उन्होंने अपना ध्यान फ़ैशन उद्योग पर केंद्रित करते हुए सैकड़ों फ़ैशन हाउसेस द्वारा 21 सीज़न्स के दौरान तैयार कलेक्शंस की रचनात्मक को लेकर ख़रीददारों और फ़ैशन आलोचकों की रेटिंग का अध्ययन किया। रिसर्चर्स ने क्रिएटिव डायरेक्टर्स की जीवनियाँ खंगाली, फ़ैशन उद्योग के जियोर्जियो अरमानी, डोना करन, कार्ल

का विश्लेषण किया तो खुलेपन का सबसे बेहतरीन सूचक इस बयान से मेल खाता है, ''कभी-कभी जब मैं कविता पढ़ रहा होता हूँ या फिर किसी कलाकृति को देखता हूँ तो मैं अचानक सर्द महसूस करता हूँ या फिर उत्तेजना की एक लहर मेरे पूरे शरीर में दौड़ जाती है।'' पूरी दुनिया में अमेरिका से लेकर जापान और ब्राजील से लेकर नॉर्वे तक खुले दिमाग़ वाले अधिकांश लोग कँपकँपी या रोंगटे खड़े होने जैसा रोमांच महसूस करते हैं, जब वे संगीत का कोई ख़ूबसूरत सुरीला टुकड़ा सुनते हैं। चार्ल्स डारविन ने लिखा था, ''मैंने संगीत में काफ़ी रुचि पैदा कर ली थी,'' ताकि जब वह कोई गीत सुनें तो, ''मेरी पूरी रीढ़ की हड्डी में कुछ मर्तबा सनसनी-सी फैल जाए।''

लेगरफ़ेल्ड, डोनातेला वर्सेस और वेरा वांग जैसे ख्यातनाम हस्ताक्षरों के अंतरराष्ट्रीय अनुभव की पड़ताल की।

सबसे ज़्यादा रचनात्मक फ़ैशन कलेक्शन उन घरानों से आया, जिनके डायरेक्टर्स को विदेश का सर्वाधिक अनुभव था, लेकिन इसमें भी तीन ख़म थे। पहली बात विदेश में रहने का वक़्त जहाँ बेमानी था, अन्य देशों में *काम* के वक़्त, विदेश में डिज़ाइन में व्यस्तता, ने ही तय किया कि नया कलेक्शन सफल होगा या नहीं। सबसे निराला कलेक्शन उन डायरेक्टर्स के खाते में गया, जो दो या तीन भिन्न देशों में काम कर चुके थे।

दूसरा, विदेशी संस्कृति उनकी मातृभूमि की संस्कृति से जितनी ज़्यादा अलग थी, इस अनुभव ने डायरेक्टर्स की रचनात्मकता में उतना ही ज़्यादा योगदान दिया। एक अमेरिकी को कैनेडा में रहने का उतना लाभ नहीं हुआ, जितनी निरालेपन की संभावना कोरिया या जापान में काम करने में थी।

लेकिन कई देशों में विभिन्न संस्कृतियों के बीच काम करना ही पर्याप्त नहीं था। तीसरा और सबसे महत्त्वपूर्ण कारक था– गहराई के साथ विदेश में काम करते हुए बिताया गया वक़्त। छोटी-सी कालावधि का कुछ ख़ास असर नहीं हुआ, क्योंकि डायरेक्टर्स वहाँ इतने वक़्त रहे ही नहीं कि विदेशी संस्कृति से कोई नया विचार तैयार कर सकें और ना ही उनके पास नए विचार का अपने पुराने दृष्टिकोण से मेल बिठाने का ही वक़्त था। सबसे ज़्यादा निरालापन तब देखने को मिला जब किसी डायरेक्टर ने विदेश में काम करते हुए 35 वर्ष बिताए हों।

रिक लुडविन का अनुभव इस प्रारूप की टक्कर का था। उनमें गहराई थी, क्योंकि उन्होंने एक दशक से ज़्यादा वक़्त कॉमेडी के विभिन्न प्रारूपों में काम करते हुए बिताया था। उनके पास टेलीविज़न के कार्यक्रमों के लिहाज़ से विभिन्न देशों में काम करने का अनुभव था : विविधता और विशेष कार्यक्रम, दिन के वक़्त, देर रात के टॉक शो। टेलीविज़न की विभिन्न भाषाओं पर पकड़ के चलते उन्हें वहाँ संभावना दिखी, जहाँ दूसरों के मन में संदेह था। एक बार *सिनफ़ील्ड* को स्वीकृति दिलाने के बाद लुडविन ने पूरी शृंखला के दौरान शो की निगरानी की। उन्होंने उन लेखकों पर दाँव खेला जिन पर उनकी ही तरह भीतरी-बाहरी का ठप्पा था। तकरीबन सभी देर रात के कार्यक्रमों से आए हुए थे और किसी ने भी *सिनफ़ील्ड* से पहले सिटकॉम पर काम नहीं किया था। मतलब साफ़ था, ''लीक से हटकर विचारों को लेकर कभी कोई समस्या ही नहीं रही।''*

---

* क्या विविधता भरे अनुभव निरालेपन को जन्म दे सकते हैं या निराले लोग विविध अनुभव हासिल करने का प्रयास करते हैं? फ़ैशन हाउसेस में शायद सबसे रचनात्मक डायरेक्टर्स ख़ुद को नई संस्कृतियों में अधिकतम वक़्त बिताने का विकल्प चुन सकते हैं। यह उनकी कहानी का एक हिस्सा हो सकता है, लेकिन इस बात के सबूत हैं कि अनुभव की विविधता रचनात्मकता

सहज बोध के ख़तरे : स्टीव जॉब्स कहाँ ग़लती कर गए

जब स्टीव जॉब्स ने पहली बार सेगवे की सवारी की तो उन्होंने उतरने से ही इनकार कर दिया। जब डीन केमैन ने एक अन्य संभावित निवेश को मौक़ा दिया तो जॉब्स ने बड़े ही ईर्ष्या भाव के साथ ऐसा होने दिया, लेकिन जल्द ही इसकी ओर लौट आए। जॉब्स ने केमैन को डिनर पर बुलाया और एक पत्रकार स्टीव कैम्पर के मुताबिक़, जॉब्स ने ''सोचा कि यह मशीन निराली है और पर्सनल कम्प्यूटर जितनी ही दिलचस्प है और उन्होंने महसूस किया कि उन्हें इसमें शामिल *होना चाहिए।*''

स्टीव जॉब्स को व्यवस्थित विश्लेषण की बजाय केवल सहज बोध के आधार पर बड़े दाँव खेलने के लिए जाना जाता था। क्या वज़ह थी कि वह सॉफ़्टवेयर और हार्डवेयर के मामले में तो हर बार सही होते थे, लेकिन इस बार ग़लत साबित हो गए? तीन बड़ी बातों ने उन्हें सेगवे की संभावना को लेकर अतिआत्मविश्वास से भर दिया था : क्षेत्र में अनुभवहीनता, हेकड़ी और जोश।

चलिए शुरुआत अनुभव के साथ करते हैं। एनबीसी में जहाँ अधिकांश अधिकारी परंपरागत सिटकॉम्स में इतने अनुभवी थे कि वह अपरंपरागत *सिनफ़ील्ड* का अनुमोदन कर सकते थे, सेगवे के शुरुआती आविष्कारकों के साथ इसके ठीक विपरीत दिक़्क़त थी- उन्हें परिवहन के बारे में पर्याप्त जानकारी ही नहीं थी। जॉब्स को डिजिटल दुनिया में महारत हासिल थी तो जेफ़ बेजोस इंटरनेट रिटेल के बादशाह थे और जॉन डोर ने सन माइक्रोसिस्टम्स, नेटस्केप, एमेज़ॉन और गूगल जैसी सॉफ़्टवेयर और इंटरनेट कंपनियों में निवेश करके अकूत दौलत बनाई थी। वे सभी अपने संबद्ध क्षेत्रों में निराले थे, लेकिन किसी एक क्षेत्र में निराला होने का यह मतलब क़तई नहीं होता कि आप अन्य क्षेत्रों में भी बेहतरीन मूल्याँकनकर्ता बन जाएँ। किसी भी निराले विचार की संभावना के सटीक मूल्याँकन के लिए ज़रूरी है कि आप उस क्षेत्र में रचयिता हों।

एरिक डेन का नया रिसर्च बताता है कि ऐसा क्यों है : हमारा सहज बोध केवल उन्हीं क्षेत्रों में सटीक बैठता है, जिनका हमें भरपूर अनुभव होता है। एक

के लिए पोषक हो सकती है। जहाँ हम अपने ज्ञान के आधार को विस्तार देते हैं तो इस बात की ज़्यादा संभावना है कि हम निराले विचारों को परख़कर अपरंपरागत ज्ञान को दोबारा हासिल कर सकते हैं। अध्ययन से देखने में आया है कि लोग तब और अधिक रचनात्मक हो जाते हैं, जब उन्हें विदेशी संस्कृति में बिताया गया वक़्त याद दिलाया जाता है। एक भाषा के जानकार की तुलना में दो भाषाएँ बोलने वाले ज़्यादा रचनात्मक होते हैं। और एक अनुभव तो ऐसा भी रहा है कि जब यूरोपियन अमेरिकन्स ने, अमेरिकी-चीनी की मिश्र संस्कृति के बारे में 45 मिनट का स्लाइड शो देखा तो उन्होंने तुर्की के बच्चों के लिए सिंड्रेला की ज़्यादा रचनात्मक कहानियाँ लिखीं, बनिस्बत उन साथियों के जो केवल अमेरिकी या चीनी संस्कृति के बारे में जानते थे।

प्रयोग के तहत लोगों को 10 डिज़ाइनर बैग्स दिखाकर पूछा गया कि वे असली हैं या नक़ली। आधे प्रतिभागियों के पास अनुमान लगाने के लिए केवल पाँच सेकेंड का वक़्त था, जिसने उन्हें दिल की आवाज़ सुनने (सहज बोध) पर मज़बूर कर दिया। बाक़ी के आधे प्रतिभागियों को जाँचने और विश्लेषण के लिए 30 सेकेंड का वक़्त दिया गया था। डेन की टीम ने उनके हैंडबैग्स के साथ के अनुभव को भी जाँचा-कुछ के पास बहुत सारे थे, कोच या लुई वित्तों के बनाए तीन-तीन बैग तक, जबकि अन्य ने तो डिज़ाइनर बैग्स को इससे पहले कभी छुआ तक नहीं था।

अगर आप कुछ डिज़ाइनर बैग्स के गर्व से भरे मालिक हैं तो आपके पास जितना कम वक़्त हो आपका मूल्याँकन उतना ही ज़्यादा सही होता है। अनुभवी हैंडबैग्स मालिकों के सही होने का प्रतिशत उस वक़्त 22% रहा, जब उनके पास 30 नहीं पाँच सेकेंड का वक़्त था। जब आपने बरसों हैंडबैग्स का विश्लेषण करने में ही बिता दिए हों तो सहज बोध के विश्लेषण पर भारी पड़ने की अधिक संभावना होती है। क्योंकि आपके अचेतन दिमाग़ को प्रतिरूपों को पहचानने में महारत हासिल हो चुकी होती है। अगर आप सोचने के लिए वक़्त लेते हैं तो चंद पेड़ों के फेर में जंगल को खो देने का ख़तरा बढ़ जाता है।

अगर आप हैंडबैग्स के बारे में कुछ भी नहीं जानते तो आपका सहज बोध आपको मदद नहीं करने वाला। अपरिचित उत्पादों की बात हो तो आपको एक क़दम पीछे लेकर ही उनका मूल्याँकन करना चाहिए। ग़ैर-विशेषज्ञ उस वक़्त सही फ़ैसला लेते हैं, जब वे गहन विश्लेषण करते हैं। जब स्टीव जॉब्स को यह सहज बोध हुआ कि सेगवे दुनिया को बदल डालेगा, तो दरअसल उसकी उपयोगिता के सावधानीपूर्वक विश्लेषण करने की बज़ाय उन्हें उसकी मौलिकता और नया-नवेला होने के मोहजाल ने जकड़ लिया था। रचनात्मकता पर दुनिया की सबसे बड़ी विशेषज्ञ हार्वर्ड की मनोवैज्ञानिक टेरेसा एमेबिल याद दिलाती हैं कि सफल निरालेपन के लिए एक आविष्कार का केवल नया होना ही ज़रूरी नहीं होता है, बल्कि साथ ही उसके व्यावहारिक होने की भी ज़रूरत है। अदृश्य बिट्स और बाइट्स के वर्चस्व वाली डिजिटल दुनिया में जॉब्स इस बात को लेकर लगभग आश्वस्त से थे कि अगला चमत्कारिक नवप्रवर्तन परिवहन के क्षेत्र में ही होगा। सेगवे इंजीनियरिंग के लिहाज़ से एक अचंभा ही था। उसकी सवारी रोमांचक थी। केमैन की डोर से पहचान कराने वाले हार्वर्ड के उद्यमिता प्रोफ़ेसर बिल सेलमैन के मुताबिक़, ''यह किसी जादुई क़ालीन की तरह था। एक उत्पाद के तौर पर यह रूपांतरण कर देने वाला था। लेकिन मूल्य या उपयोगिता उत्पादों द्वारा तय नहीं की जाती, यह काम तो ग्राहक करते हैं।''

परिवहन की दुनिया का कोई भी अनुभव नहीं रखने वाले लोगों के समूह के लिए सेगवे की वास्तविक व्यावहारिकता का पता लगाने के लिए काफ़ी जानकारी जुटाने की ज़रूरत थी। इस लिहाज़ से कुछ सवाल उठाने वालों में एक एलिन ली थीं। उस वक़्त वह क्लेनर पर्किंस में डोर की सहायक भागीदार थीं। बोर्ड की बैठक में ली ने सवाल उठाया कि सेगवे का कैसे इस्तेमाल किया जाएगा। आप इसमें ताला कैसे लगाएँगे? आप इसमें किराने का सामान कहाँ रखेंगे? उनकी एक और बड़ी व्यावहारिक चिंता थी : क़ीमत। चूँकि "एक आम आदमी के लिए पाँच से आठ हज़ार डॉलर बहुत बड़ी रक़म होती है।" अब पिछली बातों को याद करते हुए वह कहती हैं, "मुझे अपनी बात और मुखरता के साथ रखनी चाहिए थी। हम इसे सही तरीक़े से नहीं समझ पा रहे हैं।"

संदेह जताने वालों में एक और नाम था– रैंडी कोमिसार का जो एक उद्यमी, एपल में वरिष्ठ परामर्शदाता, लुकास आर्ट्स एंटरटेनमेंट में सीईओ और टिवो में संस्थापक बोर्ड सदस्य थे। कोमिसार के मुताबिक़, "मैंने इसके बारे में इस तरह से सोचा मानो मैं उद्यमी के साथ उनकी सीट पर मौज़ूद हूँ। मैं नहीं सोचता कि मैं उन लोगों से ज़्यादा होशियार हूँ, लेकिन मैंने उनसे कुछ अलग देखा। मेरी राय में उन्होंने एक एप्लिकेशन में बेहतरीन प्रौद्योगिकी देखी, जो बहुत ही निराली लग रही थी। जब हम उस दिन उस मशीन पर सवार हुए, जो केवल दो पहियों पर होना, मशीन का ख़ुद संतुलन साधना, उस पर इधर-उधर घूमना सबकुछ जादुई था। पहला अनुभव तो 'ग़ज़ब' वाला ही था। आख़िर, मैं क्यों उससे पूरी तरह से सहमत नहीं हो पाया?"

जब कोमिसार ने बाज़ार का सूक्ष्म परीक्षण किया और उन्होंने पाया कि सेगवे के कार का विकल्प बनने की कोई संभावना नहीं थी, लेकिन यह पैदल चलने या बाइक की सवारी का विकल्प हो सकता है। उन्होंने इसे आम उपभोक्ता का उत्पाद नहीं माना। उन्होंने ख़ुलासा करते हुए कहा, "यह आचरण में बहुत भारी लागत पर उल्लेखनीय परिवर्तन है, जिसकी उपयोगिता दो पैरों वाले किसी भी व्यक्ति को रोमांचित कर देने वाले अनुभव से ज़्यादा नहीं थी।" अगर इसे फुटपाथ पर (जो अभी भी एक खुला सवाल था) इस्तेमाल की अनुमति भी मिल गई और क़ीमत भी किफ़ायती हो जाए तो भी लोगों को इससे जोड़ने में बरसों लग जाएँगे। उन्होंने सुझाव दिया कि इसकी बजाय इस उत्पाद के गोल्फ़ कोर्स, डाक सेवा, पुलिस विभाग और डिज़्नी पार्क में इस्तेमाल पर विचार किया जाना चाहिए। "आप देख सकते हैं कि उन सेवाओं में जहाँ लागत-उपयोगिता को लेकर दुविधा, की तुलना में, इस मामले में यह लाभ का सौदा हो सकता है।" लेकिन कोमिसार की इसे लेकर गंभीर आपत्तियाँ यथावत बरकरार थीं :

> *मैं अब भी इसे आचरण में एक बहुत ज़्यादा लागत वाला उल्लेखनीय परिवर्तन मानता हूँ। मैं इस बात को लेकर स्पष्ट नहीं था कि यह डाकिए की उत्पादकता बढ़ाएगा और क्या यह डाक सेवा का लक्ष्य था, जो पहले ही श्रम संगठनों से अनुबंधों द्वारा कमज़ोर हो जा चुकी है। गोल्फ़ कोर्स की बात की जाए तो वहाँ लोग दिनभर इलेक्ट्रिक कार्ट्स का इस्तेमाल करते हैं, तो वे इसका इस्तेमाल क्यों करेंगे?*

दूसरी ओर जॉब्स इस नई नवेली वस्तु को लेकर अपने सहज बोध में ही उलझे रहे, ''अगर पर्याप्त लोग इस मशीन को देखते हैं तो आपको उन्हें अपने शहर को ही इसके लिहाज़ से ढालने के लिए मनाना नहीं पड़ेगा। लोग बहुत चतुर होते हैं और ऐसा होगा।''

नोबेल पुरस्कार विजेता मनोवैज्ञानिक डेनियर कानेमैन और फ़ैसलों के विशेषज्ञ गैरी क्लिन बताते हैं कि सहज बोध तभी भरोसे के लायक़ होते हैं, जब लोग अनुभव हासिल करके पूर्वानुमान लगाने के लिहाज़ से एक उपयुक्त परिवेश तैयार कर लेते हैं। अगर आप एक डॉक्टर के तौर पर किसी मरीज के लक्षणों से निपट रहे हैं या फिर अग्निशमन दल के सदस्य के तौर पर किसी भवन में आग से निपट रहे हैं, तो निश्चित तौर पर आपका अनुभव किसी भी क़िस्म के सहज बोध को ज़्यादा बेहतर बनाएगा। दरअसल, आपके द्वारा देखी जा चुकी पुरानी बात, परिस्थिति और वर्तमान बात, परिस्थिति के बीच एक स्थिर, मज़बूत संबंधों का तानाबाना होता है। लेकिन अगर आप स्टॉक ब्रोकर या फिर राजनीतिक भविष्यवेत्ता हैं तो फिर पुरानी घटनाओं के आधार पर वर्तमान परिप्रेक्ष्य में भरोसेमंद असर का अनुमान नहीं लगाया जा सकता। कानेमैन और क्लिन उन सबूतों की पड़ताल करते हैं, जिनके मुताबिक़ भौतिक वैज्ञानिक, अकाउंटेंट्स, बीमा विश्लेषण और शतरंज में महारत रखने वालों के लिए अनुभव मददग़ार होता है। दरअसल, वे एक ऐसे क्षेत्रों में काम करते हैं, जहाँ पर कारण और असर का संबंध काफ़ी हद तक स्थायी है। तेज़ी से बदलती दुनिया में अनुभव के पाठ हमें बहुत ही आसानी के साथ ग़लत रास्ते पर ले जा सकते हैं। चूँकि बदलाव की गति बढ़ती ही जा रही है, हमारा परिवेश भी पूर्वानुमान लगाने के लिहाज़ बहुत ज़्यादा मुश्किल होता जा रहा है। यह नए विचारों के लिहाज़ से सहज बोध को और कम भरोसेमंद बना देता है और विश्लेषण की क़ीमत में इज़ाफ़ा कर देता है।

यह देखते हुए कि जॉब्स ने परिवहन के क्षेत्र में ज़रूरी अनुभव हासिल नहीं किया था, वह क्यों अपने सहज बोध पर इतना भरोसा कर रहे थे? यह हमें दूसरे कारक तक लेकर आता है, ''सफलता के साथ एक हेकड़ी भी आ जाती है।'' कोमिसार खुलासा करते हैं कि अगर उन्होंने अपनी चिंताओं को लेकर ज़रा और

अधिक दबाव बनाया होता तो, ''स्टीव जॉब्स शायद कहते कि तुम समझ ही नहीं पा रहे हो।'' परिवहन और हवाई जहाज उद्योग में किया गया रिसर्च कोमिसार के दावे की पुष्टि करता है। जब कोई व्यक्ति पहले बहुत ज़्यादा सफल रह चुका हो तो उसका नए परिवेश में प्रदर्शन उतना ही ख़राब होता है। वे अतिविश्वास का शिकार हो जाते हैं और संदर्भ भले ही मूलतः अलग हो, उनकी आलोचनात्मक प्रतिक्रिया जानने की संभावना कम ही होती है। जॉब्स उस वक़्त सफलता के ऐसे ही मोहपाश में उलझे हुए थे : उनके ट्रेक रिकॉर्ड और विरोधियों को ग़लत साबित करने के उनके इतिहास के चलते उन्होंने पर्याप्त संख्या में रचयिताओं से उस क्षेत्र की प्रासंगिक जानकारी के आधार पर अपने सहज बोध की जाँच का प्रयास तक नहीं किया। ऐसे में जब उनका सामना डीन केमैन के प्रस्तुति के बेहतरीन अंदाज़ के साथ हुआ तो उनका सहज बोध उन्हें भटकाता ही चला गया।

जुनून के ख़तरे

जब केमैन सेगवे की शान में क़सीदे पढ़ रहे थे तो वह काफ़ी जोश के साथ बता रहे थे कि चीन और भारत जैसे देशों में कैसे हर साल न्यू यॉर्क के जैसे शहर आकार ले रहे हैं। यह शहरी केंद्र कारों के जमघट से दम घुटने जैसी स्थिति के ख़तरे का सामना करेंगे, जो कि पर्यावरण के लिए नुक़सानदेह है; सेगवे इस समस्या को हल कर सकता है। एलिन ली कहती हैं, ''वह क़ुदरत की ताक़त है। वह इन विषयों को लेकर तकनीकी जानकारी, अनुभव और हद दर्ज़े के जुनूनी हैं, इसलिए वह सभी को स्तब्ध कर दे रहे हैं।''

नॉर्थईस्टर्न यूनिवर्सिटी के उद्यमिता की प्रोफ़ेसर चेरिल मिटेनेस के एक अध्ययन के तहत, पाँच दर्जन से ज़्यादा एंजल इन्वेस्टर्स को उद्यमियों को 3500 से ज़्यादा दावों को परख़कर यह फ़ैसला करने के लिए कहा गया कि वह उन्हें फ़ंड करेंगे या नहीं। निवेशकों ने एक सर्वे का पर्चा भी भरा, जिसमें यह उल्लेख भी था कि फ़ैसला वे सहज बोध से लेते हैं या विश्लेषण के आधार। उन्होंने हर उद्यमी के जुनून और उत्साह को देखा और फिर हर स्टार्टअप को निवेश की संभावनाओं के आधार पर रेटिंग दी। परिणामों से पता चला कि निवेशक का जितना अपने सहज बोध पर ज़्यादा विश्वास था, उनके उद्यमी के उत्साह से प्रभावित होने की संभावना भी उतनी ही अधिक थी।

जैसा कि डेनियल केहेमैन *थिंकिंग, फ़ास्ट ऐंड स्लो* में बताते हैं कि सहज बोध तत्कालीन भावनाओं के आधार पर बहुत ज़्यादा तेज़ी से काम करता है। दूसरी ओर तार्किकता एक धीमी और शांत प्रक्रिया है। सहज बोध वाले निवेशकों के जहाँ उद्यमी के जोश के फेर में पड़ने की आशंका होती है तो वहीं दूसरी ओर विश्लेषकों

द्वारा, निवेशक द्वारा प्रस्तुत तथ्यों पर ज़्यादा ध्यान केंद्रित करते हुए ठंडे दिमाग़ से कारोबार की अकाट्यता का फ़ैसला लिए जाने की संभावना ज़्यादा होती है। सहज बोध के आधार पर फ़ैसले लेने की आदत और प्रौद्योगिकी की अंतर्निहित नवीनता की वजह से जॉब्स को केमैन के विचार ने अभिभूत कर दिया। परिवहन के क्षेत्र को लेकर उनके पास अनुभव की कमी थी और बची-खुची कसर उनके हेकड़ी से भरे स्वभाव ने कर दी। इन बातों ने उन्हें उस बात पर भरोसा करने के लिहाज़ से ख़तरे में डाल दिया था, जो आगे चलकर ग़लत सकारात्मक निकली।

किसी भी नए-नवेले विचार की संभावनाओं के मूल्याँकन के वक़्त उसके पीछे मौज़ूद लोगों से प्रभावित होना बहुत आसान हो जाता है। गूगल के अधिकारियों एरिक श्मिड और जोनाथन रोज़नबर्ग के शब्दों में, ''जुनूनी व्यक्ति अपने जोश का प्रदर्शन नहीं करते, यह तो उनके दिल में बसा होता है।'' किसी विचार को साकार करने का जोश लोगों द्वारा व्यक्त भावनाओं में नहीं दिखाई देता। हम अपने शब्दों में उत्साह का जो रंग भरते हैं, हमारी आवाज़ का लहज़ा और शारीरिक भावभंगिमा हमें महसूस हो रहे आंतरिक जोश का प्रतीक नहीं होते, बल्कि वह हमारे प्रस्तुति के कौशल और हमारे व्यक्तित्व का महज़ एक प्रतिबिंब होते हैं। उदाहरण के लिए रिसर्च बताता है कि बहिर्मुखी व्यक्ति अंतर्मुखी व्यक्ति की तुलना में भावनाओं का ज़्यादा प्रदर्शन करते हैं, जिसका मतलब है कि वह ज़्यादा जोश दिखाते हैं। लेकिन एक उद्यमी के तौर पर हमारी सफलता पर इस बात से कोई असर नहीं होता है कि हम बहिर्मुखी हैं या अंतर्मुखी। आप एक विचार को पसंद करते हैं और सफल होने के लिए कटिबद्ध हैं, तो भी इस बात को आप काफ़ी संकोच भरे अंदाज़ में भी बता सकते हैं।

कहने का यह मतलब नहीं है कि उद्यमिता में सफलता के लिए जोश अप्रासंगिक है। इस बात के कई उदाहरण हैं कि जोशीले उद्यमी अपने उद्यमों को तेज़ी और ज़्यादा सफलता के साथ तरक्की की राह पर ले जाते हैं। इस लिहाज़ से, केमैन में जोश का वह अंश नदारद था, जो विचारों को आविष्कार से असर तक ले जाता है। सेगवे को तैयार करने को लेकर ही उनके पूरा जोश झोंक देने से अभिभूत शुरुआती निवेशकों को यह भी देखना था कि उनमें एक कंपनी बनाने और उत्पाद को सफलता के साथ बाज़ार में लाने को लेकर कितना जोश है। ऐसा करने के लिए उन्हें उस बात की ओर ध्यान नहीं देना चाहिए था, जो उन्होंने कही। उन्हें इस बात की भी जाँच करनी थी जो उन्होंने *किया।*

उनका इतिहास पढ़ने के बाद रैंडी कोमिसार ने निष्कर्ष निकाला कि केमैन एक उद्यमी की तुलना में ज़्यादा प्रभावी आविष्कारक थे। इससे पहले केमैन का सबसे सफल आविष्कार, उनके पास समस्या को लेकर आने वाले ग्राहकों की समस्या को हल करना था। 1970 के दशक में उनके दिमाग़ में पोर्टेबल ड्रग इन्फ़्यूज़न पम्प

का विचार आया। उनके एक डॉक्टर भाई ने शिकायत की थी कि नर्सों द्वारा मरीजों को निरंतर दवा दी जा रही थी, जबकि यह काम तो स्वचालित होना चाहिए था। इस वज़ह से अनेक मरीजों को अस्पतालों में फँसे रहना पड़ता था, जबकि वे उस दवा को घर पर भी ले सकते थे। 1980 के दशक में केमैन ने पोर्टेबल डायलिसिस मशीन का आविष्कार किया। बेक्सटर हैल्थकेयर ने उनकी कंपनी को मधुमेह रोगियों के लिए अपनी किडनी डायलिसिस सेवा को बेहतर बनाने का काम सौंपा था। उन्हें दूसरों द्वारा खोजी गई समस्या के सही हल को खोजने में महारत हासिल थी, ना कि हल करने के लिए सही समस्या को खोजने में। सेगवे के मामले में भी उन्होंने शुरुआत हल से की और फिर समस्या की तलाश में निकले। बाज़ार की ज़रूरतों का जवाब तलाशने की बज़ाय उन्होंने एक प्रौद्योगिकी को लगभग लादने की कोशिश की।

केमैन में भी हालाँकि सेगवे को लेकर उत्साह था, लेकिन वह इसे सफलता के साथ लांचिंग के लिए तैयार नहीं थे। अगर हम अपने विचारों के चयन के कौशल को निखारना चाहते हैं तो हमें यह नहीं देखना चाहिए कि *क्या* लोग सफल हुए हैं, बल्कि हमें तो यह देखना चाहिए कि वे *कैसे* सफल हुए हैं। एलिन ली बताती हैं, ''जब हमने डीन की ओर देखा तो हमने एक भरोसे योग्य संस्थापक देखा, जिसके पास मेडिकल उपकरणों के सफल आविष्कारों का इतिहास था और उन उत्पादों को साकार करने में साथ देने वाले लोग आज भी उनके साथ थे। लेकिन अब उत्पाद को तैयार करने, दैनंदिन क्रियान्वयन और उत्पाद को किफ़ायती बनाने का मसला ज़्यादा महत्त्वपूर्ण था।'' केमैन के पास वह अनुभव नहीं था। बिल सेलमैन कहते हैं, ''विचार नहीं सारा मामला क्रियान्वयन पर ही निर्भर होता है।''

अगर हमें भविष्यवाणी करनी हो कि एक नए विचार को तैयार करने वाले इसे सफल बना पाएँगे या नहीं तो हमें उनके अपने विचारों को लेकर उत्साह से ऊपर उठकर, उनके प्रयासों के आधार पर क्रियान्वयन को लेकर उनके उत्साह को जानने पर ध्यान केंद्रित करना होगा। रिक लुडविन ने जैरी सिनफ़ील्ड और लैरी डेविड पर इसलिए दाँव नहीं खेला था कि वह स्क्रिप्ट को प्रस्तुत करते वक़्त काफ़ी जोश में थे–या इसलिए कि वाक़ई में वह एक शो के लिहाज़ से अपनी सोच को लेकर उत्साहित थे। उन्होंने उन्हें मौक़ा दिया, क्योंकि उन्होंने देखा कि वह शो के क्रियान्यवन (प्रस्तुति) के लिए अपनी सोच में बदलाव के लिए तैयार थे और उनमें सही क्रियान्वयन की क्षमता थी। ''वह उस क़िस्म के लोगों में से थे, जो आधी रात को भी लेखक के कमरे में बैठकर यह माथापच्ची करते थे कि दूसरा अंक कैसे ठीक हो। आपने देखा जैरी अपने काम में कितने कुशल और सतर्क थे। यह वह जोश था, जिसकी आपको तलाश होती है।''

विचारों का चयन सुधारने वाला चश्मा

वार्बी पार्कर में निवेश नहीं कर पाना मेरा निजी और बहुत बड़ा ग़लत नकारात्मक फ़ैसला था। विचारों के चयन पर रिसर्च को पढ़ने के बाद मैंने अपनी सीमाओं में से एक को पहचान लिया : मैं उस क्षेत्र में साथी रचयिता नहीं था, ना ही मैं उसका ग्राहक था। सबसे पहले मैंने अपनी कमज़ोर मूल्याँकन क्षमता का सारा दोष अपने 20/20 वाली सामान्य और सीमित दृष्टि की शक्ति को दिया। जब आपने कभी भी चश्मा नहीं पहना हो तो आपके लिए उन लोगों की प्राथमिकताओं को समझ पाना बहुत मुश्किल होता है, जो चश्मा पहनते हैं। लेकिन समीक्षा के बाद मैंने पाया कि मेरी कमज़ोरी विस्तार से नहीं देख पाने की थी। मैंने आँखों की देखभाल करने वाली एक कंपनी के लिए दो साल तक रिसर्च और परामर्श का काम किया। इस कंपनी की आय का मूल स्रोत आँखों के डॉक्टरों से हासिल पर्चे के आधार पर चश्मे तैयार करके ग्राहकों को ऑनलाइन बेचना था और ग्राहक उसे पहनकर देखते थे। मेरा दिमाग़ एक सामान्य और सीमित नज़रिए तक ही सीमित होकर रह गया था कि चश्मे कैसे परंपरागत ढंग से ख़रीदे और बेचे जाते हैं। बेहतर होता अगर मैंने बातों को सुनने से पहले कुछ वक़्त नए विचार तैयार करने में गुज़ारा होता या यह पढ़ा होता कि परिधान और अन्य सह-उत्पादों की ऑनलाइन बिक्री कैसे होती है। शायद मेरा दिमाग़ इस विचार को लेकर ज़्यादा खुला होता।

चार संस्थापकों की आँखें इस कमज़ोरी से दृष्टिहीन नहीं थीं : उनके पास अनुभव की गहरी समझ और विस्तार था। उनमें से तीन चश्मा पहनते थे और उनके पास बायोइंजीनियरिंग, स्वास्थ्य सेवा, परामर्श और बैंकिंग का साझा अनुभव था। उनमें से एक डेव ने अपना चश्मा तब गँवाया था, जब वह बिना फ़ोन के विदेश में घूम रहे थे। जब वह अमेरिका लौटे तो एक ही वक़्त में फ़ोन और चश्मा ख़रीदने की ज़रूरत ने उन्हें एक ताज़ा नज़रिया दे डाला। नील ब्लूमेंथल चश्मा नहीं पहनते थे, लेकिन वह पिछले पाँच साल से एक ऐसे ग़ैर-लाभकारी संस्थान में काम कर रहे थे, जो एशिया, अफ़्रीका और लातिनी अमेरिका में महिलाओं को कारोबार शुरू करने के लिए प्रशिक्षण दे रहा था। महिलाओं को बेचने के लिए जो उत्पाद दिया जा रहा था, वह था चश्मा। इस बात ने उन्हें चश्मा उद्योग में ज़रूरी जानकारी दे दी थी : वह जानते थे कि चश्मों को तैयार, डिज़ाइन करने और बेचने की लागत को कम किया जा सकता है। चश्मा उद्योग के परंपरागत ढर्रे से बाहर काम करने के कारण उनके पास नया तरीक़ा अपनाने के लिए ज़रूरी विस्तार भी था। नील ने मुझे बताया, ''ऐसा बहुत ही दुर्लभ होता है कि मौलिकता भीतरी लोगों से आए। ख़ासतौर पर जब वे चश्मा उद्योग की ही तरह सुरक्षित और आरामदायक स्थिति में हों।''

मौज़ूदा प्रारूपों या सीमित मूल्याँकन वाली मानसिकता की बात की जाए तो यह अनुभव की विविधता के कारण, वार्बी पार्कर के उद्यमियों की राह का रोड़ा नहीं थे। यह मानकर ही चलते हुए, कि उनका विचार काम कर जाएगा केमैन की तरह बिक्री में पूरी ताक़त झोंक के उत्साहपूर्ण अवतार में आने से पहले, उन्होंने पहले साथी रचयिताओं और संभावित ग्राहकों से भरपूर प्रतिक्रियाएँ लीं। उन्होंने यह तय कर लिया था कि रिटेलर रूपी बिचौलिए को बीच में से हटाकर वह 500 डॉलर की सामान्य क़ीमत में बिक रहे चश्मे को 45 डॉलर में उपलब्ध करा देंगे। एक मार्केटिंग विशेषज्ञ की लागत बढ़ने की चेतावनी के बाद–और क़ीमत को गुणवत्ता का संकेत मानने की वज़ह से–उन्होंने नक़ली उत्पाद के पेजेस का एक सर्वे किया, जिसमें ग्राहकों को अलग-अलग क़ीमत सीमा की जानकारी दी गई। उन्होंने पाया कि ख़रीद की संभावना 100 डॉलर तक पहुँची, स्थिर हुई और फिर ज़्यादा रेंज तक पहुँच गई। उन्होंने दोस्तों के साथ विभिन्न वेबसाइट डिज़ाइन को परख़ा ताकि यह पता कर सकें कि कौन-सी वेबसाइट केवल क्लिक नहीं मज़बूत भरोसा भी पैदा करेगी।

चूँकि दूसरी कंपनियाँ भी चश्मों की ऑनलाइन बिक्री कर सकती थीं, संस्थापकों ने पाया कि सफलता के लिए ब्रांडिंग बेहद महत्त्वपूर्ण साबित होगी। कंपनी को नाम देने में ही उन्होंने विचार मंथन में छह माह का वक़्त लगा दिया। संभावित नामों वाली दो हज़ार से ज़्यादा पन्नों की स्प्रेडशीट तैयार की। उन्होंने अपने पसंदीदा नामों को सर्वे और फ़ोकस ग्रुप्स में परख़ा। उन्होंने पाया कि केरॉक से प्रेरित नाम वार्बी पार्कर प्रभावशाली और मौलिक लग रहा था और इसके साथ कोई नकारात्मक बात भी नहीं जुड़ी थी। उसके बाद उन्होंने आला दर्ज़े के क्रियान्वयन का जोश जगाया।

वार्बी पार्कर की ताज़ा सफलता का सारा श्रेय उनके क्षेत्र के साथियों से विचारों के मूल्याँकन के तरीक़े को जाता है। 2014 में उन्होंने वार्बल्स नाम का एक कार्यक्रम तैयार किया। इसमें कंपनी के हर एक व्यक्ति को किसी भी वक़्त किसी नए प्रौद्योगिक सुविधा को शामिल करने के लिए सुझाव या गुज़ारिश करने के लिए प्रेरित किया गया। वार्बल्स के अस्तित्व में आने से पहले उन्हें हर तिमाही में लगभग 10 से 20 विचार मिल जाया करते थे। नए कार्यक्रम के साथ यह संख्या चार गुना हो गई। कर्मचारियों को यह भरोसा हो गया कि विचारों का चयन श्रेष्ठता के आधार पर किया जाता है। एक सुझाव के कारण तो कंपनी की खेरची बिक्री के पूरे तरीक़े को ही नया कर दिया गया। एक अन्य के कारण नियुक्ति के लिए नई बुकिंग प्रणाली को लागू किया गया। वार्बी पार्कर के मुख्य प्रौद्योगिकी अधिकारी लॉन बाइंडर कहते हैं, ''नील और डेव वाक़ई बहुत बुद्धिमान हैं, लेकिन किसी भी तरह से वे दोनों 200 लोगों के एक साथ हो जाने पर उनकी बुद्धिमानी की बराबरी नहीं कर सकते।''

विचारों तक पहुँच को सीमित और यह फ़ैसला केवल प्रबंधकों तक ही सीमित रखने की बज़ाय कि किसका पीछा किया जाए और किसका क्रियान्वयन, वार्बी पार्कर ने सुझावों को पूरी तरह से पारदर्शी करते हुए एक गूगल डॉक्यूमेंट के ज़रिए शेयर कर दिया। कंपनी का हर एक व्यक्ति अब उन्हें पढ़ सकता था, उन पर ऑनलाइन टिप्पणी कर सकता था और दो सप्ताह में एक बार होने वाली बैठक में उस पर चर्चा भी कर सकता था। इसका साफ़ अर्थ था कि जैसा जस्टिन बर्ग़ ने सिफ़ारिश की थी, विचारों का मूल्याँकन ना केवल प्रबंधकों द्वारा बल्कि साथी रचयिताओं द्वारा भी किया जा रहा था–जो बेहद निराले विचारों को लेकर ज़्यादा खुले दिमाग़ वाले थे। कर्मचारी जब विचारों को तैयार करने में वक़्त बिताते हैं तो उनकी यह जान पाने की क्षमता और बेहतर हो जाती है कि उनके साथियों द्वारा दिए गए कौन–से सुझाव बेहद लाभप्रद हैं।

प्रौद्योगिकी टीमों को उन अर्ज़ियों को छाँटने की और उस पर काम शुरू करने की पूरी स्वतंत्रता थी, जो उन्हें पसंद आए। यह काफ़ी हद तक लोकतांत्रिक व्यवस्था लगती थी, लेकिन इसमें भी एक ख़म था : कर्मचारियों को कुछ मार्गदर्शन देना कि कौन–से सुझाव कंपनी के लिए रणनीतिक प्राथमिकता के थे और प्रबंधक उनमें से आशाजनक के पक्ष में वोट देकर ख़राब को छाँट देते थे। ग़लत सकारात्मकों और ग़लत नकारात्मकों को टालने के लिए ये वोट बंधनकारक नहीं थे। प्रौद्योगिकी टीमों को प्रबंधकों के फ़ैसले में बदलाव करते हुए, कम वोट हासिल करने वाली अर्ज़ी को छाँटकर उसे बेहतर बनाकर उसकी उपयोगिता साबित करने का अधिकार था। वार्बी पार्कर में एक अध्ययन पर काम कर चुके प्रायोगिक मनोविज्ञान के विशेषज्ञ रेब रेबेले के मुताबिक़, ''वे किसी बात को बनाने की शुरुआत के लिए किसी अनुमति का इंतज़ार नहीं करते। लेकिन वे उस वस्तु को ग्राहकों के लिए उपलब्ध कराने से पहले साथियों की प्रतिक्रियाएँ जान लेते हैं। वे शुरुआत तेज़ करते हैं और फिर गति को धीमा कर देते हैं।''

अगर सेगवे को भी वार्बल्स की तरह की प्रक्रिया से गुज़ारा गया होता, तो कुछ और ज़्यादा आलोचनात्मक प्रतिक्रियाओं के कारण इसे बनने से रोका जा सकता था या फिर इसके और बेहतर डिज़ाइन को तैयार किया गया होता। बहुत देरी हो जाने से पहले ही डीन केमैन ने इसे और अधिक व्यावहारिक बनाना सीख लिया होता या फिर किसी ऐसे व्यक्ति को प्रौद्योगिकी का लाइसेंस दे दिया होता जो यह कर सकता था।

भले ही सेगवे असफल रहा हो, लेकिन केमैन एक बेहद प्रतिभाशाली आविष्कारक हैं, जेफ़ बेजोस अभी भी दूरदृष्टा उद्यमी हैं और जॉन डोर आज भी एक सयाने निवेशक हैं। जब आप किसी भी नए विचार को उत्पन्न कर रहे हों या फिर उसका मूल्याँकन कर रहे हों तो सफलता को मापने के लिए सबसे बेहतरीन मापदंड

वह है, जो बेसबॉल में बैटर्स द्वारा इस्तेमाल किया जाता है। रैंडी कोमिसार के मुताबिक़, ''बेसबॉल में अगर मेरा बैटिंग औसत .300 है तो मैं बेहद प्रतिभाशाली हूँ। क्योंकि आप भविष्य को नहीं आँक सकते। जितनी जल्दी आप इस बात को समझ जाएँगे आप उतनी ही जल्दी इस बात में कुशल हो जाएँगे।''

डीन केमैन ने उसके बाद नए आविष्कारों की एक शृंखला तैयार कर दी है। वह दोबारा स्वास्थ्य के क्षेत्र में लौट आए हैं, जहाँ उन्होंने मूल रूप से अपनी सफलता के झंडे गाड़े थे। अत्याधुनिक रोबोटिक प्रौद्योगिकी से तैयार एक कृत्रिम हाथ जिससे कोई सैनिक या हाथ गँवा चुका व्यक्ति एक अंगूर तक उठा सकता है और हैंड ड्रिल तक चला सकता है। इसका नाम रखा गया, ''ल्यूक,'' जो कि *स्टार वॉर्स* के एक दृश्य पर आधारित था, जिसमें स्कायवॉकर को कई काम करने वाली एक बायोनिक बाँह मिल जाती है। एक शांत और ऊर्जा के इस्तेमाल के लिहाज़ से बेहद किफ़ायती इंजिन है स्टर्लिंग, जो बिजली पैदा करने और पानी को गर्म करने के काम में आता है। यह इंजिन, स्लिंगशॉट वॉटर प्यूरिफ़ायर में इस्तेमाल होता है, जो किसी भी स्त्रोत के पानी को स्वच्छ पेयजल में तब्दील कर देता है। इसमें फ़िल्टर की कोई ज़रूरत नहीं होती। यह गाय के गोबर तक को ईंधन के तौर पर इस्तेमाल कर सकता है। केमैन ने मानो एक पूरा गोल चक्कर ही लगा लिया, जब वह स्लिंगशॉट को लेकर कोमिसार के पास आए। फिर एक बार, हालाँकि कोमिसार शक्की मिज़ाज हैं। ख़ुद एक बैकपैक के साथ दुनिया की ख़ाक छानने वाला होने के कारण उनकी राय में मशीन को ग्राहक के बग़ैर अपने दम पर काम (ऑफ़ द ग्रिड) करने के लिहाज़ से स्थापित करना बहुत ज़्यादा जटिल था। जब यह काम करना बंद कर देगी तो कूड़े के ढेर में पड़ी मिलेगी। यह देखना बाक़ी है कि यह मूल्याँकन सही है या फिर ग़लत नकारात्मक।

एक आविष्कार के तौर पर केमैन का सबसे अच्छा दाँव अंधाधुंध नए और निराले विचार उत्पन्न करना है। उसके बाद साथी रचयिताओं से ज़्यादा से ज़्यादा प्रतिक्रियाएँ हासिल करना है, ताकि वे अपने दृष्टिकोण को बेहतर बनाकर यह जान सकें कि कौन–सा संभवतया उपयोगी रहेगा। एक निवेशक के तौर पर आपका नज़रिया ज़्यादा साफ़ होगा, लेकिन यह एक आँख से खेला गया जुआ होगा। केवल एक ही विचार पर पूरी तरह से निर्भर रहने की बज़ाय केमैन के आविष्कारों के पूरे समूह पर ही दाँव लगाना आपका सबसे समझदारी भरा रवैया होगा।

अकेले 2013 में अमेरिका में 3,00,000 से ज़्यादा पेटेंट दिए गए थे। इनमें से किसी भी आविष्कार से दुनिया में परिवर्तन की संभावनाएँ बहुत कम हैं। निजी रचयिताओं की संभावनाएँ ताउम्र के विचारों से बेहतर होती हैं। जब हम उनका मूल्याँकन करते हैं तो हम उनके औसत पर नहीं उनके सर्वश्रेष्ठ प्रदर्शन पर ध्यान केंद्रित रखते हैं।

3

अपने दम पर

सत्ता को आईना दिखाना

"बेहद जोशीले लोगों को हमेशा से ही औसत दर्ज़े के दिमाग़ वालों के विरोध का सामना करना पड़ा है।"

— अल्बर्ट आइंस्टीन

1990 के दशक के शुरुआती दौर में एक बेहद सक्रिय सीआईए विश्लेषक कारमैन मेडिना तीन साल की नियुक्ति पर पश्चिमी यूरोप गईं। जब वह अमेरिका लौटीं तो उन्होंने पाया कि देश छोड़ने से उन्हें करियर में नुक़सान हुआ है। अपने कौशल और उम्मीदों के लिहाज़ से नौकरियाँ नहीं मिलने से वह एक के बाद एक नौकरियाँ बदलती रहीं। इसके बाद उन्होंने योगदान देने का एक और तरीक़ा खोज निकाला। वह जासूसी के भविष्य को लेकर कार्यकारी समूहों में भाग लेने लगीं।

सीआईए में अपने करियर के दौरान मेडिना ने ख़ुफ़िया जानकारी के संप्रेषण में एक मूलभूत समस्या की पहचान की थी। मूल प्रणाली में जानकारी "पूर्ण ख़ुफ़िया रिपोर्ट्स" के ज़रिए साझा की जाती थी, जिन्हें दिन में एक बार जारी किया जाता था और विभिन्न एजेंसियों के साथ समन्वयन मुश्किल था। विश्लेषकों के पास किसी निरीक्षण को साझा करने का कोई ज़रिया ही नहीं था। चूँकि जानकारी का प्रवाह निरंतर बना हुआ था, सही हाथों तक महत्त्वपूर्ण सूचना पहुँचने में बहुत ज़्यादा वक़्त लग जाता था। ज़िंदगियाँ और देश की सुरक्षा दाँव पर लगी होने के कारण हर सेकेंड की क़ीमत थी। हर एजेंसी एक तरह से अपना एक दैनिक अख़बार-सा निकाल रही थी। मेडिना चाहती थीं कि इस प्रणाली में बड़ा बदलाव किया जाए ताकि ताज़ातरीन जानकारियों को तत्काल एजेंसियों के बीच साझा किया जा सके। यथास्थिति को भंग करके संवाद को तेज़ करने के लिए उन्होंने एक ऐसी बात का प्रस्ताव रखा, जो

वर्तमान कार्य संस्कृति से बिलकुल विपरीत था : रिपोर्ट्स को काग़ज़ों पर प्रकाशित करने की बज़ाय, ख़ुफ़िया एजेंसियों को अपनी जानकारी तत्काल प्रकाशित करके उसे इंटेलिंक के ज़रिए तत्काल प्रसारित कर देना चाहिए। *इंटेलिंक* ख़ुफ़िया समुदाय तक सीमित इंटरनेट था।

उनके साथियों ने तत्काल उनके सुझावों को ख़ारिज कर दिया। उससे पहले मेडिना की योजना जैसी किसी भी चीज़ को अपनाने की कोशिश तक नहीं की गई थी। उनके तर्क के मुताबिक़ इंटरनेट तो राष्ट्रीय सुरक्षा के लिए ख़तरा था। जासूसी किसी विशेष वज़ह से ही गोपनीय सेवा थी। वर्तमान प्रणाली में वे यह सुनिश्चित करते थे कि प्रकाशित दस्तावेज़ केवल उसी व्यक्ति तक पहुँचे, जिसे उसे जानने की ज़रूरत है। इस लिहाज़ से इलेक्ट्रॉनिक संप्रेषण सेवा उतनी सुरक्षित नहीं दिखती। अगर जानकारी ग़लत हाथों में लग गई तो हम सब मुश्किल में पड़ जाएँगे।

मेडिना ने भी पीछे हटने से इनकार कर दिया। अगर इन समूहों का मक़सद ही भविष्य की पड़ताल करना है और अगर वहीं वह सत्ताधीशों से सच नहीं बोल सकतीं, तो कहाँ बोलेंगी? सूचना साझा करने में फ़ैक्स मशीन की भारी उपयोगिता को देख लेने के कारण उन्हें विश्वास था कि डिजिटल क्रांति आख़िरकार एक दिन ख़ुफ़िया जगत को भी हिलाकर रख देगी। वह लगातार एक ऐसे इंटरनेट मंच की बात उठाती रहीं, जो सीआईए को एफ़बीआई और एनएसए जैसी एजेंसियों के साथ ख़ुफ़िया जानकारी का आदान-प्रदान करने में मददग़ार हो।

मेडिना अपने विचारों की आवाज़ को बुलंद करती रहीं, लेकिन किसी ने नहीं सुनी। एक वरिष्ठ साथी ने उन्हें चेतावनी दी, ''इन समूहों में तुम क्या बोल रही हो, इसे लेकर सावधान रहो। अगर तुम बहुत ज़्यादा ईमानदार हो और जो सोचती हो, वही कहती हो तो यह तुम्हारे करियर को बर्बाद कर देगा।'' वह वक़्त भी बहुत जल्द आ गया, जब उनके मित्र भी उनसे कन्नी काटने लगे। अंत में ख़ुद को मिल रहे सम्मान में निरंतर कमी से आज़िज आकर मेडिना फट पड़ीं और हो-हल्ला करते हुए ऐसी भिड़ीं कि बीमार पड़ जाने के कारण उन्हें तीन दिन का अवकाश लेना पड़ा और उसके बाद उन्होंने नई नौकरी की तलाश शुरू कर दी।

जब उन्हें बाहर काम नहीं मिला तो उन्हें स्टाफ़ में ही एक ऐसे पद पर नियुक्ति मिल गई, जो काम की गहमागहमी से दूर था। शायद सीआईए में ताज़ा परिस्थितियों के लिहाज़ से उनके लिए सबसे माकूल काम। वह कुछ दिनों तक चुप रहीं, लेकिन अपने गुस्से का इज़हार करने के तीन साल बाद उन्होंने वास्तविक समय में विभिन्न एजेंसियों के बीच जीवंत संवाद बनाकर रखने वाली ऑनलाइन प्रणाली को लेकर दोबारा बोलने का फ़ैसला किया।

एक दशक से भी कम वक़्त के बाद, कारमैन मेडिना ने एक मंच इंटेलिपीडिया को साकार करने में अपरिहार्य भूमिका निभाई। यह ख़ुफ़िया एजेंसियों के लिए एक-दूसरे का ज्ञान साझा करने के लिए तैयार एक आंतरिक विकिपीडिया था। यह सीआईए के मानदंडों के लिहाज़ से इतना विपरीत था कि एक निरीक्षक ने तो यहाँ तक कह दिया कि "यह टेक्सास में शाकाहार को प्रोत्साहन देने के लिए कहने जैसा था।"

2008 तक तो इंटेलिपीडिया इतना महत्त्वपूर्ण संसाधन बन चुका था कि ख़ुफ़िया एजेंसियों ने इसका कई विविधता भरी चुनौतियों में इस्तेमाल किया। बीजिंग ओलिंपिक में सुरक्षा प्रदान करने से लेकर मुंबई पर हुए आतंकी हमले में लिप्त आतंकियों का पता लगाने तक। कुछ ही वर्षों में ख़ुफ़िया जगत में इस साइट के पंजीकृत सदस्यों की संख्या पाँच लाख के पार जा चुकी थी। इसमें 10 लाख से ज़्यादा पेज थे और इसे 630 मिलियन पेज व्यूज़ मिल चुके थे। इसे अमेरिका होमलैंड सिक्योरिटी सेवा मैडल भी मिला। एक वरिष्ठ नेतृत्वकर्ता ने कहा, "उन्होंने क्या किया यह कह पाना मुश्किल है। उन्होंने रातों-रात एक बड़ा बदलाव ला दिया, बिना किसी पूँजी के जबकि लाखों डॉलर की फ़ंडिंग के बाद भी बनाए गए कार्यक्रम यह उपलब्धि हासिल नहीं कर सके।"

मेडिना अपने विचार रखने के पहले प्रयास में क्यों नाकाम रहीं और क्या बात थी कि दूसरी बार उनकी बात को सुन लिया गया? इस दौरान दुनिया में बदलाव आया : इंटरनेट को व्यापक तौर पर स्वीकृति मिली और 11 सितंबर के हमले ने ख़ुफ़िया एजेंसियों के बीच बेहतर समन्वयन की ज़रूरत को लेकर फिर एक बार चेतावनी दे दी। लेकिन ऑनलाइन हल तब तक उपलब्ध नहीं था, जब तक कि मेडिना को सीआईए में ख़ुफ़िया विभाग का उपनिदेशक नियुक्त नहीं कर दिया गया। इससे उन्हें इंटेलिपीडिया को समर्थन देने का अधिकार मिल गया। उस स्थान तक पहुँचने के लिए उन्होंने अपनी संवाद कला को बेहतर बनाना सीखना पड़ा-इस तरह से अपनी बात को रखना कि उसे विश्वसनीयता मिले, उसे गँवाने की बजाय।

हम सभी ने कभी न कभी अपना छोटा-सा मत रखने के बारे में सोचा होता है। किसी बेतुकी नीति का विरोध, किसी काम को नए तरीक़े से करने की तैयारी या वंचित लोगों के किसी समूह की बात को उठाने की तैयारी। यह अध्याय आपको बताएगा कि कब अपनी बात को उठाया जाए और कैसे इसे प्रभावी तरीक़े से अंज़ाम दिया जाए। अपने करियर या संबंधों को नुक़सान पहुँचाए बग़ैर। अपनी आवाज़ उठाने का सही वक़्त कौन-सा है और क्या क़दम उठाने चाहिए ताकि अपनी बात को सुना जाए? कारमैन मेडिना के अनुभव के अलावा आप उस उद्यमी से सीख सकते हैं, जो अपनी कंपनी में आमूलचूल परिवर्तन लाना चाहता है या फिर एक मैनेजर से जिसने स्टीव जॉब्स को ही चुनौती दे डाली। आप देखेंगे कि सबसे

ज़्यादा समर्थन करने वाले मैनेजर कुछ मर्तबा बहुत कम समर्थन देते हैं, कैसे लैंगिक और नस्ल का प्रभाव असर डालता है और क्यों हमारे द्वारा पसंद फ़ोटोग्राफ़्स हमारे दोस्तों द्वारा पसंद फ़ोटोग्राफ़्स से भिन्न होते हैं। उद्देश्य यह बताना है कि किस तरह से हम सभी आवाज़ बुलंद करने के जोख़िमों को कम कर सकते हैं–और ऐसा करने के संभावित लाभ उठा सकते हैं।

रुतबे के बग़ैर सत्ता

जब कर्मचारी मदद करने, नेटवर्क्स तैयार करने और नई जानकारी हासिल करने के लिए पहल करते हैं और प्रतिक्रिया हासिल करते हैं तो नेतृत्वकर्ता और प्रबंधक इसकी प्रशंसा करते हैं। लेकिन एक पहल ऐसी भी होती है, जिस पर दंड मिलता है : सुझावों के साथ आवाज़ बुलंद करना। उत्पादन, सेवा, खेरची और ग़ैरलाभकारी परिदृश्य में किए गए एक अध्ययन में पाया गया कि कर्मचारियों ने नियमित अंतराल से जितनी ज़्यादा बार अधिकारियों के समक्ष विचार व्यक्त किए और अपनी चिंताओं को उनसे साझा किया, दो वर्ष की अवधि में उनकी वेतनवृद्धि और पदोन्नति की संभावनाएँ उतनी ही क्षीण हो जाती हैं। और एक अन्य प्रयोग के तहत जब व्यक्तिगत स्तर पर नस्लवाद के ख़िलाफ़ आवाज़ उठाई गई तो उनकी उन लोगों द्वारा पाखंडी कहकर आलोचना की गई, जो ख़ुद इस बाबत आवाज़ नहीं उठा सके। जब हम नैतिकता की सीढ़ियों पर ऊपर चढ़ते हैं तो हम शीर्ष पर लगभग अकेले होते हैं।

कारमैन मेडिना ने जिन अवरोधों का सामना किया उन्हें समझने के लिए हमें सामाजिक पदक्रम के दो मुख्य पहलुओं को समझना होगा : सत्ता या अधिकार और रुतबा। सत्ता का मतलब होता है अन्य लोगों पर नियंत्रण या राज करना; रुतबे का मतलब होता है, सम्मान पाना और प्रशंसा हासिल करना। यूनिवर्सिटी ऑफ़ नॉर्थ केरोलिना की प्रोफ़ेसर एलिसन फ्रेगेल के एक प्रयोग के तहत, उन लोगों को सज़ा दी गई, जिन्होंने रुतबे के बग़ैर अधिकारों का इस्तेमाल करना चाहा। जब लोगों ने बिना सम्मान के प्रभाव छोड़ने का प्रयास किया तो अन्य लोगों ने उन्हें मुश्किल, बेवज़ह प्रतिरोध करने वाला और स्वार्थी माना। चूँकि उन्होंने हमारा सम्मान हासिल नहीं किया है, इसलिए हमें लगता है कि उन्हें यह हक़ नहीं बनता कि हमें बताएँ कि हमें क्या करना है, और इस वज़ह से हम क़दम पीछे खींच लेते हैं। कारमैन मेडिना के साथ यही हुआ, उनके बरसों विदेश में बिताने के कारण उनका रुतबा बहुत कम था। उन्हें अपने साथियों के सामने अपनी क़ाबिलियत को साबित करने का अवसर ही नहीं मिला, इसलिए उन्होंने उनके विचारों को कुछ ख़ास अहमियत नहीं दी। जब लोगों ने उनकी चिंताओं को ख़ारिज कर दिया तो उनके भीतर हताशा बढ़ने लगी।

जब हम अन्य लोगों को प्रभावित करने का प्रयास करते हैं और हमें यह पता चलता है कि वे हमारा सम्मान नहीं करते, तो यह नाराज़गी के एक दुष्टतापूर्ण चक्र की वज़ह बनता है। अपने अधिकारों को लादने के प्रयास में हर जवाब के साथ हमारा उनके प्रति असम्मानजनक बर्ताव बढ़ता ही चला जाता है। इस दुष्चक्र का सबसे चौंकाने वाला उदाहरण देखने को मिला, जब रिसर्चर्स ने लोगों से जोड़ी बनाकर एक काम करने को कहा। इसमें एक व्यक्ति को दूसरे द्वारा किए जाने वाले काम के निर्धारण का अधिकार दे दिया गया तो दूसरे को यह काम करने पर 50 डॉलर का बोनस मिलना था। जब अधिकार रखने वाले व्यक्तियों को बिना किसी क्रम के यह जानकारी दी गई कि उनका साथी उनका सम्मान करता है और उनका प्रशंसक है तो उन्होंने 50 डॉलर के बोनस के लिए सर्वाधिक वाज़िब काम का चयन किया। जैसे कोई मज़ाक़िया चुटकुला सुनाना या फिर उनके पिछले दिन के अनुभव पर लिखना। लेकिन अधिकार रखने वाले जिन लोगों को यह बताया गया कि उनका साथी उन्हें कमज़ोर आँकता है, तो उन्होंने कुछ शर्मसार कर देने वाले कामों को देने का फ़ैसला किया। जैसे कि साथी को तीन बार कुत्ते की तरह भौंकने को कहा गया, उससे कहा गया कि पाँच बार कहे, ''मैं गंदा हूँ,'' या फिर 500 के अंक से सात अंक के बढ़ते क्रम में उल्टी गिनती करें। केवल यह भर बता देने से कि उनको सम्मान नहीं किया जाता, उनके अधिकारों के दूसरों की तुलना में निचले स्तर के इस्तेमाल की संभावना लगभग दोगुनी हो गई।

कारमैन मेडिना ख़ैर उस हद तक नहीं गईं। लेकिन जैसे उन्होंने आवाज़ उठाना जारी रखा, उनकी बिना रुतबे के अधिकारों के इस्तेमाल की कोशिश के कारण नकारात्मक प्रतिक्रियाओं की संख्या बढ़ती ही चली गई। रुतबे पर दावा नहीं किया जा सकता, यह तो कमाना पड़ता है या दिया जाता है।

कुछ वर्ष बाद अपने दूसरे प्रयास में मेडिना ने निचले स्तर की व्यवस्था पर हमला बोलकर अपने करियर को दाँव पर नहीं लगाया। इसकी बज़ाय उन्होंने पहले व्यवस्था का हिस्सा बनकर फिर उसमें भीतर से बदलाव किया। महान फ़िल्म निर्माता फ्रांसिस फ़ोर्ड कोपोला के मुताबिक़, ''सत्ता में आने का रास्ता हमेशा संस्थान को चुनौती देने से होकर नहीं जाता, लेकिन पहले उसमें जगह बनाइए और फिर चुनौती देकर संस्थान को झाँसा दीजिए।'' जब मेडिना ने अपने विचारों को दोबारा प्रस्तुत करने का जोख़िम भरा विकल्प चुना तो उन्होंने सूचना सुरक्षा पर केंद्रित नौकरी हासिल करके इस जोख़िम को कम कर लिया था। उनकी मूल भूमिका सूचना को सुरक्षित रखने की थी। वह कहती हैं, ''वह ऐसी बात नहीं थी, जिसके लिए मैं प्रयास करती–वह बहुत ही रूढ़िवादी बात थी।''

हमारे प्रकाशन की सुरक्षा से जुड़ी अन्य बातें मुझे उत्साहित नहीं करती थीं। लेकिन मैं अंततः इसका इस्तेमाल एक छोटे-से रूप में अपनी तरह से काम करने के लिए कर सकती थी। ज़िम्मेदारियों की सूची में बहुत नीचे था, जिन बातों की हम सुरक्षा करना चाहते थे, उनके लिए सही डिजिटल पब्लिकेशन की तलाश। मैंने यह बहुत ही रूढ़िवादी लबादा ऊपर से ओढ़ रखा था। यह जोख़िम से निपटने का संतुलित आवरण था।

पहले उनका इंटरनेट पर सूचना साझा करने का सुझाव सुरक्षा को ख़तरा लगता था। अब वह इसे अपने सुरक्षा के संरक्षण के अभियान का हिस्सा बना सकती थीं। ''लोगों ने देखा कि मैं किसी बात के पक्ष में खड़ी थी, केवल यथास्थिति के ख़िलाफ़ नहीं। मैंने सोचा कि अगर मैंने ख़ुद को उस पद पर साबित कर दिया तो मुझे और अधिक बड़े बदलाव के बीज लगाने का मौक़ा मिल जाएगा।''

मेडिना को इन प्रयासों से जैसे-जैसे सम्मान मिलने लगा, तो मनोवैज्ञानिक एडविन होलैंडर के शब्दों में उन्हें विलक्षणता की साख हासिल हो चुकी थी-समूह की उम्मीदों से अलग चलने की स्वतंत्रता। विलक्षणता की साख पद नहीं सम्मान के ज़रिए हासिल की जाती है : वह योगदान पर आधारित होती है। हम एक अदने से सदस्य की यथास्थिति को चुनौती को कुचलकर रख देते हैं, लेकिन कई मर्तबा एक ज़्यादा रुतबे वाले सितारे को सहन करते हैं और उसकी प्रशंसा भी करते हैं।

सिल्विया बेलेज़्ज़ा के एक ताज़ातरीन प्रयोग में शीर्ष विश्वविद्यालयों के पुरुष प्रोफ़ेसरों की रैंकिंग दो आधार पर की गई। पाया गया कि टी-शर्ट पहनने और दाढ़ी रखने वाले प्रोफ़ेसरों को उनके ही टाई पहनने और क्लीन शेव रहने के अंदाज़ की तुलना में 14% ज़्यादा रुतबे वाला और क्षमतावान माना गया। अधिकांश प्रोफ़ेसर औपचारिक परिधान पहनते हैं और तय प्रारूप का पालन नहीं करने की क़ीमत चुकानी पड़ती है। जो लोग परंपरा को तोड़कर भी क़ायम रहते हैं, ज़ाहिर तौर पर उन्होंने विलक्षणता की साख हासिल कर ली होती है, जिसकी वज़ह से वे जैसा चाहें व्यवहार कर सकते हैं।

कारमैन मेडिना ने सुरक्षा विभाग में नौकरी के बाद, अगले कुछ साल डिजिटल क्षेत्र में तरक्की करने में गुज़ारे। वह काम करके जिससे सीआईए का अभियान और आगे बढ़े। उन्होंने जानकारी साझा करने के अपने नज़रिए में क़ामयाबी हासिल करने के लिए विलक्षणता की साख हासिल कर ली थी। उन्हें अधिकारी स्तर पर पदोन्नति दी गई। सीआईए के दो विभिन्न हिस्सों से आए दो विश्लेषक, सीन डेनेही और डॉन बुर्क, 2005 में इंटेलिपीडिया तैयार करने वाले दल से जुड़े। विकिपीडिया का एक अलहदा संस्करण, जिससे ख़ुफ़िया समुदाय के लोग एक-दूसरे से जुड़े रह सकेंगे

और जानकारी साझा कर सकेंगे। कई मैनेजर के मन में विभिन्न एजेंसियों के बीच सूचना को साझा करने को लेकर विकी की उपयोगिता पर अब भी संदेह था। डेनेही ने माना, ''ख़ुफ़िया समुदाय में इन टूल्स को लागू करना कुछ ऐसा ही था मानो आप लोगों को बताएँ कि आपके अभिभावकों ने आपका लालन-पालन सही तरीक़े से नहीं किया।'' उन्हें हर मोड़ पर ना ही सुनने को मिली, जब तक कि उन्हें कारमैन मेडिना नहीं मिलीं, जो काफ़ी अरसे से सीआईए के भीतर चुपचाप बाग़ियों का एक नेटवर्क तैयार कर रही थीं। उन्होंने उनके अनुभवहीन प्रयासों के लिए वरिष्ठ स्तर पर आवश्यक समर्थन उपलब्ध कराया। उन्हें सुरक्षा पर आधारित संस्कृति में खुले स्त्रोत के विचार को पेश करने के लिए मंच उपलब्ध कराया।

चूँकि मेडिना के पास अधिकार थे, तो उन्हें इस बात की अब कोई चिंता नहीं थी कि वह अपने विचार किस तरह से रखती हैं। लेकिन राह में वह रुतबा हासिल करने के लिए जिसने उन्हें अंततः अधिकार और ताक़त दिलाई, उनको अपने बात रखने के अंदाज़ में बदलाव लाना पड़ा। उनका रणनीति में बदलाव, शायद आपके द्वारा देखे गई किसी स्टार्टअप के सबसे विचित्र अंदाज़ से मेल खाता हो।

सबसे बुरे विचारों को पहले रखें : सारिक प्रभाव

पहला बच्चा होने के बाद, रफ़स ग्रिस्कॉम और एलिसा वॉकमैन बच्चे की परवरिश को लेकर झूठे विज्ञापनों और बुरी सलाहों से तंग आ चुके थे। उन्होंने एक ऑनलाइन मैगज़ीन और बैबल नाम का ब्लॉग नेटवर्क शुरू किया। उनका इरादा चलन में मौज़ूद परवरिश को लेकर रूढ़ हो चुकी बातों को हास्य के पुट के साथ चुनौती देने का था। 2009 में जब ग्रिस्कॉम ने बैबल को उद्यम पूँजीपतियों के सामने पेश किया, तो उन्होंने हर उद्यमी को सिखाई जाने वाली बातों का ठीक उल्टा किया : उन्होंने एक स्लाइड शो में वे पाँच कारण बताए जिनकी वज़ह से उनके कारोबार में निवेश *नहीं* किया जाना चाहिए।

इससे तो मामला ख़त्म ही हो जाना चाहिए था। निवेशक हाँ कहने के लिए कारण तलाशते हैं, और यहाँ एक व्यक्ति उन्हें ना कहने के कारण बता रहा था। उद्यमियों से उम्मीद की जाती है कि वे अपनी कंपनी की अच्छी बातों को लेकर चर्चा करेंगे, बुरी बातों की नहीं। लेकिन उनका सहज बोध से विपरीत तरीक़ा काम कर गया-उस साल बैबल को 3.3 मिलियन डॉलर की फ़ंडिंग मिली।

दो साल बाद ग्रिस्कॉम ने यह जानने के लिए डिज़्नी का दौरा किया कि क्या उनकी बैबल को ख़रीदने में कोई रुचि है। इस बार नकारात्मक बातों के ज़रिए विचार रखना पैरों पर कुल्हाड़ी मारने की तरह हो सकता था। यह बात और है कि आप कहें कि आपके स्टार्टअप में कुछ समस्याएँ हैं; आप उन्हें दुरुस्त कर देने का

भरोसा दिला सकते हैं। लेकिन जब आप किसी प्रतिष्ठित कंपनी के लिए आपके पास अच्छी बातें बताने के तमाम तरह के लाभ हैं और आप संदेह के बादलों को छाँटने के लिए ज़्यादा देर तक परिदृश्य में भी नहीं रहेंगे।

असाधारण रूप से ग्रिस्कॉम ने फिर वही किया। उनकी एक स्लाइड का शीर्षक था : ''इस वज़ह से आपको बैबल्स नहीं ख़रीदना चाहिए।''

डिज़्नी डिजिटल के फ़ैमिली विभाग के सामने प्रस्तुति के दौरान उन्होंने यूज़र के बैबल के साथ संबंध को प्रति विज़िट तीन पेज़ व्यू से कम बताया, यह उम्मीद से कम था। बैबल को परवरिश से जुड़ी वेबसाइट होना था, लेकिन 40% पोस्ट तो विख्यात हस्तियों के बारे में ही थे। वेबसाइट के पिछले सिरे को भी सुधारने की दरकार थी।

डिज़्नी ने अंततः इस कंपनी को 40 मिलियन डॉलर में ख़रीद लिया।

इसे सारिक प्रभाव कहा जाता है, जिसे समाज विज्ञानी लेस्ली सारिक के नाम पर रखा गया है।

दोनों ही परिस्थितियों में ग्रिस्कॉम ऐसे लोगों के सामने अपने विचार प्रस्तुत कर रहे थे, जिनके पास ज़्यादा अधिकार और ताक़त थी। वह उन्हें उनके संसाधनों को उसमें झोंकने के लिए मना रहे थे। हममें से अधिकांश का यह मानना होता है कि किसी को कुछ समझाने के लिए हमें हमेशा अपनी अच्छाइयों को बढ़ा-चढ़ाकर और कमज़ोरियों को कम करके बात करनी चाहिए। उस तरह का संवाद के कुछ मायने होंगे अगर श्रोता वर्ग समर्थक है।

लेकिन जब आप एक निराला विचार पेश कर रहे हैं या फिर बदलाव के सुझाव की बात कर रहे हैं तो आपके श्रोता वर्ग के संदेह करने की पूरी संभावना है। निवेशक आपकी दलीलों में ख़ामियाँ खोजने का प्रयास करते हैं; मैनेजर उन कारणों को तलाशते हैं, जिनकी वज़ह से आपका विचार काम नहीं करेगा। इन परिस्थितियों में, कम से कम चार वज़हों से, ग्रिस्कॉम का शक्तिहीन संवाद का तरीक़ा अपनाना वास्तविकता में ज़्यादा प्रभावी होगा, अपने विचार की ख़ामियों पर ज़ोर देकर।

कमज़ोरियों को आगे रखकर प्रस्तुति का पहला लाभ श्रोताओं को निहत्था कर देना है। मार्केटिंग प्रोफ़ेसरों मेरियन फ्रिस्टेड और पीटर राइट के मुताबिक़ जब हम देखते हैं कि कोई हमें समझाने और मनाने की कोशिश कर रहा है तो हम अपने दिमाग़ी रक्षा कवच को सक्रिय कर देते हैं। अनियंत्रित विश्वास लाल झंडे की तरह है-एक संकेत कि हमें प्रभाव के हथियार के ख़िलाफ़ अपना बचाव करना है। बैबल के शुरुआती दिनों में ग्रिस्कॉम ने जब पहली दो मर्तबा बोर्ड की बैठक में हिस्सा लिया तो उसने वह तमाम बातें बताईं जो कारोबार में अच्छी चल रही थीं। उनका इरादा बोर्ड को कंपनी की गति और संभावना को लेकर उत्साहित करना था। वह

याद करते हुए कहते हैं, ''जब कभी भी मैं किसी अच्छी बात पर ज़ोर देता था, मुझे संदेह भरी प्रतिक्रियाएँ मिलती थीं। दरअसल, निरंकुशा आशावाद को विक्रय कला मान लिया जाता है; किसी कारणवश यह कपटपूर्ण लगता है, परिणामस्वरूप इसका सामना संदेह से होता है। हर कोई उन्हें कोई वस्तु बेचे जाने के अहसास से चिढ़ता है या फिर उसे संदेह की नज़र से देखता है।''

बोर्ड की तीसरी बैठक में ग्रिस्कॉम ने अपने तरीक़े को उल्टा कर दिया। उन्होंने शुरुआत ही कंपनी के कामकाज, कारोबार में हो रही हर ग़लत बात की चर्चा के साथ की और यह भी बताया कि किस बात ने उन्हें रातों को जगाए रखा है। बहस में भले ही यह रणनीति देखी जाती है, लेकिन उद्यमी के लिहाज़ से बहुत ज़्यादा अपरंपरागत है। हालाँकि बोर्ड के सदस्यों की पिछली बैठकों की तुलना में प्रतिक्रिया ज़्यादा अनुकूल रही। अब उनका ध्यान ख़ुद के बचाव की बनिस्बत हल खोजने की ओर हो चुका था। ग्रिस्कॉम ने निवेशकों के साथ भी यही तरीक़ा अपनाने का फ़ैसला किया और उसी तरह की प्रतिक्रिया देखी : वे काफ़ी निश्चिंत हो गए थे। ''जब मैंने एक स्लाइड दिखाई, जिस पर लिखा था, 'इस वज़ह से आपको यह कंपनी नहीं ख़रीदनी चाहिए,' पहली प्रतिक्रिया हँसी थी। उसके बाद आप उनको शारीरिक तौर पर आरामदेह स्थिति में आता देख सकते थे। यह निष्कपट लगता है, इसमें बिक्री की तरह की कोई गंध या अहसास नहीं है और ना ही यह वैसा दिखता है। अब उनको कोई वस्तु बेची नहीं जा रही थी।''

अपनी आवाज़ उठाने के शुरुआती प्रयासों में कारमैन मेडिना अपने विचारों की सीमाओं को मानने में ग़लती कर बैठीं। उन्होंने इसे एक तथ्य की तरह रखा कि ख़ुफ़िया समुदाय को सूचना को ज़्यादा खुले तरीक़े से साझा करना चाहिए। उन्होंने इसे एक ख़तरनाक दलील में बदल डाला, जिसमें केवल पारदर्शिता के लाभों का ज़िक्र था। एक दोस्त ने स्वीकारा, ''कारमैन, तुम तो ऐसे बात कर रही हो मानो तुम तब तक ख़ुश नहीं होगी जब तक लोग उस बात को नहीं स्वीकार लेते जिसे तुम सच बता रही हो।'' कुछ साल बाद अपनी दलीलों के दूसरे दौर में वह अपने प्रेज़ेंटेशन्स में ज़्यादा संतुलित हो चुकी थी। अब वह दलीलों के साथ हल्के से संदेह का ज़िक्र करते हुए कहने लगी थीं, ''शायद, मैं ग़लत हूँ।''

नेतृत्व की स्थिति में पहुँचने के बाद मेडिना ने पाया कि अब वह दूसरे सिरे पर थीं। जब लोग अपने विचारों की अच्छी बातों का ज़िक्र करते थे, तो वह तत्काल इस निष्कर्ष पर पहुँच जाती थीं, ''इस विचार में बहुत कमियाँ हैं; इन लोगों ने इस पर अच्छी तरह से विचार नहीं किया है। उन्होंने स्लाइड इस तरह से बनाई है कि मानो सबकुछ मुझे ही खोजना है। जब लोग दोष या कमज़ोरियों की बात करते थे तो मैं मित्र बन जाती थी। मुझे कुछ बेचने की बज़ाय उन्होंने हल करने के लिए एक समस्या दी है।''

संवाद की दिशा और तरीक़ा ही बदल देने के साथ-साथ ग़लतियों को लेकर स्पष्ट होने के कारण श्रोताओं के मूल्याँकन का तरीक़ा भी बदल जाता है। एक दिलचस्प प्रयोग के तहत टेरेसा एमेबिल ने लोगों से किताबों के समीक्षकों की बुद्धिमानी और विशेषज्ञता का मूल्याँकन करने को कहा। वह जानना चाहती थीं कि क्या समीक्षा का लहजा बदलने से लोगों की आलोचकों के प्रति राय में भी बदलाव आएगा। उन्होंने *न्यू यॉर्क टाइम्स* से किताबों की वास्तविक समीक्षाएँ लीं और उनका इस तरह से संपादन किया कि सामग्री बिलकुल एक ही तरह की हो गई। लेकिन मूल्याँकन या तो चापलूसी भरे थे या फिर तीखे। आधे प्रतिभागियों को बिना क्रम के सकारात्मक समीक्षाएँ पढ़ने को दी गईं :

> *128 प्रेरक पन्नों के साथ अपने उपन्यास लेखन के पहले ही प्रयास में एल्विन हार्टर ने साबित किया कि वह एक बहुत ही योग्य युवा अमेरिकी लेखक हैं। ए लोंगर डॉन एक लघु उपन्यास है-एक गद्यनुमा कविता-अगर आप मानें तो-जिसका प्रभाव ग़ज़ब का है। यह मूलभूत बातों का ज़िक्र करता है-ज़िंदगी, मोहब्बत और मौत और यह सब इतनी शिद्दत के साथ करता है कि यह हर पन्ने पर लेखन की नई ऊँचाइयों को हासिल कर लेता है।*

प्रतिभागियों के दूसरे हिस्से को इसी समीक्षा का कठोर संस्करण दिया गया, जिसमें एमेबिल ने भाषा को तो नहीं छुआ, लेकिन कुछ विशेषणों को बदल डाला जो प्रशंसापूर्ण की जगह महत्त्वपूर्ण थे :

> *128 नीरस पन्नों के साथ अपने उपन्यास लेखन के पहले ही प्रयास में एल्विन हार्टर ने साबित किया कि वह एक बहुत ही अयोग्य युवा अमेरिकी लेखक हैं। ए लोंगर डॉन एक लघु उपन्यास है-एक गद्यनुमा कविता-अगर आप मानें तो-जिसका कोई भी प्रभाव नहीं है। यह मूलभूत बातों का ज़िक्र करता है-ज़िंदगी, मोहब्बत लेकिन इतनी कम प्रबलता के साथ कि यह हर पन्ने पर निम्नस्तरीय लेखन की नई गहराइयों में डूबता जाता है।*

कौन-सा संस्करण समीक्षक को ज़्यादा चतुर साबित करता है? उन्हें बराबर होना चाहिए, क्योंकि समीक्षक की गुणवत्ता या गद्य नहीं बदला है। शब्दावली की तुलना की जा सकती है और व्याकरण संरचना की भी। दोनों ही संस्करण लिखने के लिए एक ही स्तर की क़ाबिलियत लगी। लेकिन लोगों ने आलोचनात्मक समीक्षक को तारीफ़ करने वाले समीक्षक की तुलना में 14% ज़्यादा होशियार और 16% बेहतर साहित्यिक जानकार माना।

लोगों की राय में एक शौकीन व्यक्ति भी कला की तारीफ़ कर सकता है, लेकिन इसकी समीक्षा विशेषज्ञ के ही बूते की बात है। केवल कुछ शब्दों को सकारात्मक से नकारात्मक में बदल देने–प्रेरक को *नीरस*, *योग्य* को *अयोग्य*, *शिद्दत* की जगह *कम प्रबलता*, *भारी असर* को *बेअसर*, *नई ऊँचाइयों* को *नई गहराइयों में बदल देना–ही समीक्षक* को ज़्यादा चतुर दिखाने के लिए काफ़ी था। एमेबिल लिखती हैं, ''बरबादी और अवसाद के वक्ता समझदार और पैनी नज़र वाले लगते हैं, जबकि सकारात्मक बात करने वालों को सकारात्मक पूर्वाग्रह वाला अनाड़ी मान लिया जाता है।''

यह विचार की सीमाओं के साथ आगे बढ़ने का दूसरा लाभ है : यह आपको चतुर दिखाता है।* रफ़स ग्रिस्कॉम ने यह करियर में शुरुआत में ही जान लिया था, जब उन्होंने प्रकाशन का काम शुरू किया था। उन्होंने सीखा, ''एक सकारात्मक समीक्षा लिखने से ज़्यादा शर्मनाक और कुछ नहीं हो सकता।'' भले ही समीक्षक को किताब पसंद आ गई हो, वह अंत में एक पैराग्राफ़ में यह लिखना नहीं भूलते कि किताब किस मामले में कम रह गई। ग्रिस्कॉम के मुताबिक़, यह उनका यह कहने का तरीक़ा है, ''मैं मूर्ख नहीं हूँ; मुझे लेखक ने पूरी तरह से प्रभावित नहीं किया है। मैं समझदार हूँ।'' जब उन्होंने निवेशकों को बैबल की समस्याओं को बताया तो उन्होंने यह बात प्रदर्शित की कि वह ख़ुद अपने विचार से अभिभूत नहीं हैं और ना ही उन्हें गुमराह करने की कोशिश कर रहे हैं, वह अपनी कमियों के मूल्याँकन में उस्ताद हैं। वह इतने चतुर तो थे ही कि उन्होंने पूर्व तैयारी कर रखी थी और उन समस्याओं को जान लिया था, जो निवेशकों की नज़र में आ सकती थीं।

अपने विचार की कमज़ोरियों को आगे लाने का तीसरा लाभ यह होता है कि आप अधिक विश्वसनीय हो जाते हैं। ग्रिस्कॉम ने जब अपने कारोबार की राह में आई बाधाओं की बात की तो वह ना केवल एक जानकार के तौर पर सबके सामने आए, बल्कि ईमानदार और आडंबरहीन व्यक्ति के तौर पर भी। निश्चित तौर पर कमियों का शुरुआत में ही ज़िक्र दाँव को उलट भी सकता है, अगर उपस्थित लोग उन्हें पहचान नहीं पाए हों, ऐसे में उन्हें आपके विचार को मार गिराने के लिए आयुध सामग्री ही मिल जाएगी। लेकिन ग्रिस्कॉम की बात को सुनने के लिए आए

---

* जैसा कि आपने अनुमान लगा लिया होगा यह ख़राब विचार के मामले में काम नहीं करता। स्टेनफ़ोर्ड के मनोवैज्ञानिक ज़ेक टोरमाला के मुताबिक़ श्रोतागण उस वक़्त ज़्यादा यक़ीन कर लेते हैं जब विशेषज्ञ निश्चितता की जगह संदेह व्यक्त करते हैं। हम एक उद्यमी या परिवर्तन के एजेंट से अपनी बात को लेकर दृढ़निश्चयी होने की अपेक्षा करते हैं। जब ऐसा नहीं होता तो हमारा कौतूहल बढ़ जाता है। हम संदेश की ओर ज़्यादा ध्यान देने लगते हैं–जिसका मतलब है कि अगर विचार दमदार रहा तो हम उससे जुड़ जाएँगे। सारिक प्रभाव तभी काम करता है जब आपके पास देने के लिए प्रेरक संदेश हो।

लोग तो पहले ही शंकाओं–कुशंकाओं से भरे पड़े थे। वैसे भी वह काम के दौरान कई कमज़ोरियों को खोज निकालने वाले थे ही। ग्रिस्कॉम बताते हैं, ''निवेशक का काम होता है यह देखना कि कंपनी में क्या ख़ामियाँ हैं। अपने बिज़नेस प्रारूप की कमज़ोरियों को बताकर मैं उनका काम आसान ही कर रहा था। यह विश्वास स्थापित करता है।'' कारोबार की ख़ामियों का ज़िक्र करने के बाद जब उन्होंने अच्छाइयाँ बताईं तो वह ज़्यादा विश्वसनीय लग रहे थे। ग्रिस्कॉम के मुताबिक़, ''विनम्रता के लिए, अपनी कमज़ोरियों के पहले ही ज़िक्र के लिए विश्वास चाहिए। अगर मैं निवेशकों को अपने कारोबार की कमज़ोरियाँ बताने के लिए तैयार हूँ तो निवेशक सोचता है, 'इसमें कई अच्छाइयाँ भी होंगी।''' डिज़्नी का तो ग्रिस्कॉम पर इतना ज़्यादा विश्वास हो गया कि बैबल को ख़रीदने के बाद उन्होंने कारोबार चलाने के लिए उन्हें उपाध्यक्ष और प्रबंध संचालक के तौर पर दो साल के लिए बोर्ड पर नियुक्त भी किया। वहाँ उन्होंने डिज़्नी की इंटरएक्टिव डिजिटल रणनीति को विकसित करने में महत्त्वपूर्ण भूमिका निभाई। सारिक प्रभाव ने फिर से काम किया।

इस तरीक़े का चौथा लाभ यह है कि यह उपस्थित श्रोताओं के दिलोदिमाग़ पर विचार का बेहतर मूल्याँकन चस्पां कर देता है। यह सूचना की प्रक्रिया करने के हमारे पूर्वाग्रह के कारण होता है। इस पूर्वाग्रह को दिखाने के लिए मैं अक्सर अधिकारियों से कहता हूँ कि वे मूल्याँकन करें कि अपनी ज़िंदगी की अच्छी बातों के बारे में सोचने के बाद वे कितने ख़ुश होते हैं। एक समूह को अपनी ज़िंदगी में मौज़ूद तीन अच्छी बातों के बारे में लिखने के लिए कहा जाता है, दूसरे समूह को 12 अच्छी बातों की सूची बनाने को कहा जाता है। हर कोई मानता है कि 12 वाला समूह ज़्यादा ख़ुश होगा : जितनी अच्छी बातों को आप गिनेंगे आप अपनी परिस्थितियों को लेकर उतने ही ख़ुश होंगे। लेकिन अधिकांशतया इसका उलट सही होता है। हम 12 अच्छी बातों की सूची बनाने की बजाय तीन अच्छी बातों की सूची बनाकर ज़्यादा ख़ुश होते हैं। आख़िर ऐसा क्यों होता है?

मनोवैज्ञानिक नॉरबर्ट श्वाट्ज़ ने कहा कि किसी बात के बारे में सोचना उतना आसान होता जाता है, जितना हम उसे ज़्यादा सामान्य और महत्त्वपूर्ण समझते हैं। हम दोबारा प्राप्ति की आसानी को सूचना के तौर पर इस्तेमाल करते हैं। अधिकारियों के लिए अपनी ज़िंदगी की तीन अच्छी बातों का पता करना बहुत आसान होता है। वह तत्काल सूची बना देते हैं, बच्चों के प्रति प्यार, पत्नी और उनकी नौकरी। चूँकि यह सकारात्मकता जगाने का एक प्रयास था, वे ख़ुश हो जाते हैं कि उनकी ज़िंदगी बड़े मज़े की है। स्पष्ट तौर पर ज़िंदगी में मौज़ूद 12 बातें लिखना ज़्यादा कठिन काम है। परिवार और काम का ज़िक्र हो जाने के बाद अधिकारी अक्सर अपने दोस्तों का ज़िक्र करते हैं और फिर उन्हें अलग–अलग गिनने को कहते हैं। अपनी ज़िंदगी में

मौज़ूद 12 अच्छी बातों का उल्लेख करने में नाकाम रहने के बाद वह यह निष्कर्ष निकाल लेते हैं कि उनकी ज़िंदगी आख़िरकार इतनी अच्छी भी नहीं है।*

निवेशकों के साथ भी यही हुआ जब ग्रिस्कॉम ने बैबल की कमज़ोरियाँ गिनाईं। सबसे गंभीर समस्याओं का ज़िक्र करके ग्रिस्कॉम ने निवेशकों के लिए उनकी कंपनियों में कमज़ोरियों के लिए अपने विचार बनाना मुश्किल कर दिया। जब वे अन्य समस्याओं को नहीं खोज पाए तो उन्होंने फ़ैसला किया कि बैबल की समस्याएँ दरअसल इतनी गंभीर नहीं हैं। ग्रिस्कॉम ने यह स्थिति बैबल की पूर्ववर्ती बोर्ड बैठक में देखी थी, जब उन्होंने पहली बार उल्टी शुरुआत की थी। ''जब मैंने उन कारकों का शुरुआत में ही ज़िक्र कर दिया जो कंपनी के लिए घातक साबित हो सकते हैं तो बोर्ड की प्रतिक्रिया ठीक उलट थी-ओह, ये बातें इतनी भी बुरी नहीं हैं। इंसानी व्यवहार में भी न्यूटन का तीसरा नियम सही हो सकता है : प्रत्येक क्रिया की समान और विपरीत प्रतिक्रिया होती है।''

नकारात्मक बातें प्रस्तुत करने कि जैसे यह विडंबना है कि लोगों को उनके बारे में सोचना और अधिक मुश्किल हो जाता है, प्रभावशाली तरीक़े से बात करने के लिए सकारात्मक बातों को आसान बनाना ज़्यादा कारगर साबित होता है।

घर की मुर्गी दाल बराबर

नीचे दिए गए जाने-पहचाने गानों की सूची पर एक नज़र डालिए। अब इनमें से एक को चुनकर उसके ठेके या ताल को टेबल पर अँगुलियों से बजाइए :

- ''हैप्पी बर्थडे''
- ''मैरी हेड ए लिटिल लैम्ब''
- ''जिंगल बेल्स''

* चूँकि मैं ख़ुद को उनकी ज़िंदगी में संतुष्टि को लेकर विचारों को प्रभावित कर देने का दोषी मानता हूँ, मैं अधिकारियों को ज़िंदगी की तीन या 12 बुरी बातें लिखने को कहकर संतुलन साधने का प्रयास करता हूँ। तीन बुरी बातें लिखना बहुत आसान है। यह हमें यह सोचने पर मज़बूर कर सकता है कि ज़िंदगी उतनी हसीन भी नहीं। लेकिन एक दर्जन बुरी बातों को खोज पाना बहुत चुनौतीपूर्ण होता है। जो आपको यह अहसास कराता है कि ज़िंदगी और बुरी भी हो सकती है। अपनी बात को साबित करने का एक और तरीक़ा लोगों को किसी विख्यात व्यक्ति के मूल्यांकन के लिए कहना है। मनोवैज्ञानिक ज्यॉफ़्रे हैडॉक द्वारा किए गए एक प्रयोग के तहत लोगों ने टोनी ब्लेयर के बारे में दो या पाँच नकारात्मक बातों की सूची बना डाली थी। उन्हें पसंद ना करने के कुछ और कारण खोज निकालने के बाद वास्तविकता में वे उन्हें और अधिक चाहने लगे। बहुत ज़्यादा नकारात्मक बातें नहीं खोज पाने के कारण उन्हें मान लिया कि वह इतने भी बुरे नहीं होंगे।

- ''रॉक अराउंड द क्लॉक''
- ''ट्विंकल, ट्विंकल लिटिल स्टार''
- ''रो, रो, रो, योर बोट''
- ''द स्टार स्पैंगल्ड बैनर''

अब आपको क्या लगता है कि आपके दोस्तों में किसी एक के, आपके द्वारा टेबल पर बजाए जा रहे ठेके से गाने को पहचान लेने की कितनी संभावना है?

मैं नेतृत्वकर्ताओं और विद्यार्थियों के साथ यह क़वायद बरसों से करता चला आ रहा हूँ और यह ना केवल डिनर पार्टी पर मौज़-मस्ती का मौक़ा देता है बल्कि यह शिक्षाप्रद भी है। आपका क्या मूल्याँकन है? अगर आप शून्य कह रहे हैं तो या तो आप अपनी वादन कला पर सवालिया निशान लगा रहे हैं या फिर दोस्त के कान दुरुस्त होने को लेकर आपके मन में भारी संदेह है। स्टेनफ़ोर्ड में किए गए मूल अध्ययन में पाया गया कि किसी गाने का ठेका बजाने के बाद लोगों को लगता था कि यह सुनने वाले के लिए पहचानना आसान होगा : उनका मूल्याँकन था कि उनके 50% साथी गाने को पहचान लेंगे। लेकिन जब उन्होंने गाने का ठेका बजाया तो केवल 2.5% दोस्त ही गाने को पहचान सके। कुल 120 गानों के ठेके बजाए गए और लोगों को उम्मीद थी कि कम से कम 60 को तो सुनने वाले पहचान ही लेंगे। हक़ीक़त में केवल तीन गाने ही पहचाने गए। जेपी मॉर्गन चेज़ में वरिष्ठ नेतृत्वकर्ताओं के आयोजन में मुख्य कार्यकारी अधिकारी जैमी डिमोन ने उम्मीद जताई थी कि उनके साथ बैठे अधिकारियों के इन्हें पहचानने की 100% संभावना है। उनका अनुमान सही निकला, लेकिन-अधिकांशतया, हम अपने मूल्याँकन को लेकर अतिआत्मविश्वास से भरे होते हैं। क्यों?

एक इंसान के तौर पर किसी गाने की धुन को दिमाग़ में सुने बग़ैर उसका ठेका बजा पाना असंभव है। ऐसे में यह अनुमान लगा पाना मुश्किल है कि आपके द्वारा दिया जा रहा असंबद्ध ठेका उन श्रोताओं के लिए किस मतलब का जिन्हें साथ की धुन सुनाई नहीं दे रही है। *मेड टु स्टिक* में चिप ऐंड डेन हीथ लिखते हैं, ''श्रोता धुन नहीं सुन सकते-जो कुछ वे सुन पा रहे हैं वह असंबद्ध ठेका है, किसी अज़ीब मोर्स कोड की तरह।''

यही किसी निराले विचार के बारे में बोलने की चुनौती भी है। जब आप कोई नया सुझाव देते हैं तो आप केवल दिमाग़ में गाने की धुन ही नहीं सुन रहे होते।

आपने वह गाना लिखा होता है।

आपने घंटों, दिन, सप्ताह, महीने और संभवतः कई साल उस विचार पर सोचने में बिताए होंगे। आपने समस्या को जानकर, हल निकाला होगा और

दृष्टिकोण का कई बार दोहराव किया होगा। आप अपने विचार के गीत और सुमधुर धुन दोनों को ही दिल से जानते हैं। इस वक़्त तक आपके लिए यह सोचना ही असंभव-सा हो जाता है कि यह उन श्रोताओं के लिए कैसा रहेगा जो इसे पहली बार ही सुन रहे हैं।

यह इस बात का ख़ुलासा कर देता है कि क्यों हम अपने विचारों को ठीक से प्रस्तुत नहीं कर पाते। वे पहले ही हमारे लिए इतने जाने-पहचाने हो जाते हैं कि हम इस बात के मूल्याँकन में कम पड़ जाते हैं कि श्रोताओं को उसको सुनने के लिए तैयार करने और उसे बेचने में कितने प्रयासों की दरकार है। हार्वर्ड के प्रोफ़ेसर जॉन कोटर ने जब बरसों पहले परिवर्तन के कारकों का अध्ययन किया था तो उन्होंने पाया था कि वे आम तौर पर अपने दृष्टिकोण को 10 के कारक से कम बताते हैं। औसतन वे परिवर्तन की दिशा को लेकर हितग्राहियों की ज़रूरत के लिहाज से 10 गुना कम बात कर पाते हैं। तीन माह की कालावधि में कर्मचारियों का 2.3 मिलियन शब्दों और अंकों से सामना हो सकता है। उस कालावधि में औसतन परिवर्तन के दृष्टिकोण का ज़िक्र केवल 13,400 शब्दों व अंकों, 30 मिनट के भाषण, एक घंटे की बैठक या ब्रीफ़िंग और एक मेमो तक ही सीमित होकर रह जाता है। चूँकि कर्मचारियों का जिस संवाद से पाला पड़ा उसके 99 प्रतिशत से ज़्यादा हिस्से में तो परिवर्तन के दृष्टिकोण का कोई ज़िक्र ही नहीं है, तो फिर उनसे कैसे इसे समझने की उम्मीद की जा सकती है, अंगीकार करने की बात तो छोड़ ही दीजिए। परिवर्तन के कारक इस बात को समझ नहीं पाते, क्योंकि वे तो अपने दृष्टिकोण में ही डूबे रहते हैं।

अगर हम चाहते हैं कि लोग हमारे मौलिक विचारों को स्वीकारें तो हमें उनके बारे में बात करना होगी, उसके बाद उसे झाड़-पोंछकर दोहराना होगा। इसे स्पष्ट करने के लिए एक उदाहरण, इन दो शब्दों में से आपको कौन-सा शब्द ज़्यादा अच्छा लगा?

इक्तिताफ़ *सारिक*

अगर आप अन्य दूसरे लोगों की तरह होंगे तो आप *इक्तिताफ़* की बजाय *सारिक* को चुनेंगे। जबकि इसका शब्द से कोई भी लेना-देना नहीं है।

सुप्रसिद्ध मनोवैज्ञानिक रॉबर्ट ज़ेजोंक इसे संपर्क में आने का प्रभाव करार देते हैं : जब हमारा पाला बार-बार किसी बात से पड़ता है तो हम उसे उतना ही अधिक चाहने लगते हैं। जब हमने लोगों को बेवजह के शब्द *इक्तिताफ़* और *सारिक* दिखाए तो दोनों ही शब्द एक समान आकर्षक लगे। लेकिन जब ज़ेजोंक ने उनमें से एक शब्द को तुलनात्मक परीक्षण से पहले दोबारा प्रस्तुत किया तो लोगों में इसके प्रति

रुचि जाग गई–और यह पसंद पाँच, दस और 25 बार देखने के बाद तो बढ़ती ही चली गई।

आपकी *सारिक* को लेकर पसंद बढ़ाने के लिए मैंने रफ़स ग्रिस्कॉम के पिछले भाग में इसका पाँच बार ज़िक्र किया।

सारिक प्रभाव जैसी कोई बात नहीं होती और लेस्ली सारिक नाम का कोई समाज विज्ञानी भी नहीं हुआ। मैंने उनके नाम का बार-बार इस्तेमाल केवल संपर्क में आने का प्रभाव बताने के लिए किया था। (केवल रिकॉर्ड के लिए बता देना चाहूँगा कि रफ़स ग्रिस्कॉम एक वास्तविक व्यक्ति है और किताब में उल्लेखित अन्य भी।)

महज संपर्क में आने के प्रभाव कई बार इस्तेमाल हो चुका है–कोई चेहरा, पत्र, अंक, आवाज़, सुगंध, ब्रांड या चीनी कैरेक्टर जितना जाना-पहचाना हो जाता है, हम उसे उतना ही ज़्यादा पसंद करने लगते हैं। यह बात विभिन्न संस्कृतियों और नस्लों में भी खरी है। यहाँ तक कि बेबी चिकन्स तक पहचाने हुए को ही पसंद करते हैं। मेरा पसंदीदा परीक्षण वह है जिसमें लोग अपने अपने दोस्तों के ही फ़ोटो देखते हैं, जो नियमित हों या फिर आईने में दिखने वाले प्रतिबिंब की तरह। हम अपने दोस्तों के नियमित फ़ोटो ज़्यादा पसंद करते हैं, क्योंकि हम उन्हें इसी तरह से देखते आए हैं। लेकिन हम अपने ख़ुद के आईने के प्रतिबिंब जैसे फ़ोटो पसंद करते हैं, क्योंकि हम आईने ख़ुद को वैसे ही देखते हैं। नवप्रवर्तक उद्यमी हॉवर्ड तूलिमान की राय में, ''पहचान अवमानना को जन्म नहीं देती, बल्कि यह सुकून देती है।''

इस प्रभाव को लेकर एक स्पष्टीकरण यह है कि पहचान प्रक्रिया को आसान बना देता है। एक अनजान विचार को समझने के लिए ज़्यादा प्रयासों की दरकार होती है। हम जितना देखते, सुनते और छूते हैं, हम उस बात को लेकर उतने ही सहज होते चले जाते हैं और यह हमें कम भयावह लगती है।

जिस तरह से फ़िल्म ओवरएक्सपोज़ कर देने पर ख़राब हो जाती है और वे गाने जो हम बार-बार सुनते हैं दिमाग़ में चिड़चिड़ाहट की हद तक घर कर जाते हैं, किसी विचार के साथ बहुत ज़्यादा पहचान नीरसता की वज़ह बन जाती है। लेकिन आवाज़ को उठाने के संदर्भ में कहा जाए तो लोग यदा-कदा ही अपने श्रोताओं को अतिसंतृप्त करते हैं। कुल मिलाकर सबूत तो यही बताते हैं कि जब लोगों का किसी बात से 10 या 20 बार संपर्क आता है तो उनकी उसमें रुचि बढ़ जाती है, अतिरिक्त संपर्क ज़्यादा जटिल विचारों के लिहाज़ से बेहतर होता है। दिलचस्प तौर पर, संपर्क और अधिक प्रभावी हो जाता है जब वह छोटा हो और उसे अन्य विचारों के मिश्रण के साथ प्रस्तुत किया जाए, ताकि श्रोताओं की उत्सुकता बनी रहे। विचार की प्रस्तुति और उसके मूल्याँकन के बीच कुछ कालावधि का अंतर सर्वश्रेष्ठ तकनीक है। यह विचार को लोगों में पैठ बनाने के लिए वक़्त दे देती है। अगर आप अपने बॉस को कोई सुझाव देना चाहते हैं तो शुरुआती बात मंगलवार को एलिवेटर

पर 30 सेकेंड की चर्चा में रख सकते हैं। अगले सोमवार इसका हल्का-सा ज़िक्र फिर छेड़ें और उसी सप्ताहांत तक उनकी प्रतिक्रिया पूछ लें।

जब कारमैन मेडिना को सीआईए में ख़ुफ़िया विभाग का उपनिदेशक नियुक्त किया गया था तो वह जानती थीं कि अगर वह चाहती हैं कि ख़ुफ़िया जानकारी के विश्लेषक जानकारी को ज़्यादा खुले तरीक़े से साझा करें तो उसे नियमित तौर पर इस विचार के संपर्क में लाना होगा। इसलिए उन्होंने क्लासिफ़ाइड इंट्रानेट पर उस पारदर्शिता को लेकर ब्लॉग लिखना शुरू किया जिसका वह समर्थन करती थीं। सप्ताह में दो बार वह छोटी टिप्पणियाँ लिखकर उसमें गोपनीयता को कम करने, ख़बरें साझा करने को लेकर अपने विचार रखती थीं। वह यह सुझाना चाहती थीं कि यही भविष्य की लहर है। शुरुआत में अनेक शीर्ष लोगों ने तत्काल प्रतिक्रिया के तौर पर इस विचार को खारिज़ कर दिया। लेकिन जैसा कि संपर्क के प्रभाव पर रिसर्च ने बताया है ये संक्षिप्त प्रस्तुतियाँ अन्य संवाद के बीच में होती थीं और इनके बीच अंतराल के कारण शीर्ष लोगों को मेडिना के विचारों को लेकर कुछ लचीला होने का वक़्त मिल गया।

जल्द ही सीआईए के प्रौद्योगिकी विशेषज्ञों ने इंट्रानेट पर एक ऐसा मंच तैयार कर लिया जिसमें कर्मचारी व्यक्तिगत तौर पर अपने ब्लॉग्स स्थापित कर सकते थे और पहचान बढ़ती चली गई। लोग ब्लॉग करने के हौसले का श्रेय भी मेडिना को देने लगे।* उनके उल्लेखनीय प्रयासों के ही चलते जल्द ही ख़ुफ़िया समुदाय का एक जीवंत ब्लॉगिंग जगत तैयार हो गया, जहाँ विभिन्न एजेंसियों के विश्लेषक औपचारिक तौर पर अपनी सूचना, जानकारी साझा करने लगे।

छोड़ने से पहले हाथ खड़े कर देना

जब मुझे कारमैन मेडिना की कहानी के बारे में पता चला तो मैं इस बात को लेकर हैरान था कि आख़िर उन्होंने करियर को डुबाने के बाद भी बोलना क्यों जारी रखा। अर्थशास्त्री अलबर्ट हर्शमैन की कालजयी किताब के मुताबिक़ किसी असंतोषजनक

---

* जब डेनेही और बुर्क ने लोगों को विकीपीडिया में योगदान के लिए प्रोत्साहित किया, कई मैनेजरों ने कर्मचारियों को इसका इस्तेमाल करने देने से इनकार कर दिया। वे सुरक्षा में सेंध, गुणवत्ता में गिरावट और बातों को पोस्ट करने की ख़ामियों और एजेंसियों के बीच जानकारी को साझा करने को लेकर चिंतित थे। लेकिन जैसे-जैसे इस बाबत में संपर्क बढ़ने के साथ उनकी जानकारी में इज़ाफ़ा हुआ, तो वे इस विचार के आदी होते चले गए कि उन्हें परिवर्तन की स्वीकृति के लिए आदेशों की शृंखला से स्वीकृति की ज़रूरत नहीं होगी-और यह भी कि एजेंसी की तुलना में विषय के आधार पर सूचना को साझा करना वास्तविकता में ज़्यादा प्रभावशाली है। तीन साल के भीतर इंटेलिपीडिया पर हर दिन औसतन चार हज़ार सामग्रियों का संपादन होने लगा।

परिस्थिति से निपटने के चार तरीक़े होते हैं। आप अपनी नौकरी, शादी या सरकार से असंतुष्ट हों, दशकों का रिसर्च बताता है कि आपके पास उसे छोड़ने, आवाज़ बुलंद करना, डटे रहने और अनदेखी के विकल्प होते हैं। छोड़ने का मतलब होता है कि ख़ुद को परिस्थिति से पूरी तरह से अलग कर लेना : नौकरी छोड़ देना, अपमानजनक शादी में तलाक़ ले लेना या दमनकारी देश को ही छोड़ देना। आवाज़ बुलंद करना परिस्थिति को सुधारने का सक्रिय प्रयास होता है : अपने बॉस से अपनी नौकरी को बेहतर बनाने के लिए वैचारिक संवाद, पत्नी को परामर्श के लिए तैयार करना या कम भ्रष्ट सरकार के चयन के लिए राजनीतिक कार्यकर्ता बन जाना। डटे रहने का मतलब है कि जबड़े को कसकर भींचते हुए सहन करना : आपकी नौकरी दम घोंटने वाली होने के बाद भी कड़ी मेहनत करना, अपनी पत्नी से चिपके रहना या सरकार से असहमत होते हुए भी उसे समर्थन जारी रखना। अनदेखी का मतलब होता है वर्तमान परिस्थिति में बने रहना, लेकिन कम सक्रिय भागीदारी के साथ : नौकरी में बस इतना काम करना कि से छुट्टी नहीं हो सके, नए शौक जो आपको पत्नी से दूर रख सकें या मतदान से इनकार।

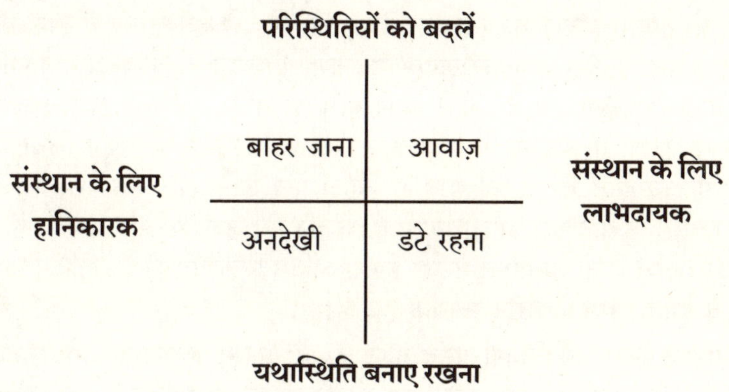

आधारभूत तौर पर, ये विकल्प नियंत्रण और प्रतिबद्धता की भावनाओं पर आधारित हैं। क्या आपको लगता है कि आप बदलाव ला सकते हैं और क्या आप इसके लिए कोशिश करने जितनी पर्याप्त परवाह रखते हैं? अगर आप मानते हैं कि आप यथास्थिति में उलझकर रह गए हैं, आप प्रतिबद्ध नहीं होने की दशा में अनदेखी को चुनेंगे। जब प्रतिबद्ध होंगे तो डटे रहने का विकल्प चुनेंगे। अगर आपको लगता है कि आप परिवर्तन ला सकते हैं, लेकिन आप उस व्यक्ति, देश या संस्थान के प्रति प्रतिबद्ध नहीं हैं तो आप छोड़कर बाहर निकल जाएँगे। उसी परिस्थिति में जब

आपको लगेगा कि आपके प्रयास मायने रखते हैं और आप उनकी गंभीरता के साथ देखभाल करते हैं तो आप आवाज़ बुलंद करने के विकल्प का चयन करेंगे।

कारमैन मेडिना को अपने विचारों को लेकर आवाज़ उठाने के शुरुआती प्रयासों में चुप करा देने के बाद उन्हें लगने लगा था कि वह बदलाव नहीं ला सकतीं। वह उन लोगों में से नहीं थीं जो अपनी ज़िम्मेदारियों से भाग जाएँ, लेकिन उनकी प्रतिबद्धता कुछ हद तक कम हुई थी। कुछ साल गुज़रने के बाद भी वह उस भावना से नहीं उबर पाईं हैं कि आवाज़ उठाने के कारण उनके करियर में सेंध लग गई थी। वह कहती हैं, ''मैं नाव पर मौज़ूद उस प्रवासी की तरह थी, जो अनदेखी और वफ़ादारी के बीच झूल रही थी। मैं दोबारा वहाँ जाने के लिए बहुत हिचकिचा रही थी। मुझे यक़ीन नहीं था कि पर्याप्त वक़्त गुज़र चुका है। आप जानते हैं कि मैं यह करने के लिए क्यों दीवानगी की हद तक पहुँच गई थी? क्योंकि मैं माइक के साथ काम कर रही थी, पूरे करियर के दौरान मुझे मिला मेरा सबसे पसंदीदा बॉस।''

काम के दौरान हमारी प्रतिबद्धता और नियंत्रण की समझ किसी अन्य की तुलना में अपने निकटतम बॉस पर निर्भर होती है। जब हमें समर्थक बॉस मिलता है तो हमारा संस्थान के साथ जोड़ और अधिक मज़बूत हो जाता है और हमें प्रभाव का विस्तार ज़्यादा व्यापक लगता है। जब मैंने उस बॉस की कल्पना की जिसने मेडिना को दोबारा बोलने का विश्वास दिया, तो मैंने ऐसे व्यक्ति की कल्पना की जो ज़्यादा सहमत और अनुकूल लगा- गर्मजोश, विश्वास के योग्य और सहयोग करने वाला- इसलिए जब मेडिना ने अपने बॉस का वर्णन, ''शक्की और चंचल'' के तौर पर किया तो यह मेरे लिए चौंकाने वाला था। उन्होंने जो वर्णन किया था वह किसी असहमत मैनेजर की छवि से ज़्यादा मेल खाता था, एक ऐसा व्यक्ति जिसका दूसरों के प्रति रुख़ आलोचनात्मक, शक्की हो। जब हम अपने दम पर कोई काम करने जाते हैं तो असहमत मैनेजर हमारा अंतिम विकल्प होते हैं, लेकिन कुछ मर्तबा वे हमारे सबसे बेहतरीन समर्थक होते हैं।

सहमत लोग हमें जितना पसंद करते हैं, वे अक्सर विवाद से और ज़्यादा नफ़रत करते हैं। दूसरों को ख़ुश करने और सौहार्द को क़ायम रखने की उनकी इच्छा ही उन्हें हमारा पक्ष लेने की बज़ाय हमारे ख़िलाफ़ ले जाती है। प्रबंध क्षेत्र के रिसर्चर्स जेफ़ लेपाइन और लिन वान डाइन ने आवाज़ उठाने के विकल्प पर अध्ययन के बाद लिखा, ''चूँकि सहमत लोग सहयोग का मूल्य जानते हैं और परिपाटी से सहमत होते हैं, उनका रुझान खलबली मचाने और आंतरिक संबंधों को नुक़सान पहुँचाने की ओर नहीं होता।'' अक्सर अहंकारी लोग ही दूसरों और परंपराओं के ख़िलाफ़ रुख़ रखने पर ज़्यादा बेहतर महसूस करते हैं। गूगल के एक कर्मचारी के मुताबिक़, असहमत मैनेजरों का यूज़र इंटरफ़ेस भले ही ख़राब हो, लेकिन ऑपरेटिंग सिस्टम बहुत अच्छा होता है।

मनोवैज्ञानिक स्टीफ़ान कोते ने एक अध्ययन किया था जिसमें वयस्कों ने अनुकूलता और प्रतिकूलता के प्रति उनके रुझान के बारे में जानने के लिए व्यक्तित्व सर्वेक्षण में भाग लिया था। अगले तीन सप्ताह तक, दिन में छह बार वे बताते थे कि वे क्या कर रहे हैं और कैसा महसूस कर रहे हैं। अनुकूल लोग उस वक़्त सबसे ज़्यादा खुश थे जब वे दूसरों की प्रशंसा कर रहे थे, बधाई दे रहे थे, मुस्करा रहे थे और हँस रहे थे। लोगों के प्रति स्नेह, विश्वास का प्रदर्शन करके अनुकूलता जता रहे थे या दूसरों को ख़ुश करने के लिए कोई रियायत दे रहे थे। इसके ठीक विपरीत प्रतिकूल लोगों को सबसे ज़्यादा मज़ा तब आ रहा था जब वे किसी की आलोचना कर रहे थे, उससे भिड़ रहे थे या दूसरों को चुनौती दे रहे थे।

अपनी बात रखने के लिए हम श्रोता के तौर पर किसका चयन करते हैं, उतना ही महत्त्वपूर्ण होता है जितना यह कि हम संदेश कैसे प्रस्तुत करते हैं। जब हम अनुकूल श्रोताओं के सामने बोलते हैं तो उनकी प्रवृत्ति सिर हिलाकर सहमति जताने और मुस्कराने की होती है। सामंजस्य बैठाने और विवाद टालने की कोशिश में वे अक्सर महत्त्वपूर्ण प्रतिक्रिया देने को भी टाल जाते हैं। प्रतिकूल मैनेजरों का हमें चुनौती देने की ओर ज़्यादा रुझान होता है, यह हमारी प्रभावी तरीक़े से आवाज़ उठाने या बात रखने की क्षमता को और बेहतर बनाता है। मेडिना कहती हैं, ''निंदकों के लिए काफ़ी-कुछ कहा जा सकता है, जब तक कि वे हद को पार नहीं कर दें। मुझे नहीं लगता कि माइक का इस बात पर पूरा विश्वास था कि संस्थान को यह राह पकड़नी चाहिए, लेकिन उनके मन में विचारों की विविधता के प्रति सम्मान था। भले ही वह अनिवार्य तौर पर सहमत हों-और हम अक्सर असहमत रहते थे-मुझे महसूस हुआ कि मैं उनके साथ ईमानदारी से पेश आ सकती हूँ और वह मुझे पर्याप्त समर्थन देंगे, लेकिन वास्तविकता में उन्होंने मुझे गले में फंदा डालने से बचा लिया।''

बहुत ज़्यादा अनुकूल श्रोताओं के सामने बात रखने की बनिस्बत बेहतर होगा कि हम अपने सुझाव उन लोगों को भेजें जिनका निरालेपन का इतिहास रहा हो। रिसर्च बताता है कि जब मैनेजरों का यथास्थिति को चुनौती देने का पिछला रिकॉर्ड रहा हो तो वे नए विचारों को लेकर ज़्यादा खुले दिमाग़ के होते हैं और दूसरों के योगदान से असुरक्षित महसूस नहीं करते। वे संस्थान की यथास्थिति के रक्षण की तुलना में उसको बेहतर बनाने को लेकर ज़्यादा चिंतित होते हैं। वे संस्थान के मिशन को आगे ले जाने को लेकर ज़्यादा प्रेरित होते हैं, जिसका मतलब है कि वे इतने वफ़ादार नहीं होते कि संस्थान की कमज़ोरियों की अनदेखी कर दें। मेडिना कहती हैं, ''माइक को एजेंसी से प्यार था, लेकिन वह इसकी आलोचना के लिए तैयार थे। मिशन की बातें करते हुए उनकी आँखों में आँसू आ जाया करते थे। उनके

भीतर एजेंसी के अन्य मैनेजरों की तुलना में बेमेल और सनकी लोगों को लेकर ज़्यादा सहनशीलता थी।''

सीआईए को मज़बूत करने की प्राथमिकता वाले सख़्त बॉस के समर्थन से मेडिना ने नियंत्रण और प्रतिबद्धता की समझ को दोबारा हासिल कर लिया। यह जानते हुए कि बॉस का उन्हें समर्थन है, वह जानकारी को ज़्यादा खुले तौर पर साझा करने के अपने विचार को बढ़ावा देने के लिए तैयार थीं।

सीआईए में पदोन्नति की सीढ़ियाँ चढ़ते हुए मेडिना ने देखा कि उसके साथी अब उसके सुझावों को लेकर ज़्यादा अच्छी तरह से ग्रहण करने लगे थे। हालाँकि अधिकांशतया मध्यम मैनेजर ही थे जो उन्हें ख़ारिज करते थे। समाज विज्ञानी काफ़ी पहले मध्य दर्ज़े के इस अनुरूपता के प्रभाव को उजागर कर चुके हैं। अगर आप शीर्ष पर हैं तो आपसे अलग होने की अपेक्षा की जाती है और इसलिए आपको विचलन का लाइसेंस मिल जाता है। ठीक इसी तरह से अगर आप पदानुक्रम में अब भी निचले स्तर पर हैं तो आपके पास खोने के लिए कुछ नहीं है और निराले होकर आप सबकुछ हासिल कर सकते हैं। लेकिन इस पदानुक्रम के बीच के हिस्से-जहाँ किसी संस्थान के अधिकांश लोग होते हैं-पर असुरक्षा हावी होती है। अब आपको थोड़ा सम्मान हासिल है, आप समूह में अपने स्थान का मूल्य देखते हैं और अब आप इसे ख़तरे में नहीं डालना चाहते। स्थिति को क़ायम रखने और बेहतर बनाने के लिए आप नेता की जी-हुज़ूरी करने लगते हैं, समूह के एक सदस्य के तौर पर अपनी क़ाबिलियत को साबित करने के प्रयासों के साथ। समाजशास्त्री जॉर्ज होमांस ने पाया, ''मध्य दर्ज़े का रूढ़िवाद एक ऐसे व्यक्ति की बैचेनी का परिचायक है जो एक सामाजिक स्थान पर पहुँच चुका है लेकिन मताधिकार छिन जाने से भयभीत है।'' नीचे से और नीचे गिरना बहुत दर्द नहीं देता, लेकिन मध्यम दर्जे से निचले दर्ज़े में गिरना सदमा पहुँचाने वाला होता है।

बहुत वक़्त नहीं गुज़रा जब मुझसे मंच पर गूगल के मुख्य कार्यकारी अधिकारी लैरी पेज का साक्षात्कार लेने के लिए कहा गया। इस आयोजन से पहले रात्रिभोज के वक़्त मैंने उनसे पूछा कि कंपनी के शुरुआती दौर में गूगल के प्रति पूर्णकालिक प्रतिबद्धता के लिए वह और सर्गेई ब्रिन स्टेनफ़ोर्ड छोड़ने को लेकर इतना क्यों हिचकिचा रहे थे। उनका उत्तर उनके करियर के चरण पर केंद्रित था। अगर वह तब तक ख़ुद को पहले ही शैक्षणिक जगत के सुपरस्टार के तौर पर स्थापित कर चुके होते तो उन्होंने पेशेवर तौर पर त्याग के बिना किसी जोख़िम के गूगल को पूरा वक़्त दे दिया होता। करियर के शुरुआती दौर में जब उनका कोई दर्ज़ा नहीं था तो वह जोख़िम लेने के लिए सही तौर पर तैयार थे : पेज ने कॉलेज में ख़ुद को सौर कारों और लेगोस से प्रिंटर तैयार करने में व्यस्त रखा। लेकिन जब उन्होंने डॉक्टरेट की

दिशा में अच्छी-ख़ासी प्रगति कर ली, उनके पास इसे छोड़ देने पर ज़्यादा गँवा देने का ख़तरा था।

मध्य दर्ज़े का अनुकूलन हमें मौलिक के ख़तरे की बज़ाय आजमाए और सच्चे विकल्प को चुनने की ओर ले जाता है। कोलंबिया के डेमन फ़िलिप्स और एमआईटी की एज़रा ज़ुकरमैन जैसे समाजशास्त्रियों ने पाया कि सुरक्षा विश्लेषकों के उन हालात में नकारात्मक स्टॉक रेटिंग जारी करने की संभावना बहुत ही कम है जब वे या उन्हें नौकरी देने वाले बैंक ने उन्हें मध्यम दर्ज़ा दिया हुआ हो। किसी शेयर बेचने की सलाह कार्पोरेट अधिकारियों और निवेशकों को क्रोधित कर सकती है, जो शेयर का मूल्य निर्धारण करते हैं। छोटे बैंकों के कमज़ोर पिछले रिकॉर्ड वाले विश्लेषकों के पास तो यह जोख़िम लेने के बाद सारे रास्ते बंद हो जाते हैं, दूसरी ओर प्रमुख बैंकों में जो स्टार विश्लेषक हैं, उनके पास सुरक्षा चक्र है। लेकिन औसत बैंकों के मध्यम रूप से सफल विश्लेषक के लिए, जो ख़ुद को आगे बढ़ाना चाहते हैं, एक नकारात्मक सिफ़ारिश करियर को सीमित कर देने वाला क़दम हो सकता है।*

कारमैन मेडिना जैसे-जैसे तरक्की करती गईं उन्हें समझ में आया कि विचारों को ऊपर या नीचे तक पहुँचाना ज़्यादा प्रभावी है, मध्यम दर्ज़े के मैनेजरों को यह समझाने की बनिस्बत। वरिष्ठ अधिकारी उन्हें एक ऐसे दुर्लभ कर्मचारी के तौर पर देखते थे, जो यह मानती है कि एजेंसी में कुछ ख़ामियाँ हैं और जिसे यह यक़ीन भी है कि इस स्थिति को बदला जा सकता है। उनकी विश्वसनीयता में तब और इज़ाफ़ा हुआ जब जूनियर साथियों में भी उनके प्रशंसक बढ़ने लगे। उन्होंने जब अपने विचार सीआईए के उभरते सितारों से साझा किए तो वे उनके नज़रिए से उत्साहित हुए और उन्होंने उन्हें रुतबा दे दिया। मेडिना की साथी सूज़न बेंजामिन कहती हैं, ''युवा कर्मचारियों ने उनके ताज़ा विचारों का स्वागत किया और उनकी ओर वास्तविक रोल मॉडल की तरह देखा। इसने अन्य लोगों के लिए उनकी बात

---

* क्या मध्यम दर्ज़ा वाक़ई हमें निरालेपन की बनिस्बत अनुकूलता को चुनने के लिए मज़बूर करता है? शायद परंपरागत लोग सहज रूप से मध्यम दर्ज़े की भूमिकाओं को अपना लेते थे-या फिर उनमें मध्यम दर्ज़े तक पहुँचने के लिहाज़ से पर्याप्त महत्त्वाकांक्षा थी, लेकिन शीर्ष पर पहुँचने के लिए ज़रूरी निरालेपन का अभाव था। ऐसा नहीं है। नए सबूतों के मुताबिक़ पदानुक्रम में मध्यम दर्ज़े पर रहना वास्तविकता में हमें कम निराला बना देता है। जब मनोवैज्ञानिक मिशेल डुगुइड और जैक गोन्कालो ने लोगों से विचार उत्पन्न करने को कहा तो बिना किसी तय तरीक़े के मध्यम दर्ज़े के मैनेजर, फिर अध्यक्ष या सहायक की भूमिका देने के बाद उनके विचार 33% कम निराले थे। एक अन्य प्रयोग के तहत केवल मध्यम दर्ज़े की अपनी भूमिका के बारे में सोचने पर ही प्रतिभागियों ने 20 से 25% कम निराले विचार दिए और ऊँचे पद या निचले पद पर रहने की तुलना में 16% कम निराले विचार दिए। मध्यम दर्ज़े में सबसे ज़्यादा नुक़सान की स्थिति में होने के कारण वे किसी काम को निराली दिशा देने में हिचकिचा रहे थे।

को अनसुना करना और मुश्किल बना दिया। इसने उनकी प्रतिष्ठा को और पुख़्ता कर दिया और उनकी बात को सुने जाने में भी मदद की।''

एक महिला के तौर पर बोलना, दोहरी अल्पसंख्यकता का दोहरा जोख़िम

जोख़िम मोल लेने से बचने वाले मध्यम दर्ज़े के मैनेजरों के साथ संवाद साधना किसी के लिए भी चुनौतीपूर्ण हो सकता है, लेकिन यह कारमैन मेडिना के लिए और अधिक चुनौतीपूर्ण था, एक महिला होकर पुरुषों के वर्चस्व वाले संस्थान में अपनी बात रखना। जब मैंने पहली बार उनके बारे में सुना था तो मैंने बड़ी ही मासूमियत के साथ यह मान लिया था कि पेशेवर माहौल में महिलाओं को कम आँकने के दिन गए और पुरुष मैनेजर मेडिना के विचारों का मूल्याँकन उनके लिंग के आधार पर नहीं बल्कि विचारों की गुणवत्ता के आधार पर करेंगे। लेकिन जब मैंने परिणामों की ओर देखा तो मुझे यह जानकर निराशा हुई कि आज भी एक महिला के तौर पर अपनी बात को रखना कुछ ज़्यादा ही मुश्किल है। कई संस्कृतियों को देखने के बाद यह बात सामने आती है कि महिलाओं को लेकर लैंगिक भेदभाव की जड़ें काफ़ी गहरी हैं। उम्मीद की जाती है कि पुरुष निर्णायक भूमिका में होंगे और महिलाएँ केवल सामुदायिक ज़िम्मेदारी देखेंगी। जब महिलाएँ बोलती हैं तो वे लैंगिक परिपाटी के उल्लंघन का जोख़िम मोल लेती हैं। जिससे श्रोता उन्हें आक्रामक के तौर पर देखने लगते हैं। आवाज़ उठाना नेतृत्व थामने का ही एक तरीक़ा है। जैसा कि शेरिल सैंडबर्ग ने *लीन इन* में लिखा है, ''जब एक लड़की नेतृत्व थामना चाहती है तो उसे अक्सर धौंस देने वाली करार दे दिया जाता है।''

जब मैंने अपने ही डेटा का विश्लेषण किया तो परिणाम बड़ी गहराई से जुड़ते दिखे। एक अंतरराष्ट्रीय बैंक और स्वास्थ्य सेवा कंपनी में मैंने पाया कि कमाई बढ़ाने वाले नए विचारों के संदर्भ में पुरुषों के विचारों को महिलाओं के विचारों की तुलना में बेहतर मूल्याँकन मिला। एक अन्य अध्ययन में पाया गया कि साथियों से ज़्यादा बोलने वाले पुरुष अधिकारियों को पदोन्नति मिली जबकि इसी तरह के व्यवहार पर महिला अधिकारियों को ना केवल पुरुषों बल्कि महिलाओं ने भी कम आँका। इसी तरह जब महिलाएँ बेहतरी के लिए सुझाव देती हैं तो मैनेजर उन्हें पुरुषों से कम वफ़ादार आँकते हैं और इन सुझावों को लागू किए जाने की संभावना बहुत कम होती है। ख़ासतौर पर पुरुष प्रधान संस्थानों में महिलाओं को आवाज़ उठाने की क़ीमत चुकानी पड़ती है।*

---

* यह हमें यौन प्रताड़ना के स्वरूप के ख़ुलासे में मदद करता है। तीन अध्ययनों में, लैंगिक विशेषज्ञ जेनिफ़र बर्डाल ने पाया कि यौन प्रताड़ना की वज़ह मूलतः यौन इच्छा नहीं होती। जो

अपनी आवाज़ उठाने के पहले प्रयास में कारमैन मेडिना को खुलकर बोलने की क़ीमत चुकानी पड़ी। वह कहती हैं, ''तब पुरुषों की तुलना में महिलाओं के स्वीकृत व्यवहार की सीमा बहुत कम थी।'' अपने दूसरे दौरे पर उन्हें अलग ही अनुभव मिला। चूँकि सूचना को ऑनलाइन पहुँचाना उनके काम का ही हिस्सा था, इसलिए अब उन्हें अपने पारदर्शिता के विचार रखते वक़्त बहुत ज़्यादा आक्रामक होने से चिंतित होने की कोई ज़रूरत नहीं थी। मेडिना ने मुझे बताया, ''90 के दशक की शुरुआत में जब प्रयास पूरी तरह से नाकाम रहा था तो इस परिवर्तन को लेकर मेरी प्रतिबद्धता, मेरी करियर में आगे नहीं बढ़ पाने की हताशा से घालमेल कर बैठी। यह हमेशा ही आत्मकेंद्रित था। पूरा दूसरा अध्याय इस यात्रा के पहले अध्याय से पूरी तरह से अलग था। मैं अब मिशन पर केंद्रित थी।'' विस्तृत रिसर्च बताता है कि महिलाएँ जब दूसरों की ओर से बोलती हैं तो तीखी प्रतिक्रिया की संभावना नहीं होती, क्योंकि वे अपनी सामुदायिक भूमिका का निर्वाह कर रही होती हैं।

इस बात को लेकर कोई शंका नहीं है कि मेडिना के लिए राह मुश्किलों भरी रही, क्योंकि वह पुरुष प्रधान सीआईए में एक महिला थीं। लेकिन पोर्टो रिको की महिला होने के कारण वह ना केवल एक बल्कि दो-दो अल्पसंख्यक समूहों से संबंधित थीं। नया रिसर्च बताता है कि उनके दोहरे अल्पसंख्यक दर्ज़े ने उनके आवाज़ उठाने के प्रयास की लागत और लाभ को बढ़ा दिया होगा। प्रबंधन रिसर्चर एशले रोसेट, जो अफ़्रीकी मूल की अमेरिकी हैं, ने देखा कि उनके साथ श्वेत पुरुषों और महिलाओं की तुलना में व्यवहार बदल जाता था जब वह किसी बात को पूरे दमखम के साथ रखती हैं। साथियों के साथ काम करते हुए उन्होंने जाना कि दोहरे अल्पसंख्यक समूह के लोगों का जोख़िम भी दोगुना हो जाता है। जब अश्वेत महिलाएँ असफल होती हैं तो उनका मूल्याँकन अश्वेत पुरुषों और दोनों ही लिंगों के श्वेत लीडर्स की तुलना में बहुत ज़्यादा सख़्त तरीक़े से किया जाता है। वे अश्वेत और महिला होने के कारण नेतृत्वकर्ता को लेकर तय परिपाटी से मेल नहीं खातीं और उन्हें ग़लतियों के लिए दोष का बेवज़ह का अतिरिक्त बोझ ढोना पड़ता है। रोसेट की टीम ने पाया कि दोहरे अल्पसंख्यकों के लिए असफलता एक विकल्प नहीं है।

महिलाएँ महिलाओं के लिए तय सौंदर्य मापदंडों पर खरी उतरती हैं, उन्हें सबसे ज़्यादा प्रताड़ना नहीं झेलनी पड़ती। इसकी बजाय, ''इसकी मूल प्रेरणा तय लैंगिक भूमिकाओं से विचलन को दंडित करना है और इसलिए यह उन महिलाओं के लिए होता है जो नारीत्व के लिए तय आदर्शों से विचलित हो जाती हैं।'' उन महिलाओं को सबसे ज़्यादा प्रताड़ना झेलनी पड़ी जो, ''हठी, हावी होने वाली और स्वतंत्र थीं,'' ख़ासतौर पर पुरुष प्रधान संस्थानों में। उनका कहना है कि यौन प्रताड़ना का निशाना ''घमंडी महिलाओं'' की ओर होता है।

दिलचस्प तौर पर, हालाँकि रोसेट और उनके साथियों ने पाया कि जब अश्वेत महिलाओं ने हावी हो जाने का तरीक़ा अपनाया तो उन्हें श्वेत महिलाओं और अश्वेत पुरुषों जैसा दंड नहीं मिला। दोहरी अल्पसंख्यक होने के कारण अश्वेत महिलाएँ श्रेणियों से परे हैं। लोग चूँकि यह जानते ही नहीं हैं कि उनको किस श्रेणी के तय मापदंडों पर परख़ा जाए, उनके पास ''अश्वेत'' और ''महिला'' के तौर पर काम करने के लिए रूढ़िवाद के उल्लंघन के लिहाज़ से ज़्यादा लचीलापन हासिल है।

लेकिन यह तभी सही है जब उनकी क्षमता के स्पष्ट सबूत उपलब्ध हों। अल्पसंख्यक समूह के सदस्यों के लिए अधिकारों के इस्तेमाल से पहले रुतबा हासिल करना महत्त्वपूर्ण है। अपने काम के हिस्से के तौर पर ख़ुफ़िया जानकारी को ऑनलाइन करने के लिए शांत रहकर प्रयासों के साथ कारमैन मेडिना, बिना अधिक लोगों का ध्यान खींचे ही सफलता की सीढ़ियाँ चढ़ती गईं। वह कहती हैं, ''मैं रडार की पहुँच से नीचे उड़ने में सफल रही। किसी का भी ध्यान नहीं गया कि मैं क्या कर रही हूँ और मैं पुनरावृत्ति के साथ हमारे संस्थान को प्रकाशन के लिए पूरी तरह से तैयार करने की ओर अग्रसर थी। यह घर के पिछवाड़े में किए जा रहे प्रयोग की तरह था। मैं लगभग खुलकर आगे बढ़ती रही।''

पर्याप्त जीत हासिल कर लेने के बाद मेडिना ने दोबारा बोलना शुरू किया– और इस बार, लोग उन्हें सुनने के लिए तैयार थे। रोसेट ने पाया कि जब महिलाएँ शीर्ष पर पहुँचती हैं और यह स्पष्ट हो जाता है कि सारा नियंत्रण उन्हीं के हाथों में है, लोग इस बात को जान लेते हैं कि चूँकि ये तमाम पूर्वाग्रहों और दोहरे मापदंड से ऊपर उठकर आगे आई हैं, तो निश्चित तौर पर वे असाधारण रूप से प्रेरित होंगी और प्रतिभावान भी। लेकिन क्या होता है जब आवाज़ को अनसुना कर दिया जाता है?

रास्ता जो नहीं अपनाया गया

डॉना डबिंस्की बस 30 वर्ष की होने ही वाली थीं और यह उनकी ज़िंदगी का सबसे व्यस्त समय था। 1985 में एपल की बिक्री और वितरण मैनेजर के तौर पर वह लगभग बिना रुके सुबह से रात को सोने के वक़्त तक काम कर रही थीं। विस्फोटक स्थिति तक पहुँच चुकी माँग को पूरा करने के लिए उन पर कम्प्यूटरों के परिवहन को साकार करने की ज़िम्मेदारी थी। अचानक स्टीव जॉब्स ने अमेरिका स्थित सभी छह गोदामों को बंद करने का फ़ैसला लिया। उसके स्टॉक को छोड़ दिया गया। अचानक उन्होंने माँग के अनुरूप उत्पादन की प्रणाली को अपनाने का प्रस्ताव किया। इसमें कम्प्यूटरों को ऑर्डर के आधार पर तैयार करके फ़ेडएक्स के ज़रिए रातोंरात पहुँचाने का तरीक़ा अपनाया जाने वाला था।

डबिंस्की को लगता था कि यह बहुत बड़ी ग़लती है। एक ऐसी ग़लती जो कंपनी के भविष्य को ही ख़तरे में डाल सकती है। वह कहती हैं, ''मेरी सोच थी कि एपल का सफल होना वितरण प्रणाली के सफल होने पर निर्भर था।'' कुछ वक़्त के लिए उन्होंने इस विषय की यह सोचकर अनदेखी की कि यह दौर भी गुज़र जाएगा। जब ऐसा नहीं हुआ तो उन्होंने अपनी आवाज़ को बुलंद करना शुरू किया। वितरण ठीकठाक काम कर रहा था, उनका ज़ोर देकर कहना था : उनकी टीम एक रिकॉर्ड तिमाही को पूरा कर चुकी थी और शिकायतें लगभग नदारद हो चुकी थीं।

उनके वितरण क्षेत्र की उस्ताद होने के बावज़ूद उनकी आपत्ति को दरकिनार कर दिया गया। अंततः उन्हें एक ऐसे कार्यबल से जोड़ दिया गया जिसने जॉब्स के प्रस्ताव की समीक्षा में कुछ माह का वक़्त गुज़ार दिया। कार्यबल की अंतिम बैठक में उनके बॉस के बॉस ने पूछा कि क्या कोई ऑर्डर के हिसाब से उत्पादन की नई प्रणाली से सहमत है। जॉब्स के पास अधिकार थे और अधिकांश लोग उनके समर्थक। डबिंस्की अल्पसंख्यक हो गईं। क्या उन्हें आवाज़ उठाते हुए बोर्ड के चेयरमैन और सुविख्यात तेज़तर्रार संस्थापक को चुनौती देनी चाहिए या उन्हें बस चुप रहकर अपनी वर्तमान नौकरी में ही ख़ुश रहना चाहिए?

1980 के दशक में हालाँकि डबिंस्की प्रबंधन में मौजूद चंद महिलाओं में से एक थीं, उनकी राय में, ''मेरे दिमाग़ में यह बात कभी आई ही नहीं कि मेरे मामले में लैंगिकता भी एक मुद्दा था।'' वह प्रतिबद्ध थीं- उन्होंने कंपनी के लिए अपना दिल और दिमाग़ सबकुछ दाँव पर लगा दिया था। उनके पास नियंत्रण था-वह वितरण विभाग की प्रमुख थीं। उन्होंने अपनी बात पर अड़े रहने का फ़ैसला किया और उन्होंने जॉब्स के प्रस्ताव पर अपनी आपत्ति को दोहराया। यह जानते हुए कि उन्हें अपनी बात को पुख़्ता करने के लिए कुछ और वक़्त की ज़रूरत पड़ेगी, वह अपने बॉस के बॉस से मिली और चेतावनी-सी दे डाली : अगर वह 30 दिन में जवाबी प्रस्ताव तैयार नहीं कर पाईं तो एपल छोड़ देंगी।

रेत में इस तरह की रेखा खींचना अनिश्चित तरीक़ा था, लेकिन उनकी गुज़ारिश को स्वीकार लिया गया। डबिंस्की ने ऑर्डर के आधार पर उत्पादन और वितरण की प्रणाली की बजाय ग्राहक सेवा केंद्रों को और अधिक मज़बूत करने का मौलिक प्रस्ताव विकसित किया। यह बिना किसी जोख़िम के वांछित लाभ दिला देगा। उनका प्रस्ताव स्वीकार लिया गया।

डबिंस्की ख़ुलासा करती हैं, ''मेरी बात सुने जाने की वज़ह उत्पादन और प्रभाव था। लोग मुझे एक ऐसा व्यक्ति मानते थे जो बातों को साकार कर सकती है। अगर आपकी छवि एक ऐसे व्यक्ति की हो जाए जो कही हुई बात को साकार सकता है और वह भी अच्छी तरह से तो आपका सम्मान बढ़ता है।'' उन्होंने

अधिकार का इस्तेमाल करने से पहले रुतबा हासिल कर लिया था। इस वज़ह से उनके पास भुनाने के लिए विशिष्टता की साख थी।

सतही तौर पर, स्टीव जॉब्स के ख़िलाफ़ बोलने का मतलब एक हारी हुई बाज़ी समझा जा सकता है। लेकिन अपनी असहमति की प्रवृत्ति के कारण जॉब्स ही वह व्यक्ति थे, जिनका सामना किया जा सकता था। डबिंस्की जानती थीं कि जॉब्स उन लोगों का सम्मान करते थे, जो उनके लिए खड़े होते थे और काम को नए तरीक़े से करने को लेकर भी उनका दिमाग़ पूरी तरह से खुला था। और फिर वह ख़ुद के लिए बात नहीं कर रही थीं, वह तो एपल के ही पक्ष में बात कर रही थीं।

अपनी निगाह में ग़लत सोच को चुनौती देने की ख़ूबी के कारण डबिंस्की को एक पदोन्नति मिल गई। वह अकेली नहीं थीं। 1981 की शुरुआत में मेकिंतोश की टीम ने जॉब्स को चुनौती देने वाले व्यक्ति को पुरस्कार देना शुरू किया था–और जॉब्स उनमें से हर एक को एपल के एक बड़े विभाग की ज़िम्मेदारी थामने के लिए पदोन्नति दिया करते थे।

कारमैन मेडिना और डॉना डबिंस्की के अनुभवों की तुलना से, असंतोष से निपटने को लेकर, कुछ आधारभूत सवाल उठ खड़े होते हैं। निरालेपन की चाहत में अनदेखी एक विकल्प नहीं है। अड़े रहना तो बोलने का मौक़ा मिलने के अधिकार का एक अस्थायी रास्ता है। लेकिन लंबी अवधि में अनदेखी की ही तरह डटे रहना, यथास्थिति को बनाए रखता है और आपके असंतोष को कम कर पाने में असफल होता है। परिस्थिति को बदलने के लिए बाहर निकल आना या आवाज़ बुलंद करना ही दो व्यवहार्य विकल्प दिखते हैं।

बरसों पहले हर्शमैन ने हमें बाहर निकल जाने के बड़े नुक़सान बताए थे। हालाँकि इसके साथ अपनी परिस्थितियों को बदलने का लाभ जुड़ा हुआ था, यह किसी और के लिए बेहतर नहीं होती और यह यथास्थिति को यथावत बनाए रखता है। हर्शमैन कहते हैं, ''आवाज़, बाहर निकलने के अवसर की कमी पर पोषित होती है।''

हाल के वर्षों में दुनिया में बहुत बदलाव आया है। अब बाहर निकलना कारमैन मेडिना के वक़्त की तुलना में ज़्यादा आसान हो गया है। उन दिनों में मेडिना को 1995 में सीआईए के साथ झड़प के बाद बाहर कहीं भी काम नहीं मिला था। केवल एक ही संस्थान में पूरी ज़िंदगी जुटे रहना अब इतिहास की बात हो गई है : गतिशील श्रम बाज़ार ने अनेक लोगों को अन्य नियोक्ताओं के साथ नए पदों पर काम करने को संभव बना दिया है। वैश्वीकरण, सोशल मीडिया और तेज़ परिवहन व संचार प्रौद्योगिकी की वज़ह से ही आज गतिशीलता बढ़ी है। इन अनुकूल परिस्थितियों के चलते अगर आप अपनी नौकरी से असंतुष्ट हैं तो कहीं और चले जाना ज़्यादा आसान है, आवाज़ उठाकर नुक़सान झेलने की क्या ज़रूरत है?

हर्शमैन की राय में बाहर निकल जाना निरालेपन के लिहाज़ से बुरा है। लेकिन डॉना डबिंस्की का मामला तो बाहर निकलने के विषय पर कुछ और ही रोशनी डालता है। एपल में वितरण की लड़ाई जीतने के बाद वह एपल की सॉफ़्टवेयर की सहायक कंपनी क्लेरिस में अंतरराष्ट्रीय बिक्री और विपणन में वरिष्ठ पद पर पहुँचीं। कुछ ही वर्ष में उनका समूह क्लेरिस की समूची बिक्री के आधे के लिए ज़िम्मेदार रहा। 1991 में जब एपल ने क्लेरिस को अलग कंपनी का दर्ज़ा देने से इनकार कर दिया, डबिंस्की प्रभाव डालने के अवसर की कमी के कारण इतनी हताश हो गईं कि उन्होंने नौकरी छोड़ दी। वह एक साल के अवकाश पर पेरिस चली गईं। उन्होंने पेंटिंग शुरू कर दी और वह किसी बड़े अभियान में योगदान के रास्तों पर विचार करने लगीं। जब वह उद्यमी जेफ़ हॉकिंस से मिलीं तो डबिंस्की ने तय किया कि हॉकिंस का स्टार्टअप प्रौद्योगिकी की अगली बड़ी लहर की वज़ह बनेगा। उन्होंने मुख्य कार्यकारी अधिकारी के पद को स्वीकार लिया।

डबिंस्की के नेतृत्व में इस स्टार्टअप ने पाम पायलट को विकसित किया, यह निजी डिजिटल उपकरणों के नए अनुभवहीन बाज़ार में पहले ही प्रयास में सफल रहा। पाम पायलट को 1996 में जारी किया गया और लगभग डेढ़ वर्ष में उसकी 10 लाख से ज़्यादा इकाइयाँ बिक गईं। लेकिन, जब 997 में 3कॉम ने पाम का अधिग्रहण किया तो डबिंस्की कुछ रणनीतिक फ़ैसलों से सहमत नहीं थीं। उदाहरण के लिए जब वित्तीय समूह ने सभी विभागों के बजट में 10 प्रतिशत की कटौती का प्रस्ताव रखा, डबिंस्की ने विरोध में आवाज़ बुलंद की, उन्होंने कंपनी से अनुरोध किया कि जिन क्षेत्रों में सफलता मिल रही है वहाँ पर निवेश किया जाए और जिन क्षेत्रों में असफलता मिल रही है, वहाँ निवेश में कटौती की जाए। जवाब में उनसे कहा गया, ''आप एक बहुत अच्छी कार्पोरेट नागरिक नहीं हैं। आप वापस जाकर अपना काम करें।''

हताश होकर डबिंस्की और हॉकिंस ने पाम से इस्तीफ़ा देकर नई कंपनी हैंडस्प्रिंग की स्थापना की। 1998 में एक ही साल के बाद, हैंडस्प्रिंग ने हाथ में थामा जा सकने वाला वाइज़र कम्प्यूटर लांच कर दिया। उसने तेज़ी से बाज़ार के एक तिहाई हिस्से पर क़ब्ज़ा कर लिया। ट्रियो स्मार्टफ़ोन को सफलता के साथ विकसित करने के बाद हैंडस्प्रिंग का 2003 में पाम के साथ विलय हो गया। कुछ साल बाद स्टीव जॉब्स ने आईफ़ोन लांच किया।

डबिंस्की कई साल पहले की बात को याद करते हुए कहती हैं, ''स्टीव जॉब्स के साथ एक कमरे में बैठी थी। उन्होंने कहा, 'मैं किसी भी हालत में कभी भी फ़ोन नहीं बनाने वाला।' क्या वह स्वीकारेंगे कि वह हमसे प्रभावित हुए–कि हमने एक बेहतरीन फ़ोन बनाया और उन्होंने अपना विचार बदल डाला? वह इसे कभी नहीं स्वीकारेंगे। लेकिन उनके अड़ियल स्वभाव के बावज़ूद वह विकसित होते गए।''

बाहर निकलना असंभव होने के कारण ही कारमैन मेडिना राष्ट्रीय सुरक्षा के मसले को आगे ले जा सकीं; बाहर निकलने की संभावना के कारण ही डॉना डबिंस्की स्मार्टफ़ोन क्रांति का नेतृत्व कर सकीं। सबक़ यही है कि आवाज़ बुलंद करना स्वाभाविक रूप से बाहर निकल जाने से श्रेष्ठ नहीं है। कुछ परिस्थितियों में एक दमघोंटू संस्थान को छोड़ना निरालेपन की ओर ले जाना वाला बेहतर रास्ता साबित हो सकता है। सबसे अच्छा तरीक़ा यही है कि अपनी राय बताएँ और जोख़िम के लिहाज़ से ख़ुद सुरक्षित बनाइए और ज़रूरी हो तो बाहर निकलने की तैयारी कीजिए। अगर हमारे बॉस भी जॉब्स की तरह विकसित होते हैं तो संस्थान में बने रहने और अपनी आवाज़ उठाने का विकल्प खुला रखा जा सकता है। लेकिन अगर ऐसा नहीं है तो हमारे श्रोताओं में दिशा परिवर्तन को लेकर ज़रूरी खुलेपन का नितांत अभाव है। हमें कहीं और बेहतर अवसर मिल सकते हैं।

सवाल दीर्घकाल तक बने रह सकते हैं कि क्या बेहतर हो सकता है। अगर मेडिना ने सीआईए छोड़ दिया होता तो क्या वह बाहर से पारदर्शिता की लड़ाई लड़ पातीं? अगर डबिंस्की एपल में ही रहतीं तो क्या कंपनी ने आईफ़ोन विकसित किया होता या फिर अलग तरह के नए उत्पादों को जन्म दिया होता?

तथ्यों से विपरीत इन परिस्थितियों का हमें कभी जवाब नहीं मिल सकेगा, लेकिन हम मेडिना और डबिंस्की द्वारा लिए गए फ़ैसलों से कुछ सीख सकते हैं। हालाँकि एक ने अंततः आवाज़ बुलंद करने का फ़ैसला किया और दूसरी ने बाहर जाने का, एक ऐसी बात है जिसमें उनकी पसंद एक समान है : उन्होंने चुप रहने की बज़ाय बोलना चुना। और दीर्घावधि की बात की जाए तो रिसर्च बताता है कि हम आमतौर पर आचरण की ग़लतियों पर अफ़सोस नहीं जताते, बल्कि किसी बात के लिए प्रयास ही नहीं करने की ग़लती का हमें ज़्यादा अफ़सोस होता है। अगर हम बातों को दोबारा कर सकें तो हममें से अधिकांश ख़ुद को कम रोकेंगे और अपने विचारों को ज़्यादा प्रकट करेंगे। कारमैन मेडिना और डॉना डबिंस्की ने ठीक यही किया और उन्हें बहुत कम अफ़सोस हुआ।

4

मूर्ख जल्दबाजी करते हैं

समय का चयन, रणनीतिक टालमटोल, और सबसे पहले पहल करने के नुक़सान

''कल तक के लिए वह काम मत टालो,
जिसे तुम परसों कर सकते हो।''

— *मार्क ट्वेन*

देर रात को अपने होटल के कमरे में एक युवक मेज़ पर रखे कोरे काग़ज़ को घूर रहा था। बैचेनी से वह पसीने-पसीने हो रहा था, उसने टेलीफ़ोन उठाया और कुछ मंज़िल नीचे के कमरे में रह रहे सलाहकार को कुछ विचार बताए, जो दौड़ते हुए ऊपर आया और दोनों के बीच एक भाषण पर बात हुई जो इतिहास बदलने वाला था। अलसुबह तीन बजे वह व्यक्ति उत्तेजित अवस्था में काम कर रहा था, ''थकान से चूर, किसी भी वक़्त थकान से गिरने की स्थिति में।'' यह बात अगस्त 1963 की है और हालाँकि नौकरियों और आज़ादी के लिए वॉशिंगटन के लिए मोर्चा अगली सुबह निकलना था, मार्टिन लूथर किंग जूनियर ने अपना समापन भाषण तैयार नहीं किया था।

किंग की पत्नी कोरेटा के मुताबिक़, ''वह पूरी रात काम करते रहे और उन्होंने पलकें तक नहीं झपकाईं। अंतिम भाषण उन्हें देना था और उनके शब्द टेलीविज़न और रेडियो के ज़रिए अमेरिका और पूरी दुनिया के लाखों लोगों तक पहुँचने वाले थे। इसलिए यह बेहद महत्त्वपूर्ण हो चुका था कि उनका भाषण ना केवल प्रेरक हो बल्कि बुद्धिमानी भरा भी हो।''

मोर्चे की जानकारी मीडिया को दो माह पहले ही दी जा चुकी थी। किंग को भी पता था कि यह आयोजन ऐतिहासिक होगा। मीडिया कवरेज के अलावा वहाँ

तकरीबन एक लाख लोगों की मौज़ूदगी की उम्मीद थी और किंग का समर्थन के लिए बड़ी हस्तियों को जुटाने में मुख्य हाथ रहा था। श्रोताओं में नागरिक अधिकारों के अग्रदूत रोज़ा पार्क और जैकी रॉबिनसन, अभिनेता मार्लोन ब्रांडो और सिडनी पोइटियर, गायक हैरी बेलाफ़ोंटे और बॉब डायलान भी उपस्थित रहने वाले थे।

अपने समापन भाषण के लिए वक़्त बहुत कम होने के कारण किंग को स्वाभाविक तौर पर इसे तैयार करने का काम तत्काल शुरू करना पड़ा। चूँकि हर वक्ता को शुरुआत में पाँच मिनट का वक़्त दिया गया था, उन्हें अपने शब्दों के चयन में बहुत सावधान रहने की ज़रूरत थी। इतिहास के महान विचारक–बेंज़ामिन फ्रेंकलिन से लेकर हैनरी डेविड थॉरो से लेकर किंग के समान नाम रखने वाले मार्टिन लूथर–का अनुभव रहा है कि लंबा भाषण लिखने की बजाय छोटा भाषण लिखने में ज़्यादा वक़्त लगता है। राष्ट्रपति वुड्रो विल्सन के मुताबिक़, ''अगर भाषण 10 मिनट का है तो मुझे उसे तैयार करने में दो सप्ताह का वक़्त लग जाता है। अगर मैं जितना चाहूँ लंबा भाषण दे सकता हूँ तो फिर उसे तैयार करने की कोई ज़रूरत नहीं होती।'' लेकिन किंग ने मोर्चे के पहले की रात के 10 बजे तक तो अपना भाषण लिखना ही शुरू नहीं किया था।

अभिभावक और शिक्षकगण हमेशा बच्चों को अंतिम मिनट तक इंतज़ार करने की बजाय अपना काम जल्दी शुरू करने के लिए कहते रहते हैं। आत्मनिर्भर दुनिया में विलंब से निपटने के लिए ही एक समूचा गृह उद्योग–सा खड़ा है। लेकिन क्या हो अगर टालमटोल ही वह वज़ह हो, जिसके कारण किंग ने अपनी ज़िंदगी का सबसे बेहतरीन भाषण दिया था?

काम या ज़िंदगी की बात हो तो हमें हमेशा से बताया जाता रहा है कि काम को जल्द शुरू करना ही सफलता की कुंजी है, क्योंकि ''जो हिचकिचाता है वह हार जाता है।'' जब हमें कोई महत्त्वपूर्ण काम दिया जाता है तो हमें उसे तय वक़्त से पहले ही कर लिए जाने की सलाह दी जाती है। जब हमारे पास किसी उत्पाद के आविष्कार या कंपनी की शुरुआत को लेकर कोई निराला विचार होता है तो हमें सबसे पहले पहल करने के लिए प्रोत्साहित किया जाता है। निश्चित तौर पर गति के स्पष्ट लाभ तो हैं : हम जो काम हमने शुरू किया है उसे पूरा करने को लेकर निश्चिंत हो सकते हैं और बाज़ार में अपने प्रतिस्पर्धी को हरा सकते हैं। लेकिन आश्चर्यजनक तौर पर, जैसा कि मेरे निराले लोगों पर किए गए अध्ययन से मैंने जाना है कि जल्द और सबसे पहले क़दम उठाने के लाभ की तुलना में नुक़सान ही ज़्यादा हैं। यह सही है कि सुबह उठने वाला पक्षी कीड़ा पकड़ लेता है, लेकिन हम यह नहीं भूल सकते कि सुबह उठने वाला कीड़ा ही पकड़ा जाता है।

यह अध्याय इस सवाल पर विचार करेगा कि निराले विचार पर क़दम कब उठाना चाहिए। जब आप ज्वार के विपरीत नौका चलाने की तैयारी कर रहे हों तो

आपके पास विकल्प होता है कि शुरुआत अलसुबह करना है, दोपहर तक इंतज़ार करना है या फिर गोधूलि बेला तक रुकना है। मेरा लक्ष्य यहाँ पर समय तय करने को लेकर आम मान्यताओं को उलटना है। इस बात का परीक्षण कि जब हम कोई काम करके उसे समाप्त करते हैं तो देरी करने के क्या अनसोचे लाभ हैं। साथ ही उस वक़्त भी जब हम अपने विचार दुनिया के साथ साझा करते हैं। मैं चर्चा करूँगा कि क्योंकर टालमटोल अवगुण जितना ही सद्गुण भी हो सकता है, कैसे सबसे पहले पहल करने वाले उद्यमियों को भारी संघर्ष का सामना करना पड़ता है, क्यों ज़्यादा उम्र वाले नवप्रवर्तक युवाओं को पछाड़ देते हैं और क्यों परिवर्तन को प्रभावी तरीक़े से लागू करने वाले नेता वे होते हैं जो धैर्य के साथ सही वक़्त की प्रतीक्षा करते हैं। हालाँकि देरी करना जोख़िम का काम हो सकता है, आप देखेंगे कि इंतज़ार आपको अपना सबकुछ दाँव पर लगा देने से रोक भी सकता है। निराला होने के लिए आपका सबसे पहले पहल करना ज़रूरी नहीं होता और सबसे सफल निराले लोग हमेशा निर्धारित समय पर नहीं पहुँचते। वे पार्टी में अपना महत्त्व जताने के लिए जानबूझकर देरी से आते हैं।

एक अन्य द विंची कोड

हाल ही में एक असाधारण रूप से रचनात्मक डॉक्टरल विद्यार्थी जिहे सिन एक सहज ज्ञान से विपरीत विचार के साथ मेरे पास आई : विलंब या टालमटोल मौलिकता के लिए पोषक हो सकते हैं। जब आप टालमटोल कर रहे होते हैं तो आप उस काम में जानबूझकर देरी कर रहे होते हैं, जिसे किया जाना है। आप काम पूरा करने के बारे में सोच रहे होंगे, लेकिन आप वास्तविक प्रगति या इसे पूरा करने की बजाय किसी कम उत्पादक काम के लिए उसे टालते रहते हैं। शिन की राय में जब आप किसी काम को लंबित रखते हैं तो आप किसी एक तय विचार पर ही ख़ुद को केंद्रित रखने की बजाय विविधतापूर्ण सोच के लिए वक़्त निकालते हैं। परिणामस्वरूप आप निराले विचारों की विस्तृत श्रृंखला पर विचार कर रहे होते हैं और अंततः ज़्यादा निराली दिशा को चुनते हैं। मैंने उसे इसके परीक्षण की चुनौती दी।

शिन ने कॉलेज के विद्यार्थियों को एक विश्वविद्यालय परिसर में सुलभ दुकान की ख़ाली जगह पर कारोबार के लिए एक प्रस्ताव लिखने को कहा। जब उन्होंने जल्द शुरुआत की तो उनके प्रस्तावों में परंपरागत विचार–जैसे एक और सुलभ दुकान–आने लगे। जब शिन ने बिना किसी तय क्रम के कुछ विद्यार्थियों को काम में विलंब का मौक़ा दे दिया, काम को कुछ पल दूर रखकर माइन्सस्वीपर, फ्रीसेल और सॉलिटेयर जैसे कम्प्यूटर गेम्स खेलने का मौक़ा दे दिया तो उनके विचारों में ज़्यादा ताज़गी थी जैसे शिक्षण केंद्र और एक भंडारण सुविधा। स्वतंत्र लोगों ने

अंतिम प्रस्तावों का मूल्याँकन किया, बिना यह जाने कि किसे विलंब का मौक़ा मिला था और किसने तत्काल शुरुआत कर दी थी। विलंब करने वालों के प्रस्ताव 28% ज़्यादा रचनात्मक थे।

इन परिणामों से हालाँकि हम उत्साहित थे, लेकिन हम इस बात को लेकर चिंतित थे कि रचनात्मकता की असली वज़ह टालमटोल नहीं थी। शायद कुछ गेम्स खेलने से उनके दिमाग़ को ज़रूरी गतिशीलता मिल गई, लोगों को सोचने की ज़्यादा ऊर्जा मिल गई–या उन्हें काम से इतर सोचने के लिए इसने कुछ वक़्त दे दिया। लेकिन प्रयोग ने बताया कि रचनात्मकता बढ़ने की वज़ह ना तो गेम्स खेलना था और ना ही काम से कुछ देर की राहत। जब लोगों ने काम के बारे में जानने से पहले गेम्स खेले तो वह ज़्यादा नए प्रस्ताव नहीं दे पाए। ऐसा करने के लिए उन्हें काम के दौरान कुछ वक़्त निकालकर गेम्स खेलना पड़े, कारोबार प्रस्ताव के काम को दिमाग़ के एक कोने में रखते हुए। जब उन्होंने तत्काल काम शुरू करके फिर लौटने से पहले कुछ वक़्त का ब्रेक लिया तो वे दोबारा शुरुआत के लिहाज़ से काफ़ी आगे बढ़ चुके थे। केवल उस वक़्त जब उन्होंने काम के बारे में सोचना शुरू किया और जानबूझकर कुछ विलंब किया उन्होंने सुदूर संभावनाओं पर भी विचार किया और अधिक रचनात्मक विचार पेश किए। प्रगति को कुछ देर विलंबित करने से उनको इसे पूरा करने के लिए विभिन्न तरीक़ों पर ग़ौर फ़रमाने का वक़्त मिल गया, बजाय इसके कि एक ही निश्चित रणनीति को ''हथियाकर उसी पर चिपके रहें।''

क्या शिन की खोज वास्तविक दुनिया में कारगर है? यह पता लगाने के लिए उसने एक कोरियन फ़र्नीचर कंपनी से आंकड़े जुटाए। जो कर्मचारी नियमित तौर पर आराम करते थे, उनकी सोच में विविधता देखी गई और उनके सुपरवाइज़रों ने उन्हें ज़्यादा रचनात्मक करार दिया। विलंब या टालमटोल करना हमेशा ही रचनात्मक नहीं होता : अगर कर्मचारी मूलभूत तौर पर बड़ी समस्या को हल करने के लिए प्रेरित नहीं होते, काम रोकना तो उन्हें और पीछे धकेल देता। लेकिन उनमें नए विचारों को सोचने को लेकर जुनून था, काम से कुछ वक़्त का अलगाव उन्हें और अधिक रचनात्मक समाधानों की ओर ले गया।

टालमटोल उत्पादकता का दुश्मन हो सकती है, लेकिन इसे रचनात्मकता के संसाधन के तौर पर इस्तेमाल किया जा सकता है। औद्योगिक क्रांति और काम को लेकर नैतिकवादी नीति के कारण कार्यक्षमता को लेकर पनपे आधुनिक लगाव से काफ़ी पहले सभ्यताओं ने टालमटोल के लाभ जान लिए थे। पुराने मिस्र में टालमटोल के लिए दो अलग क्रियापद का इस्तेमाल होता था, एक का मतलब था आलस्य और दूसरे का मतलब था सही वक़्त का इंतज़ार।

यह महज संयोग नहीं है कि इतिहास के कुछ बेहद निराले विचारक और आविष्कारक आलसी थे। एक प्रमुख उदाहरण हैं लियोनार्दो द विंची। जिनकी

मूल उपलब्धियाँ चित्रकला और शिल्पकला, वास्तुकला और संगीत, गणित और इंजीनियरिंग, भूगर्भशास्त्र और नक़्शानवीसी, शरीर रचना विज्ञान और वनस्पति शास्त्र तक फैली हुई थीं। विद्वानों का मत है कि द विंची ने 1503 से मोनालिसा पर शुरुआत के बाद कुछ साल तक काम कभी बंद कभी शुरू रखा, इसे अधूरा छोड़ दिया और इसे 2019 में मौत से कुछ पहले जाकर पूरा किया। उनके आलोचकों का कहना है कि इस दौरान वह प्रकाश से जुड़े प्रयोगों और अन्य ध्यान बँटाने वाली बातों में वक़्त गँवा रहे थे, जो उन्हें उनकी पेंटिंग को पूरा करने से दूर रख रहा था। यह अनमयस्कता, हालाँकि, उनके निरालेपन के लिहाज़ से महत्त्वपूर्ण साबित हुई। इतिहासकार विलियम पेनापैकर के शब्दों में :

> *उदाहरण के लिए, लियानार्दो के प्रकाश के गोले से टकराने को लेकर अध्ययन ने उन्हें ''मोनालिसा''और ''सेंट जॉन द बाप्टिस्ट'' के लगातार अनुरूपण में मदद की। उनके प्रकाश को लेकर काम ने हो सकता है कि कुछ परियोजनाओं को लंबित किया हो, लेकिन चित्रकला में उनकी अंतिम उपलब्धियाँ उनके प्रयोगों पर ही निर्भर थीं। किसी अनमयस्कता की बजाय-उनके कई समकालीन विचारों की तरह-वे जीवनभर के उत्पादक दिमाग़ी मंथन की परिचायक हैं, विचारों पर निजी काम जिस पर उनका ज़्यादा सार्वजनिक काम निर्भर था अगर रचनात्मक टालमटोल के चुनिंदा तरीक़े से इस्तेमाल ने लियोनार्दो को कम महत्त्व के कुछ काम को पूरा करने से रोका-जब कोई ब्रह्मांड के आंतरिक कामकाज से जूझ रहा हो, -तब उत्पादकता की साधारणता के आधुनिक रुझान का पूरी तरह ग़ुलाम कोई व्यक्ति ही इसके लिए उनमें ग़लतियाँ खोज सकता है। उत्पादकता की साधारणता के लिए एक ख़ास क़िस्म के अनुशासन की ज़रूरत होती है। यह सुरक्षित है और किसी के लिए ख़तरा नहीं होता। साधारणता से कुछ भी नहीं बदलेगा लेकिन प्रतिभाशाली अनियंत्रित है और उसे नियंत्रित भी नहीं किया जा सकता। आप प्रतिभा से संपन्न कोई काम किसी तय समयसीमा या तय रूपरेखा के तहत नहीं कर सकते।*

डॉ. विंची ने विविध अन्य परियोजनाओं पर काम करते हुए द *लास्ट सपर* पर अपने विचारों को विकसित करने में 15 वर्ष का समय लगाया। पेंटिंग की शुरुआत एक स्केच के तौर पर हुई, जिसमें कुछ लोग एक बेंच पर बैठे हुए थे। कुछ दर्जनभर साल के बाद यह एक टेबल पर 13 लोगों की नई तरह की नई क़िस्म की आड़ी बैठक वाली मशहूर पेंटिंग का आधार बना। हालाँकि वह अक्सर विलंब से उत्तेजित हो जाया करते थे, डॉ. विंची ने यह महसूस किया कि निरालापन जल्दबाजी में

हासिल नहीं किया जा सकता। उन्होंने जाना कि ''प्रतिभाशाली व्यक्ति कभी-कभी न्यूनतम काम करके अधिकतम उपलब्धि हासिल कर लेते हैं, क्योंकि वे उस दौरान आविष्कारों के बारे में सोचते रहते हैं और एक परिपूर्ण विचार तैयार कर रहे होते हैं।''*

टालमटोल का अनुशासन

रचनात्मक विचारकों और बड़ी समस्याओं को सुलझाने वालों के लिए विलंब एक आम आदत दिखती है। साइंस टेलेंट सर्च के विजेताओं के बारे में सोचिए, जिसे ''सुपरबॉल ऑफ़ साइंस'' के नाम से जाना जाता है। यह अमेरिका में हाईस्कूल सीनियर्स के लिए आयोजित की जाती है। मनोवैज्ञानिक रेना सुबोतनिक के नेतृत्व में एक टीम ने इन विशिष्ट प्रदर्शकों की जीत के एक दशक से भी ज़्यादा वक़्त बाद उनके साक्षात्कार लिए। उस वक़्त वे विजेता उम्र के 30 के दशक के पड़ाव में थे। उनसे पूछा गया कि क्या वे नियमित और रचनात्मक कामों के अलावा सामाजिक जीवन और स्वास्थ्य संबंधी बर्ताव में भी क्या टालमटोल की रणनीति का इस्तेमाल करते हैं। 68 प्रतिशत से ज़्यादा ने माना कि इन चार क्षेत्रों में से कम से कम दो में वह इसे अपनाते हैं। टालमटोल विशेष तौर पर रचनात्मकता के लिए लाभदायक साबित हुआ है। विज्ञान के सितारों ने ''टालमटोल का इस्तेमाल किसी वैज्ञानिक समस्या या हल के अपरिपक्व विकल्प से बचने के लिए शीत निष्क्रियता

* टालमटोल ख़ासतौर पर ज़्यादा रचनात्मक हो जाती है, जब यह हमें उस वक्त हल खोजने में मदद करती है, जब हमारा ध्यान एक जगह केंद्रित नहीं हो। मनोवैज्ञानिक मेरेक विथ और रोज़ ज़ैक्स ने विद्यार्थियों का इस बात को लेकर सर्वे किया कि वे सुबह जल्दी उठने वाले लोग हैं या रातों को उल्लुओं की तरह जागने वाले। उसके बाद उन्हें सुबह 8 बजे और शाम चार बजे विश्लेषण और अंतर्दृष्टि से जुड़े सवाल हल करने के लिए दिए गए। जहाँ तक विश्लेषणात्मक सवालों की बात थी तो वह दोनों में से किसी भी वक़्त बेहतर ही साबित हुए। लेकिन अंतर्दृष्टि से जुड़े सवालों की बारी आई तो देर रात तक जागने वालों का प्रदर्शन सुबह अच्छा रहा और सुबह जल्दी जाग जाने वालों का दोपहर को। अंतर्दृष्टि वाले सवाल में विद्यार्थियों से यह जानना चाहा गया था कि कैसे एक पुराने सामान के विक्रेता ने काँसे के एक सिक्के के फ़र्ज़ी होने की बात को पहचान लिया था। इस सिक्के की एक ओर सम्राट का सिर तो दूसरी ओर ईसा पूर्व 544 अंकित था। जब वे पूरी तरह से जागे हुए थे तो उनकी सोच बहुत सपाट और एक ही दिशा में थी जिसके चलते उनके किसी नए विचार तक पहुँचने के आसार बहुत ही कम थे। जब वे उनींदे थे तो उनका दिमाग़ आकस्मिक विचारों के लिए ज़्यादा खुला था और 20% से ज़्यादा के दिमाग़ में अचानक ईसा पूर्व को लेकर बिजली-सी कौंधी। चूँकि ईसा मसीह का जन्म ही नहीं हुआ था इसलिए यह सिक्का आधी सहस्राब्दी के बाद ही तैयार किया गया था। अगर आप पूरी तरह से जागे होने पर किसी रचनात्मक काम को शुरू करने का दबाव महसूस कर रहे हैं तो ख़ुद के थोड़ा उनींदा होने का इंतज़ार कीजिए।

की तरह किया।'' एक वैज्ञानिक ने यह ख़ुलासा करते हुए बताया, ''अक्सर जब मैं आलस्य करता रहता था तो वास्तविकता में मेरे दिमाग़ में कुछ उथल-पुथल चल रही होती थी और मुझे उस पर काम करने के लिए वक़्त चाहिए होता था।'' एक अन्य ने कहा, ''वैज्ञानिक कार्य में विचारों को परिपक्व होने में वक़्त लगता है'' और टालमटोल उसका एक तरीक़ा है, ''यह अपरिपक्वता के साथ प्रतिक्रिया को रोकता है।'' इन समय से पहले परिपक्व विचारकों और काम करके दिखाने वालों के साक्षात्कारों को छानने के बाद सुबोतनिक की टीम ने एक निराला निष्कर्ष निकाला, ''जिनका सबसे ज़्यादा और सबसे कम दाँव पर लगा था के रचनात्मक क्षेत्र में आलस्य या टालमटोल को अपनाने की सबसे ज़्यादा संभावना है।''

अमेरिकी इतिहास में किंग के भाषण की तरह विख्यात शायद केवल एक और भाषण ही है : अब्राहम लिंकन का गेटिसबर्ग का संबोधन। केवल 272 शब्दों में लिंकन ने गृहयुद्ध को स्वतंत्रता की घोषणा में किए गए वादे के अनुरूप आज़ादी और समानता के लिए जंग के तौर पर निरूपित कर दिया। भाषण देने के लिए औपचारिक आमंत्रण लिंकन को केवल दो सप्ताह पहले मिला था। गेटिसबर्ग को रवाना होने से एक दिन पहले तक राष्ट्रपति आधा ही भाषण तैयार कर सके थे। उनके सचिव जॉन निकोले लिखते हैं कि शायद लिंकन ने, ''ऐसे मामलों में अपनी सामान्य आदत का ही पालन किया। अपने विचारों को एकत्रित करने पर बहुत विचार, दिमाग़ में वाक्यों की संरचना, उन्हें लिखने के लिए इंतज़ार जब तक कि वह संतोषजनक रूप तक नहीं पहुँच जातीं।'' लिंकन ने भाषण के पूर्व की रात तक अंतिम पैराग्राफ़ नहीं लिखा था। भाषण की सुबह जाकर ही उन्होंने उसे अंतिम रूप दिया था। उन्होंने इंतज़ार किया, क्योंकि वह सबसे आकर्षक विचार को विकसित करना चाहते थे।

''आई हेव ए ड्रीम'' भाषण से पहले की गर्मी की ऋतु में किंग ने सही सामग्री और लहज़े को लेकर तीन निकटवर्ती सलाहकारों की सलाह माँगी थी। तब किंग की अपने वकील और भाषण लिखने वाले क्लेरेंस जोंस के साथ भाषण को लेकर लंबी बातचीत हुई। किंग ने बाद में जोंस और एक अन्य कार्यकर्ता से अंतिम भाषण पर काम शुरू करने को कहा।

आने वाले सप्ताहों में किंग ने किसी तय विषय या दिशा पर भाषण को सीमित करने के प्रलोभन का प्रतिकार किया। भाषण पर सक्रियता के साथ काम शुरू करने के लिए उन्होंने मोर्चे से चार दिन पहले तक इंतज़ार किया। एक रात पहले उन्होंने सलाहकारों के एक समूह को नए सिरे से शुरुआत के लिए एकत्रित किया। जोंस कहते हैं किंग ''ने कहा कि यह 'हमारे नागरिक अधिकारों की लड़ाई का महत्त्वपूर्ण पड़ाव है' और इसलिए हमें महत्त्वपूर्ण व्यक्तियों से सर्वश्रेष्ठ तरीक़ा हासिल करना चाहते हैं।''

भाषण को तैयार करके प्रसारित करने और उसे लेकर निश्चिंत हो जाने की बजाय विलंब के ज़रिए किंग ने जोंस को ज़िगेरनिक प्रभाव का लाभ उठाने का अवसर दे डाला। 1927 में रूसी मनोवैज्ञानिक ब्लुमा ज़िगेरनिक ने बताया कि लोगों की पूरे किए गए कामों की तुलना में अधूरे कामों को लेकर स्मृति बेहतर होती है। जब कोई काम पूरा हो जाता है तो हम उसके बारे में सोचना बंद कर देते हैं। लेकिन जब यह बाधित हो जाता है और अधूरा होता है, यह हमारे दिमाग़ में चलता रहता है। जोंस जबकि अपने पहले के भाषणों के मसौदे की शाम के विषय को लेकर तुलना कर रहे थे, ''कुछ बात मेरे अवचेतन की गहराइयों से निकलकर बाहर आ गई।''*

चार माह पहले जोंस की मुलाक़ात गवर्नर नेल्सन रॉकफ़ेलर से हुई थी, एक मशहूर समाजसेवी जिनका परिवार नागरिक अधिकारों का समर्थक था। जोंस दरअसल किंग को बर्मिंघम जेल से बाहर निकालने के लिए जमानत की राशि की तलाश में थे। रॉकफ़ेलर ने एक बैंक को शनिवार को खुलवाया और जोंस को एक लाख डॉलर से भरा हुआ ब्रीफ़केस थमा दिया। बैंक के नियमों के मुताबिक़ जोंस को एक वचन-पत्र पर हस्ताक्षर करने थे, रॉकफ़ेलर ने इसके लिए भी पैसा दिया। किंग के भाषण से पहले उस वाक़ये को याद करते हुए जोंस को अहसास हुआ कि वह वचन-पत्र एक सशक्त उपमा साबित हो सकता है। अगले ही दिन किंग ने अपने भाषण में इसका काफ़ी जल्द ही इस्तेमाल कर लिया, ''जब हमारे गणतंत्र के वास्तुकारों ने संविधान और स्वतंत्रता की घोषणा के तेजस्वी शब्द लिखे तो वे एक वचन-पत्र पर हस्ताक्षर कर रहे थे... यह स्पष्ट है कि आज अमेरिका उस वचन-पत्र का भुगतान करने से चूक गया है, जहाँ तक कि बात उसके अश्वेत नागरिकों की है।''

जब किंग ने अंतिम रूप से पूरा मसौदा जोंस को तैयार करने के लिए भेजा तो यह उनके निस्तारण में विचारों के व्यापक सेट के साथ था : यह टालमटोल का एकमात्र अच्छा हिस्सा नहीं था।

---

*मैंने यह अध्याय लिखने में जानबूझकर टालमटोल की। इस अध्याय को अपनी योजना के तहत निर्धारित दिन पर पूरा करने की बजाय, मैंने इसे रोक दिया, अचानक रुककर मैंने ईमेल्स का जवाब देना शुरू कर दिया। अगली ही सुबह मुझे अहसास हुआ कि ज़िगेरनिक का प्रभाव प्रासंगिक था। ज़िगेरनिक इस बात को जानकर ख़ुश हो सकती हैं कि मुझे उनका अधूरे कामों पर स्मृति को लेकर किया गया रिसर्च याद है। निश्चित तौर पर टालमटोल लाभ काफ़ी दूरगामी हो सकता है। ''मुझे समयसीमा पसंद है।'' यह कहना है डगलस एडम्स का जिनके मुताबिक़, ''मुझे उनके गुज़रने की वह सरसराहट भरी आवाज़ बहुत भाती है।''

केवल एक पंख और प्रार्थना के भरोसे

किंग के असरदार भाषण के आधी सदी बाद, हमारी सामूहिक याद में चार शब्द पत्थर की लक़ीरों की तरह अंकित हो चुके हैं : "मेरा एक सपना है।" यह भाषणों के मानवीय इतिहास की सबसे जानी-पहचानी पंक्तियों में से एक है, क्योंकि इसने एक बेहतर भविष्य का विविधता भरा चित्र उपस्थित कर दिया था। लेकिन मुझे यह जानकर बेहद हैरानी हुई कि "सपने" का विचार भाषण में कहीं भी लिखा ही नहीं गया था। यह जोंस के लिखे मसौदे में नहीं था, ना किंग ने इसे भाषण के आलेख में ही शामिल किया था।

भाषण के दौरान, किंग के पसंदीदा गॉस्पेल गायक महालिया जैकसन पीछे से चिल्लाईं, "उन्हें उस सपने के बारे में बताओ, मार्टिन।" उन्होंने तय आलेख के साथ भाषण जारी रखा और महालिया ने उन्हें फिर प्रोत्साहित किया। 2,50,000 लोगों की मौज़ूदगी और टीवी पर लाखों लोगों को प्रसारण के दौरान ही किंग ने भाषण में इसे तत्काल शामिल कर लिया। उन्होंने आलेख को बाज़ू में रख दिया और भविष्य को लेकर अपने प्रेरणादायक दृष्टिकोण पर बात शुरू कर दी। क्लेरेंस जोंस के मुताबिक़, "उन तमाम लोगों, कैमरों और माइक्रोफ़ोन्स के सामने किंग ने माहौल बदल डाला।"

नए विचारों के लिए वक़्त निकालने के अलावा टालमटोल का एक और लाभ होता है : यह हमें सुधार करने का अवसर दे देता है। जब हम पहले से ही तैयारी कर लेते हैं तो हम अपने द्वारा तैयार ढाँचे से ही चिपके रह जाते हैं, हमारे दृष्टिकोण में आने वाली तमाम रचनात्मक बातों के लिए दरवाज़ा बंद हो चुका होता है। कई वर्ष पहले बर्कले मनोवैज्ञानिक डोनाल्ड मैककिनॉन ने पाया कि अमेरिका में सबसे रचनात्मक वास्तुकार अपने तकनीकी तौर पर ज़्यादा कुशल लेकिन उन अमौलिक साथियों की तुलना में ज़्यादा सहज थे, जो आत्म-नियंत्रण और अंतर्विवेक के लिहाज़ से ख़ुद को बेहतर मानते थे। फ़्रांसेस्का गिनो और डेविड हॉफ़मैन के साथ मेरे द्वारा पिज़्ज़ा चेन पर किए गए एक अध्ययन में पाया गया कि सबसे लाभदायक स्टोर्स का संचालन उन लोगों द्वारा किया जा रहा था जो ख़ुद को कम कुशल और तेज़ मानते थे। इसी तरह जब रणनीति के रिसर्चर्स सुचेता नाडकर्णी और पोल हरमैन ने भारत में लगभग दो लाख कंपनियों का अध्ययन किया तो पाया कि सबसे ज़्यादा आर्थिक लाभ कमाने वाली कंपनियाँ वे थीं, जिनके मुख्य कार्यकारी अधिकारी ख़ुद को कुशलता और शीघ्रता के लिहाज़ से कम आँकते थे।

दोनों ही मामलों में सबसे सफल संस्थानों का संचालन ऐसे अधिकारियों द्वारा किया जा रहा था, जिन्होंने स्वीकारा कि वे काम शुरू करने से पहले अक्सर समय बर्बाद करते हैं और कुछ मर्तबा तो वक़्त पर काम करने के लिहाज़ से ज़रूरी गति

को हासिल नहीं कर पाते। हालाँकि ये आदतें किसी काम की प्रगति को प्रभावित कर सकती हैं, उन्होंने नेतृत्वकर्ताओं को रणनीति के लिहाज़ से और अधिक लचीला बना दिया। भारतीय कंपनियों में हर कंपनी की शीर्ष प्रबंधक टीम के कई सदस्य रणनीतिक लचीलेपन पर अपने मुख्य कार्यकारी अधिकारी का मूल्याँकन करते हैं। जो मुख्य कार्यकारी अधिकारी बहुत सावधानी से जल्द शुरुआत करके लगन के साथ करते थे उनका मूल्याँकन कठोर के तौर पर किया गया : एक बार उन्होंने एक रणनीति तैयार कर ली तो वे उससे चिपके रहते हैं। काम को विलंबित करने वाले मुख्य कार्यकारी अधिकारी ज़्यादा लचीले और बहुआयामी पाए गए–वे नए अवसरों को भुनाने के लिए अपनी रणनीतियों में परिवर्तन करके किसी भी ख़तरे से रक्षा करने लिहाज़ से सक्षम थे।*

किंग जब भाषण देने के लिए मंच की ओर बढ़ रहे थे तो तब भी वह उसे मन ही मन में दोहरा रहे थे। द *ड्रीम* में राजनीतिज्ञ ड्रयू हेनसन लिखते हैं, ''किंग बोलने से पहले भी कुछ पंक्तियों को काट रहे थे और अपनी बारी का इंतज़ार करते हुए नई पंक्तियाँ लिख रहे थे। ऐसा लग रहा था कि किंग भाषण देने के लिए मंच पर पहुँचने के वक़्त तक उसे संपादित कर रहे थे।'' पुलिट्ज़र पुरस्कार विजेता किताब *बियरिंग द क्रॉस* में इतिहासकार डेविड गैरो लिखते हैं कि किंग किसी ''जाज़ संगीत के उस्ताद की तरह'' भाषण को बेहतर बनाते रहे। किंग ने तुरत-फुरत भाषण देना शुरू कर दिया। उनके लिखे हुए भाषण के शुरुआती अंशों में संविधान और

---

* जब नया नेतृत्व किसी टीम या संस्थान की ज़िम्मेदारी सँभालता है, तो वह अक्सर परिवर्तन लागू करने के लिए उत्सुक होता है। लेकिन धीरज का भी अपना मूल्य है। एक प्रयोग के तहत, कारनेगी मेलन प्रोफ़ेसर अनिता वूली ने टीमों को 50 मिनट में लेगॉस से आवासीय संरचना बनाने को कहा। आकार, मज़बूती और सुंदरता के आधार पर अंक दिए जाने थे। उन्होंने बिना किसी निर्धारित क्रम के टीमों को अपनी रणनीतियों पर काम शुरू करने से पहले या फिर शुरू होने के बाद 25 मिनट बाद का विकल्प दिया। आधा वक़्त गुज़र जाने के बाद रणनीति पर चर्चा करने वाली टीम, शुरुआत में ही चर्चा कर लेने वाली टीम की तुलना में 80% ज़्यादा प्रभावी रही। काम शुरू होने से पहले ही चर्चा बहुत जल्दबाजी की बात थी। बीच में रुकना बहुत ख़ास था, जिसकी वज़ह से टीम को ऊँची और दिलकश लेगो इमारतें बनाने का वक़्त मिल गया, जिनमें ढेर सारे कमरे थे, लेकिन उन्हें उठाया और घुमाया जा सकता था और बिना तोड़े गिराया जा सकता था। येल की रिसर्चर कॉनी गर्सिक ने पाया कि नेतृत्वकर्ता के लिए परिवर्तन के लिहाज़ से बीच का वक़्त बेहद माकूल है। क्योंकि यह वह बिंदु होता है जब समूह निरालेपन को लेकर ज़्यादा खुले हो जाते हैं। उनके पास नई बात को आजमाने के लिए पर्याप्त वक़्त होता है। जिसकी वज़ह से वे बिलकुल अलग तरह के तरीक़े को भी अपना सकते हैं। चूँकि उन्होंने अपना आधा वक़्त इस्तेमाल कर लिया है इसलिए वे अच्छी रणनीति की तलाश के लिए बेहद प्रेरित भी होते हैं। यही वह कारण है जिसकी वज़ह से फुटबॉल और बास्केटबॉल में मध्याँतर बहुत महत्त्वपूर्ण होता है : यह प्रशिक्षकों को उस वक़्त हस्तक्षेप की अनुमति देता है जब टीमें नई रणनीतियों को स्वीकारने के लिहाज़ से सर्वाधिक अनुकूल स्थिति में होती हैं।

स्वतंत्रता की घोषणा को, ''एक वादा कि हर व्यक्ति को ज़िंदगी, स्वतंत्रता और ख़ुशी की तलाश के मुकम्मल अधिकार होंगे।'' मंच पर किंग ने नस्लीय समानता पर ज़ोर देने के लिहाज़ से विस्तारित कर दिया : ''सभी लोगों से यह वादा कि-जी हाँ, *श्वेत ही नहीं अश्वेत लोग भी,* सभी को निश्चित तौर पर मुकम्मल अधिकार मिलेंगे।''

भाषण शुरू हुए 11 मिनट ही हुए थे कि महालिया जैकसन ने चिल्लाकर किंग से अपना सपना साझा करने का आग्रह किया। यह अस्पष्ट है कि उन्होंने उन्हें सुना या नहीं, लेकिन, किंग याद करते हुए कहते हैं, ''अचानक मैंने फ़ैसला किया।'' उन्होंने उस वक्त की भावना को ध्यान में रखते हुए अपने सपने का ख़ुलासा किया। जिस वक़्त भाषण ख़त्म हुआ, हेनसन लिखते हैं, ''किंग ने अपने पहले से तैयार भाषण में इतनी सामग्री जोड़ दी थी कि उनके भाषण का समय दोगुना हो गया।''

महान निराले लोग महान आलस्य या टालमटोल करने वाले भी होते हैं, लेकिन वे योजना को पूरी तरह से छोड़ते नहीं हैं। वे रणनीति के साथ थोड़ी टालमटोल करते हैं, परीक्षण के साथ-साथ धीमे-धीमे आगे बढ़ते हैं, विभिन्न संभावनाओं को परख़कर सुधारते हुए। हालाँकि सपने के बारे में पंक्तियों को सुधारा गया, उनके कई प्रकारों को किंग दोहरा चुके थे। उन्होंने अपने सपने की बात तक़रीबन एक साल पहले नवंबर 1962 में अल्बेनी में की थी। उसके बाद के कुछ महीनों में वह उसका हवाला बर्मिंघम से लेकर डेट्रॉयट तक देते रहे थे। उनके ''सपने'' वाले भाषण के अकेले वर्ष में ही, अनुमान है कि उन्होंने 2,75,000 मील की यात्रा की और 350 से ज़्यादा भाषण दिए।

किंग ने हालाँकि ''सपने'' वाले भाषण को लिखना टाला हो, उनके पास सामग्री का भंडार था जिससे वह कुछ भी तात्कालिक तौर पर इस्तेमाल कर सकते थे, जिसने उनकी प्रस्तुति को और अधिक विश्वसनीय बना दिया था। हेनसन बताते हैं, ''किंग ने अच्छे भाषणों के टुकड़ों की एक सूची-सी तैयार कर ली थी-अपने धर्मोपदेश, अन्य धर्मोपदेशकों के काम, दंतकथाओं, बाइबल के पदों, अपनी पसंदीदा कविताओं से पंक्तियों को बख़ूबी सहेज लिया था। किंग अपने भाषणों को लिखने की बजाय संग्रहीत-सा किया करते थे, पुनर्रचना और कई बार उनके द्वारा इस्तेमाल सामग्री को अपनाकर... यह किंग को भाषण के दौरान ही बात को बदलने का लचीलापन दे देता था... अगर किंग ने अपने लिखित भाषण को छोड़ने का फ़ैसला नहीं किया होता तो इस बात पर संदेह ही किया जा सकता है कि क्या उनका मोर्चे पर दिया गया भाषण याद रखा जाता।''

अग्रदूत और नक़्शेक़दम पर चलने वाले

100 से ज़्यादा कंपनियों की शुरुआत करने के बाद आइडिया लैब के संस्थापक बिल ग्रॉस ने एक विश्लेषण किया कि सफलता बनाम असफलता के लिए क्या ज़िम्मेदार है। सबसे महत्त्वपूर्ण कारक विचार का निरालापन, टीम की क्षमता और क्रियान्वयन या पूँजी की उपलब्धता नहीं थे। ग्रॉस ने बताया, ''अव्वल क्रम की बात थी समय का चयन। 42% मामलों में समय का चयन ही सफलता और असफलता के बीच के अंतर की वज़ह रहा।''

रिसर्च बताता है कि अमेरिकी संस्कृति में लोगों का मानना है कि सबसे पहले क़दम उठाना फ़ायदेमंद होता है। हम नेतृत्व थामना चाहते हैं, समर्थक नहीं बनना चाहते। वैज्ञानिक अपने प्रतिद्वंद्वियों की तुलना में जल्द आविष्कार करने की कोशिश करते हैं, आविष्कारकों को प्रतिस्पर्धियों से पहले पेटेंट हासिल करने की जल्दी होती है, उद्यमी अपने प्रतिस्पर्धियों से पहले उत्पाद को बाज़ार में उतार देना चाहते हैं। अगर आप सबसे पहले नया उत्पाद, सेवा या प्रौद्योगिकी ले आते हैं तो आप सीखने की राह पर सबसे आगे होते हैं, मुख्य स्थान पर आपका क़ब्ज़ा हो जाता है और ग्राहकों पर एकछत्र राज। आपकी यह बढ़त आपके प्रतिस्पर्धी के लिए बाधा का काम करती है : उनके कुछ नया खोजने के प्रयास आपके पेटेंट और बेहतर क्षमताओं के कारण कमज़ोर पड़ जाते हैं। उनका विकास इस सोच से ही बेबस हो जाता है कि ग्राहकों को उत्पाद बदलने के लिए तैयार करना एक महँगा सौदा है।

एक शास्त्रीय अध्ययन में मार्केटिंग के क्षेत्र के रिसर्चर्स पीटर गोल्डर और ज़ेराई टेलिस ने सबसे आगे रहने वाली कंपनियों और बाद में उनके नक़्शेक़दम पर चलने वाली कंपनियों की सफलता की तुलना की। अग्रदूत कंपनियाँ वे कंपनियाँ होती हैं जिन्होंने किसी उत्पाद को सबसे पहले विकसित किया और उसकी बिक्री की। दूसरी ओर नक़्शेक़दम पर चलने वाली कंपनियाँ अग्रदूत कंपनियों द्वारा किसी उत्पाद का बाज़ार तैयार करने तक इंतज़ार करती हैं। जब गोल्डर और टेलिस ने तीन दर्ज़न उत्पादों के भिन्न वर्गों में 100 ब्रांड्स का विश्लेषण किया तो उन्होंने असफलता की दर में भारी अंतर पाया : अग्रदूतों के असफलता की दर 47% रही तो उनके नक़्शेक़दम पर चलने वाली कंपनियों की मात्र 8% रही। अग्रदूतों की असफल होने की संभावना उनके नक़्शेक़दम पर चलने वाली कंपनियों की तुलना में छह गुना ज़्यादा पाई गई। जब अग्रदूत कंपनियाँ अस्तित्व बचाए रखने में सफल भी हुईं तो वे बाज़ार के केवल 10% हिस्से पर ही क़ब्ज़ा जमा पाईं। ऐसे में उनके ही नक़्शेक़दम पर चलने वाली कंपनियों की बाज़ार में हिस्सेदारी 28% रही।

चौंकाने वाली बात यही रही कि पहले क़दम उठाने वालों का नकारात्मक पहलू सकारात्मक पहलू से ज़्यादा बड़ा रहा। तुलनात्मक तौर पर अध्ययन से पता

चला कि अग्रदूत कंपनियाँ हो सकता है कि कुछ मर्तबा बाज़ार के बड़े हिस्से पर क़ब्ज़ा जमा लें, लेकिन अंत में उनके अस्तित्व की संभावना बहुत कम होने के साथ-साथ लाभ भी कम होता जाता है। मार्केटिंग रिसर्चर लिसा बोल्टन के मुताबिक़, ''कुछ विशेष उद्योगों में हालाँकि पहले पहल करने वाली कंपनियों को फ़ायदा होता है, लेकिन अकादमिक रिसर्च मिश्रित ही है और यह पहले क़दम उठाने के समग्र मॉडल के लाभ का समर्थक नहीं है।''

अगर आप इस तरह के व्यक्ति हैं जो किसी नए क्षेत्र में जाने के लालायित हैं तो इस जानकारी से आप का उत्साह ठंडा पड़ सकता है और आप सही समय को लेकर ज़्यादा सावधानी के साथ विचार पर मज़बूर हो जाएँगे। लेकिन बोल्टन ने कुछ भयभीत कर देने वाली बात का भी पता लगा लिया है : ऐसे वक़्त भी जब लोग जानते हैं कि उपलब्ध सबूत भी पहले क़दम उठाने के लाभ का समर्थन नहीं करते, उनका इसमें यक़ीन क़ायम रहता है। सफल होने वाले अग्रदूतों के बारे में सोचना आसान है; असफल लोगों को भुला दिया जाता है, इसलिए हम मान लेते हैं कि वे विरले ही होते हैं। पहले क़दम उठाने वालों को लेकर मौज़ूद मिथक को तोड़ने का सबसे अच्छा तरीक़ा है, लोगों से पहले क़दम उठाने वालों के *नुक़सान* बताने को कहा जाए। आपके अनुभव के आधार पर, एक अग्रदूत बनने के चार सबसे बड़े नुक़सान क्या हैं?

नक़्शेक़दम पर चलने वालों को अक्सर नक़लची कहा जाता है, लेकिन यह रूढ़िवादी विचार हक़ीक़त से काफ़ी दूर है। वर्तमान माँग का ही पीछा करने की बज़ाय वे अपना वक़्त लेते हैं, जब तक कि वे कोई नई बात प्रस्तुत करने के लिए तैयार नहीं हों। वे अक्सर बाज़ार में प्रवेश में धीमे होते हैं, क्योंकि वे किसी श्रेणी के भीतर किसी क्रांतिकारी उत्पाद, सेवा या प्रौद्योगिकी पर काम कर रहे होते हैं। होम वीडियो कंसोल की बात की जाए तो 1972 में सबसे पहले मैग्नावोक्स ऑडिसी आया था। इसमें अधिकांशतया आधारभूत खेल थे। नक़्शेक़दम पर चलने वाली एक जापानी कंपनी निंतेंदो ने 1972 में जापान के लिए ऑडिसी के वितरण अधिकार ख़रीद लिए। उसके बाद अगले एक दशक में सबसे निराला निंतेंदो एंटरटेनमेंट सिस्टम तैयार करके मैग्नावोक्स को ख़त्म कर दिया। इसमें *सुपर मारियो ब्रदर्स* और *द लीजेंड ऑफ़ ज़ेल्डा* जैसे गेम थे। निंतेंदो ने यूज़र के लिए इस्तेमाल के लिहाज़ से बेहद आसान कंट्रोलर, परिष्कृत क़िरदार और भूमिकाओं की अदला-बदली वाला सक्रिय अनुभव देकर गेमिंग को ही बदल डाला। निराला बनने के लिए अग्रदूत होना ज़रूरी नहीं होता। इसका मतलब होता है केवल कुछ अलग और बेहतर होना।

जब निराले विचारों वाले अग्रदूत बनने का प्रयास करते हैं, तो उनके तय सीमा को लाँघ जाने का ख़तरा होता है, यही पहला नुक़सान है। इंटरनेट का बुलबुला फूटने से पहले गोल्डमैन सॅक्स का जोसेफ़ पार्क नाम का एक युवा बैंकर अपने

अपार्टमेंट में बैठा था। वह मनोरंजन तक पहुँच के लिए ज़रूरी प्रयासों को लेकर हताश था। आख़िर उसे किसी फ़िल्म को किराए पर लेने के लिए ब्लॉकबस्टर तक क्यों जाना पड़ता है? होना तो यह चाहिए कि वह किसी वेबसाइट को खोले, एक फ़िल्म का चयन करे और उसकी डिलिवरी उसके घर पर हो जाए।

250 मिलियन डॉलर कमाने के बाद भी पार्क द्वारा स्थापित कंपनी कोज़मो 2001 में दिवालिया हो गई। उनकी सबसे बड़ी ग़लती थी, किसी भी वस्तु की एक घंटे में डिलिवरी का बड़बोला वादा और विकास को समर्थन देने के लिए राष्ट्रीय स्तर पर कार्यप्रणाली विकसित करने का प्रयास जो कभी साकार ही नहीं हुआ। तीन हज़ार से ज़्यादा स्टार्टअप पर किए गए एक अध्ययन के मुताबिक़ चार में से तीन कंपनियाँ केवल इसलिए असफल हो जाती हैं कि ऐसे अपरिपक्व निवेश कर दिए जाते हैं, जिन्हें समर्थन देने के लिए बाज़ार उस वक्त तैयार नहीं हो।

अगर पार्क ने धीरे-धीरे क़दम उठाए होते तो शायद उन्हें इस बात का अहसास हो जाता कि उस वक़्त उपलब्ध प्रौद्योगिकी में एक घंटे में डिलिवरी एक अव्यावहारिक और कम लाभ वाला कारोबार था। हालाँकि फ़िल्म को ऑनलाइन किराए पर लेने की भारी माँग थी। नेटफ़्लिक्स उन दिनों बस क़दम जमाने की कोशिशें ही कर रहा था और कोज़मो संभवतया उस क्षेत्र में मेल-ऑर्डर किराए के बाद फ़िल्मों को ऑनलाइन किराए पर देने के कारोबार में पैर जमाने में सफल भी हो जाता। बाद में वे प्रौद्योगिकी में उस परिवर्तन का लाभ उठा सकते थे, जिसने इंस्टाकार्ट को प्रचालन तंत्र (लॉजिस्टिक्स) विकसित करने का अवसर दे दिया, जिसने एक घंटे में किराने के सामान के वितरण को वास्तविक बना दिया। यह मापने योग्य भी था और फ़ायदेमंद भी। चूँकि नक़्शेक़दम पर चलने वालों के आगमन तक बाज़ार ज़्यादा स्पष्ट तरीक़े से परिभाषित हो चुका होता है, वे इस बात पर वक़्त गँवाए बिना कि क्या प्रस्तुत करना है, बेहतर गुणवत्ता उपलब्ध करा सकते हैं। मैल्कम ग्लेडवेल ने एक साक्षात्कार में पूछा, ''क्या आप दूसरा या तीसरा व्यक्ति नहीं होना चाहेंगे जो यह देख सके कि पहले व्यक्ति ने क्या किया और फिर... उसे सुधार सकें? जब विचार बेहद जटिल हो जाते हैं और जब दुनिया भी जटिल हो जाती है, यह सोचना निरी बेवक़ूफ़ी होगी कि पहला व्यक्ति ही इस समस्या को हल कर देगा।'' ग्लेडवेल ने कहा, ''सभी अच्छी बातों का पता लगाने में काफ़ी लंबा अरसा लगता है।''*

---

* सेगवे की असफलता के पीछे एक वज़ह बहुत तेज़ी से काम करना था। पत्रकार स्टीव कैम्पर अपनी किताब *रिइन्वेंटिंग द व्हील* में लिखते हैं कि रैंडी कोमिसार ने ''धीरज रखने की सलाह दी थी।'' डीन केमैन की टीम से कहा था, ''धीमे चलो और रिकॉर्ड को बेहतर करते चलो।'' लांच से पहले स्टीव जॉब्स ने टीम से पूरी तरह से रिडिज़ाइन करने को कहा था। उसके बाद उन्होंने कुछ यूनिवर्सिटी परिसरों और डिज़्नी में सुरक्षा और उपयोगिता को लेकर कुछ अध्ययन

दूसरा, यह मानने के पीछे वज़हें हैं कि जो लोग देरी से सक्रिय होते हैं वे सफल होने के लिहाज़ से बेहतर होते हैं। जोख़िम की तलाश करने वाले पहला व्यक्ति होना चाहते हैं और उनका रुझान तुरत-फुरत निर्णय की ओर होता है। जबकि जोख़िमों से बचने वाले उद्यमी प्रवेश से पहले बाज़ू में खड़े होकर देखते रहते हैं। सॉफ़्टवेयर स्टार्टअप्स के अध्ययन में रिसर्चर्स एलिज़ाबेथ पोंटिक्स और विलियम बार्नेट ने पाया कि जब उद्यमी एक बहुत ज़्यादा उत्तेजित बाज़ार में भीड़ का अनुसरण करने के लिए भागदौड़ करते हैं तो उनके स्टार्टअप्स के बने रहने और तरक़्क़ी की संभावना कम होती है। जब उद्यमी बाज़ार को कुछ ठंडा होने का वक़्त देते हैं तो उनके सफल होने की संभावना ज़्यादा होती है। ''असहमत... जो रुझान की अनदेखी करते हैं, बाज़ार में बने रहने, पूँजी हासिल करने और अंततः सार्वजनिक कंपनी बनने की ज़्यादा संभावना सहेजे होते हैं।''

तीसरा, लापरवाही की हद तक महत्त्वाकांक्षी नहीं होने के साथ, अग्रदूतों के नक़्शेक़दम पर चलने वाले उत्पाद को बेहतर बनाने के लिए, प्रतिस्पर्धी की उपलब्ध प्रौद्योगिकी में ही सुधार कर सकते हैं। अगर आप बाज़ार में सबसे पहले उतरना चाहते हैं तो सारी ग़लतियाँ आपकी ही झोली में आती हैं। इस बीच नक़्शेक़दम पर चलने वाले दूसरों की ग़लतियों को देखकर उनसे सबक़ ले सकते हैं। *ज़ीरो टु वन* में पीटर थिल लिखते हैं, ''सबसे पहले क़दम उठाना रणनीति है लक्ष्य नहीं। सबसे पहले क़दम उठाना आपके लिए लाभदायक नहीं हो सकता, अगर कोई और आकर आपको अपदस्थ कर दे।''

चौथा, जहाँ अग्रदूत अपने शुरुआती प्रस्ताव में ही उलझकर रह जाते हैं, उनके नक़्शेक़दम पर चलने वाले बाज़ार में परिवर्तन और ग्राहकों के बदलते स्वाद का निरीक्षण कर उस हिसाब से ख़ुद को ढाल सकते हैं। अमेरिकी ऑटोमोबाइल उद्योग के एक शतक से ज़्यादा के अध्ययन में पाया गया कि अग्रदूतों की अस्तित्व क़ायम रखने की दर कम होती है, क्योंकि उन्हें औचित्य साबित करने के लिए जूझना पड़ता है। इसके अलावा उनका व्यवहार बाज़ार से मेल नहीं खाता और ग्राहकों की ज़रूरतों के स्पष्ट होते जाने के बीच वे अप्रचलित हो जाते हैं। बाद में बाज़ार

करने को कहा था, ताकि लोग इसे काम करते देख सकें और इसके उपलब्ध होने से पहले ही इसे पाने की ललक उनके भीतर जाग जाए। सुझावों की सरासर अनदेखी करते हुए डीन केमैन की टीम ने बिना ग्राहक, सुरक्षा, क़ानून, क़ीमत और डिज़ाइन के मसलों पर काम किए बग़ैर सेगवे को बाज़ार में उतार दिया। हार्वर्ड के उद्यमिता के प्रोफ़ेसर बिल सेलमैन इससे शुरुआती दौर से जुड़े थे और आज भी हैरानी जताते हैं कि क्या हुआ होता अगर सेगवे की टीम ने उत्पाद को सुरक्षा, डिज़ाइन के हिसाब से सुधारा होता। लागत कम कर दी होती और बड़े शहरों के फुटपाथ पर इसे चलाने के लिए ज़रूरी क़ानूनी अनुमतियाँ हासिल कर ली होतीं। वह उत्साह से कहते हैं, ''अगर यह मूर्खतापूर्ण नहीं लगता, इसका वज़न 25 पौंड होता और क़ीमत 700 डॉलर होती तो यह बिकता।''

में उतरने वालों को बाज़ार के तैयार होने का इंतज़ार करने का भी लाभ मिलता है। जब वार्बी पार्कर लांच हुआ तो ई-कॉमर्स कंपनियाँ एक दशक से बाज़ार में थी, हालाँकि दूसरी कंपनियों ने चश्मों को ऑनलाइन बेचने का प्रयास किया, लेकिन बहुत कम सफलता मिली। नील ब्लूमेंथल ने मुझे बताया, ''पहले इसके सफल होने का कोई रास्ता नहीं था। हमने एमेज़ॉन, ज़ापोस और ब्ल्यू नाइल का इंतज़ार किया ताकि लोग उन उत्पादों की ख़रीद को लेकर भी सामान्य हो जाएँ जिनकी विशेषतौर पर वे ऑनलाइन ख़रीदी नहीं करते थे।''

यह बात तो कारोबार की दुनिया के अलावा भी सही होती है, जहाँ अनेक निराले लोग, विचार और गतिविधियाँ केवल इसलिए असफल हो गईं, क्योंकि वे अपने वक़्त से पहले आ चुकी थीं। सीआईए में 1990 के दशक की शुरुआत में कारमैन मेडिना ने डिजिटल सूचना को ज़्यादा तेज़ी से साझा करने को लेकर आवाज़ उठाई थी, एजेंसी इस सोच पर विचार तक करने के लिए तैयार नहीं थी। इलेक्ट्रॉनिक संचार प्रणाली ज़्यादा सुरक्षित और जानी-पहचानी होते जाने के साथ-साथ लोग इस विचार को स्वीकार करने के लिहाज़ से ज़्यादा तैयार हो गए। 11 सितंबर के आतंकी हमले और इराक में सामूहिक हथियारों की ग़लत पहचान के बाद यह साफ़ हो गया कि एजेंसियों के बीच प्रभावशाली तरीक़े से सूचना साझा करने में नाक़ामी के परिणाम असहनीय होते हैं। मेडिना की साथी सूज़न बेंज़ामिन के मुताबिक़, ''समय का चयन ही सबकुछ है। उस दरमियानी अवधि में, नई प्रौद्योगिकी से चिढ़ने वाले लोगों तक को यह अहसास हो चुका था कि अब बातों को अलग तरह से करने का वक़्त आ चुका है। यह समय की माँग है। आधे दिमाग़ वाले लोगों तक के लिए मेडिना की बात को अनसुना कर देना मुश्किल हो चुका था और वे इस बात से सहमत थे कि उनके द्वारा बताई जा रही दिशा में आगे बढ़ना चाहिए।''

1840 के दशक में जब हंगरी के भौतिकविद् इग्नाज सेमेलवेस ने बच्चों के जन्म के वक़्त चिकित्सा शास्त्र के विद्यार्थियों के हाथ अच्छी तरह से धोने से नवजात शिशुओं की मृत्युदर में नाटकीय गिरावट की बात की थी तो उनके साथियों ने उनकी बहुत हँसी उड़ाई थी। उनके विचारों पर वैज्ञानिक पुष्टि की मुहर लगने में दो दशक का वक़्त लगा जब लुईस पाश्चर और रॉबर्ट कोच ने रोगाणु सिद्धांत की नींव रखी। जैसा कि भौतिकविद् मैक्स प्लेंक ने पाया, ''एक नया वैज्ञानिक सत्य, विरोधियों के लिए इसके सत्यापन या उनकी जानकारी में इज़ाफ़े से नहीं जीतता है बल्कि ऐसा इसलिए होता है कि अंत में इसके विरोधियों का अंत हो जाता है।''

मैं क़तई यह निष्कर्ष नहीं निकालना चाहता हूँ कि पहले क़दम उठाना कभी भी बुद्धिमानी नहीं है। अगर हम सभी दूसरे के पहला क़दम उठाने की प्रतीक्षा करते रहेंगे तो निराली वस्तुएँ कभी भी तैयार ही नहीं होंगी। पहले क़दम उठाने वालों का लाभ तभी तक क़ायम रहता है, जब किसी प्रौद्योगिकी को पेंटेंट किया जाता है या

फिर मज़बूत नेटवर्क प्रभाव (कोई उत्पाद या सेवा उस वक़्त ज़्यादा उपयोगी हो जाती है जब उसे इस्तेमाल करने वालों की संख्या बहुत ज़्यादा हो, जैसा कि टेलीफ़ोन्स और सोशल मीडिया के साथ हुआ है) हो। लेकिन अधिकांश परिस्थितियों में पहले क़दम उठाने पर लाभ की स्थिति होने की संभावना बहुत ज़्यादा नहीं होती। और जब बाज़ार अनिश्चित, अनजान या अविकसित हो तो अग्रदूत होना पहले से तय नुक़सान की स्थिति है। यहाँ महत्त्वपूर्ण सबक़ यही है कि अगर आपके पास कोई निराला विचार है तो केवल प्रतिस्पर्धियों को पटखनी देने के लिए सबसे पहले क़दम उठाना ग़लती है। जिस तरह से टालमटोल हमें किसी काम में लचीलापन दे सकती है, ठीक उसी तरह से बाज़ार में क़दम रखने में थोड़ा विलंब, सीखने और बाज़ार की ज़रूरत के मुताबिक़ ख़ुद को ढालने में मददगार साबित होता है। यह निरालेपन से जुड़े जोख़िमों को भी कम कर देता है।

लेकिन क्या होता है जब हम अपने दृष्टिकोण का दायरा काम की निर्धारित समय-सारिणी और उत्पाद के जीवनचक्र से भी परे बढ़ा देते हैं? एक व्यक्ति के जीवनकाल में क्या बहुत ज़्यादा इंतज़ार करना भी एक जोख़िम है?

रचनात्मकता के दो जीवनचक्र : युवा प्रतिभावान और अधिक उम्र के उस्ताद

यह सोच आम है कि निरालेपन का प्रवाह युवावस्था के उत्साहपूर्ण फ़व्वारे से ही जन्म लेता है। मशहूर उद्यम पूँजीपति विनोद खोसला के शब्दों में, ''35 वर्ष की उम्र के लोग वह होते हैं जो परिवर्तन लाते हैं। 45 वर्ष से ऊपर की उम्र के लोग नए विचारों के लिहाज़ से मृतप्राय हो चुके होते हैं।'' उम्र के 20वें पड़ाव के बीच में सापेक्षता पर अपनी पहली क्रांतिकारी शोधपत्र में अलबर्ट आइंस्टीन ने इसी तरह के विचार व्यक्त किए थे, ''जो व्यक्ति 30 वर्ष की उम्र से पहले विज्ञान के क्षेत्र में कोई योगदान नहीं दे पाया है, वह बाद में कभी भी नहीं दे सकेगा।'' दुखद रूप से नवप्रवर्तक अक्सर गुज़रते वक़्त के साथ अपना निरालापन गँवा देते हैं। आइंस्टीन द्वारा सापेक्षता पर दो शोधपत्र के साथ भौतिक शास्त्र में परिवर्तन लाने के बाद, उन्होंने क्वांटम याँत्रिकी का विरोध किया, जो आगे चलकर इस क्षेत्र में बड़ी क्रांति की वजह बनी। आइंस्टीन ने अफ़सोस ज़ाहिर किया, ''मुझे अधिकारों की अवमानना के लिए दंडित करने के लिए भाग्य ने मुझे ही अधिकारी बना दिया।''

लेकिन यह पतन अवश्यंभावी नहीं है। जब कंपनियाँ सुझाव आमंत्रित करती हैं तो इस बात के प्रमाण हैं कि ज़्यादा उम्र वाले कर्मचारी ज़्यादा विचार और युवा साथियों की तुलना में बेहतर गुणवत्ता के विचार प्रस्तुत करते हैं। सबसे उपयोगी सुझाव तो 50 वर्ष से अधिक उम्र के कर्मचारियों की ओर से ही आते हैं। और

प्रौद्योगिकी स्टार्टअप्स में, जिन्होंने उद्यम इकाई पूँजी जुटाई है, संस्थापक की औसत उम्र 38 वर्ष है।

कला और विज्ञान की बात की जाए तो शिकागो के अर्थशास्त्री डेविड गेलेनसन बताते हैं कि हालाँकि हम कम उम्र में ही शीर्ष पर पहुँच जाने वाली युवा प्रतिभाओं को याद रखते हैं, ढेर सारे ऐसे अधिक उम्र वाले उस्ताद भी हैं, जिन्होंने देर से ऊँचाईयों को छुआ। मेडिसिन के क्षेत्र में 25 वर्ष की उम्र में डीएनए की डबल हेलिक्स संरचना का पता लगाने वाले प्रत्येक जेम्स वॉटसन के जवाब में एक रॉजर पैरी जैसा अधिक उम्र वाला व्यक्ति भी है, जिन्होंने 49 वर्ष की उम्र में दिमाग़ के दाएँ और बाएँ गोलार्द्ध की विभिन्न ख़ासियतों की पहचान की थी। फ़िल्म जगत में 25 वर्ष की उम्र में अपनी पहली कालजयी फ़िल्म *सिटिजन केन* देने वाले ओरसन वेल्स हैं तो अल्फ्रेड हिचकॉक भी हैं, जिन्होंने तीन दशक बाद अपने करियर की तीन सबसे बेहतरीन फ़िल्में 49 वर्ष *(वर्टिगो)*, 60 वर्ष *(नॉर्थ बाय नॉर्थवेस्ट)* और 61 वर्ष *(साइको)* की उम्र में दीं। कविता के क्षेत्र में अगर ई.ई. कमिंग्स हैं, जिन्होंने पहली प्रभावी कविता 22 वर्ष की उम्र में देने के बाद 40 वर्ष की उम्र तक अपनी सर्वश्रेष्ठ कविताओं में से आधी साकार कर दीं तो रॉबर्ट फ़्रोर्ड भी हैं जिन्होंने अपनी सर्वाधिक प्रकाशित कविताओं में से 92 प्रतिशत 40 वर्ष की उम्र के बाद ही लिखीं। रचनात्मकता के नाटकीय तौर पर विभिन्न जीवन चक्रों से क्या पता चलता है? क्यों कुछ लोग जल्दी और कुछ लोग देरी से परिपक्क होते हैं?

हमारे निरालेपन की ऊँचाइयों पर पहुँचने का समय और वहाँ पर टिके रहने की अवधि, हमारे सोचने के अंदाज़ पर निर्भर होती है। जब गेलेनसन ने रचयिताओं का अध्ययन किया तो उन्होंने नवप्रवर्तन के दो बिलकुल ही अलहदा अंदाज़ खोजे : वैचारिक और प्रायोगिक। वैचारिक नवप्रवर्तक एक बड़ी सोच का पता लगाते हैं और फिर उसे क्रियान्वित करने के लिए निकल पड़ते हैं। प्रायोगिक नवप्रवर्तक समस्याओं को प्रयास-ग़लती के ज़रिए हल करते हैं, सीखते हैं और इस प्रक्रिया के दौरान विकसित होते जाते हैं। वे एक निश्चित समस्या पर काम कर रहे होते हैं, लेकिन उनके दिमाग़ में आरंभ में कोई हल नहीं होता। पहले से ही योजना बनाने की बजाय वह आगे बढ़ते हुए उसे खोज निकालते हैं। लेखक ई.एम. फ़ॉर्स्टर के शब्दों में, मैं कैसे जान सकता हूँ कि मैं क्या सोचता हूँ, जब तक कि मैं वह देख नहीं लेता जो मैं कह रहा हूँ?

गेलेनसन के मुताबिक़ वैचारिक नवप्रवर्तक फ़र्राटा धावकों की तरह होते हैं और प्रायोगिक नवप्रवर्तक मैराथन धावकों की तरह। जब उन्होंने नोबेल पुरस्कार विजेता अर्थशास्त्रियों का अध्ययन किया तो वैचारिक नवप्रवर्तकों ने औसतन अपना सबसे प्रभावशाली काम 43 वर्ष की उम्र में किया, जबकि प्रायोगिक नवप्रवर्तकों ने यह 61 वर्ष की उम्र में किया। जब उन्होंने विख्यात कवियों की सबसे ज़्यादा लिखी

गई कविताओं का अध्ययन किया तो पाया कि वैचारिक नवप्रवर्तकों की सर्वश्रेष्ठ रचनाएँ 28 वर्ष की उम्र में साकार हुईं जबकि प्रायोगिक नवप्रवर्तकों को इसके लिए 39 वर्ष की उम्र तक इंतज़ार करना पड़ा। नोबेल पुरस्कार विजेता भौतिकशास्त्रियों के एक स्वतंत्र अध्ययन में पाया गया कि सबसे कम उम्र के प्रतिभावानों की उम्र 30 से कम थी, इनमें से ठीक आधे वैचारिक नवप्रवर्तक थे जिन्होंने सैद्धांतिक काम किया। 45 वर्ष और उससे अधिक उम्र के उस्तादों में 92 प्रतिशत ने प्रायोगिक कार्य किया।

वैचारिक और प्रायोगिक नवप्रवर्तकों के बीच का यह आधारभूत अंतर बताता है कि क्यों कुछ निराले लोग जल्दी चरम हासिल कर लेते हैं, जबकि अन्य को इसमें देर लगती है। वैचारिक नवप्रवर्तन तेज़ी से किया जा सकता है, क्योंकि इसमें विधिवत जाँच को लगने वाले कई वर्ष ज़रूरी नहीं होते। जब वॉटसन और क्रिक ने डीएनए की डबल हेलिक्स संरचना खोजी थी, उन्हें जानकारी के जमा होने का इंतज़ार नहीं करना पड़ा था। उन्होंने एक त्रिआयामी सैद्धांतिक प्रारूप तैयार कर लिया था और रोसालिंड फ्रैंकलिन द्वारा मुहैया कराई गई एक्सरे के साथ उसे जाँच लिया था। इसके अलावा वैचारिक नवप्रवर्तन इसलिए भी जल्दी होते हैं, क्योंकि जब हम किसी समस्या को ताजा दृष्टिकोण के साथ देखते हैं तो बेहद चौंकाने वाला मौलिक विचार आसानी से आने की संभावना बहुत ज़्यादा होती है। गेलेनसन ने पाया, ''वैचारिक नवप्रवर्तक किसी क्षेत्र से जुड़ने के बाद अपना पहला महत्त्वपूर्ण योगदान बहुत जल्दी दे देते हैं।'' यही वज़ह है कि एक बार समस्याओं को परंपरागत तरीक़े से देखने में उलझने के बाद वैचारिक नवप्रवर्तकों की मौलिकता में गिरावट देखने को मिलती है। गेलेनसन ख़ुलासा करते हुए बताते हैं :

> *बढ़ती उम्र के साथ वैचारिक नवप्रवर्तकों में अपने जवानी के दिनों जैसी शानदार उपलब्धियाँ हासिल करने की क्षमता में गिरावट की वज़ह उनके जादुई कौशल में कमी के कारण नहीं है। बल्कि इसकी वज़ह उनके पास अनुभव का जमा होते जाना है। वैचारिक नवप्रवर्तकों का वास्तविक दुश्मन है सोचने की एक तय प्रक्रिया का जड़ें जमा लेना... वैचारिक नवप्रवर्तक अपनी किसी शुरुआती उपलब्धि के ही आभामंडल के गुलाम बन सकते हैं।*

वैचारिक नवप्रवर्तक के तौर पर आइंस्टीन की ठीक यही समस्या थी। जब उन्होंने विशेष सापेक्षता का सिद्धांत विकसित किया, वह वैज्ञानिक अध्ययन नहीं कर रहे थे, लेकिन उन्होंने प्रयोग की सोची : वह रोशनी की एक किरण का पीछा करने की कल्पना कर रहे थे। विज्ञान में उनका प्रमुख योगदान वह विचार और सिद्धांत थे, जिन्होंने दूसरे लोगों के प्रयासों के परिणामों का ख़ुलासा किया। आइंस्टीन ने

एक बार जब अपने सापेक्षता के सिद्धांतों को अंगीकार कर लिया तो उन्हें इससे अलग क्वांटम भौतिकी के लिए ज़रूरी सिद्धांतों को स्वीकारने में संघर्ष करना पड़ा। गेलेनसन बताते हैं कि कविता में ई.ई. कमिंग्स को भी ठीक इसी तरह की बाधा का सामना करना पड़ा था। अपनी उम्र के 20वें दशक में भाषा, व्याकरण और विराम चिह्न को लेकर अपने ही नियम सोच लेने के बाद उनके 50 वर्ष की उम्र तक पहुँचने तक एक आलोचक के मुताबिक़, ''कमिंग्स आज भी केवल एक ही प्रयोग तक सीमित प्रयोगवादी हैं। कमिंग्स के बारे में एक दिलचस्प बात यह है कि वह हमेशा विकसित होने की बात करते हैं और वैसे के वैसे बने रहते हैं।'' बाद में जब कमिंग्स 65 वर्ष के हो गए तो एक अन्य समीक्षक ने टिप्पणी की, ''कमिंग्स बहुत ही साहसिक मौलिक कवि हैं,'' लेकिन ''उनकी किताबें पूरी तरह से एक जैसी हैं।'' मनोवैज्ञानिक अब्राहम मेस्लो का कहना है कि जब आपके पास हथौड़ा हो तो हर वस्तु बस कील जैसी ही दिखने लगती है।

इसके विपरीत जहाँ प्रायोगिक नवप्रवर्तन में ज़रूरी ज्ञान और कौशल हासिल करने कई बरस या दशक लग सकते हैं, यह मौलिकता का ज़्यादा टिकाऊ स्रोत बन जाता है। रॉजर स्पेरी को विभाजित दिमाग़ वाली बिल्लियों और इंसानी मरीजों पर यह जानने के लिए प्रयोग करने में बरसों लग गए कि दिमाग़ के गोलार्द्ध कैसे काम करते हैं। रॉबर्ट फ्रॉस्ट उम्र के 20वें दशक में कोई भी सर्वाधिक लोकप्रिय कविता नहीं लिख पाए, 30 वर्ष की उम्र में भी इस लिहाज़ से उनका योगदान 8% ही रहा। 40 वर्ष की उम्र और फिर 60 वर्ष की उम्र में उनकी प्रतिभा पूरी तरह से पल्लवित हुई। कवि रॉबर्ट लॉवेल के शब्दों में, ''क़दम दर क़दम, फ्रॉस्ट ने जगहों और लोगों का निरीक्षण किया, जब तक कि उनकी सर्वश्रेष्ठ कविताओं में... महान उपन्यासों जैसी भव्यता नहीं आ गई।'' किसी खोजी की तरह फ़्रॉस्टर ने दुनिया घूमकर सामग्री जुटाई। वास्तविक संवादों को बड़े ध्यान से सुना। फ्रॉस्ट ने स्वीकारा, ''मैं कभी भी ऐसे शब्द या शब्दों का ऐसा संयोजन इस्तेमाल नहीं करता था, जो मैंने किसी बातचीत में सुना नहीं हो।'' उनकी हर कविता विभिन्न तत्वों के मिश्रण का एक प्रयोग थीं। वह कहते हैं, ''लेखक के लिए कुछ अप्रत्याशित नहीं, पाठक के लिए कुछ अप्रत्याशित नहीं। जब मैं कविता की शुरुआत करता हूँ तो मैं नहीं जानता–मैं ऐसी कविता नहीं चाहता जिसे लेकर मैं यह कहूँ कि यह अच्छे अंत को ध्यान में रखकर लिखी गई थी... आपको ही उसके अंत को खोजने वाला प्रसन्न खोजी होना चाहिए।''

वैचारिक नवप्रवर्तकों में शुरुआती जीवन में निराले विचारों को जन्म देने की प्रवृत्ति होती है, लेकिन उन पर अपने ही विचारों की नक़ल का भी जोख़िम होता है। प्रायोगिक तरीक़े में ज़्यादा वक़्त लगता है, लेकिन यह ज़्यादा नया किए जा सकने की संभावना वाला होता है : अपने ही पुराने विचारों को दोबारा जन्म प्रस्तुत करने

की बजाय प्रयोग हमें नए विचारों को खोजने में मदद करते हैं। विद्वानों के मुताबिक़, मार्क ट्वेन ने 49 वर्ष की उम्र में प्रयोग और ग़लतियों की प्रणाली का इस्तेमाल करते हुए *एडवेंचर ऑफ़ हकलबेरी* लिखी और ''और आगे बढ़ते हुए अपने व्यवहार्य कथानक का पता लगाया। बिना किसी तय प्रण के या दिमाग़ में किसी योजना के।'' ट्वेन ने ख़ुद कहा, ''जैसे-जैसे छोटी कहानी लंबी कहानी में विकसित होती जाती है, मूल विचार (मूल भाव) का ख़त्म होना तय है और इसकी जगह एक अलग ही क़िस्म का विचार ले लेता है।''

उम्र और अनुभव बढ़ने के साथ अपनी मौलिकता को चिरस्थायी रखने के लिए हमारे लिहाज़ से प्रायोगिक तरीक़ा ही सर्वश्रेष्ठ है। हम क्या रचना चाहते हैं उसकी कम ही योजनाएँ बनाएँ और विभिन्न तरह की संभावित विचारों और हलों का परीक्षण करें। अंत में अगर हम पर्याप्त रूप से धैर्यवान होंगे तो हमें कोई ऐसी बात मिल ही जाएगी जो सबसे अलग और उपयोगी होगी। प्रायोगिक तरीक़ा लियोनार्दो द विंची के लिए बेहद उपयोगी साबित हुआ : उन्होंने पेंटिंग द *लास्ट सपर* 46 वर्ष की उम्र में पूरी की और 50 की उम्र के बाद *मोनालिसा* पर काम शुरू किया। एक विद्वान के मुताबिक़, ''केवल रेखाचित्र बनाकर ही वह समझ सके कि उनका दृष्टिकोण स्पष्ट है या नहीं। लियोनार्दो मिट्टी के साथ काम करने वाले मूर्तिकार की तरह काम करते हैं, जो किसी भी रूप को अंतिम नहीं मानता, लेकिन उसे बनाने की ओर अग्रसर होता है, यहाँ तक कि वह मूल विचार को ही त्याग देने तक के लिए तैयार होता है।''

मार्टिन लूथर किंग जूनियर भी प्रायोगिक नवप्रवर्तक थे। अपना ''ड्रीम'' वाला भाषण देने के वक़्त महज़ 34 वर्ष के होने के बाद भी नागरिक अधिकारों पर बोलने का यह उनका 20वाँ साल था। 15 वर्ष की उम्र में नागरिक अधिकारों पर मौलिक भाषण देने के कारण उन्हें प्रांतीय स्तर पर अंतिम मुक़ाबले में प्रवेश मिला था। बीच के दशक के दौरान उन्होंने अपने दृष्टिकोण को निखारने के लिए कई संभावित गीतों को आज़माया। अपने हज़ारों भाषणों के दौरान वह विभिन्न धुनों और सही जगह पर थमने को परख़ते रहे। किसी पुराने उस्ताद की तरह का अनुभव हासिल कर लेने के बाद, उन्होंने निरालापन हासिल किया। प्रबंधन क्षेत्र के विद्वान कार्ल विक के मुताबिक़, ''पुरानी बातों को नया कलेवर देकर और नई बातों को पुराना कलेवर देकर।''

जो इंतज़ार करते हैं और जो प्रयोगवादी हैं, अच्छी बातें उन तक पहुँच जाती हैं। निराला बनने में कभी देरी नहीं होती। वास्तुकला के अपने सबसे मशहूर काम, फ़ालिंगवॉटर के लिए, अनुबंध मिलने के बाद फ्रेंक लॉयड राइट ने लगभग एक वर्ष आराम करते हुए छिटपुट रेखाचित्रों पर काम किया। अंत में 68 वर्ष की उम्र में उन्होंने उसे अंतिम रूप दिया। रेमंड डेविस को भौतिकशास्त्र में जिस रिसर्च के लिए

नोबेल पुरस्कार मिला वह उन्होंने 51 वर्ष की उम्र में शुरू करके 80 वर्ष की उम्र में समाप्त किया था। आप जितने ज़्यादा प्रयोग करते हैं आप पर पुराने वक़्त के अपने विचारों का दबाव उतना ही कम होता जाता है। आप अपने श्रोताओं से, कैनवास पर या उपलब्ध जानकारी के आधार पर सीखते हैं। अपनी कल्पना के सुरंगनुमा एकतरफ़ा दृष्टिकोण में उलझे रहने की बजाय बाहरी दुनिया को देखकर आप अपने दृष्टिकोण को और अधिक तीक्ष्ण कर लेते हैं।

युवा प्रतिभाओं के लिए फ़र्राटा गति एक अच्छी रणनीति है, लेकिन पुराना मँजा हुआ उस्ताद बनने के लिए एक मैराथन धावक की तरह प्रयोगों से गुज़रने का धैर्य होना चाहिए। दोनों ही रचनात्मकता के रास्ते हैं। फिर भी हममें से वे लोग जिनके दिमाग़ में अंतर्दृष्टि की कौंध से विचार नहीं आते, धीमा और स्थिर प्रयोगों का रास्ता उनसे निरालेपन के लंबे पथ को आलोकित कर सकता है। लेखक डेनियल पिंक कहते हैं, ''निश्चित तौर पर बिना किसी उपलब्धि वाला हर 65 वर्षीय व्यक्ति अनजान प्रायोगिक नवप्रवर्तक नहीं होता। लेकिन यह अनवरत उत्सुक रहने वाले, हमेशा काम में जुटे रहने वाले, समर्पित कछुओं के खरगोशों की तेज़ी से अप्रभावित रहने के संकल्प को मज़बूत तो कर ही सकता है।''

5

मध्यमार्गी और छिपकर हमला बोलने वाले

गठबंधन बनाना और क़ायम रखना

"अब स्टार-बेली वाले स्निचेस
के पेट पर सितारे थे, प्लेन-बेली स्निचेस
के पेट पर कुछ नहीं था। ये सितारे बहुत बड़े थे और वे
इतने छोटे थे कि आप शायद यह सोचें कि इसका कोई मायने ही
नहीं होगा। लेकिन, चूँकि उनके पेट पर सितारे जड़े थे,
तो सभी स्टार-बेली स्निचेस शेख़ी बघारेंगे,
'हम इस तट पर मौज़ूद सबसे उम्दा स्निचेस हैं।' वे अपने थूथनों को
हवा में उठाकर सूँघेंगे और उससे आवाज़ निकालेंगे।
'हमें प्लेन-बेली स्निचेस से कुछ लेना-देना
नहीं है!'"

—डॉ. स्यूस

उनकी महानता की यादें धूमिल पड़ चुकी हैं, लेकिन अमेरिका में महिलाओं की पीड़ा के लिए किसी ने भी लूसी स्टोन से ज़्यादा काम नहीं किया होगा। 1855 में उन्होंने महिला के अधिकारों के लिए एक ऐसा रुख़ अपनाया कि हज़ारों महिलाएँ उनके पीछे चल पड़ीं, उन्हें सम्मान देने के लिए हर महिला ख़ुद को लूसी स्टोन कहने लगीं। अगली एक सदी में लूसी स्टोन लीग में विमान चालक एमेलिया इयरहार्ट, कवियत्री एडना सेंट विंसेंट मिले और कलाकार जॉर्जिया ओ'कीफ़ तक शामिल हो चुकी थीं। आज की दुनिया में लूसी स्टोन कहलाने की

हक़दार महिलाओं में बियोंस, शेरिल सैंडबर्ग, सारा जेसिका पार्कर और स्पेंक्स की संस्थापिका सारा ब्लैकली शामिल हैं।

लूसी स्टोन अमेरिका में ऐसी पहली महिला थीं, जिन्होंने शादी के बाद भी अपना मूल नाम क़ायम रखा। यह उनके द्वारा किए गए अनेक ऐतिहासिक कामों में से पहला था : वह मेसाच्यूसेट्स की पहली स्नातक महिला थीं। वह महिला अधिकारों के लिए पूर्णकालिक लेक्चरर बनने वाली पहली अमेरिकी थीं, जिन्होंने अनगिनत समर्थकों की फ़ौज-सी खड़ी कर दी थी और कई विरोधियों तक को आंदोलन में शामिल होने के लिए तैयार कर लिया था। वह उन चंद महिलाओं में से थी, जो महिला अधिकारों के अलावा सार्वजनिक सभाओं में बोलती थीं। उन्होंने राष्ट्रीय सम्मेलनों का नेतृत्व किया और उन्होंने देश का अग्रणी महिला समाचार पत्र *वीमेंस जर्नल* लांच किया, जो आधी सदी तक चला। कैरी चेपमैन केट के शब्दों में महिलाओं को मताधिकार की ख़ातिर 19वें संविधान संशोधन को लेकर सफल अभियान चलाने वाले, "महिलाओं का मताधिकार की सफलता का उल्लेख बिना *वीमेंस जर्नल* के योगदान के नहीं किया जा सकता।।"

1851 में स्टोन ने महिलाओं के अधिकारों के लिए एक सम्मेलन आयोजित किया, लेकिन तब तक मंच पर नहीं पहुँची जब तक कि उन्हें अंतिम दिन बोलने के लिए मना नहीं लिया गया। स्टोन ने कहा, "हम समाज के पिछलग्गू बनने से कुछ ज़्यादा चाहते हैं।" उन्होंने महिलाओं से आह्वान किया कि वह राज्य विधानसभाओं में मताधिकार और संपत्ति पर अधिकार के लिए याचिकाएँ दाख़िल करें। उनके भाषण को, महिला अधिकार आंदोलन को तेज़ी देने वाले के तौर पर जाना जाता है। उनके शब्द अटलांटिक महासागर के पार तक चले गए, जहाँ उन्होंने दार्शनिकों जॉन स्टुअर्ट मिल और हैरियट टेलर मिल को महिलाओं के मताधिकार पर सुप्रसिद्ध निबंध छापने के लिए प्रेरित किया। यह इंग्लैंड में महिलाओं के मताधिकार की जंग में शामिल महिलाओं के लिए मददग़ार साबित हुआ।

अमेरिका में सबसे ज़्यादा उल्लेखनीय असर शायद रोचेस्टर की एक शिक्षिका पर हुआ। सूज़न बी. एंथनी नाम की यह शिक्षिका स्टोन का भाषण सुनने के बाद मताधिकार आंदोलन में शामिल हो गई। दो वर्ष बाद उस युग की मताधिकार की लड़ाई की एक और महान हस्ती एलिज़ाबेथ केडी स्टेंटन ने स्टोन के बारे में एंथनी को एक प्रशंसा पत्र लिखा, "हमारे यहाँ कोई भी महिला उनकी बराबरी नहीं कर सकती।"

अगले तक़रीबन डेढ़ दशक तक स्टोन, एंथनी और स्टेंटन, महिला मताधिकार के आंदोलन के संयुक्त नेताओं के तौर पर देखे गए। लेकिन महिलाओं को समान मताधिकार का सपना पूरा होने से पहले ही उनका गठबंधन बिखर गया।

1869 में एंथनी और स्टेंटन ने स्टोन के साथ अपने संबंध तोड़ लिए। उन्होंने अपना महिला मताधिकार संगठन बना लिया। इसके बाद पुराने साथियों के बीच बेहद कड़वी लड़ाई हुई। अपने-अपने अख़बार प्रकाशित किए गए, याचिकाएँ दाख़िल की गईं और अलग-अलग पूँजी जुटाई गई। विधान मंडल के सामने भी अलग-अलग ही अपनी बात रखी गई। इतिहासकार जीन बेकर अफ़सोस जताते हुए कहती हैं, ''विभाजन ने उस आंदोलन की ऊर्जा को दोफाड़ कर दिया, जो पहले से ही संख्याबल और संगठनात्मक तौर पर सीमित था।'' इसने उस रूढ़िवादी विचार को दोबारा तरोताज़ा कर दिया कि राजनीति महिलाओं के बस की बात नहीं। इससे अख़बारों ने भी इस आंदोलन की महान वज़ह को परे रखकर इसे ''मुर्गियों की लड़ाई'' के तौर पर प्रचारित करना शुरू कर दिया। एंथनी ने स्टोन्स के संगठन से नेताओं को अपनी ओर करने के लिए सेंध लगाने का फ़ैसला किया। स्टोन को लेकर एंथनी और स्टेंटन के मन में इतना ज़्यादा वैरभाव था कि उन्होंने अपने मताधिकार आंदोलन के इतिहास से उनका ज़िक्र तक हटा दिया। इससे स्टेंटन की बेटी तक आहत हुई, जिन्होंने ख़ुद स्टोन पर एक पूरा अध्याय लिखकर उसे जोड़ दिया। चूँकि तीनों ही नेताओं का एक ही उद्देश्य को लेकर गहरी प्रतिबद्धता थी, तो आख़िर क्यों उनके बीच के संबंधों का अंत ऐसे गर्म और विनाशकारी संघर्ष से हुआ?

यह अध्याय इस बात का अध्ययन करेगा कि कैसे निराले व्यक्ति गठबंधन बनाकर अपने लक्ष्य को हासिल करने की ओर अग्रसर होते हैं और इस गठबंधन की राह की बाधाओं से कैसे निपटा जाए। पारिभाषिक तौर पर, यथास्थिति को बदलने के अधिकांश प्रयासों में एक आंदोलन होता है, जिसके ज़रिए अल्पसंख्यक समूह द्वारा बहुसंख्यकों को चुनौती दी जाती है। गठबंधन मज़बूत तो होते हैं, लेकिन वे स्वाभाविक रूप से अस्थिर होते हैं-वे गठबंधन के भीतर मौज़ूद व्यक्तियों के संबंधों पर बहुत ज़्यादा निर्भर होते हैं। लूसी स्टोन के सूज़न बी. एंथनी और एलिज़ाबेथ केडी स्टेंटन के साथ विवाद ने मताधिकार आंदोलन के सबसे मज़बूत गठबंधन को बिखेरकर रख दिया था, जो लगभग इसके अंत की ही वज़ह बन गया था। उनकी चुनौतियों के विश्लेषण-के साथ एक प्रतिभावान उद्यमी के लोगों से ख़ुद को एक मौक़ा देने के लिए गिड़गिड़ाने, एक सफल डिज़्नी फ़िल्म जो लगभग इससे वंचित ही रह जाती और वॉल स्ट्रीट पर क़ब्ज़े का आंदोलन-से आप देखेंगे कि कैसे एक प्रभावी गठबंधन को साकार करने के लिए सम्मानित गुणों और व्यावहारिक नीतियों के बीच नाज़ुक संतुलन को कैसे साधा जाता है। यह करते हुए आप जान जाएँगे कि क्यों ''ओ कैनेडा'' को गाना हमें गठबंधन बनाने में मदद कर सकता है, क्यों समान मूल्यों की तुलना में समान रणनीति ज़्यादा प्रभावी होती है, क्यों पूर्वी और दक्षिणी प्रांतों की तुलना में पश्चिमी प्रांतों ने पहले मताधिकार हासिल किया और

क्यों अक्सर दोस्त के वेश में मौज़ूद दुश्मनों से तो सीधे दुश्मनों के साथ ही हाथ मिला लेना ज़्यादा समझदारी का काम होता है।

महत्त्वपूर्ण अंतर्दृष्टि है गोल्डीलॉक्स का गठबंधन सिद्धांत यानी एक ऐसा गठबंधन जो सबके लिहाज़ से अनुकूल हो। आंदोलन शुरू करने वाले निराले व्यक्ति अक्सर इसके सबसे अधिक उग्र विचारों वाले सदस्य होंगे, जिनके विचार और आदर्श, उनका पालन करने वाले लोगों के लिए बहुत ज़्यादा कठिन होंगे। विरोधी समूहों के साथ गठबंधन बनाने के लिए, बेहतर होगा कि आंदोलन को थोड़ा-सा नर्म कर दिया जाए, जितना संभव हो सके इसे शांत कर दिया जाए। फिर भी आंदोलन के उद्देश्य से ही जुड़ने के लिए सहयोगियों को आकर्षित करने के लिए सबसे बेहतर तरीक़ा संदेश को पर्याप्त रूप से नर्म कर दिया जाए ताकि यह ना ज़्यादा उग्र ना ज़्यादा नर्म हो, बस बिलकुल संतुलित हो।

छोटी-सी असहमतियों का अहंकार

हम मान लेते हैं कि समान लक्ष्य समूहों को बाँधे रहते हैं, लेकिन वास्तविकता यह है कि यही अक्सर समूह के टूटने की वज़ह बनते हैं। डार्टमाउथ मनोवैज्ञानिक जूडिथ वाइट के मुताबिक़ इन दरारों को समझने के लिए जो नज़रिया चाहिए उसे क्षैतिज शत्रुता की अवधारणा कहते हैं। यानी कि एक अल्पसंख्यक समूह द्वारा समकक्ष मगर मुख्य धारा के माने जाने वाले अल्पसंख्यक समूह के प्रति दिखाया जाने वाला पूर्वाग्रह। हालाँकि उनका आधारभूत उद्देश्य एक ही होता है, बुनियादी सुधारों के समर्थक अक्सर ज़्यादा तौर पर मुख्य धारा से जुड़े समूहों को कपटी और बिका हुआ बताकर अपमानित करते हैं। जैसा कि सिगमंड फ्रायड ने एक सदी पहले लिखा था, ''ज़ाहिर तौर पर लोगों के बीच की छोटी-सी अहसमतियाँ, अन्यथा उनके एक समान होने के बावज़ूद, एक-दूसरे के प्रति अनभिज्ञता और बैर की वज़ह बनती हैं।''

वाइट ने यह क्षैतिज शत्रुता हर कहीं देखी। जब एक बधिर महिला ने मिस अमेरिका ख़िताब जीता तो पथप्रदर्शक के तौर पर उनकी प्रशंसा करने की बजाय बधिर कार्यकर्ताओं ने इसके ख़िलाफ़ प्रदर्शन किया। चूँकि वह संकेत चिह्नों का इस्तेमाल किए बग़ैर बोलती थी, वह ''पर्याप्त तौर पर बधिर'' नहीं थी। जब एक साँवली मगर मूलतः अश्वेत महिला को एक यूनिवर्सिटी में क़ानून का प्रोफ़ेसर नियुक्त किया गया तो अश्वेत छात्रों के संगठन ने इस आधार पर इसका विरोध किया कि वह पर्याप्त रूप से अश्वेत नहीं है। बुनियादी सुधारों के समर्थक पर्यावरण कार्यकर्ता ने ज़्यादा मुख्यधारा के ग्रीन पीस को यह कहते हुए ख़ारिज कर दिया, ''वह आर्थिक लाभ के लिए तैयार नासमझ राक्षस है। हरित आंदोलन की अखंडता

के लिए एक सक्रिय ख़तरा।'' यह बताने के लिए कि इस तरह की दुश्मनी की वज़ह क्या है, वाइट ने विभिन्न आंदोलनों और अल्पसंख्यक समूहों में क्षैतिज शत्रुता पर दिलचस्प रिसर्च किया।

एक अध्ययन के तहत, पशुओं से मिले किसी भी तरह के आहार को नहीं खाने वालों (वीगन्स) और शाकाहारियों (वेजिटेरियंस) ने अपने और एक-दूसरे के समूहों का सामान्य जनता की तुलना में मूल्याँकन किया। वीगन्स के मन में शाकाहारियों को लेकर, शाकाहारियों के मन में वीगन्स की तुलना में तीन गुना ज़्यादा पूर्वाग्रह था। हद दर्ज़े के वीगन्स की नज़रों में मुख्य धारा के शाकाहारी महज़ नक़लची थे : उनके मन में उद्देश्य को लेकर कोई ख़ास चिंता नहीं है, वे अंडे की तरह के पशु उत्पाद नहीं खाएँगे। ग्रीस में किए गए एक अन्य अध्ययन में सबसे रूढ़िवादी दल के सदस्यों ने लगभग अपने जैसे ही दल को एक सुधारवादी दल की तुलना में अधिक नापसंद किया। सबसे खुले विचारों वाले दल के लोग सबसे रूढ़िवादी दल की तुलना में सबसे सुधारवादी दल के प्रति ज़्यादा सख़्त पाए गए। रूढ़िवादी यहूदियों ने धार्मिक रीतियों या अवकाशों को नहीं मानने वाली साधारण यहूदी महिलाओं की तुलना में रूढ़िवादी यहूदी महिलाओं का ज़्यादा नकारात्मक मूल्याँकन किया। संदेश एकदम स्पष्ट था : अगर आप सच्चे समर्थक हो तो आप पूरी तरह से स्वीकार्य हैं। आप ख़ुद की पहचान को जितना अधिक किसी अतिवादी समूह से जोड़ेंगे, आपके लिए ख़ुद को मध्य श्रेणी के उस समूह से अलग दिखा पाना, मुश्किल भरा होगा, जो आपके मूल्यों के लिए ख़तरा हैं।

दरअसल, यही क्षैतिज बैर, सूज़न बी. एंथनी और एलिज़ाबेथ केडी स्टेंटन के लूसी स्टोन से अलगाव की वज़ह बना। एंथनी और स्टेंटन तुलनात्मक तौर पर ज़्यादा उग्र सुधारवादी थीं, जबकि स्टोन मुख्य धारा वाली थीं। उनके बीच दरार 1866 में पड़ी जब एंथनी और स्टेंटन ने एक जाने-पहचाने नस्लवादी जॉर्ज फ्रांसिस ट्रेन से हाथ मिलाया, जिन्होंने महिला मताधिकार आंदोलन का सहयोग करना इसलिए स्वीकारा कि उन्हें लगता था कि महिलाएँ ही अफ्रीकी अमेरिकियों के राजनीतिक प्रभाव की लग़ाम कस सकती हैं। स्टोन उन्हें ट्रेन के साथ प्रचार करते और अपने प्रयासों को भुनाता हुआ देखकर बिफ़र गईं।

दरार और बड़ी होती चली गई, जब एंथनी और स्टेंटन ने अफ्रीकी-अमेरिकी पुरुषों को मताधिकार देने वाले 15वें संविधान संशोधन प्रस्ताव का विरोध कर दिया। उन्होंने एक बहुत ही कड़ी रेखा खींच दी-अगर महिलाओं को मताधिकार नहीं दिया जाता है तो अन्य अल्पसंख्यक समूहों को भी यह अधिकार नहीं मिलना चाहिए। उनकी स्थिति केवल इसलिए बुनियादी सुधारों के समर्थकों जैसी नहीं थी कि वे लचीले नहीं थे, बल्कि इसलिए भी थी कि वे उन उदारवादी घटकों तक पहुँचने की कोशिश कर रहे थे, जो संशोधन के पक्ष में थे। स्टोन की सहानुभूति

दासता विरोधियों के प्रति ज़्यादा थी। समान अधिकारों के एक सम्मेलन में उन्होंने अश्वेत आंदोलनकारियों और एंथनी व स्टेंटन के बीच सुलह का प्रयास भी किया। उन्होंने गठबंधन को जारी रखने का समर्थन करते हुए घोषणा की :

> *शायद दोनों ही सही हैं, महिलाओं के पास ग़लतियों का महासागर है किसी भी पतन के लिए पर्याप्त गहरा और नीग्रो के पास भी ग़लतियों का महासागर है, जिसकी थाह नहीं ली जा सकती। मैं ईश्वर को 15वें संशोधन के लिए धन्यवाद देना चाहती हूँ और उम्मीद करती हूँ कि यह हर प्रांत में स्वीकार लिया जाएगा। मैं हर एक के प्रति शुक्रगुज़ार रहूँगी, अगर कोई भी उस भयावह गड्ढे से बाहर निकल आता है।*

एंथनी और स्टेंटन ने स्टोन के अश्वेत पुरुषों के लिए मताधिकार को समर्थन दिए जाने को महिलाओं के अभियान के साथ दग़ाबाजी के तौर पर देखा। उन्होंने एक संयुक्त संगठन की अपनी प्रतिबद्धता को त्यागते हुए अगले ही सप्ताह मई, 1869 में, अपने राष्ट्रीय महिला मताधिकार संगठन का ऐलान कर दिया। स्टोन और सहयोगियों के एक समूह ने एक पत्र प्रकाशित कर ज़्यादा वृहद् संगठन के गठन की माँग की, लेकिन इसका कोई लाभ नहीं हुआ। शरद ऋतु तक उनके पास अपना अलग संगठन बनाने के अलावा कोई भी विकल्प नहीं बचा था। दो दशक से भी ज़्यादा उन्होंने दूरियाँ बनाई रखीं, कुछ मामलों में अलग-अलग काम करते रहे और कुछ में एक-दूसरे के ख़िलाफ़।

महिला मताधिकार आंदोलन में फूट पड़ जाने के कारण लूसी स्टोन को एंथनी और स्टेंटन की ही तरह नए सहयोगियों की ज़रूरत आन पड़ी। उन सभी को एक अनपेक्षित जगह से समर्थन मिला-महिलाओं के ईसाई टेम्परेन्स यूनियन (डब्ल्यूसीटीयू) से। इस संगठन का गठन शराब की बुराइयों के ख़िलाफ़ था, क्योंकि शराब पीकर पुरुष अक्सर अपनी पत्नियों की पिटाई कर दिया करते थे और उनके परिवार ग़रीबी में जीने पर मज़बूर हो जाते थे। मताधिकार समूहों के ठीक विपरीत डब्ल्यूसीटीयू बेहद रूढ़िवादी था। इसके सदस्य मध्य व ऊपरी समूह की महिलाएँ होती थीं, जिनका धार्मिक परंपराओं और परंपरागत मूल्यों में दृढ़ विश्वास था। फिर भी किसी तरह से डब्ल्यूसीटीयू और मताधिकार समर्थकों के बीच साझेदारी देश के हर प्रांत में आकार लेने लगी। मताधिकार के समर्थकों के डब्ल्यूसीटीयू से गठबंधन की वज़ह स्पष्ट थी : मताधिकार समर्थकों की बात का अब विधानसभा में कोई मूल्य नहीं था, साथ ही उनके ख़िलाफ़ काम करने के लिए मताधिकार विरोधी संगठनों की बाढ़-सी आ चुकी थी। मताधिकार समर्थक संगठनों की सदस्यता में भी गिरावट देखी जा रही थी। 1880 के दशक की शुरुआत तक स्टेंटन और एंथनी के संगठन की सदस्य संख्या महज़ 100 तक गिर चुकी थी। इस दौरान डब्ल्यूसीटीयू

की सदस्यता में मानो विस्फोट-सा आ चुका था, 1874 में कुछ हज़ार से शुरुआत के बाद यह 1876 तक 13 हज़ार तक पहुँच चुकी थी। 1890 तक तो यह संख्या एक लाख का आँकड़ा पार कर चुकी थी। देश के सबसे बड़े महिला संगठन के समर्थन से मताधिकार समर्थक अर्थपूर्ण तरीक़े से आगे बढ़ सकते थे। पहेली यह है कि डब्ल्यूसीटीयू क्यों मताधिकार समर्थकों के साथ सहयोग के लिए तैयार हो गया।

एक बेहद चतुर प्रयोग के तहत, स्टेनफ़ोर्ड के रिसर्चर्स स्कॉट विल्टरमथ और चिप हीथ ने तीन-तीन लोगों के समूहों को राष्ट्रगान ''ओ कैनेडा'' को विभिन्न परिस्थितियों में एक ही वक़्त सुनने के लिए दिया। नियंत्रित परिस्थितियों में प्रतिभागियों ने गाना बजने के दौरान मौन रहकर शब्दों को पढ़ा। समकालिक परिस्थितियों में उन्होंने ज़ोर-ज़ोर से वह गाना गाया। विषमकालिक परिस्थितियों में उन सभी ने गाया, लेकिन बिना तालमेल के : हर व्यक्ति ने गाने को अलग ताल पर सुना।

प्रतिभागियों को लग रहा था कि उनकी गायन को परखा जा रहा है। लेकिन यहाँ एक पेंच था : गाना गाने के बाद उन्हें एक अलग ही अध्ययन में शामिल कर लिया गया। वहाँ उन्हें मिला हुआ पैसा अपने पास रखने या साझा कर समूह से सहयोग करने के दो विकल्प उपलब्ध थे। गाना गाते हुए कुछ पल साथ बिताने के कारण माना जा रहा था कि यह उनके व्यवहार को प्रभावित नहीं करेगा, लेकिन इसने किया। जिस समूह ने साथ मिलकर गाना गाया था उसने धन को भी साझा किया। उनकी एक-दूसरे के प्रति भावना भी एक समान थी और वह अन्य परिस्थितियों में मौज़ूद प्रतिभागियों की तुलना में उनका व्यवहार एक टीम की तरह ज़्यादा था।*

हमारे मूल्यों को साझा करने वाले समूहों के साथ गठबंधन में हम सामरिक रणनीति साझा करने का महत्त्व अनदेखा कर देते हैं। हाल ही में समाजशास्त्रियों नॉर्थवेस्टर्न यूनिवर्सिटी के वूसियोक जंग व ब्रेडन किंग और स्टेनफ़ोर्ड यूनिवर्सिटी की सारा सोल ने सामाजिक आंदोलनों में असाधारण गठबंधनों का निरीक्षण किया-जैसे पर्यावरणपरक और समलैंगिक अधिकार कार्यकर्ता, महिला आंदोलन और शांति आंदोलन और एक नौसैनिक अड्डा और एक मूल अमेरिकी जनजाति। उन्होंने पाया

*येल की मनोवैज्ञानिक एरिका बूथबी द्वारा किए गए एक प्रयोग के दौरान लोगों को चॉकलेट उस वक़्त ज़्यादा पसंद आई जब उन्होंने अन्य व्यक्तियों के साथ उसे एक ही समय में चखा। मुझे चॉकलेट से नफ़रत है, सो यह प्रयोग मेरे लिए कारगर नहीं होता-लेकिन उनके बाद में किए गए अध्ययन से पता चला कि बेहद कड़वी चॉकलेट को जब किसी और के साथ एक ही वक़्त में खाया गया तो यह और अधिक अरुचिकर साबित हुई। ज़ाहिर तौर पर सकारात्मक और नकारात्मक अनुभवों में उस वक़्त इजाफ़ा हुआ, जब हमने उन्हें साझा किया, यह और अधिक समरूपता की भावना की वज़ह बना।

कि रणनीति साझा करना गठबंधन का एक महत्त्वपूर्ण भविष्य सूचक है। अगर आपने पिछला दशक आंदोलनों, मोर्चों में भाग लेते हुए बिताया है, तो इसी तरह से काम करने वाले किसी अन्य संगठन के प्रति आपको पहचान, अपनेपन का अहसास हो सकता है।

लूसी स्टोन ने इस बात को पहचान लिया था कि समान उद्देश्य गठबंधन के फलने-फूलने के लिए पर्याप्त नहीं था, उनकी राय में, ''लोगों के बीच सर्वश्रेष्ठ तरीक़े और साधन को लेकर असहमति तो रहेगी ही।'' स्टेंटन ने अपनी तरफ़ से, ''तरीक़े में अंतर की ओर इशारा किया, जो कि दोनों संगठनों के बीच दरार के लिहाज़ से 'आधारभूत मसला' साबित हुआ।'' स्टोन प्रांतीय स्तर पर प्रचार के लिए प्रतिबद्ध थीं; एंथनी और स्टेंटन एक संघीय संवैधानिक संशोधन चाहती थीं। स्टोन ने अपने संगठन से पुरुषों को भी जोड़ा; एंथनी और स्टेंटन पूरी तरह से केवल महिला सदस्यता की ही पक्षधर थीं। स्टोन चर्चा और बैठकों के ज़रिए बदलाव लाना चाहती थीं, जबकि एंथनी और स्टेंटन ज़्यादा आक्रामक थीं। एंथनी ने अवैध तरीक़े से मतदान करके अन्य महिलाओं को भी ऐसा ही करने के लिए उकसाया।

संयम संगठन के कार्यकर्ताओं के साथ गठबंधन बनाने वाले मताधिकार समर्थक अपने तौर-तरीक़ों में अधिक शांत थे। ठीक उसी वक़्त जब महिलाएँ स्थानीय डब्ल्यूसीटीयू क्लब स्थापित कर रही थीं, लूसी स्टोन ने मताधिकार क्लब का विचार रखा। दोनों ही समूहों का जनमत तैयार करने और प्रकाशन का काफ़ी सघन इतिहास था। उन्होंने साथ मिलकर जनमत तैयार करने, राज्यों की विधानसभाओं के सामने बोलने, लेखों के प्रकाशन, साहित्य के वितरण और मताधिकार को लेकर सार्वजनिक सभाएँ, रैलियाँ और वादविवादों का आयोजन शुरू कर दिया।*

---

*साझा रणनीति गठबंधनों को एक बिंदु तक ही मदद करती है। जब समूहों के बीच रणनीतियों का घालमेल 61% से ज़्यादा हो जाता है तो गठबंधन की संभावना कम हो जाती है। जब उनके तौर-तरीक़े लगभग एक समान होते हैं, समूहों के पास सीखने और एक-दूसरे से लाभ उठाने की संभावना कम हो जाती है। उनके प्रयासों के फ़ालतू हो जाने की आशंका बढ़ जाती है। हालाँकि डब्ल्यूसीटीयू और मताधिकार समूहों के बीच भी कई रणनीतियों में साम्य था, लेकिन उनके पास एक-दूसरे को सिखाने का एक मौलिक तरीक़ा भी था। मताधिकार समर्थकों ने परेड्स में मार्च करना और मेलों में अपना स्टॉल लगाना शुरू कर दिया। डब्ल्यूसीटीयू का याचिकाओं का इस्तेमाल बढ़ता चला गया। साथ ही रुतबे का अंतर भी मायने रखता है : आंदोलनों के एक हो जाने की संभावना बढ़ जाती है जब दो प्रतिभागियों में से एक का रुतबा ज़्यादा हो, उन आंदोलनों की तुलना में जहाँ रुतबे का अंतर बिलकुल भी ना हो या अंतर बहुत ही ज़्यादा हो। यह स्वाभाविक है कि कम रुतबे वाला आंदोलन ज़्यादा रुतबे वाले आंदोलन की तरह नज़रों में आने का प्रयास करेगा, लेकिन ज़्यादा रुतबे वाले समूह से जुड़ने के फ़ायदे भी हैं। समाजशास्त्री जंग, किंग और सूल बताते हैं, ''सामाजिक व्यवस्था को चुनौती देने वालों की तर्ज़ पर, आंदोलनों को भी तरोताज़ा होने के साथ-साथ बेहतर, विश्वसनीय और

साथ मिलकर मताधिकार समर्थकों और संयमवादियों ने कुछ प्रांतों को महिलाओं को मताधिकार देने के लिए मना लिया। ऐसा करने में मताधिकार समर्थकों ने सहयोगियों को हासिल करने का महत्त्वपूर्ण सिद्धांत जान लिया। यह सिद्धांत एक युवा, दूरदृष्टि वाली उद्यमी द्वारा सबसे अच्छी तरह से बताया जाता है, जिन्होंने नकारने के लिए कुख्यात लोगों को भी अपने विचार को एक मौक़ा देने के लिए तैयार कर लिया।

संयमित उग्रता

2011 में कॉलेज की एक वरिष्ठ मेरेडिथ पैरी ने पाया कि प्रौद्योगिकी के साथ मूलतः कुछ गड़बड़ है। उसे अब फ़ोन करने या इंटरनेट इस्तेमाल करने के लिए किसी तार की ज़रूरत नहीं थी। हर वह बात जिसमें तार का इस्तेमाल होता था अब बेतार हो चुकी थी... केवल एक वस्तु के अलावा। अपने छात्रावास के कमरे में बैठकर वह अपने उपकरणों के सबसे पुराने हिस्से को लेकर बँधा हुआ-सा महसूस करती थी : बिजली जो उन्हें चार्ज करती थी। अपने फ़ोन और कम्प्यूटर के इस्तेमाल के लिए उन्हें उसे प्लग से जोड़ना पड़ता था। वह वायरलेस ऊर्जा चाहती थी।

उन्होंने ऐसी बातों के बारे में सोचना शुरू कर दिया, जो हवा के ज़रिए ऊर्जा की किरणों को भेज सके। टीवी के रिमोट का सिग्नल बहुत कमज़ोर था, रेडियो वेव्स बेहद अपर्याप्त थीं, एक्स-रे बहुत ख़तरनाक थीं। फिर उनका सामना एक ऐसे उपकरण से हुआ जो शारीरिक कंपन को ऊर्जा में बदल सकता था। अगर आप इसे ट्रेन के नीचे रख दें तो ट्रेन से पैदा ऊर्जा को इस्तेमाल किया जा सकता था। लोगों को ऊर्जा हासिल करने के लिए ट्रेन के पास लाना हालाँकि व्यावहारिक नहीं था, उन्हें यह भी अहसास हुआ कि ध्वनि भी कंपन के ज़रिए हवा में चलती है। कैसा हो अगर वह अदृश्य और शांत अल्ट्रासाउंड का इस्तेमाल हवा में कंपन पैदा करने के लिए करे और फिर उसे वायरलेस ऊर्जा में तब्दील कर दे?

उनके भौतिक शास्त्र के प्रोफ़ेसरों ने इसे नामुमकिन क़रार दिया। अल्ट्रासोनिक इंजीनियर्स उनके साथ सहमत हो गए; ऐसा नहीं किया जा सकता। दुनिया के सबसे प्रतिष्ठित वैज्ञानिकों में से कुछ ने उनसे कहा कि वह बेवज़ह इस प्रयास में अपना वक़्त बर्बाद कर रही हैं। लेकिन फिर उन्होंने आविष्कार की एक प्रतियोगिता जीती

प्रासंगिक दिखने के लिए अपने अजेंडा को नयापन देने की ज़रूरत होती है। अगर वे अपने अजेंडे में नयापन ला पाने में असफल होते हैं और किसी नए विचार से जुड़ जाते हैं तो उनका आंदोलन बंद होने का ख़तरा बढ़ जाता है, साथ ही वे अपने मूल समर्थकों से भी संपर्क गँवा देते हैं। इसी वज़ह से ऊँचे रुतबे वाले आंदोलन उभरते या पहले अनदेखे किए गए पुराने मुद्दों को भी समाहित करने का प्रयास करते हैं।''

और एक डिजिटल कान्फ्रेंस में पत्रकारों ने केवल चार सप्ताह बाद उन्हें अपने विचार की प्रौद्योगिकी के प्रदर्शन की चुनौती दे डाली। उनके पास अवधारणा थी, लेकिन किसी प्रारूप के अभाव में, उनके सामने पहले मुर्गी या पहले अंडे वाली समस्या उठ खड़ी हुई थी। उन्हें प्रारूप तैयार करने के लिए पूँजी की ज़रूरत थी, लेकिन उनका विचार इतना अतिरेक भरा था कि निवेशक पहले प्रारूप देखना चाहते थे। एक प्रौद्योगिकी स्टार्टअप की अकेली संस्थापक और बिना किसी इंजीनियरिंग पृष्ठभूमि के उन्हें अब कुछ साथियों के आगे आने की ज़रूरत थी।

तीन साल बाद मैं पैरी से गूगल के एक आयोजन में मिला। मार्क क्यूबन, मेरिसा मेयर और पीटर थिल के संस्थापकों के फ़ंड से 7,50,000 डॉलर का मूल निवेश पाने के बाद उनकी टीम ने हाल ही में पहला व्यावहारिक प्रारूप तैयार कर लिया था। यह उपकरणों को तारों की तुलना में ज़्यादा दूरी तक ज़्यादा तेज़ी से चार्ज कर सकता था और इसके उपभोक्ताओं के लिए दो साल में तैयार हो जाने की संभावना थी। 2014 की समाप्ति तक उनकी कंपनी यूबीम के पास 18 पेटेंट्स और उद्यम पूँजी के तौर पर 10 मिलियन डॉलर जमा हो चुके थे।

पैरी ने मंच ऐसे लोगों के साथ साझा किया, जिनमें स्नूप डॉग, एक नोबेल पुरस्कार विजेता और पूर्व राष्ट्रपति बिल क्लिंटन शामिल थे। केवल उन्हें ही उपस्थितजनों ने खड़े होकर तालियों की गड़गड़ाहट के साथ सम्मान दिया। इस बात को लेकर बहस जारी रही कि उत्पाद कितनी अच्छी तरह से काम करेगा, लेकिन उन्होंने प्रौद्योगिकी की उपयोगिता को लेकर आधारभूत बाधा को पार कर लिया था। पैरी ने कहा, ''कंपनी के लिए अब काम कर रहे हर एक व्यक्ति ने नहीं सोचा था कि यह संभव था या उसके मन में बेहद संदेह था।''

पैरी ने यथास्थिति को चुनौती देने के क्रम में हर निराले व्यक्ति द्वारा किए जाने वाले संघर्ष का चरम झेला : संभावित मुख्य साझेदारों के संदेह से उबरते हुए। उनके शुरुआती प्रयास बुरी तरह से असफल रहे। उन्होंने कई तकनीकी विशेषज्ञों से मुलाक़ात की, जिन्होंने गणित या भौतिकी के लिहाज़ से इतनी ढेर सारी ग़लतियाँ निकालकर सामने रख दीं, कि उनके पैरी के साथ काम करने की रत्तीभर की भी संभावना नहीं थी। उसके द्वारा उन्हें बाद में दिए जाने वाले भुगतान के आधार पर ठेके पर सेवाएँ लेने के प्रस्ताव में भी असफलता ही हाथ लगी। किसी को विश्वास नहीं था कि भुगतान का वह चेक कभी हाथ में आएगा।

अंत में पैरी ने एक ऐसा क़दम उठाया, जिसने प्रभाव को लेकर होशियारी के तमाम टुकड़ों की धज्जियाँ बिखेरकर रख दीं। उन्होंने विशेषज्ञों को यह बताना ही बंद कर दिया कि वह क्या बना रही हैं। वायरलेस ऊर्जा उत्पादन की अपनी योजना का ख़ुलासा करने की बजाय उन्होंने केवल उस प्रौद्योगिकी का ब्यौरा देना शुरू कर दिया, जो वह चाहती थीं। उनका पहले का संदेश होता था, ''मैं एक ट्रांसड्यूसर

बनाने की कोशिश कर रही हूँ, जो ऊर्जा को हवा में प्रेषित करेगा।'' अब उनके नए संदेश ने उद्देश्य को छिपा लिया था, ''मैं किसी ऐसे व्यक्ति की तलाश में हूँ जो इन मापदंडों के आधार पर एक ट्रांसड्यूसर डिज़ाइन कर सके। क्या आप यह पुर्ज़ा बना सकते हैं?''

उनका यह तरीक़ा काम कर गया। उन्होंने ध्वनि विज्ञान के दो विशेषज्ञों को एक ट्रांसमीटर डिज़ाइन करने के लिए मना लिया, एक अन्य को रिसीवर डिज़ाइन करने के लिए। एक इलेक्ट्रिकल इंजीनियर को उन्होंने इलेक्ट्रॉनिक्स तैयार करने के लिए मना लिया। पैरी स्वीकारती हैं, ''मेरे दिमाग़ में यह सब एकसाथ आ गया। बुरे के साथ बुरा होता है, कोई मुझ पर मुकदमा करेगा। मेरी जानकारी और कौशल को देखते हुए दूसरा कोई रास्ता ही नहीं था।'' जल्द ही उनके साथ कुछ सहयोगी जुड़ गए। ऑक्सफ़ोर्ड और स्टेनफ़ोर्ड के डॉक्टरेट्स, गणित और अनुकरण के लिए, इस बात की पुष्टि करते हुए कि यह विचार सैद्धांतिक तौर पर व्यावहारिक था। यह पहले दौर की पूँजी को आकर्षित करने के लिए पर्याप्त था। एक मुख्य प्रौद्योगिकी अधिकारी को भी इसने आकर्षित किया, जिसके मन में पहले इस विचार को लेकर संदेह था। ''एक बार मैंने जब उन्हें सारे पेटेंट्स दिखा दिए तो उन्होंने कहा, 'ओह, यह वाक़ई काम कर सकता है।'''

एक लोकप्रिय टेड टॉक और किताब में साइमन सिनेक तर्क देते हैं कि अगर हम लोगों को प्रेरित करना चाहते हैं तो हमें क्यों के साथ शुरुआत करनी चाहिए। अगर हम अपने विचार के पीछे के उद्देश्य के दृष्टिकोण और उत्पाद के उद्देश्य का ख़ुलासा करते हैं तो लोगों के झुंड आपके पास आएँगे। यह एक बेहतरीन सलाह है-बशर्ते कि आप कुछ निराला नहीं कर रहे हों, जो यथास्थिति को चुनौती देने वाला हो। जब नैतिक परिवर्तन से जुड़े लोग अपने क्यों का ख़ुलासा करते हैं तो गहरी जड़ें जमा चुकी धारणाओं से टकराव का जोख़िम रहता है। जब रचनात्मक ग़ैर अनुरूपतावादी अपने क्यों का ख़ुलासा करते हैं तो हो सकता है कि यह क्या संभव है, संबंधी धारणाओं का उल्लंघन कर सकता है।

रिसर्चरों डेब्रा मेयरसन और मॉरिन स्कली ने पाया है कि सफलता के लिए मौलिक लोगों को अधिकांशतया संयमित उग्र (अनुरूपता और विद्रोह के बीच संतुलन साधने वाले) बनना पड़ता है। वे उन मूल्यों में विश्वास करते हैं, जो परंपरा से अलग हों और ऐसे विचार जो धारा के विपरीत हों। फिर भी वे अपने उग्र सुधारवाद को लेकर धारणाओं और अपने विचारों को इतना मद्धम कर देते हैं कि वे मुख्य धारा के लोगों के लिए कम धक्कादायक और ज़्यादा आकर्षक बन जाती हैं। मेरेडिथ पैरी भी एक संयमित उग्र ही हैं। उन्होंने एक अविश्वसनीय विचार को विश्वसनीय बना दिया, इसकी सबसे प्रमुख विशेषता को अस्पष्ट करके। जब वह तकनीकी विशेषज्ञों को अपने साथ छलांग लगाने के लिए तैयार नहीं कर सकीं तो

उन्होंने अपने उद्देश्य को छिपाकर उन्हें अपने साथ कुछ क़दम चलने के लिए मना लिया।

केंद्र बिंदु को क्यों से कैसे की ओर ले जाने से लोगों को उग्रता कम करने में मदद मिलती है। प्रयोगों की शृंखला के तहत जब अतिवादी राजनीतिक दृष्टिकोण वाले व्यक्तियों से उनकी नीतिगत प्राथमिकताओं के पीछे की वज़ह जानने का प्रयास किया गया तो, वह अपनी आक्रामकता पर अड़े रहे। यह बताता है कि क्यों ने उन्हें अपनी धारणाओं को और अधिक मज़बूत करने का मौक़ा दे दिया। जब उनसे कहा गया कि बताएँ उनकी पसंदीदा नीतियाँ कैसे काम करती हैं, उनका रुख़ कुछ नर्म पड़ा। कैसे पर विचार करने से उन्हें अपनी जानकारी के अभाव से जूझना पड़ा और उन्हें अहसास हुआ कि उनके कुछ बेहद उग्र विचार अव्यावहारिक हैं।

गठबंधन बनाने के लिए निराले लोग अपने भीतर छिपी उग्रता भरे दृष्टिकोण को किसी छद्म आवरण (ट्रोजन हॉर्स) के भीतर छिपाकर संतुलित कर सकते हैं। अमेरिकी नौसेना के लेफ़्टिनेंट जोश स्टेनमैन का व्यापक नज़रिया था, सिलिकॉन वैली में एक केंद्र विकसित करके सेना को बाहरी प्रौद्योगिकी के लिहाज़ से और अधिक खुला करना। स्टेनमैन को इस बात का अहसास था कि अगर उन्होंने नौसेना की नवप्रवर्तन को लेकर समूची सोच में बदलाव के लिए एक उग्र और परिवर्तनकारी प्रस्ताव रखा तो उन्हें भारी प्रतिरोध का सामना करना पड़ेगा। इसलिए उन्होंने तुलनात्मक तौर पर अपने प्रस्ताव को काफ़ी सौम्य आवरण दे दिया। उन्होंने नौसेना के संचालन प्रमुख एडमिरल जोनाथन ग्रीनर्ट के सामने हवा में ही वास्तविक वक़्त में ही ताज़ातरीन जानकारी हासिल करने की नई प्रौद्योगिकी की जानकारी दी। ग्रीनर्ट के मन में कौतूहल जागा कि अगली बात क्या होगी और रियर एडमिरल स्कॉट स्टर्नी ने तो स्टेनमैन से बेहद आसान-सा सवाल पूछ लिया। उन्होंने पूछा कि सेना को तकनीकी भविष्य को लेकर कैसे विचार करना चाहिए। स्टेनमैन ने कहा, ''यही वो वक़्त था जब हमने खुलकर अपनी बात रख दी। सर, भविष्य सॉफ़्टवेयर पर निर्भर रहेगा, हार्डवेयर पर नहीं और हमें सिलिकॉन वैली में एक इकाई की ज़रूरत होगी।''

कुछ माह बाद, महत्त्वपूर्ण सॉफ़्टवेयर को लेकर कुछ और जूनियर अधिकारियों द्वारा इसी तरह की बातें किए जाने के बाद मुख्य नौसेना अधिकारी ने इसके समर्थन में एक भाषण दिया, जिसे पेंटागन में भी प्रसारित किया गया। कुछ ही वक़्त बाद रक्षा मंत्री ने सिलिकॉन वैली में दूतावास का ऐलान कर दिया। स्टेनमैन ने उस तकनीक ''दरवाज़े में पैर'' का इस्तेमाल किया, जिसे मनोवैज्ञानिक रॉबर्ट सिएल्डिनी ने परिभाषित किया था। इसके तहत आप किसी बड़ी माँग से पहले छोटी-सी गुज़ारिश से शुरुआती प्रतिबद्धता हासिल कर लेते हैं। एक मध्यम दर्ज़े की माँग से शुरुआत करके स्टेनमैन ने एक मौलिक और परिवर्तनशील माँग के लिए साथियों को तैयार कर लिया।

गठबंधन अधिकांशतया नाकाम हो जाते हैं, जब लोग अपनी उग्रता को कुछ मद्धम करने से इनकार कर देते हैं। ऑक्यूपाय वॉल स्ट्रीट आंदोलन की बड़ी नाकामी की एक वज़ह यह भी रही। 2011 में यह प्रदर्शन आर्थिक और सामाजिक असमानता के ख़िलाफ़ किया गया था। उस साल के चुनावी नतीज़ों में साफ़ हो गया था कि अधिकांश अमेरिकी आंदोलन के समर्थन में थे, लेकिन जल्द ही उससे अलग हो गए। कार्यकर्ता स्रद्ज़ा पोपोविक के मुताबिक़ इसके बेहद उग्र एकतरफ़ा रुख़ ने संभावित साथियों को इससे दूर कर दिया। उनकी राय में सबसे घातक ग़लती रही, इस आंदोलन के लिए बाहर ही जमकर बैठ जाने की अतिरेक भरी रणनीति। इसने बहुत कम लोगों को आकर्षित किया। उनका मानना है कि अगर समूह ने ख़ुद को नाम बदलकर ''द 99 परसेंट'' भी रख लिया होता तो यह अस्तित्व में होता। ऑक्यूपाय (क़ब्ज़ा जमाना) का मतलब था, ''आप इस आंदोलन का तभी हिस्सा बन सकते हैं जब आप अपना सब काम-धंधा छोड़कर बस किसी जगह या वस्तु पर क़ब्ज़ा जमा लीजिए।'' पोपोविक लिखते हैं, ''शांतिपूर्ण प्रदर्शन के हथियारों में क़ब्ज़ा जमाना केवल एक था-और उसी हद तक जिसमें कुछ विशेष क़िस्म के समर्पित लोगों को बुलाया जाए। आंदोलनों को, जो बहुत बड़ी लड़ाई लड़ना चाहते हों, सफलता के लिए अधिक आकस्मिक प्रतिभागियों की दरकार होती है।'' ''द 99 परसेंट,'' समावेशी है, यह हर किसी को इसमें शामिल होने का न्यौता देता है और अपनी रणनीति को आज़माने का मौक़ा देता है। आंदोलन के ब्रांड में बदलाव करके और इसके तरीक़े को विस्तारित कर दिए जाने के कारण मुख्य धारा के ज़्यादा नागरिकों का समर्थन हासिल करना संभव हो सकता था।

महिला मताधिकार आंदोलन में, यही वह जगह थी जहाँ छोटी-छोटी असहमतियों ने सिर उठाया था। 1867 में जब एंथनी और स्टेंटन ने नस्लवादी जॉर्ज फ़्रांसिस ट्रेन से हाथ मिलाया था, तो स्टोन ने लिखा था कि मताधिकार आंदोलन को ट्रेन का समर्थन, ''उन तमाम लोगों के दिमाग़ में आलोचना की वज़ह बनेगा, जो अभी तक इस आंदोलन को लेकर संतुष्ट नहीं हैं'' और उनके पति ने एंथनी को चेतावनी दी कि इस गठबंधन का मतलब होगा, ''महिलाओं और अश्वेतों के मताधिकार के उद्देश्य को अपूरणीय क्षति।''*

---

* लंबे समय के साथ विलियम लॉयड गैरिसन ने एंथनी से पीछे हटने की गुज़ारिश भी की : ''मित्रता और महिला अधिकार आंदोलन के लिए बेहद सम्मान के साथ, मैं इस बात पर अफ़सोस और विस्मय ज़ाहिर करने से ख़ुद को रोक नहीं पा रहा हूँ कि आपने और श्रीमती स्टेंटन ने सदविचार को त्यागते हुए दिमाग़ी तौर पर असंतुलित मसख़रे और आधे पागल जॉर्ज फ़्रांसिस ट्रेन के साथ यात्रा और भाषण देने का फ़ैसला किया है। इससे आपके ख़ाते में केवल उपहास और निंदा ही आएगी। आप इस आंदोलन को अनचाही अवमानना को प्रोत्साहित करने की दिशा में मोड़ देंगे... वह भीड़ जुटाने के लिहाज़ से उपयोगी हो सकते हैं, लेकिन एक कंगारू, एक गोरिल्ला या एक हिप्पोपोटोमस भी ऐसा कर सकता है''

लेकिन एंथनी अपने इस कट्टरपंथी विचार पर अड़ी रहीं कि अगर महिलाओं को मताधिकार नहीं मिलता है तो अश्वेतों को भी नहीं मिले। उन्होंने केंसास में ट्रेन के साथ प्रचार किया और मताधिकार आंदोलन के समर्थन में अख़बार निकालने में ट्रेन से आर्थिक मदद भी स्वीकारी। जब स्टोन ने ट्रेन के साथ जुड़कर समान अधिकार संगठन की प्रतिष्ठा को ठेस पहुँचाने के लिए उन्हें आड़े हाथों लिया, एंथनी अचानक रक्षात्मक हो गईं, ''मैं जानती हूँ आपके साथ क्या दिक़्क़त है। यह जलन, द्वेष और नफ़रत है, क्योंकि मेरे पास एक अख़बार है और तुम्हारे पास नहीं।'' स्टेंटन ने भी ट्रेन से हाथ मिलाने के फ़ैसले में एंथनी का साथ दिया, ''ख़ुद असुर से भी मदद लेना सही और बुद्धिमानी का काम होगा। बस वह हमें अपना स्तर नीचे गिराने के लिए लालच नहीं दे।''

गठबंधन महँगा साबित हुआ : केंसास के पास महिला मताधिकार को स्वीकारने वाला पहला प्रांत होने का मौक़ा था, लेकिन वह हार गया–और अश्वेतों का मताधिकार प्रस्ताव भी गिर गया। अधिकांश अंदरूनी लोगों की राय में दोनों असफलताओं की वज़ह ट्रेन के साथ किया गया गठबंधन था। कुछ वर्ष बाद जब एंथनी और स्टेंटन ने ख़ुद अपना संगठन बना लिया तो पुरानी ग़लतियों से सबक़ लेने की बजाय उन्होंने अपने सुर मद्धम नहीं किए और अपनी उसी कट्टर सोच पर अड़े रहे कि महिला मताधिकार को समर्थन करने वाली ही केवल मित्र है। स्टेंटन ने विक्टोरिया वुडहल के साथ गठबंधन करके आंदोलन पर और संकट ला दिया। वुडहल एक ऐसी कार्यकर्ता थी, जो अमेरिकी राष्ट्रपति का चुनाव लड़ने वाली पहली महिला थी, लेकिन कट्टरपंथी महिला मताधिकार आंदोलन को कमज़ोर आँकती थीं। वेश्या और फिर एक कपटी स्वास्थ्य सेवा देने वाली रह चुकी वुडहल, यौन स्वतंत्रता की समर्थक थीं। उनका दावा था कि, ''यह मेरा अपरिहार्य, संवैधानिक और प्राकृतिक अधिकार है कि मैं जिसे चाहें प्यार करूँ, जितनी लंबी या कम अवधि के लिए, अगर मुझे अच्छा लगता है तो हर रोज़ उस प्यार को बदलती रहूँ।''

महिला मताधिकार आंदोलन के विरोधियों ने वुडहल के रुख़ का इस्तेमाल करते हुए यहाँ तक कह दिया कि यह इस बात का प्रमाण है कि आंदोलन महिला मताधिकार के लिए नहीं, बल्कि यौन व्यभिचार को मान्यता दिलाने के लिए किया जा रहा है। एंथनी और स्टेंटन के संगठन से बड़ी संख्या में सदस्यों ने अपने हाथ खींच लिए। यहाँ तक कि समर्थक विधायकों ने भी महिला मताधिकार समर्थकों को मतदान की अपनी माँग को परे रख देने के लिए कहा। महिला मताधिकार समर्थकों ने वुडहल के अभियान पर टिप्पणी की, ''वह एक बेहद कुशल एजेंट हैं, जिन्हें लोगों को हमारा साथ छोड़ने के लिए डराने का काम सौंपा गया है। उन्होंने हमारे उद्देश्य को 20 साल पीछे धकेल दिया है।'' गठबंधन ''आलोचना के तूफ़ान की वज़ह बना'' जो इतना गंभीर था कि बाद में एंथनी की जीवनी के लेखक ने

लिखा, इससे पहले के हमले "मिसौरी के तूफ़ान की तुलना में गर्मियों की छिटपुट बारिश की तरह थे।"

वुडहल के साथ गठबंधन क़ायम रखते हुए स्टेंटन संयमित उग्रता के मूल्य को समझने में असफल रहीं। गठबंधन को लेकर अंदरूनी और बाहरी लोगों के विचारों में नाटकीय अंतर की अनदेखी करके वह स्टोन सहित अनेक पूर्व व संभावित साथियों को परे करती गईं। प्रबंधन रिसर्चर ब्लैक एशफ़ोर्थ और पीटर रेंजेन के नए अध्ययन में उनकी ग़लती का ख़ुलासा होता है। अध्ययन में पाया गया कि अंदरूनी और बाहरी लोगों की गठबंधन के प्रतिनिधित्व को लेकर अलग सोच होती है। अंदरूनी लोगों के लिए मुख्य प्रतिनिधि वह व्यक्ति है, जो सबसे केंद्र में है और उनके समूह से जुड़ा हुआ है। महिला मताधिकार समर्थकों के लिए ज़ाहिर तौर पर यह व्यक्ति स्टेंटन और एंथनी थे। लेकिन बाहरी लोगों के लिए तो समूह का प्रतिनिधित्व वह करता है, जिसके विचार सबसे ज़्यादा उग्र या क्रांतिकारी हों। वह वुडहल थीं : उनका निजी ज़िंदगी का अनैतिक आचरण महिला मताधिकार आंदोलन पर हावी हो गया और अनेक उन लोगों को उसने दूर कर दिया, जिनके मताधिकार को लेकर तो तुलनात्मक रूप से पर्याप्त मध्यम विचार थे, लेकिन महिलाओं के लिए यौन स्वतंत्रता को लेकर विचार उतने क्रांतिकारी नहीं थे। चूँकि बाहरी लोगों ने महिला मताधिकार आंदोलन का एंथनी और स्टेंटन के उग्र साथी के आधार पर मूल्याँकन किया, स्टोन के पास उनके प्रयासों से अपने आंदोलन को दूर ले जाने के अलावा और कोई चारा नहीं था।

दग़ाबाज दोस्तों से तो दुश्मन भले

गॉडफ़ॉदर : पार्ट 2 में माइकल कॉर्लेओन सलाह देता है, "अपने दोस्तों को अपने पास रखो, लेकिन दुश्मनों को और नज़दीक।" लेकिन हम उन लोगों का क्या करें, जो दोनों ही श्रेणियों में नहीं आते हों?

आमतौर पर हम अपने संबंधों को निरंतर सकारात्मक से लेकर नकारात्मक के आधार पर ही देखते रहते हैं। हमारे सबसे नज़दीकी दोस्तों का हमें समर्थन हासिल होता है; जबकि हमारे सबसे बड़े दुश्मन सक्रिय तौर पर हमारे ख़िलाफ़ काम करते रहते हैं। लेकिन रिसर्च बताता है कि हमें दो स्वतंत्र धुरियाँ बना लेनी चाहिए : एक यह जानने के लिए कि संबंध कितना सकारात्मक है और दूसरी यह जानने के लिए संबंध कितना नकारात्मक है। विशुद्ध सकारात्मक और पूरी तरह से नकारात्मक संबंधों के साथ-साथ हमारे ऐसे संबंध भी हो सकते हैं, जो सकारात्मक और नकारात्मक दोनों ही हों। मनोवैज्ञानिक इसे उभयवृत्ति वाले (दोनों तरह के) संबंध कहते हैं। आप उन्हें शायद दग़ाबाज दोस्तों के तौर पर जानते हों-वे लोग

जो कभी-कभी आपका समर्थन करते हैं तो कभी आपको भीतर ही भीतर कमज़ोर करते हैं।

सकारात्मकता

		कम	**ज़्यादा**
नकारात्मकता	**कम**	परिचय : तटस्थ	दोस्त : हमेशा समर्थन
	ज़्यादा	दुश्मन : हमेशा कमज़ोर करने का प्रयास दग़ाबाज़	दोस्त : उभयवृत्ति वाले संबंध

स्टोन्स के स्टेंटन और एंथनी के साथ संबंध गहन उभयवृत्ति वाले संबंध थे-वे दोस्त और दुश्मन दोनों रह चुके थे। एक ओर वह जहाँ स्टेंटन की हाज़िरजवाबी और एंथनी की लगनशीलता की प्रशंसक थी और उनका लाभदायक सहयोग का साबित इतिहास रहा था। दूसरी ओर स्टोन को उनके ''पागल दोस्तों'' और ''अनियंत्रित गठबंधन'' पर आपत्ति थी। दरअसल, ये महिला मताधिकार आंदोलन की प्रतिष्ठा के लिए नुक़सानदेह थे। एंथनी और स्टेंटन का दोगलेपन का एक रुझान था। उन्होंने अपने नस्लवादी मददग़ार की तारीफ़ करने वाले एक विज्ञापन में अनुमति के बग़ैर ही स्टोन का नाम जोड़ दिया था। कुछ ही अरसा पहले 1869 की शरद ऋतु में स्टोन ने स्टेंटन को प्रस्ताव दिया था, ''इस अभियान से जुड़े सभी दोस्तों का पूर्ण सक्रिय सहयोग, किसी अकेले की तुलना में बेहतर होगा।'' उन्होंने यह विश्वास भी दिलाया था कि स्टोन का संगठन ''कभी भी आपके संगठन का दुश्मन या विरोधी नहीं होगा।'' फिर भी स्टोन के समूह की लांचिंग के सम्मेलन में, एंथनी ने असफल बग़ावत करते हुए स्टेंटन को अध्यक्ष बनाने का प्रयास किया। स्टोन ने उन्हें मंच पर आमंत्रित किया और एंथनी ने भाषण का समापन स्टोन पर यह आरोप लगाते हुए किया कि वह उनके संगठन को ''रद्द करके कुचलने'' का प्रयास कर रही हैं।

1872 में स्टेंटन ने समझौते के लिए स्टोन को प्रस्ताव भेजा। उन्होंने गुज़ारिश की, ''जो हो गया सो हो गया। हमारे सामने मौज़ूद काम को देखते हुए सभी अपने-अपने अहंकार को दफ़न कर दें।'' अपने अख़बार में स्टेंटन के कुछ लेख

और भाषण साझा करके स्टोन ने कुछ मैत्रीपूर्ण क़दम उठाए। फिर एंथनी की ओर से एक पत्र आया, जिसमें ''सहयोग और व्यवस्थित अभियान'' का प्रस्ताव था। इसमें स्टोन को रोचेस्टर आमंत्रित करते हुए लिखा गया कि ''चलिए हम सब एक महान महिला के तौर पर एकजुट हो जाएँ।'' स्टोन ने इनकार कर दिया।

घटना पुरानी हो चुकने के कारण आज स्टोन के इनकार को एक ज़िद्दी ग़लती मानना आसान है। अगर वह मान जाती तो शायद संगठनों ने महिला मताधिकार की लड़ाई कुछ साल पहले ही जीत ली गई होती। लेकिन अगर आप देखें कि उभयवृत्ति वाले संबंध हमारे तनाव के स्तर को कैसे प्रभावित करते हैं तो आपको स्टोन के प्रतिरोध में समझदारी की झलक मिलेगी।

उभयवृत्ति वाले संबंधों से निपटने का सबसे प्रभावी तरीक़ा खोजने के लिए यूनिवर्सिटी ऑफ़ मिनेसोटा की प्रबंधन प्रोफ़ेसर मिशेल डफ़ी ने पुलिस अधिकारियों पर अध्ययन किया कि उनके निकटतम सहकर्मियों ने कितनी बार उनको कमज़ोर किया और कितनी बार मदद की। साथ ही इस दौरान तनाव के स्तर और काम से अनुपस्थिति का भी अध्ययन किया गया। कोई हैरत की बात नहीं थी कि नकारात्मक संबंध ज़्यादा तनावपूर्ण थे। जब अधिकारियों को उनके निकटतम साथियों द्वारा कमज़ोर किया गया तो उनकी प्रतिबद्धता कम थी, उन्होंने ज़्यादा अनाधिकृत विश्राम लिया और अक्सर अपने काम से अनुपस्थित रहे।

क्या हुआ जब कमज़ोर करने वाले सहकर्मी ने समर्थन भी दिया? बातों में कुछ ख़ास सुधार नहीं देखा गया; प्रदर्शन और बुरा हो गया। एक ही व्यक्ति द्वारा कमज़ोर किए जाने और समर्थन का मतलब था कि प्रतिबद्धता में और अधिक कमी और अधिक छुट्टियाँ।* नकारात्मक संबंध अरुचिकर होते हैं, लेकिन उनका अनुमान लगाया जा सकता है : अगर एक साथी लगातार आपको कमज़ोर करने की कोशिश कर रहा है तो आप उससे दूरी बनाए रख सकते हैं और सबसे बुरी स्थिति की आशंका कर सकते हैं। लेकिन जब आपका वास्ता उभयवृत्ति वाले संबंधों से होता है तो आपको हरदम सतर्क रहना पड़ता है और यह सवाल आपको हमेशा तंग करता रहता है कि इस व्यक्ति पर किस वक़्त वाक़ई में विश्वास करना है। जैसा कि डफ़ी की टीम बताती है, ''असंगत व्यक्तियों से निपटने में ज़्यादा भावनात्मक ऊर्जा व अन्य संसाधनों की ज़रूरत पड़ती है।''

* अच्छी ख़बर यह है कि जब अधिकारियों को एक व्यक्ति ने कमज़ोर किया, लेकिन किसी अन्य दूसरे व्यक्ति ने समर्थन दिया तो परिणाम बेहतर रहे। किसी साथी या सुपरवाइज़र के समर्थन का प्रतिरोधक असर देखने को मिला। इसने अधिकारियों को उस तनाव और अवकाश की ज़रूरत से निज़ात दिला दी, जो अन्यथा किसी अन्य द्वारा कमज़ोर किए जाने की स्थिति में देखने को मिलते थे।

अभूतपूर्व अध्ययनों की शृंखला में मनोवैज्ञानिक बर्ट उचिनो ने पाया कि उभयवृत्ति वाले संबंध नकारात्मक संबंधों से भी ज़्यादा नुक़सानदेह होते हैं। एक अध्ययन में पाया गया कि ज़्यादा उभयवृत्ति वाले संबंधों के चलते ज़िंदगी में तनाव, अवसाद और असंतोष की दर बहुत ज़्यादा होने की संभावना होती है। एक अन्य अध्ययन के तहत बुज़ुर्गों ने अपनी ज़िंदगी में 10 सबसे महत्त्वपूर्ण व्यक्तियों के साथ अपने संबंधों को रेटिंग दी और दो व्यग्रता को बढ़ाने वाले काम किए : बहुत कम तैयारी के साथ भाषण देना और गणित का तेज़तर्रार टेस्ट देना। जिन प्रतिभागियों के उभयवृत्ति वाले संबंध ज़्यादा थे, ये दोनों काम करते हुए उनके दिल की धड़कन बहुत ज़्यादा तेज़ पाई गई।

लूसी स्टोन ने उभयवृत्ति वाले लोगों के साथ संबंधों के जोख़िम को पहचान लिया था। 1871 में उन्होंने लिखा कि, यही सर्वश्रेष्ठ होगा कि, ''इन लोगों से हाथ नहीं मिलाया जाए... वे हमारे गत दुश्मन थे। हम नहीं जानते कि वे हमारे दोस्त हैं।'' अमेरिकी अध्ययन विशेषज्ञ और जीवनी लेखक आंद्रिया मूर केर लिखती हैं कि स्टोन ''स्टेंटन या एंथनी में से किसी के भी स्वभाव का पूर्वानुमान लगाने या उसे नियंत्रित करने में असफल रहीं।'' बेकर के मुताबिक़ प्रतिक्रियास्वरूप स्टोन ने ''अपने संस्थान को स्टेंटन-एंथनी के बलों के 'भयावह दुस्वप्न' के संक्रमण से मुक्त ही रखने का फ़ैसला किया।''

हमारी प्रवृत्ति बुरे रिश्तों को तोड़कर उभयवृत्ति संबंधों को बचाने की होती है। लेकिन सबूत इस ओर इशारा करते हैं कि हमें इसके ठीक विपरीत करना चाहिए : उभयवृत्ति संबंधों को तोड़कर, दुश्मनों को दोस्त बनाने की कोशिश करना चाहिए।

यथास्थिति को चुनौती देने के प्रयास में मौलिक व्यक्ति अक्सर अपने विरोधियों की अनदेखी कर देते हैं। अगर कोई पहले ही किसी परिवर्तन का प्रतिरोध कर रहा है तो तर्क कहता है कि उस पर अपना वक़्त बर्बाद करने का कोई मतलब ही नहीं है। इसकी बजाय आपको तो अपने संबंध उन लोगों के साथ मज़बूत करने पर ध्यान देना चाहिए जो आपके समर्थक हैं।

लेकिन हमारे सर्वश्रेष्ठ साथी वे लोग नहीं हैं, जिन्होंने हमें हर वक़्त समर्थन दिया। यह तो वह लोग हैं, जिन्होंने शुरुआत तो हमारे ख़िलाफ़ की, लेकिन आगे चलकर वह हमारे साथ आ गए।

आधी सदी पहले, मशहूर मनोवैज्ञानिक इलियट एरोनसन ने प्रयोगों की शृंखला के साथ यह निष्कर्ष निकाला कि हम अक्सर प्रतिष्ठा के स्तर की बनिस्बत उसमें घटाव-बढ़त को लेकर ज़्यादा संवेदनशील होते हैं। जब कोई हमारा अक्सर समर्थन करता है, तो वह हमारे लिए घर की मुर्गी दाल बराबर जैसा हो जाता है और हम उसे कुछ रियायत भी दे सकते हैं। लेकिन जिस व्यक्ति ने शुरुआत हमारे

विरोधी के तौर पर की हो और बाद में हमारा उत्साहित समर्थक बन गया हो, उसे हम अपना वास्तविक समर्थक मानते हैं। एरोनसन बताते हैं, ''एक ऐसा व्यक्ति, जिसकी हमारे लिए चाहत बढ़ती ही जा रही हो, हमें उस व्यक्ति से ज़्यादा पसंद आएगा जो हमेशा से हमें पसंद करता रहा है। हमें यह ज़्यादा सम्मानजनक लगता है कि पहले हमारे लिए नकारात्मक विचार रखने वाला व्यक्ति अब सकारात्मक विचार रखता है, उस व्यक्ति की तुलना में जो हमेशा से हमारे लिए सकारात्मक भावना रखता है।''

एक ओर जबकि हमारा परिवर्तित विरोधी के प्रति ख़ास लगाव होता है, क्या उन्हें भी हमारे लिए ऐसा ही लगेगा? हाँ-यह विरोधियों को परिवर्तित करने का दूसरा लाभ है। हमें पसंद करने के लिए उन्हें अपने दिलोदिमाग़ पर चस्पां शुरुआती नकारात्मक भावनाओं को ख़ुद होकर यह कहते हुए निकालना पड़ेगा, *उस व्यक्ति के प्रति मेरी राय निश्चित तौर पर ग़लत रही होगी।* आगे चलकर, अपने दिमाग़ में मौज़ूद राय को दोबारा परिवर्तित करने से रोकने के लिए वह सकारात्मक रिश्ता रखने को विशेष तौर पर प्रेरित होंगे।

तीसरा और सबसे महत्त्वपूर्ण, हमारे पूर्व विरोधी ही दूसरों को हमारे आंदोलन से जुड़ने के लिए मनाने के मामले में सबसे प्रभावी होते हैं। वे हमारी ओर से बेहतर तर्क दे सकते हैं, क्योंकि वे विरोधियों और बाहर बैठकर तमाशा देखने वालों की शंकाओं और ग़लतफ़हमियों को समझते हैं। वे ज़्यादा भरोसेमंद स्रोत हैं, क्योंकि पूरे आंदोलन के दौरान केवल अच्छाइयों को ही देखने वाले समर्थक या केवल ''हाँ में हाँ'' मिलाने वाले नहीं रहे हैं। एरोनसन के अध्ययनों में से एक के दौरान लोगों को अपने विचार बदलने के लिए तैयार करने वाले वे लोग थे जिन्होंने शुरुआत नकारात्मक के तौर पर की थी, लेकिन जो बाद में चलकर सकारात्मक हो गए। हाल ही में, कार्पोरेट अधिकारियों को उन बोर्ड सदस्यों ने सूक्ष्म तौर पर प्रभावित किया जो पहले उनसे बहस में उलझे थे और फिर सहमत हो गए थे-जो इस बात का संकेत देता है कि ''उनका मत एक आलोचनात्मक जाँच के लिए था।''*

अपने दुश्मनों को टालने की बजाय लूसी स्टोन ने उनकी तलाश की और उनके साथ जीवंत संपर्क रखा। उन्होंने जूलिया वार्ड होव को बदल डाला, जिन्होंने

---

*निश्चित तौर पर हर नकारात्मक संबंध पूरी तरह से बदला नहीं जा सकता। निबंधकार चक क्लोस्टरमैन सामान्य दुश्मनी को लेकर महत्त्वपूर्ण अंतर का ख़ुलासा करते हैं-दुश्मन जो आगे चलकर साथी बन सकते हैं-और कट्टर दुश्मन। ''आप एक तरह से दुश्मनी वाले को पसंद कर सकते हैं, इस बात के बावज़ूद कि आप उससे नफ़रत करते हैं। अगर आपका दुश्मन आपको कॉकटेल पार्टी का न्यौता देता है तो आप उसे स्वीकार लेंगे लेकिन आप अपने कट्टर दुश्मन के साथ कभी शराब नहीं पिएँगे, सिवाय इस स्थिति के जब आप उसकी शराब में जिनके साथ विष मिलाना चाहते हों।''

सुप्रसिद्ध कविता ''गणतंत्र का स्तुति गान'' लिखी। होव को महिला मताधिकार आंदोलन की एक बैठक में शामिल होने का न्यौता दिया गया और वह बड़ी हिचकिचाहट के साथ वहाँ आईं, स्टोन के ख़िलाफ़ ''बाग़ी दिल के साथ'' क्योंकि स्टोन उनको ''नापसंद'' थीं। लेकिन स्टोन का भाषण सुनने के बाद होव उनकी नज़दीकी सहयोगी बन गई और आंदोलन की महान नेताओं में से एक।

1855 में एक उत्पाती ने सम्मेलन में यह कहकर बाधा पहुँचाई कि महिला मताधिकार आंदोलन से जुड़ी महिलाएँ विवाह योग्य नहीं हैं। आंदोलन को ''चंद मायूस महिलाओं'' तक सीमित करार दिया। उसकी अनदेखी करने की बजाय लूसी स्टोन ने भाषण में सीधे उसके ही साथ संवाद साधा और श्रोताओं ने तालियों के साथ इसका ज़ोरदार स्वागत किया।

> *अंतिम वक्ता ने इसे कुछ मायूस महिलाओं का आंदोलन करार दिया है। शुरुआती वर्षों से, जहाँ तक मेरी याददाश्त मुझे ले जाती है, मैं एक मायूस महिला रही हूँ... मैं उस वक़्त मायूस हुई जब मैं एक पेशे की तलाश में आई ...हर नौकरी का रास्ता मेरे लिए बंद था, केवल शिक्षक, दर्ज़ी और नौकरानी का काम छोड़कर। शिक्षा में, विवाह में, धर्म में हर एक बात में सभी महिलाओं के खाते में मायूसी ही आती है। यह मेरी ज़िंदगी मक़सद है कि मैं हर महिला के दिल में इस मायूसी को इस हद तक बढ़ा दूँ कि वह इसके आगे झुकने से साफ़ इनकार कर दे।*

जब स्टोन दासता उन्मूलन आंदोलन के पोस्टर लेकर घूमती थीं तो अक्सर युवक उनका पीछा करके पोस्टरों को फाड़ दिया करते थे। स्टोन ने उनसे पूछा कि क्या वे अपनी माँ से प्यार करते हैं? निश्चित तौर पर। क्या वे अपनी बहनों से प्यार करते हैं? बिलकुल। उन्होंने बताया कि दक्षिण अमेरिका में उनकी उम्र के अश्वेत लोगों को गुलामों के तौर पर बेच दिया जाता है और फिर वे कभी अपने परिवार को नहीं देख पाते। कर ने बताया कि ''फिर उन्होंने उन युवकों को शाम के अपने भाषण में 'विशेष अतिथि' के तौर पर आमंत्रित किया। सड़कों से मिले ऐसे कार्यकर्ता उपद्रव करने वाले अन्य लोगों से निपटने में कारगर साबित हुए।''

1859 में फ्रांसेस विलार्ड नाम की एक छात्रा ने अपने जर्नल में लिखा कि लूसी स्टोन शहर में थीं और ''मुझे उनके विचार पसंद नहीं आए।'' अपने रूढ़िवादी विचारों के कारण विलार्ड ने संयम आंदोलन का दामन थामा, लेकिन कुछ वर्ष बाद वह मताधिकार आंदोलन की सबसे प्रभावी नेता बन गईं। उन्होंने स्वीकारा कि उनके हृदय परिवर्तन की वज़ह स्टोन ही थीं :

मुझे याद है जब मैं सूज़न से बहुत ज़्यादा डरती थी और लूसी से भी। लेकिन अब मेरे दिल में इन महिलाओं के प्रति प्रेम और सम्मान है और मैं शब्दों में बयाँ नहीं कर सकती कि इन महिलाओं का आशीर्वाद मेरे लिए क्या मायने रखता है। इन महिलाओं ने मुझ जैसी दब्बू युवती को तक अपने साथ लेकर दुनिया में काम में अपना योगदान देने के लिए मना लिया। अगर उन्होंने हमारे भीतर की आग प्रज्ज्वलित करके हमें राह नहीं दिखाई होती तो हमारी इस काम से जुड़ने की हिम्मत ही नहीं होती।

1876 में विलार्ड ने महिला मताधिकार आंदोलनकारियों के साथ संयम आंदोलन के मेल का प्रयास किया। बाद में किया गया रिसर्च बताता है कि अगले दो दशकों तक जब कभी भी विलार्ड किसी प्रांत में जाती थीं तो वहाँ महिला मताधिकार और संयम आंदोलन के एकजुटता की संभावना बढ़ जाती थी। आख़िर उन्होंने रूढ़िवादी डब्ल्यूसीटीयू को मताधिकार आंदोलन के उदारवादियों से हाथ मिलाने के लिए कैसे तैयार कर लिया? उनकी कामयाबी का एक संकेत हॉलीवुड में तलाशा जा सकता है, जहाँ पर फ़िल्मों की सफलता या असफलता इसी बात पर निर्भर करती है कि लेखक कितनी अच्छी तरह से अधिकारियों को अपना दृष्टिकोण ख़रीदने के लिए तैयार कर लेते हैं।

जान–पहचान के साथ बढ़ती है पसंदगी

1990 के दशक की शुरुआत में स्क्रीनराइटर्स के एक समूह ने एक ऐसी बात का प्रस्ताव रखा, जो उससे पहले डिज़्नी में कभी आज़माई नहीं गई थी : वे चाहते थे कि एक मौलिक सोच के आधार पर एनिमेटेड फ़िल्म तैयार की जाए। *सिंड्रेला ऐंड द स्नो वाइट* जैसी आधी सदी पुरानी कालजयी कहानी को उन्होंने बिलकुल आधार से नए सिरे से लिखना शुरू किया। स्टूडियो प्रमुख जेफ़्री केट्ज़नबर्ग़ के मन में इसे लेकर संदेह था, उन्होंने साथियों से कहा कि यह केवल एक प्रयोग है। डायरेक्टर रॉब मिंकॉफ़ उन दिनों की बात करते हुए कहते हैं, ''किसी का भी इसमें विश्वास नहीं था। इसे डिज़्नी की बी ग्रेड फ़िल्म के तौर पर देखा जा रहा था।''

स्क्रिप्ट पर अंततः *द लॉयन किंग* बनी और यह 1994 में सबसे ज़्यादा कमाई वाली फ़िल्म थी। इसे दो ऑस्कर और एक गोल्डन ग्लोब पुरस्कार मिला। केट्ज़नबर्ग़ ने कहा था कि अगर इस फ़िल्म ने 50 मिलियन डॉलर की कमाई कर ली तो वह घुटनों के बल बैठकर सम्मान व्यक्त करेंगे। 2014 तक इस फ़िल्म की कमाई 1 अरब डॉलर तक पहुँच चुकी थी।

कई मौलिक विचारों की तरह यह फ़िल्म लगभग शुरुआत में ही ख़त्म होने की स्थिति में थी। इसकी शुरुआत "*बाम्बी* इन अफ्रीका विद लॉयन" (हिरण की जगह नायक के रूप में) के तौर पर हुई थी। लेकिन पहली स्क्रिप्ट के असफल हो जाने के बाद लेखकों में से पाँच ने एकत्रित होकर दोबारा सोचना शुरू किया। वे दो दिन तक चर्चाओं में उलझे रहे। राजाओं के उत्तराधिकार पर एक महागाथा बनाने को लेकर कई विचार, कई कहानियों पर मंथन हुआ। उसके बाद तैयार कहानी को डिज़्नी के अधिकारियों के एक समूह के सामने प्रस्तुत किया गया। पहली प्रतिक्रिया मुख्य कार्यकारी अधिकारी माइकल इजनर ने दी, जिन्हें यह कुछ ख़ास समझ नहीं आ रही थी। कहानी में कुछ अर्थ लाने के लिए उन्होंने पूछा, "क्या आप इसे *किंग लियर* में तब्दील कर सकते हैं?"

संयोगवश, मिंकॉफ़ ने शेक्सपियर का वह नाटक कुछ सप्ताह पहले ही दोबारा पढ़ा था और उन्होंने बताया कि क्यों यह सोच इस ख़ाके में नहीं बैठती। उसके बाद कमरे में पीछे बैठी मॉरिन डोनली नाम की प्रोड्यूसर ने शेक्सपियर के एक अन्य नाटक का नाम उछालते हुए सुझाव दिया, "नहीं यह तो *हेमलेट* है।"

अचानक सभी सक्रिय हो गए। मिंकॉफ़ के मुताबिक़, "अचानक सभी ने सहमति का स्वर उठाया। निश्चित ही यह *हेमलेट* की कहानी थी–चाचा ने पिता को मार डाला और बेटा पिता का बदला लेना चाहता है। तो हमने फ़ैसला किया कि यह सिंहों की कहानी *हेमलेट* के कथानक के ज़रिए कही जाएगी।" उस निर्णायक पल में फ़िल्म को हरी झंडी मिल गई।

संपादन कक्ष में फ़िल्म की छँटनी को किस बात ने बचाया यह समझने के लिए मैंने जस्टिन बर्ग़ की मदद ली, जो स्टेनफ़ोर्ड यूनिवर्सिटी में रचनात्मकता विशेषज्ञ हैं। बर्ग़ कहते हैं लेखकों को शुरुआत सिंहों से करनी थी। अगर उन्होंने शुरुआत *हेमलेट* से की होती तो वह महज़ शेक्सपियर के नाटक का एक एनिमेटेड संस्करण बनकर रह जाता। नए प्रारूप से शुरुआत निरालेपन की कुंजी रही, लेकिन इसने एक चुनौती भी पेश की।

एक प्रयोग में, बर्ग़ ने लोगों से एक ऐसा नया उत्पाद बनाने को कहा, जो कॉलेज के छात्रों को नौकरियों के साक्षात्कार में सफलता दिलाने में मददग़ार साबित हो। उन्होंने लोगों से शुरुआत जानी-पहचानी तीन छल्ले वाली ज़िल्द से करने को कहकर फिर किसी नए विचार तक पहुँचने को कहा। बुकस्टोर के मैनेजरों और ग्राहकों ने हासिल परिणामों को पूरी तरह से परंपरागत करार दिया।

बर्ग़ के मुताबिक़ विचारों को उत्पन्न करने का शुरुआती बिंदु ठीक वैसा ही होता है, जैसे कैनवास पर किसी चित्रकार द्वारा ब्रश से लगाया गया पहला स्ट्रोक : यह शेष पेंटिंग का रास्ता खोल देता है, सोच को एक दायरे में क़ैद करते हुए। तीन

छल्ले वाली ज़िल्द से शुरुआत ने बर्ग़ के प्रतिभागियों को स्वाभाविक उत्पादों का रास्ता दिखाया। फ़ोल्डर जिसमें अपने बारे में जानकारी का सार और बिज़नेस कार्ड रखने के लिए खाने बने हुए थे। यह किसी भी तरह से बड़ा बदलाव लाने वाले नहीं थे। किसी निराले विचार के लिए ज़रूरी है कि हम शुरुआत किसी अनजान जगह या स्थिति से करें।

बर्ग़ ने कुछ प्रतिभागियों को तीन छल्ले वाली ज़िल्द की बज़ाय एक ज़्यादा नया शुरुआती बिंदु दिया : रोलरब्लेडिंग के लिए इस्तेमाल की जाने वाली इन-लाइन स्केट्स। अब वे परंपरागत सोच की क़ैद में नहीं थे : उन्होंने जो नए विचार पेश किए वह मौलिकता के पैमाने पर 37% ज़्यादा खरे उतरे। एक प्रतिभागी ने पाया कि साक्षात्कार के दौरान यह जानना बहुत मुश्किल होता है कि कितना वक़्त गुज़र चुका है और आप साक्षात्कारकर्ता से आँखों का संपर्क गँवाकर, घड़ी की तरफ़ देखकर अशिष्टता नहीं दिखना चाहते। प्रस्तावित हल था एक ऐसी घड़ी का निर्माण जो स्पर्श से चलती हो, जिसमें रोलर स्केट्स के पहिए की तरह से गुण हों, जो वक़्त गुज़रने के साथ आकार या बनावट बदलते रहें।

एक नया शुरुआती बिंदु हालाँकि हमारे विचारों के निरालेपन के लिहाज़ से मददग़ार होता है, लेकिन ज़रूरी नहीं कि यह उन्हें हमारे उपयोगकर्ताओं के लिहाज़ से स्वीकार्य या व्यावहारिक भी बना दे। रोलरब्लेड ने भले ही गुपचुप समय पर नज़र रखने की रचनात्मक सोच को जन्म दिया हो, लेकिन बार-बार घड़ी को दबाना एक असामान्य व्यवहार है। इस समस्या को हल करने के लिए बर्ग़ ने इन-लाइन

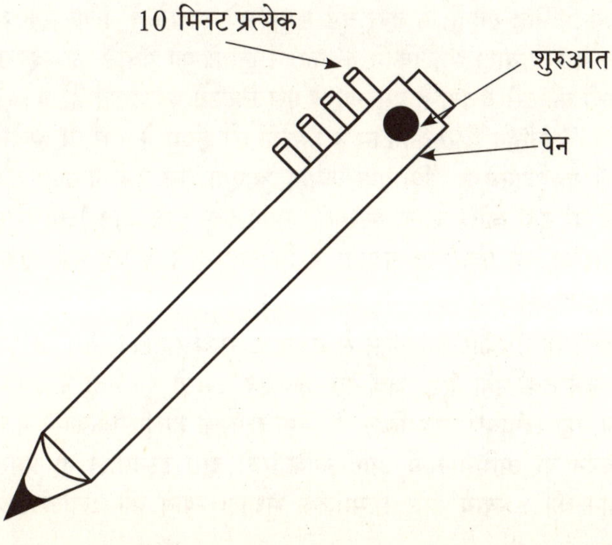

स्केट का शुरुआती बिंदु एक मोड़ के साथ दिया : उनके द्वारा विचार को विकसित कर लिए जाने के बाद उन्होंने उन्हें वह उत्पाद दिखाया, जो लोग आमतौर पर साक्षात्कार में इस्तेमाल करते हैं। फिर बर्ग़ ने उन्हें अपने विचार में सुधार के लिए कुछ और मिनट का वक़्त दे डाला। वक़्त पर नज़र रखने के लिए शिष्ट तरीक़े की तलाश करने वाले व्यक्ति के लिए यह बेहद महत्त्वपूर्ण साबित हुआ। साक्षात्कार के दौरान आमतौर पर इस्तेमाल उत्पादों को जान लेने के बाद छूने से वक़्त बताने वाली घड़ी की बजाय उस आविष्कारक ने एक ऐसा पेन डिज़ाइन कर दिया, जो वक़्त बताता था।

सबसे ज़्यादा उम्मीद जगाने वाले विचारों की शुरुआत नएपन से होती है और फिर उसमें अंतरंगता का तड़का लगा दें। यह महज़ संपर्क के प्रभाव का लाभ उठा लेता है, जिसका ज़िक्र हम पहले ही कर चुके हैं। औसतन एक नया शुरुआती बिंदु और उसके बाद अंतरंगता के तड़के ने विचार को 14% ज़्यादा व्यावहारिक बना दिया, मौलिकता की बलि दिए बग़ैर। बर्ग़ के मुताबिक़ अगर आपने प्रयोग की शुरुआत इन-लाइन स्केट की बजाय पेन से की होती तो आप संभवतया तक़रीबन परंपरागत पेन जैसा ही कुछ बना पाते। लेकिन नौकरी के साक्षात्कार के लिहाज़ से बेहद अनपेक्षित वस्तु से शुरुआत, जैसे इन-लाइन स्केट्स, और फिर उसमें पेन से जुड़ी अंतरंगता को शामिल करके आप एक ऐसा विचार विकसित कर सकते हैं, जो नया भी है और उपयोगी भी।

द *लॉयन किंग* के मामले में ऐसा ही हुआ, जब मॉरिन डोनली ने सुझाव दिया कि स्क्रिप्ट *हेमलेट* की तरह होनी चाहिए। इस नाटक से अंतरंगता ने अधिकारियों को सवाना की कहानी को कालजयी कृति से जोड़ने का विचार रास आया। मिंकॉफ़ के मुताबिक़, ''यह लोगों के एक बड़े समूह को सोचने के लिए एक समान बिंदु दे देता है। बहुत ज़्यादा मौलिकता के फेर में लोगों को गँवाने का ख़तरा होता है। अधिकारियों को इसे बेचना है इसलिए वे ऐसे बिंदुओं को देखते हैं, ये उन्हें सहारा-सा दे देते हैं।'' *लॉयन किंग* की टीम ने *हेमलेट* को संदर्भ के तौर पर इस्तेमाल करना जारी रखा। यह जानते हुए कि एक लमहा आएगा जब उन्हें फ़ैसला करना होगा, ''ऐसा करें या नहीं करें'' वाला लमहा। उन्होंने एक दृश्य जोड़ दिया जिसमें बबून, रफ़िकी, सिम्बा को एक पाठ पढ़ाता है कि वह कौन है यह याद रखना कितना महत्त्वपूर्ण होता है।

महिला मताधिकार आंदोलन से संयम के साथ संतुलन साध रहे आंदोलन के कार्यकर्ता तब तक नहीं जुड़े, जब तक कि एक उभरते हुए नेता ने उसमें अंतरंगता का तड़का नहीं लगाया। वांडरबिल्ट के समाजशास्त्री होली मैककेमन ने मताधिकार हासिल करने के अभियान में आंदोलनकारियों द्वारा इस्तेमाल दो प्रमुख दलीलों की पहचान की : न्याय और सामाजिक सुधार। न्याय की दलील निष्पक्षता पर

आधारित थी, जिसमें इस बात पर ज़ोर दिया गया कि महिलाओं का मताधिकार तर्क अविभाज्य अधिकार है। सामाजिक सुधार की दलील, समाज की बेहतरी पर आधारित थी। इसमें इस बात को प्रमुखता से बताया गया कि कैसे महिलाओं के पारिवारिक और नैतिक गुण देश को सुधारेंगे। उस वक़्त न्याय की दलील को उग्र माना गया था, क्योंकि यह महिलाओं और पुरुषों के सभी क्षेत्रों में एक समान होने के प्रस्ताव के कारण परंपरागत लैंगिक भूमिकाओं के ढर्रे को चुनौती देने वाली थी। सामाजिक सुधार की दलील तुलनात्मक रूप से नरम थी, क्योंकि यह परंपरागत लैंगिक भूमिकाओं के ढर्रे को यह कहकर समर्थन कर रही थी कि निजी जीवन में रूढ़िवादियों द्वारा तय गुण सार्वजनिक जीवन में भी मूल्यवान साबित हो सकते हैं। मताधिकार पाने वाली महिलाएँ, ''सार्वजनिक मातृत्व'' के रूप में, शिक्षा, सरकार में भ्रष्टाचार में कटौती और ग़रीबों को मदद करके समाज के लिए लाभदायक हो सकती हैं।

जब मैककेमन और साथियों ने एक चौथाई सदी के मताधिकार संबंधी भाषणों, अख़बारों के स्तंभों, बैनर्स और पर्चों का विश्लेषण किया तो पाया कि न्याय की दलील सबसे पहले और नियमित तौर पर उठाई जाती रही है। कुल मिलाकर मताधिकार समर्थक का 30% समय न्याय संबंधी मामलों को उठाने में ही जाता था। इससे बमुश्किल आधे मामले सामाजिक सुधार के थे। जहाँ तक न्याय संबंधी मामलों की बात थी तो डब्ल्यूसीटीयू सदस्यों ने इसे अनसुना कर दिया, उनका तो पूरा ध्यान परंपरागत लैंगिक भूमिकाओं पर ही टिका हुआ था और उन्होंने इस ख़याल को ही ख़ारिज कर दिया था कि महिलाएँ, पुरुषों के बराबर होती हैं। सामाजिक सुधार की दलील भी परंपरागत मूल्यों से मेल बैठा पाने में असफल रही : डब्ल्यूसीटीयू के उभरते हुए नेता फ्रांसेस विलार्ड ने बड़ी ही सफ़ाई से सुर बदलते हुए इसे व्यापक समर्थन दिलाया।

कैसे जीता गया पश्चिम को

फ्रांसेस विलार्ड ने न्याय या सामाजिक सुधार की दलीलों को इस्तेमाल ही नहीं किया। उन्होंने इसे मताधिकार के मतदान के मसले का हिस्सा तक करार नहीं दिया।

इसकी बजाय उन्होंने इसे नाम दिया, ''गृह सुरक्षा मतदान।''

विलार्ड ने महिला मताधिकार को ''सुरक्षा के लिए एक हथियार के तौर पर देखा...शराब के अत्याचार के ख़िलाफ़।'' मतदान की तुलना ''धूप के दमदार चश्मे'' से करते हुए उन्होंने वादा किया कि वह इसका इस्तेमाल करके ''सलून को आग के हवाले कर देंगी, जब तक कि यह भाप बनकर हवा में काफ़ूर नहीं हो जाता।'' घर की सुरक्षा डब्ल्यूसीटीयू सदस्यों के लिए एक जाना-पहचाना विषय था।

अब मताधिकार आंदोलन का इस्तेमाल एक वांछनीय परिणाम को हासिल करने के लिए किया जा सकता है : अगर संयम के समर्थक शराब से उपजे अत्याचार से लड़ना चाहते थे, तो उन्हें वोट करने की दरकार थी। बेकर लिखती हैं :

> *यह मताधिकार तक पहुँचने का परोक्ष तरीक़ा था, जो घर को बचाने के धार्मिक आधार पर टिका था, लेकिन इसने महिलाओं के लिए सुधार आंदोलन से जुड़े अमेरिका के दो सबसे बड़े आंदोलनों को एक कर दिया था। मताधिकार, जिसे एंथनी और स्टेंटन क़ुदरती अधिकार के तौर पर सार्वभौमिक तौर पर चाहती थीं, अब विलार्ड का हथियार था...घरेलू महिलाओं के लिए की गई एक रणनीतिक अपील।*

मैककेमन ने जब डब्ल्यूसीटीयू और मताधिकार समर्थकों के बीच चार दशक के गठबंधन का अध्ययन किया तो पाया कि मताधिकार समर्थकों द्वारा एक विशेष प्रांत में न्याय की दलील रखने के बाद, अगले साल उस प्रांत में उनके डब्ल्यूसीटीयू के साथ गठबंधन की संभावनाओं में कोई इजाफ़ा नहीं हुआ–वास्तविकता में गठबंधन की संभावनाएँ कम हो गईं। लेकिन एक बार मताधिकार समर्थकों द्वारा गृह सुरक्षा का ख़ाका पेश करने के बाद डब्ल्यूसीटीयू के साथ उस प्रांत में जुड़ने की संभावना को पर लग गए* और साथ ही इस संभावना को भी कि वह प्रांत अंततः मताधिकार को स्वीकृति दे देगा।

अंततः विलार्ड के नेतृत्व ने महिलाओं को कुछ प्रांतों में मतदान का पूरा अधिकार दिलवा दिया और साथ ही 19 प्रांतों में महिलाओं को स्कूल बोर्ड के चुनाव में भी मतदान का अधिकार मिल गया। यह दलील पश्चिम क्षेत्र में ख़ासतौर पर प्रभावी रही। संविधान के 19वें संशोधन में महिलाओं को मतदान का पूर्ण अधिकार मिलने से पहले, पश्चिमी राज्य और क्षेत्रों में 81% ने महिला मताधिकार

---

*विलार्ड की गृह सुरक्षा की दलील ने मामले को गति दे डाली, लेकिन समय पर कितनी निर्भर थी। उनका सबसे अधिक प्रभाव तब पड़ा जब डब्ल्यूसीटीयू पर संकट था। जब वह दासता विधेयक के असफल होने या सलून्स के अचानक बढ़ने के बाद प्रांतों के दौरे पर गईं तो डब्ल्यूसीटीयू की मताधिकार समर्थकों के साथ गठबंधन की संभावना सबसे ज़्यादा थी। रूढ़िवादी डब्ल्यूसीटीयू सदस्य महसूस करने लगे थे कि उनका अभियान संकट में है और शराब के ख़िलाफ़ अभियान में उन्हें मताधिकार समर्थक महत्त्वपूर्ण हथियार की तरह लगने लगे थे। मैककेमन और उनके साथी कहते हैं, ''विलार्ड ने डब्ल्यूसीटीयू सदस्यों को यह समझने में मदद की कि उनकी राजनीतिक पराजय की वजह उनकी राजनीतिक कमज़ोरी थी। डब्ल्यूसीटीयू सदस्यों को इस बात के लिए मनाकर कि महिला मताधिकार से शराब पर प्रतिबंध की लड़ाई जीती जा सकती है, विलार्ड ने डब्ल्यूसीटीयू की सोच को मताधिकार समर्थकों की सोच के अनुरूप कर दिया।''

क़ानून पारित कर दिया था। पूर्वी क्षेत्र में केवल दो प्रांतों में यह पारित हो सका था, जबकि दक्षिण में किसी प्रांत में यह क़ानून पारित नहीं हो सका।

इस बात की संभावना बहुत ही कम है कि फ्रांसेस विलार्ड महिला मताधिकार आंदोलन की शुरुआत करतीं। जस्टिन बर्ग़ का रिसर्च बताता है कि अगर महिलाओं ने घरों को बचाने के जाने-पहचाने लक्ष्य के साथ शुरुआत की होती तो उन्होंने मताधिकार के बारे में कभी नहीं सोचा होता। सुधारवादी या उग्र सोच हमेशा किसी मौलिक बात के लिए आधार तैयार करने के लिहाज़ से अनिवार्य हो जाती है। लेकिन एक बार मताधिकार की सुधारवादी सोच के बीज बो दिए जाने के बाद, मौलिक महिला मताधिकार समर्थकों को व्यापक स्तर पर समर्थन हासिल करने के लिए अधिक संतुलित और संयमित मध्यस्थ की ज़रूरत थी। फ्रांसेस विलार्ड की संयम आंदोलन के कार्यकर्ताओं में विश्वसनीयता अद्वितीय थी, क्योंकि उन्होंने अपने भाषण में पर्याप्त रूप से परिचित विचारों को जगह दी थी। उन्होंने बाइबल से अनेक बार उद्धरणों के साथ धार्मिक संभाषण कला का भरपूर इस्तेमाल किया।

फ्रांसेस विलार्ड एक बेहतरीन संयमित उग्र विचारों वाली थीं। बेकर लिखती हैं, ''विलार्ड जब धीरे-धीरे प्रगतिशील लक्ष्य की ओर बढ़ रही थीं, उनके अधीन कुछ भी उग्र नहीं लगता था।'' उनका काम संभावित साथियों को साथ में जोड़ने के लिहाज़ से दो सबक़ सिखाता है। पहला हमें मूल्यों के बारे में अलग तरह से सोचना होगा। यह मानकर ही चलने की बजाय कि दूसरे हमारे सिद्धांतों से सहमत होंगे या उनको इन्हें मानने के लिए मनाने की जगह हमें अपने मूल्य दूसरों को मनाने के लिहाज़ से प्रस्तुत करना होंगे। दूसरे लोगों के आदर्शों को बदल पाना मुश्किल काम है। अपने अजेंडा को दूसरों के परिचित मूल्यों से जोड़ना तुलनात्मक तौर पर ज़्यादा आसान है।

दूसरा, जैसा कि हमने मेरेडिथ पैरी के वायरलेस ऊर्जा के अपने मूल उद्देश्य को बख़ूबी छिपाने के मामले में देखा, पारदर्शिता हमेशा ही सर्वश्रेष्ठ नीति नहीं होती। संभावित साथियों के साथ सीधी बात की चाहे जितनी ख़्वाहिश हो, मौलिक विचार वालों को अपने विचारों को संभावित साथियों के मुताबिक़ साँचे में ढालना आना चाहिए। विलार्ड ने शराब के कारण हो रहे अत्याचार के छद्म आवरण (ट्रोजन हॉर्स) में मताधिकार की तस्करी कर डाली।

लेकिन वह दलील हर उस समूह के लिए कारगर नहीं थी, जिनसे उनका पाला पड़ा। न्याय की दलील ने सबसे उग्र विचारों वाली महिलाओं को अभियान की ओर आकर्षित किया, क्योंकि वह लैंगिक भेदभाव के खिलाफ़ थीं। बेहद रूढ़िवादी संयमित कार्यकर्ताओं के साथ गृह सुरक्षा की संतुलित दलील ने गठबंधन को मज़बूत कर दिया। लेकिन अन्य साथियों को मताधिकार आंदोलन से जोड़ने के लिए, गृह सुरक्षा की दलील बहुत ज़्यादा संयमित थी। मैककेमन का रिसर्च बताता

है कि और अधिक महिलाओं को यह यक़ीन दिलाने के लिए मताधिकार आंदोलन ही अंत है, बस कुछ अन्य हासिल करने का साधन नहीं, बीच का रास्ता ही ज़रूरी था : संतुलित सामाजिक परिवर्तन की दलील। आंदोलन के नेताओं को, ''संभावित कार्यकर्ताओं की भर्ती के लिए, वर्तमान सांस्कृतिक परिस्थिति और यथास्थिति की गूँज और यथास्थिति को चुनौती देने के बीच संतुलन साधना था।'' प्रांतीय स्तर पर महिला मताधिकार संगठनों की सदस्य संख्या में उस दौरान कोई परिवर्तन नहीं हुआ, जब मताधिकार समर्थकों ने मुद्दे को न्याय या गृह सुरक्षा के मसले पर उछाला। सदस्यता की गति तब तेज़ हुई जब उन्होंने इस बात पर ज़ोर दिया कि कैसे महिला समाज को बेहतर बना सकती है–और इसी तरह मताधिकार क़ानून भी पारित हुआ। रॉब मिंकॉफ़ कहते हैं, ''अगर यह पर्याप्त रूप से निराला नहीं है तो फिर यह अरुचिकर या घिसा-पिटा है। अगर यह बहुत ज़्यादा निराला है तो यह लोगों को समझाने के लिहाज़ से कठिन होगा। लक्ष्य विचार को आगे बढ़ाना है, ख़त्म करना नहीं।''

अपने पूरे जीवन के दौरान लूसी स्टोन ने मताधिकार आंदोलन से जुड़ी महिलाओं से बात करते समय न्याय और समानता का हवाला देना जारी रखा। लेकिन जब वह बाहरी लोगों को संबोधित करती थीं तो वह सामाजिक सुधार की दलील और लैंगिक भूमिकाओं की परंपरा के प्रति सम्मान व्यक्त करती थीं। 1853 में जब अनियंत्रित श्रोताओं ने एक महिला अधिकार सम्मेलन की कार्यवाही को बाधित किया तो उन्होंने घरेलू क्षेत्र में महिलाओं के योगदान का अनुमोदन किया, ''मैं मानती हूँ कि अपने घर के सिंहासन पर मौज़ूद हर महिला, प्यार, दयाशीलता, शांति के गुणों को बाँटते समय, दुनिया के अच्छे पुरुषों तक पहुँचाती है, जो दुनिया को बेहतर बनाने में मदद कर सकते है। ऐसी महिला किसी भी ताज पहनने वाले व्यक्ति से ऊँचे स्थान पर होती है।'' उन्होंने सुझाव दिया कि महिलाएँ और अधिक योगदान दे सकती हैं। साथ ही बताया कि पुरुषों के साथ तुलना से बचने की सावधानी के साथ महिलाएँ कैसे विभिन्न पेशों में स्थान बना रही हैं। जब उन्होंने एक महिला का ज़िक्र किया जो मंत्री बन चुकी हैं, तो श्रोताओं में प्रतिक्रिया देखने को मिली और स्टोन ने दोबारा श्रोताओं को याद दिलाया कि वह महिलाओं की घरेलू भूमिका की समर्थक हैं : ''वे पुरुष ही ऐसा करते हैं, जिनके पास बेहतर सिखाने के लिए माँ नहीं है।''

हम साथ-साथ हैं : तनाव के बीच गठबंधन तैयार करना

दो दशक के टकराव के बाद मताधिकार आंदोलन से जुड़े दोनों संगठनों में फ़लसफ़े और रणनीति को लेकर एकरूपता आने लगी। एलिज़ाबेथ केडी स्टेंटन और सूज़न

बी. एंथनी ने एक दशक से ज़्यादा तक सुधारवादी उग्र आंदोलन से किनारा कर रखा था और अब वह अपनी ऊर्जा जनता को जागरूक करने में झोंक रही थीं। स्टेंटन ने आंदोलन के इतिहास के लेखन की कमान थामी; एंथनी ने पूरे देश का दौरा करके व्याख्यान दिए और समर्थन जुटाया और संयम आंदोलन के कार्यकर्ताओं और महिलाओं के अन्य मुद्दों की बजाय केवल मताधिकार पर केंद्रित कुछ ज़्यादा नरम अभियान की उपयोगिता पर लूसी स्टोन से सहमति साध ली।

बरसों पहले, इज़रायल और फ़िलीस्तीन के बीच संघर्ष का अध्ययन करने के दौरान हार्वर्ड के मनोवैज्ञानिक हरबर्ट केलमैन ने पाया था कि दो गुटों के बीच संघर्ष की वज़ह और तेज़ी की मुख्य वज़ह अक्सर संघर्षरत गुटों में आंतरिक संघर्ष होती है। हालाँकि स्टोन का संगठन एकजुट होने के लाभ पर एकमत था, एंथनी और स्ट्रेंटन के संगठनों में कलह था। स्टेंटन ने संयम का रास्ता अपनाने वाले आंदोलनकारियों के साथ हाथ मिलाने और केवल महिला मताधिकार तक ही सीमित होने की बात पर आपत्ति उठाई; विभिन्न सदस्यों ने सवाल उठाए कि क्या मताधिकार के मुद्दे को प्रांतीय या संघीय स्तर पर उठाया जाना चाहिए और यह भी कि यह प्रयास पूर्ण होना चाहिए या आंशिक।

गठबंधन बनाने में स्टोन जितनी प्रभावी थीं, एंथनी के साथ सुलह वार्ता के लिहाज़ से वह ग़लत व्यक्ति थीं। जब अविश्वास बहुत गहरा हो, जैसा कि इन दोनों महिलाओं के बीच था, तो गठबंधन झगड़े में उलझे व्यक्तियों के नेता के तौर पर काम करने से नहीं, बल्कि तड़ित चालक की तरह काम करने पर निर्भर होता है। ब्लैक एशफ़ोर्थ और पीटर रेनजेन के मुताबिक़ इससे दोनों ही संगठनों के सदस्यों को ''प्रतिस्पर्धा के विभाजन तत्वों का ठीकरा'' स्टेंटन के उग्र रुख़ पर फोड़ने का मौक़ा मिल जाता, ताकि ''दोनों ही पक्षों को संघर्ष की वज़ह होने का आरोप दूसरी ओर के आक्रामक लोगों पर लगाते आता।'' यह उनके लिए समूह के ''दूसरों सदस्यों के साथ सहयोग'' का आधार तैयार कर देता। तनाव के बीच गठबंधन तैयार करने के लिए केलमैन की राय में सुलह की बातचीत के लिए आक्रामक व्यक्तियों को भेजना बहुत ही कम प्रभावशाली होता है। आपको दोनों ही पक्षों में ऐसे शांतिदूतों की ज़रूरत होती है, जो बैठकर शांति के साथ बात कर सकें। एक-दूसरे के परिप्रेक्ष्य को सुन सकें, साझा लक्ष्यों और तरीक़ों की पहचान कर सकें और संयुक्त रूप से समस्या को हल करने में जुट सकें।*

---

* 1990 में केलमैन ने इज़रायल और फ़िलीस्तीन के प्रभावी नेताओं को ग़ैरअधिकारिक कार्यशालाओं के लिए आमंत्रित किया। नियमित बैठक का यह सिलसिला तीन साल तक चला। एक विशिष्ट कार्यशाला में दोनों देशों के तीन और छह प्रतिनिधियों को दो से चार समन्वयकों के साथ शामिल किया गया। प्रतिनिधियों ने अपने परिप्रेक्ष्य साझा किए। इस दौरान उन्होंने एक-दूसरे पर आरोप लगाने और अपनी ही बात को सही साबित करने पर अड़े रहने से

स्टोन और एंथनी ने चर्चा से आक्रामक लोगों को हटाने का मूल्य पहचान लिया था। दोनों ने अपने संगठनों के 7-7 लोगों को एक संयुक्त समिति में नियुक्त कर दिया, जो एकीकरण समझौते के लिए शर्तों का निर्धारण करेगी। लेकिन स्टोन और एंथनी द्वारा तय व्यवस्था सहमति का आधार तैयार करने के लिहाज़ से पर्याप्त नहीं थी, क्योंकि एंथनी द्वारा नियुक्त समिति में इतना ज़्यादा आंतरिक मनमुटाव था कि उनकी मदद के लिए उन्हें 8 सदस्यों की एक अलग समिति बनानी पड़ी। जब अंततः सहमति बन गई तो उनका प्रस्ताव सहमत व्यवस्था के दायरे से इतना बाहर का था कि स्टोन की समिति के पास इस पर फ़ैसला लेने का अधिकार ही नहीं था।

1890 में, दोबारा एकजुटता के प्रयासों के तीन साल बाद, स्टोन ने एकजुटता की चुनौतियों को पहचाना और यह काम किसी और के हाथ में सौंपने की ज़रूरत को भी, ''युवा एक होना चाहते हैं और विभाजन की वज़हें जानने वाली पुरानी पीढ़ी जल्द ही विदा होगी।'' उनकी बेटी और पति ने एंथनी की समिति के साथ सहयोग की शर्तों पर सुलह में सफलता पाई और दोनों ही संगठनों का विलय हो गया। एंथनी को अपने स्तर पर संयमित उग्रता का महत्त्व समझ आ चुका था, इस हद तक कि स्टेंटन कहने लगीं, ''लूसी और सूज़न दोनों को ही एक समान महिला मताधिकार दिख रहा है। उन्हें धार्मिक और सामाजिक दासता दिखाई नहीं दे रही है। ना ही अन्य संगठनों की युवा महिलाओं को, इसलिए संभव है कि वे भी एक हो जाएँ, क्योंकि उनकी सोच और उद्देश्य एक ही हैं।''

हालाँकि एंथनी और स्टेंटन के स्टोन से संबंधों में फिर मधुरता नहीं आई, जब स्टोन का निधन हुआ तो उनके अतुलनीय योगदान की ताक़त के चलते उन्हें उनके योगदान की तारीफ़ करनी ही पड़ी। एंथनी ने कहा, ''लूसी स्टोन से बड़ा विजेता कोई नहीं है। इस आंदोलन के पचास साल के इतिहास में उनके सिवाय एक भी ऐसी महिला नहीं थी जो लोगों के सामने जाकर वहाँ मौजूद हर एक व्यक्ति का दिल पिघला दे। वह अकेली ऐसी महिला थीं।''

स्टेंटन के शब्दों में, ''अमेरिका में किसी भी महिला की मौत पर इतनी सार्वजनिक सम्मान और प्रतिष्ठा भरी श्रद्धांजलि देखने को नहीं मिली है। स्टोन, पहली ऐसी व्यक्ति थीं, जिन्होंने महिलाओं के साथ अन्याय के मसले पर पूरे देश

परहेज किया। उन्होंने संघर्ष पर अपनी बातचीत के प्रभाव के विश्लेषण पर ध्यान केंद्रित रखा। सभी प्रतिभागियों द्वारा अपनी चिंताओं को बयान करने और हर किसी अन्य की चिंताओं को समझने और मान्य करने के बाद वे समस्या का हल खोजने में संयुक्त रूप से जुट गए। 1993 में कार्यशाला समाप्त होने के बाद ओस्लो समझौते पर हस्ताक्षर किए गए। यह पहला अवसर था, जब इज़रायली सरकार और फ़िलीस्तीन मुक्ति संगठन (पीएलओ) के बीच आमने-सामने कोई समझौता हुआ था। नेताओं को जहाँ नोबेल शांति पुरस्कार मिला वहीं अंदरूनी जानकारों ने इसका श्रेय केलमैन के उत्प्रेरक की तरह के प्रयासों को दिया।

के दिलों में हलचल मचा दी थी।'' उनकी स्टोन से कई साल पहले की असहमति की वज़ह थी, क्योंकि स्टोन को, ''लगता था उन्हें ख़ुद से ज़्यादा गुलामों के अन्याय का दुख रहता था-मेरा फ़लसफ़ा कुछ ज़्यादा अहंकारी था।''

दार्शनिक जॉर्ज सेंटयाना ने लिखा, ''जो इतिहास को याद नहीं रखते, वे इसके दोहराव के लिए शापित होते हैं।'' कम से कम दो अवसरों पर यह अमेरिकी महिला मतदाता आंदोलन के लिए सही साबित होने वाला था। 1890 में एंथनी के संगठन के दो सदस्य, जो उनकी राष्ट्रीय संगठन की योजना से नाराज़ थे, संयमित उग्रता की ओर चल दिए। उन्होंने संगठन को दो फाड़ करते हुए एकीकरण का मुखर विरोध करना शुरू कर दिया। एंथनी और स्टेंटन ने इसे कुचल दिया, लेकिन छोटे मतभेदों से उपजने वाली संकीर्णता को लेकर वह अपने उत्तराधिकारियों को चेतावनी देने के लिए मौज़ूद नहीं थे। 20वीं सदी के अंत में, अपनी ज़िंदगी के अंतिम वर्षों में, उन्होंने राष्ट्रीय महिला मताधिकार संगठन का नेतृत्व कैरी चेपमैन केट को सौंप दिया, जो संयम आंदोलन की एक कार्यकर्ता और डब्ल्यूसीटीयू की सदस्य थीं।

लेकिन एक अधिक उग्र महिला एलिस पॉल, मताधिकार आंदोलन को व्याख्यानों, लेखन, या सहमति जुटाने जैसे संयमित तरीक़ों से असहमत थीं। उनका विश्वास ज़्यादा तेज़तर्रार क़दमों पर था। उन्होंने भूख हड़ताल शुरू की और केट के निर्दलीय रुख़ को ख़ारिज कर दिया। उन्होंने महिला मताधिकार नहीं देने का ठीकरा डेमोक्रेटिक पार्टी के सिर फोड़ा। पॉल की गतिविधियाँ इतनी ज़्यादा उग्र थीं कि उन्हें राष्ट्रीय मताधिकार संगठन से निष्कासित कर दिया गया, जिसके बाद 1916 में उन्होंने ख़ुद अपना संगठन बना लिया। 1918 में जहाँ राष्ट्रीय संगठन की सदस्य संख्या 10 लाख से ज़्यादा थी, पॉल के संगठन में केवल 10 हज़ार सदस्य थीं और अपनी पूर्ववर्ती की ही तरह उन्होंने भी अफ़्रीकी अमेरिकियों के साथ गठबंधन को टाला। उनके समूह ने वाइट हाउस को निशाना बनाया और राष्ट्रपति वुड्रो विल्सन का उपहास उड़ाया, जिसके कारण शायद बदलाव देखने को मिला। एक प्रेक्षक के मुताबिक़, ''लेकिन यह केट का नेतृत्व था-उग्र नहीं प्रगतिशील-जिसने अंततः विल्सन को आंदोलन को पूरा समर्थन देने के लिए तैयार किया।''

1893 में मृत्यु के वक़्त लूसी स्टोन ने अपनी बेटी के कानों में फुसफुसाकर कहा था, ''दुनिया को बेहतर बनाओ।'' 19वें संशोधन को पारित होने में इसके बाद 27 बरस और लग गए। लेकिन जब पूरे देश में महिलाओं को मताधिकार मिला तो स्टोन की संयमित उग्रता की छाप शक्तिशाली और स्पष्ट थी। केर कहती हैं, ''स्टोन द्वारा उपलब्ध कराए गए संगठनात्मक ढाँचे को कैरी चेपमैन केट ने 1920 में संशोधन के अंतिम और सफल मोर्चे में इस्तेमाल किया था।''

6

ध्येय के लिए बग़ावत

भाई–बहन, अभिभावक और मार्गदर्शक निरालेपन को कैसे निखारते हैं

''हम अपने भाई के रक्षक नहीं हैं, अनगिनत छोटे–बड़े तरीक़ों से हम अपने भाई के निर्माता हैं।''

— हैरी व बोनेरो ओवरस्ट्रीट

कुछ पल पहले वह तीसरे बेस पर शांतचित्त खड़ा था, अपनी हैट को दुरुस्त करते हुए। अब उसके पैर तेज़ गति से अगल–बगल में हिल रहे थे, नाचने की मुद्रा में बैग से दूर। वह होम प्लेट की ओर शुरुआती दौड़ लगाने के लिए तैयार था।

वह बेसबॉल डायमंड पर क़दम रखने वाले महानतम खिलाड़ियों में से एक था। वह पहले भी इस स्थिति में रह चुका था। पिछली चार मर्तबा उसने अपनी टीम का वर्ल्ड सीरीज़ में नेतृत्व किया था और चारों ही बार उनकी टीम को याँकीस से हार का मुँह देखना पड़ा था। उसे उम्मीद थी कि इस बार परिणाम अलग होगा। याँकीस के ख़िलाफ़ पाँचवीं ख़िताबी लड़ाई का यह पहला ही मुक़ाबला था। उसकी टीम आठवीं पारी में 6–4 से पिछड़ी हुई थी। दो बैटर्स के आउट हो जाने के कारण उनके सामने दुविधा थी : क्या उसे भीतर जाने के लिए अपने साथी पर भरोसा करना चाहिए या फिर सबकुछ दाँव पर लगाकर होम रन चुरा लेना चाहिए?

बेसबॉल में बेस को चुराना सबसे ज़्यादा जोख़िम का काम होता है। यह आपकी टीम के अंक कमाने की संभावना को 3 प्रतिशत तक कम कर देता है। ऐसा करने के लिए आपको बेस में फिसलकर प्रवेश करना होता है, जिसका मतलब होता है कि क्षेत्ररक्षक के साथ दर्दभरी शारीरिक भिड़ंत। होम रन चुराना तो और अधिक

जोख़िम का काम होता है : उसकी पीठ आपकी तरफ़ होने की बजाय, जैसा कि आपके दूसरा या तीसरा बेस चुराने की स्थिति में होगा, पिचर का मुँह आपकी प्लेट की ओर ही है, जिससे उसके लिए थ्रो फेंकना बहुत आसान हो जाएगा। पिचर को गेंद को केवल 60 फ़ीट की दूरी तक फेंकना है, जबकि आपको पैरों से 90 फ़ीट की दूरी तय करना है। कुल मिलाकर इस होड़ में आपको गेंद को पछाड़ना है। अगर आपको लगता है कि आप ऐसा कर लेंगे तो भी अन्य बेस पर टकराव की तुलना में होमप्लेट पर आपके चोटिल होने की आशंका चार गुना ज़्यादा है।

2012 के पूरे सत्र में केवल तीन ही खिलाड़ियों ने होम प्लेट चुराने (स्टील) की कोशिश की थी। हालाँकि बेसबॉल के सर्वकालीन सर्वश्रेष्ठ स्टीलर, रिकी हेंडरसन ने अपने करियर के दौरान 1400 से ज़्यादा बेस चुराए थे, लेकिन उनके खाते में केवल एक अदद होम प्लेट थी। इस सूची में दूसरे क्रम के बैटर लू ब्रॉक के खाते में 938 सफल प्रयासों के बावजूद एक भी होम प्लेट नहीं थी।

लेकिन यह व्यक्ति कुछ अलग है। उनके नाम आधुनिक युग में सबसे ज़्यादा 19 बार होम प्लेट चुराने का रिकॉर्ड है। पूरी सदी में केवल दो ही खिलाड़ी ऐसे रहे हैं, जो इस मामले में दहाई के अंक तक पहुँचे हैं।

बेस चुराने के मामले में वह लीग में दो बार सर्वश्रेष्ठ रह चुके हैं, लेकिन अगर आप यह सोचते हैं कि होम पिच चुराने का उनका फ़ैसला गति पर आधारित है तो दोबारा सोचिए। 36 वर्ष की उम्र में वह अपने खेल के शीर्ष दौर से गुज़र चुके हैं। चोट के कारण वह नियमित सत्र के एक तिहाई हिस्से से बाहर रहे हैं। छह साल पहले उन्होंने सत्र के दौरान 36 बेस चुराए थे; पिछले दो सत्र मिलाकर भी वह उस आंकड़े को पार नहीं कर सके हैं। उनके बाल सफ़ेद हो चुके हैं और उनका वज़न भी बढ़ चुका है; खेल पत्रकार उन्हें ''सफ़ेद बालों वाला बूढ़ा मोटा व्यक्ति'' कहकर पुकारते हैं। पहले वह चौथे क्रम पर बैटिंग करते थे, जिसे सबसे बेहतरीन हिटर्स की मौज़ूदगी के कारण ''क्लीन अप स्पॉट'' कहा जाता है। अब वह बैटिंग क्रमांक में सातवें स्थान तक लुढ़क चुके हैं।

इस खिलाड़ी की गति अब गुज़रे जमाने की स्मृति मात्र है, लेकिन उन्होंने अपनी पूरी ज़िंदगी उस जगह पर सक्रिय होकर बिताई है जहाँ पर दूसरे थम जाते हैं और अब वह रुकने वाले नहीं हैं। वह सही मौक़े का इंतज़ार कर रहे थे और फिर आगे बढ़े। जैसे ही वह फिसलकर होम प्लेट में पहुँचे, कैचर भी उनको छूने के लिए पहुँच गया। फ़ैसले को लेकर कुछ भी निश्चित नहीं था। लेकिन जब अंपायर ने अपना फ़ैसला सुनाया तो वह सुरक्षित थे।

अंत में यह प्रयास बहुत देर से किया गया बहुत ही अल्प प्रयास साबित हुआ। उनकी टीम याँकी से पहले ही मुक़ाबले में हार गई। लेकिन उनके प्रयास ने

एक सांकेतिक उद्देश्य को हासिल कर लिया। एक खेल इतिहासकार के शब्दों में, होम प्लेट हासिल करने के कारण उनकी टीम को ''एक बहुत बड़ा मनोवैज्ञानिक उछाल'' हासिल हो गया। उस खिलाड़ी को ख़ुद को भी इस बात का अहसास हो गया, ''यह मेरे होम प्लेट के कारण था या नहीं, लेकिन मेरी टीम में एक नई आग से धधक उठी थी।'' उन्होंने सीरीज़ जीतकर प्रतिष्ठित प्रतियोगिता जीत ली थी।

कई साल बाद खिलाड़ियों की विरासत पर चर्चा के दौरान एक पत्रकार ने लिखा कि उनका होम प्लेट चुराने का फ़ैसला, ''निश्चित तौर पर सामूहिक तौर पर बेसबॉल इतिहास में उनके द्वारा उठाया गया दूसरा सबसे साहसिक क़दम था।''

पहला था रंगभेद की दीवार को तोड़ना।

निराला बनने के लिए हमें कुछ जोख़िम मोल लेने के लिए तैयार होना चाहिए। जब हम पुरानी परंपराओं को ख़त्म करने या उलट देने के लिए धारा के विपरीत तैरते हैं तो हम कभी इस बात को लेकर निश्चिंत नहीं हो सकते कि हम सफल होंगे। पत्रकार रॉबर्ट क्लिन ने लिखा, ''प्रगति में हमेशा जोख़िम मौज़ूद होता है। ऐसा नहीं हो सकता कि आप दूसरा बेस चुराते वक़्त एक पाँव पहले बेस में रखें।''

1947 में मेजर लीग बेसबॉल के पहले अश्वेत खिलाड़ी बनने के दिन से जैकी रॉबिनसन ने उन नस्लभेदी साथी खिलाड़ियों का हौसले के साथ सामना किया जिन्होंने उनके साथ या उनके ख़िलाफ़ खेलने से इनकार कर दिया। विरोधी जो जानबूझकर अपने जूते की नुकीली कीलों से उन्हें नुक़सान पहुँचाते थे, और नफ़रत से भरे पत्र और जान से मारने की धमकी भी उन्हें नहीं डिगा सकी। वह एक बड़ी अमेरिकी कंपनी के पहले अश्वेत उपाध्यक्ष बने और देश के पहले अश्वेत बेसबॉल उद्घोषक। सामाजिक मानकों से बग़ावत के साथ भावनात्मक, सामाजिक और शारीरिक जोख़िमों के ख़तरे के बीच डटकर खड़े रहने का हौसला उन्हें किस बात से मिला?

हमें सुराग़ कुछ अनसोची जगहों से मिल सकता है। बेस चुराने की उनके जैसी महारत रखने वाले खिलाड़ियों की पारिवारिक पृष्ठभूमि की पड़ताल से। बेसबॉल के आधुनिक युग में जबसे 162 गेम का सत्र अस्तित्व में आया है, केवल 10 खिलाड़ी ही दो अलग-अलग सत्रों में न्यूनतम 70 बेस के आंकड़े को छू पाए हैं। आगे दी गई तालिका को देखिए। क्या आपको कोई समान रुझान दिखाई देता है?

बेसबॉल खिलाड़ी	स्टील्स (बेस)	जन्मस्थान	जन्म का क्रम	परिवार में बच्चे
रिकी हेंडरसन	130,108	शिकागो, इलिनॉय	4	7
लू ब्रॉक	118,74	एल डोराडो, अरकंसास	7	9
विंस कोलमैन	110,109	जैकसनविले, फ़्लोरिडा	1	1
मॉरी विल्स	104,94	वॉशिंगटन डीसी	7	13
रॉन लेफ़्लोर	97,78	डेट्रॉयट, मिशिगन	3	4
ओमार मोरेनो	96,77	पुर्तो आर्मूलेस, पनामा	8	10
टिम रेन्स	90,78	सेनफ़ोर्ड, फ़्लोरिडा	5	7
विली विल्सन	83,79	मोंटगोमरी, अलाबेमा	1	1
मार्किस ग्रिसम	78,76	अटलांटा, जॉर्जिया	14	15
केनी लोफ़्टन	75,70	ईस्ट शिकागो, इंडियाना	1	11

यह पता करने के लिए कि कुछ बेसबॉल खिलाड़ी क्यों दूसरों की तुलना में ज़्यादा बेस चुराते हैं, विज्ञान के इतिहासकार फ्रेंक सलोवे और मनोवैज्ञानिक रिचर्ड ज़्वेगेनहाफ़्त ने कुछ चतुराई भरा काम किया। उन्होंने पेशेवर बेसबॉल खेलने वाले 400 से ज़्यादा भाइयों की जानकारी जुटाई। इससे उन्हें समान परिवार, समान परवरिश वाले ऐसे खिलाड़ियों की तुलना का अवसर मिल गया, जिनके डीएनए भी साझा थे। उनके परिणामों ने एक चौंकाने वाला तथ्य उजागर किया : जन्म लेने के क्रम ने संभावना जता दी कि किस भाई ने ज़्यादा बेस चुराने की कोशिश की।

बड़े भाई की तुलना में छोटे भाई के बेस चुराने की कोशिश करने की संभावना *10.6 गुना ज़्यादा* थी।

छोटे भाई अनिवार्य तौर पर बड़े भाई से कुल मिलाकर बेहतर खिलाड़ी नहीं थे। उदाहरण के लिए, जब बात बैटिंग औसत की हो तो भी उनको लाभ की स्थिति हासिल नहीं थी। जब पिचर्स की भूमिका निभाने वाले भाइयों की तुलना की गई तो पाया गया कि अधिक उम्र वाले भाई का गेंद पर नियंत्रण ज़्यादा बेहतर था; उनके सामने किसी बैटर के बचने की बनिस्बत उसके स्ट्राइक आउट होने की संभावना ज़्यादा थी। मुख्य अंतर जोख़िम मोल लेने की प्रवृत्ति में था। छोटे भाइयों में ज़्यादा बेस चुराने के प्रयास के अलावा बिना हिट लिए गेंद के उनसे टकराने की 4.7 गुना ज़्यादा संभावना पाई गई। क्योंकि वह प्लेट तक पहुँचने के लिए ज़्यादा जोख़िम लेने को तैयार थे। लेकिन उन्होंने ना केवल ज़्यादा आक्रामक तेवर दिखाए, बल्कि वह बड़े भाइयों की तुलना में अक्सर ज़्यादा सफल रहे। युवा भाइयों के सुरक्षित रहते हुए बेस चुराने की संभावना 3.2 गुना ज़्यादा थी।

वास्तविकता में जोख़िम लेने की भूख ही युवा भाइयों की बेसबॉल खेलने की संभावना तक को कम कर देती है। 8 हज़ार से ज़्यादा लोगों पर किए गए 24 अध्ययनों के मुताबिक़, बाद में जन्मे लोगों में ज़्यादा चोट की आशंका वाले खेलों, जैसे फुटबॉल, रग्बी, बॉक्सिंग, आइस हॉकी, जिम्नास्टिक्स, स्कूबा डाइविंग, डाउनहिल स्कीइंग और स्की जम्पिंग, बॉबस्लेजिंग और ऑटोरेसिंग में भाग लेने की संभावना 1.48 गुना ज़्यादा होती है। पहले जन्मे बच्चे बेसबॉल, गोल्फ़, टेनिस, ट्रेक, साइक्लिंग और नौकायन जैसे सुरक्षित खेलों को प्राथमिकता देते हैं।

जब बाद में जन्मे लोग पेशेवर बेसबॉल को अपनाते भी हैं तो उनका इरादा बेस के रास्ते को चीर डालना होता है। होम प्लेट चुराने के मामले में आधुनिक युग के बादशाह, तीन खिलाड़ियों की ओर ही देख लीजिए जो अपने साथियों से बहुत ऊपर हैं : तीनों के कम से कम तीन बड़े भाई-बहन हैं। ''आधुनिक बेस चुराने के पिता'' कहे जाने वाले जैकी रॉबिनसन पाँच भाई-बहनों में सबसे छोटे थे।

होम प्लेट चुराने के मामले में आधुनिक युग में दूसरा क्रम है रॉड केरयू का। वह भी पाँच बच्चों में चौथे क्रम के थे। केरयू के मुताबिक़ सही समय का अहसास होने के साथ-साथ, ''इसके लिए कुछ हौसले की भी दरकार होती है।'' होम प्लेट चुराने के लिए उनकी राय में, ''मेरे मन के भीतर ख़ुद के घायल होने का डर नहीं होना चाहिए। मुझे नहीं था। मुझे सब बातें नियंत्रण में लगती थीं।'' तीसरे क्रम वाले पॉल मॉलिटर की राय में होम प्लेट चुराना एक ''साहसिक प्रदर्शन'' था, वह अपने परिवार के 8 बच्चों में चौथे थे।

बेस चुराने की रैंकिंग में भी पीछे दी गई तालिका में कुछ इसी तरह का रुझान देखने को मिलता है। दो भिन्न सत्रों में न्यूनतम 70 बेस चुराने वाले केवल 10

खिलाड़ियों में से आधे के कम से कम चार बड़े भाई-बहन थे। सात के कम से कम दो बड़े भाई-बहन थे। स्टीलिंग की दुनिया के साथ यह सात विजेता, अपने परिवार में बच्चों के क्रम में औसतन 6.9वें स्थान पर थे। उनके 71 प्रतिशत भाई-बहन उनसे बड़े हैं।

बाद में जन्मे भाइयों के ना केवल बेसबॉल में ज़्यादा जोख़िम लेने की संभावना ही होती है-राजनीति और विज्ञान के क्षेत्र में भी यह अंतर देखने को मिलता है, जिसके सामाजिक और बौद्धिक प्रगति में कई पहलू होते हैं। मील का पत्थर माने जाने वाले एक अध्ययन में सलोवे ने दो दर्जन से ज़्यादा प्रमुख वैज्ञानिक क्रांतियों और आविष्कारों का विश्लेषण किया। कोपरनिकस के खगोलशास्त्र से लेकर डार्विन के विकास के सिद्धांत से लेकर न्यूटन के मैकेनिक्स और आइंस्टीन के सापेक्षता तक। उन्होंने वर्तमान विचारों के मुखर समर्थन से लेकर नए विचारों की ज़ोरदार वकालत के आधार पर चार हज़ार से ज़्यादा वैज्ञानिकों के रुख़ के मूल्याँकन का काम विज्ञान के 100 से ज़्यादा वैज्ञानिकों को दिया। वैज्ञानिक यथास्थिति का समर्थन करेंगे या क्रांतिकारी नए सिद्धांत का समर्थन करेंगे, इस बात का मूल्याँकन करने के लिए उन्होंने जन्म के क्रम की भूमिका का अध्ययन किया। हर मामले में उन्होंने इस बात का ख़याल रखा कि आबादी में बाद में जन्मे लोगों की तुलना में पहले जन्मे लोग ज़्यादा हैं, साथ ही सामाजिक दर्ज़े, परिवार के आकार और परिणाम को प्रभावित करने वाले अन्य कारकों का भी ध्यान रखा गया।

पहली संतानों की तुलना में बाद में जन्मे वैज्ञानिकों की न्यूटन के गुरुत्वाकर्षण और गति के सिद्धांत व आइंस्टीन के विशेष सापेक्षता के सिद्धांत के समर्थन की संभावना तीन गुना ज़्यादा थी, जबकि उस दौर में इन विचारों को बेहद अतिरेक भरा माना गया था। कोपरनिकस द्वारा पृथ्वी के सूर्य के इर्द-गिर्द घूमने का मॉडल प्रकाशित किए जाने के बाद की आधी सदी के दौरान पहली संतानों की तुलना में बाद में जन्मे वैज्ञानिकों के उस पर मुहर लगाने की संभावना 5.4 गुना ज़्यादा थी। गैलिलियो द्वारा टेलीस्कोप के आविष्कार करने और समर्थन में आविष्कारों को प्रकाशित करने के बाद इस अनुपात में 1:1 तक की गिरावट देखी गई। चूँकि सिद्धांत अब ज़्यादा अतिरेक भरा नहीं लग रहा था, इसलिए पहली संतान के तौर पर जन्मे वैज्ञानिकों ने भी इसे स्वीकार लिया।

बाद में जन्मे बच्चों की बाग़ी प्रवृत्ति का सबसे ज्वलंत उदाहरण सलोवे के मानव विकास के सिद्धांत पर प्रतिक्रियाओं के विश्लेषण में देखने को मिलता है। उन्होंने इस बात पर ज़ोर दिया कि डारविन द्वारा अपने सुप्रसिद्ध खोज को प्रकाशित किए जाने से पहले मानव विकास की बात पर 1700 से 1859 के दौरान सैकड़ों वैज्ञानिकों की कैसी प्रतिक्रिया थी। डारविन से पहले, बाद में जन्मे 117 वैज्ञानिकों में से 56 का मानव विकास के सिद्धांत में विश्वास था। दूसरी ओर 103 पहली

संतानों में से केवल 9 का इस पर विश्वास था। डारविन द्वारा अपनी खोजों के प्रकाशन के 16 साल बाद बाद में जन्मे वैज्ञानिकों के समर्थन की संभावना पहली संतानों की तुलना में 9.7 गुना ज़्यादा से गिरकर 4.6 ज़्यादा हो गई। इन विचारों को वैज्ञानिक सहमति मिलने के साथ ही पहले जन्मे वैज्ञानिकों के लिए भी उनकी वकालत ज़्यादा आसान हो गई।

हम मानते हैं कि युवा वैज्ञानिक बाग़ी विचारों के प्रति ज़्यादा झुकाव रखते होंगे, बनिस्बत ज़्यादा उम्र के वैज्ञानिकों के जो उम्र बढ़ने के साथ ज़्यादा रूढ़िवादी होकर धारणाओं में डूब जाते हैं। लेकिन उल्लेखनीय तौर पर उम्र की तुलना में जन्म का क्रम ज़्यादा अहम रहा। सलोवे लिखते हैं, ''एक 80 वर्ष के बाद में जन्मा वैज्ञानिक क्रमिक मानव विकास के सिद्धांत को लेकर उतना ही खुले विचारों का था जितना कि 25 वर्ष की एक पहली संतान।'' वह तर्क देते हैं कि विकास का सिद्धांत ''केवल इसलिए एक ऐतिहासिक वास्तविकता बन गई, क्योंकि आम आबादी में बाद में जन्मे लोगों की संख्या पहली संतानों से 2.6 बनाम 1 के अनुपात में थी।''

कुल मिलाकर बाद में जन्मे लोगों की, पहले जन्मे लोगों की तुलना में, बड़े वैज्ञानिक परिवर्तन को स्वीकारने की संभावना दोगुनी होती है। सलोवे कहते हैं, ''संयोगवश इस अंतर के बढ़ने की संभावना एक अरब में एक से भी कम है। बाद में जन्मे लोग क्रांतिकारी नवप्रवर्तन को स्वीकारने के लिहाज़ से पहली संतानों की तुलना में आधी सदी आगे हैं।'' जब उन्होंने 31 राजनीतिक क्रांतियों का अध्ययन किया तो इसी तरह के परिणाम सामने आए : बाद में जन्मे लोगों के पहली संतानों की तुलना में क्रांतिकारी परिवर्तन को स्वीकारने की संभावना दोगुनी होती है।

मूलतः पहली संतान होने के नाते मैं इन परिणामों से निराश था। लेकिन फिर मुझे जन्म के क्रम पर रिसर्च के बारे में पता चला, तो मैंने महसूस किया कि इनमें से कोई भी रुझान पत्थर पर खींची गई लकीर नहीं है। हमें मौलिकता के मामले में बाद में जन्मे बच्चों के आगे झुकने की ज़रूरत नहीं है। छोटे बच्चों के लिए अभिभावकों द्वारा अपनाए जाने वाले तरीक़े को अपनाकर हम किसी भी बच्चे को मौलिक बनने के लिए तैयार कर सकते हैं।

इस अध्याय में मौलिकता की पारवारिक जड़ों को खँगाला जाएगा। भाई-बहनों में बाद में जन्म लेना किस तरह से अलग है, परिवार के आकार का क्या फ़र्क़ पड़ता है और पालन-पोषण के लिए इसके क्या परिणाम हैं? और हम उन मामलों को कैसे देखेंगे जो इस साँचे में फ़िट नहीं बैठते-बेस चुराने की सूची में केवल तीन बच्चों वाले, पहली संतान जो बग़ावत करती है और बाद में जन्मे बच्चे को जो संयम दिखाते हैं? मैं जोख़िम मोल लेने की प्रवृत्ति के मामले में भाई-बहनों, अभिभावकों और आदर्शों के असर को जानने के लिए जन्म के क्रम को शुरुआत के लिए आधार मानूँगा। यह देखने के लिए आख़िर क्यों भाई-बहन हमारी उम्मीदों

के विपरीत एक-दूसरे से भिन्न होते हैं, मैं जैकी रॉबिनसन और अमेरिका के सबसे मौलिक कॉमेडियन्स के परिवारों और उनके लालन-पालन का अध्ययन करूँगा। आप जान पाएँगे कि यह कैसे तय होता है कि कोई बच्चा सकारात्मक दिशा में बग़ावत करेगा या नकारात्मक। बच्चों को धोखेबाजी के लिए मना करना क्यों एक ग़लती है। हम कैसे अप्रभावी तरीक़े से उनकी तारीफ़ कर सकते हैं और उनको ग़लत किताब पढ़ने को दे सकते हैं। हम उन लोगों के अभिभावकों से क्या सीख सकते हैं, जिन्होंने सर्वनाश (द्वितीय विश्वयुद्ध में होलोकास्ट) के दौर में यहूदियों के प्राण बचाने के लिए जोख़िम मोल लिया था।

पैदाइशी बाग़ी

1944 में मोंटगोमरी बस पर रोज़ा पार्क्स के प्रशंसनीय रुख़ से एक दशक से भी पहले, तब सेना में एक लेफ़्टिनेंट जैकी रॉबिनसन को एक बस में पीछे की ओर बैठने से इनकार के कारण कोर्ट मार्शल का सामना करना पड़ा था। रॉबिनसन बताते हैं कि ड्राइवर उन पर चिल्लाया, ''अगर मैं पीछे जाकर नहीं बैठा तो वह मुझे मुसीबत में डाल देगा। मैंने भी गुस्से में उससे कहा कि मुझे इस धमकी से कोई फ़र्क़ नहीं पड़ता।'' वर्ल्ड सीरीज़ ओपनर में होम प्लेट की तरफ़ तूफ़ानी दौड़ को लेकर भी उनका ऐसा ही कहना था, ''मैंने अचानक उथल-पुथल मचाने का फ़ैसला कर लिया। हमारी टीम जबकि दो रन पीछे थी होम रन चुराने की योजना एक अच्छी बेसबॉल रणनीति नहीं थी, लेकिन मैंने अचानक दौड़ लगाई और ऐसा कर दिया। मुझे इस बात की कोई चिंता नहीं थी कि मैंने यह काम पूरा किया या नहीं।''

''मैं लापरवाह नहीं हो सकता'' और ''मुझे कोई परवाह नहीं'' उस आधारभूत बात का ख़ुलासा कर देते हैं कि जैकी रॉबिनसन ने जोख़िम का सामना करना कैसे सीखा। स्टेनफ़ोर्ड के प्रतिष्ठित प्रोफ़ेसर जेम्स मार्च के मुताबिक़ हममें से अनेक लोग फ़ैसले लेते वक़्त परिणामों के तर्क को मानते हैं। किस तरह का रास्ता सर्वश्रेष्ठ परिणाम देगा? अगर आप रॉबिनसन की तरह हैं और आप निरंतर यथास्थिति को चुनौती देते रहते हैं तो उपयुक्तता का तर्क इस्तेमाल करते हुए आपका काम करने का तरीक़ा अलग होता है : इस तरह की परिस्थिति में मेरे जैसा व्यक्ति क्या करता है? भविष्य की ओर देखकर परिणाम की संभावना के मूल्याँकन की बजाय आप भीतर झाँककर अपनी पहचान को देखते हैं। आपका फ़ैसला इस बात पर निर्भर करता है कि आप कौन हैं-या आप क्या बनना चाहते हैं।

जब हम परिणामों का तर्क इस्तेमाल करते हैं, हम हमेशा ही जोख़िम मोल नहीं लेने के लिए बहाना खोज सकते हैं। उपयुक्तता का तर्क हमें आज़ाद कर देता है। हम इस बारे में कम सोचने लगते हैं कि हमारी पसंद का परिणाम किस बात से

सुनिश्चित हो सकेगा और हमारे क़दम इस अंदरूनी भावना से उठते हैं कि हमारे जैसे व्यक्ति को क्या करना चाहिए। यह प्रवृत्ति जन्म के क्रम से प्रभावित हो सकती है।

कई बरसों तक विशेषज्ञ पहली संतान होने के गुणगान गाते रहे हैं। परिवार के सबसे बड़े बेटे का सफल होना तय माना जाता है। उसे अपनी ख़ुशामद में जुटे माता-पिता के पूरे ध्यान, समय और ऊर्जा का अविभाजित लाभ मिलता है। उपलब्ध सबूत बताते हैं कि पहली संतान के विज्ञान में नोबेल पुरस्कार जीतने की संभावना ज़्यादा होती है। वे अमेरिकी सांसद बन सकते हैं और नीदरलैंड्स में स्थानीय और राष्ट्रीय चुनाव जीत सकते हैं। ऐसा भी माना जाता है कि किसी कंपनी में उनके शीर्ष तक पहुँचने की संभावना होती है : 1500 से ज़्यादा मुख्य कार्यकारी अधिकारियों के विश्लेषण में पाया गया कि उनमें से 43% अपने माँ-बाप की पहली संतान हैं।

हाल ही में किए गए एक अध्ययन में अर्थशास्त्रियों मार्को बर्तोनी और जियोर्जियो ब्रूनेलो ने करियर में सफलता पर जन्म के क्रम के असर को जानने का फ़ैसला किया। तक़रीबन एक दर्ज़न यूरोपीय देशों में कई दशक तक चार हज़ार से ज़्यादा लोगों का निरीक्षण करने पर उन्होंने पाया कि श्रम बाज़ार में प्रवेश के वक़्त पहली संतानों को बाद में जन्मे बच्चों की तुलना 14% ज़्यादा शुरुआती वेतन मिलता है। पहली संतानों को ज़्यादा शिक्षा का भी लाभ मिलता है जो उन्हें इस अधिक वेतन के लायक़ बनाता है।

लेकिन यह शुरुआती लाभ 30 वर्ष की उम्र आते-आते तक ग़ायब हो जाता है। बाद में जन्मे बच्चों के वेतन की वृद्धि तेज़ होती है, क्योंकि वे बेहतर वेतन वाली नौकरियों के लिए नौकरी जल्द और अक्सर बदलने के लिए तैयार होते हैं। अर्थशास्त्रियों ने पाया, ''पहली संतानें बाद के बच्चों की तुलना में जोख़िम लेने से बचने वाली होती हैं। बाद में जन्मे बच्चों को शराब और धूम्रपान की लत लगने की आशंका अधिक होती है। उनके सेवानिवृत्ति योजनाएँ और जीवन बीमा पैकेज ख़रीदने की संभावना भी कम होती है।'' मनोवैज्ञानिक डीन सिमनटन वज़ह का ख़ुलासा करते हुए कहते हैं, ''मानक परीक्षाओं में बाद में जन्मे बच्चों के स्कूल में कम उपलब्धि और प्रतिष्ठित व्यवसायों के प्रति अरुचि जैसे कमज़ोर प्रदर्शन की वज़ह तुलनात्मक तौर पर कमज़ोर क्षमता नहीं है। दरअसल बाद में जन्मे बच्चों पहली संतानों के अधिकार हासिल करने और अनुकूलता के लिए प्रयास अरुचिकर लग सकते हैं।''

हालाँकि आज इसे मान्यता मिलने लगी है, लेकिन जन्म के क्रम के विज्ञान का इतिहास विविधता भरा रहा है और आज भी विवादास्पद है। जन्म का क्रम यह *तय नहीं करता* कि आप कौन हैं; यह केवल आपके एक विशेष अंदाज़ में विकसित होने की संभावना को प्रभावित करता है। आपकी जैविकी और जीवन के अनुभवों

में कई अन्य योगदान देने वाले कारक मौज़ूद होते हैं। जन्म के क्रम के प्रभाव को अलग करने के लिए रिसर्च मूलतः अस्त-व्यस्त है : आप नियंत्रित और बिना किसी क्रम के प्रयोग नहीं कर सकते। कई अध्ययन विभिन्न परिवारों के भाई-बहनों की तुलना तक ही सीमित हो जाते हैं, जबकि ज़्यादा गहन तुलना तो परिवार के भीतर होगी। एक ही घर के भीतर रहने वाले सौतेले भाई-बहनों, सौतेले भाइयों, दत्तक भाई-बहनों और चचेरे-ममेरे भाई-बहनों जैसे विषयों का कैसे सामना किया जाए इसे तक लेकर भी सहमति नहीं है। जन्म क्रम के विशेषज्ञों के बीच कई निष्कर्षों पर आज भी आधारभूत असहमति है। एक समाज विज्ञानी होने के नाते मुझे लगता है कि उपलब्ध सबूतों की समीक्षा मेरी ज़िम्मेदारी है और मुझे इस बारे में अपने विचार साझा करना चाहिए कि मेरी राय में क्या अधिक सही होने की संभावना है। जब मैंने आँकड़ों और जानकारी को खँगाला तो पाया कि जन्म का क्रम व्यक्तित्व और व्यवहार का मेरी उम्मीद से भी बेहतर मूल्याँकन करता है।

एक अध्ययन में स्कूल की उपलब्धियों और बाग़ी तेवरों के आधार पर भाई-बहनों ने एक-दूसरे को रैंकिंग दी थी। शैक्षणिक क्षेत्र में ज़्यादा उपलब्धियाँ हासिल करने वालों में पहली संतानों के बाद की संतानों से बेहतर होने की संभावना 2.3 गुना पाई गई। बाद में जन्मी संतानों के पहली संतानों की तुलना में बाग़ी तेवर होने की संभावना दोगुनी पाई गई। जब उनसे ज़िंदगी में कुछ सबसे बग़ावती या अपरंपरागत बातें लिखने के लिए कहा गया तो बाद में जन्मी संतानों की प्रतिक्रियाएँ ज़्यादा लंबी थीं और उन्होंने अपरंपरागत व्यवहार का भी ज़्यादा वर्णन किया। 100 से ज़्यादा अध्ययनों का भी समान निष्कर्ष रहा : हालाँकि पहली संतानों के ज़्यादा प्रभावी, कर्तव्यनिष्ठ और महत्त्वाकांक्षी होने की प्रवृत्ति होती है, बाद में जन्म लेने वाली संतानें ज़्यादा जोख़िम लेने और निराले विचारों को स्वीकारने को लेकर ज़्यादा तैयार होती हैं। पहली संतानें यथास्थिति की रक्षा करती हैं, जबकि बाद में जन्मी संतानें उसे चुनौती देने की इच्छुक होती हैं।*

बाद में जन्मी संतानों की जोख़िम लेने की प्रवृत्ति के दो प्रमुख स्पष्टीकरण हैं। एक का ताल्लुक इस बात से होता है कि बच्चे ख़ुद भाई-बहनों के साथ प्रतिद्वंद्विता

---

*विरोधी उदाहरण हमेशा ही मौज़ूद रहेंगे : मेरा ध्यान परिवार की पहली और बाद में जन्मी संतानों में औसत अंतर पर है। बीच के बच्चों पर कम अध्ययन किया गया है, क्योंकि बीच का बच्चा किसे माना जाए यह परिभाषित करना पहली या सबसे अंतिम संतान के लिहाज़ से कठिन काम है। सलोवे तर्क देते हैं कि औसतन बीच के बच्चे अक्सर व्यवहार कुशलता की ओर झुकाव रखते हैं। हावी होने वाले सबसे बड़े भाई-बहन और अभिभावकों द्वारा बड़े लोगों द्वारा छोटे भाई-बहन पर किसी भी क़िस्म की दादागीरी से रोके जाने के कारण बीच के भाई-बहन समझौते, मनाने और गठबंधन तैयार करने की कला बख़ूबी सीख लेते हैं। बीच के बच्चों का ज़िक्र फुटनोट में करने की विडंबना का मुझे अहसास है।

का कैसे सामना करते हैं; दूसरा अभिभावक छोटे बच्चों की कैसे अलग तरह से परवरिश करते हैं। हालाँकि हम जन्म के क्रम को तो नियंत्रित नहीं कर सकते, लेकिन हम इस बात को प्रभावित कर सकते हैं कि इसके परिणाम कैसे होंगे।

स्थान या काम का चयन : प्रतिस्पर्धा ना करके प्रतिस्पर्धा

कई भाई-बहनों को देखिए और आपको हैरानी में डाल देने वाली वास्तविकता देखने को मिलेगी : परिवारों के बीच व्यक्तित्व में बड़ा अंतर देखने को नहीं मिलता, लेकिन उनके भीतर ही होता है। जब बिलकुल एक समान जुड़वाँ बच्चे किसी परिवार में बड़े होते हैं तो वे एक-दूसरे से उन समान जुड़वाँ बच्चों की तुलना में उतने ही असमान होते हैं, जिन्हें बचपन से ही अलग होना पड़ा हो और जिनकी परिवरिश अलग-अलग परिवारों ने की हो। हार्वर्ड के मनोवैज्ञानिक स्टीवन पिंकर कहते हैं, ''यही बात ऐसे भाई-बहनों के लिए भी सही है जो जुड़वाँ नहीं हैं। उन्हें साथ-साथ परवरिश मिले या अलग-अलग उनमें असमानता होती ही है। गोद लिए गए भाई-बहन भी सड़क से बिना क्रम के चुने गए दो व्यक्तियों जितने ही अलग होते हैं।'' यही बात निरालेपन की भी होती है। वयस्क होने के बाद गोद लिए गए भाई-बहन ग़ैर-अनुकूलता या जोख़िम लेने की प्रवृत्ति के मामले में एक-दूसरे से बिलकुल भी नहीं मिलते। भले ही उनकी परवरिश समान अभिभावकों ने की हो।

अपने जैसों का साथ हासिल करने की प्रवृत्ति इस रहस्य को हल करने में मदद कर सकती है। इस सोच का मूल चिकित्सक और मनोरोग विशेषज्ञ अल्फ्रेड एडलर के किए गए काम में मिलता है। एडलर का मानना है कि सिगमंड फ्रायड का परवरिश पर ज़ोर दरअसल व्यक्तित्व विकास पर भाई-बहनों के असर को देख पाने में असफल रहा। एडलर के मुताबिक़, क्योंकि पहली संतानें अभिभावकों की इकलौती संतानों के तौर पर शुरुआत करती हैं तो वे शुरुआती दौर में अपने अभिभावकों से ही पहचानी जाती हैं। जब छोटा भाई-बहन आता है तो पहली संतानों को ''अपदस्थ'' होने का ख़तरा महसूस होता है। ऐसे में वे अपने अभिभावकों की तरह ही व्यवहार करने लगते हैं और बाद की संतान के लिए नियम तय करते हैं और उस पर अधिकार जमाने की कोशिश करते हैं। यह बाद वाली संतान की बग़ावत के लिए आधार तैयार कर देता है।

बड़े भाई-बहन से बौद्धिक और शारीरिक चुनौतियों को लेकर प्रतिस्पर्धा के चलते छोटी संतानें अपनी अलग पहचान के लिए अलग रास्ता चुनती हैं। सलोवे लिखते हैं, ''ज़िम्मेदार उपलब्धि हासिल करने वाले बच्चे का स्थान बड़े बच्चे के लिए सुरक्षित होने की संभावना होती है। एक बार यह तय हो गया कि फिर बाद की संतानों के लिए इस स्थिति को हासिल करने के लिए कड़ी प्रतिस्पर्धा का सामना

करना पड़ता है।''* यह वैसे निश्चित ही उम्र के अंतर पर निर्भर करता है। अगर दो बच्चों के बीच केवल एक वर्ष का अंतर है, तो बाद वाली संतान अपना स्थान बनाने के लिहाज़ से पर्याप्त रूप से तेज़ या मज़बूत हो सकती है। अगर उनके बीच सात वर्ष का अंतर है तो फिर सीधी प्रतिस्पर्धा के बग़ैर वह स्थान बाद वाली संतानों के लिए ख़ुला हो जाएगा। बेसबॉल में दो से पाँच वर्ष के अंतराल वाले भाइयों के दो वर्ष से कम या पाँच वर्ष से ज़्यादा अंतर वाले भाइयों की तुलना में अलग-अलग जगह खेलने की संभावना उल्लेखनीय तौर पर ज़्यादा होती है। जैक रॉबिनसन कॉलेज के दिनों में धावक थे, लेकिन अपने से पाँच साल बड़े भाई मैक को कभी नहीं हरा पाए। मैक ने 200 मीटर की दौड़ में ओलिंपिक में रजत पदक जीता था। रॉबिनसन ने एनसीसीए ब्रॉड जम्प स्पर्धा जीतकर और ट्रेक और बेसबॉल के अलावा यूएलसीए में बास्केटबॉल और फुटबॉल में भी अपनी छाप छोड़ी।

क्या दूसरे परिवारों में भी काम और स्थान के चयन की प्रवृत्ति होती है, यह जानने की उत्सुकता के चलते मैंने कॉमेडी की दुनिया का रुख़ किया। मूलतः कॉमेडी एक तरह की बग़ावत ही है। इस बात के प्रमाण मौजूद हैं कि आम आबादी के मापदंडों के लिहाज़ से कॉमेडियन ज़्यादा निराले और बाग़ी होते हैं- और इन आयामों में उनका जितना बेहतर प्रदर्शन होता है, उनके पेशेवर तौर पर सफल होने की संभावना भी उतनी ही बढ़ जाती है। आख़िरकार लोग तभी तो किसी चुटकुले पर हँसते हैं जब वह उम्मीद से अलग हो या किसी पवित्र सिद्धांत का बेहद सुरक्षित तरीक़े से उल्लंघन करके अस्वीकृत को स्वीकृत बना दे। अपेक्षाओं को चुनौती देना और आधारभूत मूल्यों पर सवाल उठाने के लिए कॉमेडियन्स को काफ़ी सोच-समझकर जोख़िम उठाना पड़ता है। श्रोताओं में से किसी का इस हद तक अपमान नहीं करने के लिए कि वह आपा खो बैठे, कॉमेडियन्स को रचनात्मक होना पड़ता है। कॉमेडियन बनने का फ़ैसला ही यह बताने के लिए पर्याप्त है कि आप एक स्थायी और तय करियर को नकार रहे हैं। जिम कैरी के पिताजी ने कॉमेडी के बारे में सोचा, लेकिन सुरक्षित दाँव लगाने के लिए अकाउंटिंग को चुना। जैसा कि जैरी सिनफ़ील्ड कहते हैं, ''मेरे पास कभी कोई नौकरी नहीं थी।''

काम या स्थान के चयन की प्रवृत्ति के बारे में हम अब तक जो जान सके हैं, उसके आधार पर मुझे संदेह है कि बाद में जन्मी संतानों के महान कॉमेडियन

---

*एक पूर्व अध्ययन में, मनोवैज्ञानिक हेलन कोच ने शिक्षकों से दो बच्चों वाले परिवारों से तीन सौ से ज़्यादा बच्चों को जन्म के क्रम, लिंग, भाई-बहन के लिंग, उम्र और सामाजिक श्रेणी के आधार पर रेटिंग देने को कहा। पहली संतानों ने दृढ़ता और प्रभुत्व में उल्लेखनीय तौर पर ज़्यादा अंक हासिल किए। इस बात से कोई फ़र्क़ नहीं पड़ा कि वे पुरुष थे या महिला। मनोवैज्ञानिक फ्रैंक ड्यूमोंट के शब्दों में, ''पहली संतान के तौर पर जन्मी लड़कियाँ अपने बाद में जन्मे भाइयों की तुलना में औसतन ज़्यादा मर्दाना थीं। उनका व्यवहार प्रमुख प्रभुत्व वाले पुरुष की तरह था।''

बनने की संभावना ज़्यादा होगी। बड़े भाई-बहनों द्वारा ज़्यादा परंपरागत कामकाज पहले ही कर लिए गए होंगे, तो उनसे ज़्यादा कुशल या मज़बूत बनने के लिए संघर्ष करने की बजाय, छोटी संतानें मज़ाक़िया बन जाती होंगी। अन्य प्रतिभाओं की तरह लोगों को हँसाने की क़ाबिलियत उम्र या परिपक्वता पर निर्भर नहीं होती। आपका परिवार जितना बड़ा होगा आपके पास ख़ुद को अलग दिखाने का उतना ही मौक़ा होगा और अधिक संभावना है कि आप व्यंग्य को अपने कार्यक्षेत्र के तौर पर चुनें।

क्या महान कॉमेडियन्स के पहले जन्म लेने या बाद वाली संतान होने की संभावना होती है? पता लगाने के लिए हमने कॉमेडी सेंट्रल की 2004 की सूची से सर्वकालीन सर्वश्रेष्ठ 100 स्टैंड-अप कॉमेडियन का विश्लेषण किया। इस सूची में सामाजिक मापदंडों और राजनीतिक विचारधारा को चुनौती देने वाली बग़ावती सामग्री के लिए मशहूर सारे मौलिक कॉमेडियंस मिल जाएँगे। इसमें जॉर्ज कार्लिन से लेकर क्रिस रॉक, जोन रिवर्स से लेकर जोन स्टीवर्ट तक सब शामिल हैं।

आंकड़ों की बात की जाए तो पहली संतानों और अंतिम संतानों का आंकड़ा समान होना चाहिए। जब मैंने इन 100 मौलिक कॉमेडियन्स के जन्म का क्रम देखा तो पाया कि उनमें से 44 अपने परिवार की अंतिम संतानें थे, जबकि केवल 20 पहली संतानें। उनके परिवार में औसतन 3.5 बच्चे थे और उनमें से आधे अपने परिवार की सबसे छोटी संतान थे। औसतन वे संयोग के लिहाज़ से अपने बड़े भाई-बहनों के क्रम में 48 प्रतिशत बाद में पैदा हुए थे। भाई-बहनों वाले कॉमेडियन्स के संयोग के विपरीत अंतिम संतान होने की संभावना 83 प्रतिशत थी। इतने सारे महान कॉमेडियन्स के संयोगवश अंतिम संतान होने की संभावना 10 लाख में दो के बराबर है।

जब मैंने अपना रुख़ विशेष तौर पर कॉमेडियन बनी अंतिम संतानों की ओर किया तो मैंने पाया कि उनके अन्य भाई-बहन आमतौर पर ज़्यादा परंपरागत उपलब्धियों के खाक़े में मौज़ूद थे। स्टीफ़न कोलबर्ट 11 बच्चों में सबसे कम उम्र के हैं; उनके बड़े भाई-बहनों में एक बौद्धिक संपदा से संबंधित वकील, एक काँग्रेस प्रत्याशी और एक सरकारी वकील है। चेलसी हैंडलर के पाँच बड़े भाई-बहनों में एक मैकेनिकल इंजीनियर है, एक शेफ़, एक अकाउंटेंट, एक वकील और एक नर्स-इन सभी करियर्स में शैक्षणिक प्रमाणपत्र हासिल करना और स्थिर वेतन संभव होता है। लुईस सी.के. की तीन बड़ी बहनों में एक डॉक्टर, एक शिक्षिका और एक सॉफ़्टवेयर इंजीनियर हैं। जिम गैफ़िगन के पाँचों बड़े भाई-बहन मैनेजर हैं : तीन बैंक में अधिकारी, एक डिपार्टमेंट स्टोर में महाप्रबंधक और एक संचालन प्रबंधक। मेल ब्रुक्स के तीनों बड़े भाइयों में एक केमिस्ट, एक बुकस्टोर का मालिक और एक सरकारी अधिकारी है।

काम व स्थान का चयन हमें इस रहस्य को सुलझाने में मदद करता है कि क्यों भाई-बहन पूरी तरह से एक-जैसे नहीं होते; बाद में जन्मी संतानें अलग दिखने के लिए सक्रिय होती हैं। लेकिन बच्चों के ख़ुद को अलग साबित करने के इन प्रयासों की कहानी में एक पेंच और भी है। चाहे कितना भी स्थायी होने का प्रयास करें, अभिभावकों का बच्चों से क्रम के मुताबिक़ व्यवहार अलग-अलग होता है। यह उनके व्यक्तित्वों के बीच की खाई को और अधिक गहरा कर देता है।*

सख़्त अभिभावकों का फिसलन भरा रास्ता

मनोवैज्ञानिक रॉबर्ट जेजोंक ने पाया कि पहली संतानें वयस्कों की दुनिया में बड़ी होती हैं। आपके जितने बड़े भाई-बहन हों, अन्य बच्चों से सीखने में आपका उतना ही वक़्त जाता है। अगर जैकी रॉबिनसन पहली संतान होते तो उनकी परवरिश मूलतः माँ के हाथों होती। लेकिन पाँच बच्चों की ज़िम्मेदारी होने के कारण मेली रॉबिसन को काम करने की ज़रूरत थी। रॉबिनसन की बड़ी बहन विला मे के मुताबिक़, ''मैं उसकी छोटी माँ थी।'' वही उसे नहलाती थीं, कपड़े पहनाती थीं और खाना खिलाती थी। जब वह किंडरगार्टन गईं तो उन्होंने अपनी माँ को इस बात के लिए मना लिया था कि वह अपने नन्हे से भाई को भी अपने साथ स्कूल लाएगी। तीन वर्ष के जैकी एक साल तक तो दिनभर सेंडबॉक्स में खेलते हुए दिन गुज़ारते थे। बीच-बीच में विला मे झाँककर सुनिश्चित कर लेती थी कि भाई सुरक्षित है। इस दौरान रॉबिनसन का बड़ा भाई फ्रैंक उन्हें किसी भी क़िस्म के झगड़े में बचाने के लिहाज़ से तैयार हो चुका था।

जब बड़े भाई-बहन अभिभावकों की भूमिका में होते हैं और आदर्श होते हैं, तो आपको बहुत सारे नियमों या सज़ा का सामना नहीं करना पड़ता। आपको उनकी सुरक्षा के बीच मज़ा आने लगता है। इस वज़ह से आप कम उम्र में ही जोख़िम मोल

---

* जन्म के क्रम का असर पूरी तरह से परिस्थितियों पर निर्भर नहीं है; यह मानने की वज़हें हैं कि जैविक कारकों का भी अपना योगदान होता है। सबूत इस बात की ओर इशारा करता है कि किसी व्यक्ति के जितने ज़्यादा बड़े भाई हों, उसके समलैंगिक होने की संभावना उतनी ही ज़्यादा होती है। हर बड़ा भाई किसी के समलैंगिक होने की संभावना को 33% तक बढ़ा देता है। संभवतया मातृ प्रतिरक्षा प्रणाली के ज़रिए टेस्टोस्टेरोन की ज़्यादा एंटीबॉडीज़ तैयार करके, जो गर्भ के विकास को प्रभावित करता है। जन्म के क्रम का यह असर केवल पुरुषों के लिए ही प्रभावी है और केवल बड़े भाइयों की संख्या से ही प्रभावित होता है, ना छोटे भाइयों या बड़ी या छोटी बहनों से। रिसर्चर्स का मूल्याँकन है कि हर सात में से एक समलैंगिक व्यक्ति अपनी समलैंगिकता के असर के लिए अपने बड़े भाइयों को ज़िम्मेदार ठहरा सकता है। समलैंगिकों में जिनके कम से कम तीन बड़े भाई हों, अन्य कारकों की तुलना में जन्म का क्रम सबसे मज़बूत होता है।

लेने लगते हैं : वयस्कों की तरह नपे-तुले और सावधानीपूर्वक विकल्पों का पालन करने की बजाय आप अन्य बच्चों का ही पालन करने लगते हैं।

उस स्थिति में जबकि बच्चों की देखभाल का ज़िम्मा बड़े बच्चों को नहीं मिला हो, अभिभावक पहली संतान के प्रति बेहद सख़्त और अनुशासित होते हैं, बाद में होने वाली संतानों के साथ उनका लचीलापन बढ़ता चला जाता है। अनुभव हासिल करते जाने के बाद अभिभावक कुछ आरामदेह स्थिति में आ जाते हैं, बाद में होने वाली संतानों के लिए करने के लिए ज़्यादा कुछ काम होते ही नहीं हैं, क्योंकि उनके बड़े भाई-बहन सब काम सँभाल लेते हैं। रॉबिनसन जब एक स्थानीय गैंग से जुड़े तो वह कई बार चोरी करते या दुकान से कुछ सामान उठाते हुए नियमित तौर पर पकड़े जाने लगे। एक से अधिक मर्तबा कोई सज़ा देने की ज़गह, रॉबिनसन की माँ पुलिस थाने पहुँचीं और कप्तान पर बेटे से बहुत ज़्यादा दुर्व्यवहार का आरोप मढ़ दिया। जीवनीकार मैरी के लिंज़ लिखती हैं, ''वह इन हरकतों की वज़ह से हर बार बच जाता था, क्योंकि वह हमेशा से यह करता रहा था... बहुत लाड़ मिला... आख़िरकार जैकी परिवार का छोटा बच्चा जो था। उस पर कभी भी बड़े भाई-बहनों जैसी ज़िम्मेदारी नहीं थी।''*

परवरिश के रुझानों में परिवर्तन को हम लिज़ विनस्टीड के अनुभवों से जान सकते हैं जो उन्होंने *द डेली शो* में सँजोए हैं। यह समाचारों से जुड़ा पहला ऐसा कार्यक्रम था जिसमें मीडिया के सम-सामयिक समाचारों के परंपरागत ढर्रे को हास्य

---

* सबसे छोटी संतान को लेकर अभिभावकों का रुख़ कई मर्तबा बच्चे को अँधियारी ग़लत दिशा में मोड़ सकता है। इसके चर्चित पीड़ित हैं, आंद्रे अगासी, सभी चार ग्रैंडस्लैम जीतने वाले पहले व्यक्ति और ओलिंपिक में एकल स्वर्णपदक जीतने वाले टेनिस सुपरस्टार। उनके पिता बच्चों को टेनिस चैंपियन की परवरिश का सपना संजोया करते थे, जब पहले तीन बच्चे यह हासिल कर पाने में असफल रहे तो पूरा दबाव अंतिम संतान यानी आंद्रे पर आ टिका। उनके पिता बहुत ज़्यादा गाली-गलौच देने वाले थे, वह उसे घंटों अभ्यास करने पर मज़बूर कर दिया करते थे। उसकी पूरी दिनचर्या पर उनका एकछत्र अधिकार था। उनके दूसरा और कोई भी खेल खेलने पर भी प्रतिबंध था। अगासी इस अहसास के साथ ही बड़े हुए कि वह ''अगासी परिवार की अंतिम और सर्वश्रेष्ठ उम्मीद'' हैं। आंद्रे ने टेनिस के कई अलिखित नियमों के ख़िलाफ़ बग़ावत कर दी। वह मोहॉक, एक सितारा, कानों में बालियाँ पहनकर खेलते वक़्त डेनिस शॉर्ट्स पहनते थे। उनकी शर्ट परंपरागत सफ़ेद की जगह गुलाबी होती थी। वह अपने 28 साल बड़ी बार्बरा स्ट्राइसेंट के साथ डेटिंग पर जाते थे। अगासी कहते हैं, ''मैं कौन हूँ, क्या करता हूँ, कुछ भी कहने की आज़ादी नहीं होने से मैं पगला गया था। हर दिन मैं केवल एक ही वस्तु चुनता था बग़ावत... हर क़िस्म के प्रभुत्व को तोड़ना... मेरे पिता को मेरी ज़िंदगी में विकल्प का अभाव रखने के ख़िलाफ़ यह संदेश भेजना था।'' उनकी कहानी बताती है कि अभिभावकों के पास किसी बाग़ी प्रवृत्ति के बच्चे को बड़ा करने के दो तरीक़े हैं : उन्हें स्वायत्तता दी जाए और इसके इस्तेमाल पर संरक्षण भी या फिर उनकी आज़ादी पर इस हद तक प्रतिबंध लाद दिया जाए कि वह बग़ावत कर दें।

के पुट के साथ चुनौती दी गई थी। यह लगती तो ख़बर की ही तरह थी, लेकिन उसी दौरान वह पेरोडी भी होती थीं। विनस्टीड ने लिखा, ''हम उनका मज़ाक़ वही बनकर उड़ाने जा रहे हैं। ऐसा पहले कभी किया ही नहीं गया।''

मिनेसोटा में पाँच भाई-बहनों में सबसे छोटी होने के कारण विनस्टीड को बेहद रूढ़िवादी अभिभावकों ने उनके भाई-बहनों की तुलना में ज़्यादा आज़ादी दे रखी थी। ''मैं अपने अभिभावकों पर पूरी तरह से हावी थी, क्योंकि वे बूढ़े हो चुके थे। मुझे बहुत आज़ादी हासिल थी। मैंने किसी काम को करने के लिए अनुमति माँगना छोड़ दिया था। मैं सार्वजनिक बसों में अकेले जाती थी। मैं पूरी रात बाहर रहती थी। वे छुट्टियों पर जाते वक़्त हाईस्कूल के दिनों में मुझे अकेले छोड़कर चले गए थे। वे बहुत ज़्यादा थक चुके थे। वे यह कहना भूल चुके थे, 'तुम ऐसा नहीं कर सकतीं।''' जब वह छोटी बच्ची थीं तो तैरना नहीं जानते हुए भी उनकी माँ ने उन्हें इस बात को लेकर कभी चेतावनी नहीं दी कि अगर वह अपनी ट्यूब से बाहर निकलकर स्वीमिंग पूल में गिर गईं तो क्या होगा। विनस्टीड कहती हैं, ''मुझे पता ही नहीं था कि मुझे किस बात से डरना है। और संक्षेप में कहूँ तो यही वज़ह है कि मैं हर एक बात में सबसे पहले घुस जाती हूँ। आज की तरह तब भी मैं ज़िंदगी की चुनौतियों को मुश्किल लड़ाइयों की बजाय किसी साहसिक काम की तरह स्वीकारती थी। परिणामस्वरूप परवरिश की इस घोर अनदेखी के कारण ताउम्र मेरे अभिभावकों को मेरे दीर्घकालिक दुस्साहस को झेलना पड़ा।''

अपने शुरुआती दिनों से विनस्टीड को सबका ध्यान खींचने के लिए कुछ करना पड़ता था : अब मेयर बन चुके उनके भाई जीन उन दिनों को याद करते हुए कहते हैं, ''पूरा परिवार पूरे वक़्त चीख़ता-चिल्लाता रहता था सो उसे सबसे छोटी होने के कारण और अधिक ऊँची आवाज़ में चीख़ना-चिल्लाना पड़ता था।'' 10 वर्ष की उम्र में विनस्टीड ने अपनी कैथोलिक शिक्षिका से पूछा कि कुत्ते और यहूदी स्वर्ग में क्यों नहीं जाते। 12 वर्ष की उम्र में जब एक पादरी ने उनसे कहा कि वह चर्च में सेवादार बालक नहीं बन सकतीं, तो उन्होंने उन्हें सेवादार बालिका बनने की तैयारी दिखाकर चुनौती दे डाली थी। उन्होंने अपने इस विचार को लेकर बिशप को सीधे एक पत्र भी लिख डाला। यह एक ऐसा इरादा था जिसमें उनके अभिभावकों ने भी उन्हें हतोत्साहित नहीं किया। यहाँ तक कि वह जब उनके मूल्यों पर सवाल उठाया करते थे तो उनके अभिभावकों ने उनका समर्थन करना जारी रखा। कई साल बाद जब उन्होंने गर्भपात के पक्ष में भाषण दिया, उन्होंने अपने पिता को यह कहते हुए सुना, ''कम से कम मेरी बेटी वह कहती है जो वह सोचती है और यह नहीं छिपाती कि वह कौन है।''

परिवार जितना बड़ा हो बाद के बच्चों के लिए नियम उतने ही शिथिल होते हैं और वह उन बातों में भी बच जाते हैं जिसमें उनके बड़े-भाई बहनों को शायद

राहत नहीं मिलती। कॉमेडियन जिम गेफ़िगान तो मज़ाक़ में कहते हैं, ''मैं एक बहुत बड़े परिवार से हूँ-मेरे नौ अभिभावक हैं। जब आप एक बड़े परिवार में सबसे छोटे हों तो जब तक आप किशोर होते हैं, आपके अभिभावक सठिया चुके होते हैं।''

हम जबकि कई निराले लोगों की जोख़िम मोल लेने की प्रवृत्ति की वज़ह असाधारण स्वायत्तता और परिवार से सबसे छोटे होने के कारण मिली सुरक्षा को बता सकते हैं, परवरिश का यह व्यवहार जन्म के किसी भी क्रम में बच्चों में बग़ावत के बीज बो सकता है। हाँ फ़र्क़ है तो इतना कि सबसे छोटे बच्चों में यह सबसे आम है। दिलचस्प बात यह है कि सलोवे के मुताबिक़ केवल इकलौती संतान होने पर व्यक्तित्व की संभावना का मूल्याँकन, उन बच्चों की तुलना में मुश्किल है जिनके कई भाई-बहन होते हैं। पहली संतान की ही तरह, इकलौते बच्चे भी बड़ों की ही दुनिया में बड़े होते हैं और उनकी पहचान अपने अभिभावकों से ही होती है। अंतिम संतान की तरह उनको भी बहुत कड़ा सुरक्षा कवच हासिल होता है। जो उन्हें ''उग्र बनने के लिए और अधिक मुक्तता'' दे देता है।

जन्म के क्रम पर उपलब्ध सबूत बच्चों को निरालेपन की आज़ादी देने के महत्त्व को उजागर करते हैं। लेकिन ऐसा करने का एक ख़तरा यह है कि वे इस आज़ादी का दुरुपयोग कर ऐसी बग़ावत कर दें जिससे ना ख़ुद उनको बल्कि दूसरों के लिए भी जोख़िम खड़ा हो जाए। किसी भी जन्म क्रम में जन्मे बच्चे को एक बार निरालेपन के लिए प्रोत्साहित कर दिया जाए, तो फिर उस निरालेपन को वह किस दिशा में ले जाएगा यह किससे तय होता है? मैं जानना चाहता था कि जैकी रॉबिनसन ने क्यों गुंडों की ज़िंदगी छोड़कर नागरिक अधिकार कार्यकर्ता बनने का फ़ैसला किया-और वे क्या कारक हैं जो यह तय करते हैं कि बच्चे ख़ुद को हासिल आज़ादी का इस्तेमाल किसी सम्मानजनक काम के लिए करेंगे या असामाजिक, सकारात्मक या नकारात्मक, रचनात्मक या विध्वंसक।

इस सवाल का जवाब समाजशास्त्री और शैक्षणिक क्षेत्र के रिसर्चर सैम्युअल और पर्ल ओलाइनर की ज़िंदगी का सबसे अहम काम रहा है। उन्होंने नरसंहार के दौरान यहूदियों को बचाने के लिए अपनी जान को जोख़िम में डालने वाले ग़ैर-यहूदियों के समूह पर सबसे पहले अध्ययन किया। उन्होंने इन बहादुर व्यक्तियों की तुलना उन्हीं के कस्बों के उन पड़ोसियों के साथ की जिन्होंने यहूदियों को कोई मदद मुहैया नहीं कराई। बचाव करने वालों और चुपचाप तमाशा देखने वालों में बहुत सारी समानताएँ थीं : समान शैक्षणिक पृष्ठभूमि, काम-धंधा, घर, निकटता और राजनीतिक व धार्मिक धारणाएँ। वह सभी बचपन में एक समान ही बाग़ी प्रवृत्ति के थे-बचाव करने वालों को भी अभिभावकों द्वारा आज्ञा के उल्लंघन, चोरी, झूठ बोलने, धोखा देने, आक्रामक होने, असफलता को लेकर उसी तरह का अनुशासन दिया होगा जैसा कि तमाशाइयों को। अभिभावकों द्वारा बताया गया काम नहीं करने

पर उन्हें भी फटकार पड़ी होगी। बचाव करने वालों की परवरिश इस लिहाज़ से अलग रही कि उनके अभिभावकों ने कैसे उनके बुरे व्यवहार को अनुशासित किया और अच्छे व्यवहार की प्रशंसा की।

महान विवेचन

कई बरस पहले, रिसर्चर्स ने पाया कि दो वर्ष से 10 वर्ष की उम्र तक बच्चों को उनके अभिभावकों द्वारा हर छह या नौ मिनट के बाद अपना व्यवहार बदलने के लिए कहा जाता है। विकास मनोवैज्ञानिक मार्टिन हॉफ़मैन इसका सार बताते हैं, ''इसका मतलब है कि हर दिन में अनुशासनित करने के 50 और साल में 15,000 बार मौक़े आते हैं!''

जब नरसंहार में बचाव कार्य करने वाले लोगों ने अपना बचपन याद किया, तो उन्हें उनके अभिभावकों से एक अलग ही क़िस्म का अनुशासन मिला था। ''*समझाया गया* वह शब्द है जो अधिकांश बचावकर्ता पसंद करते हैं।'' ओलाइनर्स ने पाया :

> *विवेकबुद्धि, ख़ुलासा, ग़लती को सुधारने के सुझाव, निरंतर प्रोत्साहन और सलाह वे मुद्दे थे जिनमें बचावकर्ताओं के अभिभावक अलग थे... विवेकबुद्धि सम्मान का संदेश देती है... इसके मुताबिक़ अगर बच्चों को बेहतर पता होता या वह समझते तो उनका व्यवहार अनुचित नहीं होता। यह सुनने वाले के सम्मान की निशानी है; समझने, विकसित करने और बेहतर करने की उसकी क्षमता में विश्वास का संकेत।*

तमाशबीनों के अभिभावकों द्वारा अनुशासन की तकनीक के तौर पर विवेक बुद्धि का केवल 6 प्रतिशत ही इस्तेमाल किया, लेकिन बचाव करने वाले बच्चों में अनुशासन का यही प्रतिशत का आंकड़ा पूरे 21 का रहा। एक बचावकर्ता ने कहा कि माँ ने, ''मुझे बताया जब भी मैंने कुछ ग़लत किया। उन्होंने कभी ना मुझे सज़ा दी ना खरी-खोटी सुनाई-वह मेरे दिमाग़ के हिसाब से ही मुझे यह समझाने का प्रयास करती थीं कि मैंने क्या ग़लत किया है।''

अनुशासन का यह तार्किक तरीक़ा उन किशोरों, जो आपराधिक गतिविधियों में शामिल नहीं होते और उन मौलिक किशोर के भी अभिभावकों के गुणों का ख़ुलासा करता है जो अपने पेशे की दकियानूसी बातों को चुनौती देते हैं। एक अध्ययन में सामान्य बच्चों के अभिभावकों के औसतन छह नियम थे, जैसे होमवर्क और रात में सोने के लिए निश्चित समय। मनोवैज्ञानिक टेरेसा एमेबिल के मुताबिक़

बेहद रचनात्मक बच्चों के अभिभावकों का औसत से एक से कम नियम था, ''उनका ज़ोर किसी तय नियम की बजाय नैतिक मूल्यों पर था।''

अगर अभिभावक ख़ुद ही ढेर सारे नियम लादने में विश्वास रखते हैं तो फिर इस बात पर बहुत-कुछ निर्भर होता है कि वे उन्हें बच्चों को कैसे समझाते हैं। अब रिसर्च बताता है कि जब किशोरों को चिल्लाकर या सज़ा की धमकी देकर नियंत्रित परिस्थितियों में रखा जाता है तो वे नियमों का मुखर विरोध करते हैं। जब माँ कई नियमों को लागू करते हुए उनके पीछे के सुस्पष्ट तर्क को समझाती है तो किशोरों के उन्हें तोड़ने की आशंका बहुत कम हो जाती है, क्योंकि वे उन्हें आत्मसात कर लेते हैं। डोनाल्ड मैककिनॉन की अमेरिका के सबसे रचनात्मक वास्तुकारों की बेहद कुशल लेकिन नक़ल करने वाले (अमौलिक) साथियों से तुलना के अध्ययन में पाया गया कि अभिभावकों द्वारा ख़ुलासा करते हुए अनुशासन को लागू करने के एक ही कारक ने दोनों रचनात्मक समूहों को अलग किया था। उन्होंने अपने व्यवहार के मापदंडों का ख़ुलासा किया और समझाया कि कैसे उन्होंने सही-ग़लत के बारे में सिद्धांतों को अपनाया गया। नैतिकता, ईमानदारी, सम्मान, उत्सुकता और ज़िद जैसे मूल्यों का उदाहरण देते हुए। मैककिनॉन लिखते हैं, लेकिन ''ज़ोर दिया गया व्यक्ति द्वारा अपनी नैतिक संहिता विकसित करने पर।'' और सबसे महत्त्वपूर्ण बात यह कि बेहद रचनात्मक वास्तुकारों को उनके अभिभावकों द्वारा बचपन में ही अपने मूल्यों का चयन करने की स्वायत्तता दे दी थी।

तर्क एक विरोधाभास निर्माण करता है : यह लोगों को नियमों का पालन करने और बग़ावत दोनों ही ओर ले जाता है। नैतिक सिद्धांतों के ख़ुलासे से अभिभावक अपने बच्चों को महत्त्वपूर्ण मूल्यों को स्वीकारने और अस्वीकार मूल्यों पर सवाल उठाने के लिए स्वैच्छिक रूप से तैयार करते हैं। अच्छी तरह से समझाए जाने के कारण बच्चों को एक नैतिक संहिता तैयार करने में मदद मिलती है जो अक्सर सामाजिक अपेक्षाओं से मेल खाती है; जब वे मेल नहीं खाते तो वे नियमों के बाहरी दिशादर्शक की बनिस्बत मूल्यों के अंदरूनी दिशादर्शक पर भरोसा करते हैं।

एक विशेष तरह से समझाना कारगर होता है, ख़ासतौर पर अनुशासन को लागू करने के मामले में। जब ओलाइनरों ने सर्वनाश में बचाव करने वालों के अभिभावकों के मार्गदर्शन का परीक्षण किया तो उन्होंने पाया कि वे, ''समझाते थे कि क्यों व्यवहार अनुचित होता है, अक्सर उसके दूसरों पर परिणामों के परिप्रेक्ष्य में।'' अभिभावक बच्चों को उनके क़दमों के दूसरों पर असर पर विचार करने के लिए प्रोत्साहित करते थे।*

---

* मार्टिन हॉफ़मैन के मुताबिक़ दूसरों पर परिणामों को समझाने का तरीक़ा बच्चे की उम्र के मुताबिक़ अलग होना चाहिए। जब बच्चे बहुत छोटे होते हैं तो अभिभावक यह समझाकर शुरुआत कर सकते हैं कि कैसे उनके व्यवहार से किसी पीड़ित को नुक़सान हो सकता है।

दूसरों पर होने वाले परिणामों को स्पष्ट कर दिए जाने से, ध्यान उस व्यक्ति के तनाव की ओर चला जाता है जिसे एक व्यक्ति के व्यवहार से नुक़सान हो सकता है, इससे उसके लिए सहानुभूति भी तैयार हो जाती है। यह बच्चों को यह समझने में भी मदद करता है कि उनके द्वारा किए गए काम के कारण ही नुक़सान हुआ है, ऐसे में उनके भीतर अपराध बोध पैदा होता है। एर्मा बोमबेक के शब्दों में, ''अपराध बोध वह तोहफ़ा है जो लाभ पहुँचाता रहता है।'' सहानुभूति और अपराध बोध की दोहरी भावनाएँ पिछली ग़लतियों को सुधारने और भविष्य में बेहतर व्यवहार की आकांक्षा को सक्रिय करती हैं।

दूसरों पर होने वाले परिणामों पर ज़ोर देकर वयस्कों को भी प्रोत्साहित किया जा सकता है। अस्पतालों में डॉक्टरों और नर्सों को अक्सर हाथ धोते रहने के लिए प्रोत्साहित किया जाता है। मेरे साथी डेविड हॉफ़मैन और मैंने साबुन और जेल की बोतल के पास दो अलग-अलग संकेत लगा रखे हैं :

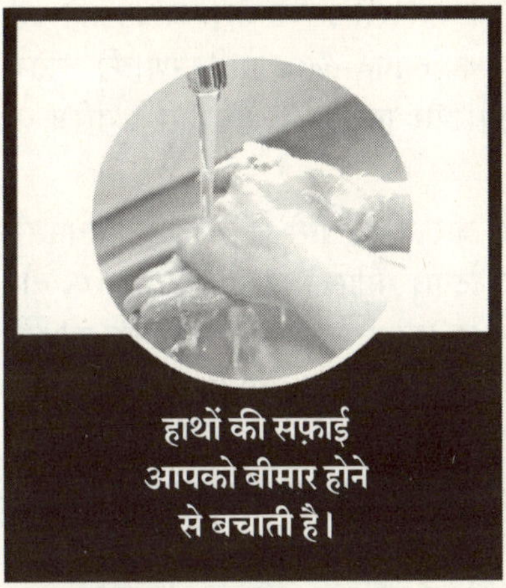

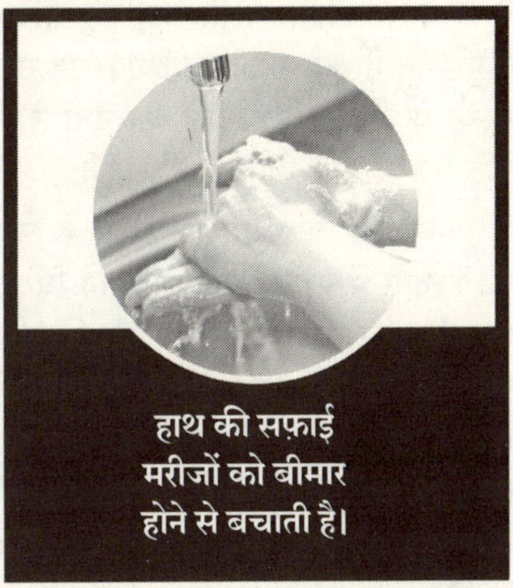

''अगर तुमने उसे फिर धक्का दिया तो वह गिर जाएगा और रोने लगेगा'' या ''अगर तुमने उनके रास्ते पर बर्फ़ फेंक दी तो उनको उसे दोबारा साफ़ करना पड़ेगा।'' बच्चों के परिपक्व होने के साथ अभिभावक मूल भावनाओं पर असर के बारे में समझा सकते हैं। ''तुमने मैरी को चोट पहुँचाई और उसकी गुड़िया छीनकर उसे उदास कर दिया'' या ''उसे बुरा लगता है जब तुम अपने खिलौने उसके साथ साझा नहीं करते, ठीक वैसे ही जैसे उसके द्वारा अपने खिलौने तुम्हारे साथ साझा नहीं करने पर तुम्हें लगता है।'' बाद में अभिभावक और अधिक संवेदनशील भावनाओं पर ध्यान केंद्रित कर सकते हैं : ''वह परेशान है, क्योंकि उसे अपने टॉवर पर बहुत गर्व था और तुमने उसे गिरा दिया'' या ''थोड़ा शांत रहो ताकि वह सो सके और जागने पर बेहतर महसूस कर सके।''

अगले दो सप्ताह तक हर अस्पताल के एक सदस्य ने गोपनीय तरीक़े से मेडिकल स्टाफ़ द्वारा किसी मरीज को देखने के पहले और बाद में हाथ धोने की गिनती की। जबकि एक स्वतंत्र टीम ने यह नापा कि दोनों बोतलों से कितना साबुन और जेल इस्तेमाल किया गया।

बाईं तरफ़ के संकेत पर कोई भी असर नहीं पड़ा, लेकिन दाईं तरफ़ के संकेत पर अंतर उल्लेखनीय था : केवल *आप* की जगह *मरीज* जोड़ देने से मेडिकल स्टाफ़ के हाथ धोने की संख्या 10 प्रतिशत और बढ़ गई जबकि 45% ज़्यादा साबुन और जेल इस्तेमाल किए गए।

ख़ुद के बारे में सोचने से परिणाम का तर्क जाग उठता है : क्या मैं बीमार हो जाऊँगा? डॉक्टर और नर्स इसका जवाब तुरंत नहीं के तौर पर दे सकते हैं : मैं अस्पताल में काफ़ी वक़्त बिताता हूँ और हमेशा हाथ नहीं धोता और बमुश्किल बीमार पड़ता हूँ, इसलिए संभवतया यह मुझे प्रभावित नहीं करेगा। आमतौर पर हम ख़ुद पर मँडराते ख़तरे को लेकर अतिआत्मविश्वासी होते हैं। लेकिन मरीज के बारे में सोचते ही सही-ग़लत का तर्क सक्रिय हो जाता है : मेरे जैसे व्यक्ति को इस परिस्थिति में क्या करना चाहिए? यह गणना को लागत-लाभ समीकरण की बजाय मूल्यों के चिंतन में तब्दील कर देता है। सही और ग़लत में : मेरा अपने मरीज के प्रति पेशेवर और नैतिक दायित्व है।

व्यवहार के दूसरों पर असर के पहली बार के ख़ुलासे ने ही जैकी रॉबिनसन की ज़िंदगी में पहला बड़ा परिवर्तन बिंदु ला दिया। मोहल्ले के गैंग के नेता के तौर पर रॉबिनसन कारों पर गंदगी और खिड़कियों पर पत्थर फेंक रहा था, गोल्फ़ की गेंदें चुरा रहा था और उन्हें दोबारा खिलाड़ियों को बेच रहा था और स्थानीय स्टोर्स से सामान और अनाज की चोरी कर रहा था। पहले अपराध के बाद शेरिफ़ उन्हें बंदूक की नोक पर जेल ले गया। गैंग की हरक़तों को देखकर एक मैकेनिक कार्ल एंडरसन, रॉबिनसन को एक कोने में ले गया। रॉबिनसन के मुताबिक़, ''उसने मुझे समझाया कि मैं अगर गैंग के साथ बना रहा तो यह मेरी माँ को दुख पहुँचाएगा। उन्होंने कहा कि भीड़ का हिस्सा बनने में किसी भी हौसले की ज़रूरत नहीं होती, हौसला और समझदारी तो सबसे अलग होने में है। मैं इतना शर्मसार था कि कार्ल को बता भी नहीं सकता था कि वह कितनी सही बात कह रहा है, लेकिन उसकी बात मुझे सीधे दिल पर लगी।'' एक बार यह सोचने पर कि उनका व्यवहार उनकी माँ को कैसा लगेगा रॉबिनसन उन्हें नीचा दिखाना नहीं चाहता था और उन्होंने गैंग छोड़ दिया।*

---

* यह अध्याय लिख लेने के बाद, मैंने देखा कि मेरी बेटियाँ कमरे में इधर-उधर भागकर धमाचौकड़ी मचाते हुए हमारे घुटनों के बल चलने वाले छोटे-से बच्चे को ख़तरे में डाल रही थीं। मैंने उन्हें सात बार रुक जाने के लिए कहा और इसका कोई भी असर नहीं पड़ा। यह बात समझ में आते ही कि मैं ख़ुद दूसरों पर असर बताने के प्रभाव को लेकर अपनी सलाह को

अवांछित संज्ञा और क्यों संज्ञा, क्रिया से बेहतर होती है

यह मानते हुए कि अभिभावक बच्चों को निराला होने की आज़ादी देते हैं, उनमें सही-ग़लत की समझ विकसित करने के लिए किस बात की ज़रूरत होती है? मूल्य बच्चों के ग़लत क़दम पर केवल अभिभावकों के व्यवहार से तैयार नहीं होते। नरसंहार में बचाने वालों और तमाशबीनों के बीच किए गए एक अध्ययन में जब ओलाइनर्स ने उनसे अभिभावकों से सीखे गए मूल्यों के बारे में पूछा, तो सभी लोगों पर लागू नैतिक मूल्यों को लेकर ज़िक्र की संभावना तमाशबीनों की तुलना में बचाने वालों में तीन गुना ज़्यादा थी। बचाने वालों ने ज़ोर देकर कहा कि अभिभावकों ने, ''मुझे सभी इंसानों का सम्मान करना सिखाया।'' जबकि केवल खड़े होकर नरसंहार का तमाशा देखने वाले लोगों के भी नैतिक मूल्य थे, लेकिन वे उनको केवल विशिष्ट व्यवहार या आंतरिक समूहों के संदर्भ में ही देखते थे-स्कूल में पढ़ाई पर ध्यान दो, अपने साथियों के साथ झगड़ा मत करो, पड़ोसियों से विनम्रता का व्यवहार करो, दोस्तों के साथ ईमानदारी बरतो और परिवार के प्रति वफ़ादार रहो।

नैतिक मापदंडों का कुछ हद तक समाविष्ट होना इस बात पर निर्भर होता है कि बच्चे के *सही* काम करने के बाद अभिभावक उससे क्या कहते हैं। पिछली बार जब आपने किसी बच्चे को अच्छा काम करते हुए देखा था, तो आपने क्या कहा था? मेरा मूल्याँकन है कि आपने बच्चे नहीं उसके काम की सराहना की होगी। ''बहुत ही अच्छी बात। क्या बात है।'' व्यवहार की तारीफ़ करके आप उसकी जड़ों को मज़बूत बना देते हैं, ताकि बच्चा इसे दोहराना सीख जाए।

मनोवैज्ञानिक जोआन ग्रुसेक द्वारा किए गए एक प्रयोग के मुताबिक़ बहुत ज़्यादा तेज़ नहीं। जब कुछ बच्चों ने साथियों के साथ कंचे साझा किए तो उनसे

नहीं मान रहा हूँ, मैंने अपनी रणनीति बदल डाली। छह साल की बेटी की ओर घूमकर मैंने पूछा, ''मैं तुम्हें इधर-उधर भागने के लिए क्यों मना कर रहा हूँ?'' चेहरे पर चिंता के भाव लिए, उसने जवाब दिया, ''क्योंकि हम भाई को चोट पहुँचा सकते हैं।'' मैंने पूछा, ''क्या तुम उसे चोट पहुँचाना चाहती हो?'' उसने अपना सिर हिलाया और चार साल का हमारा बच्चा चिल्लाया, ''नहीं।'' मैंने नए नियम का ऐलान किया, परिवार के कमरे में कोई धमाचौकड़ी नहीं करेगा। मैंने नियम के पालन की ज़िम्मेदारी भी उन्हीं पर डाल दी और उन्होंने तत्काल भागा-दौड़ी रोक दी। उनका अच्छा व्यवहार क़ायम रहा। दोपहर का बाक़ी का वक़्त दोनों ने एक-दूसरे के दौड़ने पर निगरानी रखते हुए बिताया। तभी मुझे यह बात समझ आई कि हमारे दूसरों पर पड़ने वाले प्रभाव का ख़ुलासा सबसे ज़्यादा देर तक प्रभावी रहता है, अगर उसके साथ हम सिद्धांत से जुड़ी कुछ बातें भी कह दें। ''वह रो रही है, क्योंकि वह तुम्हारे खिलौनों के साथ खेलना चाहती है,'' का अकेले इतना असर नहीं होगा, ज़्यादा अर्थपूर्ण कथन होगा, ''वह रो रही है, क्योंकि वह तुम्हारे खिलौनों के साथ खेलना चाहती है और हमारे परिवार में हम हमेशा बातों को साझा करते हैं।''

बिना किसी क्रम के अपने व्यवहार की तारीफ़ करने के लिए कहा गया : ''अच्छी बात है कि तुमने कुछ कंचे उन ग़रीब बच्चों को दे दिए। हाँ, यह एक नेक काम था और मददग़ार भी।'' दूसरों को स्वभाव के लिए प्रशंसा मिली, ''मुझे लगता है कि तुम इस तरह के व्यक्ति हो जो जब भी संभव हो किसी की मदद करना पसंद करते हो। हाँ, तुम एक बहुत ही अच्छे और मदद करने वाले व्यक्ति हो।''

जिन बच्चों के स्वभाव की प्रशंसा की गई वह तुलनात्मक रूप से ज़्यादा उदार थे। लोगों की मदद करने के लिए तारीफ़ पाने वाले बच्चों में से 45 प्रतिशत ने दो सप्ताह बाद एक अस्पताल में बच्चों का उत्साह बढ़ाने के लिए क्राफ़्ट का सामान दिया। जिन बच्चों को मदद करने वाले बर्ताव के लिए पुरस्कृत किया गया, उनमें से केवल 10 प्रतिशत ने ऐसा किया। जब हमारे स्वभाव की प्रशंसा होती है तो हम उसे अपनी पहचान के तौर पर आत्मसात कर लेते हैं। ख़ुद को अलग से कुछ नैतिक काम करता हुआ देखने की बजाय, हम एक नैतिक व्यक्ति के तौर पर ज़्यादा एकीकृत आत्म अवधारणा विकसित कर लेते हैं।

स्वभाव का अनुमोदन करना उस महत्त्वपूर्ण दौर में सबसे शक्तिशाली असर रखता है, जब बच्चे मज़बूत पहचान बनाना शुरू करते हैं। उदाहरण के लिए, स्वभाव की प्रशंसा ने एक 8 वर्ष के बच्चे का हौसला बढ़ा दिया, लेकिन पाँच या दस साल के बच्चों का नहीं। 10 वर्ष के बच्चों ने आत्म अवधारणा की इतनी स्पष्टता हासिल कर ली होगी कि केवल एक टिप्पणी से उन पर कोई असर नहीं पड़ता और पाँच साल का बच्चा अलग से टिप्पणी के वास्तविक प्रभाव के लिहाज़ से काफ़ी छोटा होता है। जब अवधारणाएँ या पहचान तैयार हो रही हैं तो ऐसे वक़्त में स्वभाव की प्रशंसा का स्थायी असर होता है।*

---

* स्वभाव की प्रशंसा को लेकर एक रिसर्च और प्रयास की प्रशंसा के मूल्य को लेकर एक विख्यात संस्थान के रिसर्च में दिलचस्प खिंचाव है। *माइंडसेट* में स्टेनफ़ोर्ड के मनोवैज्ञानिक केरोल ड्वेक ने अपने अभूतपूर्व अध्ययन में बताया है कि जब हम बुद्धिमानी के लिए बच्चों की तारीफ़ करते हैं तो क्षमता को लेकर उनका नज़रिया पुख़्ता हो जाता है। जो कि आगे चलकर उन्हें असफलता की स्थिति में घुटने टेकने की स्थिति तक ले जाता है। उन्हें यह बताने की बनिस्बत कि वे कितने होशियार हैं, उनके प्रयासों की तारीफ़ करना ज़्यादा समझदारी का काम है। यह उन्हें अपनी क्षमताओं के लचीला होने का अहसास कराता है और वह उन्हें बाधाओं को पार करने के लिए तत्पर करता है। हम इन प्रतिस्पर्धी विचारों में कैसे सामंजस्य बैठा सकते हैं? व्यक्ति की नैतिक क्षेत्र में तारीफ़ लेकिन व्यवहार की तारीफ़ कौशल के क्षेत्र में कैसे संभव हो? स्वभाव की तारीफ़ बच्चे को सोचने की ओर ले जा सकती है, ''मैं एक अच्छा व्यक्ति हूँ तो मैं बुरी बात कर सकता हूँ'' या ज़्यादा डराने वाला, ''मैं एक अच्छा व्यक्ति हूँ तो भला यह कैसे बुरी बात हो सकती है?'' यही वज़ह है कि अनुशासन को उपरोक्त तरीक़े से लागू करना महत्त्वपूर्ण है : यह बच्चे को स्पष्ट नैतिक मानक विकसित करने के लिए प्रोत्साहित करता है। वह उन भावनाओं के लिए भी प्रोत्साहित होता है जो बुरे व्यवहार को हतोत्साहित

लेकिन कम उम्र के बच्चों में भी अच्छे स्वभाव के आग्रह का भी उस पल में प्रभाव हो सकता है। मनोवैज्ञानिक क्रिस्टोफ़र ब्रायन द्वारा किए गए मौलिक प्रयोगों की एक श्रृंखला के दौरान 3 से 6 साल की दरमियानी उम्र के बच्चों के ब्लॉक्स, खिलौने और क्रेयॉन्स साफ़ करने की संभावना, उस दौरान 22 से 29 प्रतिशत तक बढ़ गई, जब उन्हें मदद करने की बजाय मददग़ार बनने के लिए कहा गया। हालाँकि उनका स्वभाव स्पष्ट नहीं था, लेकिन वे अपनी पहचान हासिल करना चाहते थे।

ब्रायन ने पाया कि स्वभाव को लेकर आग्रह वयस्कों पर भी प्रभावी होता है। केवल शब्दों से खेलकर नक़ल के ख़िलाफ़ बदलाव लाने में उनकी टीम कामयाब रही : बच्चों को ''कृपया नक़ल मत करो,'' कहने की बजाय कहा गया, ''कृपया नक़लची मत बनो।'' जब आपसे नक़ल नहीं करने के लिए कहा जाता है तो आप नक़ल कर सकते हैं और फिर भी आँख से आँख मिला सकते हैं। लेकिन जब आपसे नक़लची नहीं बनने के लिए कहा जाता है तो यह माहौल को बदल डालता है। अब अनैतिकता आपकी पहचान के साथ जुड़ चुकी है और यह व्यवहार (नक़ल) अब कम आकर्षक लगने लगता है। नक़ल एक एकाकी घटना है जिसका मूल्याँकन परिणाम के साथ किया जाता है : क्या मैं ऐसा करके बच सकूँगा? नक़लची होना स्वतः ही औचित्य के तर्क को सक्रिय कर देता है : मैं किस तरह का इंसान हूँ और मैं क्या बनना चाहता हूँ?

सबूतों के आधार पर ब्रायन का कहना है कि हमें संज्ञाओं को ज़्यादा सोच-समझकर स्वीकारना चाहिए। ''शराब पीकर वाहन मत चलाओ'' को ''एक शराबी वाहनचालक मत बनिए'' किया जा सकता है। यही बात मौलिकता पर भी लागू की जा सकती है। जब एक बच्चा चित्र बनाता है, तो उसकी कला को रचनात्मक कहने की बजाय हम कह सकते हैं, ''तुम रचनात्मक हो।'' एक किशोर द्वारा भीड़ का पिछलग्गू बनने के प्रलोभन को टालने के बाद हमें उसे लक़ीर का फ़क़ीर बनने से बचने के लिए पुरस्कृत करना चाहिए।

जब हम अपना ज़ोर व्यवहार से स्वभाव की ओर करते हैं तो लोग विकल्प का अलग तरीक़े से मूल्याँकन करने लगते हैं। यह पूछने की बजाय कि यह व्यवहार उन्हें परिणाम दिला सकेगा या नहीं, वे क़दम उठाना चाहते हैं, क्योंकि यही सही बात है। नरसंहार से बच निकले एक व्यक्ति के मर्मस्पर्शी शब्दों में, ''यह किसी को डूबने से बचाने की तरह है। आप उस वक़्त उससे नहीं पूछते कि वह किस भगवान की आराधना करता है। आप बस जाकर उसे डूबने से बचा लेते हैं।''

करती हैं। मेरा तो यह दावा है कि स्वभाव की तारीफ़ के साथ अनुशासन का योग सर्वाधिक नैतिक विकल्पों की ओर ले जाता है।

अभिभावक क्यों सर्वश्रेष्ठ आदर्श नहीं होते

हम बच्चों को भरपूर आज़ादी दे सकते हैं अगर हम उन्हें उनकी कोशिशों के दूसरों पर असर को समझा सकें और इस बात पर ज़ोर दे सकें कि कैसे सही नैतिक विकल्पों का चयन एक अच्छे चरित्र या स्वभाव का परिचायक है। यह इस बात की संभावना को बढ़ा देता है कि वह नैतिक या रचनात्मक कार्यों से ख़ुद को अभिव्यक्त करने की सहज प्रवृत्ति विकसित कर लें, ना कि भटकाव वाली। लेकिन जैसे-जैसे वे बड़े होंगे, अक्सर उनका लक्ष्य बहुत ऊँचा नहीं होता।

जब मनोवैज्ञानिकों पेनेलोप लॉकवुड और ज़िवा कुंडा ने कॉलेज के विद्यार्थियों से उन लक्ष्यों की सूची बनाने को कहा जो वे अगले एक दशक में हासिल करना चाहते हैं, तो उन्होंने पूरी तरह से साधारण लक्ष्य बताए। विद्यार्थियों के एक अन्य समूह को एक बेहद प्रतिभाशाली साथी के बारे में अख़बार में प्रकाशित एक लेख पढ़कर फिर लक्ष्यों की सूची बनाने को कहा गया, उनके लक्ष्य ज़्यादा ऊँचे थे। एक आदर्श सामने होने से उनकी आकांक्षाएँ उछाल मार चुकी थीं।

बच्चों के बड़े होकर निरालेपन को अभिव्यक्त करने पर आदर्शों का आधारभूत असर होता है। जब रेडक्लिफ़ कॉलेज से लगभग 30 वर्ष की उम्र में स्नातक होने वाली सैकड़ों महिलाओं को उन पर सर्वाधिक असर डालने वाले व्यक्तियों का नाम बताने के लिए कहा गया तो अधिकांश ने अभिभावकों और उस्तादों का नाम लिया। 17 वर्ष बाद मनोवैज्ञानिक बिल पीटरसन और एबिगैल स्टीवर्ट ने अगली पीढ़ियों के लिए बातों को बेहतर बनाने के लिए परिवर्तन को लेकर महिलाओं की प्रतिबद्धता का मूल्याँकन किया। अर्थपूर्ण परिवर्तन के लिए अभिभावक के असर को प्रमुख प्रेरणा करार देने वाली महिलाओं की संख्या एक प्रतिशत से भी कम थी। निरालेपन का पीछा कर रही महिलाओं को डेढ़ दशक पहले उनके अभिभावकों ने नहीं उनके उस्तादों ने प्रेरित किया था। उस्ताद का उल्लेख करने वाली महिलाओं में दुनिया को बेहतर बनाने की मंशा का अंतर 14 प्रतिशत पाया गया।

मज़बूत मूल्यों को विकसित करने के लिए बच्चों को प्रोत्साहित करने का यह विरोधाभास है कि अभिभावक प्रभावी तरीक़े से अपने प्रभाव को सीमित कर देते हैं। अभिभावक निराले होने की ललक की परवरिश कर सकते हैं, लेकिन एक बिंदु पर, लोगों को अपने चुने गए क्षेत्र में अपने आदर्श खोजना पड़ते हैं। कॉमेडी में लिज़ विनस्टीड को कॉमेडियन रोज़ेन बार से प्रेरणा मिली-मंच पर उनकी प्रतिभा और उससे बाहर महिलाओं को समर्थन देने के कारण। जब विनस्टीड ने सार्वजनिक तौर पर अपने बग़ावती राजनीतिक विचार पेश किए तो उनके पिता ने कहा, ''मैंने सब गड़बड़ कर दिया। मैंने तुम्हें एक मत होने के लिहाज़ से बड़ा किया और मैं तुम्हें यह बताना भूल गया कि यह मेरा मत होना था।''

अगर हम निरालेपन को प्रोत्साहित करना चाहते हैं तो सबसे अच्छा क़दम अलग-अलग तरह के आदर्शों से परिचय कराके हम अपने बच्चे की आकांक्षाओं को और ऊँचा कर दें। जैकी रॉबिनसन स्वीकारते हैं, ''मैं शायद पूर्णकालिक किशोर मुज़रिम बन चुका होता। अगर मुझ पर दो लोगों का प्रभाव नहीं होता।'' एक वह मैकेनिक था जिसने उन्हें समझाया था कि उनका गुंडों के गैंग वाला व्यवहार उनकी माँ को दुखी कर रहा है। दूसरा एक युवा मंत्री, कार्ल डाउन्स। इस बात की ओर ध्यान जाने पर कि अभिभावक किशोरों को चर्च में आने के लिए मज़बूर कर रहे हैं और कई नदारद हो रहे हैं, डाउन्स ने कुछ अपरंपरागत परिवर्तन किए। चर्च में नृत्य की व्यवस्था की, एक बैडमिंटन कोर्ट बनवा दिया। कई सदस्यों ने पुरानी परंपराओं से चिपके ही रहते हुए विरोध किया, लेकिन डाउन्स अड़े रहे। एक व्यक्ति द्वारा बच्चों को जोड़ने के लिए रूढ़िवाद को चुनौती देने की तैयारी से प्रेरित होकर रॉबिनसन भी स्वेच्छा से रविवार की स्कूल में शिक्षक बन गए। उन्होंने भी दूसरों के लिए दरवाज़े खोलने का फ़ैसला किया जैसा कि डाउन्स ने उनके लिए किया था।

बेसबॉल में रॉबिनसन को एक और मौलिक उस्ताद मिल गए ब्रांच रिकी, डॉज़र्स की टीम के वह मालिक जिन्होंने रंगभेद की बाधाओं को तोड़ने के लिए उन्हें अनुबंधित किया। जब रिकी ने रॉबिनसन को दफ़्तर में बुलाया तो उनकी उम्र 26 वर्ष हो चुकी थी। रिकी ऐसे अश्वेत खिलाड़ियों की तलाश में थे जो दौड़ सकते हों, थ्रो कर सकते हों और हिट कर सकते हों। एक बार जब उन्हें विशिष्ट क्षमताओं वाले खिलाड़ी मिल गए तो फिर उन्होंने उनके स्वभाव और चरित्र का मूल्याँकन शुरू किया। उन सभी को एक नई नीग्रो लीग शुरू करने का झाँसा देकर मिलने के लिए बुलाया। जब रिकी ने रॉबिनसन को चुन लिया तो उन्होंने उन्हें बेस के रास्ते पर कुछ जोख़िम लेने के लिए कहा- ''तूफ़ानी गति से दौड़ो और उनकी पेंट तक छीन लाओ,''-लेकिन साथ ही यह गुज़ारिश भी की कि वे लाइन्स के बाहर सावधान रहें। ''मुझे ऐसा खिलाड़ी चाहिए जिसमें हिम्मत हो, लेकिन इतनी कि वह झगड़े में नहीं उलझ जाए।''

सही उस्ताद की तलाश हमेशा आसान नहीं होती। लेकिन हम पहुँच वाली जगहों पर आदर्शों को तलाश सकते हैं : महान निराले लोगों की कहानियों से पटा पड़ा इतिहास। मानवाधिकार समर्थक मलाला युसुफ़ज़ाई को मीना की जीवनी पढ़कर प्रेरणा मिली। मीना अफ़गानिस्तान में समानता के लिए लड़ने वाली एक कार्यकर्ता थीं। मार्टिन लूथर किंग, जूनियर किंग को महात्मा गाँधी से प्रेरणा मिली थी, नेल्सन मंडेला को भी।

कुछ मामलों में काल्पनिक पात्र ज़्यादा बेहतर आदर्श प्रेरणास्रोत साबित होते हैं। बड़े होते हुए कई लोगों को उनके पहले हीरो उनके सबसे पसंदीदा उपन्यास में मिल जाया करते हैं। जहाँ उपन्यास के प्रमुख पात्र अनूठी उपलब्धियाँ हासिल करने

के लिए अपनी रचनात्मकता का भरपूर इस्तेमाल करते हैं। जब पसंदीदा किताबों के नाम बताने के लिए कहा गया तो एलन मस्क और पीटर थिएल, दोनों ने ही *लॉर्ड्स ऑफ़ द रिंग्स* का चयन किया; सत्ता के ख़तरनाक दुष्चक्र को ख़त्म करने के लिए हॉबिट के रोमांचक करतबों की कालजयी कृति। शेरिल सैंडबर्ग और जेफ़ बेजोस ने *ए रिंकल इन टाइम* का चयन किया। इसमें एक लड़की भौतिकशास्त्र के नियमों को तोड़ते हुए काल में यात्रा करती है। मार्क जुकरबर्ग़ की पसंदीदा किताब थी *एंडर्स गेम,* जिसमें बच्चों के एक समूह पर दूसरे ग्रह के निवासियों के हमलों से धरती को बचाने की ज़िम्मेदारी होती है। जैक मा ने बचपन की अपनी पसंदीदा किताब *अली बाबा और चालीस चोर* का ज़िक्र किया। यह एक लकड़हारे की कहानी है जो अपनी तक़दीर बदलने के लिए पहल करता है।

पूरी संभावना है कि ये सभी बेहद निराले बच्चे रहे हों, उनके इन कहानियों की ओर आकर्षित होने की यही वज़ह रही। लेकिन यह भी संभव है कि इन कहानियों ने उनकी आकांक्षाओं को पंख लगा दिए हों। उल्लेखनीय तौर पर ऐसे अध्ययन उपलब्ध हैं, जो बताते हैं कि जब बच्चों की कहानियों में अनूठी उपलब्धियों पर ज़ोर होता है तो अगली पीढ़ियाँ और अधिक नए आविष्कार, खोज करती हैं। एक अध्ययन में मनोवैज्ञानिकों ने 1800 से 1950 के दौरान अमेरिकी बच्चों की किताबों की कहानियों की पड़ताल की। अमेरिकी बच्चों की किताबों में 1810 से 1850 के दौरान अनूठी उपलब्धियों की कहानियों में 66 प्रतिशत के इज़ाफ़े के बाद 1850 से 1890 के दौरान पेटेंट की संख्या में सात गुना उछाल आया। बच्चों की किताबें उस वक़्त लोकप्रिय के मूल्यों का प्रतिबिंब तो थी हीं, उन्होंने इन मूल्यों को विकसित करने का भी काम किया : जब कहानियों में अनूठी उपलब्धियों पर ज़ोर दिया गया तो पेटेंट रेट्स में निश्चित तरीक़े से 20 से 40 साल बाद उछाल देखा गया। डीन साइमंटन के शब्दों में, ''बच्चों को स्कूल के दिनों में उपलब्धियों की कल्पना से रूबरू होने के बाद विकसित होकर नए आविष्कारों के तौर पर योगदान देने में वक़्त लगा।''

जीवनियों के विपरीत काल्पनिक कहानियों में उसमें मौज़ूद किरदार ऐसे काम कर सकते थे जो पहले कभी नहीं किए गए हों। असंभव को संभव बनाने का काम। आधुनिक पनडुब्बी और हेलीकॉप्टर के आविष्कारक बचपन में जूल्स वर्न के *ट्वेंटी थाउज़ैंड लीग्स अंडर द सी* और *द क्लिपर ऑफ़ द क्लाउड्स* से प्रभावित थे। शुरुआती रॉकेट्स में से एक, ऐसे वैज्ञानिक द्वारा बनाया गया था जिसे एच.जी. वेल्स के उपन्यास से प्रेरणा मिली थी। शुरुआती दौर के मोबाइल फ़ोन्स, टेबलेट्स, जीपीएस दिशादर्शक, पोर्टेबल स्टोरेज डिस्क्स और मल्टीमीडिया प्लेयर्स उन लोगों द्वारा डिज़ाइन किए गए थे जो *स्टार ट्रेक* के किरदारों को इसी तरह के उपकरण इस्तेमाल करते हुए देखा करते थे। जब हम निरालेपन की इन छवियों को इतिहास

और काल्पनिक साहित्य में देखते हैं, परिणाम का तर्क हवा हो जाता है। हमें इस बात की अब कोई चिंता नहीं होती कि अगर हम असफल रहे तो क्या होगा।

निस्संदेह तौर पर निराले व्यक्तियों की अगली पीढ़ी को *हैरी पॉटर सीरीज़* से प्रेरणा मिलेगी, जो अनूठी उपलब्धियों से दमक रही है : हैरी पॉटर ऐसा इकलौता जादूगर है जो वोल्डमार्ट को हरा सकता है। अपने दोस्तों हरमोइन और रॉन के साथ वह निराले जादुई करतब सीखता है और काले जादू से निपटने के नित नए तरीक़े खोज निकालता है। हम देखते हैं कि सफल होने पर बच्चों का हौसला ऊँचा हो जाता है और असफल होने पर वे हताश हो जाते हैं। बच्चों की एक समूची पीढ़ी को निरालेपन के लिए आदर्श देने वाली जे.के. रोलिंग ने अपने उपन्यासों में एक नैतिक संदेश भी शामिल कर दिया है। हाल ही में किए गए प्रयोगों से देखने को मिला है कि हैरी पॉटर पढ़ने वाले बच्चों का हाशिए पर डाल दिए गए लोगों के प्रति व्यवहार सुधरा है। विशुद्ध जादूगरों का ख़ून रगों में नहीं होने के कारण हैरी और हरमोइन के साथ किए जाने वाले भेदभाव को देखने के बाद वे अपनी ज़िंदगी में मौज़ूद अल्पसंख्यक समूहों के प्रति कम पक्षपातपूर्ण हो जाते हैं।

जब बच्चे ख़ुद को निरालेपन के बेहतरीन उदाहरण नायकों की ही तरह मानने लगते हैं तो संभव है कि यह उनके काम या पेशे को चुनने के तरीक़े को भी बदल डाले। भाई-बहनों में बाद के बच्चे हमेशा निराले बन जाते हैं, क्योंकि सभी परंपरागत स्थान तो उनके बड़े भाई-बहनों द्वारा ले लिए गए होते हैं। लेकिन जब हम जन्मक्रम में नीचे चले जाते हैं, जब हमारे पास मौलिकता के लिए आदर्श उपलब्ध हों तो हमारी आँखों के सामने काम या पेशे भी आ जाते हैं, जिन पर हमने कभी ग़ौर ही नहीं किया। परंपरागत रास्ते बंद होने के कारण हमें बग़ावत पर मज़बूर करने की जगह, हमारी पसंदीदा कहानियों के नायक हमारे दिमाग़ को अधिक अपरंपरागत रास्ते के लिए खोलकर निरालेपन को बढ़ावा दे सकते हैं।

7

भेड़चाल पर पुनर्विचार

मज़बूत संस्कृति, पंथ और विशुद्ध विरोधी का मिथक

''वास्तविकता में एक अपराध जिसे हम कभी माफ़ नहीं कर सकते, वह है एक दूसरे के मतों में अंतर।''

—राल्फ़ वाल्डो एमरसन

मंत्रमुग्ध श्रोताओं के सामने मंच पर खड़े प्रौद्योगिकी की दुनिया की एक स्थापित शख़्सियत ने जेब से एक नया उपकरण निकाला। यह प्रतिस्पर्धी उत्पादों की तुलना में इतना छोटा था कि कमरे में मौज़ूद कोई भी व्यक्ति अपनी आँखों पर यक़ीन नहीं कर पा रहा था। नाटकीय अंदाज़ में उत्पादों की प्रस्तुति में संस्थापक की महारत ही उनकी ख्याति की इकलौती वज़ह नहीं थी। उन्हें उनके एकतरफ़ा रचनात्मक दृष्टिकोण, विज्ञान-कला के मेल के जुनून, डिज़ाइन और गुणवत्ता के प्रति दीवानगी और मार्केट रिसर्च की अवहेलना के लिए जाना जाता था। सेल्फ़ी को लोकप्रिय बनाने वाले इस क्रांतिकारी उपकरण को सबके सामने पेश करने के बाद उन्होंने कहा, ''हम लोगों को ऐसे उत्पाद देते हैं जो वे जानते तक नहीं कि उन्हें चाहिए।''

उस व्यक्ति ने लोगों से अलग तरीक़े से सोचने का आग्रह किया। अपनी कंपनी को ऊँचाइयों तक ले जाने और अनेकानेक उद्योगों को पुनर्परिभाषित करने के बाद, उनको अपने निदेशक मंडल से अनौपचारिक तरीक़े से बाहर कर दिया गया। उसके बाद उन्होंने अपनी आँखों के सामने अपने द्वारा तैयार साम्राज्य को बिखरते हुए देखा।

एक नज़र में तो यह कहानी स्टीव जॉब्स की ही लगती है, लेकिन हक़ीक़त में यह उनके दूरदृष्टा हीरो में से एक था : एडविन लैंड, पोलेरॉयड के संस्थापक।

आज लैंड को इंस्टेंट कैमेरा के आविष्कार के लिए बख़ूबी जाना जाता है। इसी कैमरे ने शौक़िया फ़ोटोग्राफ़र्स की एक पूरी पीढ़ी को जन्म दिया-और एंसल एडम्स को उनके प्रसिद्ध लैंडस्केप फ़ोटोग्राफ़ लेने में, एंडी वारहोल्स को नामचीन हस्तियों के पोर्ट्रेट्स खींचने में और नासा के अंतरिक्ष यात्रियों को सूरज को कैमरे में क़ैद करने में मदद की। लेकिन लैंड को किसी और बड़ी उपलब्धि का श्रेय जाता है : पोलराइज़िंग लाइट फ़िल्टर जो आज अरबों उत्पादों में इस्तेमाल किया जाता है; धूप के चश्मे से लेकर डिजिटल घड़ियों तक, पॉकेट केल्कुलेटर से लेकर 3-डी फ़िल्में देखने के लिए इस्तेमाल होने वाले चश्मे तक। राष्ट्रपति ड्वाइट आइज़नहॉवर के लिए यू-2 जासूसी विमान की कल्पना करने और उसे साकार करने में उनकी महत्त्वपूर्ण भूमिका थी। इस एक विमान ने शीतयुद्ध की दिशा बदलकर रख दी थी। कुल मिलाकर लैंड ने 535 पेटेंट्स हासिल किए। अपने से पहले के लोगों में इस मामले में वह केवल थॉमस एडिसन से पीछे थे। 1985 में एपल से निकाल बाहर किए जाने के कुछ ही वक़्त पहले स्टीव जॉब्स ने लैंड के प्रति अपने आदर का ख़ुलासा किया था, ''हमारे युग के महानतम आविष्कारकों में से एक यह व्यक्ति... एक राष्ट्रीय धरोहर है।''

लैंड भले ही एक महान निराले व्यक्तित्व के धनी थे, लेकिन वह अपने इस गुण को अपनी कंपनी की संस्कृति में नहीं ढाल सके। विडंबना ही कही जाएगी कि डिजिटल कैमरे के क्षेत्र की नींव रखने वाली कंपनियों में से एक पोलेरॉयड, इसकी ही वज़ह से दीवालिया हो गई। 1981 तक कंपनी इलेक्ट्रॉनिक इमेजिंग के क्षेत्र में क़दम बढ़ाए जा रही थी। दशक के अंत तक पोलेरॉयड के डिजिटल सेंसरों के पास अपनी प्रतिस्पर्धी कंपनियों के उत्पादों की तुलना में रिज़ॉल्यूशन की चार गुना क्षमता मौज़ूद थी। 1992 में ऊँची गुणवत्ता वाले डिजिटल कैमरे का प्रोटोटाइप तैयार हो चुका था, लेकिन इलेक्ट्रॉनिक-इमेजिंग टीम अपने साथियों को इसे लांच करने के लिए 1996 तक सहमत नहीं कर सकी। तकनीकी श्रेष्ठता के लिए पुरस्कार जीतने के बाद भी पोलेरॉयड का उत्पाद लड़खड़ा गया, क्योंकि तब तक 40 से ज़्यादा प्रतिस्पर्धी अपने डिजिटल कैमरे लांच कर चुके थे।

पोलेरॉयड एक ग़लत पूर्वधारणा के कारण असफल हो गया। कंपनी के भीतर इस बात को लेकर बड़े पैमाने पर सहमति थी कि ग्राहक हमेशा चित्रों की असली प्रति की ज़रूर चाहेगा और फ़ैसले लेने वाले मुख्य लोग इस पूर्वधारणा पर सवाल उठाने में असफल रहे। यह भेड़चाल का एक पारंपरिक उदाहरण है-असहमति की बजाय सहमति हासिल करने की प्रवृत्ति। भेड़चाल निरालेपन की दुश्मन है; लोग हावी लोगों से सहमत होने का दबाव महसूस करते हैं, विचारों की विविधता की बजाय परंपरागत ढर्रे वाले विचार।

एक मशहूर विश्लेषण में येल के मनोवैज्ञानिक इरविंग जानिस ने भेड़चाल को अमेरिकी विदेशी नीति की अनेकानेक असफलताओं का दोषी माना है, बे ऑफ़

पिग्स की घुसपैठ और वियतनाम युद्ध मामलों सहित। जानिस के मुताबिक़ भेड़चाल की स्थिति तब जन्म लेती है जब, ''लोग एक बेहद नज़दीकी आंतरिक समूह से जुड़े हों'' और ''पुरज़ोर प्रयास करते हैं कि कार्रवाई को लेकर हक़ीक़त के धरातल पर वैकल्पिक रास्तों को तलाशने की प्रेरणा के ख़िलाफ़ सर्वसम्मति हावी हो जाए।''

बे ऑफ़ पिग्स झड़प से पहले अमेरिका के तत्कालीन उपविदेश मंत्री चेस्टर बाउल्स ने क्यूबाई निर्वासितों को फ़िदेल कास्त्रो को सत्ता से हटाने के लिए भेजने के विचार का पत्र लिखकर विरोध किया था, लेकिन उन्हें भाग्य पर भरोसा करने वाला व्यक्ति करार देकर इसे ठुकरा दिया गया। राष्ट्रपति जॉन एफ़. केनेडी के अनेक सलाहकार वास्तविकता में घुसपैठ को लेकर पूरी तरह से सहमत नहीं थे : कुछ को समूह के सदस्यों ने चुप करा दिया और अन्य ने मुँह खोलना ही उचित नहीं समझा। अंतिम फ़ैसले की बैठक में, चंद लोगों ने विरोध के स्वर उठाए। राष्ट्रपति ने ग़ैर-अधिकारिक मतदान की घोषणा की, बहुमत ने प्रस्ताव के पक्ष में मतदान किया और चर्चा का रुख़ अचानक इस योजना के क्रियान्वयन के रणनीतिक फ़ैसले की ओर हो गया।

जानिस का तर्क है कि केनेडी प्रशासन के सदस्य ''बहुत ज़्यादा सख़्त'' होने को लेकर चिंतित थे और वह ''हम सब वाले सुकूनदायक माहौल'' को ठेस पहुँचाना नहीं चाहते थे। चर्चा में मौज़ूद अंदरूनी लोगों के मुताबिक़ इस तरह के सामंजस्य ने ही भेड़चाल की प्रवृत्ति को प्रोत्साहित किया। केनेडी और लिंडन जॉनसन के बीच पत्र व्यवहार सँभालने वाले बिल मोयर्स के मुताबिक़ :

> *राष्ट्रीय सुरक्षा मामलों को देखने वाले व्यक्ति बहुत नज़दीक आ चुके थे, एक दूसरे को बहुत पसंद करने लगे थे। वे देश के मामलों को इस तरह से निपटाते थे मानो सभ्य लोगों के किसी क्लब का कामकाज चल रहा हो... अगर आप बहुत क़रीबी हैं तो... आप बात में किसी तर्क को लाने, विरोधी को परेशान करने के कम ही इच्छुक होते हैं और बहुतायत मामलों में आप अक्सर किसी दृष्टिकोण को व्यक्त होने देते हैं और फिर उसे सतही स्तर को छोड़कर कोई चुनौती नहीं देते।*

जब एक समूह इतना निकटवर्ती हो जाता है तो वह एक मज़बूत संस्कृति विकसित कर लेता है-लोग एक समान मूल्य और मानक साझा करने लगते हैं और उनमें गहराई से विश्वास भी करने लगते हैं। एक मज़बूत संस्कृति होने और एक सनक वाले पंथ की तरह काम करने के बीच बहुत ही महीन अंतर होता है।

आधी सदी से नेता, नीति निर्माता और पत्रकारों ने जानिस की भेड़चाल के सिद्धांत को स्वीकार लिया है : इस तरह का सामंजस्य ख़तरनाक है और मज़बूत

संस्कृतियाँ घातक। समस्याओं को हल करने और फ़ैसले लेने के लिए, समूहों के पास मौलिक विचारों और असहमति भरे विचारों की ज़रूरत होती है, इसलिए हमें यह सुनिश्चित कर लेना चाहिए कि उनके सदस्य बहुत ज़्यादा घनिष्ठ नहीं हो जाएँ। अगर केनेडी के सलाहकारों का समूह इतना अधिक घनिष्ठ नहीं होता तो उन्होंने कम समर्थन वाले विकल्पों पर भी विचार किया होता, भेड़चाल की स्थिति को टाल दिया होता और बे ऑफ़ पिग्स त्रासदी को ही टाल दिया होता।

सामंजस्य के सिद्धांत के साथ एक ही परेशानी है : यह सत्य नहीं है।

जब जानिस ने 1973 में अपना विश्लेषण पूरा किया था तो बे ऑफ़ पिग्स घटना के गोपनीय काग़ज़ात और स्मृति वृत्तांत हासिल करने के लिहाज़ से यह काफ़ी पहले की बात थी। सूचनाओं के ये महत्त्वपूर्ण स्रोत बताते हैं कि मुख्य फ़ैसला एक छोटे एकजुट समूह ने नहीं किया था। राजनीतिक वैज्ञानिक और राष्ट्रपति के सलाहकार रिचर्ड न्यूस्टेड ने बताया कि केनेडी ने, "एक छोटे से लेकिन बदलते रहने वाले सलाहकारों के समूह के साथ अनौपचारिक बैठकों की एक श्रृंखला-सी आयोजित की।" बाद में किए गए अध्ययनों ने भी बताया कि एकजुटता या सामंजस्य विकसित होने के लिए वक़्त लगता है : अस्थायी सदस्यता वाले समूह के पास घनिष्ठता या सौहार्द का भाव विकसित करने के लिए पर्याप्त अवसर नहीं होता। टोरंटो यूनिवर्सिटी के रिसर्चर ग्लेन वाइट बताते हैं कि बे ऑफ़ पिग्स के बरसों बाद, केनेडी ने इसी समूह के अधिकांश सलाहकारों को लेकर क्यूबाई मिसाइल समस्या का प्रभावी हल किया था। स्टेनफ़ोर्ड के मनोवैज्ञानिक रॉडरिक क्रेमर ख़ुलासा करते हैं कि अब हम यह जानते हैं कि क्यूबाई घुसपैठ के लिए सर्वसम्मत फ़ैसला, "समूह के सामंजस्य या संघ भाव को बरक़रार रखने की इच्छा का परिणाम नहीं था।"

एकजुटता या सामंजस्य कहीं और भी भेड़चाल की वज़ह नहीं बनती। जानिस के विश्लेषण में एक और भीषण ख़ामी थी-उन्होंने अधिकांशतया उन्हीं सामंजस्य भरे समूहों का अध्ययन किया जो असफल रहे। तो फिर भला हम कैसे जान सकते हैं कि परिणाम की वज़ह सामंजस्य या एकजुटता थी-या कि सबने एक जैसा नाश्ता करने या सभी के लेस वाले जूते पहनने से-उनके फ़ैसले ग़लत हो गए हों? सामंजस्य को लेकर सही निष्कर्ष निकालने के लिए उन्हें अच्छे और बुरे दोनों तरह के फ़ैसलों की तुलना करनी चाहिए थी। उसके बाद यह तय करते कि सामंजस्य या एकजुटता से भरे समूहों के भेड़चाल का शिकार होने की ज़्यादा आशंका है या नहीं।

जब रिसर्चर्स ने सात फ़ॉर्च्यून 500 कंपनियों में शीर्ष प्रबंधन समूह के सफल और असफल रणनीतिक फ़ैसलों का अध्ययन किया तो पाया कि साथ रहने की प्रवृत्ति वाले समूहों में सहमति को स्वीकारने और विभिन्न विचारों को ख़ारिज करने को लेकर ज़्यादा उत्सुकता नहीं थी। वास्तविकता में तो कई मामलों में एकजुट

समूहों ने बेहतर कारोबारी फ़ैसले लिए। राजनीति में भी यही बात सही पाई गई। एक व्यापक समीक्षा में रिसर्चर्स सैली रिग्स और रे एलडेग ने पाया, ''कोई अनुभवजन्य समर्थन उपलब्ध नहीं है... एकजुटता, जिसे भेड़चाल की प्रक्रिया में महत्त्वपूर्ण उत्प्रेरक माना जाता है, के स्थायी भूमिका निभाने का कोई प्रमाण नहीं है।'' उन्होंने पाया कि, ''समूह की एकजुटता के लाभों'' में ''संवाद में बढ़ोत्तरी'' शामिल है और ऐसे समूह के सदस्यों में ''अपनी भूमिका को लेकर काफ़ी सुरक्षा भाव होने की संभावना है जिसके चलते वह एक-दूसरे को चुनौती दे सकते हैं।'' आंकड़ों और जानकारी के बारीक़ी से विश्लेषण के बाद वाइट ने निष्कर्ष निकाला, ''भेड़चाल के प्रारूप से सामंजस्य को हटा दिया जाना चाहिए।''

इस अध्याय में मैं इस बात की पड़ताल करना चाहता हूँ कि भेड़चाल की क्या वज़ह होती है और इसे रोकने के लिए हम क्या कर सकते हैं। क्यों कुछ एकजुट सामंजस्यपूर्ण समूहों पर बुरे फ़ैसलों का ख़तरा होता है जबकि कुछ अन्य अच्छी तरह से काम करते हैं? सनक में तब्दील हुए बग़ैर कैसे एक मज़बूत संस्कृति को सहेजा जा सकता है? यह पता करने के लिए कि भेड़चाल से जूझकर कैसे मौलिक विचारों की अभिव्यक्ति को प्रोत्साहित किया जाए, मैं पोलेरॉयड द्वारा की गई ग़लतियों का विश्लेषण करूँगा और उस संस्थान के भीतर गहराई तक झाँककर देखूँगा जिसके संस्थापक के पास अनुकूलन को टालने का क्रांतिकारी तरीक़ा उपलब्ध था। आप समझेंगे कि क्यों विरोधी विचारों को कोई नहीं सुनता, क्यों अधिकांश समूह बेवज़ह ख़ामियाँ निकालने के काम को बख़ूबी नहीं निभा पाते, क्यों लोगों को समस्याओं को हल करने की बजाय उन्हें उठाने के लिए प्रोत्साहित करना बेहतर होता है, और क्यों लोगों को प्राथमिकताएँ साझा करने दी जाएँ तो कमतर विचारों के प्रचलित होने की संभावना कम हो जाती है। अंततः आप देखेंगे कि निरालेपन को शुरुआत में ही पोषित करने वाले माहौल को तैयार करने में सामान्य लोग और संस्थान क्या कर सकते हैं-और फिर वक़्त गुज़रने के साथ इसे स्वीकार करने के लिए।

अप्रत्याशित प्रारूप

1990 के दशक के मध्य में विशेषज्ञों का एक समूह इस बात को लेकर उत्सुक था कि संस्थापक किस तरह से उनकी कंपनियों का भविष्य निर्धारित करते हैं। समाजशास्त्री जेम्स बेरन के नेतृत्व में उन्होंने सिलिकॉन वैली के तक़रीबन 200 से अधिक अत्याधुनिक स्टार्टअप्स के संस्थापकों, कम्प्यूटर हार्डवेयर से लेकर सॉफ़्टवेयर से टेलीकम्युनिकेशन, नेटवर्किंग, मेडिकल उपकरणों, बायोटेक, रिसर्च, उत्पादन, सेमीकंडक्टर तक साक्षात्कार ले डाले। बेरन और उनके साथियों ने

संस्थापकों से उनकी प्रारूप के बारे में पूछा। जब उन्होंने कंपनियों की शुरुआत की थी तो उनके दिमाग़ में क्या संगठनात्मक प्रारूप था?

सभी उद्योगों में मिलाकर तीन प्रमुख प्रारूप देखने को मिले : पेशेवर, स्टार और प्रतिबद्धता। पेशेवर प्रारूप में विशेष कौशल वाले उम्मीदवारों को ही नौकरी पर रखने पर ज़ोर दिया गया था : संस्थापक ऐसे इंजीनियरों की तलाश में थे, जिन्हें जावास्क्रिप्ट या सी++, या ऐसे वैज्ञानिक जिन्हें प्रोटीन्स के संश्लेषण की भरपूर जानकारी हो। स्टार वाले प्रारूप में पूरा ज़ोर वर्तमान कौशल की बजाय भविष्य की संभावनाओं पर था। इसके तहत सबसे प्रतिभाशाली सितारों को ही चुना या दूसरी कंपनियों से चुराया गया। ऐसे व्यक्तियों को एक क्षेत्र विशेष में भले ही कम अनुभव रहा हो, लेकिन उनके पास इसे हासिल करने के लायक़ तेज़तर्रार दिमाग़ था।

प्रतिबद्धता के प्रारूप पर काम करने वाले संस्थापकों का नौकरी देने का तरीक़ा अलग ही था। कौशल और संभावना तो ठीक है, लेकिन कंपनी की संस्कृति से मेल खाना अनिवार्य था। शीर्ष प्राथमिकता ऐसे उम्मीदवारों को दी जाती थी जो कंपनी के मूल्यों और मानकों से मेल खाते हों। प्रतिबद्धता की प्रारूप का प्रेरणा को लेकर भी एक अलग ही तरीक़ा था। पेशेवर और स्टार प्रारूप वाले संस्थापकों ने जहाँ अपने कर्मचारियों को स्वायत्तता और चुनौतीपूर्ण काम दिए, वहीं प्रतिबद्धता के प्रारूप वालों ने कर्मचारियों और संस्थान के बीच भावनात्मक संबंधों को पुख़्ता करने की दिशा में काम किया। वे अक्सर परिवार और प्यार जैसे शब्दों के ज़रिए कंपनी में मौजूद सौहार्द की भावना को बयाँ करते थे। कर्मचारी भी अभियान और लक्ष्य को लेकर बेहद भावुक थे।

बेरन की टीम यह देखना चाहती थी कि किस संस्थापक के प्रारूप को सबसे ज़्यादा सफलता मिली। जब उन्होंने कंपनियों को 1990 के उत्तरार्द्ध के इंटरनेट धमाके से लेकर 2000 में बुरी तरह से असफल होने के बाद के दौर तक देखा तो पाया कि एक प्रारूप दूसरों से बेहतर साबित हुआ : प्रतिबद्धता।

जब संस्थापकों के पास प्रतिबद्धता वाला प्रारूप था, तो कंपनी की असफलता की दर शून्य थी–उनमें से एक का भी कारोबार बंद नहीं हुआ। जब संस्थापकों ने दूसरे प्रारूपों का इस्तेमाल किया तो सफलता इतनी उल्लेखनीय नहीं रही : स्टार प्रारूप वालों की असफलता बहुत अधिक रही, पेशेवर प्रारूप वालों से तीन गुना ज़्यादा। प्रतिबद्धता प्रारूप का मतलब था कि शेयर बाज़ार में उतरने की भी अच्छी संभावना, शुरुआती सार्वजनिक प्रस्ताव (आईपीओ) के लिहाज़ से स्टार प्रारूप से तीन गुना और पेशेवर प्रारूप से चार गुना बेहतर।*

---

* बेरन और उनके साथियों, माइकल हेनेन और डियान बर्टन ने भी इस बात का अध्ययन किया कि यह प्रारूप कितना आम था। पेशेवर प्रारूप सबसे ज़्यादा आम था, जिसे 31 प्रतिशत

पोलेरॉयड कंपनी की कार्य संस्कृति के शुरुआती दिनों में हम प्रतिबद्धता के प्रारूप को देख सकते हैं, जो प्रगाढ़ता, मौलिकता और गुणवत्ता के आधारभूत मूल्यों के इर्द-गिर्द घूमती थी। जब एडविन लैंड इंस्टेंट कैमरा विकसित कर रहे थे तो एक बार तो उन्होंने कपड़े बदलने की तक चिंता किए बग़ैर लगातार 18 दिन तक काम किया था। अंतिम उत्पाद के बारे में उनका कहना था, ''इसमें शामिल हर अवधारणा नई है। फ़ोटोग्राफ़ी, तैयार होने वाली छवि, फ़ोटोग्राफ़िक प्रणाली, फ़ोटो डेवलप करने की तकनीक, फ़ोटो लेने का तरीक़ा।''

कोडेक ने जहाँ विज्ञान की उन्नत डिग्री वाले लोगों को नौकरियाँ दीं, लैंड ने ज़्यादा विविधता भरा स्टाफ़ रखा। कला पृष्ठभूमि वाली महिलाएँ और सीधे नौसेना से निकले लोग। सिलिकॉन वैली के संस्थापकों की तरह प्रतिबद्धता के प्रारूप के साथ उसने कर्मचारियों के विशेष कौशल या विशेष (स्टार) गुणों की परवाह नहीं की, उनका ध्यान इस बात पर केंद्रित था क्या वे मौलिक विचारों के लिहाज़ से मूल्यवान साबित हो सकेंगे और ख़ुद को अभियान के लिए पूरी तरह से समर्पित कर सकेंगे। अपने जैसे ही जुनून और लक्ष्यों वाले लोगों से घिरे होने के कारण उनके कर्मचारी अपनत्व और एकजुटता की मज़बूत भावना महसूस करने लगे। जब आप अपने साथियों और अपने संस्थान के साथ इतने मज़बूत बंधन में बँधे हों तो कहीं और काम करने की कल्पना ही संभव नहीं है।

इंस्टेंट कैमरा के बाद पोलेरॉयड की शुरुआती सफलता में योगदान देने वाले दो अन्य महत्त्वपूर्ण आविष्कार उन्नत फ़िल्म प्रौद्योगिकी से जुड़े थे। पहला था पोलेरॉयड की सेपिया फ़िल्म, क्योंकि ब्लैक-वाइट फ़ोटोज़ की उम्र ज़्यादा नहीं होती थी और वे फीकी पड़ जाती थीं। इस समस्या का हल खोज निकालने वाली लैब की कमान एक महिला मेरो मोर्स के हाथों में थी, जिसने कला इतिहास में विशेष उपाधि हासिल कर रखी थी, जिन्होंने कॉलेज में कभी भौतिक शास्त्र या रसायन शास्त्र का

संस्थापकों ने अपनाया था। इसके बाद प्रतिबद्धता और स्टार प्रारूपों की बारी थी, जिन्हें क्रमशः 14 प्रतिशत और 9 प्रतिशत संस्थापकों ने स्वीकार था। इसके अलावा भी दो अन्य प्रारूप हैं : एकछत्र अधिकार वाला और नौकरशाही वाला-दोनों का ही प्रतिशत 6.6 प्रत्येक पाया गया। इन दोनों ही प्रारूपों में कर्मचारियों की भर्ती का आधार तो कौशल था, लेकिन निरंकुश अधिकार वाले प्रारूप में संस्थापकों का भरोसा पूँजी और सीधे यह बात सुनिश्चित करने की ओर होता है कि कर्मचारी वेतन के मुताबिक़ प्रदर्शन कर रहे हैं। नौकरशाही वाले प्रारूप में संस्थापकों का ध्यान चुनौतीपूर्ण काम देने के साथ-साथ विस्तृत नियम और प्रक्रियाओं की स्थापना होता है। कोई हैरानी की बात नहीं है कि निरंकुश अधिकार वाले और नौकरशाही वाले प्रारूपों के असफल होने की सबसे ज़्यादा आशंका होती है। बचे हुए एक तिहाई संस्थापक इन प्रारूपों के मिश्रण को अपना लेते हैं। निरंकुश अधिकार वाले प्रारूप के असफल होने की आशंका सबसे ज़्यादा होती है, स्टार प्रारूप से आठ गुना। मिश्रित और नौकरशाही वाले प्रारूपों के जीवित रहने की दर पेशेवर और स्टार प्रारूपों के बीच की होती है।

अध्ययन नहीं किया था। बाद में उन्होंने ही कलर विज़न को लेकर अभूतपूर्व अंतर्दृष्टि का परिचय दिया था। वह काम को लेकर इतनी अधिक समर्पित थीं, कि उनकी लैब 24 घंटे चलती रहती थी और उसमें कर्मचारी तीन अलग-अलग शिफ़्ट्स में काम किया करते थे। दूसरी बड़ी खोज थी इंस्टेंट कलर फ़ोटोग्राफ़ी-इस क्षेत्र में किसी भी तरह की औपचारिक शिक्षा नहीं होने वाले ऑटोमोबाइल मैकेनिक हॉवर्ड रॉजर्स ने कलर कोड को जानने के लिए 15 वर्ष तक कड़ी मेहनत की।

दर्द में इज़ाफ़ा : प्रतिबद्धता की कार्यसंस्कृति का नकारात्मक पहलू

किसी भी संस्थान के शुरुआती काल में प्रतिबद्धता की संस्कृति जितनी लाभदायक होती है, वक़्त गुज़रने के साथ वह असफल होने लगती है। सिलिकॉन वैली पर किए गए अध्ययन में पाया गया कि हालाँकि संस्थापकों के प्रतिबद्धता के प्रारूप के प्रति लगाव ने स्टार्टअप्स को अस्तित्व क़ायम रखने और सार्वजनिक होने के बेहतर अवसर दिए, लेकिन एक बार ऐसा हो जाने के बाद, उन्हें शेयर बाज़ार मूल्य में धीमी विकास दर का सामना करना पड़ा। प्रतिबद्धता के प्रारूप वाली कंपनियों के शेयरों के मूल्य की गति स्टार प्रारूप वाली कंपनियों के शेयरों से 140 प्रतिशत कम तो पेशेवर प्रारूप वाली कंपनियों के शेयरों से 25 प्रतिशत कम थी। यहाँ तक कि नौकरशाही वाले प्रारूप तक ने बेहतर प्रदर्शन किया। कार्यकारी प्रशिक्षक मार्शल गोल्डस्मिथ के शब्दों में, जो तुम्हें यहाँ मिला है वहाँ नहीं मिलेगा। जब संस्थान परिपक्व होते हैं तो प्रतिबद्धता की कार्य संस्कृति में क्या ख़ामी आ जाती है?

बेरन और उनके साथियों के मुताबिक़, ''प्रतिबद्धता के प्रारूप पर आधारित कंपनियों को विविधता भरा कार्यबल आकर्षित करने, बरक़रार रखने और उनके एकीकरण में ज़्यादा परेशानी का सामना करना पड़ता है।'' उपलब्ध जानकारी इसका समर्थन करती है। मनोवैज्ञानिक बेंजामिन श्नाइडर के मुताबिक़ संस्थान वक़्त गुज़रने के साथ ज़्यादा एकरूप होते जाते हैं। चूँकि वे एक जैसे ही लोगों को आकर्षित, चयनित, समूहीकरण करने और अपने साथ बनाए रखने के काम करते हैं, वे अपनी सोच और मूल्यों में विविधता को निकाल बाहर करते हैं। यह बात ख़ासतौर पर उन कंपनियों के लिए लागू हो सकती है जिनमें प्रतिबद्धता की बहुत सशक्त कार्यसंस्कृति हो। जहाँ समानता ही नौकरी पर रखे जाने की मूल कसौटी है और कर्मचारियों को उस साँचे में ढलने या उससे बाहर निकलने में बहुत ज़्यादा दिक़्क़त होती है।

स्टेनफ़ोर्ड के समाजशास्त्री जेस्पर सोरेनसेन ने पाया कि स्थिर उद्योगों में, इस तरह की मज़बूत संस्कृति वाली बड़ी कंपनियों का वित्तीय प्रदर्शन क्षेत्र की अन्य कंपनियों की तुलना में ज़्यादा भरोसेमंद होता है। जब कर्मचारी एक समान तय

लक्ष्यों और मूल्यों के लिए काम करते हैं तो वे एक तय माहौल में प्रभावी तरीक़े से प्रदर्शन कर सकते हैं। लेकिन कम्प्यूटर, एयरोस्पेस और एयरलाइन उद्योगों जैसे अस्थिर उद्योगों में मज़बूत कार्यसंस्कृति का लाभ काफ़ूर हो जाता है। जब एक बार बाज़ार गतिशील हो जाता है तो मज़बूत संस्कृतियों वाली बड़ी कंपनियाँ बहुत ज़्यादा अलग-थलग हो जाती हैं : उन्हें परिवर्तन की ज़रूरत को पहचानने में ज़्यादा मुश्किल होती है और उनके द्वारा अलग तरह से विचार करने वालों का प्रतिरोध करने की संभावना ज़्यादा होती है। परिणाम यह होता है कि वे ना सीखते हैं और ना ही नई परिस्थितियों के मुताबिक़ ख़ुद को ढालते हैं और उनके वित्तीय परिणाम प्रतिस्पर्धियों की तुलना में बेहतर या ज़्यादा भरोसेमंद नहीं होते।

यह ख़ुलासा पोलेरॉयड के उत्थान और पतन की वज़ह को उजागर कर देता है। लैंड द्वारा 1948 में इंस्टेंट कैमरे का आविष्कार करने के बाद कंपनी ने गति पकड़ी। इसकी कमाई में 1950 के 7 मिलियन डॉलर से उछलकर 1960 में 100 मिलियन डॉलर और 1976 तक तो 950 मिलियन डॉलर हो गई। इस समूची अवधि में फ़ोटोग्राफ़ी उद्योग स्थिर रहा : लेकिन जैसे ही डिजिटल क्रांति की शुरुआत हुई, बाज़ार अस्थिर हो गया और पोलेरॉयड की एक वक़्त हावी संस्कृति धूल-धूसरित हो गई।

1980 में लैंड ने सोनी के संस्थापक एकियो मोरिता से संपर्क साधा। जिन्होंने गोपनीय तरीक़े से स्वीकारा कि फ़िल्म की रासायनिक प्रक्रिया शायद ही भविष्य में सफल हो और इलेक्ट्रॉनिक कैमरा को लेकर हाथ मिलाने की तैयारी दर्शाई। लैंड ने दुनिया को रसायन शास्त्र और भौतिक शास्त्र की ही नज़रों से देखा था, ना कि शून्य और एक की। उन्होंने इस विचार को ख़ारिज कर दिया। वह इस बात पर ज़ोर देते रहे कि ग्राहक को हमेशा प्रिंट्स की ज़रूरत रहेगी और यह भी कि डिजिटल फ़ोटोग्राफ़ की गुणवत्ता कभी भी रासायनिक प्रक्रिया से गुज़रने वाले फ़ोटोग्राफ़ की जगह नहीं ले सकेगी।

कंपनी के बदलाव की बयार के साथ संघर्ष के बीच लैंड बाहरी विचारों को स्वीकारने से और अधिक दूर हो गए। एक पुराने साथी के मुताबिक़, ''उन्होंने ख़ुद को भक्त क़िस्म के समर्थकों से घेर लिया, जो उनकी हाँ में हाँ मिलाएँगे।'' अब लैंड की पसंदीदा परियोजना थी पोलाविज़न, एक इंस्टेंट मूवी कैमरा। जब पोलेरॉयड के अध्यक्ष विलियम मैककन ने इस अवधारणा पर सवाल उठाया तो लैंड ने बोर्ड ऑफ़ डायरेक्टर से शिकायत करते हुए पूरी परियोजना की कमान अपने हाथों में ले ली। वह अब एक अलग ही फ़्लोर पर काम करते थे, जहाँ इस परियोजना को लेकर नकारात्मक सुरों वाले लोगों को प्रवेश प्रतिबंधित था। मैककन कहते हैं, ''उन्हें हर तरह की आपत्तियों का सामना करना चाहिए और यह भी देखना चाहिए कि किन ज़ाहिर वज़हों से बात नहीं बनेगी। जब वह कुछ बेहद निराधार या जोख़िम

भरा काम करते थे तो वह ख़ुद को हर एक आलोचक से सुरक्षित तरीक़े से अलग करने की सावधानी बरतते थे।''

लैंड की प्रतिक्रिया बहुत ही अनूठी थी : रणनीति पर रिसर्च करने वाले माइकल मैकडोनाल्ड और जेम्स वेस्टफ़ाल द्वारा किए गए एक अध्ययन के मुताबिक़ जब कंपनियों का प्रदर्शन जितना बुरा होगा, कंपनियों के मुख्य कार्यकारी अधिकारी दोस्तों और साथियों से सलाह माँगते हैं, ताकि उनका नज़रिया भी पता चल सके। वह असहमति की असहजता पर सर्वसम्मति की सहजता को तरज़ीह देते हैं, जो कि उनसे अपेक्षित बात का ठीक उल्टा था। कंपनियों के प्रदर्शन तभी सुधरते हैं जब मुख्य कार्यकारी अधिकारी सक्रियतापूर्वक उन लोगों से सलाह लेते हैं जो उनके मित्र नहीं हैं और किसी भिन्न नज़रिए को पेश कर सकते हैं। यह उन्हें ग़लतियों को सुधारने और कुछ नया सोचने के लिए चुनौती देता है।*

समूह के फ़ैसलों पर दुनिया के अग्रणी विशेषज्ञों में से एक बर्कले की मनोवैज्ञानिक चार्लन नेमेथ के मुताबिक़, ''अल्पमत के नज़रिए महत्त्वपूर्ण होते हैं, केवल इसलिए नहीं कि उनका अस्तित्व होता है, बल्कि इसलिए कि वे एक विविधता भरे ध्यानाकर्षण और विचारों की वज़ह बनते हैं। परिणाम यह होता है कि वे ग़लत भी हों तो वे किसी बात के अनूठे हल और फ़ैसलों में योगदान देते हैं, जो तुलनात्मक तौर पर गुणवत्ता के आधार पर बेहतर होते हैं।''

विरोधी विचार उपयोगी होते हैं, *उस वक़्त भी जब वे ग़लत हों।*

---

* एक सामान्य धारणा है कि आलोचना की नकेल कसने से रचनात्मकता फलती-फूलती है, जबकि यह ग़लत है। यह 1950 के विज्ञापनों के युग में उस वक़्त और अधिक स्पष्ट हो गया जब अलेक्स ओसबोर्न ने गहन विचार-विमर्श से समस्या के हल (ब्रेनस्टॉर्मिंग) के विचार को साकार किया, इसमें दूसरा नियम था, ''आलोचना नहीं करें।'' माना यह गया था कि आलोचना लोगों को निराधार विचारों से हतोत्साहित करेगी, जबकि मौलिक आविष्कार और चमत्कार ज़्यादा आलोचना के बाद ही देखने को मिले, कम के बाद नहीं। एक प्रयोग के तहत अमेरिका और फ्रांस ने, लोगों को ब्रेनस्टॉर्मिंग के दौरान बिना किसी क्रम के, या तो ''आलोचना नहीं करने'' या ''खुलकर बहस और यहाँ तक कि आलोचना करने'' की छूट दी गई। जिन समूहों में बहस हुई और आलोचना के दौर भी चले, उनमें विचारों को साझा करने को लेकर कोई भी हिचकिचाहट या भय नहीं देखा गया और उन्होंने दूसरे समूह की तुलना में 16 प्रतिशत ज़्यादा विचार दिए। बहुत बड़े दाँव वाली रचनात्मक परिस्थिति में बहस और आलोचना विचारों की गुणवत्ता को भी सुधारते हैं। रिसर्च बताता है कि सबसे सफल माइक्रोबायोलॉजी लैब्स में जब वैज्ञानिक नए प्रमाण पेश करते हैं तो संदेह करने वाले साथी तालियाँ नहीं बजाते, वे व्याख्या को चुनौती देकर विकल्प प्रस्तावित करते हैं। अस्पतालों में भी ऐसा ही होता है : सबसे ज़्यादा असहमति वाली टीम ही सर्वश्रेष्ठ फ़ैसला लेती है, तभी तक जब तक सदस्य यह महसूस करते हैं कि उनके साथी एक-दूसरे के सर्वश्रेष्ठ हितों के लिए काम कर रहे हैं।

नेमेथ ने इसका पहला उदाहरण 1980 के दशक में प्रस्तुत किया। उनके परिणामों को कई बार दोहराया गया है। एक प्रयोग में लोगों से नौकरी के लिए तीन उम्मीदवारों में से एक का चयन करने के लिए कहा गया। निष्पक्ष तौर पर देखा जाए तो जॉन बेहतर था, लेकिन उन्हें इस बात का अहसास नहीं हुआ और उन तमाम लोगों ने प्रयोग की शुरुआत एक ग़लत उम्मीदवार रिंगो को प्राथमिकता देने के साथ की। जब किसी अन्य ने एक और ग़लत उम्मीदवार जॉर्ज का नाम उछाला तो इससे उनके सही व्यक्ति का चयन करने की संभावना चार गुना हो गई। सर्वसम्मति के बीच जॉर्ज का नाम उछालकर समूह के सदस्यों को अलग तरह से सोचने के लिए प्रोत्साहित कर दिया गया। उन्होंने चयन की कसौटी का पुनर्परीक्षण किया और हर उम्मीदवार की क़ाबिलियत भी देखी। जिसके कारण उन्हें जॉन के नाम पर भी विचार करने का मौक़ा मिल गया।

विरोधी विचारों के बग़ैर लैंड का इंस्टेंट मूवी कैमरा एक पूरी तरह से दिवालिया उत्पाद था। हालाँकि यह प्रौद्योगिकी के लिहाज़ से बेहद दक्ष था, लेकिन इसमें केवल चंद मिनटों का ही वीडियो बनाया जा सकता था, जबकि उस वक़्त बाज़ार में उपलब्ध वीडियो कैमकॉर्डर्स कई घंटे की वीडियो रिकॉर्डिंग की क्षमता रखते थे। इस प्रयास में 600 मिलियन डॉलर फूँक दिए गए और निदेशक मंडल ने उन्हें पद से हटा दिया। भले ही लैंड ने पोलेरॉयड के साथ संबंध तोड़ लिए हों, लेकिन उनकी धारणाएँ कंपनी की नस-नस में यथावत क़ायम रहीं। कर्मचारियों को नियुक्त किया गया और उन्हें साझा करने के लिहाज़ से घुलने-मिलने लायक़ बना दिया गया। उन्होंने कंपनी की स्थापना उसके हमेशा बरक़रार रहने के लिए की थी, लेकिन उनका प्रारूप इसे ले डूबा। लैंड जानते थे कि कैसे, ''अलग तरह से विचार किया जाता है,'' फिर भी उन्होंने एक ऐसी कंपनी बनाई जो ऐसा नहीं करती थी।

उपलब्ध सबूत बताते हैं कि सामाजिक बंधन भेड़चाल के दोषी नहीं होते, असली अपराधी होते हैं अतिविश्वास और प्रतिष्ठा को लेकर चिंताएँ। पोलेरॉयड में लैंड के प्रारूप पर ही क़ायम रहते हुए नेतृत्वकर्ताओं को यह ख़ुशफ़हमी थी कि लोग हमेशा अपने फ़ोटोग्राफ़ के प्रिंट चाहेंगे और उन्होंने फ़िल्म पर लाभ कमाने के लिए सस्ते कैमरे बनाने जारी रखे। ठीक वैसे ही जैसे ब्लेड्स से कमाने के लिए सस्ते रेजर्स की बिक्री। जब डिजिटल कैमरे का विचार सामने आया तो नेतृत्वकर्ता लगातार पूछते रहे, ''फ़िल्म कहाँ है? इसमें तो कोई फ़िल्म नहीं है?'' जब 38 प्रतिशत लाभ की संभावना को पेश किया गया तो फ़ैसला लेने वाले लोगों ने इसकी हँसी उड़ाते हुए बताया कि वे फ़िल्म पर 70 प्रतिशत लाभ कमाते हैं। इलेक्ट्रॉनिक इमेजिंग टीम के एक सदस्य के मुताबिक़, ''यह एक अनवरत लड़ाई थी। मुख्य कारोबार पुराना, अप्रचलित और प्रगति कर पाने में असफल होने के कारण हम निरंतर वर्तमान कारोबारी मॉडल को चुनौती देते रहे।''

जो असहमत थे उन्हें जल्द ही किनारे कर दिया गया। नेतृत्वकर्ताओं की सोच के मुताबिक़ विरोधी विचार वाले दरअसल एक तत्काल (इंस्टेंट), स्थायी रिकॉर्ड के मूल्य को समझ नहीं पा रहे हैं। जब पोलेरॉयड ने बिज़नेस इमेजिंग के प्रभार के लिए कार्ल यानकोवस्की नाम के एक इंजीनियर को उपाध्यक्ष का पद सौंपा तो उन्होंने इलेक्ट्रॉनिक इमेजिंग प्रौद्योगिकी वाले एक स्टार्टअप के अधिग्रहण का सुझाव दिया। लेकिन मुख्य कार्यकारी अधिकारी मैक बूथ ने इस विचार को सिरे से ख़ारिज करने के बाद यह कहते हुए चर्चा को विराम लगा दिया कि, ''मैं सोचता हूँ कि इलेक्ट्रॉनिक फ़ोटोग्राफ़ी में इंस्टेंट फ़िल्म सबसे प्रभावी कारक साबित होने वाली है। और इस बारे में हम दुनिया में सबसे ज़्यादा जानते हैं।'' बूथ ने 1987 में कहा, ''जो व्यक्ति भी यह कहता है कि इंस्टेंट फ़ोटोग्राफ़ी मर रही है, उसने निश्चित तौर पर शतुरमुर्ग की तरह सिर रेत के भीतर डाल रखा है।''

यानकोवस्की उन दिनों की बात करते हुए कहते हैं कि जब उन्होंने डिजिटल युग में कंपनी के मार्गदर्शन के लिए किसी बाहरी इलेक्ट्रॉनिक विशेषज्ञ की सेवाएँ लेने का सुझाव दिया तो बूथ ने गुस्से में कहा, ''मुझे समझ नहीं आ रहा है कि मैं तुम्हारी नाक पर मुक्का मारूँ या तुम्हें नौकरी से निकाल दूँ।'' दरअसल यहाँ पर सवाल प्रतिष्ठा का हो चला था। अंत में यानकोवस्की ने हाथ खींचते हुए सोनी कंपनी से नाता जोड़ लिया। वहाँ उन्होंने प्लेस्टेशन लांच करके सोनी की कमाई चार साल में दोगुनी कर दी। उसके बाद उन्होंने रिबोक में भी नई जान डाल दी और पाम के मुख्य कार्यकारी अधिकारी बन गए। नए आविष्कारों और पतन की ओर अग्रसर कंपनियों को बचाने में सफलता के बाद भी यानकोवस्की को इस बात का अफ़सोस है कि वह ''पोलेरॉयड में मौज़ूद सांस्कृतिक प्रतिमानों पर जीत हासिल नहीं कर पाए।'' उन्होंने इसके लिए फ़ैसले लेने वाले मुख्य लोगों की ''बंद दिमाग़ की सोच'' और ''पैदाइशी'' मानसिकता को दोषी करार दिया। पोलेरॉयड में 27 साल काम करने वाले मिल्टन डेंच कहते हैं, ''हममें से अनेक ने अधिकारियों के साथ पेय 'कूल-एड' का सेवन किया। पोलेरॉयड प्रबंधन की कुछ पीढ़ियों की रगों में बस चुकी कार्य संस्कृति इसी रणनीति पर आकर टिक जाती थी कि पोलेरॉयड की क़ामयाबी के इंजिन को गति देने वाला कारक हार्ड-कॉपी मीडिया होगा... जबकि असली कारक था पोलेरॉयड की अनूठी संस्कृति।''*

---

* आप शायद सोच रहे होंगे कि प्रतिबद्धता की संस्कृति से शुरुआत करके फिर किसी और प्रारूप को अपनाना एक सुरक्षित रणनीति है। भले ही यह स्वाभाविक हल लगता हो, लेकिन यह प्रभावी नहीं है। प्रारूप को बदलना मुश्किल भी है और ख़तरनाक भी। सिलिकॉन वैली में किए गए एक अध्ययन के मुताबिक़ आधे स्टार्टअप्स ने अपने प्रारूप बदले-और जिन्होंने ऐसा किया उन्होंने अपने असफल होने की आशंका को दोगुना कर लिया। अपने संस्थापकों के मूल प्रारूप से विचलित होने वाली कंपनियों के असफल होने की संभावना, उन कंपनियों

पोलेरॉयड एक वक़्त डिजिटल फ़ोटोग्राफ़ी में अग्रदूत बनने के नज़दीक आ चुका था और वह इस स्थिति पर जल्द ही क़ब्ज़ा पक्का भी कर लेता। इस बीच जब कंपनी ध्वस्त हो रही थी नेतृत्वकर्ता फ़ालतू कामों पर वक़्त गँवा रहे थे। अगर उन्होंने लैंड के हार्ड-कॉपी केमिकल इमेजिंग से कड़ाई के साथ चिपके रहने की बजाय निराले विचारों को अपनाया होता तो शायद कंपनी बच जाती। आप एक मज़बूत संस्कृति कैसे विकसित करें जिसमें विरोधी विचारों का भी स्वागत हो?

"अलग सोचो" की संस्कृति

जब मैंने अधिकारियों और विद्यार्थियों से किसी संस्थान में उनके द्वारा देखे गए सबसे मज़बूत संस्कृति को लेकर मतदान कराया तो ब्रिजवॉटर एसोसिएशन ने भारी बहुमत से जीत हासिल की। कनेक्टिकट कस्बे में मुख्यालय वाली ब्रिजवॉटर सरकार, पेंशन फ़ंड्स, विश्वविद्यालयों और धर्मार्थ संगठनों का 170 बिलियन डॉलर से ज़्यादा का निवेश सँभालती है। इसकी समग्र सोच संस्थापक द्वारा लिखे गए 200 से ज़्यादा सिद्धांतों में समाहित है। भले ही कंपनी पूँजी प्रबंधन का काम करती हो, लेकिन इसके सिद्धांतों में निवेश को लेकर एक भी शब्द नहीं है। इसमें है तो केवल सूत्र वाक्य काम पर या ज़िंदगी में किसी भी परिस्थिति के सामने आने पर आपको कैसे सोचना कैसे क़दम उठाना है। या फिर अगर आप ज़िंदगी में सार्थक काम करना चाहते हैं और सार्थक संबंध बनाना चाहते हैं तो आपको कैसे सोचना और आगे बढ़ना है।

ये सिद्धांत आज तक 20 लाख से ज़्यादा बार डाउनलोड किए जा चुके हैं और उनमें दार्शनिक ("इस बात को समझो कि तुम्हें सच्चाई से घबराने की कोई ज़रूरत नहीं है") से लेकर व्यावहारिक ("इस बात को पहचानो कि स्वभाव में परिवर्तन के लिए औसतन लगभग 18 माह का निरंतर प्रयास लगता है") सूत्र वाक्य शामिल हैं। नए कर्मचारी इसी मूल्याँकन के आधार पर नौकरी पर रखे जाते

से 2.3 गुना ज़्यादा रहीं जो अपने संस्थापक के मूल प्रारूप से जुड़ी रहीं। थोड़ा-सा बदलाव भी बड़ी परेशानी की वज़ह बना। प्रारूप में बदलाव करने वाली आधी से अधिक कंपनियों ने केवल एक परिवर्तन किया, जैसे कि नौकरी की क़ाबिलियत को कौशल की बजाय संभावना करना, लेकिन फिर भी उनकी इसकी क़ीमत चुकानी पड़ी। एक नए प्रारूप ने कुल कमाई में 25 प्रतिशत से ज़्यादा इज़ाफ़ा किया। बहुत सारे ऐसे कर्मचारी जो अब तक ख़ुद को टीम का हिस्सा समझते थे, अब इस फ़ैसले पर पहुँच चुके थे कि अब बेहतर संभावनाओं की तलाश का वक़्त आ चुका है। अगर कंपनियाँ प्रारूप बदलने के बाद भी सफल रहते हुए शेयर बाज़ार तक पहुँचीं तो अगले तीन साल में उनके शेयर की बाज़ार में मूल्य बढ़ने की गति, मूल प्रारूप की तुलना में तीन गुना धीमी रही। कुल मिलाकर प्रारूप बदलने का संस्थापक बदलने से ज़्यादा नकारात्मक असर होता है। और चलते-चलते : परिवर्तन के नकारात्मक प्रभाव उन कंपनियों में ज़्यादा प्रमुखता से देखने को मिले जो प्रतिबद्धता के प्रारूप पर आधारित थीं।

हैं कि वे सिद्धांतों में निरूपित तौर-तरीक़ों के लिहाज़ से कितना तालमेल रखते हैं। उन्हें सेना के प्रशिक्षण की तर्ज़ पर रंगरूटों के एक सघन शिविर में रखा जाता है। जहाँ उनसे सिद्धांतों पर अपने विचार रखने और चर्चा के लिए कहा जाता है, सिद्धांतों का अभ्यास करने के लिए भावनात्मक तौर पर सघन परिस्थितियों में रखा जाता है। फिर उनका मूल्याँकन इस आधार पर किया जाता है कि वे इन सिद्धांतों को अपने आचरण में कितनी अच्छी तरह से उतारने में सफल रहे हैं। भले ही बहस बहुत ज़्यादा होती रहती हो, लेकिन ब्रिजवॉटर एक बेहद एकजुटता के साथ समन्वित, एक-दूसरे से बेहद निकट से गुँथे हुए लोगों का समुदाय है। इस हद तक कि कर्मचारी नियमित तौर पर इसे अपना परिवार क़रार देते रहते हैं और कर्मचारियों का कंपनी से दशकों तक जुड़ा रहना आम है।

अस्थिर वित्तीय उद्योग में ब्रिजवॉटर की बेहद मज़बूत प्रतिबद्धता संस्कृति है, लेकिन इसका प्रदर्शन वक़्त गुज़रने के साथ कमज़ोर नहीं हुआ है। कंपनी के दो प्रमुख फ़ंड हैं। दोनों ने ही पिछले दो दशकों में स्थायी तौर पर निरंतर अच्छा मुनाफ़ा दिया है। इस उद्योग के इतिहास में किसी भी हेज़ फ़ंड की तुलना में उन्हें ग्राहकों को ज़्यादा मुनाफ़ा देने के लिए जाना जाता है। 2010 में ब्रिजवॉटर का मुनाफ़ा, गूगल, ईबे, याहू और एमेज़ॉन के संयुक्त मुनाफ़े से भी ज़्यादा था।

ब्रिजवॉटर की सफलता का राज़ निराले विचारों की अभिव्यक्ति को प्रोत्साहित करना है। कंपनी को इसकी नई-नवेली निवेश रणनीतियों के लिए बहुत सराहा जाता है, इनमें से एक है सामान्य निवेश फ़ंड्स की तुलना में ज़्यादा विविधता को अपनाकर जोख़िम को कम करने की रणनीति। 2007 की वसंत ऋतु में ब्रिजवॉटर ने अपने ग्राहकों को आगामी वित्तीय संकट की चेतावनी देना शुरू कर दिया था। बेरन के मुताबिक़, ''वैश्विक बाज़ार के बुरी तरह से गिरने के लिए इनसे बेहतर कोई भी तैयार नहीं था।''

निवेश की दुनिया में आप तभी मुनाफ़ा कमा सकते हैं जब आपकी सोच दूसरों से अलग हो। ब्रिजवॉटर ने कंपनी के हर एक कर्मचारी से उनकी असहमति भरी राय आमंत्रित कर भेड़चाल के ख़तरे को टाल दिया है। जब कर्मचारी बहुमत के सुर में सुर मिलाने की बज़ाय स्वतंत्र नज़रिया साझा करते हैं तो इस बात की बहुत ज़्यादा संभावना है कि ब्रिजवॉटर निवेश का ऐसा फ़ैसला करेगी जो किसी और ने सोचा तक नहीं होगा और ऐसे वित्तीय रुझान को पहचानेगी जिसकी किसी को भनक तक नहीं लगी होगी। यही उसे उस वक़्त भी सही फ़ैसला लेने में मदद करता है जब शेष बाज़ार ग़लत हो।

मेरा लक्ष्य ब्रिजवॉटर के सूझ-बूझ भरे वित्तीय फ़ैसलों का विश्लेषण करना नहीं है, लेकिन उन फ़ैसलों के पीछे मौज़ूद कार्य संस्कृति की गहराई से पड़ताल है। शुरुआत ब्रिजवॉटर के अरबपति संस्थापक रे डेलियो से होती है। उन्हें भले ही निवेश की दुनिया का स्टीव जॉब्स कहा जाता हो, लेकिन कर्मचारी उनके साथ ऐसे

संवाद नहीं साधते मानो वह किसी ख़ास व्यक्ति से बात कर रहे हों। पेश है एक ईमेल जो एक ग्राहक के सलाहकार जिम ने महत्त्वपूर्ण संभावित ग्राहक से मुलाक़ात के बाद डेलियो को भेजी :

> *रे-आप को आज के प्रदर्शन के लिए ''डी'' दिया जाना चाहिए...तुम 50 मिनट तक असंगत बातें करते रहे ...यह हम सभी को स्पष्ट हो चुका था कि आपने बिलकुल भी तैयारी नहीं की थी, कोई सवाल ही नहीं उठता, क्योंकि अगर तैयारी की होती तो आप इतने अव्यवस्थित नहीं होते। हमने आपको बताया था कि इस संभावना को ''हर हाल में जीतना है''... आज का दिन बहुत बुरा था... हम दोबारा ऐसा नहीं होने दे सकते।*

एक सामान्य कंपनी में बॉस को ऐसी ईमेल भेजने का मतलब आत्महत्या ही होता। लेकिन बचाव की मुद्रा में प्रतिक्रिया देने की बजाय डेलियो ने बैठक में मौज़ूद अन्य लोगों से भी उनके प्रदर्शन को लेकर स्पष्ट मत देने का आग्रह किया और साथ ही प्रदर्शन के लिहाज़ से ख़ुद को ए से लेकर एफ़ तक के ग्रेड देने के लिए भी कहा। उसके बाद डेलियो की कमज़ोरियों को छिपाने या ईमेल लिखने वाले पर हमले की बजाय, ब्रिजवॉटर के सह मुख्य कार्यकारी अधिकारी ने ईमेल के जवाब पूरी कंपनी को भेज दिए ताकि हर कोई विचारों के आदान-प्रदान से सीख सके।

कई संस्थानों में कर्मचारी पीठ पीछे ही नकारात्मक प्रतिक्रिया देते हैं। जैसा कि जैक हांडे ने *सेटरडे नाइट लाइव* में अपने ''गहन विचार'' के दौरान सलाह दी थी कि किसी व्यक्ति की आलोचना करने से पहले, आपको उसके स्थान पर ख़ुद को रखकर एक मील की दूरी तय करनी चाहिए। इस तरह से जब आप उनकी आलोचना करेंगे तो आप एक मील दूर होंगे और आप उनका पक्ष भी समझ सकेंगे।

ब्रिजवॉटर में लोगों से अपेक्षा की जाती है कि वे अपनी चिंताएँ और आलोचना एक-दूसरे के सामने ही साझा करेंगे। डेलियो सिद्धांतों में लिखते हैं, ''सच और खुलेपन की राह में 'वफ़ादारी' को रोड़ा मत बनने दो। किसी को भी बोले बग़ैर आलोचनात्मक विचार रखने का हक़ नहीं है।'' सामान्य संस्थानों में कर्मचारियों को आवाज़ बुलंद करने पर सज़ा का सामना करना पड़ता है। ब्रिजवॉटर में उनका मूल्याँकन ही इस बात पर होता है कि वे अपनी आवाज़ बुलंद करते हैं या नहीं-और यथास्थिति को चुनौती नहीं दे पाने की स्थिति में उनको नौकरी से निकाला तक जा सकता है।

मज़बूत संस्कृतियाँ तभी अस्तित्व क़ायम रख सकती हैं जब कर्मचारी साझा मूल्यों और मानकों के प्रति गहनता के साथ प्रतिबद्ध हों। लेकिन असर इस बात पर निर्भर करता है कि वे मूल्य और मानक क्या हैं। अगर आप एक मज़बूत संस्कृति बनाने जा रहे हैं तो विविधता को अपना आधारभूत मूल्य बनाना सबसे अहम है। यही वह बात है जो ब्रिजवॉटर की मज़बूत संस्कृति को अंधभक्ति वाला पंथ बनने

से रोकती है : यहाँ प्रतिबद्धता विरोध को प्रोत्साहन देने के प्रति है। रोज़गार देते वक़्त भी ब्रिजवॉटर द्वारा अपनी संस्कृति से मेल की बजाय संस्कृति में योगदान को आँकती है।* डेलियो ऐसे लोग चाहते हैं जो स्वतंत्र रूप से सोचकर संस्कृति को और अधिक समृद्ध करें। विरोध के लिए उन्हें जवाबदेह ठहराकर डेलियो ने लोगों के फ़ैसले लेने की प्रक्रिया को ही आधारभूत तौर पर बदल डाला है।

अंधभक्ति वाले पंथ में आधारभूत मूल्य धर्मसिद्धांत की तरह हैं। ब्रिजवॉटर में कर्मचारियों से अपेक्षा की जाती है कि सिद्धांतों को चुनौती देंगे। प्रशिक्षण के दौरान, जब कर्मचारी सिद्धांत सीख रहे होते हैं, उनसे लगातार पूछा जाता है : क्या आप सहमत हैं? जैक वेडर स्पष्ट करते हुए कहते हैं, ''हमारे ये मानक हैं जिन्हें वक़्त-वक़्त पर परख़ते रहते हैं और आपको या तो उनके मुताबिक़ चलना होता है या फिर उनसे असहमत होकर बेहतर मानकों के लिए संघर्ष करना होता है।'' वह डेलियो के साथ सिद्धांतों को व्यवस्थित करने पर काम करते हैं।

वरिष्ठतम या रुतबे वाले लोगों की बात स्वीकार लेने की बजाय, जैसा कि पोलेरॉयड के मामले में, ब्रिजवॉटर में फ़ैसले गुणवत्ता पर आधारित होते हैं। लक्ष्य श्रेष्ठ विचारों की एक ऐसी नींव डाल देना, जहाँ केवल सर्वश्रेष्ठ विचारों की ही जीत हो। सर्वश्रेष्ठ विचारों को हासिल करने के लिए सबसे पहले आपको क्रांतिकारी स्तर की पारदर्शिता की आवश्यकता होती है।

इसके बाद मैं डेलियो के कुछ सिद्धांतों को चुनौती देने जा रहा हूँ, लेकिन इससे पहले मैं समूह सोच के ख़िलाफ़ उनके द्वारा अपनाए गए साधनों की व्याख्या करना चाहूँगा।

जाना-पहचाना शैतान

बे ऑफ़ पिग्स शिकस्त के बाद राष्ट्रपति केनेडी ने अपने भाई रॉबर्ट को बहुमत के विचारों के ख़िलाफ़ बहस करने और हर विचार की समीक्षा करने की ज़िम्मेदारी

---

* अगर आप ऐसे लोगों को नौकरी पर रखते हैं जो आपकी संस्कृति से मेल खाते हैं तो आपके पास केवल ऐसे ही लोग बचेंगे जो एक-दूसरे के नज़रिए को चुनौती देने की बजाय उसे लादना पसंद करेंगे। नॉर्थवेस्टर्न यूनिवर्सिटी की समाजशास्त्री लॉरेन रिवेरा के मुताबिक़, ''सांस्कृतिक मेल अब भेदभाव का नया प्रकार बन गया है।'' अक्सर यह ''सबको साथ लेने का एक ऐसा तरीक़ा है जिसमें फ़ैसला लेने वालों से तालमेल रखने वालों को नौकरी देने को न्यायसंगत करार देने और जो ऐसे नहीं हैं उन्हें ख़ारिज करने के लिए इस्तेमाल किया जाता है।'' एपल के लिए माउस बनाने वाली डिज़ाइन सलाहकार कंपनी आईडिओ में प्रबंधक सांस्कृतिक मेल की अवधारणा को सिरे से ख़ारिज कर देते हैं, इसकी बजाय उनका ध्यान इस बात पर केंद्रित होता है कि संभावित उम्मीदवार उनकी कंपनी की संस्कृति को कैसे और बेहतर बना सकते हैं।

सौंपी। जब इरविन जानिस ने समूह सोच की भेड़चाल की बीमारी का विश्लेषण किया था तो एक छिद्रान्वेषी की नियुक्ति, उनकी प्रमुख ग़लतियों में से एक थी। यह प्रयोग 1587 से किया जा रहा है जब पोप स्क्टिस्टस पंचम ने रोमन कैथोलिक चर्च में संत की उपाधि पाने के इच्छुक लोगों के लिए एक नई प्रक्रिया की नींव डाली। उन्होंने एक प्रमोटर फ़िदेई यानी कि आस्था के संरक्षक की नियुक्ति की जिसका काम उम्मीदवारों के चरित्र के मूल्याँकन और उनके चमत्कार के दावों की बारीकी से जाँच कर उन्हें संत की उपाधि देने का विरोध करना था। आस्था का संरक्षक दरअसल एडवोकेटस देई यानी भगवान के वक़ील के सामने ज़िरह करता था इसलिए उसे विशुद्ध विरोधी या डेविल्स एडवोकेट कहा जाने लगा। उसका काम ही विरोध के लिए विरोध करना था। आधी सहस्राब्दी के बाद, असंतोष को हवा देने के लिए अधिकांश नेता इसी बात का प्रभावी तरीक़े से इस्तेमाल करते हैं : बहुमत का विरोध करने के लिए किसी को लेकर आ जाना। लेकिन, चार्लन नेमेथ बताते हैं कि हम ग़लत कर रहे हैं।

नेमेथ के काम से प्रेरणा लेकर किए गए एक प्रयोग में, जर्मनी में 200 से ज़्यादा कारोबारियों और सरकारी प्रबंधकों को एक ऐसी कंपनी के प्रतिनिधत्व का मौक़ा दिया गया जो अपना उत्पादन विदेश में ले जा रही थी। उन्हें दो देशों में से एक को चुनना था–उदाहरण के लिए पेरू और केन्या–और, कुछ शुरुआती जानकारी पढ़ने के बाद, उनसे एक या दूसरे को चुनने के लिए कहा गया। पेरू का समर्थन करने वाले उन दो अन्य लोगों के साथ समूह से जुड़ गए, जिन्होंने फ़ैसला लेने से पहले अपनी प्राथमिकताओं को साझा किया, दोनों देशों के बारे में विस्तृत जानकारी देने वाले दर्जनों लेखों तक उनकी पहुँच थी। आधे लेखों में पेरू का समर्थन किया गया था और आधे में केन्या का और उनके पास सारे लेख पढ़ने का वक़्त ही नहीं था।

अधिकारियों ने पेरू का समर्थन करने वाले 26 प्रतिशत ज़्यादा लेख पढ़े। इसे ही मनोवैज्ञानिक पुष्टि का पूर्वाग्रह कहते हैं : जब आपके पास एक प्राथमिकता है, तो इसे चुनौती देने वाली जानकारी की साफ़ अनदेखी करते हुए आप उसका समर्थन करने वाली जानकारी ही खोजते हैं।

लेकिन क्या यह पूर्वाग्रह बदलेगा अगर इनमें से एक को बिना किसी क्रम के शैतान का वक़ील बनने की ज़िम्मेदारी दी गई हो? उसकी भूमिका पेरू के लिए बहुमत के समर्थन को चुनौती देने और ख़ामियों को तलाशकर समूह की मान्यताओं पर सवालिया निशान लगाने की थी।

विशुद्ध विरोधी की मौज़ूदगी के कारण प्रबंधक अब ज़्यादा संतुलित हो गए : उन्होंने केन्या समर्थक लेखों की तुलना में पेरू समर्थक केवल 2 प्रतिशत अधिक लेख पढ़े। लेकिन विशुद्ध विरोधी की जानकारी अंततः उनकी सोच को

परिवर्तित करने के लिहाज़ से पर्याप्त नहीं थी। सरकारी प्रबंधकों ने दिखावे के लिए लेखों के चयन में संतुलन दिखाया, लेकिन उनकी मूल प्राथमिकता में इसके बावज़ूद केवल 4 प्रतिशत की ही गिरावट देखी गई। पुष्टि के पूर्वाग्रह के कारण, वह उन दलीलों से सहमत रहे जो उनकी प्राथमिकता को समर्थन दे रही थीं और उन्होंने विरोधी दलीलों की अनदेखी कर दी। बहुमत की प्राथमिकता पर क़ाबू पाने के लिए समूह को इसके विरोध में समर्थन की तुलना में ज़्यादा लेखों की ज़रूरत होगी।

अगर विशुद्ध विरोधी को ज़िम्मेदारी सौंपने से भी काम नहीं होता, तो फिर किस बात से होगा?

रिसर्चर्स ने और समूह तैयार किए। इस बार उनमें पेरू का समर्थन करने वाले दो प्रबंधक थे। तीसरे सदस्य के तौर पर केन्या के पक्ष में दलील देने वाले किसी व्यक्ति की जगह उन्होंने एक केन्या समर्थक को ही रख दिया गया। इन समूहों ने बहुमत की प्राथमिकता के ख़िलाफ़ 14 प्रतिशत लेखों का चयन किया। अब अपनी मूल प्राथमिकता के प्रति उनके मन में 15 प्रतिशत कम विश्वास था।

किसी विशुद्ध विरोधी की नियुक्ति भले ही आकर्षक लगती हो, लेकिन किसी एक को खोजना ज़्यादा दम वाला काम है। जब लोगों को असहमति करने के लिए ही नियुक्त किया जाता है तो वे केवल एक भूमिका निभाते होते हैं। यह दो समस्याओं को जन्म देता है : वे अल्पमत की ओर से ज़्यादा दमदार और निरंतरता भरे तरीक़े से दलीलें नहीं देते। समूह के सदस्यों द्वारा भी उन्हें कम ही गंभीरता से लिए जाने की संभावना होती है। नेमेथ ख़ुलासा करती हैं, ''केवल विरोध के लिए विरोध उपयोगी नहीं है। यह उपयोगी नहीं है अगर 'विरोध की तरह दर्शाया गया है–उदाहरण के लिए अगर किसी ने ऐसी भूमिका निभाई। अगर सच या सर्वश्रेष्ठ हल के अलावा किसी भी अन्य विचार से यह प्रेरित हुई तो यह उपयोगी नहीं है। लेकिन जब यह प्रामाणिक हो तो यह दिमाग़ की बत्ती जला देती है, विचारों को और अधिक स्पष्ट और साहसी बना देती है।''*

* इस जानकारी की रोशनी में कि प्रामाणिक विरोधी सर्वश्रेष्ठ काम करते हैं, मैंने नेमेथ से पूछा कि रॉबर्ट केनेडी द्वारा क्यूबाई मिसाइल समस्या के दौरान दी गई विशुद्ध विरोधी की भूमिका के बारे में क्या सोचती हैं। उनका जवाब था, ''मेरी राय में बॉबी केनेडी की भूमिका हर संभावना पर सवाल लगाने की थी। कम से कम उन्होंने इतना तो किया कि सबको बार-बार रूख बदलने पर मज़बूर किया–कम से कम अपने बचाव में। मैं अब भी नहीं मानती कि इसका प्रभाव प्रामाणिक विरोधी जितना था, लेकिन जल्दबाजी में फ़ैसले की तुलना में यह निश्चित तौर पर बेहतर प्रयास था।'' ऐसा लगता है कि रॉबर्ट केनेडी कुछ कम श्रेणी के विशुद्ध विरोधी थे। हार्वर्ड के राजनीतिक वैज्ञानिक रॉजर पोर्टर के शब्दों में कहा जाए तो ईमानदार दलाल : ऐसा व्यक्ति जिसने समूह को एक प्रभावी प्रक्रिया की ओर ले जाने के लिहाज़ से मार्गदर्शक का काम किया और विभिन्न मतों को एक जगह पर लाया और उनकी गुणवत्ता को भी परख़ा।

सफलता का राज़ नेकनीयती है, एक पुरानी कहावत है भी : एक बार आपने नेकनीयती का स्वांग रचा लिया तो तो फिर यह आपके लिए आसान हो जाता है। वास्तविकता यह है कि नेकनीयती का स्वांग नहीं रचाया जा सकता। विशुद्ध विरोधी को अधिकतम प्रभावी होने के लिए उस पद में विश्वास करना होगा जिसे वह सुशोभित करने जा रहा है और समूह को भी यह मानना होगा कि उस विशुद्ध विरोधी का इसमें विश्वास है। नेमेथ द्वारा किए गए एक प्रयोग में विरोधी मत वाले प्रामाणिक व्यक्ति की मौज़ूदगी से समस्याओं के 48 प्रतिशत ज़्यादा हल निकले, महज़ विशुद्ध विरोधी की नियुक्ति की तुलना में। साथ ही उनके हलों की गुणवत्ता भी ज़्यादा थी। इस पर इस बात का कोई भी असर नहीं पड़ा कि समूह के लोग जानते थे कि विशुद्ध विरोधी का मत बहुमत से मिलता है या फिर वे उस व्यक्ति के वास्तविक मत को लेकर अनिश्चित थे। अगर विशुद्ध विरोधी का अल्पमत में भी विश्वास था तो भी दूसरे सदस्यों को इतनी सूचना देना कि उसे यह भूमिका दी गई है, उसकी दलीलों को कमज़ोर करने के लिए पर्याप्त था।* लोग जहाँ नियुक्त विरोधी पर संदेह करते हैं तो खरे विरोधी, लोगों को ख़ुद पर शक करने की चुनौती देते हैं।

भले ही नियुक्ति का स्थान कम प्रभावी हो, यह एक आकर्षक विकल्प है, क्योंकि यह सुरक्षा कवच प्रदान करता है। अल्पमत में होने पर यथास्थिति को चुनौती देना ख़तरा मोल लेना ही है, मगर अगर आप यह दावा कर दें कि आप विशुद्ध विरोधी की भूमिका निभा रहे हैं तो आप ख़ुद को समूह की ओर से किसी भी तरह की आलोचना या आक्रामकता से बचा सकते हैं। नियुक्त विरोधियों की तुलना में प्रामाणिक विरोधी, समूह के सदस्यों को बहुत ज़्यादा नाराज़ नहीं करते और वास्तविकता में वह ज़्यादा पसंद किए जाते हैं (क्योंकि उनके कुछ तो उसूल होते हैं)।

---

* पारदर्शिता के मोल को मानने का यह मतलब नहीं है कि कर्मचारियों को हर बात पर बोलना चाहिए। एक कर्मचारी समझाते हुए बताता है, ''यह लक्ष्य के अनुरूप होना चाहिए। आप लोगों से यह कह सकते हैं कि आपको उनकी जीन्स पसंद नहीं आती, लेकिन तब आपको आलोचना का सामना करना पड़ेगा। यह अनुरूप कैसे है?'' पारदर्शिता के प्रति कर्मचारी को जवाबदेह बनाने के लिए ब्रिजवॉटर की लगभग तमाम बैठकों और कॉल्स की वीडियो रिकॉर्डिंग होती है। अगर आप लोगों की आलोचना कर रहे हैं तो उन्हें भी आपकी बात आपके नज़रिए से समझने का अवसर मिलना चाहिए। जब आपके द्वारा कही जा रही हर बात की रिकॉर्डिंग हो रही हो तो आप शायद आप और खुलकर विचार रखें–और अगर आप ऐसा नहीं करते हैं, तो वह किसी न किसी तरह से पता लगा ही लेंगे। ब्रिजवॉटर का कर्मचारी होने के नाते अगर आप किसी की पीठ पीछे आलोचना करते हैं तो वह आपको आपके चेहरे पर ही कीचड़ से सना नेवला तक कह सकता है। अगर आप ऐसा एक बार से ज़्यादा मर्तबा करते हैं तो फिर वे आपको नौकरी से निकाल बाहर भी कर सकते हैं।

विशुद्ध विरोधियों की नियुक्ति करने की बजाय ब्रिजवॉटर उन्हें खोज निकालता है। 2012 में रे डेलियो ने कंपनी में हर एक से दूसरे कर्मचारी को अपनी बात कहने के लिए जवाबदेह ठहराने के लिए कहकर प्रामाणिक विरोधियों को खोज निकाला। इस मत संकलन की प्रक्रिया में सवाल कुछ ऐसे थे :

> जिन लोगों के साथ आप नियमित तौर पर काम करते हैं, उनमें से कितने प्रतिशत लोगों पर आप कोई बात करने और झगड़ने के लिए भरोसा करेंगे ताकि मुश्किल दौर में भी बातों का कोई अर्थ निकाला जा सके?
>
> क्या आप इस तरह के व्यक्ति हैं?
>
> चलिए आपकी स्पष्टवादिता की परीक्षा ली जाए। जिन लोगों के साथ आप काम करते हैं, कौन है जो अपने अधिकारों की लड़ाई में अपनी भूमिका नहीं निभा रहा है? (कम से कम तीन उत्तर दीजिए)
>
> क्या आपने उनको यह बात बताई है? अगर नहीं, तो क्यों?

डेलियो ने कर्मचारियों से सवालों के जवाब हासिल करने के लिए विस्तृत जवाब की भी व्यवस्था रखी। जवाबों के आने के साथ, मज़बूत सर्वसम्मति के सिद्धांतों पर आधारित कंपनी के लिए यह क़वायद असामान्य रूप से ध्रुवीकरण वाली साबित हुई। कुछ कर्मचारियों ने नामों के उल्लेख पर आपत्ति जताई तो कुछ ने प्रारूप पर हताशा जताई। एक ने कहा, ''यह बहुत कुछ नाज़ी जर्मनी की तरह है, जो गुणवत्ता को प्राथमिकता देने की सोच के ख़िलाफ़ है।'' एक अन्य ने टिप्पणी की, ''आज का मत संकलन अपमानजनक है। यह मुझसे तीन लोगों के चयन के लिए कह रहा है, एक ऐसे सवाल के साथ, जिसका जवाब बहुत ही स्पष्ट है और बहुत अधिक उत्तेजक है, वह भी एक ऐसे प्रारूप में जो बहुत ज़्यादा अव्यक्तिगत है और इसे एक तुच्छ क़िस्म की धार देता है।''

लेकिन दूसरे कर्मचारियों की प्रतिक्रिया इसके विपरीत थी। उनके मुताबिक़ ब्रिजवॉटर उन सिद्धांतों को अमल में ला रहा था जो वह मानता था। अगर कुछ ऐसे लोग भी थे जो अपनी बात नहीं कह रहे थे, तो वे कंपनी की संस्कृति के मूल को ख़तरे में डाल रहे थे। एक ने लिखा, इसने ''मुझे प्रतिक्रिया देने का मौक़ा दिया। बातचीत का सिलसिला चल पड़ा जब किसी ने मुझे ईमेल लिखकर बताया कि उसने मेरा नाम सही बात के लिए नहीं लड़ने के कारण लिखा है–और हमारा तालमेल बैठ गया।'' एक अन्य ने स्वीकारा, ''शायद यह मेरे द्वारा पिछले दो साल में किया गया सबसे मुश्किल और सबसे मूल्यवान होमवर्क है।''

डेलियो को कोलाहल पसंद था, जिसने दोनों ही पक्षों को सीखने का अवसर दिया। किसी विशुद्ध विरोधी की नियुक्ति की बजाय डेलियो असहमति के वास्तविक क्षेत्रों को उजागर कर रहे थे। डेलियो कहते हैं, ''इंसान की सबसे बड़ी त्रासदी की वज़ह सच्चाई का पता लगाने के लिए लोगों में वैचारिक असहमति की क़ाबिलियत नहीं होना है।'' डेलियो चाहते हैं कि कर्मचारी खुले दिमाग़ वाली बहस की प्रक्रिया के ज़रिए आपसी मतभेद मिटा लें। केवल इस वज़ह से सर्वसम्मति तक पहुँचने की बजाय कि कुछ लोग अतिआत्मविश्वास से लबरेज़ हैं और कुछ बोलने से डरते हैं, स्टाफ़ इससे बचकर निकलते हुए एकमत हो जाता है। भविष्यवादी पॉल सेफ़ो के शब्दों में, आदर्श तो यही है कि ''मज़बूत विचारों को कमज़ोर तरीक़े से थामकर रखा जाए।''

लोगों को मत संकलन में उनके द्वारा दिए गए विरोधी मतों से रूबरू करने के लिए डेलियो ने एक चर्चा का आयोजन किया। संतुलित संवाद क़ायम करने के लिए उन्होंने तीन ऐसे लोगों का चयन किया जिनके विचार बेहद नकारात्मक थे और तीन ऐसे लोगों का भी जो बेहद उत्साहित थे। डेलियो ने एक आलोचक का रुख़ करके उनसे उनके विचार पूछे। कर्मचारी ने कहा कि उसकी चिंता, ''एक-दूसरे पर कलंक लगाने की ऐसी संस्कृति को लेकर है, जहाँ ऐसा लगने लगे मानो चरित्र हनन करने वाले अमेरिकी सांसद मैकरार्थी के युग की वापसी हो गई हो।'' एक अन्य कर्मचारी ने सहमति जताते हुए कहा, ''किसी की बदनामी बेहद असंवेदनशील होने की तरह है।''

एक नेता ने प्रतिक्रिया में कहा, ''मेरी राय में सूचना साझा नहीं करना असंवेदनशील होगा।'' मत संकलन के आंकड़ों से उजागर हुआ कि अन्य लोगों के प्रति आलोचनात्मक विचार होने के बावज़ूद 40 प्रतिशत लोगों ने उन्हें साझा नहीं किया-जबकि हर एक कर्मचारी की दूसरे के आलोचनात्मक विचारों को जानने की इच्छा थी। कमरे में तक़रीबन एक दर्ज़न लोगों की मौज़ूदगी के बीच बहस एक घंटे से ज़्यादा चली।

निवेश प्रबंधन करने वाली कंपनी के मालिक होने के कारण भला डेलियो क्यों इतना वक़्त आरोपों को लेकर संवाद को दे रहे थे? अगर कर्मचारियों के बीच इतना तालमेल हो जाता है कि यह सुनिश्चित कर सकें कि हर एक व्यक्ति अपने विचार रखेगा, तो उन्हें भेड़चाल की आशंका से त्रस्त होने की कोई भी ज़रूरत नहीं है। डेलियो इस बात को लेकर विश्वस्त हो सकते हैं कि स्टाफ़ के सदस्य उनके हर मत पर सिर हिलाकर सहमति देने और मुस्कराने का दबाव नहीं महसूस करेंगे : उनकी पूरी टीम उनके बाज़ार को लेकर अनुमानों को चुनौती देने के लिए

मूलतः पारदर्शी रहेगी। वे दूसरों के साथ भी ऐसे ही रहेंगे।* फ़ैसले विचारों की गुणवत्ता के आधार पर लिए जाएँगे, ना कि किसी पूर्व से मौज़ूद पदक्रम या लोकतंत्र के आधार पर।

जब सबकुछ कहा और किया जा चुका, ब्रिजवॉटर के 97 प्रतिशत कर्मचारी बहुत ज़्यादा जवाबदेही की बजाय बहुत कम जवाबदेही को लेकर चिंतित थे। इस विषय पर बहस को एक घंटे से ज़्यादा का वक़्त देने के बाद कर्मचारियों के बीच इस बात को लेकर सर्वसम्मति बन गई कि उन्हें निराले विचारों को हासिल करने के लिए एक-दूसरे को प्रोत्साहित करना होगा। यह भी पारदर्शिता उन्हें भेड़चाल के ख़तरे से बचा लेगी, वक़्त गुज़रने के साथ ही यह उन्हें अनगिनत बुरे फ़ैसलों को टालने में मदद करेगी। एक ऐसी संस्कृति तैयार करके, जिसमें लोग निरंतर एक-दूसरे को असहमति के लिए प्रोत्साहित करते हों, डेलियो ने एकरूपता से निपटने के लिए एक बहुत ही मज़बूत तरीक़ा खोज निकाला था। फिर भी वह जिस तरह की असहमति चाहते हैं, वह अधिकांश नेतृत्वकर्ताओं द्वारा चाही जाने वाली असहमति से भिन्न है।

कोयले की ख़दान में कैनेरिज़ की तलाश

अगर आप अपने कर्मचारियों को संबोधित कर रहे एक नेतृत्वकर्ता हैं तो आप इस वाक्य में ख़ाली शब्दों की पूर्ति कैसे करेंगे?

मेरे पास मत लाओ ____________________

मेरे पास लाओ ____________________

---

* पारदर्शिता के मोल को मानने का यह मतलब नहीं है कि कर्मचारियों को हर बात पर बोलना चाहिए। एक कर्मचारी समझाते हुए बताता है, ''यह लक्ष्य के अनुरूप होना चाहिए। आप लोगों से यह कह सकते हैं कि आपको उनकी जीन्स पसंद नहीं आती, लेकिन तब आपको आलोचना का सामना करना पड़ेगा। यह अनुरूप कैसे है?'' पारदर्शिता के प्रति कर्मचारी को जवाबदेह बनाने के लिए ब्रिजवॉटर की लगभग तमाम बैठकों और कॉल्स की वीडियो रिकॉर्डिंग होती है। अगर आप लोगों की आलोचना कर रहे हैं तो उन्हें भी आपकी बात आपके नज़रिए से समझने का अवसर मिलना चाहिए। जब आपके द्वारा कही जा रही हर बात की रिकॉर्डिंग हो रही हो तो आप शायद आप और खुलकर विचार रखें-और अगर आप ऐसा नहीं करते हैं, तो वह किसी न किसी तरह से पता लगा ही लेंगे। ब्रिजवॉटर का कर्मचारी होने के नाते अगर आप किसी की पीठ पीछे आलोचना करते हैं तो वह आपको आपके चेहरे पर ही कीचड़ से सना नेवला तक कह सकता है। अगर आप ऐसा एक बार से ज़्यादा मर्तबा करते हैं तो फिर वह आपको नौकरी से निकाल बाहर भी कर सकते हैं।

मुझे इस सवाल के बारे में संगठनों के मनोवैज्ञानिक डेविड हॉफ़मैन से पता चला, जिन्होंने ब्रिटिश पेट्रोलियम के डीपवॉटर होराइज़न में विस्फोट की जाँच समिति के सदस्य के तौर पर यह सवाल पूछा था। तब से मैं इस सवाल को समूहों में हज़ारों नेतृत्वकर्ताओं से पूछ चुका हूँ। उनसे मैं जवाब चिल्लाकर देने के लिए कहता हूँ। बिना रुके कई लोग एकसाथ चिल्लाते हैं, मानो वे पहले ही इसका कई बार सामूहिक अभ्यास कर चुके हों : ''मेरे पास समस्याएँ मत लाओ, मेरे पास समाधान लाओ।''

यह नेतृत्वकर्ताओं के लिए एक समझदारी भरा फ़लसफ़ा माना जाता है। हम नहीं चाहते कि लोग शिकायत करना बंद कर दें : जब वे कुछ ग़लत देखते हैं तो उन्हें उसे सुधारने के लिए पहल करनी चाहिए। मैनेजमेंट रिसर्चर जेफ़ एडवर्ड्स सलाह देते हैं, अगर आप सम्राट को यह बताने जा रहे हैं कि उसने कोई कपड़े नहीं पहने हैं तो आपको एक अच्छा दर्ज़ी होना चाहिए। गहन अनुसंधान बताता है कि नेतृत्वकर्ताओं की प्रतिक्रिया उस वक़्त ज़्यादा सकारात्मक होती है जब कर्मचारी समस्या की बजाय उनके सामने समाधान लेकर आते हैं।

लेकिन जब बात भेड़चाल की आती है तो समाधान को प्रोत्साहित करने का एक कालिख भरा पक्ष भी है। हॉफ़मैन दुनिया की उन प्रमुख हस्तियों में से हैं, जिन्हें ऐसी संस्थागत संस्कृति विकसित करने में महारत हासिल है जो ग़लतियों को पहचानने, सुधारने और रोकने में माहिर हो। 2003 में स्पेस शटल *कोलंबिया* की वायुमंडल में वापसी के दौरान विस्फोट में ध्वस्त हो जाने के बाद नासा की सुरक्षा की संस्कृति में सुधार के मूल्याँकन और दस्तावेज़ीकरण में हॉफ़मैन के रिसर्च की मददग़ार भूमिका रही। उन्होंने संस्कृति को लेकर एक सर्वे किया था जिसमें नासा के हर कर्मचारी ने भाग लिया था और यह अब तक एक हज़ार से ज़्यादा कंपनियों के दो लाख कर्मचारियों तक पहुँच चुका है। हॉफ़मैन ने पाया कि बहुत ज़्यादा समाधान केंद्रित संस्कृति आगे चलकर समर्थन की संस्कृति बन जाती है, जो जाँच को निरुत्साही बना देती है। अगर आपसे हमेशा ही जवाब तैयार रखने की अपेक्षा की जाती है तो आप किसी भी बैठक में अपने पूर्ण निदान के साथ ही पहुँचेंगे, ऐसे में आप विविध नज़रियों के विस्तारित नज़रिए से सीखने का मौक़ा गँवा देंगे। *कोलंबिया* शटल के उड़ान भरने के एक दिन बाद एक ''रहस्यमयी वस्तु'' को पृथ्वी की कक्षा में परिक्रमा करते देखा गया। अगर उसी वक़्त जाँच शुरू कर दी गई होती तो टीम को यह पता चल जाता कि उस रहस्यमयी वस्तु ने शटल के बाएँ पंखे में छेद कर दिया है और गर्म गैस के अंततः शटल के भीतर घुसने से पहले ही उसकी मरम्मत कर दी गई होती।

हिमायत अच्छी बात है अगर आप किसी अदालत में चल रहे मुकदमे में ज्यूरी का हिस्सा हैं। चूँकि सभी 12 सदस्यों को पूरा मामला सुनने को मिलता है, तो

जब विचार-विमर्श की बात आती है तो वे बहस शुरू कर सकते हैं कि अभियुक्त निर्दोष है या दोषी। हॉफ़मैन चेतावनी के सुर में कहते हैं, कि संगठनात्मक ज़िंदगी अदालत की तरह नहीं चलती। यह 12 घंटे मामले की उस सुनवाई में बैठने की तरह है, जिसमें प्रत्येक ज्यूरी सदस्य को केवल एक घंटे की गवाही ही सुनने को मिलती हो और कभी भी दो ज्यूरी सदस्य एक समान घंटे के दौरान मौज़ूद नहीं रह सकते हों। जब समूह के प्रत्येक सदस्य के पास अलग-अलग जानकारी हो तो किसी की हिमायत से पहले जाँच ज़रूरी है-जिसका मतलब है कि समाधान हासिल करने से पहले आपको सवाल उठाने होंगे। सवाल उठाए जाने को सुनिश्चित करने के लिए नेतृत्वकर्ताओं के पास असहमतों को खोज निकालने की प्रक्रिया होनी चाहिए।

2007 में गूगल के पीपल्स ऑपरेशंस के प्रमुख लेज़्लो बोक ने छुट्टियों के दौरान के दबाव को टालने के लिए दिसंबर से मार्च के दौरान ज़्यादा सालाना प्रदर्शन समीक्षाएँ करने का फ़ैसला किया। उनकी टीम ने दर्ज़नों लोगों के साथ इस सोच पर विचार-विमर्श के बाद शुक्रवार को इसका ऐलान करने का फ़ैसला किया। गुरुवार की दोपहर गुज़रने को थी कि बोक ने प्रबंधकों को सचेत करते हुए ईमेल कर दिए और प्रतिक्रिया में तत्काल कड़ी आपत्तियों का सैलाब-सा आ गया। सैकड़ों ईमेल्स से निपटने और शाम छह बजे से रात 12 बजे तक 40 फ़ोन वार्तालाप के बाद बोक को समीक्षा अक्तूबर तक लानी पड़ी। इस प्रतिक्रिया के मिलने से पहले उनकी टीम भेड़चाल का शिकार हो चुकी थी, बोक ने *वर्क रूल्स!* में लिखा है, ''इस अनुभव ने ना केवल अपने लोगों की बात सुनने के महत्त्व को उजागर कर दिया बल्कि फ़ैसला लेने से काफ़ी पहले मत हासिल करने के लिए एक भरोसेमंद प्रणाली की ज़रूरत को भी ज़ाहिर कर दिया।''

अपने विचार पहले ही बताने के लिए प्रामाणिक विरोधियों की नियुक्ति सुनिश्चित करके बोक की टीम ने ''कैनेरिज़'' की टीम तैयार कर ली। यह विविध विचार रखने वाले कंपनी भर के भरोसेमंद इंजीनियरों का एक समूह था, जो विषम परिस्थितियों के प्रति संवेदनशील होने और अपनी बात खरी-खरी कहने के लिए जाने जाते थे। कैनेरिज़ दरअसल उन पंछियों का नाम है, जिन्हें 19वीं सदी में कोयले की भूमिगत खदानों में घातक गैस के रिसाव को तुरंत पहचान लेने के लिए इस्तेमाल किया जाता था। अब गूगल की पीपल्स ऑपरेशंस टीम नीति में किसी भी बड़े फ़ैसले से पहले महत्त्वपूर्ण प्रतिक्रिया जानने के लिए कैनेरी समूह से संपर्क साधती है। वे कुछ हद तक सलाहकार मंडल की तरह और कुछ हद तक फ़ोकस ग्रुप की तरह हैं। वे गूगल के कर्मचारियों की आवाज़ को संबंधितों तक पहुँचाने के काम को सुनिश्चित करने का अनमोल सुरक्षित कवच बन चुके हैं। उन तक पहले ही पहुँच के कारण, बोक की टीम के एक सदस्य के मुताबिक़, ''हमारे सबसे बड़े शिकायतकर्ता ही हमारे सबसे बड़े हिमायती बन जाते हैं।''

पोलेरॉयड ने समस्याओं को जानने के लिए इस तरह की कैनेरिज़ की सुविधा का कभी भी व्यवस्थित तरीक़े से इस्तेमाल नहीं किया। ब्रिजवॉटर की तो संरचना ही ऐसी है कि वह कैनेरिज़ से पटी पड़ी है। कंपनी के बारे में मेरी पहली बातचीत में एक पूर्व कनिष्ठ कर्मचारी ने मुझे बताया कि उसे वहाँ अनौपचारिक रूप से कोयला ख़दान की कैनेरी के तौर पर ही जाना जाता था। मुझे लगता था कि इस छाप के कारण उसकी करियर में प्रगति रुक जाएगी, लेकिन उसके काम की समीक्षा के दौरान इसे ही उसकी प्रमुख ताक़त के तौर पर गिना जाता था और यह कंपनी की संस्कृति से मेल के कारण उसे वरिष्ठ प्रबंधन के सामने भी विश्वसनीयता देता था।

रे डेलियो कर्मचारियों से समाधान लाने की अपेक्षा नहीं करते, वह चाहते हैं कि वे उनके पास समस्याएँ लेकर आएँ। उनकी पहली खोज थी इश्यु लॉग, यह एक खुला डेटाबेस था जिसमें कर्मचारियों को किसी समस्या की पहचान कर फिर गंभीरता के लिहाज़ से उसकी रेटिंग भी करनी पड़ती थी। समस्याओं की पहचान ही भेड़चाल की जंग आधी जीत लेने की तरह है; दूसरा हिस्सा है उसका समाधान खोजने के लिए सही मतों को सुना जाना। बाद वाले हिस्से के लिए ब्रिजवॉटर में एक व्यवस्था के तहत विश्वसनीय लोगों का एक समूह तैयार करके समस्या का निदान खोजा जाता है, इसकी तार्किकता को साझा किया जाता है और वज़हों और संभावित समाधानों की पड़ताल की जाती है।

हालाँकि हर किसी के मत का स्वागत किया जाता है, लेकिन वह सभी एक समान मूल्यवान नहीं होते। ब्रिजवॉटर कोई लोकतंत्र नहीं है। मतदान भले ही बहुमत को प्राथमिकता देता हो, लेकिन अल्पमत के पास भी बेहतर विचार हो सकता है। डेलियो ख़ुलासा करते हुए कहते हैं, ''एक व्यक्ति, एक मत की लोकतांत्रिक प्रक्रिया मूर्खतापूर्ण है, क्योंकि हर एक भरोसेमंद नहीं होता।''*

---

* बे ऑफ़ पिग्स की शिकस्त के बाद ही किसी फ़ैसले को लेने की प्रक्रिया में लोकतांत्रिक मतदान की निरर्थकता साबित हो गई थी, जब राष्ट्रपति केनेडी के गैर आधिकारिक मत ने विरोधी स्वर बंद कर दिए थे। इस अनुभव से सबक़ लेते हुए क्यूबाई मिसाइल समस्या के दौरान केनेडी ने विरोधी विचारों को भी मौक़ा दिया। समिति को राजनीतिक कारणों के चलते समर्थन देने से रोकने के लिए, जो केनेडी को मूलतः पसंद थे, उन्होंने फ़ैसले की प्रक्रिया में अपनी भूमिका को सीमित कर दिया। जिसकी वज़ह से समूह को व्यापक संभावनाओं भरा संतुलित मूल्याँकन करने में मदद मिली। मनोवैज्ञानिक आंद्रियास मोज़िश और स्टेफ़ान शुल्ज़-हार्ड्ट ने पाया, ''दूसरों की प्राथमिकताओं को जानना सामूहिक फ़ैसलों के स्तर को गिरा देता है।'' इसके बाद, विकल्पों पर एक वक़्त में एक की तर्ज़ पर विचार करने की बजाय, उन्होंने तमाम विकल्पों की तुलना की और उनमें से अलग विकल्प की पहचान की। प्रमाण बताते हैं कि जब समूह एक वक़्त में एक ही विकल्प पर विचार करते हैं, एक बहुमत वाली प्राथमिकता बहुत जल्द सामने आ सकती है। बेहतर होगा कि विकल्पों को क्रम दिया जाए, क्योंकि संभव है कि आपके तीसरे और चौथे विकल्प की तुलना के दौरान कोई ऐसी जानकारी सामने आए

ब्रिजवॉटर में हर कर्मचारी के खाते में कई आयामों के आधार पर विश्वसनीयता अंक होते हैं। खेलों की दुनिया में, हर खिलाड़ी के प्रदर्शन के आंकड़ों का लेखा-जोखा सार्वजनिक होता है। बेसबॉल में जब आप किसी खिलाड़ी को अनुबंधित करते हैं तो आप उसके बैटिंग औसत, होम रन्स और स्टील्स को देखकर उसकी ताक़त और कमज़ोरियों का मूल्याँकन कर सकते हैं और अनुबंध को उसी लिहाज़ से तैयार कर सकते हैं। डेलियो की मंशा थी कि ब्रिजवॉटर भी इसी तरह से काम करे। यही वज़ह थी कि उन्होंने बेसबॉल काड्र्स तैयार किए जो हर कर्मचारी के प्रदर्शन को दिखाते थे। जिन्हें कंपनी में किसी भी व्यक्ति द्वारा देखा जा सकता था। अगर आप ब्रिजवॉटर के कुछ सहकर्मियों के साथ पहली बार संवाद साधने जा रहे हैं तो आप उनके काम का इतिहास मूल्य, कौशल और योग्यता के आधार पर 77 विभिन्न आयामों के तहत देख सकते हैं। जैसे ऊँचे स्तर पर सोच की क्षमता, व्यावहारिक सोच, ऊँचे स्तर को बनाए रखना, दृढ़ संकल्प, खुले दिमाग़ के साथ निश्चयात्मकता और संगठनात्मक कौशल व विश्वसनीयता।

नियमित समीक्षा चक्र के दौरान, कर्मचारी विभिन्न गुणों के आधार पर एक-दूसरे की रेटिंग करते हैं, जैसे सत्यनिष्ठा, हौसला, सच्चाई के साथ जीना, समस्या से सीधे दो-दो हाथ करना, समस्याओं को सहन नहीं करना, संवेदना को छूने की तैयारी, मेल बिठाने के लिए संघर्ष की तैयारी और लोगों को जवाबदेह ठहराना। चक्रों के बीच कर्मचारी कंपनी में किसी को भी जीवंत फ़ीडबैक दे सकता है। किसी भी वक़्त कर्मचारी सूक्ष्म जानकारी या निरीक्षण साझा कर सकता है-वे साथियों, नेतृत्वकर्ताओं या सहायकों का मूल्याँकन एक पैमाने पर करके संक्षेप में बताते हैं कि उनका निरीक्षण क्या रहा। बेसबॉल काड्र्स से स्टाफ़ के सदस्यों का एक ''बिंदुओं पर आधारित चित्र'' तैयार हो जाता है। यह कर्मचारियों द्वारा लिए गए विभिन्न मूल्याँकनों, चक्रों और सूक्ष्म निरीक्षणों को समाहित किए रहता है। कार्ड का चित्रण वक़्त के साथ बदलता रहता है, जो यह बताता है कि कौन व्यक्ति किस पद के लिए सबसे माकूल है और उन क्षेत्रों को भी हरे और लाल बत्ती के साथ बताता है, जिनमें क्रमशः ''भरोसा किया जा सकता है'' और ''सावधान रहने की ज़रूरत है।''

जब आप कोई मत व्यक्त करते हैं तो इसका मूल्याँकन इस आधार पर किया जाता है कि क्या आपने उस आयाम पर ख़ुद को विश्वसनीय साबित किया है या नहीं। आपकी विश्वसनीयता वर्तमान स्थिति में सही होने की संभावना है और यह गुज़रे वक़्त में आपके फ़ैसलों, तर्क और व्यवहार पर निर्भर करती है।

जो पूरे फ़ैसले को ही बदल डाले। मनोवैज्ञानिक आंद्रिया होलिंग्सहैड के मुताबिक़ जब समूहों को विकल्पों को क्रम देने के लिए कहा गया तो सर्वश्रेष्ठ विकल्प का चयन करने की बजाय, उनके प्रत्येक विकल्प पर विचार करने, अलोकप्रिय विकल्पों के बारे में जानकारी साझा करने और एक अच्छा फ़ैसला करने की ज़्यादा संभावना होती है।

अपना नज़रिया पेश करते हुए आपसे ख़ुद अपनी विश्वसनीयता पर विचार करने की अपेक्षा की जाती है, ऐसा आप लोगों को यह बताकर कर सकते हैं कि आप कितने आत्मविश्वास से लबरेज़ हैं। अगर ख़ुद आपके मन में शंका है और आपको उस क्षेत्र में भरोसेमंद के तौर पर नहीं जाना जाता तो आपका मूलतः मत होना ही नहीं चाहिए, आपको तो सवाल पूछना चाहिए ताकि आप कुछ सीख सकें। अगर आप किसी बात को पुख़्ता विश्वास के साथ पेश कर रहे हैं तो आपको इस बाबत बिलकुल स्पष्ट होना चाहिए-लेकिन यह भी जान लेना चाहिए कि आपके साथी आपके तर्क की गुणवत्ता की जाँच करेंगे। फिर भी आपको अपनी बातों को लेकर दृढ़मत होने के साथ-साथ खुले दिमाग़ वाला भी होना चाहिए। प्रबंधन क्षेत्र के जानकार कार्ल वेक सलाह देते हैं, ''बहस ऐसे करें मानो आप सही हैं और सुनें ऐसे मानो आप ग़लत हैं।''

जब होता है सिद्धांतों का टकराव

क्या होता है जब विश्वसनीय व्यक्ति सहमत नहीं होते? 2014 के गर्मियों के दिनों की बात है। ब्रिजवॉटर ने उस मतभेद को जानने के लिए एक अनाम सर्वेक्षण कराया, जिसे लेकर अभी तक किसी ने आवाज़ नहीं उठाई थी। जब सह-मुख्य कार्यकारी अधिकारी ग्रेग जेनसन ने परिणामों पर चर्चा के लिए समूचे संस्थान की बैठक बुलाई, ''एशले'' ने टिप्पणी की कि कुछ लोग ब्रिजवॉटर के सिद्धांतों का ग़लत अर्थ निकाल रहे हैं। ग्रेग ने पूछा कि क्या वह ऐसा होने पर उन्हें सुधार रही हैं और एशले ने कहा कि उन्होंने हाल ही में ग़लत अर्थ निकालने पर किसी से संपर्क साधा था।

एशले, अपनी बात कहकर ब्रिजवॉटर के एक सिद्धांत का ही उदाहरण दे रही थी। लेकिन उनकी बात के सार पर प्रतिक्रिया देने की बजाय ग्रेग ने उन पर ब्रिजवॉटर के सिद्धांत का उल्लंघन करने का आरोप मढ़ दिया, जो जंगल और पेड़ के अंतर को पहचानने के महत्त्व को समझने और उनके बीच संतुलन साधने पर ज़ोर देता है। वह उनसे एक विशेष मामले की जानकारी नहीं बल्कि यह जानना चाहते थे कि परिस्थिति का सामना करने की उनकी सामान्य प्रक्रिया क्या थी।

एक वरिष्ठ प्रबंधक ट्रिना सोस्के को लगा कि ग्रेग ने नेतृत्व के तौर पर एक ग़लत फ़ैसला लिया है। हालाँकि वह ब्रिजवॉटर के ही एक सिद्धांत से चिपके रहने का प्रयास कर रहे थे, ट्रिना की चिंता इस बात को लेकर थी कि एशले-और अन्य-शायद भविष्य में अपनी बात रखने से हतोत्साहित हो जाएँ। अधिकांश संगठनों में चूँकि ग्रेग उनसे ऊँचे पद पर थी, ट्रिना की स्थिति वाली मैनेजर शायद चुप्पी साधकर यह सोचकर घर लौट जाती कि वह तो सनकी है। लेकिन ट्रिना ने

पूरी कंपनी के पढ़ने के लिए ईमानदारी भरी प्रतिक्रिया दी। उन्होंने अपनी बात रखने के हौसले और सत्यनिष्ठा के लिए एशले की तारीफ़ की और ग्रेग को चेतावनी दी कि उनकी प्रतिक्रिया, ''उस आदर्श के बिलकुल विपरीत है जिसकी आपसे बतौर मुख्य कार्यकारी अधिकारी अपेक्षा की जाती है।''

एक सामान्य संस्थान या संगठन में वरिष्ठ अधिकारी ग्रेग का मत, निश्चित तौर पर ट्रिना पर भारी पड़ता और उनकी आलोचना के लिए ट्रिना का करियर भी दाँव पर लग सकता था। लेकिन ब्रिजवॉटर में ट्रिना को सज़ा नहीं दी गई। साथ ही फ़ैसला अधिकार, वरिष्ठता, बहुमत या इस बात पर भी निर्भर नहीं था कि किसने अपनी बात को ज़्यादा ज़ोर से या दमदार तरीक़े से रखा। इसकी शुरुआत ईमेल पर एक बहस के साथ हुई : ग्रेग ने ट्रिना के विचारों से असहमति जताई, क्योंकि वह ख़ुद को खुले दिमाग़ वाला मानते थे और उन्होंने अपनी बात स्पष्ट तौर पर सीधे रख दी। आख़िरकार सिद्धांत क्रमांक तीन के मुताबिक़ बिना अपनी बात रखे, किसी को भी आलोचना का कोई भी अधिकार नहीं है। लेकिन ट्रिना ने अनौपचारिक बातचीत में दो लोगों को ग्रेग के बर्ताव की आलोचना करते हुए सुना था। उन्होंने ग्रेग को लिखा, ''निरुत्साहित करने वाला प्रभाव, उससे कहीं ज़्यादा होगा जो आप ना देख पा रहे हैं ना सुन पा रहे हैं।'' उन्हें चिंता थी कि ग्रेग का बर्ताव कहीं भेड़चाल की वज़ह नहीं बन जाए। यह लोगों को नेतृत्व को चुनौती देने के लिए तत्पर करने की बजाय चुप करा देगा। ग्रेग अपनी बात पर अड़े रहे : लोगों को पीठ पीछे अपनी बुराई करने की अनुमति देकर। ट्रिना आलोचनात्मक मतों के साथ उनसे भिड़ने के लिए लोगों को जवाबदेह ठहराने में असफल हो रही थीं। वह उन्हें ''कीचड़ से सने नेवले'' की तरह बर्ताव करके ब्रिजवॉटर के सिद्धांतों में से एक का उल्लंघन करने का मौक़ा दे रही थीं।

एक वरिष्ठ नेतृत्वकर्ता का इस तरह की वैचारिक असहमति का यह बहुत ही बिरला मौक़ा था, लेकिन ग्रेग ने इसके बाद जो किया वह तो बहुत असामान्य था, उन्होंने ट्रिना को लिखा, ''मुझे संदेह है कि हम इसे ख़ुद हल कर पाएँगे,'' इसकी प्रति उन्होंने समूची प्रबंधन समिति को भेज दी–ऐसे लोगों के समूह को जिन्होंने नेतृत्वकर्ता के तौर पर अपनी विश्वसनीयता क़ायम कर ली थी। डेलियो के मुताबिक़, ''यह किसी न्यायाधीश या मध्यस्थ पर सहमत होने की तरह है।'' असहमति को उस स्तर तक ले जाकर, ग्रेग विचारों की गुणवत्ता के आधार पर सही फ़ैसले का मौक़ा दे रहे थे।

समाधान के लिए इसे प्रबंधन समिति को सौंपने की बजाय, डेलियो ने ग्रेग और ट्रिना से अपने विवाद को पूरे ब्रिजवॉटर के साथ साझा करने के लिए एक मसले की तरह तैयार करने को कहा। उनकी बहस को पारदर्शिता बनाने के अलावा इसकी वज़ह से दोनों केवल अपने नज़रिए की हिमायत करते रहने की बजाय एक–

दूसरे के नज़रिए जानने के लिए भी मज़बूर हुए। जब मसला ख़त्म हुआ तो ग्रेग और ट्रिना ने जाँच की प्रक्रिया को जारी रखने के लिए पूरी कंपनी से पूछने वाले सवाल तैयार किए।

मसला पहली बार उठने के कुछ माह बाद, इस पर चर्चा अभी भी जारी है और विश्लेषण टीम कर्मचारियों की प्रतिक्रियाओं को साझा करने की तैयारी में जुटी हुई है, लेकिन ''भविष्य में ऐसे मसलों को सुलझाने का रास्ता और उस पर सहमति को समझने की तुलना में मसले को सुलझाना कम महत्त्वपूर्ण था।'' जैक वेडर यह ख़ुलासा करते हुए बताते हैं, ''किसी का भी (हमारे मुख्य कार्यकारी अधिकारी सहित) सच्चाई पर एकाधिकार नहीं है।''

मैं केवल हैरानी ही जता सकता हूँ : अगर पोलेरॉयड के लोगों ने एडविन लैंड के इंस्टेंट मूवी कैमरे की समस्याओं को लेकर उनकी पीठ पीछे बुराई करने के लिए लोगों को कीचड़ से सना नेवला कहा होता तो क्या कंपनी आज भी फल-फूल रही होती? अगर नासा की संस्कृति में इस तरह की खुली सहमति की अनुमति होती तो क्या *कोलंबिया* के सातों अंतरिक्ष यात्री आज ज़िंदा होते?

भले ही आपका संगठन इस वक़्त ऊपर के पदों पर आसीन लोगों की आलोचना को नहीं स्वीकारता हो, लेकिन नेतृत्वकर्ताओं पर विचार व्यक्त करने के लिए खुला आयोजन संस्कृति में बदलाव की शुरुआत के लिए एक अच्छी पहल हो सकती है। सॉफ़्टवेयर कंपनी इंडेक्स ग्रुप के मुख्य कार्यकारी अधिकारी टॉम गेरिटी ने अपने तक़रीबन 100 लोगों के समूचे स्टाफ़ के सामने एक सलाहकार से अपनी तमाम ग़लतियों का खुलकर ज़िक्र करने को कहा। प्रतिक्रिया के ग्रहण करने का आदर्श स्थापित करके, कंपनी के कर्मचारियों में उन्हें और एक-दूसरे को चुनौती देने की ज़्यादा हिम्मत आ गई। मैंने अपनी कक्षा में भी कुछ ऐसा ही करना सीख लिया है। मैं पहले माह के बाद विद्यार्थियों से अनाम प्रतिक्रिया हासिल करता हूँ, जिसमें मुख्य ध्यान सकारात्मक आलोचना और बेहतरी के लिए सुझावों पर होता है। उसके बाद पूरी प्रतिक्रियाओं को जस का तस पूरी कक्षा के विद्यार्थियों को ईमेल कर देता हूँ। अगली कक्षा में मैं संक्षेप में बताता हूँ कि मेरी राय में क्या प्रमुख सुझाव थे, उसके बाद अपने मूल्याँकन पर प्रतिक्रिया लेता हूँ और फिर उन मसलों के समाधान के लिए परिवर्तन का प्रस्ताव रखता हूँ। विद्यार्थियों का अक्सर यह कहना होता है कि इस संवाद के कारण वे कक्षा का स्तर सुधारने में योगदान को लेकर ज़्यादा सहज महसूस करते हैं।

केवल डेलियो का खुलापन ही लोगों को वरिष्ठ अधिकारियों को चुनौती देने के लिहाज़ से सहज नहीं करता। वास्तविकता यह है कि प्रशिक्षण के दौरान ही कर्मचारियों को सिद्धांतों पर ही सवाल उठाने के लिए प्रोत्साहित किया जाता है। कर्मचारियों के अनुभवी होने का इंतज़ार किए बग़ैर ब्रिजवॉटर बता देता है कि

उनके यहाँ पहले दिन से ही निरालेपन को प्रोत्साहित करने की तैयारी है। अधिकांश संगठनों में उससे तालमेल बिठाने की अवधि निष्क्रिय होती है–हम संस्कृति से तालमेल बैठाने और तरीक़े सीखने में व्यस्त होते हैं। जब तक हम गति पकड़ने के लिए तैयार होते हैं, हम पहले ही काम में डूब चुके होते हैं और दुनिया को कंपनी की ही नज़रों से देखने लगते हैं। शुरुआती दौर ही कर्मचारियों के लिए संस्कृति को सुधारने के अवसर तलाशने का सबसे अच्छा वक़्त होता है।

कुछ साल पहले मुझे गोल्डमैन सॅक्स ने प्रतिभाशाली बैंकिंग निवेश विश्लेषकों और सहायकों को कामकाज का माहौल सुधारने का मौक़ा देकर, आकर्षित करने और बरकरार रखने के तरीक़े तलाशने के लिए मौक़ा दिया था। हमारे द्वारा की गई पहलों में से एक थी प्रवेश साक्षात्कार। इसमें कर्मचारियों से नौकरी छोड़ते वक़्त उनके विचार जानने की बजाय नवनियुक्तों से नौकरी से जुड़ने के दौरान उनके विचार जानने के लिए प्रबंधक बैठक करने लगे। किसी खुलने वाले दरवाज़े से रिश्ता क़ायम करना ज़्यादा आसान है बनिस्बत बंद होते दरवाज़े को खोलने की कोशिश के।

सच का सामना

मैं अपनी ख़ातिर यह जानने के लिए उत्सुक था कि क्या रे डेलियो में एडविन लैंड के साथ कुछ साम्य था। क्या वह भी अपने प्रारूप से बहुत लगाव रखते थे? वह अपने सिद्धांतों को मिलने वाली चुनौतियों से कैसे निपटते थे? मैंने ब्रिजवॉटर में काफ़ी पूछताछ के बाद अपने कुछ आलोचनात्मक राय तैयार कर ली थी। हिमायत से पहले विशुद्ध विरोधियों को खोज निकालने और एक गहन जाँच प्रक्रिया के ज़रिए कंपनी भेड़चाल से बचने के लिहाज़ से बहुत अच्छी थी। लेकिन इसका यह मतलब नहीं था कि वे दोषहीन थे।

जल्द ही मैं डेलियो के साथ उनके अपार्टमेंट में किचन टेबल पर मुलाक़ात कर रहा था। पहले का दौर होता तो मैं अपनी बात साफ़ कहने में हिचकिचाहट महसूस करता। मुझे विवाद कभी भी रास नहीं आता, लेकिन ब्रिजवॉटर को दिए गए मेरे वक़्त ने मेरी सोच को बदलना शुरू कर दिया था। मैं महत्त्वपूर्ण और आलोचनात्मक प्रतिक्रिया देने के लिहाज़ से ज़्यादा मुखर हो चुका था। और फिर क्रांतिकारी पारदर्शिता के पुरखे को ही चुनौती देने से अच्छा और क्या हो सकता था? मेरा भी इस धारणा में यक़ीन हो चुका था कि किसी को भी उसके बारे में बोले बग़ैर आलोचनात्मक मत रखने का अधिकार नहीं है। मैंने यह बात डेलियो को बताई और चूँकि उनकी संस्कृति में यह बात पुरस्कृत की जाती है, इसलिए मैं बिना किसी हिचकिचाहट के खरी-खरी कहूँगा। डेलियो ने यह कहकर मुझे आगे बढ़ने के लिए हरी झंडी दे दी, "मैं अपमानित महसूस नहीं करता।"

कमान अपने हाथों में होने के अंदाज़ में मैंने शुरुआत की, ब्रिजवॉटर के सिद्धांत सबसे महत्त्वपूर्ण से लेकर न्यूनतम महत्त्वपूर्ण के क्रम में रखे जाते हैं। ग्रेग और ट्रिना के बीच का विवाद दो अलग-अलग सिद्धांतों पर आधारित था : आलोचनात्मक मत के साथ खुला व्यवहार और दूसरों को भी उनके आलोचनात्मक मतों के लिए प्रोत्साहित करना। ये दोनों ही सिद्धांत सूची में तो थे, लेकिन यह उल्लेख नहीं था कि कौन-सा ज़्यादा महत्त्वपूर्ण है। मूल्यों का 40 साल से अधिक तक अध्ययन करने के बाद मनोवैज्ञानिक शालोम श्वाट्र्ज़ ने पाया है कि उनका मुख्य उद्देश्य विरोधी मतों के बीच चयन के लिए मदद करना है। श्वाट्र्ज़ कहते हैं, ''एकाधिक मूल्यों का परस्पर महत्त्व, उठाए जाने वाले क़दम का मार्गदर्शन करता है।''

मैंने डेलियो का ध्यान इस बात की ओर दिलाया कि जब संगठन सिद्धांतों की प्राथमिकता तय नहीं करते तो इसका असर उनके प्रदर्शन पर पड़ता है। ज़ेनी वोस, डान केबल और ग्लेन वॉस द्वारा किए गए 100 से ज़्यादा थिएटरों के अध्ययन में पाँच मूल्यों के महत्त्व को क्रम दिया गया : कलात्मक अभिव्यक्ति (अभिनव नाटक), मनोरंजन (श्रोताओं की संतुष्टि), समाज के प्रति योगदान (पहुँच उपलब्ध कराना, पहुँचना और शिक्षा), उपलब्धि (उत्कृष्टता के लिए पहचान) और वित्तीय प्रदर्शन (आय संबंधी व्यवहार्यता)। नेतृत्वकर्ता इन मूल्यों के महत्त्व के प्रति जितनी दृढ़ता के साथ असहमति रखते थे, उनकी टिकट से आय और शुद्ध आय उतनी ही कम पाई गई। नेतृत्वकर्ताओं द्वारा सिद्धांतों के महत्त्व के प्रति सर्वसम्मति हासिल कर लेने के बाद इस बात से कोई फ़र्क़ नहीं पड़ता कि वे सिद्धांत क्या हैं।

मेरी राय में परस्पर महत्त्व स्थापित करना ख़ासतौर पर उस वक़्त अनिवार्य हो जाता है जब संगठन के बहुत सारे सिद्धांत हों। वार्टन के प्रोफ़ेसर ड्रू कार्टन द्वारा किए गए 150 से ज़्यादा अस्पतालों के अध्ययन में एक दमदार दृष्टिकोण अनिवार्य था, लेकिन यह मज़बूत स्वास्थ्य और वित्तीय प्रदर्शन के लिए पर्याप्त नहीं था। एक अस्पताल के जितने ज़्यादा प्रमुख सिद्धांत थे, स्पष्ट नज़रिया उतना ही कम मददग़ार साबित हुआ। जब अस्पतालों के चार से ज़्यादा प्रमुख मूल्य थे, एक स्पष्ट अभियान का दिल के दौरे के मरीजों के दोबारा भर्ती होने या परिसंपत्तियों पर ज़्यादा लाभ पर कोई लाभ बाक़ी नहीं बचा। जब आपके सिद्धांत बहुत ज़्यादा हों तो यह आशंका बनी रहती है कि कर्मचारियों की अलग मूल्यों पर नज़र हो और एक ही मूल्य का वह अलग-अलग तरह से अर्थ निकाल सकते हैं। अगर ऐसा पाँच या दस सिद्धांतों के साथ हुआ तो 200 या उससे ज़्यादा सिद्धांतों से समस्या और अधिक विकराल नहीं हो जाएगी?

''मैं आपके साथ सहमत हूँ,'' डेलियो ने कहा, ''मैं देख सकता हूँ कि शायद मैं ज़्यादा स्पष्ट नहीं था कि इसमें एक पदक्रम है, क्योंकि यह 200 एक समान नहीं

हैं। एक सिद्धांत बस एक तरह की घटना है जो बार-बार होती है और उससे कैसे निपटा जाए। ज़िंदगी ऐसी अरबों घटनाओं से बनी होती है और अगर आप इन अरबों से 250 तक पहुँच सकते हैं तो आप उनसे संबंध साध सकते हैं, 'अच्छा, यह उनमें से एक है।'''

मानो मेरे दिमाग़ में अचानक बत्ती जल गई : हमारे पास लोगों के व्यक्तित्व का वर्णन करने के लिए कई श्रेणियाँ उपलब्ध हैं, लेकिन परिस्थितियों के व्यक्तित्व को बताने वाले बहुत कम साँचे हैं। अब मुझे सिद्धांतों की इतनी बड़ी संख्या का महत्त्व समझ आया। लेकिन मैं अब भी जानना चाहता था कि किसका महत्त्व सबसे ज़्यादा है।

कुछ बरस पहले डेलियो से पूछा गया था कि क्या यह उनका सपना है कि हर कोई उनके सिद्धांतों पर ही जिए। उन्होंने बहुत ही ज़ोर देकर जवाब दिया था, ''नहीं, नहीं, नहीं, नहीं, नहीं, नहीं, नहीं, नहीं, नहीं, नहीं, बिलकुल नहीं, नहीं, नहीं। यह मेरा सपना नहीं है... पहला सिद्धांत ही यह है कि ख़ुद के लिए आपको ही सोचना है।''

सिद्धांतों के पदानुक्रम में सच्चाई के लिए स्वतंत्र खोज शीर्ष पर है, लेकिन मैं चाहता था कि डेलियो बाद के सिद्धांतों को कुछ क्रम दें। जब अधिक कनिष्ठ कर्मचारियों को अपनी बात कहने से हतोत्साहित करने का ख़तरा मौज़ूद हो तो क्या नेतृत्वकर्ताओं के लिए अपने आलोचनात्मक विचार साझा करना या ख़ुद के विचारों की काँट-छाँट ज़्यादा महत्त्वपूर्ण है? डेलियो ने माना, ''मुझे इसके बारे में ज़्यादा स्पष्ट होना पड़ेगा।'' मुझे लगा मैंने उनकी दुखती रग को छेड़ दिया है, लेकिन उन्होंने मुस्कराते हुए जवाब दिया, ''क्या बस इतना ही तुम्हारे पास है? क्या तुम बस इतना ही सबसे अच्छी तरह से कर सकते हो?''

मेरे पास उपलब्ध प्रतिक्रिया का दूसरा हिस्सा प्रस्तुत करना मुश्किल था, क्योंकि यह विचारों की श्रेष्ठता के अंतरंग को ही छूता था, जिसके मुताबिक़ लोगों को सही बात के लिए लड़ना चाहिए और सत्य की तलाश करनी चाहिए। लेकिन ब्रिजवॉटर का सही विचार की जीत के फ़ैसले का तरीक़ा मेरे कड़े मापदंडों के लिहाज़ से कमज़ोर था। ग्रेग और ट्रिना के बीच मतभेद जैसे मसलों के हल के लिए डेलियो का मौलिक तरीक़ा था, दोनों पक्षों के समान मज़बूत विचार रखने वाले तीन भरोसेमंद लोगों की तलाश करके उन्हें तब तक चर्चा करने देना जब तक कि वे एक राय तक नहीं पहुँच जाते। फिर भी इससे फ़ैसला व्यक्तिपरक राय पर ही निर्भर होता है, जो सबूत के तौर पर बहुत ही त्रुटिपूर्ण होते हैं। विश्वसनीयता द्वारा टेस्ट के परिणामों, प्रदर्शन की समीक्षा और अन्य मूल्याँकन के मापदंडों के आधार पर विचार किया जाता है, लेकिन एक बड़ा हिस्सा दूसरों के फ़ैसले का है। ब्रिजवॉटर

के एक कर्मचारी ने मुझसे कहा, ''आपको विश्वसनीयता, दूसरे विश्वसनीय लोगों से मिलती है, जो कहते हैं कि आप विश्वसनीय हैं।''

रोमन कैथोलिक चर्च द्वारा प्रमोटर फ़िदेई को एडवोकेतस देई के ख़िलाफ़ पैरवी का मौक़ा देने के बाद सदियाँ गुज़र गईं, लेकिन मानवीयता ने असहमति को सुलझाने के लिए बहस से भी ज़्यादा दमदार साधन विकसित कर लिया है। इसे विज्ञान कहते हैं। मैंने डेलियो को बताया कि चिकित्सा के क्षेत्र में विशेषज्ञों के बीच इस बात को लेकर व्यापक सहमति है कि सबूत की गुणवत्ता को एक से छह के स्तर तक श्रेणीबद्ध किया जा सकता है। सबसे बेहतरीन तरीक़ा है बिना किसी क्रम के नियंत्रित प्रयोग जो लक्ष्य आधारित परिणामों के लिए किए जाते हैं। सबसे कम महत्त्व वाला सबूत होता है, ''सम्माननीय अधिकारियों या विशेषज्ञ समितियों का मत।'' यही मानक अब प्रमाण आधारित प्रबंधन और लोगों के विश्लेषण में भी जड़ें जमा रहे हैं, जिसमें नेतृत्वकर्ताओं को डिज़ाइन के साथ प्रयोग और आंकड़े व जानकारी एकत्रित करने के लिए प्रोत्साहित किया जाता है, बनिस्बत पूरी तरह से तर्क, अनुभव, अंतर्ज्ञान या वार्तालाप पर निर्भर रहने के।

अगर मैं ब्रिजवॉटर का सर्वेसर्वा होता तो मैंने कुछ छोटे प्रयोगों के साथ ग्रेग और ट्रिना की बहस को हल कर दिया होता। विभिन्न बैठकों में लोगों को बिना किसी क्रम के बोलने का मौक़ा दिया जाता। कुछ मामलों में नेतृत्वकर्ता बोलने वाले की प्रस्तुति के अंदाज़ की आलोचना करते, जैसा कि ग्रेग ने एशले के साथ किया; अन्य मामलों में वह वक्ता के हौसले की तारीफ़ करते, जैसा कि ट्रिना की ग्रेग से अपेक्षा थी; और शेष वक़्त में वह दोनों या कुछ भी नहीं करेंगे। उसके बाद मैं देखता कि कितनी निरंतरता और खुलेपन के साथ प्रतिभागियों ने विभिन्न बैठकों में अपनी बात रखी। इसे लागू करना कठिन है, लेकिन कम से कम, मैं इस बात का मूल्याँकन तो कर पाऊँगा कि जिन लोगों ने ग्रेग को एशले की आलोचना करते हुए देखा-या जिन्होंने इसे लेकर नकारात्मक प्रतिक्रिया दी-कम बोल रहे थे।

इस बार डेलियो असहमत थे, '' मैं ग़लत भी हो सकता हूँ,'' उन्होंने ख़ुलासा किया कि वह विश्वसनीय लोगों के बीच बहस के प्रारूप के समर्थक हैं, क्योंकि यह सही उत्तर तक पहुँचने का सबसे तेज़ रास्ता था और इसने उन्हें एक-दूसरे के तर्कों से सीखने का मौक़ा दिया। अगर वह बरसों तक ब्रिजवॉटर में विभिन्न संस्कृतियों के तौर-तरीक़ों को आज़माते रहे हैं और भले ही वह नियंत्रित प्रयोग नहीं थे, वह महसूस करते हैं कि उन्होंने इतनी पर्याप्त बातें देख ली हैं कि उनमें यह समझ पैदा हो गई है कि क्या कारगर होता है। उनका मानना है कि विशेषज्ञों के बीच वैचारिक अहसमति से विचारों के लिए एक प्रभावशाली बाज़ार तैयार होता है, जहाँ वक़्त गुज़रने के साथ सर्वश्रेष्ठ विचार सामने आते हैं। यहाँ हम असहमत होने को लेकर सहमत थे। डेलियो का मेरी तुलना में विशेषज्ञों के विविधतापूर्ण मत

में ज़्यादा विश्वास था। मेरे लिहाज़ से महत्त्वपूर्ण परीक्षण का मतलब था कि कुछ इकाइयों को विश्वसनीयता आधारित बहस पर विश्वास करने तो अन्य इकाइयों को प्रयोग करने की इज़ाज़त दी जानी चाहिए और उसके बाद देखा जाना चाहिए कि किस इकाई ने बेहतर फ़ैसले लिए। तब हर इकाई विपरीत तरीक़े को आज़माकर परिणामों का दोबारा विश्लेषण करेगी। एक समाज विज्ञानी होने के नाते मेरा यक़ीन था कि औसतन, प्रयोगों के आधार पर फ़ैसले लेने वाले समूह, विशेषज्ञों की बहस से मार्गदर्शन पाने वाली इकाइयों से बेहतर प्रदर्शन करेंगी। लेकिन केवल आंकड़े और जानकारी ही इस बाबत बता पाएँगे।

पहल करने वाले और आकार देने वाले

डेलियो को इस बात का श्रेय तो जाता ही है कि वह अपनी ही पड़ताल जारी रखे हुए हैं। दुनिया को आकार देने वाले लोगों से मुग्ध और यह जानने के लिए उत्सुक कि उनमें क्या समानताएँ हैं, वह हमारे वक़्त के सबसे प्रभावी निराले लोगों के साथ साक्षात्कार लेते रहे हैं और बेंजामिन फ्रेंकलिन से लेकर अल्बर्ट आइंस्टीन से लेकर स्टीव जॉब्स तक जैसी ऐतिहासिक हस्तियों का अध्ययन करते रहे हैं। निश्चित तौर पर वे सभी प्रेरित और कल्पनाशील थे, लेकिन डेलियो की सूची के तीन अन्य गुणों ने मेरे भीतर कौतूहल को जन्म दे डाला। ''आकार देने वाले'' स्वतंत्र विचारक होते हैं : जिज्ञासु, अनुकूलता से परे और बाग़ी। उनमें कठोर और पदानुक्रम से परे ईमानदारी होती है। और वे जोख़िम मोल लेकर काम करते हैं, क्योंकि उनके भीतर सफल नहीं होने का भय, असफल होने के भय पर हावी होता है।

डेलियो ख़ुद इस वर्णन में सटीक बैठते हैं और अब उनके लिए सबसे बड़ी बाधा आकार देने वाले किसी ऐसे अन्य व्यक्ति की तलाश है जो उनकी जगह ले सके। अगर वह ऐसा नहीं कर पाए तो ब्रिजवॉटर के भी पोलेरॉयड के इंस्टेंट पिक्चर्स की तरह विलुप्त हो जाने का ख़तरा है। लेकिन डेलियो जानते हैं कि एक अकेले नेतृत्वकर्ता के नज़रिए से ज़्यादा महत्त्वपूर्ण है भेड़चाल को टालना। महानतम आकृतिकार दुनिया से निरालेपन का परिचय कराने पर ही नहीं ठहरते। वे ऐसी संस्कृति विकसित करते हैं जो दूसरों में भी निरालापन भर देती है।

8

कश्ती को हिलाना और फिर स्थिर रखना

चिंता, उदासीनता, दुविधा और क्रोध पर नियंत्रण

''मैंने सीखा कि साहस का मतलब भय की अनुपस्थिति नहीं, बल्कि उस पर जीत होती है। बहादुर व्यक्ति वह नहीं है, जिसे भय नहीं लगता, बल्कि वह है जो अपने भय पर जीत हासिल करता है।''

—नेल्सन मंडेला

2007 में एक वकील लुईस पुग ने एक स्पीडो, तैराकी की कैप और गॉगल्स पहनकर आर्कटिक सागर में छलांग लगा दी। बर्फ़ इतनी पिघल चुकी थी कि अब वह ठोस नहीं थी और उनकी योजना उत्तरी ध्रुव में लंबी दूरी की तैराकी करने वाला पहला व्यक्ति बनने की थी। इंग्लैंड और दक्षिण अफ़्रीका से ताल्लुक रखने वाले पुग ब्रिटिश स्पेशल एयर सर्विस में काम कर चुके थे और दुनिया में सर्द पानी के सर्वश्रेष्ठ तैराक बनने से पहले समंदर से जुड़े मामलों के वकील थे। दो साल पहले ही उन्होंने दुनिया के सबसे उत्तरी भाग में बेहद ठंडे समुद्र में तैरने का एक विश्व कीर्तिमान ध्वस्त किया था। उसी साल बाद में उन्होंने अंटार्कटिका में एक आइसबर्ग के ऊपर से छलांग लगाकर दुनिया के सबसे दक्षिणी भाग में पूरे एक किलोमीटर तैरने का नया रिकॉर्ड बनाया था।

इंसानी ध्रुवीय भालू के उपनाम से मशहूर हो चुके पुग ऐसी उपलब्धियाँ हासिल करने की क्षमता रखते थे, जो इससे पहले किसी अन्य इंसान द्वारा किए जाने का कोई दस्तावेज़ नहीं है : तैरने से पहले उनके शरीर का तापमान 98.6 डिग्री फ़ैरेनहाइट से बढ़कर 101 डिग्री फ़ैरेनहाइट हो जाता है। उनके खेल वैज्ञानिक ने इसे

एक नया नाम दिया है, ''एंटिसिपेटरी थर्मोजेनेसिस'' यानी ऊष्मा की अग्रिम उत्पत्ति और यह दशकों की पावलोव की अनुकूलन प्रक्रिया का ही परिणाम दिखता है : जब बर्फ़ीले पानी में छलांग लगाने का वक़्त आता है तो शरीर अपने आप तैयार हो जाता है। पुग इसे ख़ुद को गर्म करने की कला कहते हैं। लेकिन कई विश्वस्तरीय एथलीटों की तरह वह अपने अभियान को ना तो दुनिया में सर्वश्रेष्ठ मानते हैं, और ना ही यह साबित करना चाहते हैं कि क्या संभव है। वह महासागरों के हिमायती हैं, एक पर्यावरणविद् जो जलवायु परिवर्तन के प्रति जागरूकता फैलाने के लिए तैरते हैं।

टाइटेनिक जहाज के यात्रियों का अंत 41 डिग्री फ़ैरेनहाइट तापमान के सर्द पानी में हुआ था। पुग की अंटार्कटिक की तैराकी में पानी का तापमान तक़रीबन 32 डिग्री फ़ैरेनहाइट रहने वाला था। उत्तरी ध्रुव में तो पुग को और भी घातक तापमान यानी 29 डिग्री फ़ैरेनहाइट से भी कम तापमान में तैरना था। इस तापमान पर पानी में गिरने के कारण एक ब्रिटिश खोजी को तो तीन मिनट के भीतर हिमदंश के कारण अपनी अँगुलियाँ गँवानी पड़ी थीं : पुग की टीम के अनुमान के मुताबिक़ उन्हें तैरने के लिए 20 मिनट के वक़्त की दरकार होगी। अपने बड़े प्रयास से दो दिन पहले पुग ने पाँच मिनट की प्रैक्टिस तैराकी की और जब वह बाहर आए तो उन्हें ऐसा लगा मानो उनका पूरा बायाँ हाथ और दाएँ हाथ की कोई भी अँगुली अस्तित्व में है ही नहीं और यह स्थिति आगामी चार माह तक बनी रहेगी। उनकी अँगुलियों की कोशिकाएँ फट चुकी थीं और उनकी साँस तेज़ हो गई थी।

सफलता के सपने बुनने की बजाय अब पुग को हार दिखने लगी थी। उन्होंने सोचा, *बहुत अधिक गहराइयाँ मुझे भयभीत नहीं करतीं, लेकिन यहाँ मामला कुछ और ही है। अगर वह असफल रहे तो उनकी मौत हो जाएगी* और उनका शरीर आर्कटिक में लगभग ढाई मील नीचे रसातल में चला जाएगा। भय के कारण उनको मानो लक़वा ही मार गया और वह अपने ज़िंदा रहने की संभावना पर ही सवाल उठाने लगे। क्या उनकी स्थिति सर्वश्रेष्ठ परिस्थितियों के बारे में सोचकर बेहतर हो सकती थी?

इस अध्याय में धारा के विपरीत तैरने के साथ जुड़े भावनात्मक उथल-पुथल की पड़ताल की जाएगी। एक स्वास्थ्य सेवा कंपनी में मेरे द्वारा ही किए गए एक रिसर्च में मैंने परीक्षण किया कि कर्मचारियों को भावनाओं के प्रबंधन के लिए प्रभावी रणनीतियों की कितनी जानकारी है। उनके जवाब की तुलना विशेषज्ञों द्वारा भावनात्मक तौर पर चुनौतीपूर्ण स्थिति से निपटने के तरीक़ों की रेटिंग से की गई, जैसे नौकरी में पदावनति, बड़ी प्रस्तुति से पहले की घबराहट, ग़लती के लिए दोषी ठहराया जाना और साथियों द्वारा कमज़ोर प्रदर्शन में दगा दे जाना। भावना पर नियंत्रण के परीक्षण में सफल लोगों ने अक्सर विचारों और यथास्थिति को चुनौती देने के सुझावों की बात की। उनके प्रबंधकों ने उन्हें ऐसा करने के लिहाज़ से बेहतर

रेटिंग भी दी। उनमें कश्ती को हिलाने का हौसला था और बाद में उसे स्थिर रखने की तकनीक पर भी उन्हें महारत हासिल थी।

इन कौशलों को समझने के लिए मैं इस बात पर विचार करूँगा कि पुग ने कैसे ख़ून जमा देने वाले पानी के लिए गर्माहट हासिल की और मार्टिन लूथर किंग जूनियर ने नागरिक अधिकार कार्यकर्ताओं को कैसे शांत रखा। मैं इस बात की भी पड़ताल करूँगा कि कैसे कार्यकर्ताओं के एक समूह ने एक तानाशाह को सत्ता से हटा दिया और एक प्रौद्योगिकी अगुआ ने इंजीनियरों को उनके उत्पाद में क्रांतिकारी परिवर्तन के लिए राज़ी किया। भावनाओं को नियंत्रित करने के लिए प्रभावी रणनीतियों के अध्ययन से आप जानेंगे कि योजना एक आशावादी की तरह तैयार करना है या निराशावादी की तरह। क्या ख़ुद को शांत करके आप भय पर जीत हासिल कर सकते हैं और क्या अपनी बात कहकर गुस्से को शांत कर सकते हैं। साथ ही यह भी जान लेंगे कि जब हर बात आपके ख़िलाफ़ हो तो अपने दृढ़ निश्चय पर क़ायम रहने के लिए क्या करना पड़ता है।

नकारात्मक सोच की सकारात्मक ताक़त

भले ही अधिकांश निराले व्यक्ति बाहरी तौर पर दृढ़ निश्चयी और आत्मविश्वास से लबरेज़ दिखते हों, उनके भीतरी अनुभव, दुविधा और आत्मसंशय से तैयार होते हैं। जब अमेरिकी सरकार के बेहतरीन नेतृत्वकर्ताओं ने अपने सबसे मुश्किल फ़ैसलों का ज़िक्र किया तो, उन्होंने जटिल समस्या से संघर्ष नहीं, बल्कि उन विकल्पों को चुनौतीपूर्ण बताया, जिनमें हौसले की दरकार थी। राइस के प्रोफ़ेसर स्कॉट सोनेशीन द्वारा किए गए नए रिसर्च से पता चलता है कि सबसे अधिक समर्पित पर्यावरणविद् भी इस बात को लेकर अनिश्चितता की स्थिति का सामना करते हैं कि वे अभियान में सफल होंगे या नहीं। यथास्थिति को चुनौती देना एक बहुत दुष्कर काम है और पूरे रास्ते में असफलता, बाधाओं और नुक़सान की आशंकाएँ मौज़ूद रहती हैं।

मनोवैज्ञानिक जूली नोरेम इन चुनौतियों से निपटने के लिए दो अलग-अलग रणनीतियों का अध्ययन करती हैं : रणनीतिक आशावाद और रक्षात्मक निराशावाद। रणनीतिक आशावाद में सर्वश्रेष्ठ परिणाम की ही कल्पना की जाती है, शांत रहा जाता है और भारी उम्मीदें रखी जाती हैं। रक्षात्मक निराशावाद में सबसे बुरी स्थिति की कल्पना की जाती है, चिंता महसूस की जाती है और उन सब बातों के बारे में सोचा जाता है, जो ग़लत हो सकती हैं। अगर आप रक्षात्मक निराशावादी हैं तो किसी बड़े भाषण से एक सप्ताह पहले आप ख़ुद को यह बात मनवा लेते हैं कि आपका असफल होना तय है। और यह भी कि यह असफलता साधारण नहीं होगी : आप स्टेज पर गिर पड़ेंगे और उसके बाद अपनी सारी पंक्तियाँ भूल जाएँगे।

अधिकांश लोग यह मानकर चलते हैं कि रक्षात्मक निराशावादी की तुलना में रणनीतिक आशावादी होना बेहतर है। फिर भी नोरेम ने पाया कि भले ही रक्षात्मक निराशावादी लोग विश्लेषणात्मक, मौखिक और रचनात्मक काम में ज़्यादा बैचेन और कम विश्वास से भरे होते हैं, उनका प्रदर्शन रणनीतिक आशावादियों जितना ही बेहतर होता है। नोरेम लिखती हैं, ''पहले मैंने इन लोगों से पूछा कि उनके निराशावाद के बावज़ूद वे कैसे इतना अच्छा प्रदर्शन कर पाए। कुछ वक़्त गुज़रने के बाद यह बात मुझे समझ आने लगी कि वे इतना अच्छा प्रदर्शन उनके निराशावाद के *कारण* ही कर पा रहे हैं।''

एक प्रयोग के तहत नोरेम और उनके साथियों ने लोगों को बिना किसी क्रम के एक बिलकुल दुरुस्त प्रदर्शन, एक ख़राब प्रदर्शन या आराम करने की कल्पना करने के बाद डार्ट्स फेंकने के लिए कहा। रक्षात्मक निराशावादियों के निशाने उस वक़्त 30 प्रतिशत ज़्यादा सटीक लगे जब उन्होंने ख़ुद के असफल होने की कल्पना की, बनिस्बत बेहतर प्रदर्शन या आराम के। एक अन्य प्रयोग के तहत एकाग्रता और सटीकता की ज़रूरत वाला ट्रेसिंग का काम दिया गया। रक्षात्मक निराशावादियों का प्रदर्शन उस वक़्त 29 प्रतिशत बेहतर रहा जब उन्हें प्रोत्साहित नहीं किया गया, बनिस्बत उस वक़्त के जब उन्हें प्रोत्साहित किया गया। (ठीक वैसे ही शब्दों ने रणनीतिक आशावादियों के प्रदर्शन में 14 प्रतिशत का सुधार दिखाया)। एक दिमाग़ी गणितीय टेस्ट में दिमाग़ में ही अंकों को जोड़ना और घटाना था (जैसे 23-68+51) तो रक्षात्मक निराशावादियों ने जब टेस्ट में निकृष्टतम प्रदर्शन की कल्पना की और इस बात की भी कि जब उनका ध्यान बँटता है तो वे कैसा महसूस करते हैं, तो उनका प्रदर्शन 25 प्रतिशत बेहतर रहा।

नोरेम ख़ुलासा करती हैं, ''रक्षात्मक निराशावाद एक रणनीति है, जिसका विशिष्ट परिस्थितियों में चिंता, भय और चिंता पर नियंत्रण पाने के लिए इस्तेमाल किया जाता है।'' जब मन में ख़ुद पर ही शंका का दौर आता है तो रक्षात्मक निराशावादी ख़ुद को भय से पंगु नहीं होने देते। वे जानबूझकर एक त्रासदीपूर्ण परिदृश्य की कल्पना करके ख़ुद की चिंताओं को बढ़ाते हैं और फिर उसे प्रेरणा में तब्दील कर देते हैं। एक बार उन्होंने सबसे बुरी परिस्थिति पर विचार कर लिया कि फिर वह उसे टालने के लिए प्रेरित हो जाते हैं, वे हर प्रासंगिक जानकारी पर विचार करते हैं ताकि वे ना नाकाम हों ना थकें, जो उन्हें स्थिति पर नियंत्रण की भावना से भर देता है। उनकी चिंता घटना या आयोजन से पहले चरम पर होती है, इसलिए जब वह उस जगह पर पहुँचते हैं तो वे सफलता के लिए तैयार होते हैं। उनका आत्मविश्वास सामने मौज़ूद मुश्किलों के प्रति अनभिज्ञता या ग़लतफ़हमी से नहीं आता बल्कि एक वास्तविक मूल्याँकन और एक परिपूर्ण तौर पर व्यापक योजना से आता है। जब उन्हें चिंता महसूस नहीं होती तो वे लापरवाह हो जाते हैं : प्रोत्साहित किए जाने पर वह

योजना बनाने के लिए हतोत्साहित हो जाते हैं। अगर आप दीर्घकालिक रक्षात्मक निराशावादी के प्रदर्शन में सेंध लगाना चाहते हैं तो बस उन्हें ख़ुश रखिए।

लुईस पुग आमतौर पर एक आशावादी थे; उन्होंने वहाँ संभावनाएँ देखीं जहाँ दूसरे नहीं देख पाए और उस जगह पर डटे रहे जहाँ दूसरे हिम्मत हार गए। लेकिन तैराकी की बड़ी चुनौतियों को पार करने से कुछ सप्ताह पहले वह अक्सर रक्षात्मक निराशावादी की तरह काम करने लगते थे। उन्हें अधिकांश प्रेरणा अपनी टीम के प्रति ऊँची उम्मीदों से नहीं, बल्कि शंकालुओं के हतोत्साहित किए जाने से मिलती थी। दो साल पहले जब वह उत्तरी हिस्से में रिकॉर्डतोड़ तैराकी की तैयारी कर रहे थे, उन्हें एक आउटडोर्समैन की इस चेतावनी ने बेहद प्रेरित कर डाला कि वह जो करने जा रहे हैं वह असंभव है और उनकी मौत हो जाएगी। किसी अन्य बड़ी तैराकी चुनौती से पहले वह ख़ुद को शक्कियों की याद दिलाते थे और फिर यह कल्पना करते थे कि वह अपने दोस्तों को बता रहे हैं कि वह यह उपलब्धि हासिल नहीं कर पाएँगे। वह लिखते हैं, ''किसी तैराकी चुनौती को सबसे पहले स्वीकारना ऐसा करने वाला दूसरा व्यक्ति होने से ज़्यादा मुश्किल है। आप नहीं जानते कि क्या होगा। यह भय आपको पंगु कर सकता है।''

जब पुग उत्तरी ध्रुव पर ठंड से कँपकँपाते हुए खड़े थे तो उनके सहज-ज्ञान ने उनको ''आगे आने वाली आपदा'' की चेतावनी दे दी थी। लेकिन ख़ुद को उत्साहित करने की बजाय उन्होंने पाया कि उनकी नकारात्मक सोच, ''बताती है कि कहाँ ग़लती हो सकती है और यही बात लापरवाही से छुटकारा दिला देती है।'' सबसे बुरी स्थिति की पहले से ही कल्पना ने उन्हें बहुत अच्छी तरह से तैयारी और हर एक संभावित जोख़िम को कम करने की तैयारी के लिए प्रेरित किया।* उन्होंने तैरने से पहले बर्फ़ पर कम समय बिताने और बाद में तत्काल बोट पर लौट आने की योजना बनाना शुरू कर दी। वह बताते हैं, ''असली करतब है भय को मित्र बना लेना। भय आपको और अधिक सख़्ती से तैयार करता है और संभावित समस्याओं को जल्द देख लेता है।'' यह एक महत्त्वपूर्ण क़दम था, लेकिन अभियान जारी रखने के लिए इतना ही पर्याप्त नहीं था। जैसा कि आप देखेंगे कि जब काम के प्रति प्रतिबद्धता अटल हो तो रक्षात्मक निराशावाद एक मूल्यवान संसाधन है। लेकिन जब प्रतिबद्धता डगमगाती है तो बैचेनी और संदेह हावी हो सकता है।

---

* रिसर्च बताती है कि जब अमेरिकी राष्ट्रपति के शपथ के बाद के पहले भाषण में भविष्य को लेकर सकारात्मक विचारों का ज़िक्र हो तो उनके कार्यकाल में रोज़गार और सकल घरेलू उत्पाद की दर कम हो जाती है। जब राष्ट्रपति बहुत ज़्यादा आशावादी हों तो अर्थव्यवस्था की हालत और बुरी हो जाती है। नकारात्मक विचार हमारा ध्यान संभावित समस्याओं की ओर दिलाते हैं और उन विचारों की अनुपस्थिति बचाव और सुधार के क़दम उठाने में असफलता का संकेत देती है।

भरोसा रखना बंद मत करो

जब साधारण लोग अपने भय की सूची तैयार करते हैं तो मौत से भी ज़्यादा सामान्य एक भय होता है : सार्वजनिक भाषण। जेरी सिनफ़ील्ड मज़ाक़ में कहते भी हैं, ''अगर आपको किसी के अंतिम संस्कार में जाना है तो प्रशंसा भाषण देने से बेहतर ताबूत में होना है।''

अगर हम यह समझना चाहते हैं कि भय पर कैसे नियंत्रण हासिल किया जाए तो हमें लोगों को उनकी जान लेने की धमकी देने की ज़रूरत नहीं है, बल्कि बस आप उन्हें मंच पर खड़ा कर देने की चेतावनी दे दीजिए। हार्वर्ड बिज़नेस स्कूल के एक प्रोफ़ेसर एलिसन वुड ब्रुक्स ने कॉलेज के विद्यार्थियों से एक प्रेरक भाषण देने को कहा कि वे क्यों काम पर एक अच्छे सहयोगी साबित होंगे। एक आलोचक प्रयोगकर्ता श्रोताओं के बीच बैठा था और सभी भाषणों की वीडियो रिकॉर्डिंग की गई। बाद में साथियों की एक समिति को प्रत्येक भाषण देने वाले की प्रेरकता और विश्वास का मूल्याँकन करने का काम सौंपा गया। तैयारी के लिए केवल दो मिनट का ही वक़्त दिए जाने के कारण कई विद्यार्थी स्पष्ट तौर पर काँप रहे थे।

अगर आप इस स्थिति में हों तो आप भय पर कैसे क़ाबू पाएँगे? जब ब्रूक्स ने कार्यरत 300 अमेरिकियों से इस मामले में सलाह देने को कहा तो सबसे आम सिफ़ारिश थी, ''सहज होने की कोशिश करो और शांत हो जाओ।'' यह सबसे स्वाभाविक सुझाव था, 90 प्रतिशत पेशेवरों का पसंदीदा। हालाँकि यह फिर भी सर्वश्रेष्ठ नहीं है।

कॉलेज के विद्यार्थियों द्वारा भाषण दिए जाने से पहले ब्रूक्स ने उनसे तीन शब्द ज़ोर से कहने को कहा। उन्होंने उन्हें बिना किसी क्रम के शब्द दिए, ''मैं शांत हूँ'' या ''मैं उत्तेजित हूँ।''

वह एक शब्द *शांत* बनाम *उत्तेजित* उनके भाषणों की गुणवत्ता में बदलाव करने के लिए पर्याप्त था। जब विद्यार्थियों ने अपनी भावना को उत्तेजना बताया तो उनके भाषणों को, शांत रहने की बात करने वाले विद्यार्थियों की तुलना में, 17 प्रतिशत ज़्यादा प्रेरक और 15 प्रतिशत ज़्यादा विश्वास से भरपूर करार दिया गया। भय को उत्तेजना के तौर पर परिभाषित किए जाने से भाषण देने वालों को प्रेरणा मिली, जिससे उनके भाषणों की औसत लंबाई में 29 प्रतिशत की बढ़ोत्तरी देखी गई; उनमें मंच पर अतिरिक्त 37 सेकेंड बिताने का हौसला आ गया था। एक अन्य प्रयोग के तहत जब विद्यार्थी गणित का टेस्ट देने से पहले घबराए हुए थे तो उन्होंने उस वक़्त 22 प्रतिशत बेहतर प्रदर्शन किया, जब उन्हें ''शांत बने रहने'' की बजाय ''उत्तेजित होने का प्रयास करने'' के लिए कहा गया।

लेकिन क्या भय को उत्तेजना के तौर पर पुनर्परिभाषित किए जाना घबराहट से निपटने का सर्वश्रेष्ठ तरीक़ा है? यह पता लगाने के लिए कि क्या केवल बेताबी को स्वीकारना ही पर्याप्त है, ब्रुक्स ने विद्यार्थियों को एक और भयभीत करने वाला काम दिया : उन्होंने उनसे सबके सामने '80 के दशक का रॉक संगीत प्रस्तुत करने को कहा।

साथियों के समूह के सामने खड़े होकर विद्यार्थियों ने रॉक बैंड जर्नी का गाना, ''डोंट स्टॉप बिलिविंग'' (भरोसा रखना मत छोड़ो) माइक्रोफ़ोन में गाना शुरू कर दिया। निंतेंदो वी पर मौज़ूद एक आवाज़ पहचानने वाला प्रोग्राम अपने आप उनके प्रदर्शन को सटीकता के पैमाने पर 0 से 100 प्रतिशत तक का मूल्याँकन करने वाला था। इसमें तीव्रता, उतार-चढ़ाव और स्वर की अवधि देखा जाने वाला था। उन्हें ज़्यादा स्कोर पर बोनस मिलने वाला था। उनके गाना शुरू करने से पहले, ब्रूक्स ने बिना किसी क्रम के विद्यार्थियों से कहने को कहा, ''मैं बैचेन हूँ'' या ''मैं उत्तेजित हूँ।''

दूसरे नियंत्रित समूह, जिसने प्रदर्शन से पहले कुछ भी नहीं कहा, का प्रदर्शन औसतन 69 प्रतिशत सटीक रहा। भावना पर बैचेनी की मुहर लग जाने पर प्रदर्शन गिरकर 53 प्रतिशत सटीकता तक गिर गया। उन्हें भय को स्वीकारने में मदद करने की बजाय इसने इस बात को और अधिक पुख़्ता कर दिया कि वे भयभीत हैं। इसे उत्तेजना कहना प्रदर्शन की सटीकता को 80 प्रतिशत तक पहुँचाने के लिए पर्याप्त था।

भय पर जीत के लिए उत्तेजित हो जाना, क्यों ख़ुद को शांत करने से बेहतर प्रदर्शन की वज़ह बनता है? भय एक प्रबल भावना है : आप दिल को ज़ोर से धड़कता महसूस करने लगते हैं और रक्त प्रवाह तेज़ हो जाता है। ऐसे में शांत होने के लिए कहना यानी मानो 80 मील प्रति घंटे की रफ़्तार से जा रही कार में ज़ोर से ब्रेक लगाने की तरह होगा। वाहन में अभी भी आवेग है। तीव्र भावना को दबाने की बजाय उसे दूसरी भावना में तब्दील करना ज़्यादा आसान है-एक अन्य भावना जो उतनी ही तीव्र है, लेकिन हमें गति बढ़ाने में मदद करती है।

मनोवैज्ञानिक तौर पर हमारे भीतर दो प्रणालियाँ होती हैं, एक रोक देने वाली और एक गतिमान कर देने वाली। *क्वाइट* की लेखिका सूज़न केन बताती हैं, ''आपकी रोक देने वाली प्रणाली आपको धीमा कर देती है और आपको ज़्यादा सावधान और जागरूक कर देती है। आपकी गतिमान करने वाली प्रणाली आपको गति देती है और आपको उत्तेजित करती है।'' रुकने का बटन दबाने की बजाय हम भय की स्थिति में चलने वाला बटन दबाकर ख़ुद को प्रेरित कर सकते हैं। भय दरअसल भविष्य को लेकर अनिश्चितता के कारण होता है : हम इस बात

को लेकर चिंतित नहीं होते कि कुछ बुरा होगा, लेकिन चूँकि वह घटना अभी हुई नहीं है इसलिए यह भी तो संभावना है, भले ही बहुत क्षीण हो, कि परिणाम सकारात्मक होगा। हम आगे बढ़ने की वज़हों पर ध्यान केंद्रित करके गति को बढ़ा सकते हैं–अपनी धुन गाते हुए उन्मुक्त होने का अहसास देने वाला उत्तेजना का वह एक टुकड़ा।

जब हम किसी कार्य विशेष के प्रति प्रतिबद्ध नहीं होते, एक रक्षात्मक निराशावादी की तरह सोचना बेहद नुक़सानदेह साबित हो सकता है। चूँकि हमारा दिल तेज़ी से आगे बढ़ने के लिहाज़ से तैयार नहीं होता, एक निराशाजनक असफलता की पूर्व कल्पना केवल चिंता को जन्म देगी, जो अचानक थमने की प्रणाली को सक्रिय कर देगी, जो तेज़ी से ब्रेक लगा देगी। उजले पक्ष की तरफ़ देखने से हम उत्साह को सक्रिय करेंगे, जो चलने की प्रक्रिया को गति देगा।

लेकिन एक बार हम किसी काम या गतिविधि में जुट गए, तो जब चिंता का अहसास आने लगता है, तो बेहतर होगा कि आप रक्षात्मक निराशावादी की तरह सोचें और चिंताओं का सीधे सामना करें। इस मामले में, चिंताओं और संदेहों को सकारात्मक भावनाओं में तब्दील करने की बजाय, हम डर पर क़ाबू पाकर अपनी चलने की प्रक्रिया को ज़्यादा गति दे सकते हैं। चूँकि हमने अपनी मानसिकता को आगे बढ़ने वाला बना लिया है तो सबसे बुरी परिस्थिति का विचार, हमें चिंता और बैचेनी को प्रेरणा का स्रोत बनाकर तैयारी के लिए प्रोत्साहित करके सफल बनाता है। न्यूरोसाइंस के क्षेत्र में रिसर्च बताता है कि जब हम बैचेन होते हैं, तो अज्ञात बात नकारात्मक से ज़्यादा डराने वाली होती है। जूली नोरेम के शब्दों में, जब लोगों ने सबसे बुरे की कल्पना कर ली होती है तो, ''वे ख़ुद को ज़्यादा नियंत्रण की स्थिति में महसूस करते हैं। एक लिहाज़ से तो बैचेनी ने उन्हें वास्तविक प्रदर्शन से पहले ही चरम स्थिति में ला दिया है। जब वे आयोजन स्थल तक पहुँचते हैं तो उन्होंने तक़रीबन हर बात को लेकर सावधानी बरत ली होती है।''

पहले की तमाम ठंडे पानी की तैराकी में लुईस पुग में यह अटल दृढ़ विश्वास था कि वह सफल हो सकते हैं, इसलिए रक्षात्मक निराशावादी की रणनीति प्रभावी थी : संभावित ख़तरों के विश्लेषण ने उन्हें जितना संभव था तैयार रखा था। उत्तरी ध्रुव के अभियान में यह रणनीति शुरुआती दौर में सफल रही, लेकिन बाद में बुरी तरह से असफल तैराकी परीक्षण, ''मेरी विश्वास की पूरी प्रणाली ही धराशायी हो गई...अगर केवल पाँच मिनट उस पानी में बिताने से मुझे इतना दर्द और मेरे हाथों को इतना नुक़सान पहुँचा है, तो 20 मिनट में क्या होगा?'' यह कहते हुए पुग इस भय को दिलोदिमाग़ से निकाल ही नहीं पा रहे थे कि इस बार की तैराकी जानलेवा साबित हो सकती है : ''उस बेवकूफ़ी भरे परीक्षण में मैंने जो महसूस किया, पहले कभी भी नहीं किया था। मुझे नहीं लगता कि मैं यह कर पाऊँगा।''

प्रतिबद्धता डगमगा जाने के कारण अब वक़्त रक्षात्मक निराशावाद से हटकर इस बार की तैराकी की वज़हों पर ध्यान केंद्रित करते हुए गतिशीलता की प्रणाली को सक्रिय करने का था। उनके एक दोस्त ने उन्हें दोबारा जोश से परिपूर्ण होने के तीन तरीक़े बताए : सबसे पहले वह रास्ते में मौज़ूद बाज़ारों में राष्ट्रीय ध्वज फहराएँगे। यह उन्हें 10 देशों के उन 29 लोगों की याद दिलाएगा, जिन्होंने इस तैराकी अभियान को संभव बनाया है। इससे पहले के अभियानों में पुग को ''उन लोगों से प्रेरणा मिली थी, जो मुझ पर शक करते थे,'' लेकिन अब उनके दोस्तों का कहना था, ''उन लोगों पर ध्यान केंद्रित करो जिनका तुम पर विश्वास है, जिन्होंने तुम्हें प्रेरित किया है।'' दूसरा, पीछे मुड़कर देखो कि कैसे तुम्हारे अभिभावकों ने पर्यावरण की रक्षा के लिए तुम्हें प्रेरित किया है। और तीसरा, यह कल्पना करो कि जलवायु परिवर्तन के ख़िलाफ़ लड़ाई में तुम किस तरह की विरासत छोड़ जाओगे। पुग कहते हैं, ''उसे सुनने के बाद, तैराकी अभियान को छोड़ देने का विचार हवा हो गया।'' वह सर्द पानी में उतरे और धारा के विपरीत तैरना शुरू कर दिया। 18 मिनट और 50 सेकेंड के बाद उन्होंने अभियान को सफलतापूर्वक पूरा कर लिया। उन्हें कोई शारीरिक नुक़सान भी नहीं हुआ। उसके तीन साल बाद उन्होंने माउंट एवरेस्ट के पास स्थित सबसे ऊँची झील को भी तैरकर पार किया।

पुग की सबसे बड़ी बाधा जहाँ ख़ुद के भय पर नियंत्रण था, कई मौलिक लोगों को दूसरों की भावनाओं का प्रबंधन करना होता है। जब दूसरे आगे बढ़ने से डर रहे हों तो उनके चलने की प्रक्रिया को हम कैसे सक्रिय करें?

2009 की गर्मियों के दिनों की बात है, 15 युवा पर्यटकों ने सर्बिया की राजधानी बेलग्रेड की धार्मिक यात्रा की। उनको शहर के मुख्य चौराहे की सैर कराने के बाद उनके लंबे क़द के तक़रीबन 30 वर्षीय सर्बियाई मूल के गाइड ने उन्हें देश के हालिया इतिहास की कहानियाँ सुनाना शुरू कर दीं। आलू के बढ़े हुए दाम, मुफ़्त के रॉक कंसर्ट्स और पड़ोसी देशों के साथ युद्ध। लेकिन जब गाइड ने मोंटी पायथन की टीवी पर मशहूर कॉमेडी और टोल्कियन की फ़ंतासियों के बारे में बातचीत शुरू कर दी तो पर्यटक बैचेन हो गए। वह सामान्य पर्यटकों का समूह नहीं था। वे तो यह जानने के लिए बेलग्रेड आए थे कि उनके अपने देश के तानाशाह को कैसे सत्ता से हटाया जाए।

आततायी तानाशाह के ख़िलाफ़ लड़ाई के तरीक़े को तलाश कर रहे युवाओं ने टूर गाइड से पूछा कि उनके देश के लोगों ने सर्बियाई तानाशाह स्लोबोदान मिलोसेविक को कैसे पछाड़ा। गाइड ने बताया कि आपको बड़ा जोख़िम मोल लेने की कोई ज़रूरत नहीं है। आप अपना विरोध छोटे तरीक़ों से भी बता सकते हैं– सामान्य से धीमी गति से वाहन चलाएँ, सड़क पर पिंगपोंग की गेंदें फेंकें या खाने के रंग फ़व्वारे में छोड़ दें ताकि पानी का रंग बदल जाए। विदेशी उसकी इस सलाह

पर हँसने लगे : ऐसी तुच्छ हरक़तों से तानाशाही की जड़ों को नुक़सान पहुँचाना मुश्किल है। एक व्यक्ति ने कहा कि हमारे देश में यह कभी नहीं होगा। एक महिला ने चुनौती दी कि अगर हम अपने देश में विरोध में खड़े हुए तो तानाशाह हमें ग़ायब ही करा देगा। हम क्रांति की योजना बनाएँ ही कैसे, जबकि तानाशाह ने तीन से ज़्यादा लोगों के एकत्रित होने पर ही प्रतिबंध लगा दिया है?

वे नहीं जानते थे, लेकिन टूर गाइड पहले भी इन आपत्तियों को सुन चुका था। उसने यह 2003 में जॉर्जियाई कार्यकर्ताओं से, 2004 में यूक्रेनियन कार्यकर्ताओं से, 2005 में लेबनानी कार्यकर्ताओं से और 2008 में मालदीव के कार्यकर्ताओं से सुना था। उपरोक्त सभी मामलों में वहाँ के कार्यकर्ताओं ने अपने भय और उदासीनता पर जीत हासिल करके अपने तानाशाहों को उखाड़ फेंका था।

टूर गाइड, स्रदजा पोपोविक ने ही उन सबको प्रशिक्षण दिया था।

वह ओटपोर! के प्रमुख संचालकों में से एक थे। यह सर्बियाई युवकों का ज़मीन से जुड़ा वह अहिंसक आंदोलन था, जिसने मिलोसेविक को सत्ता से उखाड़ फेंका था। इससे एक दशक पहले पोपोविक ने जातीय नरसंहार और मार्शल लॉ का सामना किया था। उस वक़्त वह भयभीत हो गए थे, जब उनकी माँ की बिल्डिंग पर बमबारी की गई। उन्हें ग़िरफ्तार करके जेल में भेजा गया, जहाँ उनके साथ मारपीट की गई। उस वक़्त तो मौत ही उनकी आँखों में तैर गई थी, जब एक अधिकारी ने, एक पिस्टल उनके मुँह के भीतर घुसा दी थी।

जब मनोवैज्ञानिक डेन मैकएडम्स और उनके साथियों ने वयस्कों से अपनी ज़िंदगी की कहानियाँ बताने को कहकर, वक़्त के साथ उनके भावनात्मक उतार-चढ़ाव का खाका तैयार किया, तो उन्होंने दो अलग वांछित स्वरूप देखे। कुछ लोगों के स्थायी सुखद अनुभव रहे : वह ज़िंदगी के एक बड़े हिस्से में संतुष्ट रहे। समाज में मौलिक योगदान के लिए पहचाने जाने वाले व्यक्तियों ने कई कहानियाँ साझा कीं, जिनकी शुरुआत नकारात्मकता से होने के बाद वे बेहतर होती चली गईं : उन्होंने शुरुआती दौर में संघर्ष किया और बाद में विजयी रहे। कई नकारात्मक अनुभवों का सामना करने के बाद भी उन्होंने अपनी ज़िंदगी को लेकर ज़्यादा संतोष प्रकट किया और उनकी ज़िंदगी का मक़सद से भरा बताया। महज़ अच्छी क़िस्मत पर पूरे वक़्त मौज़ करते रहने की बजाय उन्होंने बुरी बातों को अच्छा बनाने की जंग लड़ी-और इसे ही ज़िंदगी को बेहतर तरीक़े से जीने का ज़्यादा लाभदायक तरीक़ा माना। मौलिकता के कारण रास्ते बहुत ज़्यादा उतार-चढ़ाव वाले होते हैं, लेकिन फिर भी यह हमें ज़्यादा ख़ुशी और ज़िंदगी के अर्थपूर्ण होने का अहसास दे जाते हैं। पोपोविक के मुताबिक़, ''वास्तविक क्रांति प्रलंयकारी विस्फोटों की तरह नहीं होती। वह लंबी होती है और नियंत्रित ज्वाला की तरह होती है।''

मिलोसेविक को सत्ता से हटाने और सर्बिया में लोकतंत्र लाने के आंदोलन में दोस्तों के साथ काम करने के बाद, पोपोविक ने अपनी ज़िंदगी ही कार्यकर्ताओं को अहिंसक क्रांतियों के लिए तैयार करने में मदद के लिए समर्पित कर दी। 2010 में एक साल पहले उनसे प्रशिक्षण हासिल करने वाले 15 विदेशियों ने उनके तरीक़ों का मिस्र के तानाशाह के ख़िलाफ़ सफल इस्तेमाल किया। हर एक समूह सफल नहीं हुआ, लेकिन हम भय पर नियंत्रण, उदासीनता से उबरने और गुस्से को सही दिशा देने के लिए पोपोविक के तरीक़ों से काफ़ी-कुछ सीख सकते हैं। उनका पहला चरण ही बताता है कि प्रौद्योगिकी के अगुआ अपने कर्मचारियों में मौज़ूद भय से कैसे निपटते हैं।

प्रेरणा मगर बाहर से

जब जोश सिल्वरमैन ने फ़रवरी, 2008 में स्काइप की बागडोर सँभाली तो कंपनी कई उल्लेखनीय चुनौतियों का सामना कर रही थी। कंपनी द्वारा अपनी तूफ़ानी प्रगति को क़ायम नहीं रख पाने के कारण कर्मचारियों का हौसला गिर रहा था। इसकी वज़ह थी कि पहले कम्प्यूटर से कम्प्यूटर पर मुफ़्त कॉल सुविधा और फ़ोन्स से कम्प्यूटर के बीच लंबी दूरी के सस्ते कॉल्स की अग्रदूत होने के कारण कंपनी उत्तरोत्तर तरक्की करती रही थी। सिल्वरमैन ने ख़ासियत से भरपूर मूल सुविधा पर ही बड़ा दाँव खेलने का फ़ैसला किया : पूरी स्क्रीन पर वीडियो कॉल्स। अप्रैल में उन्होंने घोषणा की कि साल के अंत तक वह एक बेहद महत्त्वाकांक्षी लक्ष्य से भरपूर वीडियो फ़ीचर्स से लैस स्काइप 4.0 लांच करेंगे। सिल्वरमैन उस दौर को याद करते हुए कहते हैं, ''कई कर्मचारियों में भरपूर आवेशपूर्ण नकारात्मक भावना आ गई थी। कई लोगों की राय में यह बहुत बड़ा बदलाव होगा और हम कंपनी को ख़त्म करने जा रहे हैं।'' उन्हें चिंता थी कि दी गई वक़्त की सीमा बहुत कम है और यूज़र पूरी स्क्रीन के प्रारूप को सिरे से ख़ारिज कर देंगे।

उन्हें शांत करने की बजाय, सिल्वरमैन ने उन्हें मानसिक रूप से तैयार करने के लिए एक स्काइप विज़न विकसित किया, जो उन्हें वीडियो के प्रति प्रेरित करेगा। सभी को साथ लेकर बैठकों की श्रृंखला के दौरान उन्होंने उत्पाद के लोगों के जीवन पर प्रभाव पर ज़ोर दिया। उन्होंने एक ऐसा दृष्टिकोण तैयार किया, जिसे बाद में अभिनेता और प्रौद्योगिकी निवेशक एश्टन कुचर के साथ उसे औपचारिक अमली जामा पहनाया। उनका कहना था, ''बात सस्ते फ़ोन कॉल्स करने की नहीं है। यह तो साथ होने के अहसास की है, उस वक़्त भी जब आप एक ही कमरे में साथ-साथ नहीं हों।''

जब निराले व्यक्ति बैचेनी को उत्साह में बदलने का नज़रिया लाते हैं तो उनकी कोशिश होती है कि वे ख़ुद ही लोगों को बताएँ। लेकिन यह केवल आपका विचार होने का यह मतलब क़तई नहीं है कि आप इसे सक्रिय करने के लिए भी सर्वश्रेष्ठ व्यक्ति हैं। डेव हॉफ़मैन और मैंने पाया कि दृष्टिकोण को साझा करने का सबसे प्रेरक तरीक़ा है, इसे उन लोगों के हवाले कर दिया जाए, जिन्हें वास्तविकता में इससे लाभ होने वाला है। विश्वविद्यालय के अनुदान संचय करने वाले लोग याद हैं, जो अक्सर भूतपूर्व विद्यार्थियों को फ़ोन करने, उनके भोज में रुकावट बनने और उनसे दान माँगने को लेकर बहुत घबराए हुए होते थे। जब दो नेतृत्वकर्ताओं ने काफ़ी उत्साह के साथ उन्हें बताया कि इस दान राशि से कैसे अंतर पड़ेगा, कॉलर्स के प्रभाव में कोई बढ़ोत्तरी नहीं हुई।

इन्हीं कॉलर्स द्वारा जमा औसत दान राशि में तीन गुना से अधिक की बढ़ोत्तरी हुई, जब नेतृत्वकर्ताओं ने प्रेरणा का ज़िम्मा एक स्कॉलरशिप पाने वाले विद्यार्थी को दे दिया। उसने बताया कि कैसे कॉलर्स के प्रयासों के कारण ही वह यूनिवर्सिटी की पढ़ाई का ख़र्च उठा सका और चीन में जाकर पढ़ाई कर सका। विद्यार्थी के दानदाताओं से बातचीत से दो सप्ताह पहले जहाँ कॉलर्स द्वारा जमाई गई औसत राशि 2,500 डॉलर से कम थी, दो सप्ताह बाद यह 9,700 डॉलर हो गई।* उनके मन में नेतृत्वकर्ताओं के प्रति संदेह था, जिनकी निश्चित तौर पर उन्हें कड़ी मेहनत के लिए मना लेने की अप्रत्यक्ष मंशा थी। जब यही संदेश एक स्कॉलरशिप पाने वाले

---

* हम यह साबित करना चाहते थे कि संदेश में जब कोई बदलाव नहीं हो, तो एक नेतृत्वकर्ता की बजाय लाभ पाने वाले द्वारा इसका प्रेषण ज़्यादा प्रभावशाली होगा। इसलिए हमारे अगले प्रयोग में, हमने लोगों को एक अंतरराष्ट्रीय स्नातक विद्यार्थी के पेपर के संपादन का काम सौंपा, जिसमें व्याकरण की छोटी-मोटी ग़लतियाँ थीं। उनको बताया गया कि यह एक कार्यक्रम का हिस्सा है, जो इन बच्चों को पेपर सुधारने में मदद करता है, ताकि उन्हें अच्छी नौकरियाँ मिल सकें। संपादन से पड़ने वाले फ़र्क़ का उदाहरण देने के लिए हमने बिना किसी क्रम के प्रतिभागियों को एक ही महिला की एक वीडियो क्लिप के दो संस्करणों में से एक देखने को दिया, जिसमें वह बता रही है कि इस संपादन कार्यक्रम के ही कारण एक विद्यार्थी को तीन नौकरियों के प्रस्ताव मिले। उसने ख़ुद का नाम प्रिया पटेल बताया, वह कार्यक्रम की प्रभारी निदेशिका थी या कार्यक्रम से लाभान्वित ख़ुद छात्रा यह अस्पष्ट था। नेतृत्वकर्ता को कार्यक्रम के बारे में बोलते देखने का कोई प्रभाव नहीं पड़ा : औसतन समूह ने 25 से भी कम ग़लतियाँ निकालीं, ठीक उस समूह की तरह जिसने वीडियो क्लिपिंग नहीं देखी थी। लेकिन जब उसने बताया कि वही कार्यक्रम से लाभान्वित विद्यार्थी है, तो संपादन टीम ने औसतन 33 ग़लतियाँ पकड़ी-34 प्रतिशत का उछाल। हमने उन्हें विद्यार्थियों के लिए खुला ख़त लिखने का भी मौक़ा दिया और वह कितने रचनात्मक व मददग़ार थे, यह जानने के लिए स्वतंत्र रेटिंग की व्यवस्था भी की थी। नेतृत्वकर्ता की जगह लाभान्वित का वीडियो देखने के बाद टिप्पणियाँ 21 प्रतिशत ज़्यादा बेहतर थीं।

विद्यार्थी से आया तो उन्होंने इसे ज़्यादा विश्वसनीय, ईमानदार और सच्चा माना। उन्हें विद्यार्थी से सहानुभूति थी और पैसा माँगे जाने की बैचेनी की ज़गह उनमें अब उसके जैसे और विद्यार्थियों को मदद करने के लिए दान देने का उत्साह था।

हालाँकि इसका मतलब यह नहीं है कि नेतृत्वकर्ताओं को परिदृश्य से पूरी तरह से नदारद हो जाना चाहिए। बाद में किए गए अध्ययन में, मैंने पाया कि लोगों को श्रेष्ठतम प्रदर्शन करने की प्रेरणा तभी मिलती है, जब नेतृत्वकर्ता एक दृष्टिकोण देने के बाद निजी अनुभवों से इसे जीवंतता देने के लिए ग्राहकों को आमंत्रित करते हैं। नेतृत्वकर्ता का संदेश एक दूरदृष्टि भरा नज़रिया देता है, जबकि यूज़र की कहानियाँ भावनात्मक अपील के साथ उसे गति देती हैं।

स्काइप में, जोश सिल्वरमैन को पता था कि केवल उनके शब्द ही गतिशीलता की प्रणाली को सक्रिय करने का सर्वश्रेष्ठ तरीक़ा नहीं हैं। यह बताने के बाद कि स्काइप कैसे उनके अपने बेटों को 8 टाइम ज़ोन से परे रहने वाले अपने दादा-दादी से गहरे निजी संबंधों को बनाए रखने में मदद करता है, उन्होंने सभी विभागों की बैठक के स्काइप के यूज़र्स के विचारों को नियमित तौर पर जगह देना शुरू कर दिया। एक विवाहित जोड़े ने बताया कि कैसे उन्होंने सगाई के बाद एक साल की लंबी ज़ुदाई ''हर रोज स्काइप की बातचीत के कारण'' काटी। एक सैनिक ने बताया कि इराक में युद्ध के दौरान भी कैसे स्काइप ने उन्हें अपने बेटे से जीवंत संपर्क बनाए रखने में मदद की : यहाँ तक कि उन्होंने एक-दूसरे को भेजा गया क्रिसमस का तोहफ़ा तक एक साथ खोला। सिल्वरमैन कहते हैं, ''ग्राहकों को बैठक के कमरे में लाने से उनका अभियान से सीधा रिश्ता जुड़ गया। यह उनके दिलोदिमाग़ तक जगह कर गया। इसने कर्मचारियों को इस बात का अहसास कराया कि हम दुनिया में कितना बदलाव कर सकते हैं।''

जब उन्हें यह समझ आया कि स्काइप का मतलब लोगों को जोड़ना है तो टीम की बैचेनी की जगह उत्साह ने ले ली। ज़्यादा अर्थपूर्ण संवाद के लिए एक वीडियो फ़ीचर बनाने के लिए प्रेरित हो जाने के कारण उच्च गुणवत्ता के पूरी स्क्रीन वाले बेहतर वीडियो कॉल्स से सजा स्काइप 4.0 उन्होंने तय वक़्त पर बाज़ार में उतार दिया। ज़ल्द ही स्काइप से प्रतिदिन तक़रीबन 3,80,000 यूज़र जुड़ रहे थे। पिछले वर्ष की अंतिम तिमाही की समाप्ति तक 36.1 अरब कम्प्यूटर से कम्प्यूटर का स्काइप पर बिताए गए वक़्त का एक तिहाई वीडियो कॉल्स का था। सिल्वरमैन द्वारा अपनी योजना साझा करने और टीम को प्रोत्साहित करने के लिए यूज़र्स को बुला लेने के तीन साल बाद माइक्रोसॉफ़्ट ने 8.5 बिलियन डॉलर में स्काइप को ख़रीद लिया। मूल्य में 300 प्रतिशत का उछाल।

सर्बिया में स्रद्जा पोपोविक और उनके दोस्तों ने ओटपोर! क्रांति कहीं ओर से प्रेरणा लेकर ही छेड़ी थी। उन्हें पता था कि एक क़रिश्माई नेता के शब्द हिंसक तानाशाह द्वारा फैलाए गए भय को दूर करने के लिए पर्याप्त नहीं होंगे। कई पात्र उम्मीदवार अपनी ज़िंदगी को दाँव पर लगाने को लेकर भयभीत थे और अगर कोई मिल भी जाता तो मिलोसेविक उस बहादुर व्यक्ति को ही ग़ायब करके क्रांति को ध्वस्त कर सकता था। इसलिए लोगों को सक्रिय करने के लिए किसी नेता को नियुक्त करने की ज़गह पोपोविक ने प्रेरणा का ज़िम्मा एक चिह्न को सौंप दिया : एक काली भींची हुई मुट्ठी।

प्रयास 1998 की शरद ऋतु में शुरू हुए, जब पोपोविक और उनके मित्र कॉलेज के विद्यार्थी थे। उन्होंने शहर के चौराहों को 300 भींची हुई मुट्ठियों से पाट दिया। बेलग्रेड की तमाम इमारतों पर इस चिह्न के स्टीकर चिपका दिए गए। उनका कहना है कि उस मुट्ठी के बग़ैर क्रांति कभी संभव नहीं थी।

2010 की वसंत ऋतु में, मिस्र के कार्यकर्ताओं को प्रशिक्षण देने के एक वर्ष बाद, पोपोविक के पैर अख़बार के एक स्टैंड के सामने मानो जम से गए। दरअसल, ओटपोर! की भींची हुई मुट्ठी एक अख़बार के पहले पन्ने पर फ़ोटो के रूप में प्रकाशित हुई थी। एक महिला द्वारा थामे गए एक पोस्टर में यह दिख रही थी और नीचे लिखा था, ''भींची हुई मुट्ठी ने काहिरा को हिलाकर रख दिया!'' मिस्र के कार्यकर्ताओं ने अपने आंदोलन को गति देने के लिए इसी चिह्न से प्रेरणा ली थी। इस भींची हुई मुट्ठी में आख़िर इतनी ऊर्जा क्यों थी?

छोटे अंकों की ताक़त

एक शास्त्रीय प्रयोग में मनोवैज्ञानिक सोलोमन एश ने लोगों से विभिन्न रेखाओं की लंबाई का मूल्याँकन करने को कहा। मान लीजिए कि आपको सात अन्य लोगों के साथ एक कमरे में लाया जाता है और निम्न रेखाएँ दिखाई जाती हैं :

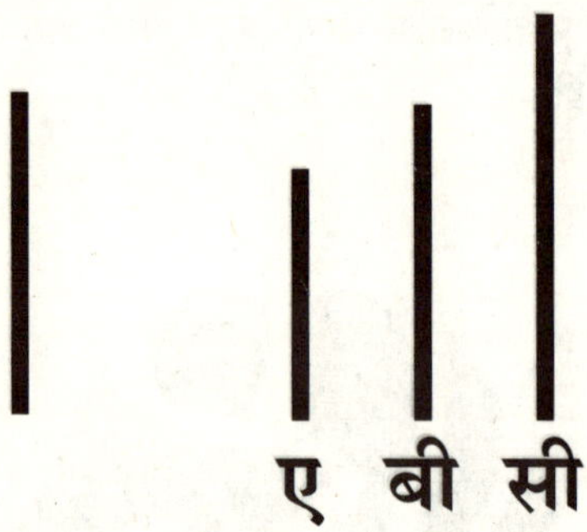

आपको बाईं ओर की रेखा को देखने के बाद यह तय करना है कि ए, बी और सी में से कौन-सी रेखा उसके समान है। ज़ाहिर तौर पर सही जवाब बी है और समूह में हर कोई यही जवाब देता है। आप सभी अगले दौर में भी सहमत होते हैं, लेकिन उसके बाद आता है तीसरा परीक्षण :

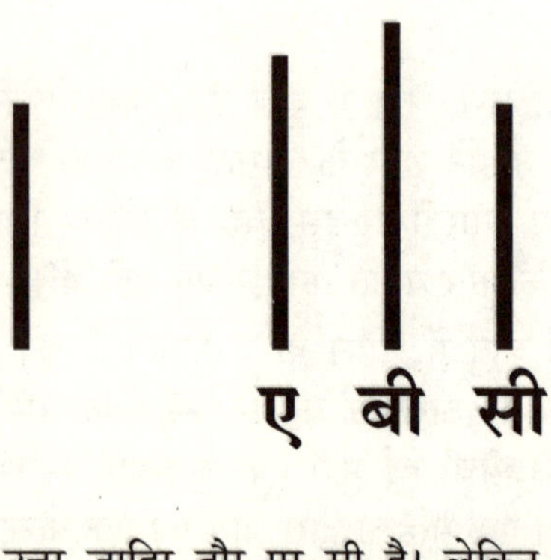

इस बार सही उत्तर ज़ाहिर तौर पर सी है। लेकिन आश्चर्यजनक तौर पर आपके समूह का पहला व्यक्ति इस बात पर ज़ोर देता है कि सही उत्तर बी है। आप उस वक़्त स्तब्ध रह जाते हैं, जब दूसरा व्यक्ति भी बी को ही चुनता है। तीसरे और चौथे समूह सदस्य भी बी ही कहते हैं। अब आप क्या करेंगे?

आपके समूह के दूसरे लोगों की रिसर्च टीम के साथ मिलीभगत है। कुल मिलाकर 18 परीक्षण हैं और दूसरों को दो में जानबूझकर ग़लत जवाब देने के निर्देश दिए गए हैं, यह देखने के लिए कि क्या आप अपने बेहतर निर्णय के ख़िलाफ़ जाकर बहुमत का साथ देंगे। एक तिहाई वक़्त प्रतिभागियों ने सहमति का रास्ता अपनाया। उन्होंने उसी रेखा का चयन किया, जो उन्हें पता था कि मेल नहीं खाती, लेकिन जिसे समूह के शेष लोगों का समर्थन हासिल था। तीन चौथाई प्रतिभागियों ने कम से कम एक बार ग़लत जवाब के प्रति अनुकूलता दिखाई।

जब उनका अकेले परीक्षण किया गया तो लोगों ने लगभग कभी भी ग़लती नहीं की। जब वे समूह के साथ गए, वे जानते थे कि वे ग़लत जवाब दे रहे हैं, लेकिन उन्हें डर था कि उनकी खिल्ली उड़ाई जाएगी। हमें भय से चुप कराने के लिए किसी तानाशाह की ज़रूरत नहीं होती। एक मत के साथ अकेले सफ़र का भय, किसी प्रतिबद्ध निराले व्यक्ति को भी, बहुमत का साथ देने के लिए मज़बूर कर सकता है।

प्रतिकूलता को प्रोत्साहित करने का सबसे अच्छा तरीक़ा है, एक अदद विरोधी को लाना। उद्यमी डेरेक सिवर्स के शब्दों में, ''पहला अनुयायी ही एक अकेले व्यक्ति को नेता बना देता है।'' अगर आप सात लोगों के साथ बैठे हैं और छह लोग ग़लत उत्तर चुनते हैं, लेकिन एक सही उत्तर चुनता है तो अनुकूलता या अनुरूपता में नाटकीय तौर पर गिरावट आती है। ग़लतियाँ 37 प्रतिशत से गिरकर 5.5 प्रतिशत हो गईं। एश लिखते हैं, ''एक समर्थक की मौज़ूदगी ने बहुमत को अधिकांश दबाव से वंचित कर दिया।''

केवल इतना ही जान लेना कि केवल आप अकेले विरोधी नहीं है, भीड़ को ख़ारिज करने के लिए पर्याप्त होता है। भावनात्मक शक्ति कम संख्या में भी हासिल की जा सकती है। मार्गरेट मीड के शब्दों में, ''इस बात पर कभी संदेह मत कीजिए कि चंद वैचारिक नागरिकों का समूह दुनिया को बदल सकता है, आपको साथ के लिए पूरी भीड़ की ज़रूरत नहीं है।'' यह महसूस करने के लिए कि आप अकेले नहीं हैं, ज़रूरी नहीं कि आपको पूरी भीड़ का साथ मिले। सिगल बारसेड और हाकन ओज़सेलिक द्वारा किए गए रिसर्च के मुताबिक़ कारोबार और सरकारी संगठनों में, केवल एक अदद मित्र अकेलेपन के अहसास को उल्लेखनीय रूप से कम करने के लिए पर्याप्त होता है।

जब आप चाहते हैं कि लोग अपनी अलग राह पर चलें तो आपको उन्हें यह अहसास कराना पड़ता है कि इस सफ़र में वे अकेले नहीं हैं। ओटपोर! की सफलता की पहली कुंजी यही थी और कई सारी अन्य क्रांतियों की भी। जब पोपोविक और उनके दोस्तों ने बेलग्रेड में भींची हुई मुट्ठी का प्रदर्शन किया तो इसमें कुछ ऐसे नारे भी शामिल थे, ''प्रतिरोध, क्योंकि मैं सर्बिया से प्यार करता हूँ,'' और ''जीत हासिल

होने तक प्रतिरोध।'' इससे पहले सर्बिया के लोग निजी स्तर पर तो मिलोसेविक की तानाशाही का विरोध करते थे, लेकिन सार्वजनिक तौर पर अपनी असहमति जताने से डरते थे। लेकिन जब उन्होंने ओटपोर! को देखा तो उन्हें इस बात का अहसास हुआ कि दूसरे लोग आगे आने के लिए तैयार हैं। बाद में जब आंदोलन के सदस्यों को गिरफ़्तार किया गया तो पुलिस अफ़सरों ने उनसे पूछा कि उनका नेतृत्व कौन कर रहा है। पोपोविक और उनके दोस्तों ने उन्हें यह कहने के लिए प्रशिक्षण दिया था, ''ओटपोर! के 20,000 नेताओं में से एक।''

पूरी दुनिया में प्रतिरोध आंदोलनों ने, एक बड़े समूह के समर्थन के मामूली से संकेत से, लोगों के आगे बढ़ने की प्रणाली को सक्रिय करके उन्हें अपने भय पर जीत हासिल करने का मौक़ा दिया है। जब पोपोविक ने मिस्र के कार्यकर्ताओं को प्रशिक्षण दिया तो उन्होंने उनके साथ 1983 की एक कहानी साझा की कि कैसे चिली के खनिकों ने देश के तानाशाह पिनोशे का विरोध किया था। हड़ताल पर जाने का जोख़िम लेने की बजाय उन्होंने देशभर के नागरिकों से विरोध के प्रदर्शन के लिए अपने घरों की बत्तियों को बंद-चालू करने का आह्वान किया। लोगों में ऐसा करने के लिए कोई डर नहीं था और जल्द ही उन्हें पता चल गया कि उनके पड़ोसियों के मन में भी इस बाबत कोई डर नहीं था। खनिकों ने लोगों से अपने वाहन धीमे चलाने का भी आह्वान किया। टैक्सी ड्राइवर्स ने गति कम कर दी और बस ड्राइवरों ने भी ऐसा ही किया। ज़ल्द ही फुटपाथ पर चलने वाले पदयात्रियों ने भी गति बेहद धीमी कर दी और अपनी कारों और ट्रकों को मंथर गति से चलाना शुरू कर दिया। अपनी प्रेरक किताब *ब्ल्यूप्रिंट फ़ॉर रिवॉल्यूशन* में पोपोविक बताते हैं कि इन गतिविधियों से पहले :

> *लोग पिनोशे की खुलकर निंदा करने से घबराते थे, इसलिए अगर आप तानाशाह से नफ़रत करते हैं, तो शायद आपने यह सोच लिया होगा कि ऐसा करने वाले आप अकेले हैं। चिली के लोग कहा करते थे कि इस तरह की रणनीति ने लोगों को यह अहसास दिलाया कि, ''हमारी संख्या ज़्यादा है, उनकी बेहद कम।'' और ख़ास बात यह थी कि इसमें कोई भी जोख़िम नहीं था : उत्तरी कोरिया तक में कारों को धीमा चलाना ग़ैरक़ानूनी नहीं था।*

पोलैंड में जब कार्यकर्ताओं ने समाचारों में सरकार के झूठ की भरमार पर आपत्ति जताई तो वे जानते थे कि केवल अपने-अपने टीवी बंद कर देने से उनके देश के नागरिकों को यह बात समझ में नहीं आएगी कि वे विरोध के लिए तैयार हैं। इसकी बजाय उन्होंने अपने टीवी सेट्स को एक पहिए वाले ठेलों पर रखकर गलियों में

घुमाया। जल्द ही यह पोलैंड के हर कस्बे में होने लगा–और अंततः विपक्ष ने सत्ता हासिल कर ली। सीरिया में कार्यकर्ताओं ने खाने का लाल रंग राजधानी दमिश्क के सार्वजनिक फ़व्वारों में डाल दिया। यह इस बात का प्रतीक था कि अब वे तानाशाह असद के ख़ूनी शासन को स्वीकार नहीं करेंगे। अकेले विरोधी होने के आतंक की बजाय लोग अब ख़ुद को एक समूह के सदस्य के तौर पर देख सकते थे। बग़ावत करना उस वक़्त आसान होता है जब आपको यह दूसरों के साथ क़दमताल जैसा काम लगता है। दूसरे लोग इससे जुड़े हैं तो हम भी जुड़ सकते हैं।

सर्बिया में ओटपोर! ने गतिशील होने की प्रणाली को सक्रिय करने का एक शानदार तरीक़ा निकाल लिया। देश के हालात इतने बुरे थे कि लोगों में उत्साह जगाना आसान काम नहीं था। पोपोविक और उनके दोस्त डर को एक अन्य सकारात्मक भावना में तब्दील करने में सफल रहे : उल्लास। महात्मा गाँधी जैसे महान नैतिक नेताओं जैसे गंभीर और दृढ़ता भरे आचरण की बजाय ओटपोर! ने मित्रों को आकर्षित करने और दुश्मनों के ख़ात्मे के लिए हास्य-व्यंग्य का इस्तेमाल किया। उन्होंने मिलोसेविक को जन्मदिन के तोहफ़े भेजे : उन्होंने हेग जाने के लिए उन्हें केवल एक ही तरफ़ का टिकट भेजा ताकि वहाँ उन पर युद्ध अपराध का मुकदमा चल सके, उन्हें हथकड़ियाँ लगें और जेल की वर्दी पहनना पड़े। कुल मिलाकर मतलब यह कि वह वापस लौट के नहीं आएँ। चंद्रग्रहण को उत्सव के तौर पर मनाने के लिए उन्होंने दुकानदारों और ग्राहकों को टेलीस्कोप से इसे देखने का निमंत्रण दिया। मज़े की बात यह थी कि टेलीस्कोप से देखने पर उसमें मिलोसेविक का ग्रहण लगा चेहरा दिखता था। बाद में ओटपोर! ने एक टी-शर्ट पर मिलोसेविक के फ़ोटो सहित एक विज्ञापन तैयार किया। इसमें वॉशिंग मशीन के क़रीब खड़ी एक महिला को यह कहते हुए दिखाया गया, "मैं पिछले 10 साल से इस दाग़ को मिटाने की कोशिश कर रही हूँ। मेरा यक़ीन कीजिए, मैंने हर एक वस्तु और तरीक़ा आज़मा लिया है। लेकिन अब एक नई मशीन आ गई है। इसमें एक दमदार प्रोग्राम है... जो ऐसे तमाम दाग़ों को हमेशा के लिए मिटा देता है।" एक अन्य मामले में भीड़ के जमा होने के बाद ओटपोर! के एक सदस्य ने एक माइक्रोफ़ोन हाथ में लेकर यह घोषणा कर डाली :

> *हम यहाँ निस पुलिस थाने के सामने से रिपोर्टिंग कर रहे हैं। और यह एक उदाहरण है एक आतंकी का, जो सर्बिया और मोंटेनीग्रो की सीमा पर खड़ा है। इस आतंकी का क़द छह फ़ीट है और वह एक आतंकी संगठन ओटपोर! का टी-शर्ट पहने हुए है। उसने चश्मा पहन रखा हैं जिसका मतलब है कि वह बहुत ज़्यादा पढ़ता है। इस देश में बहुत ज़्यादा पढ़ना ख़तरनाक है, इसलिए सावधान रहिए।*

अपनी वर्कशॉप में पोपोविक द्वारा क्रांतिकारियों को डर के ख़िलाफ़ हँसी-मज़ाक़ को हथियार के तौर पर इस्तेमाल करने का प्रशिक्षण दिया जाता है। मिस्र के कार्यकर्ताओं के साथ उनके काम करने के कुछ ही दिन बाद एक चित्र पूरे मिस्र में फैलने लगा-माइक्रोसॉफ़्ट विंडोज़ प्रोग्राम के इंस्टालेशन की हास्यपूर्ण नक़ल :

(इंस्टालिंग फ्रीडम। फ़ाइल्स ट्यूनीशिया/ से कॉपी की जा रही हैं। बस कुछ दिन शेष)

इसके साथ एक एरर का संदेश भी था :

(एरर इंस्टालिंग फ्रीडम। आज़ादी स्थापित नहीं की जा सकी : कृपया ''मुबारक़'' हटाकर दोबारा प्रयास करें।)

इन चित्रों के लोकप्रिय होने के साथ ही डर धीरे-धीरे ख़त्म होता चला गया। अपनी बात कहने का डर उस वक़्त हवा हो जाता है जब आप अपनी क्रांति के निशाने का ही मज़ाक़ उड़ा रहे हों।

पोपोविक, हँसी-मज़ाक़ के प्रभावी प्रदर्शन को दुविधा में की गई कार्रवाई कहते थे : ऐसे विकल्प जो अत्याचारियों को हर हाल में हार की स्थिति में पहुँचा देते थे। सीरिया में कार्यकर्ताओं ने पिंगपोंग की हज़ारों गेंदों पर ''आज़ादी'' और ''बहुत हो चुका'' जैसे नारे चस्पां करके उन्हें दमिश्क की गलियों में फैला दिया। पोपोविक ने देखा कि जब सीरिया के लोगों ने सड़कों पर उछलती गेंदों को देखा तो वे समझ गए कि, ''अहिंसक विपक्ष असद के शासन को सीधी चुनौती दे रहा है।''

जल्द ही पुलिसवाले आ गए, ''हाँफते-दौड़ते हुए, इन लोगों ने बस एक के बाद एक पिंगपोंग की गेंदों को इकट्ठा करते हुए, पूरी राजधानी को छान मारा।'' पोपोविक बताते हैं, ''पुलिस जिस बात को समझ नहीं पाई वह यह थी कि इस खिल्ली उड़ाने वाले प्रहसन में पिंगपांग की गेंदें तो महज़ एक सहारा था। और शासन को लागू करने वाले लोग, यानी कि उन्हें विदूषक की भूमिका दी गई थी।''

आसानी से देखा जा सकता है कि तानाशाहों के ख़िलाफ़ इस तरह की खिल्ली उड़ाया जाना कैसे कारगर साबित होता है, जो अपनी खिल्ली को सहजता से नहीं लेते। यही बात सामान्य परिस्थितियों में भी कारगर हो सकती है। स्टेनफ़ोर्ड के प्रोफ़ेसर रॉबर्ट सटन ने युवा सर्जनों के एक समूह का उल्लेख करते हुए बताया कि उन्हें नियमित तौर पर वरिष्ठ सर्जनों (अटेंडिंग सर्जन) की छींटाकशी सुनना पड़ती थी। उनके साथ इतना बुरा बर्ताव किया जाता था कि उन्होंने सप्ताह के ''सबसे बेवक़ूफ़ अटेंडिंग सर्जन'' का तक चयन करना शुरू कर दिया था। हर शुक्रवार को उम्मीदवारों का नामांकन किया जाता था और फिर बाद में विजेता के लिए मतदान होता था। एक विशेष सर्जन से तो वह सब इतने ज़्यादा नफ़रत करते थे कि यह तय-सा था कि अगर विजेता का मुक़ाबला बराबरी पर समाप्त हुआ तो उसे ही विजेता घोषित किया जाएगा, फिर भले ही वह ख़िताबी मुक़ाबले में मौज़ूद हो या नहीं हो। उन्होंने एक जर्नल में सबसे ज़्यादा दोषी व्यक्तियों के नाम दर्ज़ करना शुरू कर दिए। बाद में उनके व्यवहार की समीक्षा लिखी जाती थी जो प्रतिस्पर्धियों को हारने वालों के बीच पहला स्थान दिलाने में मदद करती थी। इस मज़ाक़ ने वरिष्ठों की छींटाकशी को कम हतोत्साहित करने वाला बना दिया और युवा डॉक्टरों का डर भी ख़त्म हो गया। अंततः उन्होंने पूरा जर्नल ही हर साल आने वाले प्रमुख डॉक्टर को सौंपना शुरू कर दिया। 20 साल बाद भी वह जर्नल आज भी उस अस्पताल में जूनियर डॉक्टरों द्वारा इस्तेमाल किया जाता है। इसे बनाने वाले सर्जन आज पूरे देश के विभिन्न अस्पतालों में बड़े पदों पर हैं। उन्होंने यह प्रतिज्ञा ली है कि उनके साथ जो दुर्व्यवहार या प्रताड़ना हुई है, वह किसी के भी साथ नहीं होने देंगे।

जहाँ भी डर का राज़ है, पोपोविक को हँसी-मज़ाक़ की भूमिका की ज़रूरत दिखाई देती है। थमने की प्रक्रिया को धीमा करने के प्रयास की बजाय वह हँसी के ज़रिए गति देने वाली प्रणाली को तेज़ करते हैं। जब आपके पास कोई सत्ता या ताक़त नहीं हो तो नकारात्मक भावनाओं को सकारात्मक भावनाओं में तब्दील कर देना एक सशक्त तरीक़ा है। उनकी एक वर्कशॉप में विद्यार्थी यूनिवर्सिटी की ट्यूशन फ़ीस के ख़िलाफ़ बग़ावत पर आमादा थे। पोपोविक की कहानियाँ सुनने के बाद, उन्होंने यूनिवर्सिटी अध्यक्ष से संपर्क करने की ठानकर उन्हें केवल रेमन वाली डायट के ही फ़ोटो दिखाकर उनसे हर हफ़्ते सबको उनके घर रात्रि भोज पर बुलाने का आग्रह करने का फ़ैसला किया। पोपोविक ने मुस्कराकर इसे मंज़ूरी दे दी : यह बात

और है कि उन्होंने अभियान को आगे बढ़ाया या नहीं, लेकिन पोपोविक ने उन्हें सिखा तो दिया था कि हँसी-मज़ाक़ के साथ कैसे डर से लड़ा जाता है। अध्यक्ष के उन्हें भोजन पर आमंत्रित नहीं किए जाने की स्थिति में पोपोविक ने कहा कि विद्यार्थी उनसे कहें कि कम से कम बचा-कुचा खाने के लिए ही बुला लें।*

लेकिन फिर उन पर एक बहुत ही निराशाजनक संदेश देने का वक़्त आया : स्वतंत्रता की लड़ाई मतलब केवल गुलाब नहीं है और ना ही आसानी से मिलने वाली वस्तु। सतही तौर पर स्रद्जा पोपोविक एक आशावादी की तरह दिखाई देते हैं। जब दूसरे लोग उदासीनता में जी रहे थे, उन्होंने सर्बिया के बेहतर भविष्य की कल्पना की। जब अन्य लोगों को डर से लक़वा मार गया था, उन्होंने मज़ाक़ का पुट लाया और वह इस धारणा के लिहाज़ से पर्याप्त उम्मीद से भरे थे कि विद्यार्थियों का एक समूह मज़बूत तानाशाह का भी तख़्ता पलट सकता है। लेकिन जब उनसे पूछा गया कि क्या उनका आत्मविश्वास भी कभी डोला था? उन्होंने तत्काल उत्तर दिया हाँ और कहा, ''क्या मुझे ख़ुद को लेकर संदेह उत्पन्न हुआ? हमेशा, 10 साल तक।'' आज भी कई सफल क्रांतियों का नेतृत्व करने और कई कार्यकर्ताओं को तानाशाह को अपदस्थ करने के गुर सिखाने के बाद भी, वह इन आंदोलनों में गई जानों के बारे में सोचते हैं और उन्हें पर्याप्त प्रशिक्षण नहीं दे पाने का दोषी ख़ुद को ठहराते हैं।

लोगों को टीवी को सड़कों पर धकेलकर ले जाने के लिए प्रेरित करना एक बात है। उन्हें अधिक अर्थपूर्ण कार्रवाई के लिए हौसला देना और बड़ी चुनौती है।

---

* जब हम बैचेनी का सामना कर रहे हों तो केवल उत्साह और मनोरंजन ही हमारे गतिशील होने की प्रणाली को सक्रिय करने के लिए आवश्यक सकारात्मक भावनाएँ नहीं होतीं। जब एल्विस प्रेसले ने अपनी निजी फ़ाइल अमेरिकी सेना से तैयार कराई तो सरकारी क्लर्कों ने फ़ॉर्म को ख़ुद टाइपिंग करके पूरा किया था। 1980 के दशक तक आईबीएम सिलेक्टिव ने अप्रचलित मैन्युअल टाइपराइटर की जगह ले ली थी, लेकिन बाक़ी कुछ भी नहीं बदला था। जब इस प्रक्रिया को डेस्कटॉप कम्प्यूटरों के ज़रिए स्वचलित करने का वक़्त आया तो पहले यह फ़ॉर्म भरने वाले सरकारी कर्मचारियों को लगने लगा कि कम्प्यूटर अंततः उनकी नौकरी खा जाएगा। उन्होंने कम्प्यूटरों को अपनी डेस्क पर अपने पसंदीदा टाइपराइटर के बग़ल में पटकते हुए कहा कि टेस्ट प्रोग्राम बाद में होगा। उन्होंने कम्प्यूटरों का प्लग तक नहीं लगाया। कुछ सप्ताह बाद सरकार ने कुछ आसान से कम्प्यूटर गेम्स इंस्टॉल किए और क्लर्कों से अपने ख़ाली वक़्त में उन्हें आज़माने के लिए प्रोत्साहित किया। क्लर्कों के भीतर इतना ज़्यादा कौतूहल पैदा हो चुका था कि कुछ माह बाद जब उन्होंने आधिकारिक प्रशिक्षण शुरू किया तो वे ख़ुद को कम्प्यूटर के संचालन की कुछ प्रमुख बातें सिखा चुके थे। उस वक़्त इस प्रक्रिया से जुड़े एक अग्रिम पंक्ति के व्यक्ति ब्रायन गोशेन के मुताबिक़, ''जिस वक़्त तक हम शुरुआत के लिए तैयार हो चुके थे, उनके भीतर अब इसे लेकर कोई डर नहीं था। वे नई प्रौद्योगिकी के साथ सहज हो चुके थे।''

जब मैंने पोपोविक से पूछा कि मौलिकता से भरे निराले लोग कैसे अधिक ज़रूरी प्रयास के लिए लोगों के गतिशील होने की प्रक्रिया को सक्रिय करते हैं, तो उन्होंने कहा कि हम आमतौर पर यह ग़लत तरीक़े से करते हैं।

सुलगता मंच

वर्ष 2000 में नए वर्ष की पूर्वसंध्या पर पोपोविक और उनके दोस्तों ने रिपब्लिक चौराहे पर जश्न का आयोजन किया। उन्होंने सर्बिया के सबसे लोकप्रिय रॉक बैंड का कार्यक्रम तय करके इस बात को ख़ूब प्रचारित किया कि आधी रात को अंतरराष्ट्रीय स्तर पर ख्यात हो चुके और सर्बिया में बेहद लोकप्रिय रेड हॉट चिली पीपर्स समूह का लाइव कंसर्ट होगा। बेलग्रेड के इस चौराहे पर रात को हज़ारों लोगों की भीड़ जमा हो गई, जो मुख्य कार्यक्रम के बेसब्री भरे इंतज़ार में स्थानीय बैंड के गानों पर उत्साह के साथ थिरक रही थी। आधी रात से ठीक एक मिनट पहले, पूरे चौराहे पर अंधेरा हो गया और लोगों ने उल्टी गिनती शुरू कर दी। लेकिन जब घड़ी ने 12 बजने की घंटियाँ बजाईं तो बहुप्रतीक्षित प्रसिद्ध रॉक बैंड का कोई अता-पता नहीं था।

जो आवाज़ सुनाई दे रही थी वह बहुत ही हताशा भरे संगीत की थी। श्रोता जबकि सदमे-सी स्थिति में इसे सुन रहे थे, बोरिस टेडिक नाम के मनोवैज्ञानिक ने मंच के पीछे से घोषणा की, ''हमारे पास जश्न मनाने जैसा कुछ नहीं है।'' लोगों से घर लौटने की अपील करते हुए उन्होंने कहा कि वे सोचें कि क्या क़दम उठाएँगे। ''यह वर्ष युद्ध और दमन का वर्ष था। लेकिन इसे ऐसा होने की कोई भी ज़रूरत नहीं थी। आइए मिलकर अगले वर्ष को उल्लेखनीय बनाएँ, क्योंकि वर्ष 2000 ही वह वर्ष है।''

मैनेजमेंट के प्रोफ़ेसरों लिन एंडरसन और थॉमस बेटमैन द्वारा किए गए रिसर्च में इस हरकत के प्रभावों पर रोशनी डाली गई। अपनी कंपनियों में पर्यावरण के मुद्दों में क़ामयाबी हासिल करने वाले सैकड़ों मैनेजरों और कर्मचारियों पर किए गए एक अध्ययन में पाया गया कि सफल अभियानों और असफल अभियानों में व्यक्त भावनाओं, इस्तेमाल उपमाओं या तार्किक बहसों, प्रमुख भागीदारों से सलाह लेने या पर्यावरण के अभियान को अवसर या ख़तरे के तौर पर प्रस्तुत करने के आधार पर कोई अंतर नहीं था। अंतर लाने वाला कारक थी तात्कालिकता की भावना। नेतृत्वकर्ताओं को मुद्दे के समर्थन के लिए मनाने, एक कार्यबल की तैनाती और इस पर वक़्त और धन के निवेश के लिए पर्यावरण के समर्थकों को यह बात सुस्पष्ट करनी पड़ी कि मूल कारण को *अब* अपनाए जाने की ज़रूरत क्यों है।

जब हार्वर्ड के प्रोफ़ेसर जॉन कोटर 100 से ज़्यादा ऐसी बड़ी कंपनियों का अध्ययन किया जो बड़े बदलाव लाने का प्रयास कर रही थीं तो उन्होंने पाया कि तात्कालिकता की भावना को स्थापित नहीं कर पाना, उनकी पहली ग़लती थी। 50 प्रतिशत से ज़्यादा अफ़सरान कर्मचारियों को यह समझा ही नहीं सके कि परिवर्तन लाज़मी है और यह अभी किए जाने की ज़रूरत है। कोटर लिखते हैं, ''अधिकारी इस बात का मूल्याँकन नहीं कर पाते कि लोगों को उनकी आरामदेह स्थिति से बाहर निकालना कितना मुश्किल काम है। तात्कालिकता की भावना के बग़ैर, लोग... ज़रूरी त्याग नहीं करेंगे। इसकी बजाय वे यथास्थिति से चिपके रहकर प्रतिरोध करते हैं।'' ओटपोर! ने तात्कालिकता की ज़रूरत को ''वक़्त आ चुका है'' और ''वह ख़त्म है,'' जैसे नारों से स्थापित कर दिया था। यही वज़ह रही कि जब उन्होंने घोषणा की कि, ''*यही* वह वर्ष है,'' तो सर्बियाई लोगों को यह स्पष्ट हो चुका था कि तत्काल कार्रवाई का वक़्त आ चुका है।

नववर्ष की पूर्वसंध्या पर हर किसी को घर भेजने के क़दम के प्रभाव को स्पष्ट करने के लिए आइए एक ऐसे रिसर्च को देखते हैं, जिसने एक क्षेत्र को बदल डाला, दूसरे का विस्तार किया और अंततः नोबेल पुरस्कार की वज़ह बना। कल्पना कीजिए कि आप एक कार उत्पादन कंपनी में मैनेजर हैं और आर्थिक चुनौतियों के चलते आपको तीन प्लांट्स को बंद करके छह हज़ार कर्मचारियों की छुट्टी करना है। आप दो अलग प्लांट्स में से एक को चुन सकते हैं।

प्लान ए तीन में से एक प्लांट के साथ-साथ दो हज़ार लोगों की नौकरियाँ बचाएगा।

प्लान बी के तीनों प्लांट्स और सभी छह हज़ार नौकरियाँ बचाने की एक-तिहाई संभावना है। लेकिन दो तिहाई आशंका कोई भी प्लांट या नौकरी नहीं बचाने की भी है।

अधिकतर लोग प्लान ए को प्राथमिकता देते हैं। मूल अध्ययन में 80 प्रतिशत लोगों ने जोख़िम लेने के बजाय इसे सुरक्षित माना। लेकिन कल्पना करें हमने आपको विकल्पों का एक अन्य सेट दिया है।

प्लान ए के तहत तीन में से दो प्लांट के साथ-साथ चार हज़ार लोगों की नौकरियाँ जाने की आशंका रहेगी।

प्लान बी के तहत सभी तीन प्लांटों में से दो-तिहाई और सभी छह हज़ार नौकरियाँ गँवाने की आशंका, लेकिन एक तिहाई संभावना किसी भी प्लांट और नौकरी को नहीं गँवाने की रहेगी।

तार्किक रूप से देखा जाए तो पहले चयन में भी यही विकल्प हैं। लेकिन मनोवैज्ञानिक तौर पर देखा जाए तो वे एक जैसे लगते नहीं हैं। बाद वाले चयन

में 82 प्रतिशत लोग प्लान बी को प्राथमिकता देते हैं। उनकी प्राथमिकताएँ उलट जाती हैं।

पहले मामले में विकल्पों को लाभ के तौर पर दिखाया गया है। हम प्लान ए को प्राथमिकता देते हैं, क्योंकि हम लाभ के क्षेत्र में जोख़िम को टालने की प्रवृत्ति रखते हैं। जब हमें थोड़ा लाभ मिलता है तो हम उसे कसकर थामते हुए उसे बचाते भी हैं। हम दो हज़ार लोगों की नौकरियाँ सुरक्षित रखने की गारंटी को लेकर सावधानी बरतते हैं और वह जोख़िम क़तई नहीं लेना चाहते जो शायद एक भी व्यक्ति की नौकरी को सुरक्षित नहीं रख सके। आख़िर कहते भी हैं नौ नक़द ना तेरह उधार।

लेकिन दूसरे मामले में हमें तय नुक़सान के बारे में बताया जाता है। अब हम वह सबकुछ करने को तैयार हैं जिससे उस नुक़सान से बचा जा सके। भले ही इसका मतलब और बड़ा जोख़िम मोल लेना हो। वैसे भी हम हज़ारों नौकरियाँ गँवाने वाले ही हैं, इसलिए हम ऐहतियात को ख़ारिज करते हुए एक बड़ा जुआ खेलते हैं, इस उम्मीद के साथ कि हम कुछ भी नहीं गँवाएँगे।

इस दिशा में मनोवैज्ञानिकों एमोस त्वेर्स्की और डेनियल केनेमैन ने रिसर्च किया था : इससे व्यवहार अर्थशास्त्र के क्षेत्र को विकसित होने में मदद मिली और केनेमैन को इसके लिए नोबेल पुरस्कार मिला। इसने इस बात का ख़ुलासा किया कि हम जोख़िम को लेकर प्राथमिकता में, केवल कुछ शब्दों के ज़रिए लाभ की बजाय नुक़सान पर ज़ोर डालकर, नाटकीय परिवर्तन ला सकते हैं। इस ज्ञान का यह समझने में बहुत बड़ा योगदान रहा कि लोगों को जोख़िम लेने के लिए कैसे प्रेरित किया जाए।

अगर आप लोगों के व्यवहार में सुधार चाहते हैं तो क्या बदलाव के लाभ और बदलाव नहीं करने के नुक़सान का विशेष तौर पर उल्लेख बेहतर होगा? भावनात्मक बुद्धिमत्ता की धारणा के जनकों में से एक और अब येल के प्रेसिडेंट पीटर सेलोवे के मुताबिक़ यह इस बात पर निर्भर करता है कि वे नए व्यवहार को सुरक्षित मानते हैं या जोख़िम भरा। अगर वे मानते हैं कि व्यवहार सुरक्षित है तो हमें उन तमाम अच्छी बातों पर ज़ोर देना चाहिए जो उनके ऐसा करने से होंगी–वे लोग तत्काल इन लाभों को उठाने के लिए बदलाव का प्रयास करेंगे। लेकिन जब लोगों को यह लगता है कि यह व्यवहार जोख़िम भरा है तो यह तरीक़ा कारगर नहीं होता। वे पहले ही यथास्थिति में सुकून हासिल कर रहे हैं, इसलिए बदलाव के लाभ उनके लिए पर्याप्त रूप से आकर्षक नहीं हैं। उनकी पहल को रोक देने वाली प्रणाली सक्रिय हो जाती है। इसकी बजाय हमें यथास्थिति को स्थिर करना होगा और इस बात को और अधिक सुस्पष्ट करना होगा कि अगर बदलाव नहीं किया तो क्या बुरा हो सकता है। क़दम नहीं उठाने पर नुक़सान तय दिखने पर जोख़िम लेना

ज़्यादा आकर्षक विकल्प लगता है। तय नुक़सान की आशंका ही गतिशीलता की प्रणाली को सक्रिय कर देती है।

विशाल दवा कंपनी मर्क में मुख्य कार्यकारी अधिकारी केनेथ फ्रेज़ियर ने अधिकारियों को नई खोज और बदलाव का नेतृत्व थामने के लिए प्रेरित करने का फ़ैसला किया। उन्होंने उनसे बेहद चौंकाने वाली बात करने को कहा : ऐसे विचार तैयार करें जो मर्क को कारोबार से बेदख़ल कर देंगे।

मर्क के शीर्ष प्रतिद्वंद्वी के तौर पर अगले दो घंटे तक अधिकारियों ने समूहों में काम किया। ऊर्जा बढ़ने लगी जब उन्होंने ऐसी दवाओं पर विचार तैयार किया जो उनके और मुख्य बाज़ारों को उनसे छीन लेंगी, जो उनकी नज़रों से छूट गई थीं। उसके बाद उनको चुनौती दी गई मूल भूमिकाओं में लौट आने की और यह पता लगाने की कि इन ख़तरों से कैसे जूझा जाए।*

यह ''कंपनी को ख़त्म करो'' की क़वायद बहुत शक्तिशाली है, क्योंकि यह नुक़सान के लिहाज़ से लाभ आधारित ढाँचे को पुनर्गठित करती है। जब बात नई खोज के अवसरों की हो रही थी तो अधिकारी जोख़िम लेने के लिए तैयार नहीं थे। जब उन्होंने इस बात पर विचार किया कि उनके प्रतिस्पर्धी किस तरह से उन्हें कारोबार से बेदख़ल कर सकते हैं तो उन्हें यह अहसास हुआ कि नया कुछ *नहीं* करना जोख़िम मोल लेना है। नई खोज की तात्कालिकता सुस्पष्ट थी।

उदासीनता का सामना करने के लिए परिवर्तन के अधिकांश कारक भविष्य का एक प्रेरणादायक नज़रिया पेश करने पर ध्यान केंद्रित करते हैं। यह बताने के लिहाज़ से एक महत्त्वपूर्ण संदेश है, लेकिन यह इस तरह का संवाद नहीं है जो सबसे पहले आना चाहिए। अगर आप चाहते हैं कि लोग जोख़िम मोल लें तो आपको पहले यह बताना होगा कि उनके वर्तमान में क्या ग़लत है। लोगों को उनके सुकून के दायरे से बाहर निकालने के लिए आपको उनके भीतर वर्तमान परिस्थितियों को लेकर असंतुष्टि, निराशा या गुस्सा जगाना होगा, यह बताते हुए कि नुक़सान तयशुदा है।

अपनी पूरी ज़िंदगी भर शानदार प्रस्तुतियों का अध्ययन करने वाली संप्रेषण विशेषज्ञ नैंसी दुआर्ते कहती हैं, ''सर्वकालीन सर्वश्रेष्ठ संप्रेषक,'' वह होता है जो

---

* यह क़वायद रक्षात्मकता और आक्रामकता को अपनाने के बीच के मनोवैज्ञानिक अंतर का लाभ उठाती है। जासूसों के समुदाय में आतंक निरोधक टीमों के अध्ययन के दौरान कार्नेगी मेलन प्रोफ़ेसर अनिता वूली ने पाया कि जब टीमें रक्षात्मक थीं, तो वे सावधानी बरतती थीं, सभी प्रतिस्पर्धात्मक ख़तरों से बचाव के प्रयास। वे बहुत ज़्यादा सूचनाओं को तलाशती हैं, लेकिन आत्मविश्वास की कमी से प्रभावित हो सकती हैं। जब टीमें आक्रामक रुख़ लेती हैं तो वे कई रचनात्मक संभावनाओं पर विचार करती हैं, लेकिन फिर वे हमले के केवल एक या दो योजनाओं तक सीमित हो जाती हैं।

शुरुआत यह बात स्थापित करके करता है, ''क्या है : पेश है यथास्थिति।'' उसके बाद वह ''इसकी तुलना क्या हो सकता था, से करते हैं'' और कोशिश करते हैं कि ''यह अंतर जितना ज़्यादा हो सके, दिखाया जाए।''

हम यह क्रम अमेरिकी इतिहास के दो सर्वाधिक सम्मानजनक दो भाषणों में देख सकते हैं। राष्ट्रपति पद की शपथ लेने के बाद के अपने चर्चित भाषण में फ़्रैंकलिन डी. रूजवेल्ट ने वर्तमान परिस्थितियों को स्वीकारते हुए शुरुआत की थी। ''पूरा सच, खुलकर स्पष्ट तौर पर बोलने'' का वादा करते हुए उन्होंने महामंदी के भयावह परिणामों का वर्णन किया और उसके बाद ही उन्होंने इस बात का रुख़ किया कि क्या संभव था। उसके बाद उन्होंने नई नौकरियाँ तैयार करने की उम्मीद जगाई और फिर भविष्यवाणी की, ''यह महान देश... पुनर्जीवित होगा और तरक्की करेगा... हमें जिस एक बात से डरना है वह है डर।''

जब हम मार्टिन लूथर किंग जूनियर के कालजयी भाषण की बात करते हैं तो जो बात सबसे ज़्यादा चमक के साथ सामने आती है वह है बेहतर भविष्य की दमकती छवि। फिर भी अपने 16 मिनट के भाषण में उन्होंने 11वें मिनट के बाद ही पहली बार अपने सपने का ज़िक्र किया। बदलाव की उम्मीद की बात करने से पहले किंग ने यथास्थिति की अस्वीकार्य परिस्थितियों का हवाला दिया। अपने भाषण की शुरुआत में उन्होंने कहा कि दासता से मुक्ति के वादे की उद्घोषणा के बावज़ूद, ''100 साल बाद भी अलगाव की बेड़ियों और भेदभाव की जंज़ीरों के कारण अश्वेतों की ज़िंदगी पंगु है।'' कष्टों को बयाँ करके तात्कालिकता को स्थापित कर देने के बाद किंग ने अपना रुख़ संभावनाओं की ओर किया, ''लेकिन हम इस धारणा को स्वीकारने से इनकार करते हैं कि न्याय का कोष कंगाल हो चुका है।'' उन्होंने अपना दो-तिहाई भाषण ऐसी एक-दो चुटीली पंक्तियों को दिया। क्या था और क्या हो सकता था के बीच। वर्तमान के प्रति रोष का प्रदर्शन करके भविष्य के प्रति उम्मीद जताते हुए। समाजशास्त्री पैट्रिशिया वेसिलेवस्की के मुताबिक़, ''किंग ने मौज़ूदा असमानताओं के प्रति भीड़ की गुस्से की भावनाओं को बड़ी सफ़ाई से स्पष्ट किया।'' इससे उन्होंने लोगों में ''हर हाल में परिस्थितियों को बदलने के संकल्प'' को मज़बूती दी। आज के हालात भरे दुस्वप्न का ख़ुलासा हो जाने के बाद तमाम श्रोता अब बस उनके भविष्य के सपने में रम जाने के लिए तैयार हो चुके थे।

मनोवैज्ञानिक मिनजंग कू और एयलेट फ़िशबाक के अनुसार जब हमारे भीतर किसी लक्ष्य को हासिल करने को लेकर संदेह घर कर जाता है, भले ही हम पीछे देखते हैं या आगे हमारी प्रतिबद्धता पर निर्भर करता हो, जब हमारी प्रतिबद्धता ही डगमगा रही हो तो लक्ष्य के रास्ते पर बने रहने का सबसे अच्छा तरीक़ा उस प्रगति पर नज़र डालना है, जो हम हासिल कर चुके हैं। जब हम यह पहचान लेते हैं कि हमने क्या निवेश किया था और क्या हासिल किया है, तो हौसला हार जाना

बर्बादी की तरह लगता है और हमारा विश्वास और प्रतिबद्धता फिर बढ़ने लगते हैं। ओटपोर! के शुरुआती दिनों में स्रदूजा पोपोविक और उनके दोस्तों ने लोगों को हँसने और छोटी-छोटी उपलब्धियाँ हासिल करने में मदद करके संदेह और भय का सामना किया था। इस तरह वह पीछे देखकर प्रगति का अहसास कर सकते थे, जो उनकी बैचेनी को उत्साह में बदलकर उनके समर्पण को सुनि श्चि त कर देता था।

एक बार प्रतिबद्धता पुख़्ता हो जाए तो पीछे का परिदृश्य दिखाने वाले शीशे में देखने की बजाय, बाक़ी बचे काम का विशेष उल्लेख करके आगे बढ़ना बेहतर विकल्प है। जब हम किसी लक्ष्य पर पहुँचने के प्रति संकल्पबद्ध होते हैं तो, हम कहाँ हैं और हम कहाँ होना चाहते हैं, के बीच का अंतर, हमारे भीतर की आग को प्रज्ज्वलित करता है। सर्बिया में जैसे-जैसे ओटपोर! आंदोलन को डर से मुक्त वफ़ादार समर्थक मिलते चले गए, अब वक़्त था उन्हें यह बताने का कि उन्होंने कितना सफ़र तय कर लिया है।

यही वह वक़्त था जब पोपोविक और उनके दोस्तों ने कंसर्ट को रद्द करके बेलग्रेड के नागरिकों को नववर्ष की पूर्वसंध्या पर उनके घर लौटा दिया। दो साल के भीतर ओटपोर! की 130 शाखाएँ और 70,000 सदस्य से ज़्यादा थे। लेकिन मिलोसेविक को वास्तविकता में सत्ता से हटाने के लिए उन्हें लाखों वोटों की दरकार थी। कुछ वर्ष पहले मिलोसेविक ने तुलनात्मक रूप से लोकतांत्रिक चुनावों के लिए सहमति जताई थी-और जीत हासिल की थी। मतपेटियों पर उसके गुर्गों का नियंत्रण था। भले ही सर्बियाई मतदान के ज़रिए उसे सत्ता से हटा दें, लेकिन सवाल यह था कि क्या वह हार स्वीकारेगा? पोपोविक और उनके मित्र चाहते थे कि कार्रवाई के लिए ज़रूरत पूरे देश में भावनाओं का सैलाब लाने की थी। अब वक़्त यथास्थिति को अस्थिर करने का था और नागरिकों की गतिशीलता की प्रणाली को यह बात याद दिलाकर सक्रिय करना था कि जश्न मनाने जैसा कुछ भी नहीं है, क्योंकि वर्तमान परिस्थितियाँ असहनीय हैं। मैनेजमेंट गुरु टॉम पीटर्स सुझाव देते हैं, ''हौसले की बजाय, यथास्थिति को लेकर आवेश का स्तर इतना अधिक कर दिया जाए कि कोई हाथ पर हाथ धरे बैठ ही नहीं सके।''

तमाशा जारी रहना चाहिए

गुस्सा, उदासीनता के ख़िलाफ़ काम करता है : हमें यह महसूस होता है कि हमारे साथ ग़लत हुआ है और हम लड़ने के लिए मज़बूर हो जाते हैं। लेकिन यह बहुत लंबा भी खिंच सकता है। गुस्सा ना केवल गतिशीलता की प्रक्रिया को सक्रिय करता है; यह गति को तूफ़ानी भी बना सकता है। यह एक ऐसी शक्ति है जो लोगों को बोलने और कार्रवाई के लिए उकसाती है, लेकिन यह उन्हें ऐसा करने में कम

प्रभावी भी बना सकती है। कार्यकर्ताओं के अध्ययन के बाद डेब्रा मेयरसन और मॉरिन स्कली का सुझाव है कि सफलता की कुंजी है, ''एक ही वक़्त में गर्म और ठंडे दिमाग़ वाला होना। गर्मी से कार्रवाई और बदलाव को गति मिलती है, शीतलता कार्रवाई को आकार देती है उसे एक न्यायसंगत और व्यवहार्य प्रारूप में ढाल देती है।'' लेकिन एक बार दिमाग़ गर्म हो जाने के बाद हम उसे ठंडा कैसे रख सकते हैं?

बर्कले की समाजशास्त्री आर्ली होशचाइल्ड के अनुसार, अगर आप बैचेनी या गुस्से जैसी तीव्र भावना महसूस कर रहे हैं तो इसे क़ाबू में रखने के दो तरीक़े हैं : सतही तौर पर अभिनय और गहन अभिनय। सतही तौर पर अभिनय का मतलब होता है कि चेहरे पर चेहरा ओढ़ लें-अपने भाषण, हावभावों और मुद्राओं को ऐसा कर लें मानो आप अविचिलत हैं। अगर आप फ़्लाइट अटेंडेंट हैं और गुस्से में कोई यात्री आप पर चिल्लाना शुरू कर देता है तो आप एक झूठी मुस्कान दे सकती हैं। आप अपने बाहरी रूप को बदल रही हैं, लेकिन आपकी भीतरी दशा अपरिवर्तित है। आप उस यात्री से नाराज़ हैं और उस यात्री को भी इस बात का अहसास है। रूस के थिएटर के दिग्दर्शक कांस्टेंटिन स्टेनिस्लावस्की ने देखा है कि सतही अभिनय में अभिनेतागण कभी भी भूमिका में पूरी तरह से डूबे हुए नहीं होते। उन्हें हमेशा श्रोताओं की मौज़ूदगी का पता है और उनका प्रदर्शन कभी भी प्रामाणिक नहीं माना जाता। स्टेनिस्लावस्की लिखते हैं, ''सतही अभिनय कभी भी आपके अंतरंग को गर्माहट नहीं देगा या उसके भीतर नहीं समाएगा... नाज़ुक और गहरी मानवीय अनुभूतियाँ इस तरह के अभिनय का विषय नहीं हैं।''

गहन अभिनय में, जिसे थिएटर की दुनिया में मैथड एक्टिंग भी कहते हैं, आप वास्तविकता में वह क़िरदार ही बन जाते हैं, जिसे आप साकार करना चाहते हैं। गहन अभिनय में आपकी अंतरंग अनुभूतियाँ शामिल होती हैं, ना केवल उनकी बाहरी अभिव्यक्ति। अगर आप उपरोक्त उदाहरण की फ़्लाइट अटेंडेंट हैं तो आप शायद यह सोच सकती हैं कि यात्री तनावग्रस्त होगा, उसे उड़ान से डर लगता हो या वह बहुत ही अप्रिय तलाक़ प्रक्रिया से गुज़र रहा होगा। आपको यात्री के प्रति हमदर्दी लगती है और मुस्कान आपके चेहरे अपने आप आ जाती है, जिससे गर्मजोशी की ज़्यादा खरी अभिव्यक्ति होती है। गहन अभिनय आपके और आपके द्वारा निभाए जाने वाले क़िरदार के बीच के अंतर को मिटा देता है। अब आप अभिनय कर ही नहीं रहे हैं, क्योंकि आप ख़ुद क़िरदार की असली अनुभूतियों को वास्तविकता में महसूस कर रहे हैं। आप उसमें डूब चुके होते हैं।

ज़बर्दस्त सर्दी की जमा देने वाली तैराकी से पहले लुईस पुग, गहन अभिनय में लिप्त हो जाते हैं। एमिनेम और पी. डिडी के गाने सुनते हुए वह ब्रिटिश स्पेशल फ़ोर्सेस के दिनों में हवाई जहाज से छलांग लगा देने की जीवंत यादों को ताज़ा करते हैं। वह उस अनुभव को दोबारा जी रहे हैं जो वह दोबारा अनुभव करने वाले हैं।

ऑस्कर विजेता डेनियल डे-लुईस तो एक क़दम और आगे चले जाते हैं। आर्थर मिलर के द *क्रूसिबल* में अपनी भूमिका के लिए तैयारी के दौरान उन्होंने 17वीं सदी के औज़ार इस्तेमाल करके ख़ुद के लिए एक मकान बनाया और बिना पानी और बिजली के उसमें रहने लगे। जब उन्होंने *माय लेफ़्ट फ़ूट* में मस्तिष्क पक्षाघात से ग्रसित लेखक की भूमिका निभाई तो फ़िल्म की पूरी प्रॉडक्शन प्रक्रिया के दौरान वह व्हीलचेयर पर ही रहे, टूटी-फूटी भाषा में बात की और क्रू के सदस्यों को अपने को चमचे से भोजन कराने की अनुमति दे दी। एक अभिनेता के तौर पर अंततः वह एक क़िरदार को ही निभा रहे हैं, लेकिन गहन अभिनय का उद्देश्य उन भावनाओं को महसूस करना है, जिन्हें वह अभिव्यक्त करने जा रहे हैं।

भावनाओं पर नियंत्रण के लिहाज़ से सतही अभिनय की तुलना में गहन अभिनय ज़्यादा टिकाऊ रणनीति है। रिसर्च बताता है कि सतही अभिनय से हम बुरी तरह से थक जाते हैं : भावना की झूठी अभिव्यक्ति, जिसे आप महसूस नहीं कर रहे हैं, तनावपूर्ण और थका देने वाली है। अगर हम भावनाओं को व्यक्त करना चाहते हैं तो हमें वास्तविकता में उसे अनुभव करना होगा।

जब स्रद्जा पोपोविक और उनके साथी कार्यकर्ताओं को प्रशिक्षण देते हैं तो वह उन्होंने भूमिका करने की क़वायद से गहरा अभिनय सिखाते हैं। उदाहरण के तौर पर, उन्होंने मालदीव में लोगों को कारोबारी प्रमुखों, होटल मालिकों, द्वीप के वरिष्ठों, भारत के प्रवासियों, पुलिस और सुरक्षा गार्ड तक की भूमिकाएँ निभाने को कहा। इससे उन्हें यह पहले ही जान लेने में आसानी हुई कि दूसरों की प्रतिक्रिया कैसी होगी और उसी लिहाज़ से उन्होंने अपनी प्रतिक्रिया को भी तैयार किया।

आग को हवा देना

रोज़ा पार्क्स को मोंटगोमरी की एक बस में पीछे की ओर बैठने से इनकार के लिए ग़िरफ्तार किए जाने के एक साल बाद सर्वोच्च न्यायालय ने इस पृथकतावाद को ग़ैरक़ानूनी घोषित कर दिया। एकीकृत बसों में लोगों को नस्लीय झड़प के लिए तैयार करने को मार्टिन लूथर किंग जूनियर ने हज़ारों अश्वेत अलाबामावासियों के लिए कार्यशालाएँ तैयार कीं और आयोजित कीं। इस काम में उन्हें जेम्स लॉसन, बेयर्ड रस्टिन और ग्लेन स्माइली जैसे अहिंसा के विशेषज्ञों से मदद मिली। टीम ने एक नक़ली ख़ाका तैयार किया जिसमें सीटों की कतारें थीं और लगभग एक दर्जन अलग-अलग सदस्यों को ड्राइवर और यात्रियों की भूमिका निभाने को कहा। ''श्वेत यात्रियों'' ने अश्वेत यात्रियों को ताने मारे। उन्होंने उनके ऊपर थूका, उनके बालों में बबलगम चिपकाई और सिगरेट की राख़ झाड़ी, उनके सिर पर दूध डाला और उनके चेहरे पर केचअप और मस्टर्ड की पिचकारी मारी।

इस गहन अभिनय की क़वायद में किंग का इरादा अश्वेत नागरिकों को इतना गुस्सा दिलाना था कि वे उठ खड़े हों, लेकिन इतना भी गुस्सा नहीं कि वे हिंसा पर उतारू हो जाएँ। उनके गुस्से को क़ाबू में रखने का सर्वश्रेष्ठ तरीक़ा क्या होगा? ऐसा करने के लिए सबसे अच्छी रणनीति भड़ास निकालना है। थैरेपिस्ट सुझाव देते हैं कि अपने गुस्से को तकिए पर प्रहार करके या चिल्लाकर या अभिव्यक्त करके कम किया जाए। फ्रायड की दलील है कि हम दबाव को कम करके गुस्से के भाव से मुक्त हो सकते हैं। फ़िल्म *एनालाइज़ दिस* में बिली क्रिस्टल ने एक मनोवैज्ञानिक की भूमिका निभाई है जिसे लुटेरे डॉन रॉबर्ट डी नीरो को गुस्से पर नियंत्रण हासिल करने में मदद करनी है। क्रिस्टल एक तकिए पर गुस्सा निकालने की सलाह देता है और डी नीरो एक बंदूक थाम लेता है, बिस्तर की ओर उसका रुख़ करता है और तकिए की गोलियों से धज्जियाँ उड़ाना शुरू कर देता है। घटनाक्रम से चकित क्रिस्टल पूछते हैं, ''बेहतर लगा?'' और डी नीरो जवाब देते हैं, ''हाँ लगा।''

गुस्से पर नियंत्रण में भड़ास निकालने की भूमिका के मददग़ार होने को लेकर परीक्षण के तहत मनोवैज्ञानिक ब्रेड बुशमैन ने लोगों को गुस्सा करने के लिए एक कुटिल प्रयोग तैयार किया। प्रतिभागियों को इस बात पर निबंध लिखने को कहा गया कि वे गर्भपात के ख़िलाफ़ हैं या समर्थक हैं। उसके बाद उन्हें विपरीत विचार वाले साथी की ओर से कुछ कटु टिप्पणियाँ मिलीं, जिन्होंने उनके निबंधों को अनियोजित, मौलिकता से परे, घटिया लेखन, अस्पष्ट, उबाऊ और गुणवत्ता के लिहाज़ से घटिया करार दिया। साथ में जोड़ दिया गया, ''यह मेरे द्वारा पढ़ा गया आज तक का सबसे घटिया निबंध है।''

प्रतिक्रिया पाने के बाद गुस्सा प्रतिभागियों को फिर जवाब देने के लिए बिना किसी क्रम के इन तीन में से एक विकल्प दिया गया : भड़ास निकालना, ध्यान भटकाना या नियंत्रण। भड़ास निकालने का विकल्प दिए गए समूह के सदस्यों को एक पंचिंग बैग को जितनी चाहे ज़ोर से और जितनी देर चाहें मारते रहने की अनुमति दी गई, उस मूर्ख के बारे में सोचते हुए जिसने उनके निबंध की बखिया उधेड़ दी और उसके चित्र की ओर देखते हुए। ध्यान भटकाने का विकल्प पाने वाले समूह के लोगों को गुस्सा उतारने के लिए पंचिंग बैग तो दिया गया, लेकिन कहा गया कि वे शारीरिक तौर पर फ़िट होने और किसी और का वर्जिश करते हुए चित्र देखकर घूँसे बरसाएँ। नियंत्रण समूह में कोई पंचिंग बैग नहीं था। कम्प्यूटर दुरुस्त किए जाने तक प्रतिभागी दो मिनट चुपचाप बैठे रहे। कौन-सा समूह अपना अपमान करने वाले साथी के ख़िलाफ़ सबसे ज़्यादा आक्रामक होगा?

यह जानने के लिए बुशमैन ने प्रत्येक समूह को अपने आलोचक को शोर से ख़ारिज करने का मौक़ा दे डाला। आवाज़ के स्तर और धमाके की कालावधि का फ़ैसला उन्हीं पर छोड़ दिया गया।

भड़ास निकालने वाला समूह सबसे ज़्यादा आक्रामक था। उन्होंने आलोचकों को भारी शोर के साथ सन्न कर दिया और बटन को बहुत देर तक दबाए रखा। क्रम में उसके बाद ध्यान बँटने वाले समूह और अंत में नियंत्रण समूह रहे। अपमानजनक टिप्पणियों के कारण एक प्रतिभागी तो इतना अधिक नाराज़ था कि केवल पंचिंग बैग पर हमला ही काफ़ी नहीं था, उसने तो लैब की दीवार में एक छेद कर डाला।

भड़ास निकालने के क्रोध की ज्वाला शांत नहीं होती; यह उसे और हवा देती है। जब हम गुस्से का इज़हार करते हैं तो हम अपनी गतिशीलता वाली प्रणाली को पूरा ज़ोर लगाकर गति दे डालते हैं, हमें गुस्सा दिलाने वाले पर हमला बोल देते हैं। बिना लक्ष्य के बारे में सोचे पंचिंग बैग पर मुक्के बरसाने से गतिशीलता की प्रक्रिया तो सक्रिय रहती है, लेकिन यह हमें प्रतिक्रिया के अन्य विकल्पों पर भी विचार करने की क्षमता दे देती है। चुपचाप बैठे रहने से थम जाने की प्रक्रिया को सक्रिय करने लगती है।*

एक अन्य अध्ययन में बुशमैन ने बताया कि भड़ास निकालना कारगर नहीं होता, भले ही आपको ऐसा लगता हो कि ऐसा होता है–और फिर भले ही आपको इसके बाद अच्छा लग रहा हो। भड़ास निकालने के बाद आप जितना ज़्यादा बेहतर महसूस करते हैं, आप उतने अधिक आक्रामक होते जाते हैं; ना केवल अपने आलोचक को लेकर बल्कि चुपचाप खड़े तमाशा देखने वाले निर्दोष लोगों के प्रति भी।

नागरिक अधिकार आंदोलन में कार्यकर्ताओं के प्रशिक्षण के दौरान गुस्से की अभिव्यक्ति पर नियंत्रण पर ही मुख्य ज़ोर दिया गया था। चूँकि अहिंसक आंदोलन का पूरा दारोमदार ही गुस्से पर नियंत्रण पर होता है, किंग और उनके साथियों ने अपनी कार्यशालाओं में मिलकर यह प्रयास किया कि गुस्से को वक़्त रहते ही नियंत्रित किया

---

* दबी हुई भावनाओं की अभिव्यक्ति कुछ वक़्त गुज़र जाने के बाद ज़्यादा सफल होती है। 11 सितंबर के आतंकी हमले के बाद नौ हज़ार से ज़्यादा परामर्शदाताओं का समूह न्यू यॉर्क पहुँचा था, सदमे के बाद के तनाव को नियंत्रित करने की उम्मीद के साथ और बैचेनी, अवसाद और शोक के लक्षणों से राहत देने के लिए। मनोवैज्ञानिक टिमोथी विल्सन ने बताया कि कैसे परामर्शदाताओं ने गंभीर तनाव की इस घटना की जानकारी एकत्रित की, सदमे से गुज़र रहे लोगों का हौसला बढ़ाया। हमले के प्रत्यक्षदर्शियों को जितनी जल्द हो सके अपने विचार और भावनाएँ व्यक्त करने के लिए कहा गया। दुर्भाग्यवश यह स्थानीय नागरिकों, अग्निशामक दल के सदस्यों और उन लोगों के लिए ठीक नहीं रहा जिनका इस त्रासदी से निकट का नाता रहा। आग में बुरी तरह से झुलसे लोगों में से गंभीर तनाव की इस घटना की जानकारी देने वाले लोगों पर किए गए एक अध्ययन में एक साल बाद भी सदमे के बाद के तनाव का विकार, अवसाद और बैचेनी ज़्यादा पाई गई। मनोवैज्ञानिक जेम्स पेनेबेकर दिखा चुके हैं कि किसी तनावपूर्ण या सदमे की घटना के बाद अपने विचार और भावनाओं को व्यक्त करना उस वक़्त लाभप्रद होता है जब हमने इस घटना से उबरने में कुछ वक़्त गुज़ारा हो, जब हमारी आँखों पर क्रोध की पट्टी नहीं है या हम शोक में डूबे हुए नहीं हैं।

जाए। किंग के मुताबिक़, "कुछ मर्तबा श्वेत नागरिक की भूमिका निभा रहा व्यक्ति इतना अधिक आवेश में आ जाता था कि उसे बाहर से फटकारना पड़ जाता था।" प्रतिक्रियास्वरूप अश्वेत व्यक्ति की भूमिका निभा रहा व्यक्ति भी, "अक्सर यह भूल बैठता था कि उसकी भूमिका अहिंसक की है और पूरे जोश के साथ जवाब देता था, जब कभी भी ऐसा होता था तो हमने उसके शब्दों को दोबारा नया स्वरूप देने का प्रयास किया और उसकी पहल को अहिंसक दिशा दी।" हर प्रदर्शन के बाद, अधिक रचनात्मक जवाब के लिए समूह प्रतिक्रियाएँ और सुझाव देता था।

भड़ास निकालने की आधारभूत समस्या यह है कि यह अन्याय के दोषी पर पूरा ध्यान केंद्रित कर देती है। आप आपके साथ अन्याय करने वाले व्यक्ति के बारे में जितना अधिक सोचेंगे, आप उतने ही ज़्यादा हिंसक तरीक़े से जवाब देना चाहेंगे। स्रद्जा पोपोविक स्पष्ट करते हुए कहते हैं, "क्रोध संगठित करने के लिए एक शक्तिशाली साधन है, लेकिन अगर आप लोगों को गुस्सा दिला देते हैं तो वे तोड़फोड़ शुरू कर सकते हैं।" वर्ष 2000 की पूर्व संध्या पर आधी रात को जब ओटपोर! ने कंसर्ट को बंद कर दिया और बत्तियाँ बंद कर दीं और उदासी भरा संगीत बजाना शुरू कर दिया तो भीमकाय स्क्रीन पर केवल एक ही दृश्य दिख रहा था। चित्रों का एक स्लाइड शो दिखाया जा रहा था, लेकिन उसमें तिरस्कृत मिलोसेविक का कोई उल्लेख तक नहीं था।

इसकी बजाय छवियाँ थीं सर्बिया के सैनिकों और पुलिस अधिकारियों की जिन्हें मिलोसेविक के शासनकाल के दौरान मारा गया था।

गुस्से को अन्याय करने वाले पर भड़ास के तौर पर निकालने की बजाय रचनात्मक मोड़ देने के लिए हमें उन पीड़ितों पर ध्यान केंद्रित करना होगा जिन्होंने मुश्किलों और अत्याचार का सामना किया है। मैनेजमेंट रिसर्चर्स एंड्रयू ब्रोडस्की, जोशुआ मार्गोलिस और जोएल ब्रोकनर ने पाया कि अन्याय के शिकार लोगों पर ध्यान केंद्रित किए जाने से हमें सत्ता से संवाद साधने की शक्ति मिल जाती है। एक प्रयोग में, वयस्कों को एक मुख्य कार्यकारी अधिकारी को ख़ुद को ज़्यादा वेतन देते और अपने कर्मचारियों को अन्यायपूर्ण तरीक़े से कम वेतन देते हुए दिखाया गया। इन लोगों के मुख्य कार्यकारी अधिकारी के वेतन को चुनौती देने की 46 प्रतिशत ज़्यादा संभावना है।

नागरिक अधिकार आंदोलन में मार्टिन लूथर किंग जूनियर ने नियमित तौर पर हिंसा और अन्याय के शिकार लोगों की ओर ध्यान दिलाया। "हम श्वेत लोगों को हराने या शर्मसार करने के लिए मैदान में नहीं उतरे हैं।" उन्होंने 1956 के अपने भाषण में यह कहते हुए मोंटगोमरी बस बहिष्कार का समर्थन करते हुए कहा, "बल्कि हम तो अपने बच्चों को स्थायी मनोवैज्ञानिक मौत से आज़ाद करने के लिए जमा हुए हैं।" पीड़ितों पर ध्यान केंद्रित कर दिए जाने को मनोवैज्ञानिक सहानुभूतिपूर्ण गुस्सा करार देते हैं–अपने आप में ग़लत को सही करने की ख़्वाहिश।

यह गतिशीलता की प्रणाली को सक्रिय कर देती है, लेकिन हमें इस बात को लेकर भी सोचने पर मज़बूर कर देती है कि हम पीड़ित की मान-मर्यादा का कैसे सर्वश्रेष्ठ तरीक़े से आदर कर सकते हैं। रिसर्च बताता है कि जब हम दूसरों पर गुस्सा होते हैं तो हम प्रतिकार या प्रतिशोध का प्रयास करते हैं। लेकिन जब हम दूसरों *के लिए* गुस्सा होते हैं तो हमारा ध्यान न्याय और बेहतर व्यवस्था पर केंद्रित होता है। हम केवल सज़ा देना नहीं चाहते, हम मदद करना चाहते हैं।

जब ओटपोर! ने मृत सैनिकों की तसवीरें दिखाईं, सर्बियाई लोगों में सहानूभुति से भरा गुस्सा घर कर गया। वे नारे लगाने लगे, ''आइए अगले वर्ष को सार्थक बनाएँ।'' तानाशाह को हटाने को लेकर वह उत्साहित नहीं होने वाले थे, लेकिन उनके भीतर इतना नेकी भरा रोष था कि इस काम को अंजाम देने के लिए प्रतिबद्ध हैं। पोपोविक के शब्दों में, ''पूरे माहौल में इतनी अधिक ऊर्जा थी जो शायद ही कोई रॉक बैंड पैदा कर सके। हर किसी को महसूस हो रहा था कि उन्हें कुछ महत्त्वपूर्ण काम करना है।''

उस शरद ऋतु में ओटपोर! ने सर्बिया के इतिहास में मतदाताओं की सबसे बड़ी संख्या को सक्रिय करके मिलोसेविक को हराया और लोकतंत्र के एक नए युग की राह दिखाई। जश्न मनाने की कोई बात नहीं होने के कारण सभी लोगों को घर भेजने वाले मनोवैज्ञानिक बोरिस टेडिक को चार साल बाद सर्बिया का राष्ट्रपति चुन लिया गया।

ई.बी. वाइट ने एक बार लिखा था, ''मैं हर सुबह, दुनिया को बेहतर बनाने की इच्छा और दुनिया का मज़ा लेने की इच्छा के बीच दुविधा के साथ जागता हूँ। यह दिन की योजना बनाने के काम को मुश्किल बना देता है।''

स्वतंत्रता की घोषणा में अमेरिकियों से ज़िंदगी के अहस्तांतरणीय अधिकार, आज़ादी और ख़ुशियों के अनुसरण का वादा किया गया है। ख़ुशी की तलाश में हममें से कई ने दुनिया का मज़ा लेने का विकल्प चुना। निराले लोग मुश्किलों से भरे संघर्ष को चुनते हैं, दुनिया को वह बनाने की कोशिश करते हैं, जो यह हो सकती है। ज़िंदगी और आज़ादी को बेहतर बनाने के लिए संघर्ष करते हुए वे अस्थायी तौर पर कुछ मौज़-मस्ती को तिलांजलि दे देते हैं। अपनी ख़ुद की ख़ुशियों को कुछ वक़्त के लिए भुला-सा देते हैं। लंबी अवधि में, हालाँकि उनके पास एक बेहतर दुनिया बनाने का मौक़ा होता है। और वह-मनोवैज्ञानिक ब्रायन लिटल के शब्दों में-एक अलग ही क़िस्म की संतुष्टि दे जाता है। ख़ुशियों की तलाश में निराला बनना सबसे आसान रास्ता नहीं है, लेकिन यह हमें तलाश की ख़ुशी का मज़ा लेने के लिए पूरी तरह से तैयार कर देता है।

प्रभाव के लिए उठाए जाने वाले क़दम

अगर आप निरालेपन का उन्मुक्त इस्तेमाल करना चाहते हैं तो यहाँ कुछ व्यावहारिक कार्रवाईयाँ या क़दम बताए जा रहे हैं, जो आप अपना सकते हैं। पहले क़दम, व्यक्तिगत स्तर पर नए विचारों को पैदा करने, पहचानने, आवाज़ देने और उसमें महारत हासिल करने के लिए हैं। अगला चरण नेतृत्वकर्ताओं के लिए है कि कैसे निराले विचारों को प्रोत्साहित किया जाए और एक ऐसी संस्कृति को विकसित किया जाए जो असहमति का स्वागत करती हो। अंतिम सिफ़ारिशें अभिभावकों और शिक्षकों के लिए है, जिससे बच्चों को यथास्थिति के ख़िलाफ़ ज़्यादा रचनात्मक और नैतिक रुख़ लेने के लिहाज़ से सहज होने में मदद मिल सके।

अपने निरालेपन के मुफ़्त मूल्याँकन के लिए www.adamgrant.net पर जाएँ।

व्यक्तिगत स्तर पर उठाए जाने वाले क़दम :

क. मौलिक या निराले विचारों को तैयार करना और पहचानना

1. *यथास्थिति पर सवाल :* यथास्थिति को ही सत्य मान लेने की बजाय पूछें कि मूलतः इसका अस्तित्व है ही क्यों। जब आप याद रखते हैं कि नियम और प्रणालियाँ लोगों द्वारा बनाई जाती हैं, यह बात आपको स्पष्ट हो जाती है कि यह पत्थर पर खींची हुई लक़ीर नहीं है–और आप इस बात पर विचार करने लगते हैं कि इसमें कैसे सुधार किया जा सकता है।

2. *विचारों की उत्पत्ति को तीन गुना कर दीजिए :* जिस तरह महान बेसबॉल खिलाड़ियों का औसत बैटिंग में हर तीन हिट्स में एक बार सफलता का होता है, ठीक वैसे ही नए विचारों वाले लोग भी बल्ला घुमाते और चूक जाते हैं। अपने निरालेपन को बढ़ावा देने का सबसे अच्छा तरीक़ा ज़्यादा विचार उत्पन्न करना है।

3. *ख़ुद को नए क्षेत्र में डुबा डालो :* निरालेपन में उस वक़्त इजाफ़ा हो जाता है

जब आप अपने संदर्भ के दायरे को व्यापक बनाते हैं। एक तरीक़ा नई कला सीखना है, जैसा कि नोबेल पुरस्कार विजेता वैज्ञानिकों ने किया, जिन्होंने पेंटिंग, पियानो वादन, नृत्य या कविता को अपनाकर अपनी विविधता में इजाफ़ा किया। दूसरी रणनीति है, नौकरी में बदलाव : ऐसे पद के लिए प्रशिक्षण हासिल करें, जिसके लिए आपको नई जानकारी और नए कौशल की दरकार हो। तीसरा विकल्प है, एक बिलकुल ही अलग संस्कृति के बारे में सीखो। जैसा कि फ़ैशन डिज़ाइनर्स के काम में निरालापन उस वक़्त और अधिक निखर जाता है, जब वे ऐसे दूसरे देशों में रहे हों, जो उनके अपने देश से अलग हों। आपको अपने अनुभव में विविधता लाने के लिए विदेश जाने की ज़रूरत नहीं है, आप पढ़कर भी ख़ुद को नई संस्कृति और वहाँ के रीति-रिवाजों के नए माहौल से रूबरू हो सकते हैं।

4. *रणनीतिक रूप से विलंब :* जब आप नए विचार उत्पन्न कर रहे हों तो जब आपकी प्रगति अधूरी हो तो रुक जाएँ। वैचारिक मंथन या लेखन प्रक्रिया के बीच में एक थोड़ा-सा विराम, आपकी सोच को और अधिक विविधता दे सकता है और विचारों को भी विकसित होने का वक़्त दे देता है।

5. *साथियों से ज़्यादा प्रतिक्रिया लो :* अपने ही विचारों का मूल्याँकन बहुत मुश्किल काम है, क्योंकि आप उसे लेकर बहुत ज़्यादा उत्साहित होते हैं और जिस क्षेत्र में आपको महारत हासिल नहीं है, उसमें आप अपने सहज ज्ञान पर भरोसा नहीं कर सकते। मैनेजरों पर निर्भर रहना भी मुश्किल है, जो कि किसी विचार के मूल्याँकन के वक़्त निश्चित तौर पर बहुत ज़्यादा आलोचनात्मक हो जाते हैं। सबसे सही समीक्षा हासिल करने के लिए अपने विचारों को साथियों के साथ साझा करो-वह विचार में मौज़ूद क्षमता और संभावनाओं को पहचानने के लिए तैयार रहते हैं।

ख. आवाज़ बुलंद करना और अपने निराले विचारों पर महारत हासिल करना

6. *जोख़िम को लेकर संतुलन साधो :* जब आप किसी एक क्षेत्र में जोख़िम लेने जा रहे हों तो अपनी ज़िंदगी के दूसरे पहल में असाधारण तौर पर सावधान होकर संतुलन साध लें। उन उद्यमियों की तरह जिन्होंने अपने विचारों का परीक्षण करने के दौरान अपनी दिन की नौकरियों को बरक़रार रखा या कारमैन मेडिना की तरह जिन्होंने उस वक़्त एक नौकरी कर ली जब वह सुरक्षा

जानकारी उजागर हो जाने के ख़िलाफ़ सीआईए पर इंटरनेट अपनाने के लिए दबाव बना रही थीं। यह आपको बेवज़ह के जुए से बचा सकता है।

7. *आपके विचार को समर्थन नहीं करने के कारणों का विशेष उल्लेख करें :* रफ़स ग्रिस्कॉम याद है, वह उद्यमी जिसका तीसरे अध्याय में ज़िक्र किया गया था। जिसने निवेशकों को बताया था कि क्यों उन्हें उसकी कंपनी में निवेश नहीं करना चाहिए? आप भी इस तरक़ीब को आज़मा सकते हैं। शुरुआत अपने विचार की तीन सबसे बड़ी कमज़ोरियों के उल्लेख के साथ करें और उनसे कुछ और कारण बताने को कहें जो इसका समर्थन करते हों। यह मानते हुए कि विचार में कुछ दम है, जब लोगों को उनकी स्वयं की आपत्तियाँ तैयार करने के लिए कड़ी मेहनत करनी पड़ती है तो वे इसके ख़ूबियों के बारे में ज़्यादा जागरूक होंगे।

8. *अपने विचारों को ज़्यादा सामान्य बनाएँ :* अपनी बात को दोहराओ- यह लोगों को एक अपरंपरागत विचार को लेकर सहज बनाता है। एक विचार के साथ 10 से 20 बार संपर्क में आने के बाद प्रतिक्रियाएँ ज़ाहिर तौर पर ज़्यादा सकारात्मक हो जाती हैं, अगर वे छोटी हों, उनके बीच कुछ दिन का अंतराल हो और उन्हें अन्य विचारों के साथ मिश्रित कर दिया जाए। आप अपने निराले विचार को श्रोताओं की समझ में आ चुके कुछ अन्य विचारों के साथ मिलाकर ज़्यादा आकर्षक बना सकते हैं। जैसा कि *लायन किंग* की स्क्रिप्ट को सिंहों की मौज़ूदगी वाले *हेमलेट* में तब्दील करके किया गया था।

9. *अलग तरह के लोगों से बात करें :* अपने मूल्यों को साझा करने के लिए अपने ही दोस्तों की बजाय उन असहमत लोगों से संपर्क करने का प्रयास करें, जो आपके तरीक़े को अपनाते हों। अमेरिकी नौसेना में बेन कोलमैन नाम के एक युवा नौसैनिक ने अधिकारियों को चुनौती देने के कारण अनुशासनात्मक कार्रवाई का सामना कर रहे जूनियर अधिकारियों को साथ लेकर एक बेहद प्रभावशाली और तीव्र नवाचार प्रकोष्ठ का गठन कर डाला था। उनका सैद्धांतिक तौर पर असहमति का इतिहास था और हालाँकि उन सभी के विभिन्न लक्ष्य थे, लेकिन उनकी वफ़ादारी के साथ विरोध की आदत ने उनको एकजुट कर दिया। आपके सबसे अच्छे दोस्त वही हैं, जो ना केवल मज़बूत रहे हों, बल्कि जिनका समस्याओं के समाधान का तरीक़ा आपकी ही तरह का हो।

10. *संयमित सुधारवादी बनें :* अगर आपके विचार कठोर हैं तो उन्हें ज़्यादा परंपरागत लक्ष्य के साथ व्यक्त करें। इस तरह लोगों के दिमाग़ बदलने की

बजाय आप उन मूल्यों या धारणाओं को लेकर उनका ध्यान खींच सकते हैं, जो वे पहले से ही अपनाए हुए हैं। आप ट्रोजन हॉर्स की तरह का छद्म आवरण अपना सकते हैं, जैसा कि मेरेडिथ पैरी ने किया था। उन्होंने वायरलैस ऊर्जा के नज़रिए को ट्रांसड्यूसर डिज़ाइन करने के प्रस्ताव की आड़ में सफ़ाई से छिपा लिया था। आप भी अपने प्रस्ताव को एक ऐसा मुलम्मा दे सकते हैं, जो दूसरों के काम को पूरा करने का हल दिखाई दे। फ्रांसेस विलार्ड की तरह ज़िसने मताधिकार को रूढ़िवादी महिलाओं को घर में शराब के कारण होने वाले अपमान को टालने के तरीक़े के तौर पर पेश किया। अगर आपको पहले ही बेहद उग्र विचारों के लिए जाना जाता है तो आप नेतृत्वकर्ता से तड़ित चालक की भूमिका में जा सकते हैं, ताकि दूसरे ज़्यादा शांत और मध्यमार्गी लोग कमान थाम सकें।

ग. भावनाओं पर नियंत्रण

11. *जब आप प्रतिबद्धता बनाम अनिश्चितता के बीच झूल रहे हों तो ख़ुद को अलग तरह से प्रोत्साहित करें :* जब आप पहल करने के लिए दृढ़निश्चय हैं, तो उस प्रगति पर ध्यान केंद्रित करें जो बाक़ी है–आप इस अंतर को मिटाने के लिए उत्साह से लबरेज़ हो जाएँगे। जब आपका निश्चय डगमगाता है तो अपना ध्यान अब तक की गई प्रगति पर केंद्रित करें। इतना सफ़र तय करने के बाद भला अब आप कैसे हार मान सकते हैं?

12. *शांत होने की कोशिश नहीं करें :* अगर आप घबराए हुए हैं तो सुस्ताना मुश्किल है। बैचेनी को रुचि और उत्साह जैसी सकारात्मक भावनाओं में तब्दील करना ज़्यादा आसान है। उन वज़हों के बारे में सोचिए जिनके कारण आप यथास्थिति को चुनौती देना चाहते हैं और संभावित परिणामों के बारे में भी।

13. *पीड़ित पर ध्यान केंद्रित करें, अत्याचारी पर नहीं :* अन्याय की स्थिति में अत्याचारी के बारे में सोचना और अधिक गुस्से और आक्रामकता को जन्म देता है। अपना ध्यान पीड़ित की ओर मोड़ देने से आप ज़्यादा सहानुभूतिपूर्ण हो जाते हैं और इस बात की संभावना को भी बढ़ा देते हैं कि आप अपने गुस्से को सकारात्मक दिशा दे डालेंगे। नुक़सान पहुँचाने वाले लोगों को सज़ा देने की बजाय आपकी नुक़सान झेलने वालों की मदद करने की संभावना ज़्यादा हो जाएगी।

14. *इस बात को समझें कि आप अकेले नहीं हैं :* एक अदद दोस्त होना भी आपके क़दम उठाने या पहल करने की संभावना को नाटकीय तौर पर बढ़ा देता है। एक ऐसे व्यक्ति को खोज निकालिए जिसका आपके नज़रिए पर यक़ीन हो और उसके साथ मिलकर समस्या से निपटना शुरू कर दीजिए।

15. *याद रखें कि अगर आप पहल नहीं करते तो यथास्थिति क़ायम रहेगी :* असंतुष्टि को लेकर चार प्रतिक्रियाओं पर विचार कीजिए : निकल जाना, आवाज़ बुलंद करना, डटे रहना या अनदेखी करना। केवल निकल जाना और आवाज़ बुलंद करना ही आपकी परिस्थितियों को सुधार सकते हैं। अगर आपका परिस्थिति पर कुछ नियंत्रण है तो आवाज़ बुलंद करना सबसे बेहतर रास्ता है। अगर नहीं है, तो यह वक़्त शायद आपके प्रभाव को बढ़ाने के विकल्पों को खोजने या छोड़ देने का है।

नेतृत्वकर्ता को उठाने चाहिए ये क़दम :

क. मौलिक व निराले विचारों को चमक देना

1. *नवीनता की स्पर्धा का आयोजन :* किसी भी वक़्त किसी भी विषय पर सुझावों का आमंत्रण व्यस्त लोगों का ध्यान आकर्षित नहीं कर पाता। नवीन विचारों की स्पर्धा का आयोजन ढेर सारे नए-नवेले विचारों को हासिल करने और उनमें से सबसे अच्छे विचारों के चयन का सबसे ज़्यादा प्रभावी तरीक़ा है। सुझाव बक्से की जगह किसी समस्या या किसी अधूरी ज़रूरत के हल पर केंद्रित विचार आमंत्रित कीजिए। कर्मचारियों को प्रस्ताव तैयार करने के लिए तीन सप्ताह का समय दीजिए और उसके बाद उन्हें एक-दूसरे के विचारों के मूल्याँकन की ज़िम्मेदारी सौंप दीजिए। इसके बाद उन्हें सबसे नए विचार को अगले दौर के लिए प्रेषित करने के लिए कहिए। विजेता को चुने गए विचारों को हक़ीक़त में तब्दील करने के लिए बजट, टीम के साथ-साथ ज़रूरत के मुताबिक़ मार्गदर्शन और प्रायोजन भी उपलब्ध कराकर दीजिए।

2. *ख़ुद को दुश्मन के तौर पर प्रस्तुत कीजिए :* लोग अक्सर तात्कालिकता के अभाव में विचार उत्पन्न नहीं कर पाते। आप फ़्यूचरथिंक की मुख्य कार्यकारी अधिकारी लिज़ा बोडेल की ''कंपनी को ख़त्म करो'' की क़वायद को लागू करके तात्कालिकता तैयार कर सकते हैं। एक समूह को एकत्रित करके उन्हें एक घंटे तक इस बात पर मंथन करने को कहें कि संस्थान की कारोबार से छुट्टी कैसे कराई जा सकती है-या इसके सबसे लोकप्रिय उत्पाद, सेवा या

प्रौद्योगिकी को कैसे तबाह किया जा सकता है। उसके बाद सबसे गंभीर ख़तरे पर चर्चा का आयोजन करें और इस बात पर मंथन करें कि रक्षात्मकता से आक्रामकता में बदलाव के साथ कैसे इन ख़तरों को अवसरों में तब्दील किया जा सकता है।

3. *विभिन्न काम करने वाले और विविध स्तरों पर मौज़ूद कर्मचारियों को विचार जताने के लिए बुलाएँ :* ड्रीमवर्क्स एनिमेशन में अकाउंटेंट्स और वक़ीलों को भी फ़िल्मों के बारे में विचार प्रस्तुत करने के लिए प्रोत्साहित और प्रशिक्षित किया जाता है। इस तरह की सकारात्मक वचनबद्धता काम में कौशल की विविधता लाती है, जिससे वह कर्मचारियों के लिए और अधिक दिलचस्प हो जाता है, जिससे संस्थान की नए विचारों तक पहुँच बढ़ जाती है। कर्मचारियों को इस प्रक्रिया में शामिल करने का एक और फ़ायदा भी है : जब वे विचारों को तैयार करने की प्रक्रिया में भाग लेते हैं तो वे एक रचनात्मक मानसिकता को अपना लेते हैं, जो उन्हें ग़लत नकारात्मकता के ख़तरे से बचाती है और अपने साथियों के विचारों का बेहतर पारखी बनाती है।

4. *विपरीत दिवस मनाएँ :* चूँकि लोगों को मौलिक और निराले नज़रियों के बारे में सोचने का मौक़ा मिलना मुश्किल है; इसलिए मेरी पसंदीदा क़वायद है कक्षा और सम्मेलनों में ''विपरीत या विलोम दिवस'' का आयोजन। अधिकारियों और विद्यार्थियों को समूहों में बाँट दिया जाता है। इसके बाद प्रत्येक समूह एक ऐसी मान्यता, धारणा या ज्ञान के क्षेत्र का चयन करता है, जिसे बिना प्रमाण सही मान लिया जाता है। हर समूह सवाल पूछता है, ''कब इसका विपरीत सही है?'' और उसके बाद अपने विचारों पर एक प्रस्तुति देता है।

5. *मोहब्बत व नफ़रत जैसे शब्दों पर प्रतिबंध लगा दें :* ग़ैरलाभकारी डूसमथिंग डॉट ओआरजी (*DoSomething.org*) में मुख्य कार्यकारी अधिकारी नैंसी लूबिन ने कर्मचारियों के पसंद, मोहब्बत और नफ़रत जैसे शब्दों के इस्तेमाल पर रोक लगा रखी है, क्योंकि ये बिना किसी विश्लेषण के जवाब देने के काम को आसान कर देते हैं। कर्मचारियों को यह कहने की अनुमति नहीं है कि फलां पेज उस पेज से बेहतर है, उन्हें, ''यह पेज बेहतर है, क्योंकि इसका शीर्षक दूसरे विकल्पों की तुलना में ज़्यादा पठनीय है,'' जैसे तर्कसंगत वाक्याँशों के साथ जवाब देना पड़ता है। वर्तमान विचारों को महज़ ख़ारिज करने की बजाय, यह लोगों को नए विचारों का योगदान देने के लिए प्रेरित करता है।

ख. मौलिकता और निरालेपन के लिए संस्कृतियों की रचना

6. *सांस्कृतिक ढाँचे से समरूपता नहीं सांस्कृतिक योगदान के आधार पर रोज़गार दें :* जब नेतृत्वकर्ता अपनी संस्कृति के साथ समरूपता को ही पुरस्कृत करते हैं तो वे ऐसे लोगों को रोज़गार दे डालते हैं, जो उनकी ही तरह सोचते हैं। संस्कृति में समरूपता से निरालापन नहीं आ सकता, बल्कि यह तो उन लोगों से आता है, जो उसे समृद्ध करते हैं। साक्षात्कार से पहले उस विविधतापूर्ण पृष्ठभूमि, मौज़ूद कौशल और व्यक्तित्व के रुझान को पहचानिए जो कि वर्तमान में आपकी संस्कृति में मौज़ूद नहीं है। उसके बाद इन्हीं ख़ूबियों को भर्ती प्रक्रिया में प्राथमिकता दीजिए।

7. *निकासी साक्षात्कार की बजाय प्रवेश साक्षात्कार को अपनाइए :* कर्मचारी के विदा लेने के वक़्त तक उसके विचार जानने के लिए इंतज़ार करने की बजाय उसी वक़्त उनके विचारों को जान लीजिए जब वह आपके यहाँ पहला क़दम रखते हैं। भर्ती प्रक्रिया के दौरान ही नए कर्मचारियों के साथ संवाद साधने से उन्हें यह महसूस करने में मदद मिल सकती है कि वे मूल्यवान हैं और एवज में आपको नए-नवेले सुझाव मिल सकते हैं। उनसे पूछिए कि किस बात ने उन्हें फ़र्म की ओर आकर्षित किया और वह क्या बात है, जिसके कारण वे यहाँ बने रहेंगे। उन्हें सांस्कृतिक जासूस की तरह सोचने की चुनौती दीजिए। वे अपने अंदरूनी-बाहरी नज़रिए से जाँच से पता लगा सकते हैं कि कौन-से तौर-तरीक़े हैं, जिन्हें अब इतिहास का हिस्सा बन जाना चाहिए और किन्हें बरक़रार रखा जाना चाहिए। साथ ही वे समर्थित और दिखावटी मूल्यों में संभावित विसंगतियों का भी ख़ुलासा कर सकते हैं।

8. *सवालों के बारे में पूछें, हल के बारे में नहीं :* अगर लोग जल्द जवाबों तक पहुँच जाते हैं तो आप पूछताछ की बजाय हिमायत की स्थिति तक ही पहुँच पाते हैं, जिसकी वज़ह से संभवतया आप कमरे में मौज़ूद ज्ञान की व्यापकता को गँवा सकते हैं। ब्रिजवॉटर का समस्याओं की लॉगबुक का पालन करके टीमों को देखी गई समस्याओं को दर्ज़ करने के लिए एक खुला दस्तावेज़ उपलब्ध करा दें। मासिक आधार पर लोगों को एकत्रित करके उनकी समीक्षा कीजिए और पता कीजिए कि कौन-सी समस्याएँ हल करने के क़ाबिल हैं।

9. *विशुद्ध विरोधी की भूमिका किसी को देने की बजाय उन्हें खोज निकालिए :* असहमति भरे विचार उस वक़्त भी उपयोगी होते हैं, जब वे ग़लत हों, लेकिन वे तभी प्रभावी होते हैं, जब वे विश्वसनीय और स्थायी हों। लोगों को विशुद्ध विरोधी (डेविल्स एडवोकेट) की भूमिका निभाने के लिए

देने की बजाय उन लोगों की तलाश कीजिए, जिनके विचार अल्पमत में हैं और उन्हें अपने विचार पेश करने का मौक़ा दीजिए। इन लोगों की पहचान के लिए, एक सूचना प्रबंधक की नियुक्ति की कोशिश कीजिए-टीम सदस्यों से व्यक्तिगत तौर पर मुलाक़ात करके यह जानने के लिए किसी को नियुक्त कीजिए कि वे क्या जानते हैं।

10. *आलोचना का स्वागत करें। अगर आप जो कहते हैं वह नहीं करते तो असहमति को प्रोत्साहित करना मुश्किल होता है :* जब रे डेलियो को एक महत्त्वपूर्ण बैठक में उनके प्रदर्शन की आलोचना करने वाली एक ईमेल मिली तो उनके द्वारा इसे कॉपी करके पूरी कंपनी को भेज देने से यह संदेश गया कि वह नकारात्मक प्रतिक्रिया का भी स्वागत करते हैं। कर्मचारियों को अपनी सार्वजनिक आलोचना का मौक़ा देकर आप लोगों के लिए ज़्यादा खुलकर संवाद साधने का एक पैमाना स्थापित कर सकते हैं, फिर भले ही वे विचार अलोकप्रिय हों।

अभिभावकों और शिक्षकों को उठाने चाहिए ये क़दम :

1. *बच्चों से पूछिए उनके आदर्श क्या करते :* बच्चे उस वक़्त पहल करने के लिए ख़ुद को स्वतंत्र महसूस करते हैं, जब वे समस्या को एक निराले नज़रिए से देखते हैं। बच्चों से पूछिए कि वे अपने परिवार और स्कूल में क्या सुधार चाहेंगे? उसके बाद उन्हें असाधारण तौर पर रचनात्मकता और नवीनता के लिए अपने पसंदीदा वास्तविक व्यक्ति या काल्पनिक क़िरदार बनने की कल्पना करते हुए यह सोचना था कि इस परिस्थिति में वे क्या करते?

2. *अच्छे व्यवहार को नैतिक चरित्र से जोड़िए :* कई अभिभावक और शिक्षक मदद के कार्यों की तारीफ़ करते हैं, लेकिन बच्चे उस वक्त और अधिक उदार हो जाते हैं, जब उन्हें मददग़ार व्यक्ति होने के कारण विशेष सराहना मिलती है-यह उनकी पहचान का ही हिस्सा हो जाता है। अगर आप किसी बच्चे को कुछ अच्छा काम करते देखें तो यह कहने का प्रयास ज़रूर करें, ''तुम एक अच्छे इंसान हो, क्योंकि तुम—'' बच्चे तब और अधिक नीतिपरक हो जाते हैं, जब उन्हें नैतिकता भरा व्यक्ति बनने के लिए कहा जाता है-वे पहचान हासिल करना चाहते हैं। अगर आप चाहते हैं कि बच्चा अपने खिलौने साझा करे तो यह पूछने की बजाय, ''क्या तुम साझा करोगे?'' उससे कहें, ''क्या आप साझेदार बनोगे?''

3. *समझाइए कि बुरे व्यवहार के दूसरों के लिए क्या परिणाम होते हैं :* जब बच्चा बुरा व्यवहार करे, उन्हें यह जानने में मदद करें कि इससे दूसरों को किस तरह से नुक़सान हुआ है। उनसे पूछें, ''तुम्हें क्या लगता है कि उसे इससे कैसा लगा होगा?'' जब वे दूसरों पर होने वाले नकारात्मक असर के बारे में सोचते हैं तो सहानुभूति के साथ-साथ उन्हें शर्मिंदगी का भी अहसास होता है। यह उनके भीतर ग़लत को सही करने की प्रेरणा जगाता है और साथ ही उन्हें भविष्य में ऐसा करने से रोकता है।

4. *नियमों की तुलना में मूल्यों का महत्त्व समझाएँ :* नियम दरअसल वे सीमाएँ तय करते हैं, जो बच्चों को दुनिया का एक तय नज़रिया देती हैं। मूल्य बच्चों को सिद्धांतों को आत्मसात करने के लिए प्रोत्साहित करते हैं। जब आप मानकों की बात करते हैं, जैसे कि नरसंहार में बचाव काम में जुटे युवाओं के माता-पिता, आप बताते हैं कि कुछ आदर्श आपके लिए मायने रखते हैं और बच्चों से पूछें कि वे क्यों महत्त्वपूर्ण हैं।

5. *बच्चों को पालने के लिए नए-नवेले क्षेत्र तैयार करें।* जिस तरह से घर में बाद में जन्म लेने वाले बच्चे ज़्यादा निराले क्षेत्रों का चयन करते हैं, जब परंपरागत क्षेत्र उनके लिए बंद हो चुके थे, बच्चों की भी नए क्षेत्रों के चयन में मदद की जा सकती है। कक्षा में अपनाई जाने वाली मेरी पसंदीदा तकनीक है, पहेली वाली कक्षा : विद्यार्थियों को एक ग्रुप प्रोजेक्ट के लिए साथ लाएँ और उन सभी को उसमें का एक अलग हिस्सा सौंप दें। उदाहरण के लिए, जब एलेनोर रूज़वेल्ट की ज़िंदगी पर किताब लिखनी थी तो एक विद्यार्थी ने उनके बचपन पर काम किया, दूसरे ने उनकी किशोरावस्था पर और तीसरे ने महिला आंदोलन में उनकी भूमिका पर। रिसर्च बताता है कि यह उनके पूर्वाग्रहों को कम करता है-बच्चे एक दूसरे की विशेष शक्तियों का मूल्य समझना सीख जाते हैं। यह उन्हें भेड़चाल का शिकार बनने से बचाकर निराले विचारों पर विचार का मौक़ा दे सकता है। लीक से हटकर नए-नवेले विचारों के लिए मौक़ा बढ़ाने के लिए बच्चों से एक अलग ही संदर्भ के दायरे में सोचने को कहें। रूज़वेल्ट का बचपन किस तरह से अलग होता, अगर वह चीन में पली-बढ़ी होतीं? वह वहाँ किन संघर्षों का चयन करतीं?

आभार

दूसरी मर्तबा किताब लिखना एक अलग ही अनुभव था। इस अवसर पर मैंने 1,03,000 शब्दों को ख़ारिज नहीं किया और ना ही ख़ाली हाथ शुरुआत की- फिर भी मुझे इस बात का अच्छी तरह से अहसास था कि मैं जो लिखता हूँ वह कोई पढ़ेगा ज़रूर, जिसने मुझे अपनी पसंद को लेकर ही संदेह में डाल दिया। मेरी ख़ुशक़िस्मती ही कहिए कि मेरी पत्नी एलिसन के पास निरालेपन और गुणवत्ता (उनके पास जंगली बिल्ली जैसी तेज़ घ्राणशक्ति है) को पहचानने की विलक्षण प्रतिभा है। वह तत्काल जान जाती है कि कब दिशा लाभप्रद है और कब मामला गड़बड़ है। उसने मेरे साथ बड़े ही धैर्य से हर विचार पर बात की, हर अध्याय की पहली पुनरावृत्ति को पढ़ा और दक्षता के साथ कई हिस्सों को नए शब्दों और वाक्यों की नई संरचना से सँवार दिया। उसके मानक बहुत ही ऊँचे हैं और जब वह ख़ुश थी तो मैं जान गया कि मैं भी ख़ुश ही रहूँगा। एक लेखक और एक पाठक के तौर पर उसके जुनून और एक पत्नी, एक माँ के तौर पर उसकी संवेदना के बग़ैर यह किताब संभव ही नहीं थी।

मेरे एजेंट रिचर्ड पाइन, जो वाक़ई निराले हैं, इस किताब के विचार को विकसित करने में उनका योगदान अपरिहार्य-सा था। रास्ते में हर क़दम पर उनकी संतों जैसी सलाह भी उपयोगी रही। रिक कोट के साथ काम करना अविस्मरणीय अनुभव रहा, जो महज़ एक संपादक से कहीं कुछ अधिक हैं। सामग्री को समृद्ध करने के लिए सुघड़ता का दुर्लभ स्तर हासिल करने के लिए और पुस्तक की संरचना को निखारने के लिए उन्होंने इस किताब पर सबकुछ ऐसे दाँव पर लगा दिया, मानो यह उनकी अपनी कृति हो।

शेरिल सैंडबर्ग ने हर एक शब्द को बड़ी ही सावधानी के साथ पढ़ा और तार्किकता, अंदाज़ और व्यावहारिक सलाहों के साथ किताब को निखारते हुए नाटकीय तौर पर बेहतर बना दिया। उनका योगदान मेरी सोच से भी परे का था। अध्यायों के अनगिनत पुनर्लेखन और चर्चाओं में जस्टिन बर्ग़ उत्साह के साथ डटे रहे। किताब के सार और विषय के वर्णन को बेहतर बनाने में उनकी रचनात्मक उत्साह का भी भारी योगदान रहा। रेब रेबेले ने किताब का पहला पूरा ड्राफ़्ट पढ़ा।

पुस्तक की संकल्पना और लेखन पर उन्होंने अपने चिरपरिचित गहरे सवालों और विशेषज्ञतापूर्ण मार्गदर्शन के साथ योगदान दिया। समय के चयन पर अध्याय का सुझाव के लिए डेन पिंक ने कई बार मदद की और वह मुझे छोटी असहमतियों के अहंकार की भी याद दिलाते रहे। उन्होंने ही किताब में उल्लेखित सबसे आकर्षक लोगों में से एक से मेरा परिचय कराया।

अलेक्सिस हर्ले, एलिज़ा रोथस्टेन और अन्य के साथ काम करना मेरा सौभाग्य रहा। मैं ख़ासतौर पर केरोलिन कोलबर्न, क्रिस्टिन मेट्ज़ेन और लिंडसे प्रेवेट का प्रचार के लिए; जेन केवोलिना, डिएगो नूनेज और जेनेट विलियम्स का संपादन के लिए और पीट गार्स्यू, जाकूब गोजदा, रोजेन सेरा और एलिसा थियोडोर का मुखपृष्ठ और आंतरिक डिज़ाइन के लिए आभारी रहूँगा। सर्वेमंकी के जोन कोहेन और सारा चो ने बहुत तेज़ी, प्रभावी तरीक़े से हमें एक सर्वेक्षण तैयार करने में मदद की, जिसने हमें विभिन्न उपशीर्षकों को आज़माने का मौक़ा दिया और मुखपृष्ठ के डिज़ाइन और अवधारणा के बारे में भी जानने का मौक़ा मिला।

वार्टन के साथियों का समुदाय-ख़ासतौर पर सिगल बारसेड, ड्रयू कार्टन, समीर नूरमोहम्मद और नैंसी रोदबार्ड-का योगदान अमूल्य रहा। इम्पैक्ट लैब और लिंडसे मिलर का उनके ज़बर्दस्त उत्साह के लिए शुक्रिया। इस परियोजना को ज्यॉफ़ गेरेट, माइक गिबन्स, एमी गटमैन, डेन लेविंथल और निकोलज सिगेलको के समर्थन से बहुत लाभ हुआ। निरीक्षण और इस पुस्तक में उल्लेखित और मिलने वाले लोगों से पहचान कराने के लिए मैं जेनिफ़र एकर, टेरेसा एमेबिल, निको केनर, रोजेन कैश, क्रिस्टिन चोई, केट ड्रेन, लिसा गेवेलबेर, डेविड होर्निक, टॉम हूम, जिमी कालट्रेडर, डेफ़्ने कोलर, जॉन मिशेल, एंड्रयू एनजी, बॉबी टर्नर और लॉरेन जेलेज़्निक का शुक्रगुजार हूँ।

कहानियों और उदाहरणों को खोजने के लिए मैं जोश बर्मन, जेसी बेरूटे, वेंडी डी ला रोज़ा, प्रीति जोशी, स्टेसी कालिश, विक्टोरिया सकाल और जैनी वांग की मदद का आभारी हूँ। अध्यायों के ड्राफ़्ट्स पर निरंतर प्रतिक्रिया के लिए मैं जेम्स एन, सारा बेकॉफ़, केल्सी ग्लिवा, निकोल ग्रेनेट, श्लोमो क्लैपर, निक लोबुगलियो, केसी मूर, निकोल पोलक, जूलियाना पिलेमर, श्रेयस राघवन, एना रिगार्ट, एरिक शापिरो, जैकब टपलर, डेनियल टसिंग और किम्बरले याओ का आभारी हूँ। निराले लोगों के बारे में चर्चा को आगे बढ़ाने के लिए प्रेरित करने वालों स्यू एशफ़ोर्ड, केरोलिन बार्लेरिन, किप ब्रेडफ़ोर्ड, डेनियल सेलेरमायेर, एनिकेन डे, कैथरिन डेकास, लिजा डोनचेक, एंजेला डकवर्थ, जेन डटन, माइक फ़ेनबर्ग, एना फ्रेज़र, मैल्कम ग्लैडवेल, मार्क ग्रॉसमैन, सार गुर, जूली हाना, एमिली हंट, केरिन क्लेन, जोश कोपेलमैन, स्टेफ़ेनी लेंड्री, एलेन लैंगर, रयान लेरविक, डेव लेविन, तमार लिस्बोना, ब्रायन लिटल, नैंसी लुबलिन, जोशुआ मार्कस, केड मैसी, डेब मिल्स-स्कोफ़ील्ड, सीन

पार्कर, मेरेडिथ पेट्रिन, फ़ेबे पोर्ट, रिक प्राइस, बेन रेट्रे, फ्रेड रोजेन, स्पेंसर शार्फ़, नेल स्कोवेल, स्कॉट शेरमैन, फ़िल टेटलॉक, कोलिन टकर, जीनिन राइट और एमी रज़ेसनिवस्की का शुक्रगुजार हूँ। (और हाँ, इस आभार प्रदर्शन की गुज़ारिश करने के लिए स्टेसी और केविन ब्रांड का आभारी हूँ।)

किसी न किसी बिंदु पर, परिवार के कई सदस्यों ने निरालेपन का आदर्श स्थापित किया या उसे प्रोत्साहित किया-मेरे अभिभावक, सूज़न और मार्क, मेरी बहन ट्रेसी, मेरी परदादी-परदादा, मेरियन और जे ग्रांट और दिवंगत फ़्लोरेंस और पॉल बोरोक और मेरे ससुराल पक्ष के एड्रियन और नील स्वीट।

हमारे बच्चे जोआना, एलेना और हैनरी ही मेरी पूरी दुनिया हैं और उन्होंने मुझे इस किताब के बारे में अलग तरीक़े से सोचने में मदद की। उन्होंने मुझे सिखाया कि निराला बनने के लिए वयस्कों को सीखने के लिए कम वक़्त देना चाहिए और सीखी हुई बातों को भुलाने के लिए ज़्यादा वक़्त देना चाहिए। उन्होंने मुझे उनके लिए बेहतर विश्व निर्माण करने की उम्मीद में लीक पर हटकर चलने के लिए प्रेरित किया।

अनुवादक के बारे में

किरण नारायण मोघे : हिंदी पत्रकारिता में तीन दशक से ज़्यादा का अनुभव। मूलतः खेल पत्रकार, लेकिन वन्यजीवन, पर्यटन, इतिहास, फ़ोटोग्राफ़ी से विशेष लगाव। हिंदी, अंग्रेज़ी और मराठी पर पकड़। मध्यप्रदेश सहित राजस्थान, चंडीगढ़, महाराष्ट्र में कामकाज का अनुभव।